Jamais um Herói

Também de Vanessa Len
Apenas um Monstro

VANESSA LEN

JAMAIS UM HERÓI

Tradução de **Giovanna Chinellato**

ALTA BOOKS
GRUPO EDITORIAL
Rio de Janeiro, 2024

Jamais um Herói

Copyright © **2024** ALTA NOVEL

ALTA NOVEL é um selo da EDITORA ALTA BOOKS do Grupo Editorial Alta Books (Starlin Alta e Consultoria Ltda.)

Copyright © **2023** VANESSA LEN

ISBN: 978-85-508-2306-5

Translated from original Never a Hero. Copyright © 2023 by The Trustee for Vanessa Len Trust. ISBN 9780063024694. This translation is published and sold by arrangement with Adams Literary, All rights reserved. PORTUGUESE language edition published by Starlin Alta Editora e Consultoric Ltda., Copyright © 2024 by Starlin Alta Editora e Consultoria Ltda.

Impresso no Brasil — 1ª Edição, 2024 — Edição revisada conforme o Acordo Ortográfico da Língua Portuguesa de 2009.

```
Dados Internacionais de Catalogação na Publicação (CIP)
              (Câmara Brasileira do Livro, SP, Brasil)

    Len, Vanessa
         Jamais um herói / Vanessa Len ; [tradução Giovanna
    Chinellato]. -- 1. ed. -- Rio de Janeiro : Alta
    Books, 2024.

         Título original: Never a hero
         ISBN 978-85-508-2306-5

         1. Ficção australiana I. Título.

 24-194228                                         CDD-A823

              Índices para catálogo sistemático:

         1. Ficção : Literatura australiana       A823

         Eliane de Freitas Leite - Bibliotecária - CRB 8/8415
```

Todos os direitos estão reservados e protegidos por Lei. Nenhuma parte deste livro, sem autorização prévia por escrito da editora, poderá ser reproduzida ou transmitida. A violação dos Direitos Autorais é crime estabelecido na Lei nº 9.610/98 e com punição de acordo com o artigo 184 do Código Penal.

O conteúdo desta obra fora formulado exclusivamente pelo(s) autor(es).

Marcas Registradas: Todos os termos mencionados e reconhecidos como Marca Registrada e/ou Comercial são de responsabilidade de seus proprietários. A editora informa não estar associada a nenhum produto e/ou fornecedor apresentado no livro.

Material de apoio e erratas: Se parte integrante da obra e/ou por real necessidade, no site da editora o leitor encontrará os materiais de apoio (download), errata e/ou quaisquer outros conteúdos aplicáveis à obra. Acesse o site www.altabooks.com.br e procure pelo título do livro desejado para ter acesso ao conteúdo.

Suporte Técnico: A obra é comercializada na forma em que está, sem direito a suporte técnico ou orientação pessoal/exclusiva ao leitor.

A editora não se responsabiliza pela manutenção, atualização e idioma dos sites, programas, materiais complementares ou similares referidos pelos autores nesta obra.

Produção Editorial: Grupo Editorial Alta Books
Diretor Editorial: Anderson Vieira
Vendas Governamentais: Cristiane Mutús
Gerência Comercial: Claudio Lima
Gerência Marketing: Andréa Guatiello
Coordenadora Editorial: Illysabelle Trajano
Produtora Editorial: Beatriz de Assis
Tradução: Giovanna Chinellato
Copidesque: Yonghui Qio Pan
Revisão: Ana Beatriz Omuro & Carolina Oliveira
Diagramação: Rita Motta

Rua Viúva Cláudio, 291 — Bairro Industrial do Jacaré
CEP: 20.970-031 — Rio de Janeiro (RJ)
Tels.: (21) 3278-8069 / 3278-8419
www.altabooks.com.br — altabooks@altabooks.com.br
Ouvidoria: ouvidoria@altabooks.com.br

UM

— Não ousem diminuir o ritmo! — gritou o técnico.

Um dos meninos havia chegado atrasado, e agora todo o time de futebol estava pagando por isso. Do alambrado, Joan os observou passar tropeçando em ainda mais uma volta. A maioria deles estava sem fôlego, mas, à frente do grupo, o ritmo de Nick era constante, como se ele pudesse continuar por dias.

"Vá para casa", disse Joan a si mesma. Ela havia sido fraca. Andara até ali depois da escola na esperança de ter um vislumbre dele. Bom, agora havia conseguido o que queria, e a sensação era sempre de um soco no estômago. *"Ele não se lembra de você. Ele não te conhece mais."*

— Muito bem! — gritou o técnico. — Acho que é o suficiente pra vocês.

Houve murmúrios de alívio e os meninos pararam, desequilibrados. Alguns caíram no chão, exaustos. Outros apoiaram as mãos nos joelhos, tentando recuperar o fôlego. Ainda alguns passos à frente, Nick reduziu o passo, então se virou para andar de volta até os demais.

Ele olhou distraído para o alambrado. O coração de Joan deu um salto quando os olhos dele passaram por ela, e para além dela, sem exibir interesse ou reconhecimento.

— Nick! — arfou um dos meninos, deitado no chão. — Você precisa acompanhar o time, cara. O capitão não pode ficar pra trás o tempo todo.

Nick riu e foi ajudar o garoto a se levantar.

— Precisa de uma mãozinha, Jameson?

— Preciso de um desfibrilador — resmungou o menino. Mas ele pegou a mão estendida de Nick e se ergueu com esforço.

O ar ficou preso na garganta de Joan ao ver o sorriso despreocupado de Nick. Ele sempre fora tão sério quando ela o conhecia. Ele carregava o mundo nas costas. Ocorreu a Joan que ela também não o conhecia mais — não esse Nick.

Ela sentiu aquela pontada familiar de saudades pelo garoto que não estava mais lá. Suprimiu o sentimento sem piedade. Aquele Nick não existia mais, e ela não deveria desejá-lo de volta. Esse era Nick como ele *deveria* ser. Um menino com uma vida normal.

"Vá para casa", repetiu a si mesma. E, dessa vez, ela ajustou a mochila no ombro e foi embora, dando as costas para o alambrado.

<hr />

Era meados de novembro e as árvores estavam quase sem folhas. O frio passava pela calça de Joan enquanto ela andava pelo colégio vazio. Depois do horário de aula, o lugar todo tinha um ar de abandono. O estacionamento dos professores era pura desolação — só concreto e algumas ervas daninhas aqui e ali. Joan o atravessou, passou pela biblioteca e desceu para o campo dos fundos.

O celular dela vibrou: uma mensagem do pai.

> Está chegando? Fiz tortinhas de abacaxi.

Uma foto apareceu. Eram docinhos de massa folheada esfriando em um suporte.

> Parecem profissionais, hein?!

Ultimamente, ele perguntava o tempo todo como ela estava; sabia que havia algo errado. *"Você parece tão quieta"*, dissera na noite anterior. *"Está tudo bem na escola? E com os seus amigos?"*

Às vezes, Joan só queria poder contar a verdade.

"A minha avó morreu, pai. Todos morreram. Minha avó, tia Ada, tio Gus e Bertie."

Mas ela não podia dizer isso, porque eles *não* haviam morrido. Só Joan se lembrava daquela noite. Só ela se lembrava dos últimos momentos desesperados da avó e o calor grudento de seu sangue; o cheiro metálico. Joan havia feito pressão no ferimento, tentando manter o corpo da avó unido, e a respiração dela falhara, cada vez mais espaçada, até parar de vez.

Joan inspirou, deixando o ar frio encher os pulmões. Nada daquilo havia acontecido, lembrou a si mesma. Sua avó e o resto dos Hunt estavam em Londres, só a uma hora de trem dali. Eles estavam *bem*.

Ela respondeu à mensagem do pai.

> Parecem ótimos! Chego logo.

Então enfiou as mãos nos bolsos. Estava esfriando. Acima, o céu estava carregado de nuvens cada vez mais escuras. Havia uma tempestade a caminho.

Ela batalhou contra o vento ao cruzar o campo. O cabelo chicoteava ao redor do seu rosto e sua jaqueta azul inflava como um balão. Não deveria ter ficado até mais tarde por aquele vislumbre Nick. Vê-lo, mas não ser vista, a havia levado de volta ao choque de estar em um mundo sem ele. Não havia lugar ou momento no tempo para o qual pudesse ir para encontrá-lo. Ele não existia mais.

Um relâmpago brilhou e o ar esfriou. Joan andou mais depressa, contando os segundos sem pensar. *"Mil e um, mil e dois, mil e três..."*. O trovão soou ao chegar no cinco. A tempestade cairia dentro de, talvez, 15 minutos. Ela chacoalhou os ombros para tirar a jaqueta e enfiou-a na bolsa. Não se importava com a chuva, mas aquela era a única jaqueta da escola que tinha, e ela não queria vesti-la encharcada no dia seguinte.

———◈———

Joan estava perto do portão quando veio o brilho do relâmpago seguinte. *"Mil e um, mil e dois..."*

Uma voz familiar soou atrás dela, assustando-a.

— Com licença, eu estou com... — O restante da frase foi engolido pelo trovão. O coração de Joan soou ainda mais alto em seus ouvidos. *Nick.*

Não era ele, disse a si mesma. Joan só estava ouvindo o que queria ouvir.

Mas quando se virou, era *mesmo* Nick, sozinho no campo com ela, o passo leve e suave, tão familiar quanto a voz. Seu cabelo escuro estava cortado diferente agora, jogado sobre as sobrancelhas, mas os olhos continuavam iguais a como sempre foram: tão sinceros e honestos quanto os de um herói à moda antiga, do tipo que resgatava gatos de árvores e pessoas de prédios em chamas.

Por um momento, Joan quase conseguiu imaginar que era realmente ele, o *seu* Nick, com todas as memórias intactas, vindo atrás dela porque havia se lembrado de quem ela era. Seus sentimentos eram um emaranhado de agitação, medo e uma esperança horrível.

Nick parou a pouco mais de um braço de distância. Joan não havia ficado tão perto assim dele desde a noite na biblioteca em que haviam se beijado. Naquela noite, a existência do outro Nick chegara ao fim. Não, corrigiu a si mesma. Naquela noite, *ela* havia colocado um fim nele. Havia escolhido a própria família em vez dele. Monstros em vez do herói.

Algo em seu rosto fez Nick mudar a expressão, arrependido.

— Desculpa, eu não quis te assustar. — Ele ergueu o celular dela. — Vi você derrubar isso lá atrás.

Joan olhou atenta para o rosto dele. Agora que estava mais perto, não havia como enganar a si mesma. Ele estava olhando direto para ela e não havia reconhecimento algum em seus olhos. Esta versão dele tinha até uma postura diferente. O outro Nick andava com uma certa tensão perigosa: a consciência de que talvez precisasse lutar e matar. A guarda deste Nick era aberta e destreinada. Joan deveria se sentir aliviada, ela sabia, mas foi atingida por um sofrimento tão doloroso quanto uma ferida física.

Ela aceitou o celular de volta, tentando não sentir nada quando os dedos deles se tocaram.

— Obrigada — ela se ouviu dizer.

Nick sorriu, de maneira leve e tão familiar que Joan mal conseguir suportar.

— Vivo perdendo o meu — contou ele.

— Sério? — perguntou Joan, surpresa. Ele sempre fora tão cuidadoso com pequenos detalhes. Ela não se lembrava de ele perder nada.

— Bom... — O sorriso de Nick ficou cálido e mais relaxado do que Joan jamais havia visto. — Na verdade, meus irmãos mais novos vivem roubando o meu.

— Irmãos? — repetiu Joan. Ela escutou o espanto na própria voz. Os irmãos dele estavam vivos. Joan sabia, mas escutá-lo dizer aquilo soava como um milagre de alguma forma. O Nick que conhecera havia sido torturado repetidamente, e a família toda fora morta na frente dele. Joan havia visto as gravações. Ela nunca se esqueceria delas, de nem um segundo. Todos aqueles corpos no chão da cozinha.

— Irmãos e irmãs — disse Nick, ainda sorrindo. — Somos em seis, acredite se quiser.

E Joan escutou um eco daquele outro Nick contando-lhe, com algo de sombrio nos olhos: *"Três irmãos e duas irmãs. Eu e os outros meninos dormimos na sala de TV até meus 7 anos."*

— Família grande — comentou Joan. Eles haviam tido essa conversa antes, sozinhos em uma casa em Londres, aninhados um ao outro conforme a noite caía.

Um relâmpago iluminou o campo. Joan caiu em si e ficou horrorizada ao perceber que estivera prestes a falar sobre si mesma também. *"Eu sou filha única, mas passo muito tempo com parentes na casa da minha avó."* O que estava pensando? Passara um minuto sozinha com ele e havia se deixado levar.

Joan se forçou a voltar a andar e sentiu uma alfinetada de inquietação quando Nick a alcançou com tranquilidade. Era confortável demais, como vestir um sapato laceado de outra vida.

— Eu acho que já vi você por aqui — falou Nick, e Joan olhou para ele, surpresa. — Você está um ano atrás do meu, não está?

— Isso — Joan conseguiu responder, tentando ignorar a sensação calorosa que lhe percorreu o corpo. Ele a havia notado. Ela achava... Bom, não importava o que ela achava. Não poderia existir nada entre eles, não dessa vez, nem da outra vez. Nem nunca.

Nick abaixou a cabeça, envergonhado.

— Ainda sou novo nesta escola.

Dessa vez, Joan não confiou na própria voz. Jamais se esqueceria do primeiro dia de volta às aulas depois daquele verão terrível, quando seu corpo continuava lhe dizendo que estava fugindo de algo. Ela dava um pulo toda vez que alguém aumentava a voz, toda vez que alguém batia a porta de um armário. Sentar-se naquelas salas de aulas abafadas e pequenas, com saídas únicas, beirava o insuportável.

Naquele primeiro dia, ela estava andando pelo corredor da escola com sua amiga Margie.

"Minha nossa", dissera Margie. *"Você já viu o aluno novo?"*

"Aluno novo?", perguntara Joan.

"Tão gato", respondera Margie. *"E não é gato normal. É gato nível galã de Hollywood."*

Então elas haviam cruzado o corredor e lá estava ele. Nick. Vestindo o uniforme da escola. Alto, com o rosto quadrado e perfeito. E Joan não soubera então se queria correr até ele ou na direção contrária.

Agora, alguns meses mais tarde, em novembro, ele já era infinitamente mais popular do que Joan jamais fora. Nick Ward, o novo capitão do time de futebol. O cara mais gato da escola. O cara mais esperto da escola. A maioria dos alunos do ano de Joan tinha uma queda por ele.

— Você mora muito longe? — perguntou Nick. Joan balançou a cabeça. Estava a alguns quarteirões de casa. Ele sorriu então, o sorriso que fazia fraquejar os joelhos de metade da escola. — Eu moro ali. — Ele apontou para uma das casas do outro lado da rua.

"Ah." Era isso então. *"Lembre-se disso"*, disse Joan a si mesma. Porque não haveria outras conversas como essa. Não podia deixar isso acontecer de novo.

O cabelo escuro de Nick estava caindo sobre os olhos. Havia uma folha grudada em sua gola, uma folha vermelha de tramazeira, a última da estação. Joan se deixou divagar só mais uma última vez. *"Nick, não se lembra de quem você é?"*

— Tem uma folha... — Ela apontou para o próprio pescoço.

— Ah, não, sério? — Ele riu, e seu pescoço ficou todo vermelho. — Não é muito elegante. — Ele espanou a gola com os dedos. — Saiu?

Ainda estava lá, enganchada no ombro da camisa verde e cinza de futebol. Joan balançou a cabeça.

— Posso? — Ela tentou não notar o quanto a vermelhidão aumentou na pele dele. Nick assentiu.

Joan esticou o braço. Sua própria respiração falhou e ela podia ver que ele havia percebido. Os olhos dele ficaram sérios. Ela quase esperava que ele fosse impedi-la, pegar o pulso dela. Mas Nick não se mexeu, nem quando ela tocou a parte de trás de seu pescoço com os nós dos dedos, sentindo os cabelos macios de sua nuca.

— Saiu agora? — perguntou ele, com uma voz mais profunda, como logo antes de beijá-la.

Joan se forçou a sorrir de volta para ele.

— Saiu — respondeu. Ela apanhou a folha e afastou a mão, tomando muito cuidado para não retirar nenhuma vida dele. — Não tem mais nada.

Não tinha mais Nick. Ele realmente não existia mais. Joan sentiu um vazio repentino. E solidão. Ela era a única que se lembrava como ele costumava ser. Um garoto que podia entrar desarmado em uma sala cheia de monstros e fazê-los fugir de medo. Um garoto que protegia humanos dos predadores que viviam entre eles. Nem mesmo o próprio Nick se lembrava disso.

Ele nem sequer sabia que monstros existiam.

Ainda havia uma nuance de vermelho nas bochechas de Nick. Joan disse a si mesma que era por causa do frio.

— A gente se vê por aí? — sugeriu ele.

Joan foi salva de precisar responder por gritinhos vindos da casa. Duas crianças correram para cruzar a rua saltitando, dois Nicks em miniatura, um menino e uma menina de uns 6 anos de idade. Tinham o mesmo cabelo e olhos escuros que ele. O menino usava óculos com uma armação preta que o fazia parecer um professorzinho.

Nick pulou para encontrá-los, encurralando-os na calçada:

— Ei, ei! O que a gente faz quando atravessa a rua? A gente espera, certo? Espera e olha para os dois lados! — Ele os abraçou apertado, um braço ao redor de cada um.

Outra menina veio apressada atrás das crianças. Era mais velha que Nick. Talvez tivesse 19 anos.

— Cuidado! — falou para eles, fazendo igual a Nick. — Tenham cuidado!

Ela tinha os cabelos de um castanho mais claro que os outros três, e seu sotaque do norte era mais acentuado que o de Nick.

— Estamos ajudando a Mary a fazer frango! — anunciou o menino.

— Robbie derrubou o frango! — exclamou a menina. — No chão!

O menino franziu a testa para ela, por trás dos óculos cobertos de gotas de chuva.

— Não era para você contar! — reclamou. Ele se virou para a garota mais velha. — *Ela* lambeu a pele! A pele crua!

Mary suspirou.

— Vamos. De mãos dadas desta vez. — Ela esticou a própria mão. Inesperadamente, lançou um sorriso torto para Joan e disse: — Oi! Desculpa atrapalhar a conversa de vocês.

— Oi. — Joan se forçou a sorrir de volta.

Mary voltou a prestar atenção nas crianças, chamando-as, e os olhos de Joan notaram seu anel. Era todo preto, simples, sem brilho. Joan já o havia visto antes. Nick costumava usá-lo em uma corrente, enfiado debaixo da blusa. Joan não sabia que havia pertencido à irmã dele.

— Vejo você na escola? — disse Nick. Estava de mãos dadas com o menino.

Joan assentiu. Mary. Robbie. A menininha devia ser Alice. Nick havia falado um pouco sobre eles. Joan não sabia à época, mas ele estava sofrendo pela perda dos irmãos desde que se conheciam.

A cozinha dos vídeos apareceu em sua mente de novo. Os três, Mary, Robbie e Alice, caídos imóveis e mortos. E Nick... O coração de Joan se apertou com a forma como ele sorria para os pequenos agora. Ele havia cravado uma faca no pescoço do assassino dos irmãos, com o rosto contorcido de angústia e horror. Joan jamais esqueceria do som que ele fez.

Ela não teve como manter o sorriso.

— A gente se vê — conseguiu dizer. Então se virou depressa.

Ela subiu a rua íngreme da lateral da colina, esforçando-se até a exaustão física superar o aperto em seu peito. Lufadas de vento erguiam galhos e folhas. Gotas pesadas de chuva começaram a cair. O vento carregou partes de uma conversa colina acima.

— ... aquela menina bonita? — Era a irmã mais velha de Nick, o tom provocador e carinhoso.

— *Mary!* — disse Nick, soando tanto como um irmão mais novo envergonhado que Joan quase se pegou sorrindo de verdade.

Houve risadas altas e gritinhos das crianças, mas logo Joan estava longe demais para escutar qualquer coisa. Em segurança, fora do campo de visão deles, ela fechou os olhos com força.

Inspirou fundo e soltou o ar devagar. Estava tudo bem, disse a si mesma. Não devia ter conversado com ele, mas não aconteceria de novo. Ela se certificaria disso. E o que estava sentindo agora... Ela conseguiria lidar com isso. A chuva pesada atingiu seu rosto feito lágrimas. Ela conseguiria lidar. Estava lidando.

Estava aqui, de volta no mundo real. Nada de matadores de monstros. Nada de monstros. Apenas a vida normal em casa. E era assim que seria dali para frente.

◆◇◆

— Cheguei! —gritou ela para o pai. Foi atingida pelo calor e cheiro doce das tortinhas: manteiga, geleia de abacaxi e gengibre.

— Oi! — gritou o pai da cozinha.

Enquanto Joan chutava os sapatos para fora do pé, ele apareceu com um prato de tortinhas de abacaxi.

— Já comi cinco! — anunciou. Então ele a viu e franziu a testa. — Cadê a sua jaqueta?

Joan empurrou os sapatos para dentro da sapateira com a lateral do pé e pegou uma tortinha do prato.

— Não queria que pegasse chuva. — Ela mordeu o doce, colocando uma mão em concha embaixo para pegar migalhas esfareladas enquanto seguia o pai até a cozinha.

— Ela é feita para pegar chuva. Para proteger você.

— Isso está muito bom — falou Joan com a boca cheia. — Minha nossa! Quantas você fez? — acrescentou ao ver a cozinha. Havia dúzias de tortinhas esfriando em suportes, no fogão, no balcão, em cima da geladeira.

— Você pode dar algumas para os seus amigos! — comentou o pai. — E vamos levar algumas amanhã!

— Amanhã? — perguntou Joan. — O que vai acontecer... — Ela parou. Havia uma nota adesiva no balcão da cozinha, com a caligrafia do pai. *Jantar de família nos Hunt às 18h.* A geleia ficou amarga no fundo de sua garganta. — O que é isso?

— Hã? Ah. Sua avó ligou à tarde.

— Ligou?

— Ela convidou a gente para jantar lá amanhã. — O pai vasculhou a gaveta. — Em Londres, com toda a família Hunt.

Joan sentiu o estômago se revirar. Ela não falava com os Hunt desde que voltara para casa. Sua prima Ruth havia enviado mensagem algumas vezes.

> Ei, se você quiser falar sobre toda essa coisa de "ser um monstro", podemos conversar.

> Mesmo se não quiser, a gente deveria. Você pode achar que dá pra evitar tudo, mas não dá.

Joan havia prometido a si mesma que responderia, mas semanas e agora meses haviam se passado, e as mensagens de Ruth continuavam sem resposta.

— Tive a impressão de que a sua avó queria conversar com você sobre alguma coisa — acrescentou o pai.

— Que coisa? — indagou Joan.

— Ah, você conhece a sua avó — disse o pai, soando distraído. — Ela não gosta de falar muito no telefone. *Achei* vocês! — Ele puxou um par de luvas de forno pretas da gaveta.

Joan se pegou lembrando de uma cozinha diferente... a da avó, em Londres, com chocolate quente borbulhando no fogão. Havia tido um encontro estranho com o vizinho da avó. Ele a empurrara contra uma parede certa manhã e então, de súbito, era noite.

Joan havia corrido de volta para a casa da avó, apavorada. *"Ele fez alguma coisa comigo."*

Os olhos da avó brilhavam com a luz fraca da cozinha. *"Ele não fez alguma coisa com você"*, dissera. *"Você é que fez com ele."* Ela se aproximara. *"Você é um monstro, Joan."*

Alguns meses antes, Joan havia descoberto o que o restante dos Hunt sempre soube. Sua família por parte de mãe era formada por monstros: monstros *de verdade.* Eles roubavam vida de humanos e a usavam para viajar no tempo.

Agora, na própria cozinha de Joan, havia algo se remexendo como que soprado por uma brisa, embora nada no cômodo se movesse. O pai não reagiu. Ela havia sentido com sua percepção de monstro. A onda passou de novo, reverberando pelo mundo sem de fato perturbar nada.

Às vezes, a linha do tempo parecia algo vivo, uma criatura com vontade própria. Nessa noite, Joan a sentiu feito uma força da natureza, como se a própria tempestade houvesse entrado na casa.

Seu pai fechou a porta do forno com o cotovelo.

— Então, amanhã à noite?

"Você pode achar que dá pra evitar tudo, mas não dá." Joan cruzou os braços.

— Não sei... Eu trabalho amanhã.

— Você não sai às quatro?

— Tenho que escrever uma redação.

— Não pode fazer isso no domingo? É que sua avó me lembrou que... — Ele hesitou. — Amanhã é o aniversário de quinze anos da morte da sua mãe. Acho que sua avó quer passar um tempo com você. — Ele abaixou os olhos para as luvas de forno.

— *Eu* deveria ter me lembrado de que era um dia especial. Acho que eu e você sempre celebramos o aniversário de nascença dela em vez disso.

Uma conhecida pressão emocional a tomou. Joan se forçou a engoli-la. Não esperava que o pai dissesse aquilo. Ele falava da mãe dela o tempo todo, mas a avó *nunca* o fazia.

— Tudo bem por você? — perguntou ele. Quando ela não respondeu imediatamente, ele repetiu, mais suave: — Joan, *você* está bem?

Ele estava fazendo essa pergunta de várias maneiras diferentes havia semanas. *"Você parece tão quieta ultimamente. Está acontecendo alguma coisa? Você brigou com os seus amigos?"*

Mentalmente, Joan tentou falar a verdade.

"Eu descobri que sou um monstro, pai. O lado Hunt da família... são todos monstros." Ou outra verdade.

"O garoto que eu amava era um matador de monstros. Ele matou a minha avó e o resto da família. Mas eu o desfiz. Voltei a vida dele no tempo. E agora os Hunt estão vivos de novo. Mas eles não se lembram."

"Ele não se lembra de mim."

A dor vazia da realidade a atingiu de novo. Não podia contar nada disso ao pai. Ele não acreditaria. Ela *não queria* que acreditasse. Queria que ele ficasse em segurança, em casa, longe do mundo dos monstros.

— Estou bem — respondeu, tentando fazer soar real. — Só... você sabe, coisas acontecem.

O pai examinou seu rosto.

— Que coisas?

— Coisas comuns. — Joan precisava controlar a emoção na voz. — Nada demais. Todo mundo está estressado com a escola este ano... Você *sabe* disso.

— Joan...

— Não precisa ficar perguntando, pai. Eu estou bem. Mesmo! — As palavras saíram carregadas de frustração. Joan apertou os lábios com força. Não queria brigar por causa disso. Não queria contar ao pai mais mentiras do que já havia contado.

No silêncio, o vento fez as janelas tremerem. O suspiro do pai foi quase inaudível.

Joan olhou além do arco aberto da cozinha, para as fotos na parede da sala. Ela e o pai. Ela bebê. A mãe. Os três juntos em um parque, a mãe e o pai segurando as mãos dela. Quando era criança, passava horas olhando para aquelas fotos, tentando ver as próprias feições no rosto da mãe. Joan sempre se parecera mais com o pai. Mais chinesa do que europeia.

— Você me lembra tanto ela — comentou o pai. Ele havia acompanhado seu olhar. — Cada vez mais. Ela teria muito orgulho de você.

Aquela pressão emocional voltou. Havia coisas sobre a mãe nas quais Joan *realmente* não queria pensar. Ela morrera quando Joan era bebê. Sua morte sempre fora um fato, um que Joan aprendera antes de qualquer outra coisa, antes de aprender a contar ou a ler. Um fato imutável. Um fato fundamental de sua vida.

— Minha avó nunca fala dela. — Joan forçou as palavras para fora. — Tipo, nunca. Não acha que isso é estranho?

Seu pai estava em silêncio, os olhos ainda focados nas fotos.

— Eu também não entendi isso por um bom tempo — disse. — Mas... sua avó e sua mãe nem sempre se deram bem. Elas brigaram pouco antes de a sua mãe morrer. Acho que sua avó se sentiu culpada por causa disso. Acho que se culpou pela morte da filha, de alguma maneira estranha.

Ele tirou as luvas. A mãe de Joan devia ter comprado aquelas. Todas as coisas escuras da casa haviam sido dela; o pai preferia cores vibrantes.

— Acho que esse jantar é um grande passo para a sua avó. — Atrás dos óculos, os olhos do pai estavam marejados.

Ele queria ir àquele jantar, Joan percebeu. Ele queria ver os Hunts no dia seguinte. Ele queria se lembrar da esposa com a família dela naquele aniversário.

Joan respirou fundo.

— Vamos juntos? — perguntou ela. O pai estaria lá, lembrou a si mesma. Os Hunt não poderiam falar sobre coisas de monstro na frente dele.

— Mas é *claro*. É um jantar em família.

— Um jantar em família — repetiu Joan. Não um jantar com monstros, mas um com o pai e a família da mãe. — Certo. Um jantar em família.

Quando acabasse, Joan e o pai voltariam para casa, para suas vidas normais. Não era como se ela fosse ser puxada de volta para o mundo monstro.

DOIS

Era uma manhã quente, mas o caminho para a Holland House estava fresco sob as sombras oscilantes das árvores. Joan já conseguia ouvir os sons do jardim: crianças rindo, pavões grasnando, as vozes fortes dos guias do passeio.

Ela chegou ao exuberante gramado. Não era sequer meio-dia, mas o lugar já estava lotado. Parecia que todos haviam tido a mesma ideia: aproveitar o tempo ensolarado no parque. Guias fantasiados lideravam grupos de turistas pelo labirinto. As crianças espirravam água nas margens rasas do pequeno lago.

Para além delas, vidros cintilantes refletiam o sol da manhã. A Holland House era sempre bonita, mas aquela era a melhor hora do dia. A fachada de tijolinhos brilhava.

Joan foi atingida do nada por uma pontada de nostalgia. A casa não era mais assim, ela se lembrou de súbito.

Havia *queimado*.

Ela acordou com um sobressalto.

A luz passava pelos vãos na cortina de seu quarto. Lá fora, ainda chovia forte, um rugido implacável. Joan tentou acalmar a respiração. A dor da perda a atingiu de novo. Em sua memória, a Holland House havia sido uma das atrações turísticas mais populares de Londres; as pessoas vinham de todo o mundo para visitá-la.

Nesta linha do tempo, estava em ruínas. As pessoas sequer lembravam seu nome.

Joan esfregou os olhos. O sonho havia sido tão vívido que a chuva da manhã parecia surreal. Ela olhou para o relógio. Ainda muito cedo. Tinha a vaga sensação de que algo difícil aconteceria mais tarde. Uma prova de matemática? Não, era sábado.

Então ela se lembrou. Encontraria os Hunt naquela noite. *"Tive a impressão de que a sua avó queria conversar com você sobre alguma coisa"*, havia dito seu pai. O estômago vazio de Joan se revirou. O que a avó diria? Joan quase desejou poder voltar àquele sonho, àquele dia ensolarado, tão distante dali, para aquela casa perdida havia muito tempo.

Ela percebeu tarde demais que deslizara para dentro de um território emocional perigoso.

A luz da manhã fraquejou, como se a noite estivesse voltando. O barulho da chuva emudeceu. Até o próprio pânico crescente de Joan parecia distante de onde ela estava. A memória do toque de Aaron surgiu em sua mente, os olhos cinza dele alarmados. *"Ei, fique comigo!"*

Ainda sonolenta, Joan se esforçou para se firmar no momento presente, como Aaron havia ensinado. Ela focou os detalhes de seu ambiente físico. O som da chuva. As sombras listradas da luz da manhã na parede. O bordado rústico da colcha. Ela cravou as garras em cada sentido, controlando-os um a um. Pareceu que uma eternidade havia se passado até que a manhã voltasse a desabrochar e a chuva recomeçasse a rugir. A respiração seguinte de Joan foi um engasgo de alívio. Ela se sentou e abraçou os joelhos. *"Estou aqui"*, disse a si mesma. *"Estou aqui e não quero estar em nenhum outro lugar."*

Esses lapsos de distanciamento estavam se tornando piores, ela sabia. Havia dado seu melhor para impedi-los. As paredes do quarto eram cobertas de mapas antigos e ilustrações de lugares do passado, mas agora estavam nuas. Ela parou de cursar história no colégio. Tentou remover da vida tudo o que pudesse despertar o desejo de viajar no tempo.

Joan se lembrava das palavras de Aaron. *"Você quase morreu. Você tentou viajar sem pegar tempo antes."*

Devia ter falado sobre esse problema com a avó semanas atrás, sabia disso. Não devia estar evitando os Hunt há tanto tempo. *"Esta noite"*, falou para si mesma. Contaria à avó naquela noite.

Forçou-se a sair da cama quentinha. O piso estava gelado, mesmo com as meias, e o frio ajudou a firmá-la melhor. Joan encontrou o uniforme de trabalho e o vestiu. Então foi escovar os dentes.

Na cozinha, o pai estava trabalhando no notebook, de óculos no rosto e telefone no ouvido. Potes plásticos cheios de tortinhas de abacaxi estavam empilhados ao lado dele, identificados com sua caligrafia impecável. *Para os Hunt*, dizia um deles.

Ele desligou o microfone quando Joan passou a caminho da porta de entrada.

— Não vai tomar café da manhã?

Joan esfregou o rosto com uma mão. Controlar o lapso havia levado mais tempo do que gostaria.

— Acordei tarde — respondeu. — Vou pegar alguma coisa na padaria.

— Você deveria comer mais frutas — comentou o pai, um tanto distraído. Joan conseguia escutar o cliente dizendo algo no telefone. Ele gritou quando ela estava saindo: — Tenha um bom dia!

<hr />

Joan trabalhava todas as tardes de quarta-feira e o dia todo no sábado em uma confeitaria tradicional com vitrine cheia de *scones* e bolos artesanais. Lá dentro, o dono havia enfiado dez mesas no pequeno espaço entre o balcão e a porta, e o dia todo pessoas arrastavam cadeiras para a frente e para trás no piso de madeira para permitir que os atendentes e outros clientes passassem.

Joan mal tinha tempo para pensar entre colocar creme para o recheio dos *scones* em travessas e cortar fatias de pão de ló. Eram 11 horas da manhã, então 13h45, então 14h30.

Às 15h30, a maioria dos bolos já havia acabado, e a confeitaria estava vazia exceto por Joan e sua amiga Margie. Joan apagou a lousa de giz e escreveu: *Tudo pela metade do preço.*

— Nós vendemos algum desses merengues? — perguntou Margie. Ela ergueu um, uma coisinha branca com uma cavidade no meio. — O que é isso, afinal?

— Talvez um boneco de neve? — sugeriu Joan. Era novembro. — Alguma coisa festiva?

Margie deu uma mordida e sua expressão ficou pensativa.

— Aqui. — Ela ofereceu o resto a Joan, esticando-se por cima do balcão.

Joan havia pegado uma bandeja para limpar as mesas, então se inclinou para dar uma mordida da mão de Margie. O merengue se despedaçou em sua boca, uma bengala doce aerada. Ela ergueu as sobrancelhas.

— *Não é?* — Margie enfiou o resto na própria boca. — Esse negócio é *bom*. Por que não está vendendo?

— Talvez eles precisem de rostos.

— Talvez bracinhos. Pequenos bracinhos de chocolate. — Margie esticou os próprios braços e mãos para demonstrar, e Joan abriu um sorriso. — Você já começou aquela redação de inglês?

— Você não? — Joan estava surpresa. Margie era tão organizada que controlava a agenda do grupo de amigas. Se Joan queria saber quando Chris estava livre, perguntava para Margie, não Chris.

— Eu não consigo nem olhar para aquilo! Lembra como a Sra. Shah era gentil ano passado? O que será que está acontecendo? Ela é a *pior de todos* agora.

Joan parou, a bandeja cheia na mão, sem saber se havia escutado direito.

— Ela era gentil ano *passado*?

— Acho que ela prefere ensinar história a inglês.

— A Sra. Shah ensinava história pra gente ano passado?

Margie a olhou com uma expressão estranha.

— Por que você tá falando como se fosse uma pergunta?

Era um daqueles momentos desconcertantes em que a memória de Joan não se encaixava com a das outras pessoas. No ano passado, seu professor de história fora o Sr. Larch, um homem baixinho com uma risada explosiva que ressoava de todo o peito.

Joan foi à cozinha colocar a louça na máquina. Era uma lavadora industrial imensa que Margie chamava de RoboCop porque a parte de cima tinha um visor fino e a metade de baixo se abria como uma boca. Quando ela fechou o RoboCop de novo, havia uma marca escura na lateral de sua porta prateada, do tamanho e formato do polegar de Joan. Ela a esfregou com afinco e ficou surpresa ao descobrir que estava cravada feito a marca de algo queimado.

Sua mente, entretanto, estava pensando no Sr. Larch. Quando ela o vira pela última vez? Ele costumava ficar perto do portão, uniformizado, para gritar com as pessoas que vestiam tênis ou as meias erradas. Mas ele não aparecia lá havia meses.

— Ei, por onde anda o Sr. Larch ultimamente? — gritou para Margie por cima do ombro. — De férias ou algo do tipo?

— Quem? — gritou Margie de volta.

— O Sr. Larch da escola — explicou Joan, mas, quando voltou para a frente, Margie parecia confusa.

— Quem é Sr. Larch?

Margie costumava imitá-lo o tempo todo.

— Você *sabe* — disse Joan. — Óculos grandes. Vivia importunando a gente por causa do uniforme. — Ela tentou copiar a atitude dele: — *De que cor são esses sapatos, Margie Channing?!*

— Quem *você* está importunando? — retrucou Margie, sorrindo em parte por diversão, em parte por confusão. — Tem um Jardim de Leitura Sr. Larch atrás da biblioteca. É disso que você está falando?

Joan sentiu um desconforto se formando. Não havia nada atrás da biblioteca, só um trecho cheio de mato até a cerca. Mas quando foi a última vez que ela foi até lá? Não nos últimos meses. Não desde que voltara depois do verão.

— Não deve ser o cara de quem você está falando — comentou Margie. — É uma homenagem para um professor que morreu dez anos atrás, bem antes da nossa época.

— É, não é ele — concordou Joan. O Sr. Larch estava definitivamente vivo. Ele era baixinho, barulhento e gentil. Quando Joan teve dificuldades com a sequência de primeiros-ministros, ele improvisou uma música na hora para ela. A melodia ainda surgia em sua cabeça às vezes. *"Então John Major entrou em cena, e..."*

Margie enfiou outro merengue na boca.

— Eu vou vender esse negócio por conta própria, um por um — disse com a boca cheia. — Não vou deixar saírem do cardápio. — Ela ergueu os pegadores. — Ei, vai fazer alguma coisa hoje à noite? A gente podia adiantar aquelas redações.

— Hoje à noite? — repetiu Joan. Havia percebido coisas erradas naquela linha do tempo, coisas grandes, como a destruição da Holland House. Coisas pequenas, como Nick estudar em sua escola agora. Mas... *não*. O Sr. Larch não estava morto. Só estava dando aulas em outro lugar. Com certeza.

— Meu pai vai fazer aquele macarrão que você gosta, com tomate e menta.

— É — falou Joan, distraída. — Parece uma boa. Ah, espera. — O coração dela se apertou. — Vou jantar com a minha avó hoje. Meu pai e eu vamos descer para Londres.

— Por que você está fazendo essa cara? — Margie fez biquinho. — Achei que amasse ir lá.

— Eu gosto, mas... — Joan parou quando a amiga apertou seu braço com força. — O que foi? — perguntou, então percebeu que o rosto dela estava vermelho de empolgação.

Margie apontou com a cabeça para a vitrine e sussurrou:

— É quem eu acho que é?

Do lado de fora, uma familiar figura musculosa observava os bolos expostos, sua camiseta preta se erguendo quando se inclinava. Joan engoliu em seco. Era Nick.

Margie pegou o celular.

— Ele está entrando *aqui?* Não. *Está.* Ele es...

Nick andou até a porta e a empurrou. Atrás do balcão, o celular de Joan acendeu. Uma mensagem de Margie.

> Para tudo nick ward acabou de entrar

Então uma das amigas delas, Chris:

> Entrar onde?? Na confeitaria???

> Margie: ele é TÃO lindo

> Chris: NÃO ACREDITO TÔ MORRENDO DE INVEJA

Uma onda de emoções atingiu Joan. Prometera a si mesma que o dia anterior havia sido uma aberração, que ficaria longe de Nick. Mas lá estava ele, e alguma parte estúpida dela estava contente com isso. Parado ali, na realidade ordinária de Joan, ele parecia de outro mundo. A estrela do time de futebol. O cara mais gato da escola.

"Gato nível galã de Hollywood", dissera Margie. Ele tinha uma beleza clássica, com cabelo macio e escuro e rosto quadrado. Poderia ser o ator principal de um filme: o herói. De repente, parecia absurdo que qualquer versão dele tivesse uma queda por Joan, ainda mais que eles houvessem sido almas gêmeas de alguma forma.

O olhar de Nick as encontrou, e a expressão dele se iluminou toda. Joan levou um segundo para perceber que ele estava sorrindo daquele jeito porque havia visto *ela*.

— Oi — cumprimentou ele. O *oi* era para as duas, mas os olhos dele se voltaram para Joan como se fossem um ímã. — Seu celular sobreviveu à aventura?

Joan conseguia ver Margie com o canto do olho, olhando para ela, e se sentiu estranhamente exposta. Ela assentiu, e o sorriso dele se abriu mais.

O celular acendeu de novo. Outra mensagem de Margie, só para Joan.

> Desde quando você conhece nick ward??

Joan balançou a cabeça. *"Por favor, não fale nada"*, pediu mentalmente a Margie. Ela precisava tirar Nick dali.

— Você chegou na hora certa — disse em voz alta para ele. — Está tudo com 50% de desconto, por ser final do dia.

— Eu cheguei *mesmo* na hora certa — respondeu Nick, ainda sorrindo, então ele corou, como se não quisesse ter dito aquilo em voz alta.

O corpo de Joan ficou quente de repente, como se ela estivesse tomando sol. Na lateral de seu campo de visão, o sorriso de Margie estava se tornando o do Gato de Cheshire.

O celular de Joan acendeu de novo. Ela olhou de relance para baixo, esperando encontrar outra mensagem da amiga, mas, para sua surpresa, era uma ligação da avó.

Joan hesitou. Deveria atender, sabia que deveria. Mas... estava no trabalho. Ela veria a avó dentro de algumas horas de qualquer forma. Apertou o botão de ignorar.

— Bom, terminei por aqui — anunciou Margie. — Vou levar isso pra ONG.

— O quê? — disse Joan. Margie havia encaixotado só os merengues. E elas sempre levavam as sobras juntas. — Mas nós não...

— Volto em dez minutos. — Margie já estava passando o avental pela cabeça. Deu as costas para Nick e piscou exageradamente para a amiga.

— Margie... — insistiu Joan. Tudo o que precisava era dizer: *"Tem mais coisa para encaixotar."* Margie não faria perguntas, ficaria ali. Joan abriu a boca, mas as palavras não saíram. Seu rosto parecia estar queimando.

O sorriso de Margie se alargou mais. *"De nada"*, disse ela só com os lábios. Então estava saindo da confeitaria.

Nick olhou Joan nos olhos e de súbito ela tomou consciência do tamanho dele: de como se encolhia um pouco para parecer menos imponente. Ele mordeu os lábios, mas não conseguia esconder a empolgação. Margie não havia sido exatamente sutil.

— Oi — repetiu ele.

Joan sentiu um aperto no peito. Não estava acostumada àqueles sorrisos despreocupados dele.

— Oi — falou de maneira estúpida. O cabelo dele enrolava um pouco nas pontas. — Gostou de alguma coisa?

Nick piscou confuso para ela, e Joan apontou para os bolos.

— Ah — reagiu ele e, por algum motivo, ficou ainda mais vermelho. — Hã... não tenho certeza. O que consigo levar por dez libras se... Bom, somos muitos lá em casa.

Daria para comprar pãezinhos adocicados simples com aquilo, mas Joan de repente quis que ele levasse os que eram bons de verdade.

— Temos pãezinhos com gotas de chocolate esta semana. Por dez libras, você consegue levar dez. — Não era exatamente verdade, mas Joan podia somar o próprio desconto aos 50%.

Então ele estava sorrindo de novo. E de repente aquilo *doeu*, aquela fantasia de que eles haviam acabado de se conhecer; de que poderiam se encontrar na escola na semana seguinte; de que ele voltaria à confeitaria. De que aquilo poderia ser o começo de algo e não o fim.

Joan se concentrou em dobrar algumas caixas de papel. Em dois minutos, ele estaria a caminho de casa. Ela conseguiria suportar aquela sensação por mais dois minutos — dava para suportar qualquer coisa por dois minutos, e depois mais dois. Estava aprendendo isso desde que voltara para casa. Cinco grupos de dois e Margie estaria de volta.

Joan colocou seis pãezinhos em uma caixa e quatro em outra. Então, sabendo que não deveria, acrescentou mais duas minitortinhas Bakewell para preencher o espaço vazio.

— Por conta da casa — falou, sem olhar para ele. Teria feito o mesmo por qualquer cliente, disse a si mesma. Elas venceriam logo.

— São as minhas preferidas. — Nick pareceu surpreso e grato.

"Eu sei", pensou Joan. Sabia que ele gostava de amêndoas e cerejas. Assim como sabia que ele preferiria uma quantidade maior de tortinhas em vez da grande torta Bakewell da vitrine, para que as crianças pudessem comer uma tortinha inteira cada. Ela o conhecia tão bem. Só que não conhecia. Não esse Nick. *"Este não é ele"*, lembrou a si mesma. *"Parece, mas não é ele."*

Ela conseguiria suportar. Nick se formaria do ensino médio naquele ano, e ela no ano seguinte. Talvez ele se mudasse para longe. Ela se mudaria. Conseguiria lidar com aquilo por mais um ano. Então... talvez seus sentimentos por ele desaparecessem afinal de contas. Talvez, um dia, ela conseguisse pensar nele sem esse desejo.

Outra notificação apareceu no celular. Ela olhou para baixo, esperando mais mensagens de Margie e Chris, mas era uma mensagem de voz da avó.

Isso era estranho. Sua avó nunca deixava mensagens casuais, nunca. Nem bilhetes rabiscados na mesa da cozinha. Ela sempre dizia: *"Não deixe palavras dando sopa por aí. As pessoas erradas podem encontrá-las."*

A porta da confeitaria se abriu, e o sininho tocou. *"Margie"*, pensou Joan, e não tinha certeza se estava aliviada ou desapontada por ter tido apenas um momento a sós com Nick. *"Aliviada"*, disse com firmeza a si mesma.

— Você esqueceu o casaco... — começou a dizer, então parou.

Não era Margie. O recém-chegado era um homem perto dos 30 anos de idade. Ele havia deixado uma bolsa grande do lado de fora e agora estava só parado à entrada feito um vampiro à espera de um convite. Era alto, com olhos estreitos e felinos e cabelo da cor de manteiga queimada. Seu bigode era fino e afiado como que desenhado a lápis, um tom mais escuro que o cabelo. E havia algo de *errado* nele. O corte do terno; o estilo do penteado. Ele poderia ter saído de uma foto da década de 1920.

Ou da própria década de 1920.

O coração de Joan martelou uma, duas vezes no peito. Ele era um viajante do tempo. Um monstro. Ela nunca havia visto um em Milton Keynes antes.

— O que você quer? — perguntou ela. As palavras saíram rudes.

Nick pareceu surpreso ao notar a severidade na voz dela. Então os olhos dele se estreitaram e ele passou os olhos de Joan ao homem, agindo de maneira instintivamente protetora.

— É incrível o quanto foi difícil encontrar você — disse o recém-chegado a Joan. Ele franziu a testa para Nick. — E você nem devia estar aqui. Disseram que haveria só duas meninas sozinhas.

Isso fez os punhos de Nick se cerrarem. O homem cruzou a soleira, e Nick deu um passo de alerta também. O sujeito suspirou feito alguém que havia chegado para fazer um serviço pequeno e encontrado algo maior à sua espera.

Então Nick estava franzindo a testa também, como se não tivesse certeza do que estava vendo.

— O que... — A voz dele morreu no ar.

Algo fez Joan olhar de novo para a bolsa do lado de fora.

Não era uma bolsa. Joan cambaleou para a frente.

— Margie? — Sua voz saiu forçada e fraca. — O que você fez? — gritou para o homem. — O que você *fez?*

Margie estava tombada de lado, as pernas dobradas debaixo do corpo como se estivesse aninhada no sofá de casa. As caixas de merengue haviam caído ao seu lado, espalhando o conteúdo pelo chão molhado. Ao redor de sua cabeça, fios de cabelo dourado se levantavam com a brisa. A chuva havia parado, mas água pingava do telhado, atingindo seu rosto. Ela não reagiu. Os olhos estavam arregalados e opacos.

— Uma coisinha de nada — falou o homem com desdém. — Acho que ela teria morrido dentro de alguns meses de qualquer forma.

Joan não conseguia aceitar. Balançou a cabeça, descrente, imaginando o homem erguendo a mão para o pescoço de Margie, então arrancando toda a vida dela com um toque.

— *Não* — sussurrou ela, como se dizer em voz alta fosse desfazer a verdade. Margie estaria só andando até a ONG de novo. Voltaria em dez minutos.

— Fique atrás de mim — murmurou Nick para Joan, sua postura subitamente perigosa, e uma calma percorreu o corpo dela. Aquele homem não sabia com quem estava lidando.

Sua compreensão se transformou quase na mesma velocidade. Nick não tinha como lutar com aquele homem. Não mais. Não depois do que Joan fizera com ele.

Apressada, ela deu a volta no balcão e agarrou o braço de Nick antes que ele pudesse dar mais um passo.

— Está tudo bem — assegurou-lhe ele. — Só volte para trás do balcão. — Nick não tirava os olhos do homem. — Eu vou...

Ele parou e seus olhos se arregalaram.

A alguns passos dele, outro homem estava surgindo do nada. Deslizando para o mundo como se estivesse passando por uma porta invisível. E agora mais pessoas estavam se materializando por todo o lugar, homens e mulheres com roupas anacrônicas: trajes pesados dos anos 1940 e vestidos de 1920. *Monstros.*

O homem à porta falou:

— Peguem a garota. Matem o menino. — Ele mal ergueu a voz, mas os recém-chegados já estavam agindo depressa.

Como se um interruptor tivesse sido apertado, o choque paralisante que Joan sentira ao ver Margie desapareceu. Se ela e Nick não saíssem dali, acabariam os dois mortos também.

Ela derrubou a mesa mais próxima, cheia de copos e pratos sujos. Um homem vestindo linho claro recuou com um pulo da porcelana que se despedaçava no chão.

— Pela cozinha! — disse para Nick.

Ele não hesitou. Juntos, eles deram a volta no balcão e entraram na cozinha. Nick bateu a porta atrás de si, e Joan agarrou um carrinho pesado com várias assadeiras. Nick pegou o outro lado e eles o viraram com um baque metálico, bloqueando a porta.

— *O que está acontecendo?* — perguntou Nick, espantado, enquanto corriam para a porta dos fundos. — Eles apareceram do nada! *Como?*

Joan balançou a cabeça. Eram monstros. E isso era tudo o que ela sabia.

— Assim que a gente sair daqui, vire à direita no beco e *corra!* — falou apressada. *"Peguem a garota"*, dissera o homem. *"Matem o menino."* Mas Joan *sabia* que, se ela e Nick se separassem, os agressores iriam atrás dela, não dele. Não estavam esperando encontrá-lo ali. — Só fique longe de mim! Eles vão me seguir, não você.

O rosto de Nick foi tomado por confusão.

— Está me dizendo para deixar que *peguem você*?

— Só *corra!* Só... — Joan chegou à porta dos fundos e a abriu de supetão. Seu queixo caiu em um grito mudo. Mais monstros estavam se materializando no pátio, preenchendo o minúsculo espaço. Ela hesitou, encarando-os.

Nick pegou sua mão.

— Vamos! — exclamou ele. E não havia tempo para pensar. Juntos, eles cruzaram a porta, esquivaram-se dos monstros que surgiam e *correram.*

TRÊS

Joan não conseguiu sair do pátio. Um homem a pegou pela cintura, e o movimento pesado de seu braço a deixou sem ar. Os joelhos dela falharam, e o homem a apertou em um abraço firme.

À frente, Nick passou a linha de monstros e estava quase chegando à rua. Joan se sentiu fraca de alívio. Ele conseguiria fugir.

Mas Nick se virou, aparentemente percebendo que não estava mais segurando a mão dela.

— Não! — gritou Joan, rouca. — *Vá!*

Um monstro o agarrou, mas Nick se soltou de suas mãos com uma facilidade irritada. Ele deu um soco, e depois outro, lutando para voltar a Joan. Então os outros monstros convergiram.

Joan se debateu, tentando se livrar do braço de ferro ao redor de seu peito. Não conseguia respirar. Sua visão ficou cheia de pontinhos e escureceu. Pelos grunhidos e gemidos, Nick estava se virando bem, mas bastaria um único toque em sua nuca. Joan agarrou e cravou as unhas debaixo do braço do atacante. Ele se virou, e os pulmões dela se encheram de novo. Ela forçou as palavras para fora:

— Nick, *corra*!

— *Corvin!* — esbravejou alguém. — O que está esperando?

O homem que segurava Joan ergueu a voz em tom de comando:

— Pare! Pare de resistir! — O peito dele vibrava contra as costas de Joan. — Fique quieto! Parada!

JAMAIS UM HERÓI ❧ 23 ❧

A ordem era tão ridícula que Joan quase riu. Será que ele achava que ela iria parar só porque ele havia mandado? Ela se debateu e chutou o agressor, *Corvin*, como alguém o chamara. Seu calcanhar atingiu a canela dele e ele xingou.

Por um longo momento, os únicos sons audíveis eram os dos pés de Joan raspando e deslizando pelos paralelepípedos molhados e os grunhidos de Corvin ao tentar segurá-la.

Eram realmente os únicos sons, Joan percebeu aos poucos... Não conseguia mais escutar Nick. Ela se virou, procurando em desespero, já imaginando seu maior pesadelo: Nick, morto no chão, como Margie.

Mas ele ainda estava de pé. Joan mal teve um segundo para sentir alívio, no entanto, porque a postura dele era estranha. Ele estava no meio do pátio, imóvel feito uma pedra, os olhos focados nela. Os agressores haviam se afastado dele, mas Nick não estava aproveitando a oportunidade para lutar. Seus braços estavam rígidos nas laterais do corpo.

E os olhos... os olhos estavam tão assustadoramente vazios que Joan teve um horrível vislumbre do rosto sem vida de Margie. Da avó. De Lucien. Os olhos dos mortos.

— Nick? — chamou Joan. Sua voz saiu assustada e hesitante. Ele não se mexeu. — *Nick?* — repetiu. O que havia de errado? — O que você fez com ele? — perguntou a Corvin, com a voz trêmula.

Em vez de responder, Corvin ergueu o tom em uma ordem:

— Dê-me a algema!

Uma mulher avançou até Joan. O cabelo Chanel perfeito e o vestido de saia rodada dos anos 1950 faziam com que ela se parecesse com um anúncio em preto-e-branco que ganhara vida. O batom estava um pouco assimétrico, dando à sua boca um toque de crueldade. Do bolso do peito, ela puxou um fino cilindro dourado e o entregou a Corvin. Ele o abriu com o polegar, e uma tira de ouro fina como papel se desenrolou, cortada como renda.

— O que está *fazendo*? — conseguiu dizer Joan. O que era aquela coisa? — *Quem* é você? — Ela deu um chute na direção da mulher para mantê-la longe.

— Façam ela ficar parada — ordenou Corvin, e alguém pegou o braço direito de Joan e ergueu a manga de sua camisa, arrancando o botão.

Joan resistiu.

— Nick! — gritou, rouca. Ele continuava parado. O que estava acontecendo? — *Nick!*

Corvin envolveu o antebraço de Joan com a renda, logo abaixo do pulso. Por um momento, a tira ficou ali feito um bonito bracelete dourado. Então ela pareceu tremer, murchar e queimar, enterrando-se na pele de Joan como uma criatura viva. Ela abriu a boca em um grito mudo; doía igual a metal derretido.

— Ela está ancorada em mim — falou Corvin. — Podemos ir.

Ir? Eles a estavam levando para algum lugar?

— Quem é você? Por que... — A voz de Joan falhou, então ela explodiu: — Por que você matou Margie? — Não conseguia acreditar que ela estivesse morta. — Por que não a deixou ir? — A irmãzinha dela, Sammy, faria 6 anos na quarta-feira. Margie estava planejando fazer um bolinho individual para ela destruir com as mãos, no formato de uma rocha com dinossauros dentro. E agora... — Ela estava *indo embora*. Estava a caminho da rua!

— Ah, pare com isso — esbravejou Corvin, como se Joan houvesse questionado seu profissionalismo. — Mal havia meio ano de vida nela.

"Uma coisinha de nada", falara ele mais cedo. Será que estava querendo dizer que Margie morreria logo de qualquer forma? Joan balançou a cabeça. Não conseguia suportar essa ideia.

Corvin ergueu a voz e ordenou:

— Alguém fique aqui para fazer a faxina! Dê um jeito no corpo e no menino!

"Matem o menino", havia dito antes. Joan perdeu o controle. Ela deu chutes e cotoveladas, tentando se soltar dele. Nick ainda estava parado, imóvel feito uma estátua. Será que havia sequer piscado?

— Nick, *lute!* — implorou Joan. — Lute! Você precisa sair daqui! Eles vão matar você!

E seria culpa de Joan. A outra versão de Nick teria conseguido contê-los. Mas ela arrancara suas memórias e habilidades. Tornara-o impotente contra monstros. Ele nem ao menos sabia o que havia sido um dia.

À distância, uma sirene soou.

— Vamos! — convocou Corvin. — Depressa!

Joan conseguia ver com o canto dos olhos que o pátio estava esvaziando conforme monstros desapareciam no nada.

De repente, o desejo de viajar no tempo a atingiu também — uma vontade tão forte que parecia um soco no estômago e por um segundo dominou todas as outras sensações, até seu medo por Nick. Mas não era um desejo dela. *"Ela está ancorada em mim"*, dissera Corvin. Ele havia colocado aquilo nela, aquela *algema*, e agora tentaria arrastá-la para fora da época em que estavam.

— *Ande logo!* — ordenou ele.

A sensação de um desejo forçado aumentou. Joan precisava segui-lo, mais do que queria respirar. Era primordial.

Ela lutou no mesmo nível primordial para continuar ali, na época em que estava. Monstros viajavam no tempo ao pensar em uma época e ansiar por ela. Joan se preencheu com um desejo de casa. De ficar ali. No lugar em que já estavam.

Lutou como havia feito contra o lapso naquela manhã, focando seus sentidos. Estava frio. Ela conseguia sentir o cheiro dos paralelepípedos molhados, do pão assado e da fumaça de alguma chaminé. *"Estou em casa"*, pensou. *"Não quero estar em nenhum outro lugar que não seja aqui."*

— Você está com ela sob controle ou não? — Quem disse isso foi um homem magro com um rosto fino e um abundante cabelo grisalho. Ele soava como se estivesse com dúvidas, de maneira quase desdenhosa.

A resposta de Corvin saiu irritada:

— Claro que sim.

Entretanto, ele grunhiu, como se estivesse lutando com um fardo pesado.

O desejo forçado se tornou desespero. Joan conseguia sentir que estava perdendo o controle. *"Não quero estar em nenhum outro lugar que não seja aqui"*, repetiu para si mesma. Mas sua voz interna parecia fraca em relação à necessidade desesperada de viajar. Ela se virou mais uma vez nos braços de Corvin até poder ver Nick, e apenas Nick.

Corvin rosnou pelo esforço. Joan não conseguia respirar. *"Nick"*, pensou, permitindo-se desejar *ele* em vez de afastar todas as emoções de uma vez. *"Eu quero ficar aqui com você."* Mas Corvin era forte demais. Ao redor dela, o som de sirenes emudeceu até sumir. O cheiro forte da chuva desapareceu.

Nick... Nick...

Em meio à escuridão crescente diante de seus olhos, Joan captou movimento onde antes não existia. As mãos de Nick estavam se cerrando em um punho. O rosto dele foi retomando expressões como se fosse água enchendo um copo.

— Corra! — Joan esforçou-se para dizer. Sua própria voz soava fraca e distante.

Porém, em vez de correr, Nick se virou na direção de Corvin com uma determinação sombria. Em um passo largo, estava lá. Ele fez algo com força e velocidade que deixou Corvin gemendo de dor e cambaleando para trás, puxando Joan consigo.

— Mate-o! — gritou Corvin, olhando por cima do ombro atrás de ajuda. — Parem-no!

Mas não havia ninguém para ajudar.

Os outros monstros haviam desaparecido, deixando-o sozinho no pátio com Joan e Nick.

QUATRO

A sensação de desejo havia passado. Joan respirou aliviada, deixando-se relaxar nos braços de Corvin. Havia funcionado. Conseguiu se manter na época em que estava.

— Onde estão todos? — Corvin soava irritado. Aparentemente, havia percebido que não viajara com os outros. — Mas que diabos...? — Ele voltou os olhos felinos para Joan, as sobrancelhas pálidas se unindo ao centro. — Como você resistiu àquela algema?

Ele havia afrouxado os braços ao olhar ao redor. Joan aproveitou a oportunidade para se debater e se desvencilhar.

Corvin tentou segurá-la, mas então Nick apareceu. Ele desceu um soco no rosto do monstro, fazendo-o cambalear para trás. Corvin encheu os pulmões de ar para falar, e Nick o golpeou de novo, com força, na mandíbula, e logo Corvin estava no chão, inconsciente nos paralelepípedos molhados do pátio.

Nick o olhou de cima, e seus ombros largos subiam e desciam. Joan se esforçou para recuperar o fôlego. Os sons da vizinhança haviam voltado. Passarinhos cantavam e motores de carros distantes roncavam. O ar cheirava a pedra molhada.

Nick se virou para Joan.

— Ele te machucou? — Os olhos dele estavam focados nela.

Joan balançou a cabeça. Então o *déjà-vu* a atingiu com força. Uma imagem ofuscou sua visão: Nick sobre o corpo de Lucien Oliver, sangue pingando de uma espada. *"Você está bem?"*, perguntara-lhe ele.

— Sinto muito mesmo — disse Nick agora. Ele passou a mão no rosto. — Não sei por que eu congelei daquele jeito.

— O quê? — Por que ele estava se desculpando? Havia acabado de salvá-la de ser sequestrada por monstros.

As sobrancelhas dele se enrugaram.

— Você estava se debatendo, e eu só fiquei lá parado enquanto você lutava com eles. Desculpa.

— Não. — Aquilo não estava certo. — Não, você...

Joan parou de falar. O que *havia* acontecido, exatamente? Ela nunca vira nada igual. Nick estava lutando, então Corvin ordenou-lhe *"Fique quieto! Parado!"*, e Nick parou onde estava, inexpressivo feito uma boneca, como se o monstro houvesse apertado o botão de pausar.

Joan olhou para Corvin, caído inconsciente no chão de pedra molhado, o cabelo escurecendo em uma massa preta na água empoçada da chuva. A luta havia erguido uma de suas mangas, expondo a tatuagem de uma árvore. O tronco começava perto do cotovelo, os galhos retorcidos subiam pela palma da mão, e as pontas murchas tocavam o final de cada dedo.

Um ulmeiro queimado, recordou-se Joan. O brasão da família Argent. Os Argent podiam forçar humanos a fazer suas vontades. O estômago dela se revirou.

— *Você* não congelou. Não foi você. — Nick havia voltado por ela. Ele podia ter escapado, mas salvou a vida dela. — Foi *ele*. Ele usou um poder em você.

— Um poder? — Os olhos escuros de Nick estavam fixos nela.

Joan abriu a boca para responder, então parou. Queria tirar aquela expressão do rosto dele, aliviar sua culpa mal direcionada, mas lembrou-se de novo de com quem estava falando: um garoto que uma vez fora uma figura temível no mundo monstro. Um matador tão poderoso que mitos haviam sido criados sobre ele. Nick liderara o massacre da família de Joan da última vez e isso não podia acontecer de novo. Joan não deveria estar lhe contando nada sobre poderes monstros.

Nick disse, lentamente:

— Ele me mandou ficar quieto. Parado. E foi como se... Como se eu *quisesse* obedecer. Como se eu precisasse. — O olhar dele estava ficando mais sério, ainda focado nela. — *Quem são* essas pessoas? Como apareceram do nada?

Todas aquelas perguntas eram perigosas e Joan não sabia como respondê-las. Não havia tempo para respondê-las, lembrou a si mesma.

— Precisamos sair daqui — disse. — Ele vai acordar logo. — E então poderia usar aquele poder de novo.

Por impulso, entretanto, Joan se permitiu um momento para ajoelhar nos paralelepípedos e vasculhar os bolsos de Corvin. O esquerdo, do paletó. Depois o direito. *Ali*. Uma carteira. E, na parte de dentro, uma corrente pendia da casa de um botão.

Joan a puxou e encontrou um pingente preto na ponta, uma árvore queimada com galhos murchos. Era um selo, a versão monstro de um documento de identidade. Ela enfiou a carteira e o pingente no próprio bolso. Podia não saber quem havia enviado aqueles monstros atrás dela, mas iria descobrir.

Joan olhou para cima e encontrou a expressão sincera do rosto quadrado de Nick ainda fixo nela. Sentiu-se estranhamente envergonhada, como se houvesse sido pega cutucando o homem feito um abutre. O lado Hunt da família era todo de ladrões e, de repente, através dos olhos de Nick, ela se sentiu como um também.

— Eu só quero descobrir quem ele é — justificou-se.

Nick pareceu surpreso pela defensiva dela.

— Claro — concordou. — Ele tem celular? Bem que podíamos atrasá-lo também.

E agora foi a vez de Joan ficar surpresa. Não conseguia imaginar a outra versão de Nick aprovando roubo.

Ela vasculhou os outros bolsos de Corvin.

— Não estou encontrando nenhum.

— Tudo bem. — Nick ofereceu-lhe a mão. — Vamos embora.

Joan o deixou ajudá-la a se levantar; sua mente estava mais desequilibrada do que o corpo. *"Nem sei quantas pessoas eu matei"*, dissera ele certa vez. Será que sua versão anterior havia adotado uma moral rigorosa como forma de lidar com o massacre de monstros? Era estranho pensar que esse novo Nick podia ter uma moralidade diferente do garoto que ela conhecia.

Havia uma passagem estreita entre paredes de tijolinho que dava para a rua. Joan ficou tensa ao chegar ao fim, sabendo que Margie estaria caída na entrada. *"Cuidado"*, falou apenas com os lábios para Nick.

— Acho que os policiais chegaram — murmurou ele de volta, quase um sopro inaudível de som. — A sirene estava chegando perto quando aquelas pessoas... — Ele hesitou e pronunciou devagar a palavra estranha: — *...desapareceram.*

Sirene? Joan havia se esquecido disso. Sem ela, a passagem parecia muito quieta. Até a chuva havia parado de pingar dos telhados. Joan espiou para fora do beco.

— A rua está *vazia* — sussurrou, surpresa.

A confeitaria ficava em uma fileira de dez lojas. Em um sábado à tarde como aquele, Joan esperava ver carros parados pela rua; rostos familiares entrando apressados no hortifrúti. Mas não havia absolutamente ninguém por perto. As vagas de estacionamento estavam vazias. Nada de polícia.

— Sua amiga... — disse Nick, devagar.

— O quê? — Joan desviou os olhos para a porta de entrada da confeitaria. Margie não estava lá. Teriam os agressores movido seu corpo? Todas as cadeiras estavam perfeitamente empilhadas. A mesa que Joan havia virado fora arrumada. Não havia sinal algum de Margie no lugar. Ou de qualquer ataque.

— Quando foi que eles tiveram tempo para limpar tudo? — perguntou Nick.

O desconforto atingiu Joan. Ela deu um passo para trás. O ar parecia mais quente do que alguns minutos antes. *Muito* mais quente.

Ela se virou.

Quando chegara mais cedo para trabalhar, a grande árvore à frente da loja era só um monte de galhos secos com folhas decadentes. Agora estava carregada de flores brancas. Seu perfume suave viajava com a brisa.

Uma imagem vívida da luta com Corvin saltou na mente de Joan: ele tentando arrastá-la pelo tempo. Joan achara que havia conseguido impedi-lo, mas e se só houvesse conseguido atrapalhar a chegada? E se ele *houvesse mesmo* a levado para algum lugar? Alguma *época*?

Outra imagem vívida apareceu, desta vez de Nick tentando fazer Corvin soltá-la. Ele havia agarrado o braço de Joan, bem onde aquela algema dourada estava. Joan imaginou Corvin arrastando-a pelo tempo, com Nick puxado junto pelo caminho.

— Nick... — disse ela.

Ele não respondeu. Havia ido até a vitrine seguinte, como se mudar o ângulo fosse mudar o que havia dentro. Seu rosto estava pálido.

Havia uma pequena placa de metal parafusada sob a janela. *Margaret Marie Channing. Nicholas Arthur Ward. Desaparecidos. Deixam saudades.*

Nick recuou depressa, tropeçando, desequilibrado de uma maneira que não combinava com ele.

— Nick. — Joan não sabia o que dizer. *Desaparecidos. Deixam saudades.* Os nomes pareciam permanentes ali. Não era sequer um cartaz de pessoa desaparecida, mas uma placa, como se o corpo de Margie nunca houvesse sido encontrado; como se Nick houvesse sumido há tempo suficiente para justificar um memorial em vez de um número de telefone para que as pessoas relatassem se o vissem.

Quão grande havia sido aquele salto? Há quanto tempo estavam desaparecidos? Alguns meses? Um *ano*? E onde estava o nome de Joan? Por que *ela* não estava na placa?

Joan procurou o celular, desesperada para falar com o pai. Será que ele também achava que ela estava desaparecida?

O aparelho estava mudo. Joan piscou para a tela. O ícone da operadora havia sumido e ela não estava conectada à internet, nem ao Wi-Fi da confeitaria. O plano havia sido cancelado? A senha do lugar havia mudado?

Sua vista estava ficando embaçada. Joan respirou fundo. Não podia entrar em pânico. Havia notificações na tela: a mensagem de voz de sua avó. Ela apertou para tocar.

— Joan, meu amor — disse a avó. Seu tom direto-ao-ponto estava apressado. O coração de Joan começou a martelar no peito. — Precisa me escutar. Você não está mais segura em Milton Keynes. Precisa ir embora imediatamente *sem* o seu pai. Convença-o a ficar em casa esta noite. Você precisa mantê-lo em segurança.

Havia um tom estranho na voz dela. Joan levou um momento para perceber que era medo. Nunca havia escutado a avó com medo antes, nem mesmo quando ela estava morrendo.

— Eu sei que você tem perguntas — continuou a gravação. — Explicarei quando nos encontrarmos. Por hora, só vá até a Estação de Euston. Vou esperar por você a noite toda se for preciso.

Um clique. Era o fim da mensagem.

Joan continuou com o celular no ouvido, como se a avó fosse começar a falar de novo. Mas não havia mais nada.

Os olhos de Nick não haviam desviado da placa.

— Eu não entendo — disse ele. — Por que alguém colocaria isso aqui? É algum tipo de brincadeira de mau gosto?

Mas ele balançou a cabeça, como se no fundo não acreditasse que fosse uma brincadeira.

Joan arrastou os pensamentos de volta ao momento presente. Apenas uma coisa importava naquele momento. Ela precisava tirar Nick dali antes que Corvin Argent acordasse. Porque, assim que o fizesse, conseguiria controlá-lo de novo.

— Precisamos ir embora daqui!

Mas para onde poderiam ir?

— Isso está errado — falou Nick. — Está tudo errado. As lojas...

A avó. Joan precisava encontrar a avó. Mas como? Não tinha como saber onde os Hunts estavam naquela época; eles se mudavam o tempo todo. *"Vá até a Estação de Euston"*, dissera a avó. *"Vou esperar por você a noite toda se for preciso."* Mas Joan havia saltado para o futuro. Aquela noite já havia se passado fazia muito tempo.

— A floricultura aqui do lado — comentou Nick, franzindo a testa. — Está diferente.

— Diferente? — perguntou Joan. A placa sobre a porta dizia *Flores Frescas*. De manhã, era *Flores Silvestres da Laurie*. — O quê? — balbuciou ela. Laurie era dona daquela loja havia anos, desde antes de Joan nascer.

— E essa confeitaria... — continuou Nick. — A cor está errada. Era um verde diferente alguns minutos atrás. — Ele encostou na porta. — A tinta está seca — murmurou, como que para si mesmo. Ele esfregou o polegar no indicador. — Sujeira em cima da tinta seca. — Ele tocou a placa. — Poeira aqui também...

Era uma mudança sutil de cor, mas ele tinha razão sobre a tinta e o nome da floricultura. E agora Joan conseguia ver outras mudanças. A cafeteria do outro lado da rua se tornara uma livraria. A pizzaria era um restaurante de saladas.

Quando tempo teria levado para todas essas mudanças acontecerem? Joan tentou acalmar o pânico que estava começando a fervilhar em suas entranhas. Para quão longe haviam saltado? Era possível ter sido *mais* de um ano? Fazia quanto tempo que estavam desaparecidos?

— Não faz sentido — murmurou Nick. — Isso não pode ser real. — Os olhos dele pularam de um lado a outro enquanto lia o memorial de novo. — Porque se isso for real... — Ele deu mais um passo para trás.

— Nick — disse Joan.

Ele não pareceu escutá-la. Nick recuou de novo.

Joan percebeu tarde demais sua intenção.

— *Não!* — gritou. — Espera!

Mas Nick já estava correndo... para dentro daquela época desconhecida.

CINCO

Joan disparou atrás de Nick. Perdeu-o de vista em alguns minutos; ele era mais rápido, mas ela sabia para onde ele estava indo. Nick havia mostrado onde ficava sua casa no dia anterior.

Ela tentou processar os detalhes enquanto corria. Os carros estavam diferentes? Talvez um pouco. Perto da igreja da esquina, ela passou por uma garota de sua idade andando no sentido contrário e um casal idoso de mãos dadas. Suas roupas pareciam... Joan não sabia. Pareciam roupas. O celular da menina parecia um celular.

De repente, Joan se lembrou de Aaron correr os olhos por um parque e declarar que estavam em 1993. Quem dera ele estive ali agora. Ele olharia de relance para um carro e anunciaria a data exata. Depois diria algo para provocá-la, e Joan poderia retrucar e se sentir melhor por isso.

Ela afastou o pensamento. Aaron *não estava* ali e jamais poderia vê-lo de novo. Naquele momento, só precisava chegar até Nick. Ela teve visões horríveis dos agressores esperando por ele; dele chegando em casa e encontrando sua família muito mais velha. Joan abaixou a cabeça e *correu*, esforçando-se até as pernas começarem a tremer.

A casa de Nick ficava a uns 15 minutos da confeitaria. Os pulmões de Joan estavam queimando quando ela chegou à rua, mas ela inspirou dolorosamente com o alívio de vê-lo, parado sozinho e ileso no caminho de entrada da casa.

Então ela viu o que ele estava vendo. Havia uma placa de *Vendido* no quintal da frente.

— *Mary! Robbie!* — gritou Nick, e de repente estava se movendo, correndo para a porta. — Mary!

JAMAIS UM HERÓI ❧ 33 ❦

Joan disparou atrás dele. Quando chegou à porta, ele já havia enfiado a chave na fechadura.

— Nick! — Joan tentou segurar as mãos dele enquanto girava e girava a chave, em vão. A casa estava vazia. As cortinas abertas até o fim emolduravam cômodos sem móveis. — Eles não estão aqui! Eles não estão aqui!

Nick não pareceu escutá-la. Ele desistiu da chave e esmurrou a porta com o punho.

— Mary! — gritou. — Alice! *Ally!* Onde vocês estão?

A voz dele falhou, e Joan mal conseguia suportar aquilo. A expressão de Nick era familiar demais, parecida demais com aquelas gravações terríveis depois que sua família foi assassinada.

Algumas casas rua acima, uma porta se abriu.

— Ei! — chamou um homem. — Que barulheira é essa?

— *Nick* — disse Joan. — *Por favor*. Nós não podemos ficar aqui! — Os agressores poderiam voltar a qualquer minuto.

Nick espiou para dentro da janela ao lado da porta e soltou um som desolado. Havia chegado à mesma conclusão que Joan. A casa estava vazia. Ele deixou a cabeça tombar contra a porta, respirando de maneira instável.

— O *que* está acontecendo?

Joan balançou a cabeça. Há quanto tempo ela e Nick estavam desaparecidos? Quanto tempo a família dele o teria esperado antes de se mudar?

— Eu não entendo — disse ele a Joan. — Onde está a *minha família*?

— Não sei.

A voz dela também falhou. Também queria correr para casa; seu pai estava a apenas alguns quarteirões dali. Mas não podia atrair os agressores para ele. Margie já havia morrido, e Joan não podia machucar mais ninguém que amava.

— Mas você sabe *alguma coisa* — retrucou Nick, com os olhos escuros arregalados. — Lá na confeitaria, você sabia que aquele homem tinha um poder!

Oh, céus. Joan abriu a boca, sem sequer ter certeza do que iria dizer. Mas, ao fazê-lo, percebeu um som fraco. Uma sirene. Ela olhou por cima do ombro. O vizinho de Nick ainda estava à porta, de braços cruzados.

— Aquele cara chamou a polícia por nossa causa?

— Chamou? — Nick soltou o ar, aliviado. — Talvez eles possam encontrar a minha família!

À distância, outra sirene se uniu à primeira, depois mais outra. Três viaturas por uma reclamação de barulho? Um desconforto atingiu Joan. Algum instinto a fez pensar nas palavras de Corvin. *Algema. Ancorada.*

Ela girou o braço. Sua camisa verde do trabalho estava aberta no punho, uma linha desfiada de algodão pendendo de onde o botão havia sido arrancado. Na abertura, Joan reconheceu o brilho de ouro: a ponta de uma asa. Seu coração começou a martelar no peito.

Ela ergueu a manga. Havia uma marca dourada no interior do pulso: um leão alado, posicionado como se estivesse espreitando quem olhasse. Joan parou de respirar como se houvesse levado um soco.

Era o brasão da Corte Monstro.

— O que é isso? — perguntou Nick. — Eu vi eles colocarem em você.

A lembrança da dor. Da renda delicada se transformando em ouro derretido, borbulhando na pele dela.

— Não sei. — *Algema. Ancorada,* dissera Corvin, e ele havia usado o brasão da Corte para fazer isso.

Joan não tinha certeza do que estava acontecendo ali, mas sabia de uma coisa:

— Não podemos estar aqui quando aquelas viaturas chegarem!

— Mas nós fomos atacados! — Nick soava confuso. — A gente deveria conversar com a polícia!

Enquanto ele falava, as sirenes ficaram mais lentas. Haviam chegado à rotatória do outro lado da escola.

Joan sentia um aperto tão forte na garganta que era difícil fazer as palavras saírem.

— Não é a polícia que está vindo! Eles *não vão* ajudar a gente! Nick, eu explico tudo depois, mas agora nós precisamos *sair daqui*! Temos que...

— Ei. — O tom dele ficou mais gentil. Estava estudando o rosto dela, com a testa franzida. Joan se perguntou o quão assustada parecia. Nick correu os olhos pelo jardim da frente. Joan não tinha certeza se ele havia acreditado nela, mas pareceu ao menos entender sua urgência. — *Ali.*

Ele apontou com a cabeça para uma cerca de madeira na lateral da casa. Um arbusto de buxo crescia à frente dela, grosso e sem poda. Dava para ver que havia sido uma cerca-viva alta um dia, mas agora a silhueta estava irregular, com galhos que haviam crescido demais.

— Se você se forçar para entrar atrás do arbusto, consegue chegar a um vão — disse Nick. — Meu irmão e minha irmã mais novos usam de casinha secreta.

Mesmo à porta, em um ângulo de visão perfeito, não havia indícios de um espaço no arbusto. Seria um esconderijo perfeito. Mas... relutante, Joan chacoalhou a cabeça.

— Se encontrarem a gente ali, estaremos presos. — Só havia uma única escolha. — Temos que ir para a escola.

Era só cruzar a rua. Haveria mais lugares para se esconder e mais saídas. E os dois conheciam bem o lugar. Precisavam ir *imediatamente*.

— Tem um buraco na cerca — insistiu Nick, firme, quando Joan se virou.

— O quê? — perguntou ela.

— Tem um buraco na cerca atrás daquele arbusto. Dá para o jardim atrás da casa. E atrás *dele*, tem uma rua secundária. Vamos escutar tudo o que eles disserem, e temos como fugir sem sermos vistos.

Era um bom plano, um plano melhor que o dela. Joan olhou para ele por mais um instante. Nick havia controlado o medo e a confusão mais depressa do que ela conseguiria nas mesmas circunstâncias. Mais rápido do que ela esperava que qualquer pessoa conseguisse.

As sirenes uivaram. Perto demais. Joan assentiu depressa.

Eles correram até a cerca. Joan esticou o pescoço, procurando o vizinho de Nick. Não conseguia vê-lo dali; teve esperanças de que isso significasse que ele também não conseguia vê-los.

— Aqui. — Nick afastou os galhos pontiagudos para que Joan pudesse deslizar entre o buxo e a cerca. Ela se espremeu e ajoelhou com as mãos no chão. As tábuas da cerca estavam quebradas na base, deixando um buraco todo dentado.

Joan se esgueirou por baixo e saiu em um pequeno quintal dos fundos, com canteiros cheios de ervas daninhas. Ela se virou para ajudar Nick. O vão era muito mais estreito para ele, que grunhiu, tentando se abaixar o suficiente para rastejar feito um soldado. Joan agarrou as mãos dele e as puxou. Então Nick devia ter encontrado tração com o tênis, porque, para o alívio dela, seu corpo grande subitamente passou para o outro lado.

Foi por pouco. O arbusto ainda estava balançando quando as viaturas chegaram. Dois motores foram desligados e portas foram abertas e fechadas um pouco fora de sincronia. Em seguida, passos soaram pela grama.

Depois de um longo momento, uma voz cortou o silêncio, tão clara que chegava a ser desconcertante; era como se a pessoa estivesse logo à frente do arbusto.

— O que temos aqui?

O coração de Joan deu um pulo, e Nick lhe lançou um olhar arregalado de reconhecimento. Era Corvin Argent, o homem que haviam deixado inconsciente no pátio. Joan tinha razão. Os agressores estavam *mesmo* naquelas viaturas da polícia.

Uma segunda voz se elevou, em tom direto e militar:

— Reclamação de barulho na casa do menino. Os vizinhos viram dois adolescentes correndo para cá, vindos da confeitaria. A menina estava vestindo um avental, possivelmente o uniforme da loja.

Joan baixou os olhos para o avental: branco, brilhante e chamativo. *Droga.* Precisava se livrar dele, mas não ali. Se o deixasse, seria praticamente um cartão de visitas.

Corvin falou de novo, soando menos formal e mais frustrado:

— Reclamação de *barulho*?

A voz militar soava indiferente:

— Se você só mostrasse exatamente onde chegou...

— Eu *mostrei*! — disse Corvin, ainda mais frustrado. Joan teve a impressão de que não era a primeira vez que trocavam aquelas palavras. — E quanto à reclamação de barulho e aos relatos locais? — Ele soltou uma bufada audível. — Não me diga. As câmeras falharam de novo. E nenhum dos nossos próprios olheiros conseguiu vê-los. De novo.

— Se não está satisfeito com a inteligência...

— Que *inteligência*? Equipamentos quebrados? Avistamentos errados? — Corvin fez uma pausa. — Não acha que tem alguma coisa muito estranha acontecendo aqui?

— Estranha?

— Por que está sendo tão difícil encontrá-los? — A voz dele ficou mais baixa. — Acho que os rumores de flutuações anormais são verdade.

O militar ficou em silêncio por tempo o suficiente para Joan se questionar se ele de fato responderia. Quando finalmente falou, sua voz estava mais baixa, como a de Corvin:

— Olha só. Você perdeu a garota. Isso é ruim o suficiente. Só vai piorar as coisas se ficar atrás de desculpas improváveis.

— Será que é *mesmo* improvável? Explicaria por que foi tão difícil encontrá-la da primeira vez. Por que eu perdi o ponto de encontro. Por que não conseguimos encontrá-los desde então.

Joan se abaixou para espiar pelo buraco na cerca. Não conseguia ver muito daquele ângulo. As folhas eram mais abundantes na base do arbusto. O que o militar quis dizer com "mostrar exatamente onde chegou"? Eles haviam chegado *àquele* lugar com Corvin, menos de 15 minutos atrás. E as "flutuações anormais"? O que *isso* queria dizer?

Um *clique*, e Joan se encolheu quando uma forte luz branca iluminou o jardim da frente da casa de Nick. Alguém ligara os faróis de um carro. Joan não havia percebido

JAMAIS UM HERÓI ❧ 37 ❧

que estava ficando tão escuro. Ela apertou os olhos contra o clarão e identificou dois pares de sapatos: grandes botas militares.

Seriam guardas da Corte? Eles haviam colocado aquele leão alado em seu braço, mas nenhum deles usava o brasão. Joan nunca havia visto um guarda sem ele.

Enquanto ela observava, um terceiro par de sapatos apareceu quando aquele que o vestia surgiu do nada. Não eram botas militares, mas sapatos sociais pretos, tão reluzentes que era possível jamais terem tocado grama antes daquela noite.

Joan hesitou. Estava tentada a continuar ali e ouvir mais, mas ela e Nick precisavam continuar avançando. Não sabia como o poder Argent funcionava. Corvin conseguiria mandar em Nick de onde estava? E se suspeitasse que Nick estava por perto e erguesse a voz?

Ela tocou o braço de Nick. *Vamos embora*, falou só com os lábios.

Mas então a terceira pessoa falou. Era a voz de um garoto, elegante e precisa:

— Deixe-me adivinhar. Mais uma perseguição inútil. Com quantos desses relatos vagos temos que perder nosso tempo?

O ar ficou preso na garganta de Joan. Mal consciente das próprias ações, ela se levantou. Logo acima da altura dos olhos, havia um pequeno buraco na cerca. Ela ficou na ponta dos pés para olhar. Uma brisa soprava as folhas, permitindo breves vislumbres do quintal da frente iluminado. Corvin estava ao lado de um homem com corte militar, dono daquela voz, imaginou Joan. Mas a terceira pessoa estava obscurecida demais para ser vista.

Nick se aproximou. Joan registrou, com o canto do olho, que a cabeça dele estava inclinada como que fazendo uma pergunta. Mas ela não conseguia focar em nada além da forma indistinta através das folhas. Ela espiou, forçando a vista. Precisava *saber*.

Então houve outra rajada de vento. Os galhos e as folhas se partiram, revelando totalmente a terceira pessoa.

O coração de Joan voltou à vida feito um trovão, mais alto que as vozes, mais alto que o farfalhar do vento.

Era Aaron Oliver.

Joan havia imaginado sua voz e seu rosto toda vez que tivera um lapso de distanciamento naqueles últimos tempos. Imaginara que ele estava lá com ela, ajudando-a, quase todas as manhãs daquela semana.

Mas sua memória dele não lhe fazia justiça. Iluminado pelos faróis, parecia que ele havia saído de um tapete vermelho. O cabelo parecia uma coroa dourada e o terno cinza-claro era de uma alfaiataria impecável. Era da mesma cor que seus olhos, Joan sabia. Ele tinha o tipo de beleza que fazia as pessoas gaguejarem e pararem na rua para encará-lo. Naquele ambiente mundano, Aaron parecia deslocado: um da Vinci em um mercadinho de subúrbio.

O coração de Joan martelava dolorosamente. *Aaron*. O nome começou a se formar dentro de sua boca. Ela o conteve ali, em silêncio. Não o havia pronunciado desde a última vez que o vira. Naquele dia, Aaron havia acariciado sua bochecha e dito: *"Se você mudar a linha do tempo, não pode nunca encontrar comigo. Jamais confie em mim. Eu não vou lembrar o que você significa para mim."*

E Joan havia seguido seu desejo. Não havia procurado por ele. Não se permitira acreditar que poderia vê-lo de novo.

O franzir de testa de Corvin era familiar; Aaron era bom em irritar as pessoas.

— Você vai *perder seu tempo* toda vez que chamarmos — disse, irritado, como se ele mesmo não estivesse reclamando instantes antes de Aaron chegar. — Me disseram que você pode identificá-la e, até que faça isso, seu tempo me pertence.

— Acredite em mim — respondeu Aaron —, nada me deixaria mais contente do que identificar aquela garota. Aquela *imunda*. — Seu belo rosto se distorceu ao pronunciar *imunda*, como se estivesse pensando em uma palavra muito mais cruel. — Mas eu preciso vê-la de fato para identificá-la.

O peito de Joan estava tão apertado que doía respirar. *"Aquela imunda."* Aaron nunca havia falado assim dela. O pai dele, sim, mas Aaron nunca.

— E agora ouvi dizer que você arrastou um garoto humano para dentro disso — continuou Aaron, inclinando a cabeça de modo que o cabelo loiro brilhasse com os faróis. — Uma grande bagunça.

— A inteligência estava errada — rebateu Corvin. — Aquele menino sequer deveria estar lá. — Ele deu um passo intimidador na direção de Aaron, cuja expressão arrogante fraquejou. — É bom que você se lembre do seu lugar. Seu pai é um grande homem, mas *você*... Eu achei que você aproveitaria a oportunidade para demonstrar sua profunda, duradoura, apaixonada e, ouso dizer, *patética* obediência à tarefa. Pelo que ouvi dizer, você precisa se redimir aos olhos dele.

Joan esperou Aaron dizer algo rude como *"inteligência errada já diz tudo"*. Mas a boca dele ficou fechada e uma vermelhidão subiu por seu pescoço.

Houve um toque no pulso de Joan. Ela deu um pulo, quase deixando escapar um som de susto. Com um choque de horror, percebeu que Aaron havia dito as palavras *"garoto humano"*. Nick devia ter percebido.

A expressão dele, entretanto, era muito gentil. Ele inclinou a cabeça na direção do portão.

Joan deu um passo e teve a vaga consciência de estar tremendo. *"Aquela imunda."* Nunca havia imaginado que Aaron diria isso. A mão de Nick se fechou sobre a dela, firme e reconfortante. *Vamos*, disse ele só com os lábios.

Quando chegaram ao portão, um rádio crepitou. A voz do militar soou:

— Acreditamos que eles ainda estejam juntos. Estão os dois atolados; a garota está usando uma algema.

Atolados. Parecia que a algema impediria Joan de viajar no tempo, exceto, talvez, se alguém a arrastasse junto.

O rádio crepitou de novo.

— Quero gente vigiando todas as rotas para fora daqui. Cada ponto de ônibus, cada estação de trem, cada rua. Se eles estão na vizinhança, quero que sejam encontrados!

Nick soltou a mão de Joan para abrir o portão. Ele acenou para que ela passasse e a seguiu. Ela se virou para descer o trinco, segurando até o fim, com cuidado para não fazer barulho.

Os ombros de Nick se abaixaram como se ele houvesse passado os últimos minutos prendendo a respiração. Joan soltou o próprio ar. Ainda não conseguia acreditar que Aaron estava lá atrás, trabalhando com os agressores para caçá-la. Não conseguia acreditar que ele havia dito...

Não. Não podia pensar naquilo. Se não se controlasse imediatamente, ela e Nick acabariam capturados ou mortos.

Ela olhou ao redor. Acabaram em uma passagem estreita entre jardins de fundo, o tipo de passagem que só os moradores locais usavam. Era tão estreita que Joan se perguntou se sequer aparecia nos mapas. Da frente, as casas pareciam imaculadas; mas ali, nos fundos, as pessoas relaxavam. Árvores sem poda se inclinavam sobre cercas tortas; ervas daninhas cresciam debaixo delas. O próprio piso era uma faixa simples de pedras, com canaletas para drenagem dos dois lados.

O caminho todo era exposto demais. Corria por toda extensão da rua de Nick, tão vazio quanto uma pista de boliche. Joan estudou a distância até o cruzamento seguinte. Longe demais.

Dentro da casa de Nick, as luzes se acenderam. A qualquer segundo agora, pessoas sairiam para o jardim de fundo como um enxame, então veriam aquele portão.

Joan procurou uma cerca firme o suficiente. Nick já estava acenando quando ela apontou. Eles correram até lá e Nick se agachou com as mãos em concha. Joan pisou no apoio oferecido, segurando o ombro dele para manter o equilíbrio. Um instante depois, ela estava no topo. Nick pulou para se juntar a ela, erguendo o corpo grande com a mesma facilidade com que a levantara. Ele saltou para o chão, quase em silêncio, e esticou os braços para ela.

Joan foi tomada de medo ao pular; a cerca parecia alta dali de cima. Mas Nick a pegou com facilidade ao redor da cintura e a colocou no chão.

Ela respirou fundo, tentando ignorar o eco remanescente do toque dele enquanto olhava ao redor. Esperava ter caído no quintal de alguém, mas eles haviam chegado a um pátio de concreto escuro.

— A parte de trás daquela academia — falou Nick, baixinho; então Joan reconheceu também. Seu pai malhava lá de vez em quando. A filha do dono, Melanie, estava em sua turma de inglês na escola.

As luzes da academia estavam acesas. Joan não conseguia ver o lado de dentro; as janelas eram longos retângulos que quase chegavam ao telhado, mas dava para ouvir o *tum* de pesos e os socos ritmados contra couro pesado. Era tão estranho pensar que as pessoas estavam vivendo suas vidas normalmente, sem saber que havia monstros à espreita do lado de fora.

— Seu avental — sussurrou Nick.

Joan assentiu e o desamarrou depressa, passando a alça pela cabeça. Nick o amassou firme em uma bola e o jogou no telhado com um arremesso de basquete. O avental desapareceu atrás de um exaustor. Joan achava que nem viajantes no tempo conseguiriam encontrar *aquilo*. E sua camisa verde do trabalho deveria ser escura o suficiente para passar despercebida, pelo menos de noite.

Nick tocou seu braço antes que ela pudesse andar para a rua. As janelas da academia projetavam um pouco de luz, mas não o suficiente para mostrar sua expressão.

— Lá na casa, você disse que podia explicar — murmurou. — Pode *mesmo*?

Atrás dele, o céu havia ficado do tom roxo de um hematoma. Um frio de medo percorreu a espinha de Joan. Nick não sabia, mas ela já precisara fugir assim antes, *dele*. Ele não fazia ideia do quanto era perigoso; o quanto costumava fazer parte desse mundo. O que Joan podia arriscar dizer? O que Nick descobriria sozinho? A ideia de explicar qualquer coisa fez o estômago dela se revirar.

Mas... Nick havia sido pego em um ataque de monstros. Ainda estavam tentando matá-lo. Ele estava de volta ao mundo monstro, quer Joan quisesse ou não.

Ela engoliu em seco e assentiu.

— Assim que estivermos em segurança, vamos conversar.

SEIS

A frente da academia dava para uma rua movimentada. Ali, enfiada nas sombras profundas do prédio, Joan viu a extensão total da busca. Carros passavam em uma lenta procissão. Na rotatória, no topo da colina, dispersavam-se para a esquerda e a direita. Joan imaginou bloqueios sendo montados por toda a cidade.

E, em algum lugar ali, em meio a tudo isso, estava Aaron. Uma onda de tristeza cresceu em seu interior. Joan mordeu o interior da bochecha até doer o suficiente para combater o sentimento. Ela realmente, *realmente*, não podia pensar em Aaron naquele momento.

Nick avançou para correr pela rua, e Joan colocou uma mão em seu braço.

— Aqui, não — murmurou. Ela apontou para a câmera no beiral da academia e para outra fixa no semáforo do outro lado do asfalto. — Não podemos ser pegos nas câmeras, eles vão usar isso para rastrear a gente.

O próprio Nick havia encontrado Joan assim da última vez. Ele demorou o olhar na câmera.

— Essas pessoas têm vários recursos.

Ele não fazia a menor ideia.

A verdade era que Joan não entendia como haviam escapado. Estavam sendo perseguidos por viajantes do tempo. Não deveria haver pessoas esperando naquele pátio quando eles saltaram? E ela trabalhara na confeitaria duas vezes por semana durante meses. Não tinha como alguém voltar para um sábado anterior e tentar de novo? Ou mesmo pegá-la em casa ou na escola?

Ou isso não era permitido pela linha do tempo? Talvez, depois de escolher um momento para capturá-la, os agressores só pudessem tentar de novo no futuro pessoal de Joan. Ainda havia tantas coisas que ela não sabia sobre ser um monstro.

E, ao pensar nisso, lembrou-se das palavras de Corvin no jardim. *"Acho que os rumores de flutuações anormais são verdade."*

O que *isso* queria dizer?

Joan mordeu os lábios. Precisava se concentrar. Eles ainda não haviam escapado de verdade.

———◇———

A própria vizinhança de Joan parecia tão diferente. As rotatórias normalmente faziam o trânsito fluir em um ritmo regular; naquela noite, os carros paravam, freavam e avançavam devagar.

Monstros estavam *por todos os lugares*. Na rua seguinte, dois homens se materializaram, a quase dez passos deles. Joan agarrou o braço de Nick e o arrastou para trás de um carro estacionado. Ela apertou os lábios com força, tentando acalmar a respiração. Ao seu lado, Nick estava com uma mão no chão, pronto para se impulsionar para cima e lutar. De braços nus numa camiseta, com os músculos tensos, ele parecia tão perigoso quanto sua antiga versão.

Joan se esforçou para escutar. Depois de um longo momento, Nick ergueu a mão e fez o gesto de caminhar com dois dedos. *Indo embora,* falou apenas com os lábios. Joan arriscou espiar pela lateral do carro. Os homens já estavam no final da rua, sem saber quão perto estiveram de sua presa. Enquanto ela observava, eles viraram a esquina e desapareceram de vista.

Nick se levantou devagar, as mãos ainda cerradas em punhos para a luta que não aconteceu. Com cabelo escuro e rosto bonito, era desconcertante como ele fazia Joan pensar em um super-herói disfarçado de humano comum. Ela se perguntou se ele poderia de fato ganhar aquela luta. Se, livre, Nick teria vencido aquela briga no pátio.

— Parece que estão com figurino para um filme de época — murmurou ele.

O coração de Joan estava se acalmando, mas acelerou de novo com aquele comentário. Os homens vestiam trajes dos anos 1920 e boinas. Nick estava naquele mundo mal fazia 1 hora e já estava descobrindo como identificar monstros.

Poucos quarteirões adiante, Joan apontou para um *cul-de-sac*, com algumas casas e uma fileira de árvores. À primeira vista, parecia só uma rua sem saída, mas entre as árvores havia um caminho de terra, quase oculto pelas folhas. Uma trilha para bicicletas, escondida.

Parecia abandonada; as plantas cresciam sem poda e as raízes das árvores invadiam a passagem. Havia um poste curvado, apagado. Joan tentou não pensar na última vez em que estivera lá, com Margie e Chris. Chris havia implorado por um dia de ciclismo, e Margie caíra quase que imediatamente, rindo enquanto a bicicleta tombava, e depois achou ainda mais divertido quando Joan e Chris correram preocupadas até ela.

Atrás deles, na rua, carros roncavam de leve, mas a trilha em si estava quieta e sem movimento. Não havia estática de rádios, nem luzes balançando ou vozes à frente.

Nick quebrou o silêncio primeiro, sussurrando:

— Para onde vamos daqui?

— Precisamos encontrar minha avó — murmurou Joan de volta.

O problema é que era impossível encontrar os Hunt, mesmo na melhor das hipóteses. Davam novos endereços e números de telefone todo ano para Joan, ou até em intervalos de meses. Às vezes ela se perguntava se estavam fugindo de alguma coisa.

Ela passou a mão na boca, pensando. Como conseguiria enviar uma mensagem para a avó? Talvez em uma estalagem monstro; ela conhecia uma em Covent Garden...

Com isso, uma memória lhe veio à mente. Os Hunt eram ladrões, falsificadores e contrabandistas. Enquanto crescia, Joan nunca teve permissão para conhecer as partes mais sombrias dos negócios da família, mas havia escutado coisas. *"Se algo der errado"*, sempre dizia a avó, *"vá para a Estalagem Wyvern na Doca Queenhithe. Nós temos amigos lá."*

— Você já ouviu falar na Doca Queenhithe? — perguntou Joan para Nick em voz baixa.

— Queenhithe perto de Blackfriars? — indagou ele. — Eu *acho* que tem uma doca antiga lá.

Tinha que ser aquela.

— Minha família em Londres pode nos ajudar — respondeu Joan, ainda sussurrando. — Mas essas pessoas têm olhos em todos os lugares. Bloqueios nas ruas...

Ela havia visto uma busca assim antes.

— E nossos celulares não funcionam — murmurou Nick. — Não tem como chamar um motorista de aplicativo.

— Eles vão estar por todo lugar. Bletchey. Wolverton.

Nick ergueu a cabeça.

— Que tal Bedford?

— Bedford? — repetiu Joan. Era outra cidade, meia hora dali de carro, e não era no sentido de Londres. — Por que nós... — Ela deixou as palavras morrerem ao perceber o raciocínio dele. — É outra linha de trem.

Com alguma sorte, a atenção das buscas estaria focada na rota de Milton Keynes até Euston. Jamais estariam procurando no caminho de Bedford a Blackfriars.

Joan ficou repassando o cenário mentalmente. Ela e Nick haviam sido arrastados para o futuro, para a primavera, e o sol havia se posto fazia, talvez, meia hora. Isso significava que eram 9 ou 10 horas da noite. Oito horas até o amanhecer. Se continuassem a pé, seria uma longa caminhada até Bedford. Depois uma hora ou duas de trem até Londres... Mas eles poderiam fazer quase todo o trajeto escondidos pela noite. Ela assentiu.

— Beleza, vamos. Melhor continuar andando.

Joan retomou o passo, mas, atrás dela, havia o silêncio. Nick não estava a seguindo. Ela se virou de volta para ele.

— Por favor, só me conta o que está acontecendo.

O estômago de Joan se apertou. Ele estava à sombra dos loureiros, uma silhueta de ombros largos na escuridão. A lua projetava um pouco de luz, mas não o suficiente para Joan identificar a expressão de Nick.

— Não podemos conversar ainda — sussurrou ela. — Não é seguro.

Nick olhou ao redor. Estavam sozinhos ali; não havia nenhum carro, nenhuma luz de câmeras de segurança. Eles *podiam* perder um minuto, Joan sabia.

— Nick. — Ela conseguia ouvir o esforço na própria voz. Era tão difícil estar perto assim dele. Sentia aquela atração familiar. Não era apenas como seu corpo reagia ao dele, era como ela se sentia toda vez que o via. Como se houvesse chegado em casa e nunca mais quisesse partir. — Precisa confiar em mim. Nós *temos* que ir.

Ele ficou em silêncio por um longo momento, então disse:

— Sabe... Você fica falando meu nome, mas nós não nos apresentamos direito ontem.

— Como assim?

Se apresentarem? Eles haviam conversado no dia anterior e depois de novo na confeitaria.

— Eu não sei o *seu* nome.

Doeu como se alguém houvesse enfiado a mão no peito dela e espremido seu coração. Joan estivera conversando com ele, pensando nele, como alguém que conhecia; havia se esquecido de que Nick acabara de conhecê-la. *"Almas gêmeas"*, foi como Jamie os chamou certa vez. E agora... *"Eu não sei o seu nome."*

— Eu sou... — A voz dela falhou por um instante. — Meu nome é Joan.

Ele inclinou a cabeça, talvez ouvindo a emoção na voz dela e sem saber o que pensar disso.

— Eu sou Nick. Nick Ward.

Joan não conseguia desviar os olhos do rosto sombreado dele. Lembrou-se da primeira vez em que de fato se encontraram. Ele havia entrado na biblioteca da Holland House, um menino com cabelo escuro e olhos gentis.

Durante semanas, eles passaram o início das manhãs conversando, só os dois no silêncio da casa. Ela se lembrou da risada soprada dele contra sua boca quando se beijaram.

"Eu não sei o seu nome."

— Joan... — disse Nick. Foi cauteloso e intencional, da forma como se diz um nome novo. Ela tinha esperanças de que estivesse escuro demais para ele ver seu rosto com clareza. — Hoje à tarde, fui dar um passeio pelas lojas, e aí o mundo todo parou de fazer sentido. Vi pessoas aparecendo do nada. Um homem congelou meu corpo. Uma menina *morreu*. — Houve um sibilar áspero nesse ponto. — Então, quando fui para casa, minha família tinha desaparecido. Minha casa não era mais minha. E você disse que poderia explicar.

"Uma menina morreu." Margie havia *morrido*. Joan cruzou os braços ao redor de si, tentando manter a compostura. Não conseguia acreditar que aquilo estivesse acontecendo. E Nick estava olhando em sua direção como se ela pudesse explicar tudo.

Mas não podia. Ele havia sido um matador de monstros na linha do tempo anterior — uma lenda, sobre a qual se falava aos sussurros em histórias. Se Joan dissesse a coisa errada, poderia colocá-lo de volta naquele caminho. E, da última vez, aquele caminho havia levado sua família à morte.

Mas... se não lhe contasse *alguma coisa*, Joan poderia perdê-lo bem ali. Talvez ele acabasse descobrindo de qualquer forma. Talvez encontrasse aquele caminho de novo por conta própria.

Nick se remexeu. Era pura força contida, fazendo Joan pensar de novo em um super-herói. Ou talvez algo mais antiquado. Um cavaleiro tradicional. Um rei. Do tipo que era coroado porque as pessoas queriam segui-lo. Do tipo que conseguia reunir exércitos.

Ela olhou para baixo e percebeu que suas mãos estavam tremendo. *"Cuidado"*, disse a si mesma. *"Só diga o suficiente para ele ficar satisfeito."* Joan começou devagar:

— Tem um... um mundo escondido dentro do nosso. Um mundo de pessoas com... — Ela procurou pela palavra certa. — ... poderes.

— Poderes? — Os olhos de Nick se iluminaram de interesse. — Como a habilidade de aparecer e desaparecer?

Joan umedeceu os lábios secos e assentiu. Havia acabado de quebrar um tabu. *"Você nunca deve falar sobre monstros com ninguém"*, sua avó sempre dizia. Era a lei monstro mais fundamental. E lá estava ela, contando para a pessoa mais perigosa que conhecia.

— Como a habilidade de controlar pessoas? — perguntou Nick.

— Bom... — O estômago de Joan se revirou. Nunca havia visto o poder Argent antes daquele dia. — Algumas pessoas podem fazer isso. — Ela se sentiu enojada ao lembrar como os olhos de Nick haviam ficado embaçados e seu corpo, imóvel.

— *Você* consegue? — A voz dele havia abaixado para um tom que Joan sentiu nos ossos. — *Você* consegue controlar a mente das pessoas? Consegue controlar a minha?

— O quê? *Não.* — Aquela conversa já parecia errada, um trem que pulara para fora dos trilhos.

Nick deu um passo para a frente, e seu rosto afundou nas sombras.

— Mas você é um deles, não é? O cara na minha casa *me* chamou de humano, mas não você.

Joan não conseguiu deixar de encolher os ombros. *"Nunca imaginei que você fosse um deles",* Nick lhe dissera depois de massacrar monstros na Holland House. Ela teve um vislumbre dele cravando a espada no coração de um homem, lançando a mesma lâmina pela sala com a mesma facilidade que se joga um dardo. Antes, ele havia sido uma história de ninar para assustar crianças monstros. E já estava pensando em *os outros* e *ele,* Joan e os agressores de um lado, ele do outro.

Mas então Nick deu mais um passo sob o luar, e seu rosto estava mais gentil do que ela esperava. Joan havia conjurado o antigo Nick nas sombras, um predador cheio de suspeitas. Mas agora que conseguia vê-lo direito de novo, ele não se parecia em nada com isso.

— Eu escolhi mal as palavras — disse Nick devagar. — Me desculpe. — As palavras seguintes foram cautelosas. Ele a observou, analisando sua reação. — Você pode me contar como sabe sobre esse mundo?

Não era *ele* ali, pensou ela, com uma daquelas estranhas pontadas de pesar e alívio. Não era um matador ali, à espreita de pontos fracos. Era um garoto que havia sido atacado; que salvara a vida dela; que perdera a família e estava tentando entender tudo aquilo.

Joan tentou encontrar uma resposta.

— Minha mãe era um... — Ela cortou a si mesma antes de dizer *monstro.* — Minha mãe era como as pessoas no pátio, mas morreu quando eu era bebê. Meu pai é humano. Eu não sabia que esse mundo existia até o verão passado.

— Você também é nova nisso— disse ele. Joan o escutou remexer os pés e percebeu que havia desviado os próprios olhos. Ela ergueu a cabeça, ainda esperando encontrar suspeitas, mas a expressão dele era suave. — Eu sinto muito sobre a sua mãe. Meu pai morreu alguns anos atrás.

— Seu pai morreu? — sussurrou ela, abalada. Na outra linha do tempo, o pai dele havia sido assassinado por um monstro quando Nick era muito mais jovem; Joan havia presumido que a família toda ainda estava viva dessa vez.

— Ele teve um ataque cardíaco em casa. Tem sido... tem sido difícil.

— Sinto muito.

Joan o havia imaginado feliz, os olhos sem sombras. Mas a dor da perda havia sido parte da vida dele ali também. Ela se viu olhando de verdade para Nick pelo que parecia ser a primeira vez; não o herói e guerreiro que uma vez fora, nem a estrela do futebol da escola, mas o garoto à frente dela naquele momento. Ele tremia um pouco com a temperatura que caía. Havia chegado àquela época com uma camiseta fina, fresca demais para o dia de novembro que haviam deixado para trás, e ainda fria pra a primavera. Era o tipo de roupa que se veste quando se pretende voltar para casa em quinze minutos.

— Sinto *muito* por ter colocado você nessa — sussurrou Joan. Ele deveria estar em casa, em segurança com a família, não naquela trilha escura, sendo caçado por monstros.

Nick inclinou a cabeça como se houvesse escutado um som que Joan não ouvira.

— Você não me colocou nisso.

Ela desejava que aquilo fosse verdade.

— Eles vieram atrás *de mim*.

— Você foi *atacada*. Eu estava lá. Nada daquilo foi culpa sua.

Joan não queria ter uma discussão interminável sobre o que era ou não sua culpa. Nick não sabia o suficiente. *Ela* arrancara o conhecimento dele. Sentia-se enojada.

— Você sabe o que eles queriam com você? — sussurrou Nick.

— Eu...

Uma vez, Joan escutou um Guarda da Corte descrever seu poder com uma voz abafada: *"Algo proibido. Algo* errado."

Antes que ela pudesse responder, Nick ergueu a cabeça. Por um segundo, Joan teve certeza de que ele insistiria mais. Mas então ele murmurou:

— Está ouvindo isso?

Joan se esforçou para ouvir. De início, não escutava nada além do trânsito distante. Então um som se elevou acima dos outros, um motor mais alto que os demais. Um carro. Talvez tão perto quanto o *cul-de-sac*. Era hora de ir.

— Temos que ficar longe das câmeras — ela o lembrou.

— E de pessoas com roupas e penteados esquisitos.

Joan já havia se virado, mas então voltou os olhos para ele.

— Certo — disse, inquieta. Nem todos os agressores estavam vestindo roupas estranhas, mas, agora que pensava nisso, Joan percebeu que quase todos tinham cortes de cabelo que não eram exatamente daquela época. Não havia percebido isso até aquele momento. — Isso... isso mesmo.

Nick não tinha mais seu treinamento, ela disse a si mesma quando começaram a andar, com os passos suaves dele mascarando o porte musculoso. Mas seria possível que restassem vestígios? Pequenas coisas permaneciam de uma linha do tempo para outra. A primeira vez em que o encontrara, a voz dele lhe era tão familiar quanto a sua própria. Era possível que um eco de seu treinamento tivesse se mantido da mesma forma?

Joan sabia por experiência o quão pouco restaria e o quão intangível seria. Para ela, aqueles resquícios eram mais instinto do que conhecimento; como um *déjà-vu* que nunca se concretizava em memória real.

Mesmo assim...

Suprimindo o desconforto, Joan caminhou com Nick por entre as árvores.

A Estação de Bedford era uma caixa de vidro com telhado reto que fazia Joan pensar no centro municipal onde aprendera a nadar. Ela tentou não relaxar. Havia trabalhado um turno inteiro e andado por horas, e o longo, longo dia e a noite estavam cobrando seu preço. Apertou os olhos com força e os abriu. *"Não abaixe a guarda"*, disse a si mesma. Ainda não estavam em Londres. Não estavam sequer em um trem.

Ao lado dela, o ritmo de Nick era constante. Ele ainda parecia descansado. Não conversaram muito enquanto andavam — de início, não parecia seguro, e depois Joan mergulhou em um silêncio de exaustão.

Eles pararam à beira do estacionamento da estação e estudaram os pequenos muros de tijolinho, os carros espalhados e as árvores.

— Parece quieto o suficiente — sussurrou Nick.

Não só quieto; parecia seguro, o que não era como Joan normalmente se sentiria em uma rua escura. Mas não conseguia imaginar muitos assaltantes confrontando Nick.

— Podemos continuar aquela conversa agora? — murmurou ele. — Ou você prefere no trem?

— Conversa? — repetiu Joan em voz baixa. Ela tentou afastar a névoa dos pensamentos o suficiente para que as perguntas fizessem sentido. Que conversa? Eles já não haviam conversado?

— Bom... — Nick ficou ao lado dela, de perfil, com as mãos nos bolsos e os olhos na entrada da estação. — Meu celular diz que são 2 horas da madrugada, mas parece mais perto do amanhecer, não acha?

Isso fez Joan despertar. Ele tinha razão. O céu havia mudado de preto para um azul escuro. Em uma árvore próxima, carriças chilreavam uma canção em um alto *staccato*. Não poderia faltar mais de uma hora para o sol nascer.

Nick a olhou nos olhos, com as íris escuras muito firmes.

— Fico revivendo aquele ataque — disse, suave. — Como eu queria ajudar você, mas não podia me mexer. Achei que tinha congelado de medo. Só fui entender depois, quando você me contou que aquele homem estava controlando a minha mente.

O horror do momento percorreu Joan de novo; ele estava desperto e consciente enquanto o corpo estava paralisado. Poderia ter morrido tão facilmente naquele dia, como Margie morrera. Bastaria apenas um toque em sua nuca.

Nick percebeu a reação de Joan, e seu olhar desceu para os ombros dela, depois de volta para o rosto.

— Você ficava implorando para eles pouparem a minha vida, como se o que estavam fazendo com você não importasse. Lutou tanto que acho que aquele homem perdeu o controle sobre mim. Ele não conseguia brigar contra nós dois ao mesmo tempo. Então... eu peguei seu braço e... — Nick franziu a testa, a voz suavizando com a memória. — A temperatura mudou, o ar ficou mais quente de repente. Então nós saímos para a rua...

E todas as lojas estavam diferentes.

A primeira vez em que Joan havia viajado no tempo, ficara apavorada. O dia se tornou noite num piscar de olhos. Achara que havia sido nocauteada ou talvez drogada.

— O que *realmente* aconteceu naquele ataque? — sussurrou Nick. — O que você não teve a chance de me contar lá atrás?

"Não", Joan imaginou a avó alertando. Ela sabia que não deveria contar. Se o fizesse, Nick estaria a um passo de descobrir toda a verdade sobre monstros. E ele já havia provado a facilidade com que conseguia ligar os pontos.

Mas... *"Ele já descobriu"*, Joan se imaginou contando à avó. *"Ele já adivinhou."* Suspeitava que Nick já sabia em partes desde que tocara a parede da confeitaria, a tinta verde, nova e seca debaixo de uma camada de sujeira. E, se não confirmasse o que ele já sabia, ela perderia sua confiança.

Joan respirou fundo.

— Nós viajamos no tempo — falou. — Aquele homem nos arrastou para o futuro.

Nick podia já ter descoberto, mas escutar a confirmação o afetou mesmo assim. Ele deu um passo para trás, abalado.

— Eu vi flores naquelas árvores de inverno.

— Acho que estamos na primavera agora — disse Joan, assentindo com a cabeça. Ele passou uma mão pelo cabelo grosso e murmurou, quase que para si mesmo:

— Quando aqueles agressores apareceram do nada, achei que tinham se teletransportado de outro lugar. Mas eles vieram de outra época, não vieram?

E era por *isso* que Nick ainda era perigoso, com ou sem treinamento. Não era só porque era forte, mas porque, se lhe dissessem duas coisas, ele conectava ambas e ainda descobria mais duas.

— Por quanto tempo nós sumimos? — Parecia que agora ele estava compreendendo tudo. — Aquela placa... Minha família acha que eu estou desaparecido, não acha? Ou *morto*!

— Sinto muito — conseguiu responder Joan. — Eu não sei. — Ela ainda não entendia por que só ele e Margie estavam naquela placa. — Achei que nós tínhamos saltado alguns meses, mas... — Ela balançou a cabeça e admitiu a verdade para si mesma. Havia mudanças demais para alguns meses. — Acho que foram anos.

— *Anos?* — Agora, Nick parecia abalado de verdade. — Eu preciso fazer meu celular funcionar. Preciso ligar para a minha família.

— Você *não pode*! — Joan se forçou a dizer. Ele a encarou, com o olhar agitado. — Não pode contar para eles que está vivo. — E ela também não podia contar ao pai. Doía dizer isso. Desde que a mãe morrera, eram só Joan e o pai. Ele ficava preocupado toda vez que ela chegava tarde sem avisar. Joan não conseguia suportar a ideia dele completamente sozinho, assustado por ela durante *anos*.

Nick olhou para ela, sem acreditar. Joan conseguia ver que estava tentando entender.

— É porque vou parecer jovem demais para eles? Eu sei que este mundo é secreto, mas... *minha* família não vai contar!

Joan queria chorar. Seu pai também não contaria. Meu deus, há quanto tempo ela e Nick estavam *desaparecidos*?

— Não podemos envolver eles nisso — disse, desejando que Nick entendesse. — Nós *temos* que protegê-los. As pessoas que estão atrás de nós são *cruéis*.

Nick balançou a cabeça em negação de novo, mas Joan conseguia ver que as palavras haviam feito sentido.

— Minha avó vai ajudar a gente — continuou a dizer. — A mãe da minha *mãe*. Ela vai saber o que fazer. Nós só temos que ir até Queenhithe para encontrá-la.

Os olhos de Nick ficaram um pouco mais límpidos.

— Ela pode ajudar?

Joan assentiu:

— Ela *vai* ajudar.

A avó ficaria brava com ela, é claro, por contar tudo aquilo para Nick. Mas, quando Joan explicasse, ela entenderia. A avó a amava, e cuidaria de Nick se ela pedisse. Joan *sabia* que ela faria isso.

Dentro da estação, só um guichê estava aberto. Um homem entediado de gorro vermelho bocejou, com olhos fixos no celular. Ele o apoiara na janela de atendimento para que pudesse desviar a atenção da tela para o cliente sem mexer a cabeça. Joan imaginou que estivesse assistindo críquete ou rúgbi; o aparelho emanava baixinho a torcida de uma multidão e comentaristas com sotaque australiano. O crachá do sujeito dizia *Mark*.

— Duas passagens para Blackfriars — pediu Joan. Ela manteve a cabeça abaixada, desejando ter um boné para esconder o rosto. Estações de trem sempre tinham câmeras.

— 99 libras e 80 pence.

— *O quê?* — exclamou Nick. Ele estivera correndo os olhos pelo lugar, atento a todos que entravam, mas agora se voltava para Mark, soando mais chocado do que estivera com qualquer outra mudança até então. — Cem libras por duas passagens para Londres?

Mark deu de ombros.

— É o preço.

Joan não tinha aquele dinheiro. Tinha um cartão de débito e o pai havia colocado um de crédito em seu celular para emergências, mas não havia chance de usá-los sem chamar a atenção *de alguém*, mesmo que ainda funcionassem.

Espere... Ela havia pegado a carteira de Corvin. Tirou-a do bolso e vasculhou, passando por notas transparentes e douradas de dinheiro monstro. Para seu alívio, havia também um punhado de notas conhecidas, presas com um clipe como um turista teria feito. Joan puxou quatro de vinte, uma de dez e duas de cinco.

Mark pegou o dinheiro e imprimiu as passagens, ainda bocejando. Ele começou a deslizar 20 pence de troco para eles e parou. Depois endireitou a postura.

— O que é isso?

— O que é o quê? — perguntou Joan, então seu estômago deu uma guinada.

Mark estava olhando fixo para uma nota nova de dez libras com o rosto de uma rainha desconhecida.

— *Quem* é essa? — Ele a virou, franzindo a testa. Aquela era Emily Brontë do outro lado? *Droga*. Devia ser uma nota do futuro.

— Aqui. — Nick arrancou a nota da mão de Mark, deixando no lugar uma mais reconhecível. O dinheiro do bolo, Joan se lembrou.

— Espera. — Mark não parecia mais entediado. — Vamos ver aquela nota de novo. *O que* era aquilo?

— Nada. Desculpa. Acabei de voltar do exterior — mentiu Joan. — É dinheiro da Malásia. — Torcia para que ele não houvesse percebido as letras gigantes no topo: *Banco da Inglaterra.*

Mark parecia prestes a argumentar, mas então a torcida em seu celular gritou — alguém havia feito gol ou eliminado um *wicket.* Os olhos dele se voltaram para o jogo, e Joan agarrou as passagens antes que sua atenção pudesse retornar a eles.

— Obrigada!

Ela xingou a si mesma enquanto se apressava para a plataforma com Nick. Uma nota do futuro seria um anúncio claro de que estivera ali. Não podia cometer erros assim. A vida de Nick estava em jogo tanto quanto a sua.

◆◇◆

Ainda era mais noite do que dia. As luzes da plataforma estavam acesas, fazendo o céu parecer mais escuro do que estava de fato. Não havia sinal de ninguém por perto.

— O trem vai chegar logo — murmurou Nick, e Joan assentiu, tentando relaxar.

Os minutos corriam na tela. Enfim, o trem chegou, rugindo em câmera lenta. Pelas janelas, Joan viu pessoas sonolentas a caminho do trabalho e nenhum guarda à vista. O último vagão estava vazio.

Uma onda de exaustão a atingiu ao embarcar. Ela encontrou um lugar à janela, e Nick se sentou ao seu lado, com o corpo formando uma barreira sólida, bloqueando o resto do mundo. No estado de cansaço de Joan, quase se sentia segura, mesmo sabendo quem ele havia sido. Mesmo sabendo que ainda estavam fugindo.

— Só mais uma hora e pouco até Blackfriars — murmurou Nick, e Joan assentiu de novo. — E então vamos encontrar a sua avó.

A voz dele era neutra, como se estivesse dizendo fatos. Não havia nada de estranho em seu tom. Mas Joan acabou ficando tensa. Ocorreu-lhe que estava prestes a guiar Nick direto para dentro do mundo monstro, para *sua avó.*

Em sua mente, ela o viu nocautear Corvin sem esforço aparente. Um golpe no queixo dele, e Corvin estava cambaleando. Então Nick o socou de novo e ele tombou. Precisão. Profissionalismo. Era possível que alguém destreinado fizesse aquilo?

E se Joan estivesse *errada* sobre Nick? E se ele a estivesse *enganando*? E se ainda fosse o herói e ela o estivesse levando direto para a sua família?

— Você deveria dormir — disse Nick. Sua voz estava rouca. — Não paramos a noite toda e você trabalhou um turno inteiro antes disso.

Joan procurou por qualquer indício de que ele não fosse quem parecia ser, mas sua expressão era sincera. Aquele não era *ele*, pensou, sentindo o vazio da dor da perda. Se estivesse ali com ela, Joan saberia. Com certeza sentiria. Naquele momento, tudo o que havia era a sua ausência. Nick não estava em lugar algum do mundo. Simplesmente não existia mais.

— Eu deveria conferir as minhas mensagens — sussurrou ela de volta. Talvez a avó houvesse deixado uma que não vira. Joan desbloqueou o telefone. Havia só aquela mensagem de voz, mas outras não lidas de texto.

Joan abriu o aplicativo, apressada, e percebeu que era a conversa no grupo.

> Margie: Para tudo nick ward acabou de entrar

> Chris: Entrar onde?? Na confeitaria???

> Margie: ele é TÃO lindo

> Chris: NÃO ACREDITO TÔ MORRENDO DE INVEJA

> Chris: alguém disfarça e tira uma foto

> Chris: selfie com os peitorais

> Chris: O QUE TÁ ACONTECENDO O NICK GATÃO AINDA TÁ AÍ

> Chris: ME CONTA ME CONTAAAA

> Chris: ALGUÉM RESPONDEEEE!!!

Joan ficou olhando a última mensagem de Margie.

— Margie era a sua amiga da confeitaria? — perguntou Nick, com a voz suave.

Vergonha misturou-se à tristeza. Nick era o assunto daquelas mensagens. Joan não estava pensando quando abriu o aplicativo. Havia se esquecido que elas estavam falando sobre ele.

— S-sinto muito — disse, sem jeito. — Essas mensagens eram só...

— *Eu* que sinto — retrucou Nick, em voz baixa. Seus olhos escuros estavam sérios. — Sinto muito pelo que aconteceu com ela.

Joan cerrou os dentes. Ainda não era seguro ter aqueles sentimentos. Mas ela não conseguia impedir a própria respiração de ficar presa na garganta.

— Você não precisa... — Havia uma pequena ruga entre os olhos de Nick. — Ei. — Ele se mexeu. — Posso?

Não, ela disse a si mesma. Mas já estava assentindo com a cabeça. Nick colocou uma mão quente em suas costas. Era pesada e quase insuportavelmente reconfortante. Joan se voltou para ele. Então, para sua agonia e consolo desesperado, ele a puxou contra o próprio peito e a abraçou.

Não era *ele*, lembrou a si mesma. Ele não estava ali com ela. Mas a sensação era a mesma, o peitoral firme de Nick contra sua bochecha. E ele cheirava *tão bem*. Joan respirou fundo como se pudesse se preencher com a essência dele.

— Sinto muito por você ter perdido sua amiga — sussurrou Nick. — Sinto muito por ela ter morrido.

— Eu não consigo acreditar... — A voz dela falhou, e Joan apertou as mãos em punhos. Tentou de novo. — Não consigo acreditar que ela esteja morta.

Margie havia morrido porque aquelas pessoas estavam atrás de Joan e Nick fora arrastado para dentro disso também. O braço dele a apertou com mais força, e parecia ser tudo o que Joan sempre precisou e não deveria precisar. Sentia tanta saudade do outro Nick. Era absurdo o quanto sentia falta dele.

— Por que não dorme um pouquinho? — sugeriu ele, a voz vibrando contra a bochecha de Joan.

Ela negou com a cabeça. Eles precisavam ficar alertas. Não estavam seguros ali. *Ele* poderia ser perigoso. E se ela abaixasse a guarda e ele se lembrasse de quem era?

— Eu fico vigiando — disse Nick. — Te acordo se eles voltarem.

Ela não deveria ceder à sensação de segurança do abraço dele assim. Não deveria sentir absolutamente nada por ele.

— Estou cansada — admitiu Joan, rouca. *"Sinto muito por você ter perdido sua amiga."* Estava tão cansada de perder pessoas. A avó. Bertie. Tio Gus. Tia Ada. Margie. Nick. Aaron. Seu pai. Sua mãe, há tanto tempo. Estava tão cansada de brigar com o que sentia.

— Pode dormir. Eu estou aqui. Não vou a lugar nenhum, prometo.

A respiração dela falhou. Joan tentou acalmar os pulmões, empurrar o ar todo para baixo. Estava funcionando desde que voltara para casa depois do verão, mas dessa vez o espasmo de um soluço subiu dolorosamente de seu peito, rasgando um caminho para fora. Ele *não estava ali*. Não estava em lugar nenhum e jamais estaria de novo. Ela escutou Nick murmurando ao longe. Então estava chorando contra o peito dele.

Nick colocou o outro braço ao redor dela e Joan sabia que não deveria estar tocando-o assim. Era errado. Aquele não era ele.

Mas a sensação não parecia errada. Parecia como estar em casa. Ele cheirava como estar em casa. E ela se pegou abraçando-o de volta em vez de se afastar.

SETE

Joan corria desesperada pelo labirinto de sebe da Holland House, o ar queimando sua garganta. Suas roupas ficavam presas em galhos e folhas. Alguém a perseguia, alguém a poucos passos de distância. Forçou-se a correr mais, e as pontas afiadas dos arbustos arranharam seu rosto e suas mãos. Havia uma bifurcação à frente. Esquerda ou direita? Sem tempo para pensar, pegou a esquerda.

Logo adiante, o caminho terminava de súbito em um paredão alto de densas folhagens, forçando-a a parar aos tropeços.

— *Joan* — chamou alguém logo atrás. Ela se virou; a respiração em pânico cortava seus pulmões feito facas.

Era Nick. O corpo dele preenchia o espaço como se fosse outra parede, prendendo-a ali. Ele segurava uma espada em uma mão, como se não pesasse mais do que as espadas de plástico na loja de lembrancinhas da Holland House.

— *Por favor* — sussurrou Joan. Havia uma pontada de dor na lateral de seu corpo, e o peito doía mais a cada respiração pesada.

— Você roubou vida humana — disse Nick. Sua voz era triste. Ele não estava ali por vingança. Era um matador, um carrasco fazendo seu dever. — Não posso deixar você machucar mais ninguém.

— Nós queríamos paz entre humanos e monstros! — argumentou Joan, em tom de súplica. Houve uma época em que isso parecia possível. — Lembra? Nós íamos conseguir a paz!

— Só que você não escolheu a paz. — Nick levantou a espada. Era a que havia usado para matar Lucien e Edmund. Da última vez, ele a usara para protegê-la. — Você matou a pessoa que protegia os humanos. Você escolheu os monstros.

— *Não!* — implorou ela. — *Nick!*

A lâmina reluziu em sua direção.

Joan acordou com um pulo, o coração saltando no peito.

— Joan?

Nick estava *ali*, inclinado sobre ela. Joan se escutou fazer um som apavorado. Tentou fugir, mas suas costas bateram em algo rígido e liso. Nick a havia prendido em um espaço apertado. Ela procurou uma arma e, ao não encontrar nada, o chutou. Ele se esquivou com facilidade, levantando-se, de olhos arregalados.

Joan olhou freneticamente ao redor. Teria ele machucado os outros? Onde estava Ruth? Onde estava Aaron?

— Joan, você está em segurança. Está tudo bem. — A voz de Nick era muito suave, com o tom que se usa para acalmar um animal assustado. — Você está no trem. Estamos indo para Londres, lembra? Só tem eu e você aqui. Ninguém vai te machucar. Não vou deixar ninguém te machucar.

A visão dela se ajustou aos poucos. Nick não estava entre as folhas das sebes, mas em um corredor estreito. Atrás dele, longas janelas mostravam uma paisagem passando depressa: casas de telhado vermelho e árvores. Eles estavam em um trem. E Nick... Joan inspirou. Aquele era o *outro* Nick.

— Não encontraram a gente — garantiu ele. — Nós escapamos.

— Tive um pesadelo — murmurou Joan, em choque. Ela o havia chutado, lembrou-se. Graças a Deus não usara as mãos. Poderia tê-lo matado com um toque. Poderia ter arrancado toda a vida dele. — Eu te machuquei?

— Claro que não — respondeu Nick com gentileza, e Joan repassou mentalmente a facilidade com que ele havia esquivado. — Não quis te encurralar quando você acordou. Eu achei... — Ele hesitou. — Achei que você tinha me chamado.

A respiração de Joan estava se acalmando, mas no instante seguinte o ar ficou preso em sua garganta.

— O quê?

— Você chamou meu nome quando acordou. Ou talvez... — Confusão percorreu o rosto de Nick. — Pouco antes de acordar...

Lá fora, o borrão de verde fez Joan pensar, de repente, ainda mais nas paredes de sebe do sonho. Ela tremeu de maneira descontrolada, e Nick percebeu, franzindo a testa. Joan se esforçou para levantar.

— Eu só preciso... — disse, e Nick se afastou depressa para lhe dar passagem pelo corredor.

Joan apoiou as costas na porta de vidro do trem. O frio passou por sua camiseta, fixando-a na realidade. Ela olhou ao redor do vagão. Continuava vazio.

JAMAIS UM HERÓI ❖ 57 ❖

Percebeu, espantada, que estava procurando por Aaron desde que acordara; o sonho se parecia demais com a vez em que fugiram juntos pelo labirinto. Joan precisou ver por si mesma que ele também estava bem. Mas Aaron não estava ali. Estava em algum lugar lá fora, caçando-a. Joan sentiu aquele peso pressionar seu peito de novo.

— A última parada foi em Leagrave — falou Nick. — Você mal dormiu.

Joan cruzou os braços ao redor de si. Sentia-se tonta de exaustão, mas sem chances de conseguir dormir de novo. Não depois daquele sonho. Ela focou em Nick e percebeu então o quanto ele estava pálido. Ele continuava de pé no corredor, com uma mão apoiada nas costas do assento para se equilibrar. Aquela necessidade de um suporte denunciava a Joan o quão cansado ele também devia estar.

— Por que *você* não dorme? — perguntou ela. Faltava apenas meia hora para chegarem a Londres, mas ele podia pelo menos fechar os olhos.

— Acho que não consigo. Muita coisa na cabeça, sabe? — Então, em uma voz tão baixa que mal dava para escutá-lo acima do ronco do trem, Nick acrescentou: — Eu sei há quanto tempo estamos desaparecidos.

— O quê? — Joan endireitou as costas. — Você conseguiu fazer o celular funcionar?

— Não.

Nick tirou a passagem de trem do bolso.

Ah. Eles tinham a data desde Bedford. De repente, Joan não queria mais saber.

— Seis anos — disse Nick. — Estamos desaparecidos há seis anos.

— Seis anos — repetiu Joan, chocada. Margie estava morta há seis anos. Seu próprio pai não a via há seis *anos*...

— Eu sabia que seriam pelo menos uns dois — comentou Nick. — Todas aquelas mudanças nas lojas não teriam como acontecer em alguns meses. Mas... seis *anos*... Fico pensando que a minha irmãzinha, Alice, deve estar com 12 anos agora. Robbie, com 11. Será que ao menos se lembram de mim? Eles não se lembram do meu pai...

— Nick... — Joan não conseguia suportar aquela ideia. — Sinto muito.

As palavras soavam completamente inadequadas em voz alta. Não sabia expressar o quanto sentia. Ele só estava ali por causa de Joan. Porque havia voltado para ajudá-la quando poderia ter fugido.

— Se fosse possível — disse ele devagar —, eu sei que você teria dito, mas... preciso perguntar. Nós não podemos voltar atrás? Impedir o ataque de acontecer?

Da última vez, Joan *havia* contornado as restrições da linha do tempo. Desfizera os massacres de Nick ao desfazer o próprio Nick, revertendo-o de um herói treinado ao garoto comum que uma vez fora. Mas... quando Joan usou aquele poder, sabia instintivamente que reverter Nick traria sua família de volta. Mesmo que ainda tivesse acesso àquele poder, o mesmo instinto lhe dizia que não havia nada a ser desfeito ali. Nada que ela pudesse fazer para trazer Margie de volta. E, só de pensar nisso, Joan foi tomada por uma onda de tristeza.

Seu rosto devia tê-la entregado, porque Nick prendeu a respiração. A mão livre dele se fechou em um punho. Estava claramente tentando manter a compostura. Joan conhecia a sensação.

— É que... — disse ele. — Minha família precisa de mim. Desde que meu pai morreu, eu... eu ajudo bastante em casa.

Joan faria qualquer coisa por ele, pensou. Qualquer coisa que pudesse. Se existisse uma forma de consertar as coisas, ela faria.

— Tem muita coisa que eu ainda não sei sobre esse mundo — respondeu Joan. — Quando encontrarmos a minha avó, ela vai saber mais, só que... — Ela balançou a cabeça. — É realmente muito difícil mudar um evento. Tem uma... uma *força* que combate as mudanças que causamos.

Era possível sentir a linha do tempo naquele momento. Na outra noite, parecia-se com uma tempestade, mas naquela manhã dava a impressão de ser um animal, enfim ronronando contente, como se estivesse satisfeita por finalmente colocar Joan e Nick perto um do outro. *"Pare com isso"*, Joan queria dizer. *"Deixe a gente em paz. Você está tentando consertar uma rachadura que não tem conserto."*

— É difícil mudar um evento — repetiu Nick. — Mas não impossível?

Joan hesitou. Só ouvira falar de duas vezes em que a linha do tempo havia sido mudada. A lenda era de que o Rei monstro havia apagado a linha do tempo original para criar uma à sua imagem. E a própria Joan havia mudado a linha do tempo de novo, de uma maneira muito menor, para desfazer Nick.

— Temos que falar com a minha avó — respondeu ela. Não estavam mais muito longe de Queenhithe. Se alguém sabia uma forma de trazer Margie de volta, de levar Nick para casa, era sua avó.

O trem chacoalhou nos trilhos. Lá fora, uma plataforma deslizou pela janela: *Bem-vindo a Luton*, dizia a placa. Passageiros se apoiavam sonolentos contra a parede de tijolinhos marrons da estação, alguns deslizando os dedos pelo celular, outros olhando para o além, com fones nos ouvidos.

Nick voltou para os lugares deles, e Joan foi atrás, apertando-se de lado para dar espaço pelo corredor aos recém-chegados. Ela observou cada pessoa que passava. Era possível que alguma delas fosse um monstro? Não pareciam ser, mas, pela primeira vez, Joan desejou ter o poder Oliver: a habilidade de saber de coisas com certeza.

O trem voltou a andar. Joan começou a se afastar de Nick de novo, e sentiu ele respirar de maneira instável. Houve um tempo em que desejara vê-lo com dor. Ele lhe havia tirado a família, e Joan queria que ele sofresse por isso.

Mas, desde então, ela o havia visto sofrer o suficiente por mil vidas. Havia visto as gravações de Nick sendo torturado; de Nick tendo de assistir ao assassinato da família. Repetidamente. Não suportava a ideia de ele se machucar mais agora. Joan se aproximou e isso pareceu ajudar um pouco. Os ombros de Nick relaxaram e ele respirou mais fundo.

— Por que não fecha os olhos um pouco? — sugeriu ela.

Nick balançou a cabeça. Ele correu os olhos pelo vagão, ainda procurando por agressores.

"Desde que meu pai morreu", dissera ele. *"Eu ajudo bastante em casa."* Joan conseguia imaginar que Nick assumira grandes responsabilidades.

— Eu posso vigiar — falou. — Você não precisa fazer tudo sozinho.

Para a surpresa dela, Nick a olhou nos olhos e repuxou os lábios em um sorriso, um pouco autodepreciativo. Joan sentiu um friozinho na barriga quando ele fechou os olhos.

Aquilo precisava parar, disse a si mesma, aqueles sentimentos que continuava tendo. Tinham que parar. O garoto que ela amava não existia mais. E *esse* Nick iria odiá-la se algum dia descobrisse a verdade.

Aquele sonho havia sido um lembrete disso.

OITO

Quando chegaram a Blackfriars, o trem estava lotado de turistas matinais com olhos brilhantes e pessoas bocejando a caminho do trabalho. Nick não dormira mais do que meia hora, mas, quando Joan o acordou, havia mais cor em suas faces. Ele examinou a plataforma ao sair do vagão. Mesmo cansado, era metódico. Depois de avaliar e então descartar alguém como ameaça, não olhava mais para a pessoa.

Joan o imaginou arquivando os detalhes. Quando eram voluntários na Holland House, a memória dele não era perfeita como a de um Liu, mas chegava perto. Na primeira semana, a curadora principal havia pedido que fizessem todos os passeios. *"Vai dar uma boa noção do lugar para vocês, mesmo que não se lembrem de tudo depois"*, dissera ela.

Mas Nick se lembrava de *tudo*. Cada fato de cada passeio, cada nome e cada data.

"É de família, essa boa memória", ele contara a Joan certa vez. Haviam acabado de começar um turno de manhã. Estavam passando esfregão na entrada e a luz do sol penetrava por entre as venezianas, formando listras no chão que dificultavam saber o que era água e o que era sombra. Com a palavra *família*, o balançar ritmado do esfregão de Nick parou, e Joan se virou e o encontrou de cabeça baixa, com a nuca exposta acima da gola. Ele nunca gostara de falar da família. Naquela manhã, entretanto, parecia estar com a guarda baixa. Quando falou de novo, foi com aquele sotaque do norte que sempre escapava quando ele estava cansado. *"Mas eu fui treinado para perceber coisas também."*

"Treinado?", perguntou Joan, confusa.

"Ensinado", Nick se corrigiu depressa. E, antes que ela pudesse perguntar quem lhe havia ensinado *isso*, ele mudou de assuntou e o momento havia passado.

Agora, na estação, Joan também corria os olhos pela multidão. As roupas e a tecnologia das pessoas pareciam sutilmente diferentes, embora ela não soubesse dizer o que havia mudado. Talvez os cortes fossem de uma alfaiataria melhor; talvez as telas dos celulares fossem mais brilhantes e nítidas. Se alguém era um monstro, Joan não conseguia distinguir.

— Me lembro de todas as pessoas que nos atacaram na confeitaria — murmurou Nick, enquanto caminhavam para a saída. — Mas havia mais umas duas que eu não vi.

— Há?

— Na minha casa. — Ele hesitou, e Joan subitamente soube o que ele diria a seguir. — Você... reconheceu um deles?

Os olhos de Nick continuavam focados na multidão. Ao redor dos dois, os sons da estação rugiam: trens, próximos e distantes; pessoas apressadas; turistas conversando. Ele não sabia do jogo de gato-e-rato em que estavam metidos, Joan disse a si mesma. Só queria saber mais sobre o ataque que virara sua vida de cabeça para baixo.

— O... o nome dele é Aaron. — Parecia estranho pronunciar aquele nome em voz alta. Ela não o dizia desde a última vez em que o vira. Foi a vez de Joan hesitar. — Eu o conheci no verão.

— Falaram que o trouxeram porque ele saberia identificar você — disse Nick. Parecia curioso. — Quem é ele?

— Só... alguém que eu conheci por um tempo. — Parecia errado falar assim. No final, Aaron havia sido importante para ela. Ele *ainda* era. Joan não conseguia acreditar que ele estivera naquele jardim. Que estava trabalhando para caçá-la. Ela colocou uma mão na bochecha onde Aaron a havia tocado no último dia que passaram juntos. *"Joan, se você, de alguma forma, se lembrar disso, lembre-se do que estou dizendo agora. Você precisa ficar longe de mim e da minha família. Nunca me deixe chegar perto o suficiente para ver a cor dos seus olhos."*

Joan não sentia nem uma faísca de seu próprio poder desde que o usara todo em Nick. Ela nunca o havia sequer usado nessa linha do tempo. Mas alguém sabia sobre ele. Se Aaron fora chamado para ajudar com a busca, eles com certeza sabiam.

Os olhos escuros de Nick se voltaram para ela com a mesma atenção focada que havia dispensado à multidão.

— Por que é que eu tenho a sensação — disse ele devagar — de que, seja lá o que tenha acontecido com você no verão, foi ruim?

Joan abriu a boca, sentindo-se desequilibrada. Já estava esperando que ele fosse perguntar sobre o ataque de novo. Perguntar como, exatamente, ela conhecia um dos agressores. Não tinha uma resposta para isso. *"Você aconteceu"*, pensou. *"Você aconteceu na minha vida, e eu aconteci na sua."* Mas fora mais do que isso. Edmund Oliver havia tentado matá-la. A Corte Monstro havia tentado matá-la. E agora alguém estava atrás dela de novo. Foi dentro *disso* que Nick fora pego desta vez.

— Qual era a aparência dele? — Nick apontou com a cabeça para a multidão.

Joan respirou fundo.

— Loiro com olhos cinza — respondeu. — Ele não está aqui.

Ela saberia se estivesse. Aaron Oliver fazia cabeças se virarem em sua direção. Multidões se formavam ao seu redor como se ele fosse uma pedrinha arremessada na água.

Joan se preparou para a pergunta seguinte, mas em vez disso uma centelha de reflexão surgiu no rosto de Nick. Ela o viu tomar a decisão de não insistir. Ele *sabia*, pensou. Ele sabia que Joan estava escondendo algo. Não sem querer. Não do tipo *"eu não tive a chance de te contar"*. Mas de maneira deliberada. Nick sabia.

Eles saíram da estação e encontraram uma nublada manhã londrina. O monólito de vidro e aço da Estação de Blackfriars estava exatamente como Joan se lembrava. Não tinha sinal algum de que seis anos haviam se passado sem eles.

Carros e caminhões passavam lentamente conforme eles andavam pela Ponte de Blackfriars a caminho da escadaria que descia para o calçadão às margens do rio. Andaimes a leste e a oeste bloqueavam boa parte da vista, mas, do outro lado da ponte, o edifício One Blackfriars tinha a mesma aparência de sempre, pálido como uma vela sob o céu branco.

A atenção vigilante de Nick começou a relaxar. Eles não haviam visto um único monstro desde Milton Keynes. Joan também cedeu um pouco. Talvez houvessem mesmo escapado.

— Achei que haveria mais diferenças — comentou Nick, olhando por cima do guarda-corpos para os carros que fluíam na passagem inferior.

— Seis anos não é tanto tempo, suponho — disse Joan. — A nível urbano. — A nível pessoal, entretanto...

Nick deu um sorriso torto, reconhecendo o que ela deixara de mencionar.

— Sabe o que é estranho? Não consigo parar de pensar que estou atrasado para o futebol de domingo. Eu acordo às 6h para treinar o time do meu irmão. E depois disso tenho o meu próprio jogo.

— Sei como é — respondeu Joan, meio no piloto automático. Então ela processou direito o que ele havia falado. — Menos a parte de acordar cedo.

Nick deu uma risadinha, duas notas crescentes de surpresa, como se não esperasse rir.

— Você não é uma pessoa do dia?

— Definitivamente *não*. Eu costumo ser a última a acordar.

O sorriso em resposta de Nick era despreocupado, e um grande peso se aliviou no peito de Joan.

— E você? — perguntou ela. Tentou imaginar Nick enrolando na cama, mas não conseguiu. Ele sempre chegava cedo para os turnos na Holland House, até para os torturantes às 7h da manhã. Joan costumava imaginá-lo indo dormir com o sol e se levantando logo ao amanhecer, feito um espartano. — Você nunca dorme até tarde?

O rosto bonito de Nick se contorceu, como se ele tivesse mesmo que pensar no assunto, e algo perigosamente caloroso começou a crescer no peito de Joan, aliviando aquele peso um pouco mais.

— Eu... — Nick parou no meio da frase, com os olhos focados em algo à frente.

Joan se virou depressa. Ele havia visto algum dos agressores?

Não, era outra coisa... À direita, os andaimes haviam terminado, e um trecho da margem sul estava à vista. Joan deixou o queixo cair.

Perto da London Eye, havia um novo marco: uma pirâmide pela metade com lateral inclinada que brilhava como um diamante. E, para além dela, uma torre inacabada: uma estreita coluna com partes protuberantes que, daquele ângulo, quase parecia escalável.

Em 1993, havia prédios faltando, mas esse novo horizonte era tão perturbador quanto aquele: uma boca com dentes demais.

Joan se imaginou subindo até o topo da nova torre para ter uma vista melhor da cidade. Estivera pensando no mundo como pouco diferente. Agora, fora tomada pela mesma sensação que tivera quando havia saltado para o passado. Aquela não era mais a sua Londres.

— Nós viajamos no tempo. — Nick respirou pesado, abalado. — Digo, eu sabia que sim, mas...

— Agora parece real. — Joan entendia. Uma coisa era suspeitar, ver a data em uma passagem de trem, mas uma nova linha do horizonte era uma prova incontestável.

— Isso é real — concordou Nick. Seus olhos se voltaram para a estranha paisagem de novo e de novo até chegarem à escadaria e descerem. Até os novos prédios desaparecerem de vista.

No calçadão às margens do rio, entre as duas pontes de Blackfriars, por um momento Londres pareceu ser sua antiga versão de novo. Os grandes pilares vermelhos da ponte velha ainda estavam ali, erguendo-se da água com suas silhuetas familiares: fantasmas da Londres Vitoriana.

Aquele ponto estava mais cheio, e o caminho estreito diminuía o ritmo deles. Conforme andavam, Joan começou a perceber o efeito de Nick nas pessoas.

Na Estação de Blackfriars, ela havia pensado em como as multidões reagiam a Aaron. Agora estava vendo pela primeira vez que reagiam a Nick também. Ele não pedia por isso, não tomava mais espaço do que os demais na calçada, mas parecia comandar a atmosfera ao seu redor. As pessoas levantavam a cabeça quando ele passava, como se estivessem pressentindo uma presença carismática por perto. Os olhares não eram de desejo e admiração como eram os frequentemente dirigidos a Aaron, mas algo tão instintivo quanto isso. As pessoas olhavam para Nick da mesma forma que uma bússola apontava para o norte. Joan observou o movimento: como ele afetava a todos, de crianças em uniforme escolar a corredores e executivos que caminhavam apressados.

Será que Nick sempre tivera essa habilidade? Ou as pessoas podiam, de alguma forma, sentir quem ele costumava ser?

— Você treina o time do seu irmão? — perguntou Joan. Deveria estar mantendo uma distância maior entre eles, mas estava curiosa para saber da vida dele. Seu próprio Nick havia mencionado a família só algumas vezes e sempre ficava tenso ao falar no assunto.

Esse novo Nick relaxou.

— Eu treino o time do meu irmão e da minha irmã mais novos. — Os olhos dele se suavizaram. — Os dois são muito bons. Melhores do que eu era na idade deles.

— Você é *muito bom* — exclamou Joan. O time agora sempre ganhava.

— Você já me viu jogar? — perguntou Nick, soando um pouco surpreso.

Ela se sentiu começar a corar.

— Bom...

O olhar de Nick se demorou um pouco nela enquanto processava sua reação. Ele mordeu o lábio e o canto de sua boca se repuxou para cima. Ele começou a dizer algo autodepreciativo, mas então hesitou e em vez disso falou, um tanto envergonhado:

— Eu amo o jogo. Amo jogar com o time. — Soava como uma confissão. Como se nunca houvesse contado para ninguém antes.

O peito de Joan se contraiu. Nunca escutara o outro Nick dizer que se divertia de maneira tão pura com nada. *"Sempre coloquei a missão à frente de tudo"*, ele lhe dissera certa vez. *"Nunca me permiti sentir algo além disso."*

— E você? — perguntou Nick. — Do que você gosta? — Ele soava tão curioso acerca dela, quanto ela dele.

Joan se concentrou no caminho diante de si. Seu rosto ainda estava quente.

— Eu sou meio que nerd em história — respondeu sem nem pensar. — Gosto de coisas bem antigas.

Assim que ouviu as próprias palavras, ela ficou tensa, mas, para seu alívio, seus sentidos continuaram afiados e não se distanciaram.

— Eu queria ser arqueólogo quando era mais novo.

— Sério? — perguntou Joan, surpresa. Eles haviam se conhecido quando eram voluntários em uma casa histórica em Kensington, mas Nick estivera infiltrado à época. Ela presumira depois que ele não tinha interesse real no trabalho que faziam.

— Tinha uma escavação perto da casa onde eu cresci. Eu ficava olhando da cerca. — Nick sorriu de leve. — Nunca vi escavarem nada além de terra.

— Eu fazia isso — comentou Joan, surpresa de novo. — Eu costumava arrastar meu pai para uma escavação em Bletchley. — Ela não pensava nisso havia anos.

Eles passaram pelo píer e a margem sul ficou visível de novo. Esse trecho estava tão alterado quanto o outro. Da última vez em que Joan estivera ali, o Shard se erguia sozinho: uma única torre de vidro que competia apenas com a chaminé do Tate Modern. Agora, outro arranha-céu se elevava entre eles: uma ponta com topo dourado. Havia mais construções atrás. O novo aglomerado fez Joan pensar naquelas cidades tomadas por prédios altos, como Hong Kong e Xangai. Será que Londres seria assim um dia?

Eles passaram pela Ponte do Milênio, elegante e esbelta em comparação aos pinos e ferros da Blackfriars. Lá, todos no caminho viravam à esquerda, para longe do rio; era o fim do calçadão.

Joan se inclinou contra o muro de contenção e esticou o pescoço. A doca tinha que ser logo à frente, mas não conseguia vê-la. Pensou na Estalagem Serpentine. Ela era parte de um complexo: uma vila em miniatura com lojas, casas, um mercado; tudo escondido por muros e acessível apenas por portas discretas.

— Nós já devemos estar no lugar certo — disse ela ao se dar conta. Aquela área toda era um labirinto de prédios; uma vizinhança monstro poderia facilmente se esconder entre eles. Precisavam começar a conferir os becos e procurar placas com...

O olhar de Joan captou algo ao lado de sua mão. No topo das pedras do muro de contenção, havia um azulejo preto e quadrado do tamanho de sua unha, com uma imagem que havia sido pintada à mão antes de a cerâmica ir para a queima. Joan se inclinou para examinar a imagem, então ficou imóvel. Era uma serpente marinha enrolada em um barco à vela.

— O que é isso? — perguntou Nick.

O azulejo estava disposto com a proa do navio voltada para o oeste. Joan se virou para aquela direção e viu outro azulejo preto, desta vez no chão, rejuntado entre blocos como se estivesse lá desde que o caminho foi construído. O novo azulejo tinha uma orientação diferente: a proa do barco apontava para o norte, na direção de um beco.

Placas de sinalização.

— É uma trilha? — disse Nick. Ele já havia visto um terceiro azulejo, só um pontinho preto de onde estavam, em uma parede no beco.

Joan ergueu os olhos para ele, preocupada. Nas doze horas, mais ou menos, desde o ataque, ele havia descoberto como reconhecer monstros por suas roupas e penteados, e agora sabia como encontrar um lugar monstro.

Essa dura verdade clareou a mente dela; não havia percebido o quanto estivera desnorteada pelo cansaço. *Não podia* levar Nick para uma estalagem monstro. Não era só o perigo que ele representava; *ele mesmo* estaria em perigo, cercado por pessoas que podiam matá-lo com um toque.

— Você deveria esperar aqui — disse ela. — Eu vou entrar e buscar a minha avó.

Nick estudou o rosto dela, e Joan subitamente sentiu o calor escaldante de sua atenção.

— Por quê? — murmurou ele, quase que para si mesmo. — Porque... humanos não podem entrar? — Ele era esperto demais todas as vezes. — Tudo isso que você tem me contado... — Joan conseguia ver que Nick estava se lembrando da relutância dela em explicar. — Eu sou um perigo para você? Podem te punir por me contar sobre esse mundo?

O estômago dela deu uma guinada. *"Eu sou um perigo para você?"* Memórias percorreram sua mente: Nick, de pé entre os corpos dos monstros que havia matado. Joan beijando-o e a seguir desfazendo-o.

— Eu sou um risco *pra você* — ela o lembrou. — Você se meteu nisso por minha causa.

Ele apertou os lábios. Não havia gostado quando Joan disse isso antes. Mas era verdade.

— *Você* vai estar em perigo lá dentro — explicou ela. — Você já viu alguns daqueles poderes. Viu as pessoas que os usam.

Nick ficou em silêncio por um longo momento.

— Acha que eles desistiram de procurar a gente?

Joan pensou nos homens de expressão severa no jardim com Aaron.

— Não.

— Então nós não deveríamos ficar juntos? Vamos estar mais seguros se pudermos proteger um ao outro.

Joan hesitou. A verdade é que ela *não* queria deixá-lo ali fora. E se os agressores o encontrassem enquanto estivesse sozinho? Já haviam matado Margie. Se Joan estivesse com ele e algo acontecesse, poderia pelo menos lutar para ajudá-lo.

— Como é que alguém lá dentro vai saber que eu sou humano? — perguntou Nick.

Era uma boa pergunta. Se a avó de Joan havia considerado a Estalagem Wyvern segura, então não seria um lugar frequentado por Olivers. Mas, mesmo assim...

— Algumas pessoas têm o poder de diferenciar humanos de... — Joan se controlou antes de dizer *monstros*. — De não humanos. Mas eles precisam estar perto para usar os próprios poderes. Perto o suficiente para ver a cor dos seus olhos. — O que mais poderia contar? — Todos eles usam um brasão. Uma sereia. — Ela teve um vislumbre mental da tatuagem escura na lateral do abdômen de Aaron, levemente visível através da camiseta ensopada pela chuva. Joan engoliu em seco. — Às vezes, está escondido.

— É uma runa?

— Não é mágica. É um emblema de família.

Os olhos de Nick brilharam com compreensão, e Joan sabia que ele havia ligado esses pontos também. De que famílias diferentes tinham poderes diferentes. Ele era esperto demais, pensou ela de novo, desconfortável.

— Então — concluiu Nick, devagar —, não chegar perto de ninguém com um brasão de sereia. Ou *nenhum* brasão.

Esse não era ele, Joan lembrou a si mesma. O outro Nick havia sido forjado e treinado por anos e anos. A família dele havia sido morta de novo, e de novo, e de novo antes de ele sequer começar a odiar monstros.

— Não se preocupe — disse Nick, sério agora. — Vamos cuidar um do outro e tomar cuidado.

E quanto tempo eles ficariam na estalagem, de qualquer forma? Só o suficiente para encontrar a avó de Joan. Ela mordeu o lábio.

— Está bem. Vamos juntos.

❖

Os azulejos os levaram por um caminho sinuoso. Enfim, terminaram abruptamente em uma calçada elevada. Joan olhou ao redor. Não havia nada ali exceto um prédio comercial. Ela se inclinou sobre a mureta do caminho.

— Aquela *é* a Doca Queenhithe — confirmou Nick, olhando para baixo também.

— É menor do que eu pensava. — Joan estava imaginando uma doca de fato, cheia de barcos. Mas ali havia só um quadradinho de água escura, cortado na terra entre prédios. Estava coberto de lodo, com a base suja exposta pela maré baixa. Devia estar fechada havia séculos. — Será que a estalagem é lá embaixo na margem?

Mas o último azulejo apontava para cima, não para baixo. Para o que estava apontando?

O prédio comercial tinha vários andares. Joan foi até as portas de vidro. Pelo que sabia, as portas de lugares monstros eram totalmente pretas com o símbolo de uma serpente marinha. Mas a única placa ali estava pintada na entrada: *Somente funcionários.*

Através da porta, Joan conseguia ver um grande saguão de paredes amarelas com sonolentos executivos de terno que carregavam cafés e garrafas de água. Mais para dentro, havia um lance de escadas e, no canto, a ponta de uma recepção.

— É pra gente entrar? — Nick parecia em dúvida.

Joan também tinha suas dúvidas. Os funcionários estavam com ares de quem queria estar ainda na cama. Ela teria apostado todo o dinheiro na carteira de Corvin que eram todos humanos, começando o dia no escritório.

— Talvez a gente tenha passado batido por algum azulejo — comentou.

Passos se aproximaram. Um segurança surgiu na esquina, caminhando como alguém que está fazendo a ronda diária. Ele franziu a testa quando viu Joan e Nick.

— Esta propriedade é particular. Vocês não podem ficar daqui.

— Desculpa — disse Joan. — Estamos um pouco perdidos.

— Usem um aplicativo de mapa — retrucou o homem, dispensando-os. Ele se virou para ir embora.

— Estamos procurando a Estalagem Wyvern — falou Nick.

O segurança parou. Joan viu então o que Nick já havia percebido. O homem estava usando um uniforme escuro comum, mas seu cabelo marrom acinzentado estava puxado para trás, ao estilo *greaser* dos anos 1950. As pessoas no escritório podiam ser humanas, mas esse sujeito com certeza não era.

O homem os olhou de cima a baixo, reavaliando:

— Vocês não são a clientela normal.

Joan umedeceu os lábios. Ela teria se sentido aliviada, mas a realidade de súbito lhe atingiu. Aquela era a toca do leão, e eles estavam prestes a entrar nela.

— Minha avó me mandou vir aqui.

— E quem é a sua avó?

— Dorothy Hunt.

A expressão mal-encarada do homem não mudou, mas ele deu um passo para mais perto. Seus olhos eram incomuns: um azul brilhante com pontinhos escuros que lembravam Joan de rachaduras no gelo. Ele usava um colar de corrente fina, prateada, delicada e feminina. Havia um pingente de prata na base de seu pescoço. Algum tipo de ave? Uma águia?

O homem olhou para Joan e ela se lembrou com um choque de seu próprio alerta a Nick, para não chegar perto o suficiente a ponto ver a cor dos olhos de alguém.

— Quem é a sua avó? — repetiu o homem. E era estranho que ele estivesse perguntando de novo, mas Joan descobriu que não se importava. A voz era linda, de um tenor suave, cheio de sinceridade e aconchego. Ela teve a impressão de que estava à frente do homem mais honesto que já havia visto na vida. Sentiu-se ansiosa para responder com honestidade também.

— Dorothy Hunt — disse de novo. — E minha outra avó é humana. Ela...

— Não preciso saber sobre a outra — interrompeu o homem, e Joan fechou a boca. O silêncio era confortável, como se ela houvesse encontrado um novo amigo próximo.

— Joan? — chamou Nick, soando estranhamente preocupado. Ele pegou o braço dela. — *Joan!*

O homem se virou, e seu pingente reluziu forte como um raio de sol. A miniatura tinha a cabeça e as asas de uma águia, mas o corpo era algo diferente. Algo com pelos. Era um grifo.

A mente de Joan clareou de leve.

— Você é da família Griffith — exclamou ao homem. *Griffths revelam,* dizia a canção infantil. Os Griffith podiam induzir a verdade.

— Você tem o direito de estar nesta estalagem? — perguntou ele.

Dessa vez, Joan conseguia *senti-lo* exercer poder sobre ela. Não era como a algema que Corvin usara, um desejo forçado. Em vez disso, Joan se sentia acolhida e confortável, como se confiasse no homem e o conhecesse a vida toda. *"Você não pode confiar nele",* disse a si mesma, mas sua própria voz mental soava vazia em contraste com o instinto de estar segura. Sabia que podia ser honesta com ele.

— Eu não sei se tenho o direito — admitiu.

— Me passe o seu nome. Você tem um brasão?

Joan correu os dedos pelo bracelete até o pingente de raposa aparecer.

— Joan Chang-Hunt. Eu sou metade...

— Pois bem — disse o homem, cortando-a.

Foi como levar um balde de água fria. Joan deu um passo cambaleante para trás, desolada. A impressão de ter reencontrado um velho amigo desapareceu, e os olhos do homem voltaram a ser severos e desconhecidos.

Então a realidade realmente a atingiu e seu coração começou a martelar de repente. Ele *não podia* fazer aquilo com Nick, iria expor sua humanidade.

— Ei... — disse ela depressa. — Só eu vou entrar. Eu...

Mas era tarde demais. A atenção do homem já estava se voltando a Nick.

— Me passe o seu nome — ordenou.

Sem a influência de seu poder, o verdadeiro tom dele era impaciente e hostil. Mas, para a surpresa de Joan, os ombros de Nick caíram e o rosto dele relaxou.

— Meu nome é Nick.

Joan se preparou para ele dizer o sobrenome. Um instante se passou. Outro. A boca de Nick continuou fechada.

Joan piscou. Como ele havia resistido tanto? Ela não conseguira resistir nem um pouco. Havia dado até mais informações do que o homem lhe pedira.

Os olhos do segurança se estreitaram.

— Diga-me o resto — ordenou, autoritário.

— Nick não tem família! — interrompeu Joan, apressada.

A expressão de Nick não mudou. Ele parecia mais relaxado do que o homem, que aparentava estar chocado.

— Ele *o quê?*

— Eu tenho família, sim — respondeu Nick, e o coração de Joan ficou pesado no peito. Havia sido um plano arriscado, afinal. Mas Nick já estava acrescentando com facilidade:

— Mas eles não me veem há anos. Até onde eles sabem, eu estou morto.

Joan ficou olhando fixo para ele. Podia parecer confuso, mas Nick era *esperto*, mesmo sob a influência do poder Griffith.

Ela esperou, tensa, pela resposta do homem. Isso com certeza não funcionaria se ele fizesse a Nick uma pergunta mais direta: *"Você é humano?"* Mas o Griffith estava encolhido, como se Nick estivesse revelando algo que ele não quisesse ouvir.

— Você nunca teve um poder de família? — perguntou. Não parecia parte do interrogatório comum.

Nick balançou a cabeça, e o segurança se afastou dele.

Joan sempre soube que família era algo sério no mundo monstro. Mas a reação do homem a fez questionar se realmente o entendia. A expressão dele era de empatia e horror ao mesmo tempo.

— Ele pode entrar? — perguntou Joan.

O homem hesitou. Aparentemente, ainda tinha perguntas a fazer. Com base em um palpite, Joan insistiu:

— Ele tem permissão para entrar? Mesmo sem ter um nome de família?

Funcionou. O homem fez uma careta.

— Só porque ele não tem um poder de família... — começou ela.

— Ok, está bem, está bem — respondeu o homem depressa; ele não queria escutar mais. — Bem-vindos à Estalagem Wyvern.

Ele já estava se afastando, querendo voltar a uma tarefa mais confortável. Mas não podia ir ainda.

— *Espere* — chamou Joan. — Onde está a porta?

— Como assim? Está bem na sua frente.

— Essa porta de escritório? — questionou ela, confusa.

Mas o homem já estava andando para longe.

Joan voltou-se para as portas de vidro. Lá dentro, os funcionários subiam lentamente as escadas, bebericando café e conversando baixinho. Eles se pareciam ainda menos com monstros do que antes.

— Talvez seja em outro andar — sugeriu Nick. A confusão já havia desaparecido de sua voz.

Joan se virou depressa para ele.

— Você está bem? Eu não sabia que isso ia acontecer.

Ela e Aaron não haviam sido testados na Estalagem Serpentine; ela presumira que todas eram iguais.

— Estou, sim — respondeu Nick. — Como foi que você chamou aquilo? Poder Griffith?

— Ele era da família Griffith — explicou Joan, assentindo. — Eu... eu nunca tinha encontrado nenhum deles antes.

— Não era tão forte quanto o poder no pátio. Eu acho que teria conseguido expulsar a mente dele se tivesse tomado café da manhã. — Nick sorriu. Joan podia ver que ele estava mesmo era tentando tranquilizá-la.

Tentou sorrir de volta. Percebeu então que *ela* não havia conseguido sequer abalar o poder Griffith. Nick havia resistido, e sua mente continuara afiada. Ele fora ágil. Podia não ser mais o herói, mas talvez ainda tivesse algumas habilidades. Talvez elas fossem inatas.

Nick se aproximou dela, e seu cabelo escuro caiu sobre as sobrancelhas.

— Vai ficar tudo bem.

Ele era tão grande, o corpo tão protetor, que Joan ainda tinha aquela estúpida sensação de segurança quando estavam juntos. Ela ergueu os olhos para Nick.

— Eu que deveria estar falando isso para você.

— Podemos dizer um para o outro.

Nick estendeu a mão e Joan instintivamente a pegou. Precisava do contato físico, da confirmação de que ele ainda estava vivo. Não esperava que ele estivesse em perigo antes de sequer entrar na estalagem.

— Pronto? — perguntou ela, tentando soar mais confiante do que de fato se sentia.

Ele assentiu.

Joan respirou fundo e empurrou a porta.

Ela deixou o queixo cair quando o interior se revelou. De uma maneira distante, escutou Nick fazer um som de espanto também. Os dois encararam o lugar.

O interior do prédio não tinha nada a ver com a vista através do vidro de fora. O saguão que viram havia sumido. Todos os funcionários desapareceram.

Agora, as pessoas estavam sentadas a mesas com toalhas brancas, conversando ao redor de pirâmides de sanduíches, *scones* e pequenos bolinhos com violetas e rosas de açúcar. Os clientes usavam crinolinas e trajes vitorianos, vestidos com franjas e roupas fluorescentes dos anos 1980. Eram viajantes do tempo.

E, acima de todos, pairando a meio ar, havia um wyvern de vidro: uma criatura bípede, alada, com cabeça de dragão e duas patas com garras.

Essa era a Estalagem Wyvern.

Joan estava de volta ao mundo monstro... com Nick.

NOVE

— Como isso é possível? — sussurrou Nick. — Nós vimos o saguão de um escritório do lado de fora.

— Não sei — respondeu Joan.

Aquilo não era nada parecido com o cômodo de paredes amarelas que haviam visto pela janela. A Estalagem Serpentine lembrava um pub antiquado, mas isso tinha a atmosfera de uma cafeteria chique servindo o chá da tarde. Exceto pelo wyvern de vidro, a decoração era discreta.

Havia ao menos cem monstros no salão, comendo em mesas cobertas de linho, bebendo chá e champanhe. Animais Hathaway perambulavam pelo chão: um furão esbelto, um gato preto, um cachorro que parecia uma raposa. Joan girou em um círculo lento.

— Eu não entendo... — Ela parou, olhando as janelas.

Esperava ver a margem sul do rio que haviam acabado de deixar para trás: o novo Globe, o Shard, a nova construção ao redor. Mas tudo desaparecera. E Joan entendeu então por que o cômodo estava decorado de maneira tão minimalista: a vista era toda a decoração necessária.

As janelas mostravam Londínio.

Joan cambaleou até a janela mais próxima, um trecho vertical de vidro que começava em seus joelhos. Southwark estava irreconhecível. Em sua época, o rio havia sido domado, a margem era um caminho reto. Mas, ali, a água se espalhava pela terra, formando enseadas. À distância, para além do terreno pantanoso, um templo com colunas se erguia entre casas dispersas com telhado de terracota.

E o próprio Tâmisa era *imenso*; tinha duas vezes a largura normal. À esquerda, uma vasta ponte de madeira se espalhava pela grande amplitude do rio. Silhuetas se moviam por ela: pessoas e carroças puxadas por animais.

Nick se juntou à Joan na janela.

— Isso é o que eu acho que é?

— Londínio. — Ela podia ouvir o espanto na própria voz. — Londres no Império Romano. Aquela é a primeira ponte da cidade.

Ela havia feito um passeio a pé certa vez: *Os vestígios dos Romanos*. Não restava muito, apenas um pedaço de parede perto da Torre, uma seção do anfiteatro na Guildhall Art Gallery. Era difícil acreditar que uma vez existira tudo isso.

Joan se aproximou mais do vidro. O rio era tão largo que parecia não haver margem submergível abaixo... apenas água marrom. Um barco passou, conduzido por um menino com túnica sem cinto. Não era maior do que a banheira de Joan em casa e parecia ser feito de algo facilmente maleável. Talvez couro.

— Nossa, se o Sr. Larch pudesse ver isso... — sussurrou ela.

— Quem? — perguntou Nick, e Joan lembrou com um choque que o Sr. Larch não lecionava mais na escola deles.

— É só... alguém que eu conheço. Ele amaria isso aqui. — O Sr. Larch havia lhes falado da primeira ponte como uma maravilha. *"Um dos grandes feitos da engenharia antiga"*, dissera.

Passos ecoaram atrás deles. Uma funcionária os abordou, uma menina perto dos 19 anos de idade, que vestia trajes rosa-bebê e um escarpim rosa-choque. Seu cabelo castanho estava enrolado em um elegante coque banana que a fazia parecer mais velha do que de fato era. *Edith Nowak,* dizia seu crachá.

— Eu nunca me canso dessa vista. — Edith tinha uma voz agradável, inesperadamente profunda. — É bom ver gente apreciando.

Mais ninguém estava olhando? Joan se virou. De fato, não estavam. Os outros clientes conversavam, comiam e bebiam. Aparentemente, aquela vista milagrosa era só um plano de fundo, não mais interessante do que suas refeições.

— É lindo. — Nick falou com tanta emoção que Edith piscou. Joan viu o momento em que ela percebeu que Nick era atraente. Seus olhos se arregalaram, os lábios se abriram. Joan conhecia aquela cara, havia visto a mesma expressão em si mesma refletida em janelas. Em metade das pessoas da escola.

— Você nunca tinha visto uma janela Portelli? — perguntou Edith.

Nick balançou a cabeça, e Joan se preparou para o pior. Isso seria considerado estranho em um lugar monstro? Mas Edith parecia radiante.

— Bom, este é um exemplo fantástico do trabalho deles. Como você sabe, o poder da família Portelli revela outras eras. Mas eles também são ótimos artesãos de vidro.

Vidro comum como aquele. — Ela apontou para o wyvern pendurado, que brilhava feito diamante acima deles. — E vidro fundido com o poder deles. Como *estes*. — Ela indicou as janelas que mostravam o antigo Tâmisa.

Joan pensou no saguão de escritórios que haviam visto do lado de fora.

— Então... quando nós vimos todas aquelas pessoas trabalhando pela janela externa...

— Vocês estavam vendo uma época diferente — confirmou Edith, assentindo. — Jeito esperto de esconder um lugar, não é?

— Esperto mesmo — concordou Nick. Ele acrescentou, em tom de desejo: — Nós podemos ir lá fora? Digo... — Ele deixou escapar uma risadinha ao olhar para baixo. — Talvez a gente precise nadar. Sei lá.

Edith abriu um sorriso largo, parecendo mais encantada ainda.

— É só visual. Não dá para passar para o outro lado. E as pessoas lá fora não conseguem ver *a gente*. — Ela olhou para o que um dia seria Southwark. — Eu também queria poder ver ao vivo. — Como se estivesse prevendo a próxima pergunta deles, disse: — Eu sou uma Nowak. — Ela ergueu o braço, mostrando uma pulseira e um pingente transparente de uma ampulheta com grãos de areia preta. — Isso é o mais perto de Londínio que eu vou chegar na vida.

Joan não sabia o que aquilo significava. Os Nowaks não viajavam no tempo como os outros monstros?

No entanto, antes que pudesse responder, Edith pareceu deixar de lado sua divagação sonhadora. Seu sorriso se tornou educado.

— Ouvi dizer que você é neta de Dorothy Hunt — falou a Joan. — Não tivemos o prazer de recebê-la aqui antes.

Todo o encanto e curiosidade de ver Londínio deu lugar a um profundo alívio.

— Você conhece a minha avó?

— Faz um tempo desde que ela morou por aqui. Mas nós enviamos uma mensagem. Vamos te chamar quando ela chegar.

Joan fechou os olhos por um momento, deixando as palavras fazerem efeito. Sua avó estava a caminho. Ela e Nick haviam sobrevivido ao ataque, chegado a Londres, e logo sua avó estaria ali para ajudar.

Edith estendeu uma pequena chave prateada a Joan.

— Os Hunt têm uma suíte no andar de cima: segunda porta à esquerda. E, se vocês estiverem com fome, tem um mercado no terceiro piso. Comida, câmbio, tudo o que puderem precisar para se encaixar nesta época.

— *Obrigada.*

Não estavam fora de perigo; ainda eram caçados por monstros. Mas era o mais segura que Joan se sentia desde que um monstro havia aparecido na confeitaria.

Edith olhou para a janela uma última vez.

— Bem-vindos à Estalagem Wyvern. Tenham uma boa estadia — disse, agradável. Então seus saltos voltaram a ecoar contra as madeiras do chão, e ela se afastou.

Nick soltou o ar longamente; estava exausto. Joan sentia o mesmo.

— Por que não nos lavamos e comemos enquanto esperamos por ela? — sugeriu Joan. Eles mal haviam dormido e ainda vestiam as roupas do dia anterior.

Chegaram à escadaria ao fundo do salão, a mesma do saguão de escritórios. Lá, era branca com paredes amarelas. Agora, estava revestida por um carpete cinza-claro bordado com wyverns dourados.

Conforme subiam, Nick olhava sobre o corrimão para as figuras abaixo.

— Quantas pessoas com poderes existem? — Ele soava quase tão espantado quanto estivera ao olhar para Londínio lá fora.

— No mundo? Eu... eu não sei. — Joan ficou surpresa com a pergunta. Será que alguém sabia? — Acho que seria difícil fazer um censo de viajantes do tempo.

— Eles provavelmente se reúnem e se estabelecem em períodos confortáveis — especulou Nick.

Ele só estava curioso, Joan disse a si mesma. Só soava como se estivesse sondando o território inimigo porque ela sabia quem Nick havia sido antes.

— Talvez existam zonas habitáveis — disse ele. — Se você viajasse para longe demais de sua época, a linguagem se tornaria um problema...

— Você ia querer evitar guerras — falou Joan devagar. — Pragas. Discriminação. Quantos monstros *havia* em Londres em qualquer data aleatória? E no restante do mundo? Eles formavam metade da população? Um por cento? Quantas pessoas havia lá fora, predando os humanos?

Nick olhou para ela, atento e interessado. Seu rosto estava parcialmente coberto por sombras, e do nada Joan lembrou-se do pesadelo no trem, de Nick brandindo uma espada à sombra de um alto paredão de sebe.

Por um instante, o garoto com a espada e o Nick à frente dela pareceram se misturar. A imagem era tão real que quase parecia uma premonição.

Joan pensou de novo em como as pessoas no calçadão do rio haviam olhado para ele. Suas entranhas se reviraram de desconforto. Na outra linha do tempo, aos 18 anos, Nick havia treinado e liderado guerreiros para matar monstros. Sob as circunstâncias certas, será que ele seria capaz disso de novo?

— Você também ia querer ficar perto dos amigos e da família — disse Nick. — Viajantes do tempo que se conhecessem provavelmente viveriam próximos.

Joan piscou. A imagem do guerreiro desapareceu. Ele era um garoto comum de novo, o garoto que salvara sua vida; que ela havia trazido àquele lugar perigoso.

— Faz sentido — conseguiu responder.

Acima deles, os sons de um mercado estavam aumentando: passos batucavam no chão e vendedores gritavam a ritmos familiares.

Mas, quando Joan e Nick subiram os últimos degraus, encontraram um corredor como o de um hotel. Os barulhos do mercado vinham do piso acima.

Joan de súbito precisava de um tempo.

— Por que não começamos pela suíte?

A segunda porta à esquerda ficava bem adiante no corredor. Joan soube o motivo quando a abriu com a chave prateada. Esperava um quarto de hotel, mas se deparou com um pequeno apartamento, uma sala com portas que davam para um quarto e um banheiro. Era simples, mas aconchegante: um sofá azul, uma pequena cozinha aberta e revestida com painéis de madeira. O único detalhe que lembrava sua avó era o quadro de uma paisagem acima do sofá: um campo vazio sob um céu tempestuoso, com um prédio em ruínas à distância.

No entanto, Joan duvidava que alguém havia olhado muito para aquela pintura, pois a vista da janela era Londínio de novo. Daquele ponto mais elevado, uma parte maior do rio era visível. Sua única ponte passava por uma imensa extensão de água que nenhuma ponte moderna de Londres havia precisado cobrir.

— Tem roupas limpas aqui — chamou Nick de dentro do quarto.

Joan se uniu a ele, que apontou para um closet imenso. Estava cheio de roupas: utilitárias, formais, casuais.

— Tem todos os tamanhos — disse Nick, desdobrando uma camiseta branca macia.

— Devem ser desta época. — Joan não conseguia ver muita diferença entre o corte delas e o de suas próprias roupas, mas ficaria grata em poder usar algo limpo.

Ela avançou para o interior do quarto e encontrou uma jaqueta preta com colarinho estilo Elvis; dobrado para cima, seria alto o suficiente para cobrir a nuca de Nick. Joan o ofereceu e, para seu alívio, ele aceitou.

— Quer tomar banho primeiro? — perguntou Nick.

Joan balançou a cabeça. Queria organizar as coisas e pensar.

Joan se sentou no sofá e colocou tudo que havia roubado de Corvin na mesinha de vidro ao centro: 20 libras em notas brancas antigas, 25 libras com aquela rainha desconhecida e mais de 300 em dinheiro monstro. Joan havia gastado todo o dinheiro contemporâneo, então precisaria trocar um pouco daquilo no mercado para conseguir mais. Ela virou a carteira de cabeça para baixo e a chacoalhou; apalpou atrás de bolsos secretos. Era só isso?

Não, não era. Ela colocou a mão no bolso da própria camisa e puxou o selo de Corvin pela corrente.

O pingente era um ulmeiro queimado com os galhos murchos para cima. Na parte de baixo, Joan decifrou as letras espelhadas: *Corvinus Argent. Filho de Valerian Argent.*

Aquilo era interessante. Corvin era o filho de um líder de família, como Aaron. Um príncipe dos Argent, provavelmente dotado de um poder maior.

O brasão do ulmeiro queimado não estava reproduzido na base. Em seu lugar havia o leão alado da Corte. Corvin era *mesmo* um Guarda da Corte. Joan não estava bem surpresa, mas a prova concreta a deixou com náuseas.

Um meio-círculo decorativo corria pelo lado esquerdo do leão. Ela segurou o selo sob a luz, inclinando-o até o metal formar sombras que revelassem mais detalhes. Não era uma simples linha curva, mas um galho cheio de espinhos: o galho de uma roseira, sem a flor. Joan suspeitara que houvesse algo de diferente na equipe de Corvin. Será que aquela era a marca de um grupo especializado dentro da Guarda, um cujo objetivo era caçar pessoas como ela?

Joan cruzou os braços ao redor de si mesma. Um grupo especializado...

Algo a estivera incomodando desde que escaparam da casa de Nick. As palavras de Corvin no jardim. *"A inteligência estava errada"*, dissera ele. *"Aquele menino sequer deveria estar lá."*

Mas como a inteligência da Corte poderia estar errada? Seus registros históricos eram perfeitos.

O que mais Corvin havia dito? *"Acho que os rumores de flutuações anormais são verdade."*

Joan fechou os olhos. Estava cansada demais para encontrar um sentido em tudo aquilo. Não sabia o suficiente para encontrar um sentido. Precisava da avó para isso.

A porta do banheiro se abriu, e Nick saiu envolto em uma nuvem de vapor. Ele havia encontrado calças cinza e uma camisa branca. Por cima dela, enfiou a jaqueta preta que Joan lhe dera. Depois se juntou a ela.

— Está bom assim? — perguntou. Ele puxou a camisa, um tanto envergonhado.

— Parece apertada.

Era apertada feito vácuo. Joan conseguia ver cada músculo. Ela se forçou a desviar o olhar para cima, sentindo as bochechas queimarem como se houvesse dito aquilo em voz alta sem querer.

— Está bonito — conseguiu dizer. Estava *muito* bonito. Com o cabelo caindo de leve sobre a testa, ele se parecia mais com uma estrela de cinema do que nunca.

— Tentando resolver o quebra-cabeças?

Joan piscou para ele, e Nick apontou com o queixo para a pilha de dinheiro e o selo. Ele pegou algumas notas monstro para examinar. Eram de um plástico transparente com imagens douradas: um leão alado, uma coroa, uma serpente dando o bote. Inclinando a cabeça de maneira pensativa, ele as empilhou uma a uma até que as partes sobrepostas formassem um brasão: a serpente à esquerda, o leão à direita e a coroa entre eles.

— Tem uma realeza nesse mundo? — perguntou.

— Tem um rei. — Joan nunca havia visto tanto do brasão assim; nunca tivera dinheiro o suficiente. — As pessoas falam dele como se fosse todo-poderoso.

Não sabia muito mais; sequer fazia ideia de sobre o que ele governava. *"Nossas fronteiras não coincidem com o que você conhece como países"*, dissera Aaron uma vez. *"Elas foram definidas em outra época."*

— Como um deus-rei antigo... — disse Nick, pensativo.

Fora apenas Aaron, na verdade, quem falara assim dele. Mas, bom, os Hunt não eram devotos; Joan não conseguia imaginar a avó reverenciando nada.

— Dizem que ele nunca é visto. Eu nem sei se ele existe mesmo.

No entanto, ela revirou as memórias até voltar à imensa demonstração de poder em Whitehall. O palácio havia sido arrancado de sua era; um fosso paleolítico protegia o Arquivo Real. *"Sempre ouvi dizer que o Rei tem poder"*, dissera Ruth, *"mas ver isso ao vivo assim..."*

Um calafrio desceu pela espinha de Joan. *Alguém* havia criado aquelas maravilhas. *Alguém* tinha aquele poder.

Nick tocou o leão alado no brasão, então desviou o olhar para o braço de Joan.

Ela não queria ter que olhar para a coisa de novo, mas ergueu a manga. Os olhos de Nick brilharam de interesse quando o leão alado apareceu. Era mais vibrante que uma tatuagem, ouro puro com contorno definido. Joan passou o dedo por ele. Parecia sua pele normal, como se sempre houvesse sido parte dela. A ideia a preencheu de repulsa. *Não era* parte dela. Havia sido colocado nela.

— É um símbolo de autoridade? — perguntou Nick, devagar. — Corvin chamou de algema. Igual da polícia? Eles estavam tentando prender você? — A testa dele se franziu. — Porque pareceu mesmo é que estavam tentando sequestrar você.

— Eu... — Joan também franziu a testa. — Não sei.

Não sabia o que eles queriam. Presumira que a teriam levado até Aaron para ser identificada e então a matariam.

Ela notou uma mistura de curiosidade com algo mais perigoso na expressão de Nick. Instinto protetor. Preocupação. Percebeu então que havia falado demais. Ela vinha tentando restringir as informações àquilo que ele já soubesse; coisas que fossem mantê-lo vivo. Reis e sistemas de autoridade não faziam parte desse grupo. Joan levantou-se depressa.

— Acho que vou tomar um banho.

Com isso, a curiosidade e preocupação no rosto de Nick apenas se intensificaram. Mas ele só disse:

— Tem toalhas limpas e roupas nos armários do quarto.

◄━━◦O◦━━►

Joan xingou a si mesma enquanto tirava as roupas. Ficava contando a Nick coisas que não deveria. Não era só o cansaço. Uma parte no fundo de seu coração sentia que podia confiar nele. E, quanto mais exausta e fraca ficava, maior era o sentimento.

Ela pressionou a testa contra o vidro frio. Sabia o motivo. Esses eram vestígios do que a Joan original havia sentido pelo Nick original na *zhēnshí de lìshǐ*: a verdadeira linha do tempo. Aquela Joan amava e confiava completamente em Nick. Tanto a ponto de fagulhas de seus sentimentos ainda permanecerem vivas. E alguma parte estúpida de Joan tinha ciúmes dela, daquela Joan há muito perdida. Como seria ter sentimentos tão simples por Nick? Ela desejava...

Afastou o pensamento e inspirou fundo. Precisava terminar o banho.

Fora do chuveiro, não conseguiu encontrar um secador. Ela amarrou o cabelo molhado em um rabo de cavalo e vestiu as roupas que encontrara no closet: uma camiseta preta de manga comprida, um vestido xadrez verde e um par de botas de cano curto. Precisou forçar o vestido a descer, centímetro por centímetro. Nick tinha razão. Os cortes daquela época eram *apertados*. Mas, quando enfim ficou no lugar, o vestido era surpreendentemente confortável.

Os olhos de Nick se arregalaram quando ela voltou à sala.

— Eu sei — disse Joan. O carpete era mesmo grosso. — Nem eu escutei meus passos. Quase *me* assustei.

— Não, não é... — Nick pareceu agitado por um momento. — Há... — Ele se levantou e apontou para a porta. — Vamos comer alguma coisa?

DEZ

Conforme eles subiam as escadas, os chamados de vendedores se mesclavam em uma música ritmada:

— Morangos! Morangos silvestres dos bosques!

— Bolos doces para o seu docinho!

Joan prendeu a respiração ao chegar ao topo. O mercado da Estalagem Wyvern não se parecia em nada com o rústico e ágil mercado da Serpentine. Era decorado com a temática de um jardim noturno. Murais de florestas escuras revestiam as paredes, e flores reais e árvores artificiais formavam aconchegantes caminhos iluminados. O perfume sutil de jasmim flutuava pelo cômodo. Com as janelas Portelli, era possível ser sempre noite no salão.

A parede que dava para o rio mostrava um Tâmisa antigo pouco depois do pôr do sol. Joan conseguia reconhecer sua imensa largura sob o céu que escurecia. Sem as luzes da Londres moderna, a margem sul mal era visível.

Os olhos de Nick se ergueram, arregalados de encanto. O vidro Portelli mostrava uma noite escura com estrelas *muito* brilhantes, milhares e milhares de diamantes reluzentes e a fenda nebulosa da Via Láctea.

— Será que o céu de Londres já foi assim? — murmurou.

Eles andaram, procurando por comida, e encontraram um estande que vendia suco concentrado em recipientes com rolha, com as amostras cheirando a ervas medicinais.

Depois, um carrinho com bolos artesanais e doces embalados em celofane. Cada carrinho e estande estava parcialmente oculto no jardim, de forma que encontrá-los parecia uma nova descoberta.

Nick comprou curry com batata doce, berinjela e pimentas vermelhas reluzentes, e Joan comprou uma batata assada. O vendedor encheu uma concha do que parecia um *daal* grosso, espalhou-o pelo topo e lhe deu a batata em uma caixa de papel com um estranho garfo leve; não era plástico, mas também não parecia madeira. O *daal* mal estava condimentado, mas fervia de quente e era muito gostoso. Joan se sentiu melhor logo na primeira mordida; não havia percebido o quanto estava com fome.

Eles comeram e caminharam. Mais adiante, passaram por estandes com facas feitas à mão e moedas douradas finas feito bolachinhas. Um vendedor tinha apenas espelhos de bolso em sua mesa, com tampas douradas fartamente decoradas com brasões de família e números esmaltados. Quando Joan passou, ele levantou um dos espelhinhos em uma demonstração extravagante. Ela notou o número na tampa quando ele o abriu: *103*. Para sua surpresa, o vidro no interior não era um espelho. O vendedor o inclinou para mostrar a vista de um céu azul e uma vegetação abundante.

— É uma janela Portelli em miniatura — percebeu Nick. — Uma portátil. O número deve ser o ano: 103 d.C.

Ele olhou para outros espelhinhos com certo desejo. Joan também queria um, mas as etiquetas de preço variavam de 1 a 5 mil, dependendo do ano, e ela não tinha tudo isso, nem em dinheiro humano, nem em dinheiro monstro.

Continuaram andando. Joan estava tensa no início, antecipando com nervosismo que alguém fosse usar a palavra *monstro* e falar sobre roubar vidas humanas, mas as conversas ao redor deles eram confortavelmente mundanas: o clima lá fora, qual estande tinha as melhores joias, fofocas sobre outras famílias. Aos poucos Joan relaxou. No dia a dia, monstros não falavam sobrem serem monstros assim como humanos não falavam sobre serem humanos.

— Vamos ficar de olho para encontrar minha avó — sussurrou para Nick. — Ela não é chinesa, é do outro lado da família. Tem olhos verdes brilhantes e cabelo branco, normalmente preso em um coque.

— Me conta sobre ela? — perguntou Nick, curioso.

Joan se surpreendeu com a própria resposta emocional; seus sentimentos eram inevitavelmente contraditórios. Ela faria qualquer coisa pelos Hunt, teria morrido por eles. Mas, ao mesmo tempo, eram monstros que roubavam vida humana para entretenimento pessoal. Joan mal havia começado a processar o quão brava e horrorizada ficara ao descobrir aquilo. Só que mesmo assim os amava, e muito. Não conseguiria explicar nada disso a Nick.

JAMAIS UM HERÓI ❖ 83 ❖

— Ela é... pragmática. Não gosta de enrolação. Mas é leal. — Sua avó havia morrido para protegê-la da última vez. Joan afastou a memória das próprias mãos cobertas pelo sangue dela. — Vai fazer tudo o que puder para tirar a gente dessa.

Disso, pelo menos, Joan tinha certeza. Ela terminou a batata e viu uma lixeira ao pé do vendedor.

— Tudo bem se eu jogar a caixa aqui? — perguntou ao homem.

— Claro, meu bem — respondeu ele. Era musculoso, com pele morena e um cabelo frisado preto e curto. À sua frente, havia bandejas com espetos de fruta: cerejas frescas, morangos e pedaços de maçã caramelizada. Elas lembravam Joan dos espetinhos de baga de espinheiro que seu pai gostava de comprar no mercado chinês.

— Me vê dois espetinhos de cereja, por favor? — disse, por impulso. Ela manteve os olhos abaixados. Não conseguia imaginar um Oliver vendendo espetos de fruta em um mercado, mas nunca se sabe. Quando o homem esticou o braço para pegar os espetinhos de cereja, entretanto, ela viu uma tatuagem em seu pulso: uma flor de pétalas rosas. Não conhecia aquele brasão, mas não era uma sereia.

Joan arriscou olhar para cima.

— Parece movimentado hoje — comentou.

— Vários rostos novos na cidade. — Com um giro ágil, o homem enrolou guardanapos nas pontas dos espetos e passou as frutas a Joan, junto com algumas moedas. — Caçadores de recompensas, vindos de todos os cantos.

Joan ficou apreensiva e sentiu Nick fazer o mesmo ao seu lado.

— Caçadores de recompensas?

O homem deu de ombros.

— Nada oficial, mas existem boatos de uma fugitiva perigosa à solta. Todo mundo está na cidade tentando a sorte no caso. Tudo debaixo dos panos, é claro. — Ele interpretou errado a expressão dela. — Não se preocupe, meu bem. A fugitiva está marcada e cercada. Se um caçador de recompensas não a pegar, os guardas a pegarão.

Se a situação fosse menos tensa, Joan teria rido da ideia de que ela era perigosa. Nem tinha mais seu poder. Ela encontrou uma nota monstro, uma de vinte, não muito alta, e esperava que não muito baixa também, e a colocou ao lado da pilha de guardanapos. O mercado na Estalagem Serpentine era um lugar para se comprar informações tanto quanto comida e bens. Talvez esse mercado fosse igual.

— Eu adoraria ouvir mais um pouco dessa fofoca — disse.

Houve uma longa pausa, e a expressão do homem ficou séria.

— Como eu disse, não é nada oficial. Você vai comprar mais comida? É só isso que eu vendo.

Joan tentou de novo.

— Tem alguém por aqui que *gosta* de fofocar?

— Não — retrucou o vendedor, seco. Ele deslizou a nota de volta para ela. — Agora, andem, circulando.

— Valeu a tentativa — murmurou Nick quando ele e Joan se afastaram.

— Melhor eu continuar cobrindo aquela marca dourada — sussurrou Joan de volta. Estava grata pelas mangas longas.

Joan ofereceu um dos espetinhos a Nick. Ele tinha que estar se perguntando o que ela havia feito para todas aquelas pessoas virem atrás dela. Que crime cometera. Mas ele só sorriu. E, pela primeira vez, Joan se perguntou se Nick estava sentindo por ela a mesma confiança incondicional que sentia por ele.

— Os de cereja são meus preferidos — disse Nick, quase que numa confissão. — Igual aquelas Bakewells que você ia me dar. — Ele mordeu uma cereja do espeto, e o sumo vermelho manchou seu lábio inferior. Ele o lambeu. — Quase parece que você me conhece.

Um segundo se passou antes que Joan forçasse o próprio sorriso.

— Que engraçado. — As Bakewells haviam sido propositais, mas as cerejas foram um vacilo. *"Contenha-se"*, ordenou a si mesma. Não podia cometer erros assim.

Eles passaram por uma sala logo às margens do mercado principal. A porta estava aberta, revelando um círculo de pessoas que tricotavam juntas, com a paisagem da Doca Queenhithe ao fundo, no início da manhã. A vista não era atual; as construções eram baixas, com telhados de palha.

— Período Tudor. — Nick parecia sonhador. — Queria que aquelas janelas fossem portas. Eu iria para tantos lugares... — Ele olhou para Joan, maravilhado, como se um tanto do encanto fosse direcionado a ela. — Você já foi? Já foi para Londínio?

"Eu iria para tantos lugares." Por um segundo, Joan conseguiu imaginar com clareza: os dois viajando juntos, explorando Londres ao longo do tempo.

— Eu... eu não viajo — respondeu. O desejo era uma fome insaciável dentro dela, mas o combustível para viajar no tempo eram vidas humanas. Ela sabia o que Nick sentiria se soubesse a verdade. Não seria encanto.

Tarde demais, ela percebeu que havia incentivado aquela fome com a fantasia excessivamente vívida de viajar com ele. Preparou-se para os sons do mercado se distanciarem e as luzes diminuírem. Seus sentidos haviam sido apagados dessa forma quase todas as manhãs naquela semana. Mas, para seu alívio, o lapso não começou.

Ela visualizou o leão alado e dourado escondido sob sua manga. *"Estão os dois atolados"*, dissera o homem militar na casa de Nick. *"A garota está vestindo uma algema."* O desejo de viajar ainda existia dentro de Joan, mas, com aquela algema no braço, talvez isso não importasse. Talvez estivesse segura dos lapsos de distanciamento.

— Você não viaja? — Nick parecia confuso. — Você pode, mas não viaja?

— Não é tão fácil — contornou Joan. E, para evitar perguntas sobre *isso*, acrescentou: — Por quê? Para onde você iria?

— Se eu pudesse ir para qualquer lugar e voltar? — Os olhos de Nick se estreitaram com um indício de tristeza. Dava para ver que estava pensando no pai. No quanto sentia sua falta. — Eu... — Ele pareceu decidir dizer algo mais leve. — Eu iria para o futuro, acho. Quero saber o que acontece.

Joan mordeu o lábio. Parte dela queria reconhecer o que Nick não havia dito. Mas ela seguiu a deixa para manter a conversa leve:

— Você não ia se importar de estragar a surpresa?

— Bom, talvez eu deixasse uma parte continuar misteriosa. — Nick sorriu um pouco. — Por que a gente não viaja junto qualquer dia? Para ver o que acontece daqui a cinquenta anos?

Joan sentiu a língua presa com a oferta que era parte brincadeira, parte verdade. Mesmo depois de uma noite sem dormir, Nick era absurdamente atraente. Ela sentiu um friozinho na barriga, mas se forçou a responder no mesmo tom.

— Vou com você se você for comigo para Londínio. Eu sempre quis conhecer. Sempre... — Ela se interrompeu de súbito.

Uma viagem de ida e volta para Londínio custaria 8 mil anos de vida humana entre ambos.

— Feito — disse Nick. Ele sorriu calorosamente e os traços de tristeza desapareceram. Joan sentiu o friozinho na barriga de novo. Desta vez, entretanto, a sensação estava misturada com horror.

O mundo monstro estava repleto de maravilhas. Mas era tão terrível quanto era belo. Era um mundo onde se podia olhar por uma janela e ver uma cidade Tudor. Mas também era um mundo em que as pessoas roubavam vida humana só para passar férias em outra era.

Quando Joan abriu a boca, alguém por perto falou:

— ... a operação em Milton Keynes.

Ela parou imediatamente, trocando olhares com Nick.

Estavam do lado de fora de uma pequena sala escura, e era noite nas janelas Portelli. A luz amarela de uma luminária recaía sobre duplas e trios de pessoas que jogavam cartas, xadrez e algo com peças de madeira decoradas com ouro. Entre as mesas, estátuas de bronze se erguiam como sentinelas: um wyvern com as asas no ar, uma serpente com as escamas eriçadas, um Minotauro com músculos salientes e chifres curvados. Suas cabeças eram excessivamente polidas, como se os apostadores às vezes as tocassem para ter boa sorte.

Conversas borbulhavam, altas, de vez em quando elevando-se a risadas um tanto bêbadas. Joan não fazia ideia de quem havia falado. Devia haver vinte pessoas na sala.

A mesma voz soou de novo:

— ... guardas por todo canto.

E, dessa vez, Joan viu. Fora uma mulher no fundo da sala com cabelo vermelho brilhante. Ela estava conversando com um homem. Naquele momento, os dois se inclinaram para mais perto um do outro e falaram em sussurros, baixo demais para Joan escutar.

Ela trocou outro olhar com Nick. Deveriam mesmo voltar lá para baixo e esperar a avó chegar. Precisavam ser discretos. Mas Joan queria escutar mais. *"Inconsequente e impaciente"*, diria Aaron. Ele fora uma grande influência para ela. Nick, entretanto, estava com os olhos atentos de interesse.

Eles entraram juntos na sala e se acomodaram perto da janela, fingindo admirar a vista. Fumaça de charuto pairava pelo ar. Joan conseguia senti-la no fundo da garganta, amadeirada e floral.

Perto deles, a mulher ruiva e o homem estavam jogando o jogo parecido com xadrez que Joan se lembrava de ter visto no Serpentine. A mulher moveu uma peça de elefante na diagonal.

— Pronto para desistir?

— Ainda gosto das minhas chances — respondeu o homem, com a voz profunda e entretida. Ele rolou um objeto entre o polegar e o indicador, uma das moedas finas que vendiam no mercado. E aquilo era estranho. O vendedor de cerejas havia dado moedas monstro de troco para Joan, mas eram todas prateadas e com contorno reto. Então o que eram aquelas finas e douradas? O homem colocou a sua sobre o tabuleiro e moveu uma peça em forma de navio. — *Você* quer desistir?

Joan precisava que voltassem para a outra conversa. Disse a Nick:

— O que você acha daquela coisa toda em Milton Keynes?

Nick sequer piscou. Sua resposta foi tão natural quanto se houvessem combinado antes.

— Parece que todo mundo só fala nisso.

A mulher acrescentou outra moeda dourada. Ela moveu um peão. Joan abriu a boca para tentar incentivar a conversa mais uma vez, mas então o homem falou de súbito:

— Sua família tem ouvido as mesmas coisas que a nossa?

A resposta da mulher foi cautelosa.

— Depende. O que vocês têm ouvido?

O homem abaixou a voz.

— Que a corte está detectando imensas flutuações na linha do tempo.

Joan prendeu a respiração. Corvin Argent também havia falado em flutuações. O que isso significava?

Ao lado dela, Nick soltou um grunhido. Havia algo estranho em sua voz. Ele estava olhando para fora da janela.

Joan seguiu seu olhar, mas não conseguiu ver quase nada; estava mais escuro que o início da noite do mercado. A única luz lá fora era o brilho sibilante de tochas.

A mulher também abaixou a voz.

— Mas não tem como ser verdade, tem?

— Não tem — concordou o homem.

O ar fumacento ficou preso na garganta de Joan. Nick ainda estava olhando para fora da janela, e de repente ela percebeu o quanto havia sido absurda e estupidamente irresponsável ao levá-lo para dentro de uma estalagem monstro. O que Joan tinha *na cabeça*? Todas as suas justificativas pareciam frívolas agora. Deveria tê-lo deixado em algum lugar bem longe dela. Um lugar seguro e humano, um hotel. Deveria tê-lo deixado lá e nunca mais voltado. Esse mundo era perigoso. *Joan* era perigosa.

Nick sussurrou:

— *Olha.* — Aquele tom estranho continuava lá.

Olhar? Joan apertou os olhos, tentando ver o que ele estava vendo. Só conseguia identificar a água lá embaixo: a Doca Queenhithe à noite, iluminada por tochas. O reflexo das chamas dançava sobre a água barrenta. Para além dela, construções deterioradas de madeira, de apenas um andar.

Espera... havia algo *na* água. Joan se aproximou mais. A doca moderna havia sido aterrada e inutilizada. Barcos encalhariam se tentassem atracar lá. Na vista da janela, entretanto, a água parecia mais funda, e havia algo escondido na penumbra. Um navio longo, estreito, a proa enrolada na ponta feito a cauda de um animal.

— Todas aquelas *pessoas* — sussurrou Nick.

Joan as viu então: silhuetas correndo no escuro, algumas em direção à cidade de Londres, outras em direção ao rio. Sua compreensão mudou. Ela havia interpretado errado a escala. As chamas ao redor da doca não eram tochas. Todos os prédios à margem do rio estavam pegando fogo. As pessoas lá fora estavam fugindo.

E aquele navio... Joan prendeu a respiração.

— É um barco viking — disse, reconhecendo enfim. — É uma *invasão* viking.

Nick colocou uma mão sobre o vidro, os nós dos dedos se tornando brancos.

— E os outros boatos? — falou a mulher. — Sobre a fugitiva. Estão dizendo que é uma garota com um poder proibido.

Joan se virou de volta para eles, com o coração martelando no peito. O ar estava ficando mais pesado; a fumaça de charuto permeava tudo, excessivamente doce. Ela tentou respirar e quase se engasgou.

— Estamos ouvindo isso também. — O homem colocou outra moeda na pilha. — Eu subo mais cinco mil.

"Cinco mil o quê?", Joan pensou de súbito. Ela encarou a pilha de moedas. Por que haveria moedas à venda no mercado? *O que* eram, se não dinheiro?

O que monstros valorizavam? O homem acrescentou outra à pilha, que reluziu com a luz da luminária. Então Joan soube a resposta. Sabia exatamente o que eles estavam apostando. Simplesmente *sabia.*

As moedas estavam cheias de vidas humanas. O homem havia acabado de apostar quinhentos anos de vida humana. Um horror gélido dominou os ossos de Joan.

Atrás dela, através da janela, pessoas corriam para se salvar entre as chamas; suas mortes eram apresentadas como entretenimento para monstros que não estavam sequer olhando. E ali, naquela sala, eles jogavam com moedas cheias de vida humana. Ao final do jogo, alguém pegaria todas elas e usaria aquilo para viajar. Para *quê*? Turismo? Ir a festas? Apostar mais?

Joan esticou os braços para trás, precisando do toque calmante do vidro frio. Ela olhou de mesa em mesa, para as pilhas de moedas. Quanta vida humana havia naquela sala naquele momento, roubada por monstros? Quantos humanos morreram mais cedo do que deveriam, seu tempo arrancado de dentro de si e enfiado naquelas moedas? Na verdade, aquela sala estava cheia de cadáveres.

— Eu sei — disse Nick, muito suave. — Isso é *doentio.*

Por um momento, Joan pensou que ele *soubesse.* Então percebeu que Nick ainda estava falando da vista. Do ataque viking lá embaixo.

Ela foi tomada então pela certeza de que se algum daqueles monstros soubesse que Nick era humano, eles o matariam bem ali, com um simples toque na parte de trás do pescoço. Não sentiriam remorso algum. E a vida dele não seria o suficiente para preencher uma moeda. Joan se virou para Nick para lhe dizer que *precisavam* sair dali. Mas as palavras ficaram presas em sua garganta.

Um facho de luz chamou sua atenção.

Na janela escura, havia uma pequena marca brilhante. Ali dentro, Joan conseguia ver a luz do dia e a Doca Queenhithe do século XXI, toda aterrada.

Seu peito se comprimiu dolorosamente. Ela teve uma vívida lembrança do frio contra seu dedo. Um momento antes, havia pressionado a janela e tocado o vidro bem ali. Agora, colocou o polegar no mesmo ponto. Encaixava perfeitamente. *Ela* havia feito aquela marca.

Com uma terrível certeza, soube o que acontecera. Havia manifestado o poder que usara pela última vez em Nick. Um poder fora das doze famílias. Um poder que Joan achava que havia perdido para sempre.

"Algo proibido. Algo errado."

Na outra linha do tempo, ela revertera metal em minério, e agora, ao que parecia, havia revertido uma parte da janela Portelli de volta a vidro comum.

— Com licença — disse uma voz estranha, fazendo Joan se sobressaltar. Ela se virou depressa, escondendo a marca com o corpo. Reconheceu a seda cor-de-rosa. Um dos funcionários do lugar estava à sua frente: um homem de aparência gentil e cabelo grisalho. Ele havia visto o brilho de luz atrás dela? Sabia o que ela acabara de fazer?

O homem inclinou a cabeça para o lado, como se a expressão de Joan fosse estranha.

— Sua mesa está pronta. — Quando Joan continuou olhando fixo em sua direção, ele acrescentou uma explicação: — Dorothy Hunt chegou. Você enviou um mensageiro atrás dela. Pode encontrá-la na Sala do Rio, três portas para cima.

— Obrigada — Joan conseguiu dizer. O homem assentiu e caminhou para longe.

Sua avó estava ali. Joan se sentiu fraca de tanto alívio. A avó os tiraria daquele lugar. E saberia o que fazer a respeito da janela.

Joan começou a se mexer, então percebeu que não conseguia. Todos na sala perceberiam o facho de luz. E as pessoas já estavam fofocando sobre uma garota com um poder proibido. Alguém se questionaria, faria a conexão.

Joan abriu a boca para chamar o homem de volta, perguntar se poderia trazer a avó até ela, mas ele já estava na metade do cômodo. Se o chamasse, todos os apostadores olhariam em sua direção.

— Só fica bem aí — murmurou Nick.

— O quê? — Joan piscou, confusa, enquanto ele ia até um umidor.

Alguns dos apostadores olharam para o movimento, mas Nick apenas examinava os charutos, com uma mão no bolso. Ele afastou uma luminária de chão, como se estivesse em seu caminho. Os outros voltaram a seus jogos.

Nick havia colocado a luminária ao alcance de Joan. Ela a puxou com cuidado para perto e a colocou à frente da janela. O truque não era perfeito; qualquer um conseguiria ver a luz se estivesse no ângulo certo, mas, para a maioria das pessoas no cômodo, a claridade do dia se mesclaria ao brilho da lâmpada.

Nick voltou para o lado dela.

— Vamos? — Ele inclinou a cabeça para a porta.

Joan assentiu. Seu coração batia tão forte que chegava a machucar. Mesmo assim, tentou igualar o tom casual dele ao andarem.

— Não quis um charuto? — perguntou.

— Não suporto o cheiro — respondeu Nick, neutro.

E então eles estavam fora da sala.

<hr>

Joan conseguia sentir as perguntas de Nick, mas não havia tempo para conversas. *"Sala do Rio, três portas para cima"*, dissera o homem.

Encontraram a sala e ela olhou freneticamente ao redor. Era no canto do prédio. A vista lá fora mostrava a doca de um lado e o rio do outro. Ao redor do cômodo, pessoas estavam sentadas às janelas, comendo de bandejas com pilhas de sanduíches e *scones*.

Ali. Joan se sentiu mais leve ao ver a avó sentada do lado do rio. Estava vestindo seu familiar chapéu de feltro, o que a fazia parecer uma melindrosa dos anos 1920. O aperto no peito de Joan se aliviou pela primeira vez no que pareciam ser semanas.

Então a avó correu os olhos pela sala, despreocupada.

Joan congelou. Por um longo momento, não conseguiu se mexer. Só conseguiu olhar.

"Dorothy Hunt chegou", dissera o funcionário. E ele tinha razão, Dorothy Hunt estava ali. Mas aquela não era a avó de Joan. Aquela mulher tinha a idade errada. Debaixo das abas do chapéu, sua pele era leitosa e lisa; os olhos tão verdes que Joan conseguia ver a cor do outro lado da sala.

"Não", pensou.

Sua avó a amava. Na outra linha do tempo, havia morrido por Joan. Mas, quando era mais nova, não dava a mínima para ela; não a conhecia ainda. Joan havia pedido a ajuda da jovem Dorothy, e a jovem Dorothy a denunciara para a Corte Monstro.

Agora, para seu horror, o olhar dela focou sua direção. Joan cambaleou para fora da sala, puxando Nick consigo.

— O que foi? — perguntou ele quando Joan recuou para a segurança do mercado. — Ela não estava lá?

Joan balançou a cabeça.

— Minha avó não vai vir. Ela não pode ajudar.

Ela presumira que a avó consertaria tudo, que protegeria tanto Joan quanto Nick. Mas isso não aconteceria agora. E, enquanto a jovem Dorothy estivesse ali, a avó de Joan era inacessível. A linha do tempo não permitia que uma pessoa ocupasse a mesma época com duas idades diferentes.

Joan e Nick estavam sozinhos.

ONZE

— Não é a minha avó que está lá dentro — disse Joan, rouca. Precisava da ajuda da avó. Havia sido atacada em sua própria cidade; Margie havia sido *assassinada*. Joan precisava de um dos raros abraços da avó; escutar sua voz pragmática. Agora se sentia à deriva.

— Ela não vai ajudar? — perguntou Nick.

— Ela... ela é jovem demais — tentou explicar Joan. — Não me conhece ainda.

— Mas é a sua avó mesmo assim, não é?

"Ela me denunciou por dinheiro. Me entregou para a Corte da última vez." Joan não conseguia se forçar a dizer.

— Ela não se importa comigo ainda — foi o que conseguiu articular. — Não podemos deixar que nos veja. Não podemos nem voltar para aquela suíte. Não podemos de jeito nenhum confiar nela com essa idade. — Doía-lhe dizer isso.

A cabeça de Nick se voltou para a Sala do Rio. Joan captou indícios de alguma emoção, de dentes cerrados.

— Ei, então vamos — disse ele. — Vamos embora daqui.

Joan respirou fundo. Se a avó não viria, então ela e Nick estavam mesmo sozinhos. Precisava pensar de uma maneira estratégica.

— Precisamos trocar um pouco de dinheiro.

Eles haviam gastado todo o dinheiro contemporâneo em passagens de trem. Seria sensato conectar seus celulares? Provavelmente não. Novos celulares descartáveis então. E precisavam de um lugar seguro para onde desaparecer.

Quando Joan estava prestes a pegar a carteira de Corvin, entretanto, percebeu uma mudança na atmosfera do mercado. Perto deles, um homem se inclinou para murmurar algo ao amigo. Sussurros sibilantes se espalharam pelo salão, e o tom do mercado se elevou com alarme.

— O que está acontecendo? — murmurou Nick.

Joan havia visto o mercado da Estalagem Serpentine se transformar assim, o humor indo de animação a medo. Não precisava escutar as palavras sussurradas para saber o que estava por vir. Ela conseguia sentir na boca do estômago; nos cabelos se eriçando em sua nuca.

— Guardas da Corte — sussurrou para Nick.

Ao redor deles, as pessoas estavam falando de maneira inaudível, apenas com os lábios, exatamente a mesma coisa. *"Guardas. Guardas da Corte estão aqui."*

Os pensamentos dispararam na mente de Joan. Acabara de manifestar um poder proibido, e havia evidência disso na sala de apostas. Alguém havia visto? Alguém havia chamado os guardas? Ou era só uma batida rotineira? Guardas da Corte foram à Serpentine para confiscar tecnologias ilegais que eram vendidas lá. Mas Joan não vira nada ilegal neste mercado, não para os padrões monstro.

Vozes altas soaram, assim como passos pesados.

— Eles estão no saguão — sussurrou Joan. Isso significava que a entrada principal estava fora de cogitação. Precisava existir outra saída. Aquele prédio tinha de ter uma rota de incêndio.

Saltos ecoaram no piso de madeira. Edith Nowak, funcionária do lugar, andava a passos largos na direção deles.

— Vocês precisam ir embora daqui! — disse a Joan.

Joan não se mexeu, apenas balançou a cabeça. Não desceria as escadas, toda dócil, para que os guardas a matassem e matassem Nick.

Edith parecia impaciente.

— Eu sou amiga da sua avó. Não *dela* — acrescentou quando Joan olhou para a Sala do Rio, onde a jovem Dorothy ainda esperava. — *Depois* que ela arranja um coração no peito.

A comoção aumentava no andar de baixo: passos pesados e comandos altos. Nick olhou para Joan, mas ela não sabia o que fazer. Uma decisão errada acabaria matando os dois. E sua avó jamais havia mencionado o nome de Edith.

Edith não pareceu notar a troca de olhares.

— Tem um homem vendendo cerejas lá...

— Sabemos qual é o estande — respondeu Joan.

— *Ótimo.* Mostre para ele a marca que colocaram em você. Ele vai tirar vocês daqui.

A marca do leão alado? Joan não gostava nem um pouco daquela ideia. E se Edith a estivesse entregando por dinheiro, como a jovem Dorothy fizera?

— Andem logo — pediu Edith. — Preciso recepcionar os guardas.

A avó de Joan, a avó mais velha, havia dito à família que aquele lugar era um santuário. Ela devia confiar em pelo menos algumas das pessoas ali. E, se confiava neles, Joan com certeza também podia confiar.

Ela tomou uma decisão.

— *Obrigada* — falou. Então se lembrou de acrescentar: — Eu te devo um favor.

Era desconfortável dizer aquilo, mas a cultura monstro era baseada em favores e dívidas. Para sua surpresa, o rosto de Edith suavizou.

— Não se preocupe com isso. — Ela olhou de volta para as escadas, para os guardas a caminho, e sua expressão se tornou uma mistura de tristeza e raiva que fez Joan se questionar o que *ela* havia passado nas mãos da Corte. — *Vá!*

Então Edith se afastou em direção à entrada do mercado.

<hr />

Joan se sentia grata pela temática de jardim noturno do mercado. A iluminação crepuscular obscurecia rostos, e os estandes estavam escondidos uns dos outros por plantas que florescem à noite e árvores com guirlandas de luz.

Alguns vendedores ainda estavam anunciando seus produtos: *"Tortas cremosas quentinhas!"* e *"Velas especiais!"*. Mas, quando Joan e Nick chegaram ao vendedor de cerejas, ele estava fora de seu estande, com os grandes braços cruzados, pronto para a batida da Corte. Ele enrugou as sobrancelhas quando os viu.

— Estou fechado — disse, irritado. — Obviamente.

Joan olhou ao redor. O estande era mais exposto do que ela se lembrava, visível da entrada do mercado. Grandes passos trovejantes informavam que os guardas já estavam nas escadas. Ela *realmente* esperava que Edith estivesse certa sobre aquele sujeito.

— Vocês me ouviram? — insistiu ele, impaciente. — Os guardas estão prestes a...

Joan recuou o máximo que podia para dentro da alcova do estande e ergueu a manga apenas o suficiente para revelar a ponta dourada da marca. Os olhos do homem encontraram os dela, em choque, e Joan sentiu Nick se remexer ao seu lado, tenso.

— *Minha nossa* — soprou o sujeito. Ele correu para abaixar a manga de Joan, embora fosse impossível que qualquer outra pessoa houvesse visto. — Achei que você fosse uma *infiltrada* da Corte, tentando comprar informações.

— Não sou! — sussurrou Joan.

— Percebi — sibilou o homem. Então, quase no mesmo fôlego: — Se *abaixa!*

Porque os pés pesados dos guardas estavam subindo os últimos degraus. Ele enfiou Joan e Nick atrás do estande.

Joan se abaixou sob a tenda listrada de vermelho e branco, e Nick se abaixou atrás do pesado vaso de um loureiro. Eles estavam em um vão entre o mercado e a parede. Dali, o salão não parecia nem de perto tão mágico. Percorrendo a fileira de árvores em vasos e a parte de trás das barracas, fios de luz chegavam a tomadas. Engradados parcialmente cheios e lixo se espalhavam pelo chão. Essa era a parte do lugar que apenas os vendedores viam.

Joan espiou pela beirada da tenda. A entrada estava perto demais para o gosto dela. Guardas da Corte estavam entrando no salão, intimidadores em seus uniformes azuis, com broches do leão alado cintilando nas lapelas. Joan olhou com mais atenção. Os broches não pareciam os de costume; havia uma linha curva do lado direito do leão. Ela imaginou o galho cheio de espinhos do selo de Corvin, e sua respiração começou a falhar. Definitivamente não era uma batida rotineira. Eles estavam *mesmo* ali por causa de Joan e Nick.

Os saltos de Edith ressoaram.

— Eu sou a estalajadeira — disse ela, apresentando-se brevemente para os guardas. — Posso ajudar?

— Você pode acender as luzes — comandou uma voz familiar.

Joan colocou uma mão sobre a boca, com medo de deixar escapar algum som, quando Aaron emergiu das escadas. Suas passadas amplas emanavam uma arrogância casual. Na noite anterior, estava vestido como se estivesse a caminho de um evento de gala. Agora estava de azul-marinho. Não o uniforme dos guardas, mas um terno Savile Row sob medida. Sua lapela não trazia broche algum, mas era evidente que estava liderando aquela operação.

Mesmo apenas parado à entrada, Aaron parecia iluminar o salão, tão belo que dava um ar um tanto irreal para a coisa toda. Ele avaliava a todos, com uma mão no bolso, feito um lorde, e o coração de Joan se apertou quando seus olhos passaram pelo estande de cerejas e seguiram adiante.

— Atenção, por gentileza — anunciou ele em voz alta. — A Corte está conduzindo uma busca nestas instalações. Guardas distribuirão a descrição de dois fugitivos.

— Nós nos reformulamos anos atrás — disse Edith. — Este não é um lar de fugitivos.

— Todas as estalagens estão sendo inspecionadas. Não estamos discriminando vocês. — Indiferente, ele acrescentou: — Acredito ter pedido luzes aqui.

— Por que um civil está liderando essa busca? Por que esses guardas estão sob seu comando?

JAMAIS UM HERÓI ❧ 95 ❦

— Por que uma estalajadeira está fazendo tantas perguntas? — retrucou Aaron. Ele não soava exatamente ameaçador, mas Edith corou. Em seu uniforme cor-de-rosa, entre os guardas, ela parecia um pássaro, brilhante e um tanto frágil.

Joan engoliu em seco. Aquela era uma pequena batida com uma equipe de doze guardas, mas Aaron parecia mais confortável do que ela esperaria naquela pequena posição de poder. Ocorreu-lhe pela primeira vez que, se ele não houvesse sido deserdado, teria liderado a formidável família Oliver um dia.

O que Corvin lhe dissera na noite anterior? *"Eu achei que você aproveitaria a oportunidade. Pelo que ouvi dizer, você precisa se redimir aos olhos dele."*

Será que Aaron esperava recuperar sua posição ao lado de Edmund? Se capturasse fugitivos para a Corte, talvez reconquistasse a simpatia do pai.

Joan olhou para Nick. Como todos os outros, seus olhos escuros estavam focados em Aaron.

O vendedor de cerejas recuou para a beirada da tenda.

— Tem um armário atrás da barraca — murmurou, quase inaudível. — Lá dentro, vocês vão encontrar uma alavanca no chão. Duas vezes para cima, uma para baixo, então para cima de novo. Vão *agora* antes que os guardas circulem.

Joan não se permitiu hesitar, embora quisesse perguntar o nome do homem. Ele havia se arriscado para ajudá-los, e Edith fizera o mesmo. Se pudesse retribui-lhes, ela o faria.

O papel de parede era pintado à mão para se parecer com árvores sombreadas. Joan tentou não entrar em pânico enquanto procurava por qualquer tipo de alavanca, qualquer tipo de silhueta que lembrasse um armário. Ao seu lado, Nick estava correndo as palmas das mãos pela parede, tentando sentir uma abertura.

Um clique atrás deles. Luzes fluorescentes se acenderam. Joan piscou com a claridade repentina. Por uma fração de segundo, teve certeza de que haviam sido vistos; estavam escondidos atrás da tenda, mas só de certos ângulos. A escuridão havia sido a melhor proteção.

Porém, a luz iluminara o puxador da porta também. Joan fechou os dedos nele, e ela e Nick dispararam para dentro. Teve um segundo para vislumbrar um pequeno espaço cheio de casacos antes de fechar a porta atrás de si, mergulhando-os na escuridão. Ela se ajoelhou, apalpando para encontrar a alavanca, afastando sapatos e algo macio. Uma echarpe?

— *Encontrei* — sussurrou Nick ao seu lado. Um segundo depois, um mecanismo soou, uma engrenagem quase inaudível, e o fundo todo do armário se abriu como uma porta.

À frente, havia uma passagem de tijolinhos sem janelas, mal iluminada por lâmpadas nuas. Uma rajada de *déjà-vu* atingiu Joan ao se levantar. Havia uma porta escondida assim no Palácio de Whitehall. Aaron estava com ela naquela ocasião. Eles já haviam salvado a vida um do outro repetidas vezes àquela altura...

Agora, atrás deles, a batida começou de fato, o som mal diminuindo quando Nick fechou a porta secreta. Guardas gritaram ordens e passos farfalharam. Joan imaginou Aaron examinando cada pessoa no salão, uma a uma, procurando pela garota metade humana com um poder proibido e o garoto humano com quem ela fugira.

Não conseguia afastá-lo da mente enquanto corria com Nick pela passagem. Atrás deles, os sons ficaram distantes. Eles desceram um lance de escadas de concreto, então outro. Os tijolos mudaram de um tom amarelado a vermelho e depois marrom, como se eles estivessem entrando em outros prédios.

"Aquela imunda." Era isso o que Aaron pensaria se a pegasse agora. Joan não conseguia imaginá-lo colocando as mãos nela, mas ele sempre tivera ordens da Corte para matá-la. Durante todo aquele tempo que passou com ela, Aaron estivera desobedecendo a Corte.

"Não vou lembrar o que você significa para mim."

— Você está bem? — murmurou Nick.

Joan piscou em sua direção. Ele andava prestando mais atenção nela do que imaginara. Quando ela assentiu, ele disse:

— Aquele era Aaron? O menino do jardim?

O peso no peito dela parecia algo físico, um caroço de aço alojado em seu peito.

— Era.

— Vocês eram mais do que conhecidos, não eram? — A voz dele estava suave.

Joan inspirou com força, então algo gentil tocou a expressão de Nick, tão gentil que Joan engoliu a seco. Conseguia imaginar no que ele estava pensando... Que ela e Aaron foram algo um do outro, e que ele a entregara para a Corte. Mas não havia sido assim. Aaron era leal até a alma. Ele jamais venderia alguém desse jeito.

— O que você viu... Ele não é assim. — Joan não sabia por que precisava dizer isso, mas não conseguia suportar que Nick continuasse com aquela imagem de Aaron.

Ceticismo começou a se formar no rosto de Nick, mas então eles tomaram a curva seguinte, e ele ficou alerta. À frente, havia alguns degraus para baixo e uma porta pesada.

— Fim da linha — sussurrou Joan, tensa. O que estava do outro lado daquela porta? Onde eles haviam ido parar?

A escada era de pedras, torta e gasta pelo tempo, como se houvesse sido externa um dia. Mesmo com a porta fechada, Joan conseguia sentir o cheiro salgado do rio.

Nick gesticulou para que ela abrisse a porta, posicionando-se de prontidão caso alguém atacasse. Joan respirou fundo e virou a maçaneta, abrindo apenas o suficiente da porta para revelar um trecho de luz. Eles estavam em um beco com paredes de tijolo. Ela empurrou mais um pouco a porta, e uma sombra se moveu.

Antes que Joan pudesse reagir, uma voz falou:

— Joan? Você precisa vir comigo.

Uma figura surgiu. Por um momento, tudo o que Joan conseguia ver era uma silhueta alta. Então seus olhos se ajustaram e identificaram um bonito homem na casa dos 20 anos com delicadas feições chinesas.

— Jamie? — sussurrou ela. — Jamie Liu? — Ao seu lado, ela sentiu Nick relaxar; ele estivera pronto para atacar, esperando pelo sinal dela. — O que *você* está fazendo aqui?

Ela não o via desde o verão. *"Eu lembro"*, ele a dissera. O poder da família Liu era a memória perfeita, mas alguns deles tinham uma habilidade mais forte do que isso: Jamie se lembrava de fragmentos da linha do tempo anterior. A que Joan havia apagado.

Ficou encantada com o quanto ele parecia saudável agora. Jamie jamais revelara o que haviam feito com ele na outra linha do tempo, mas, nos vídeos contrabandeados, ele estava pele e osso, com os dedos tortos e quebrados. Ainda estava magro agora, mas parecia forte.

— Edith me mandou uma mensagem — sussurrou Jamie. — Tom está esperando com o barco. — Ele fez uma pausa. — Tem alguém com você?

Joan piscou, percebendo que havia parado à soleira; que a porta ainda não estava aberta por completo. Ela saiu para o beco, e Nick a seguiu.

— Quem... — Jamie interrompeu a si mesmo. Choque e reconhecimento se espalharam por seu rosto conforme ele processava as feições de Nick, seus braços musculosos. Os olhos dele dispararam com descrença na direção de Joan. — Por que *ele* está aqui?

DOZE

Jamie estava pálido como um fantasma. Na outra linha do tempo, ele havia sido o Arquivo Real, testemunha e registrador dos resultados dos massacres de Nick. Ele, mais do ninguém, sabia quem Nick era e o que era capaz de fazer. *"Dezenas e dezenas de massacres"*, dissera certa vez.

— Por que ele está *com* você? — perguntou Jamie, com tremor na voz. — Joan, por que ele estaria perto de você?

Nick estava claramente confuso com aquela reação.

— Nós fomos atacados — explicou. — Eu e Joan. — Para ela, acrescentou: — Não quero criar problemas para você.

— Está tudo bem — garantiu-lhe Joan. Conseguia escutar o tremor na própria voz traindo suas palavras. — Deixa eu falar com Jamie por um segundo, pode ser? Preciso contar para ele o que aconteceu.

Era um beco longo, e, para o alívio de Joan, Jamie a deixou puxá-lo mais para fora, em direção ao rio, onde não podiam ser ouvidos. Sem que pedissem, Nick recuou para o final da rua.

Ela conseguia sentir os olhos dele às suas costas enquanto sussurrava para Jamie:

— Guardas da Corte vieram atrás de mim, e ele lutou contra eles. Nick salvou a minha vida! — Ela desejava que Jamie entendesse; que Nick não se importasse com a reação dele. — E agora a Corte está atrás dele também. Precisamos mantê-lo seguro!

— Você só pode estar de brincadeira — sibilou Jamie. — Nós dois sabemos quem ele é!

— Ele não se lembra! Você sabe que não! Ele não é mais a mesma pessoa!

— *Será* que não é? — Jamie soava feroz.

O peito de Joan se apertou com aquela dor familiar.

— *Não é.*

Os olhos de Jamie ficaram sombrios de empatia e raiva.

— Eu sei o que ele era para você, mas, por céus, Joan! Ele é um lobo em pele de cordeiro! Quantos de nós ele matou? Centenas? Milhares? E... — Jamie olhou para a porta pela qual eles haviam acabado de sair. — Você acabou de sair de uma estalagem. — Havia descrença em sua voz. — Você o levou para *dentro* de uma estalagem monstro. Ele vai conseguir encontrá-la de novo!

— Ele não é mais um perigo. Ele *está* em perigo. Nós escapamos por pouco. Estamos fugindo desde ontem à tarde. Se tem um lugar seguro para onde a gente possa ir...

— Você quer que eu leve *ele* para um dos nossos esconderijos? No *meu* barco? — Emoções percorreram o rosto de Jamie: medo e raiva.

Os agressores haviam quase matado Nick no dia anterior. Ele ficara imóvel e impotente sob o poder Argent.

— Ele não tem como se proteger — sussurrou Joan. *Por favor*, desejou. *Por favor, entenda.*

Jamie colocou a mão trêmula à frente da boca. O que ele estava vendo com aquela mente perfeita? *Dezenas e dezenas de massacres.* Estava vendo o resultado deles? As pessoas que Nick matara?

— Desculpa — sussurrou Joan. — Sinto muito mesmo. Você não me deve nada, eu sei. Eu que estou em dívida com a sua família. Mas... ele salvou a minha vida no ataque. Não merece nada disso. E não posso simplesmente deixá-lo aqui sozinho.

Houve um movimento do outro lado do beco. Nick estava acenando para eles.

— Os guardas estão vindo — murmurou Joan. — Jamie, se você não pode ajudar, só me fala, e eu levo ele para outro lugar. Mas não posso abandoná-lo.

Jamie ficou olhando fixo para Nick por um bom tempo. Tempo o suficiente para Joan achar que ele havia decidido deixar ela e Nick no beco. Mas ele cerrou os dentes. Apontou o caminho.

— *Obrigada* — disse Joan enquanto Nick corria até eles.

— Não me agradeça — sussurrou Jamie. De rosto sério, ele ficou olhando Nick se aproximar. — Isso vai contra a razão e meus melhores instintos.

As palavras de Jamie ecoaram conforme Joan seguia sua silhueta esbelta e a de ombros largos de Nick. Ela conseguia sentir as perguntas de Nick crescendo conforme Jamie os guiava por uma rota alternativa para evitar os guardas.

Eles pararam perto da Ponte de Southwark. Lá, um pontão ilegal flutuava abaixo do alto muro de contenção. Amarrada a ele estava uma barcaça moradia, que balançava com as pequenas ondinhas do rio. Joan distinguiu um cão de duas cabeças pintado na lateral: o brasão dos Hathaway.

— Nós vamos descer? — perguntou ela. Havia uma antiga escada paralela ao muro que levava ao rio, mortalmente íngreme. Barras de ferro haviam sido instaladas para impedir o acesso de pessoas. Será que alguém havia sequer descido por ali nas últimas centenas de anos?

— É perfeitamente seguro — disse Jamie. A resposta foi curta, mas educada. Ele era sempre educado. Entretanto, a tensão fervilhava sob a superfície. Joan desejou que eles não houvessem se encontrado assim de novo. — Os Hathaway usam esses acessos para o rio o tempo todo.

Jamie pulou por cima das barras, então estendeu a mão para ajudar Joan a fazer o mesmo. Ela escalou para o outro lado e agarrou o corrimão fixo no muro. O lado do rio era uma queda direta para a água.

Joan conferiu a situação de Nick, mas ele não precisava de ajuda. Já estava saltando a barreira com a agilidade precisa de um gato.

Eles desceram. Na metade do caminho, as pedras se tornaram verdes com o líquen escorregadio da maré alta. Nesse ponto, até Jamie precisou segurar o corrimão.

Joan se pegou lembrando-se do dia em que o conhecera. Havia ido até ele atrás de informações. Jamie era obcecado pelas histórias do herói. À época, ele achava que eram apenas histórias.

Joan sentiu um nó na garganta. No beco do lado de fora da Estalagem Wyvern, ele perguntara: *"Por que ele está com você? Por que ele estaria perto de você?"*. Mas Joan não havia ido atrás de Nick. Jamie devia saber disso.

Ele mesmo havia lhe contado sobre a *zhēnshí de lìshǐ*: a verdadeira linha do tempo. *"Acreditamos que, se o destino de duas pessoas era estar juntas na* zhēnshí de lìshǐ, *a nossa linha do tempo tenta se consertar e faz com que se encontrem. De novo e de novo. Até que a ferida se feche."*

Perdida em memórias, Joan escorregou em um degrau molhado. Uma mão forte disparou e segurou seu braço, reequilibrando-a. Joan piscou e olhou para cima. Nick a havia pegado tão depressa que ela sequer sentira um instante de medo.

Obrigada. Tudo o que conseguia fazer era o movimento silencioso dos lábios, já que o aperto em sua garganta era grande demais para falar.

A linha do tempo os havia colocado juntos de novo em Milton Keynes, mas eles eram peças de um quebra-cabeças destruído. Nick havia matado a família de Joan, e Joan o desfizera. Não importava que Nick houvesse esquecido tudo; *Joan* sabia. Podiam ter sido almas gêmeas um dia, mas não eram mais. Havia uma ferida grande demais entre eles que a linha do tempo não tinha como curar, mesmo que os empurrasse um para o outro de novo e de novo, pelo resto de suas vidas.

Joan respirou fundo e continuou descendo, mas sentiu a sombra do toque de Nick pelo resto do caminho.

◆━◇━◆

O pontão balançou sob os pés de Joan. Vãos entre as tábuas de madeira mostravam uma água agitada e barrenta. Balançou de novo quando Nick pulou para perto dela com um baque.

Ao lado deles, a barcaça parecia uma imensa casa na água. Era mantida com carinho; fora pintada recentemente com verde-floresta e vinho, com um nome em caligrafia branca: *Tranquilidade*. O cão de duas cabeças dos Hathaway sublinhava o nome.

Jamie se inclinou para acariciar o flanco do barco, distraído e carinhoso, como teria feito com um gato de passagem. Então ele começou com as cordas. Balançou a cabeça em negativa quando Joan estendeu os braços para ajudar.

— É mais rápido se eu fizer.

No barco, passos pesados soaram. Um homem surgiu da parte de baixo do convés, momentaneamente embaçado por conta das molhadas janelas de plástico da casa do leme. Ele entrou em foco na passagem aberta, um gigante com corpo de boxeador e rosto marcado. *Tom*. Joan quase exclamou o nome dele em voz alta.

— Tem dois deles? — Tom resmungou para Jamie.

— É uma longa história. — Jamie jogou uma corda e Tom a pegou com facilidade.

Por um momento, seriedade reluziu no rosto de Tom como água refletindo a luz, então sua expressão se suavizou de novo. Tom era *esperto*. Joan havia cometido o erro de subestimá-lo da última vez. Ele encorajara isso.

— Meu nome é Tom — anunciou a eles.

— Joan. Esse é Nick.

— Obrigado pelo resgate — falou Nick.

O assentir de Tom com a cabeça era parte resposta ao agradecimento, parte um convite para que entrassem.

Joan seguiu Nick barco adentro. A casa do leme lembrava uma tenda. A metade inferior era formada por paredes de madeira na altura da cintura e assentos acolchoados que acompanhavam a curvatura do barco. A metade de cima era uma lona verde com janelas de plástico transparente, molhadas com respingos do rio.

Tom abriu um painel para apertar alguns botões. O motor ligou com um ronco alto que se combinou com o burburinho da água em um zumbido de ruído branco. Com um gesto de Tom, Nick seguiu adiante, descendo alguns degraus até o interior do barco. Joan hesitou de novo. *"Eu conheço você"*, queria dizer a Tom.

Ela o conhecia muito melhor do que conhecia Jamie. Em alguns aspectos, talvez até o conhecesse melhor do que ele conhecia a si mesmo. Ela o havia visto em situações que este Tom jamais vivera, que Joan esperava que jamais vivesse. Sabia como ele era quando estava despido de tudo, tomado pelo luto e desespero.

Frente à sua hesitação, Tom resmungou:

— Joan, não é? — A voz dele tinha um tom mais baixo do que o motor, apenas para os dois. Quando Joan assentiu, ele acrescentou: — Eu não te conheço, mas sei quem você é.

— Ele contou para você? — perguntou Joan, surpresa.

No pontão, Jamie já havia quase terminado de desamarrar a segunda corda. Suas costas estavam viradas para eles, a cabeça escura inclinada sobre a tarefa. Da última vez em que Joan havia conversado com ele, Jamie estivera guardando segredo de Tom acerca da outra linha do tempo. *"Tom está feliz nesta linha do tempo"*, explicara a Joan.

O maxilar de Tom formava uma linha bem-definida.

— Ele sempre teve pesadelos, mas começaram a piorar alguns anos atrás. Ele não tinha mais como esconder de mim.

Joan sentiu uma estranha pontada de ciúmes. Então foi tomada por culpa. Era *bom* que Jamie havia contado a Tom sobre a outra linha do tempo. Era *bom* que Jamie tivesse alguém que o amasse, em quem podia confiar.

— Ele me contou o que você fez por nós — disse Tom. — Fique sabendo que sempre terá abrigo entre os Hathaway. É só dizer seu nome.

Joan se sentiu ainda mais culpada.

— Você não me deve nada, Tom. Nós nos ajudamos, foi mútuo.

Quando ela desfizera Nick, havia libertado Jamie de sua terrível prisão. Mas não merecia agradecimentos por isso. Sem Tom e Jamie, sua própria família ainda estaria morta.

Tom a olhou nos olhos, com a inteligência inesperadamente visível.

— Vá, desça para onde é seguro. Eu preciso ficar aqui para navegar.

O interior do barco era mais amplo e claro do que Joan esperava. Um pequeno sofá acompanhava a lateral, e havia uma mesa em estilo de lanchonete para as refeições. As paredes eram brancas, com acabamento de carvalho ao redor das grandes janelas redondas. Mais para dentro, havia uma cozinha com armários verdes do tom suave de grama nova. O lugar todo tinha um ar aconchegante e acolhedor.

Nick estava na sala, de costas para Joan. Ela observou seus músculos bem-definidos, o cabelo escuro. Ele se virou ao escutá-la entrar, e o coração dela deu um salto. Será que algum dia se acostumaria a estar perto dele? Ao quanto ele se parecia com o antigo Nick?

— Ei. — Ele aparentava estar desconfortável, algo que não era típico dele. — Parece que seu amigo só esperava você. — Nick hesitou. — O que foi que você disse para me colocar a bordo?

— Só a verdade — disse Joan. — Que você estava em perigo. Que eu não viria sem você.

Nick ficou em silêncio por um bom tempo, então falou:

— Eu estou te causando problemas? Você disse que humanos não deveriam saber sobre tudo isso.

Joan sentiu um aperto no peito. Ele parecia mais preocupado com ela do que consigo mesmo.

— Não se preocupe com isso. Falei pro Jamie que você foi arrastado para dentro dessa coisa toda. Ele sabe que temos que te manter seguro.

— Joan...

— Não vou ter problemas. Jamie e eu nos conhecemos há muito tempo. Você não precisa se preocupar com nada, tá bem?

Passos soaram. Jamie se juntou a eles na área interna. Ele parou no último degrau e segurou o batente da porta. O barco partiu com uma guinada suave. Através das grandes janelas, os prédios de Queenhithe começaram a se mexer. Estavam indo para o oeste.

— Alguém seguiu a gente? — perguntou Nick a Jamie.

— Vamos saber logo. Não é fácil esconder um rastro na água. — Jamie apontou para o sofá. — Por favor, sentem-se. As coisas ficam um pouco turbulentas nesta altura do Tâmisa.

— Para onde estamos indo? — perguntou Joan.

— Um lugar seguro. Podemos conversar chegando lá.

Joan queria conversar imediatamente.

— Posso contatar minha família de lá? É um esconderijo? Outra estalagem monstro?

— Joan, você parece *exausta* — disse Jamie com gentileza. — Por que não descansa um pouco? Você disse que ficaram fugindo a noite toda.

Ela abriu a boca para protestar, então percebeu que Nick havia ficado extremamente rígido ao seu lado. Ele ergueu os olhos devagar para o rosto dela. Com um choque de horror, Joan percebeu que havia dito a palavra *monstro* na frente dele. *"Outra estalagem monstro."*

Jamie continuou, sem perceber nada:

— Vou buscar umas cobertas. Faz frio no barco para quem não está acostumado.

Nick não havia desviado os olhos de Joan. Seu olhar era penetrante. Mesmo nesta linha do tempo, ele tinha uma aura de bondade carismática que a lembrava dos heróis tradicionais.

E ela era um monstro.

Jamie foi depressa à cozinha, onde abriu e fechou armários. O motor roncava. A água espirrava nas laterais do barco. Joan sentiu como se houvesse puxado o pino de uma granada que vinha segurando há dias. Seu corpo todo estava tenso.

— *Monstros* — murmurou Nick. Joan estremeceu, embora o tom dele não fosse exatamente hostil. No máximo, soava curioso. — É assim que vocês se chamam?

Joan não conseguia respirar. Não conseguia sequer assentir com a cabeça. Esperou ele fazer a próxima pergunta, a pergunta que ela mesma havia levado dezesseis anos para fazer. *"Por que vocês se chamam assim?"*

Jamie voltou com dois pesados cobertores cinza. Uma familiar buldogue em miniatura rebolava atrás dele, bocejando.

— Frankie — chamou Joan, com a voz trêmula, e Frankie piscou para ela com olhos sonolentos. Devia estar dormindo no outro cômodo.

— Esqueci que você conhecia ela — disse Jamie. — Aqui. — Ele passou um cobertor para cada. — Dei uma olhada no outro convés. Não vi ninguém seguindo a gente.

Nick se acomodou no sofá. Joan hesitou e se sentou ao lado dele. As patinhas de Frankie patinaram, então seu corpo pesado atingiu o colo dela, cheirando seu rosto. Joan colocou os braços ao redor da cachorrinha. A grande mão de Nick apareceu para fazer carinho em sua cabecinha macia.

Jamie estava inclinado contra a parede oposta, com a postura rígida. Joan conseguia sentir sua tensão mesmo de onde estava.

— Vocês estão com fome? — perguntou ele.

— Acabamos de comer — respondeu Joan.

— Não, tudo certo — concordou Nick. Sua mão grande continuava esticada sobre a cabeça de Frankie, e ela parecia gostar do peso, pois se ajeitou toda espalhada e sonolenta no colo de Joan. — Sua cachorrinha é um amor.

JAMAIS UM HERÓI ❖ 105 ❖

— Ela não costuma ficar tão confortável com estranhos — disse Jamie. Seus olhos estavam focados em Frankie, mas então se ergueram para Nick, como que compelidos.

Jamie tivera uma obsessão pelas histórias do herói na outra linha do tempo. Ele havia pintado os mitos; tornara-se um estudioso deles. Sua obsessão o levara a ser capturado. Joan não conseguia imaginar o que estava sentindo agora.

— Preciso ajudar Tom — falou ele. E Joan não sabia ao certo se não era uma desculpa para se afastar de Nick. — Por que vocês dois não dormem um pouco? Temos tempo. Vamos dar algumas voltas até aquela batida acabar.

O polegar de Nick se moveu sobre a cabeça de Frankie enquanto Jamie fechava as venezianas, dando-lhes um pouco de escuridão, então ele voltou para o convés. Quando Jamie desapareceu pela escada, os olhos de Nick já estavam fechados e sua respiração se alongara, mais lenta. O movimento do barco era um sonífero, e Joan se perguntou se era possível que ele já estivesse dormindo. Nick dissera que acordava cedo. Provavelmente já estava de pé havia mais de 24 horas àquela altura.

Porém, conforme Joan o observava, os olhos dele se abriram de novo, e ele virou a cabeça para ficar de frente para ela.

— Vocês realmente se chamam de monstros? — Era a voz arrastada de alguém prestes a cair no sono.

Joan se imaginou contando toda a verdade para ele. *"Sim. Porque é isso o que somos. Nós roubamos vida humana."* Imaginou a reação dele. Ficaria assustado. Horrorizado. Iria embora no instante em que o barco parasse. E, da próxima vez em que se encontrassem, talvez ele estivesse liderando um exército.

Então ela se imaginou mentindo descaradamente. *"Não, nós não nos chamamos disso. Você escutou errado."* Dispensou a ideia. Nick não cairia nessa. Até onde Joan sabia, mais alguém poderia ter dito *monstro* na frente dele, na estalagem, e ela não percebera.

O silêncio estava começando a se arrastar demais. Mais alguns momentos, e ele começaria mesmo a suspeitar de alguma coisa.

— Sim, nós nos chamamos disso — admitiu Joan. Ela tentou controlar a respiração que acelerava. E agora, o que ele faria?

Nick ficou quieto por um bom tempo.

— Por quê? — Sua voz estava sonolenta.

Joan tentou decifrar o rosto dele no escuro. Não conseguia ver muito além de sua grande silhueta. Essa era a pergunta que ela realmente temia. A pergunta que ela não havia feito até ser tarde demais. Sua família sempre se chamara de monstro. Mas Joan nunca havia perguntado por que, não até a avó lhe dizer: *"Ele não fez alguma coisa com você. Você é que fez com ele"*.

Ciente de novo do silêncio que se prolongava, ela disse, devagar:

— Você viu o quanto esse mundo é perigoso. O quanto as pessoas são perigosas.

Nick estava quieto de novo, absorvendo a informação. Durante essa pausa, os batimentos de Joan soavam muito altos. Ela se perguntou se ele conseguia ouvi-los.

— Eu vi — respondeu ele, lentamente. — Mas... por que *monstro*? Tem pessoas más aqui, mas tem pessoas boas também. Más como Corvin, e boas como você, Jamie e Tom. E você disse que Aaron não era mau de verdade.

O peito de Joan parecia pesado de culpa.

— Nick...

— É uma palavra que os humanos deram para vocês?

— Como assim?

— Vocês têm poderes — sussurrou Nick. — Vocês pareceriam perigosos para alguns humanos. Talvez até monstruosos. Mas... — Ele balançou a cabeça. — Lá naquele beco, Jamie estava com medo *de mim*. De ser descoberto. — A cada palavra, ele soava mais sonolento.

Então ele *havia* percebido o medo de Jamie. Joan teve um vislumbre da outra versão dele, com os corpos de quatro monstros caídos ao fundo.

— Acho que é uma palavra que os humanos deram para vocês porque eles estavam com medo dos seus poderes — murmurou Nick. — No fim, sempre se resume ao medo.

TREZE

Joan acordou com o som da água e o ronco baixo de um motor. A janelinha redonda emoldurava uma paisagem que passava lentamente, prédios de tijolo com janelas brancas de treliça. Ela havia adormecido no escuro, mas Jamie devia ter aberto as venezianas. Agora um sol forte refletia na água reluzente. O céu nublado agora estava limpo, deixando borrões de nuvens contra o azul.

Em algum lugar lá fora, uma risada rouca soava alta; cachorros latiam; alguém assobiava uma melodia animada. Estavam se aproximando de um ancoradouro.

Nick respirava de maneira regular ao lado de Joan, ainda adormecido, com a cabeça contra a almofada e o corpo virado na direção dela. Joan sentia o eco do corpo quente contra o seu. Será que haviam se apoiado um no outro em algum momento?

Até então, Joan vinha forçando o olhar para longe dele, vendo-o de relance. Agora, deixou os olhos livres para vagar. O corpo dele lembrava uma escultura clássica. Um jovem Marte, pensou. O deus da guerra. Com a cabeça inclinada, a parte vulnerável debaixo do maxilar ficava visível. Uma memória física de súbito atingiu Joan, da boca dela *bem ali,* o pinicar da barba por fazer contra os lábios dela. Outra memória logo se seguiu: o dedo áspero dele passando sobre o lábio inferior dela.

Ela se sentou e fechou os olhos com força. Aquilo nunca havia acontecido. Nunca o beijara assim. Nick nunca a tocara daquela forma. Era só uma fantasia ou sua mente cansada. Talvez um resquício perdido da linha do tempo original.

Mesmo assim, apenas comprovava que Joan precisava ficar mais atenta à forma como olhava para ele; a forma como pensava nele.

Debaixo dela, as almofadas se mexeram quando Nick se virou. Ele inspirou com força, ficando tenso ao perceber que estava em um lugar desconhecido. Por um segundo, estava preparado para atacar.

— Estamos no barco — sussurrou Joan. — Estamos seguros.

Esperava que ele ficasse mais tenso. A palavra *monstro* estava entre eles agora. Mas, para sua surpresa, Nick se tranquilizou ao ouvir sua voz e seus ombros relaxaram.

— Joan — falou, rouco. O nome dela saiu prolongado e suave, como se ele estivesse murmurando uma prece.

Nick abriu os olhos escuros, procurando os dela. O estômago de Joan deu uma guinada. Dormindo, ele era incrivelmente bonito, uma estátua clássica. Acordado, aquele carisma de capitão do time de futebol e menino popular o fazia parecer ainda mais atraente. Por um segundo, ela não conseguiu desviar os olhos.

Lá fora, Tom gritou algo, e Jamie respondeu. A vista girou, revelando uma marina de águas reluzentes com prédios residenciais ao fundo. Então estavam deslizando para o lado de um barco estreito, muito menor do que a barcaça. Como no *Tranquilidade*, havia um cão de duas cabeças na lateral, mas a mão do pintor não era tão habilidosa quanto a de Jamie.

— Onde estamos? — perguntou Nick.

— Acho que estamos com a família de Tom, os Hathaway.

Mais do que isso, Joan não conseguia nem chutar. Os amontoados de prédios de tijolinho lhes diziam que ainda estavam em Londres, mas o sol parecia alto demais para isso. Deviam ter dormido por horas, e não teriam levado tanto tempo assim para sair da cidade.

Ela se levantou, apoiando-se na parede de madeira perto da porta para se equilibrar. Seu corpo todo doía. Fosse lá o quanto tivesse dormido, não havia sido o suficiente. Nick aproveitou a deixa dela e ficou de pé também, esticando as longas pernas. Ele se espreguiçou, e sua camiseta subiu, revelando músculos bem definidos. Joan desviou depressa o olhar para a janela.

— Quem é o artista? — Nick apontou para um pote de pincéis no balcão da cozinha.

Joan não os havia percebido.

— Devem ser de Jamie. Ele cresceu na galeria da família.

— Gosto do trabalho dele. Gosto daquele. — Ele ergueu os olhos para a parede acima deles. Onde ela se encontrava com o teto, havia um painel verde que se destacava.

Joan presumira que era uma cor sólida, mas então percebeu ser uma ilustração detalhada: uma cena à beira de um rio. Corria como uma faixa ao redor do barco, começando com campos abertos na sala e gradualmente se transformando em um bosque na cozinha, depois flores em uma clareira. Era lindo.

Joan acompanhou a linha verde de campos e bosques. Ela se perguntou como Jamie conseguia viver na água. Ele tivera receio da chuva quando ela o vira pela última vez, um vestígio de sua tortura. Agora, no entanto, naquele barco moradia que oscilava, com o mundo exterior visível a cada janela, Joan viu o quanto era diferente da cela nua e sem janelas em que ele havia sido mantido. Na barcaça, Jamie estava sempre conectado com o ar livre. Mesmo com os olhos fechados, podia senti-lo.

— Posso te fazer uma pergunta? — perguntou Nick.

Joan respirou fundo. Uma parte dela estivera se preparando para isso. Quisera estar firme para esse momento. Havia dito a palavra *monstro* na frente dele. Nick chegara à própria conclusão acerca disso, mas estava quase dormindo então. Agora, com a mente mais aguçada, deveria estar reconsiderando.

Joan se preparou. Mentalmente, viu um dos quadros de Jamie. Ele fora obcecado pelos mitos do herói, e havia pintado Nick em pé do lado de fora de um sobrado, pronto para matar seus ocupantes. *"O herói bate à porta"*, dissera Aaron, como se fosse uma temática comum na arte do mundo monstro.

— Sabe... — disse Nick, suave. — Às vezes você fica com esse olhar... — Joan piscou confusa para ele. Não sabia do que estava falando. — Um olhar acuado. Está no seu rosto agora mesmo. Eu não quero ser a causa disso.

Joan não havia percebido que vinha sendo tão transparente.

— O que você queria me perguntar? — questionou.

Nick olhou atento para ela.

— Você que fez aquela marca na janela Portelli, não foi?

Joan sentiu que estava ficando ainda mais tensa. Essa não era exatamente a pergunta que vinha esperando.

— Foi — admitiu. Não tinha por que mentir sobre isso. Ele havia visto a reação dela à marca. Ele a ajudara a escondê-la.

Nick hesitou antes de perguntar:

— Foi um poder, não é? Como os outros poderes que nós vimos?

E subitamente isso pareceu mais perigoso do que qualquer outra coisa que ele pudesse ter perguntado sobre monstros. Será que conseguia escutar os batimentos dela? Naquele momento, pareciam mais altos do que a água lá fora.

"Eu usei esse poder em você", pensou Joan. *"Eu te desfiz da mesma forma que desfiz aquela janela."* As palavras que jamais poderia dizer ecoavam em sua mente.

— Sim, foi um poder.

— É por isso que a Corte está atrás de você? As pessoas na sala de apostas estavam falando de uma garota com um poder proibido.

Joan engoliu em seco. Achava que Nick havia deixado passar aquele comentário dos apostadores, já que parecia absorto na vista do ataque viking. Mas àquela altura ela deveria saber que ele sempre estava prestando atenção. Especialmente quando parecia que não.

— Eles já foram atrás de você antes — disse ele. Não era uma pergunta.

Joan assentiu com a cabeça.

Os olhos de Nick ficaram sombrios com algo mais perigoso.

— Por que é proibido?

Joan o imaginou comparando seu poder com o dos Argent ou Griffith e achando ser praticamente inofensivo.

"Eu desfiz você com ele", pensou de novo. *"Você costumava ser outra pessoa."*

Mas a verdade era que ela ainda não sabia quase nada sobre o próprio poder. Não entendia como funcionava ou de onde viera. Mal conseguia controlá-lo.

— Não sei — respondeu.

Porém, com um calafrio, ela se lembrou de novo das palavras que havia escutado às escondidas na outra linha do tempo. Um guarda havia comentado sobre ela: *"Uma menina metade humana com um poder estranho. Algo errado."*

Nick ficou em silêncio por um longo momento, então perguntou:

— Seus amigos sabem disso?

Joan mordeu os lábios.

— Jamie sabe. E acho que ele contou ao Tom. Além deles... só a minha avó. E agora você. E... acho que alguém da Corte suspeita. Minha avó me alertou a nunca contar para ninguém.

Os olhos de Nick estavam brilhando, o perigo aumentando.

— Eu me pergunto como foi que a Corte descobriu.

O perigo não era direcionado a ela, Joan percebeu aos poucos, mas às pessoas que a haviam perseguido. A culpa roeu suas entranhas. *Deveria* ser direcionado a ela. Joan havia virado a vida dele de cabeça para baixo. E, se Nick soubesse como ela usara aquele poder da última vez...

— Você ainda está com aquele olhar... — murmurou ele. Sua voz ficou mais gentil. — Eu *prometo*, Joan. Você nunca precisa ter medo de mim. Não vou contar pra ninguém sobre esse poder. Ninguém vai ouvir nada de mim.

O desconforto se revirava dentro de Joan conforme ela subia o pequeno lance de escadas que levava para o convés. Se algum dia Nick descobrisse o que havia feito com ele... quem ele havia sido...

Será que estava colocando todos ali em perigo, incluindo Nick, ao mantê-lo por perto? Dissera a si mesma que era mais seguro ficarem juntos enquanto estivessem sendo seguidos pela Corte, mas será que era verdade? Joan teve outro vislumbre mental do quadro de Jamie, do herói em pé do lado de fora de uma casa monstro, pronto para matar todos lá dentro. De repente, parecia um presságio perturbador. Nick estava em uma casa monstro naquele exato momento: aquele barco era a casa de Tom e Jamie.

Ela saiu para o sol forte e o céu limpo. Alguém havia subido as paredes de lona, transformando a casa do leme em uma extensão do convés. Joan viu Tom primeiro, trabalhando ao timão, olhando por cima do ombro largo ao manobrar para dentro do espaço do atracadouro. E, a seguir, Frankie, cochilando no banco acolchoado da proa; ela havia encontrado um trecho de sol e estava com a barriga branca para cima, roncando, aparentemente sem se incomodar com o movimento do barco.

— Ah, ótimo, você está acordada — gritou Jamie para Joan, de cima de um pontão. Ele puxava uma corda guia. — Chegamos.

Joan deu passagem para que Nick pudesse subir também. *Aonde haviam chegado?* Estavam em uma marina cheia de embarcações, dezenas delas: barcos à vela, lanchas, barcos estreitos e barcaças, que reluziam à luz do sol da tarde. Os mais próximos eram todos Hathaway, com cães de duas cabeças em bandeiras ou pintados no casco.

— Estamos em Limehouse — disse Nick, olhando ao redor. — Não é muito longe de onde saímos.

— Os Hathaway ainda chamam de Doca de Regent's Canal — comentou Tom —, mas, sim. Precisei brincar de bobinho com os guardas por horas. Ficamos em Putney por um tempo. Subi de volta para cá depois que a batida terminou. Vocês dois dormiram o tempo todo. Dormiram até passando pela comporta do canal.

Joan protegeu os olhos do brilho da água. O grupo despreocupado dos Hathaway estava espalhado pela margem também. Figuras musculosas sentadas em cadeiras dobráveis, com seus animais cochilando ou perseguindo gaivotas de um lado a outro.

Joan teve que olhar uma segunda vez para uma figura familiar à beirada do punhado de Hathaways; uma nuvem de cabelos escuros. Seu coração martelou no peito.

— Ruth! — gritou.

— *Cuidado* — alertou Jamie ao perceber sua intenção. — Eu ainda estou amarrando!

Mas Joan não conseguia esperar. Saltou para o pontão e correu.

— Ruth!

Ruth a encontrou na metade do píer, e Joan jogou os braços ao seu redor, cambaleando, com as pernas ainda instáveis por causa do barco. Ruth a apertou com força e disse, rouca:

— Você está aqui! Não acreditei quando ouvi! — Ela inclinou a cabeça, a voz abafada pelo ombro de Joan. — O que *aconteceu*? Você desapareceu da face da terra! E, do nada, eu recebo uma mensagem de Edith Nowak de que você tinha aparecido nesta época na *Estalagem Wyvern*.

Joan já estava ficando com a voz embargada.

— É uma longa história — falou.

Ruth a empurrou para trás, avaliando a situação, e Joan aproveitou a oportunidade para fazer o mesmo. A prima estava de blazer preto e calça *slim*, o corte apertado daquele tempo. Seu batom vermelho era mais forte do que aquele ao que Joan estava acostumada. Mas, de resto, parecia a mesma Ruth de sempre.

— O que *aconteceu*? A vó disse que você tinha sido pega pela Corte!

— Um monte de Guardas da Corte veio atrás de mim no trabalho. Eles... eles mataram a minha amiga Margie. — Joan escutou a própria voz tremer. — E acho que sou uma fugitiva agora. Colocaram uma marca no meu pulso.

Ruth a puxou para perto de novo, os braços firmes ao seu redor.

— Como foi que você escapou? Como encontrou a Estalagem Wyvern? Ouvi dizer que estava com um *humano* junto. — A palavra humano foi um sussurro, como se ela estivesse dizendo algo escandaloso. — Que você o levou para uma estalagem monstro.

— Nick estava na confeitaria quando nos atacaram — explicou Joan. — Tentaram matá-lo também, mas nós escapamos juntos. E o resto... é mesmo uma história bem longa. — Longa demais para uma conversa apressada no píer, e ela conseguia escutar os outros se aproximando. Reuniu o polegar e as pontas dos dedos em um punho oco, então abriu a mão. Um sinal Hunt: *mais tarde*.

Ruth franziu a testa. Joan conseguia ver que ela não estava satisfeita, mas fez o mesmo sinal em confirmação.

Joan se virou para os outros.

— Esta é minha prima Ruth — falou, apresentando-a.

— Oi — disse Nick, amigável. — Meu nome é Nick.

Ruth processou o que estava vendo: o rosto quadrado de estrela de cinema dele, os músculos sob a camiseta. Ela arqueou as sobrancelhas para cima.

— Joan salvou *você* de um ataque?

— Ele *me* salvou — retrucou Joan.

O interesse contido de Ruth se transformou em algo muito mais sério.

JAMAIS UM HERÓI 113

— Ele salvou a sua vida? Bom, então nossa família está em dívida com ele.

Nick corou de leve.

— Nós salvamos um ao outro.

Ruth lhe lançou um olhar longo e pensativo. Então se voltou para os demais.

— E vocês são os outros responsáveis pelo resgate?

— Tom e Jamie — disse Tom.

— E Frankie, debaixo do braço de Tom. — Jamie inclinou a cabeça. — E você é a famosa Ruth Hunt. A desgraça das casas Liu. — O rosto dele estava tão inexpressivo que Joan não sabia se era brincadeira ou não.

Foi a vez de Ruth corar, mas Tom deu uma risadinha.

— O que foi que você fez? Roubou deles?

— Eu *jamais*... — começou Ruth.

— Várias vezes — respondeu Jamie. — Sabe, você está tecnicamente banida das casas Liu. Não sei se podemos te levar para o esconderijo.

— É sério? — indagou Ruth. Joan também ainda não sabia dizer se Jamie estava brincando.

— Eu fui banido das casas deles por um tempo. — A entonação de Tom era nostálgica. — Não se preocupe. Vão perdoar você. São uns corações moles, esses Liu. — Ele olhou de lado para Jamie, e a fachada inexpressiva deu lugar a um sorriso travesso.

Frankie esperneou nos braços de Tom, e ele se inclinou para soltá-la. Assim que estava no chão, ela disparou pelo píer para onde os Hathaway haviam montado suas mesas. Um gato preto trotou para recepcioná-la.

— Vamos — disse Jamie, começando a andar.

— Aonde estamos indo? — perguntou Joan. — O que é esse esconderijo?

— É um lugar logo ali adiante no território compartilhado entre os Liu e os Hathaway — explicou Tom.

Joan ficou confusa com a resposta.

— Achei que o território Liu fosse perto de Covent Garden.

— E é — confirmou Jamie. Ele desenhou uma linha torta no ar que Joan supôs mostrar o território. — A casa Liu principal era em Narrow Street. Esta é a Chinatown original de Londres.

— Este lugar *fervia* de movimento — contou Tom. — Grandes navios com carga e passageiros. Por um tempo, dava a impressão de ser o centro do mundo.

Fervia bastante naquele momento também. Jamie os conduziu pela marina, passando por meia dúzia de placas de *Mantenha este caminho livre*. Os Hathaway as haviam ignorado; o calçadão estava cheio de mesas e cadeiras dobráveis. Peixe fresco, tomates e pão na chapa sibilavam e espirravam de churrasqueiras portáteis. Um homem de cabelos brancos cortava salsinha em uma tábua. Havia animais por todos os cantos. Cachorros animados pulavam de convés em convés, focinhando gatos que cochilavam. Um rato de pelo lustroso dormia no bolso de um homem, e um pássaro colorido estava empoleirado no topo de uma bandeira Hathaway, chilreando. Havia até uma cobra imensa enrolada na chaminé de um barco.

Joan apertou o passo para alcançar Ruth. À frente, Tom e Jamie caminhavam com Nick. Frankie estava saltitando aos pés dele, e Nick se inclinou para tocar sua cabeça macia.

— Ela não é filhote — disse Tom, em voz alta para vencer a barulheira dos Hathaway, aparentemente respondendo uma pergunta de Nick. — É um buldogue toy, uma raça extinta do século XIX.

Nick parecia fascinado.

Eles cruzaram com uma mulher de pé sobre a cobertura de um barco estreito, passando um esfregão ao redor de uma gata adormecida com pelo manchado de laranja e preto. Ela assobiou um trecho curto, alto o suficiente para penetrar a cacofonia do calçadão. A série de sete notas era cheia de sustenidos e estranhamente não musical.

Alguns barcos adiante, um homenzarrão de espessa barba castanha estava sentado em seu convés. Ele poderia parecer intimidador, mas, enquanto Joan observava, um cachorro preto de aparência animada trotou do interior e se acomodou de forma que o homem pudesse acariciar seu pelo fofinho. Sem parar o que estava fazendo, o homem repetiu o assobio nada melódico da mulher.

Então as notas saltaram para um grupo de pessoas que conversava debaixo de um guarda-sol no calçadão. Elas pararam de falar só por tempo o suficiente para ecoar o assobio em um coro fora de sintonia.

— É uma linguagem — disse Ruth antes que Joan pudesse perguntar —, mas não é muito complicada. Só estão dizendo que tem estranhos vindo com Tom e Jamie.

— Uma linguagem como os sinais de mão dos Hunt? — perguntou Joan. Será que todas as famílias tinham uma linguagem secreta?

— É, mas a nossa é melhor. — Ruth falou com tanta seriedade que Joan precisou conter o sorriso. Aparentemente, a rixa entre famílias mostro se estendia para todos os aspectos da vida.

À frente, os outros haviam se distanciado a passos largos e estavam fora do alcance da conversa. Joan observou Frankie disparar para debaixo de uma mesa dobrável e investigar um punhado de comida que havia caído. Ela voltou correndo com um pedaço de pão com manteiga na boca.

— Ei... — chamou Joan, um tanto hesitante. Parte dela tinha medo de perguntar, e a outra precisava muito saber. — Como está meu pai?

Os olhos de Ruth se suavizaram.

— Bem. A vó contou um pouco da verdade para ele.

— Contou sobre monstros? — perguntou Joan, chocada.

— Não tudo, só o suficiente para explicar o que aconteceu com você. — Ruth pegou o braço dela e apertou. — Ele estava se esforçando tanto para encontrar você por conta própria, ia até começar uma campanha imensa na mídia. Ela precisou contar para manter vocês dois em segurança.

Joan respirou fundo, trêmula, de súbito quase chorando.

— Posso contar para ele que você está viva — disse Ruth —, mas você não pode ir vê-lo; não pode falar com ele. Você é uma fugitiva, não dá pra arriscar. Não dá pra arriscar a vida *ele*.

Joan sabia, mas não conseguia suportar.

— Como ele está, de verdade?

— Triste — respondeu Ruth, sincera, e Joan engoliu em seco, com força. — Ele está bem. Ainda na mesma casa. Conheceu uma moça ano passado, Elsa. Ela foi morar com ele há alguns meses.

A ideia do pai com alguém que Joan nunca conhecera era tão estranha. Uma mulher chamada Elsa morando na casa deles. Era difícil imaginar o pai vivendo seis anos de vida sendo que Joan o havia visto no dia anterior.

— Ela é bacana — comentou Ruth. — É professora de música. Está ensinando ele a tocar piano.

E isso também era difícil de imaginar.

— Quero falar com ele — sussurrou Joan.

— Joan...

— Eu sei. — Ela fechou os olhos por um momento. Ruth apertou sua mão de novo. — Sei que não posso. Obrigada por ficar de olho nele. Obrigada por manter ele seguro.

— Ah, para com isso! Ele é nossa família, tanto quanto você.

— E os outros? — Joan conseguiu se forçar a falar. — Está todo mundo bem?

— Não estão nesta época.

— Só você está aqui? — Ela estava surpresa.

— Nós estávamos tentando encontrar você. Cada um tem seguido uma pista diferente.

Joan sentiu um nó na garganta. Amava tanto os Hunt, e eles já haviam demonstrado o quanto a amavam também. Haviam morrido tentando ajudá-la da última vez. Ela mesma teria morrido para trazê-los de volta.

— Me desculpa por ter ignorado você quando voltei pra casa verão passado — sussurrou a Ruth. Havia deixado as mensagens dos Hunt sem resposta.

Ruth deu um chute de leve no sapato de Joan, seu hábito mais irritante de quando eram pequenas. Ela fez isso de novo, e ainda mais uma vez, até Joan chutar de volta.

— Pare com isso —disse a Ruth, mas não conseguiu conter um sorrisinho.

— Eu sei por que você não queria conversar. Você descobriu que nós éramos monstros. Não conseguia suportar a ideia.

— Ruth...

— Não me olha assim. Você nem rouba no baralho, e aí descobre que é um monstro de verdade. É claro que não respondeu minhas mensagens. Você não queria que fosse verdade. — Seus olhos verdes eram como os da avó, como as fotos da mãe de Joan. — Você ficou tão doente depois que descobriu. Bertie ficava dizendo que seu corpo estava rejeitando sua metade monstro. Você ficou mal por semanas. E, depois disso, não queria mais falar no assunto.

Joan balançou a cabeça. Entendia por que Ruth acharia isso, mas, na verdade, ela havia se esgotado ao desfazer Nick. Foi isso o que a deixou doente.

Mas Ruth tinha razão sobre uma coisa: Joan não quis que nada daquilo fosse verdade. Ainda não queria que fosse. Uma parte dela desejava nunca ter descoberto sobre aquele mundo; desejava de alguma forma poder esquecer que ela e os Hunt eram monstros.

<hr>

Jamie os levou a um prédio que lembrava uma oficina mecânica. Uma grande porta de aço, de enrolar, estava aberta, e lá dentro havia um barco parcialmente desmontado com tinta verde desbotada. Uma Hathaway andava sobre ele, com as mangas arregaçadas e uma chave de boca na mão. Um corvo preto estava empoleirado em seu ombro, observando com atenção.

— Oi, Sal — disse Jamie, e a mulher assentiu, erguendo a chave em um cumprimento.

Não era só um lugar Hathaway. Pinturas pela metade estavam apoiadas contra uma parede, com a tinta a óleo secando. Um pano manchado de várias cores estava perfeitamente dobrado debaixo de um cavalete. O lugar parecia parte oficina, parte estúdio. Parte Hathaway, parte Liu.

— Os Hathaway e os Liu moram juntos aqui? — perguntou Joan a Jamie.

— As duas famílias têm quartos aqui — respondeu ele. — Mas, sinceramente, os Hathaway preferem barcos a camas em terra firme. E ninguém mora aqui de maneira permanente. É... — Ele pensou um pouco. — Os Liu e os Hathaway são aliados, e este é um dos lugares onde nos encontramos. Não tem bem algo equivalente no mundo humano. — Ele levantou outra porta de aço. — Por aqui.

Ele os mostrou uma sala de estar de aparência confortável que fazia Joan pensar no interior do *Tranquilidade,* só que maior. A pequena cozinha aberta era como a do barco, correndo pelas duas paredes da frente. Sofás brancos e poltronas individuais estavam aos fundos.

A luz da tarde transbordava de grandes janelas redondas na parede esquerda. Do lado de fora, flores silvestres cresciam sem poda em um jardim que terminava com grossos freixos e partes do que Joan achou, de início, ser uma estrada, até que ela viu o lento movimento da água e um barco estreito ancorado balançar suavemente. Era um canal.

Na cozinha, um Liu esbelto e um grande Hathaway estavam lavando uma pesada frigideira e colocando louça na máquina. Joan imaginou que haviam acabado de ter um almoço comunitário; ela conseguia sentir de leve o cheiro de peixe frito e gengibre.

Mais adiante, na área de estar, cerca de vinte pessoas conversavam, desenhavam ou jogavam nos celulares. Os Liu com tatuagens de fênix e os Hathaway com gatos e cachorros no colo.

O lugar passava a sensação de segurança. A atmosfera era tranquila, algo entre o jardim murado do complexo Liu e a vida em um barco.

Porém, enquanto Joan pensava nisso, o humor mudou. Um dos Liu olhou para Nick e congelou no meio da conversa, chocado. Então o murmurinho de vozes diminuiu e desapareceu conforme, um a um, outros Liu o viam.

O estômago de Joan deu uma guinada. Eles sabiam quem Nick era.

Ela deveria ter imaginado que aquilo aconteceria. Alguns dos Liu se lembravam de linhas do tempo passadas; é claro que teriam compartilhado informações sobre Nick com o restante da família.

E os Hathaway também estavam reagindo agora, seguindo a deixa dos Liu. Grandes músculos se retesaram e dentes se cerraram. Mãos pesadas se fecharam em punhos protetores.

No silêncio, um menino perto dos 18 anos de idade se levantou devagar. Ele tinha feições chinesas e o mesmo porte de jogador de rúgbi que Tom. Joan se perguntou se um dos pais dele era Hathaway. No entanto, ele era um Liu, em termos de poder; uma tatuagem da fênix multicolorida da família serpenteava ao redor de um braço musculoso.

Jamie ergueu as mãos devagar.

— Liam, eu posso explicar.

Liam retrucou, cético:

— *Explicar?* O que é que tem para explicar? — Ele apontou um dedo trêmulo para Nick. — O que essa *coisa* está fazendo aqui?

— Não fale assim dele! — explodiu Joan. — Ele não é uma *coisa*.

Agora ela se sentia mesmo enjoada. O que estava pensando ao levar Nick para lá? Para seu desespero, ele avançou para se dirigir a Liam.

— Você está preocupado porque eu sou humano — disse, em seu tom forte e profundo. Joan engoliu a seco. Ele não sabia com o que estavam realmente preocupados. — Não precisam ter medo, eu juro. Nunca contarei a ninguém sobre este mundo. Não precisam se preocupar que humanos o descubram por minha causa.

— *Humanos descobrirem?* — repetiu Liam, incrédulo.

Nick inclinou a cabeça de lado. Ele havia entendido a pergunta não feita por trás das palavras de Liam: *"Você acha que é disso que a gente tem medo?".* Ou havia visto o que Joan vira: os Liu ficando tensos e recuando quando Nick falou.

— Você trouxe ele para cá? — disse Liam a Jamie. A voz dele estava tremendo. — Para os nossos *aliados*? Mas que *diabos* é isso, Jamie?

— Cuidado com o jeito que fala — rugiu Tom, de maneira protetora. No entanto, estava com a testa franzida, confuso. Aparentemente, Jamie não havia lhe contado sobre Nick ainda. Tom não entendia por que os Liu estavam reagindo daquela forma por ter um humano em sua presença.

— Escuta. — Joan ergueu as mãos. Será que aquilo estava prestes a ficar perigoso? — *Eu* pedi para o Jamie trazer ele aqui, mas foi claramente um erro. Sinto muito. Nós vamos embora agora mesmo.

— Não. — Era uma voz nova. Uma mulher ficou de pé, erguendo-se no meio do grupo. Quem quer fosse, tinha o respeito tanto dos Hathaway quanto dos Liu. A sala ficou em silêncio em um instante. — Você pode ficar — disse a Joan.

Ela tinha mais ou menos 30 anos, pensou Joan. Era alta e negra, com olhos estreitos. De pé, ela tinha a postura perfeita de uma bailarina.

Levou um bom, bom tempo para Joan conseguir contextualizá-la; ela era mais nova quando se conheceram. Então o reconhecimento a atingiu, assim como a memória vívida da dor e a ferroada de uma agulha. De acordar em uma cela. Joan prendeu o ar nos pulmões. Seu coração parou de bater.

— *Astrid?*

O que Astrid estava fazendo ali? Ela e Joan haviam sido amigas da última vez, até Astrid se revelar uma das aliadas de Nick. A mão direita dele. Quando Joan voltou à Holland House, Astrid a havia capturado e jogado em uma prisão.

JAMAIS UM HERÓI ✤ 119 ✤

Agora, o medo anestesiava as mãos e os pés de Joan. Ela ficou olhando de Astrid a Nick. Eles haviam lutado lado a lado da última vez. Será que estavam juntos nessa de novo? Será que tudo aquilo havia sido um plano para se infiltrarem no mundo monstro? Será que eles estavam prestes a matar todos naquela sala?

E, de repente, o lugar não parecia mais aconchegante; parecia pequeno demais, fechado demais. A localização ideal para um massacre.

Mas o olhar que Nick lhe devolveu continuava inocente.

— Você se lembra de mim — disse Astrid a Joan. — Eu não sabia ao certo se lembraria.

E agora confusão começou a se misturar com o medo de Joan. Como era possível que Astrid estivesse ali? Astrid era *humana*. Joan a conhecera como voluntária na Holland House e, como Nick, Astrid se mostrara ser uma matadora de monstros.

— De onde você conhece minha prima? — perguntou Jamie, devagar.

— Sua *prima*? — Joan sentiu o próprio queixo cair. Na Holland House, Astrid se apresentava como Astrid Chen. Agora, Joan pressentia outro nome. — Astrid Liu?

— Sim, Joan — disse Astrid com ponderada paciência, como se esperasse que Joan fosse entender mais rápido. Para os outros, ela disse: — Encontrem cômodos para eles. Enquanto vocês fazem isso, Joan e eu vamos conversar.

Joan olhou de volta para Nick. Ele parecia perdido. Não conhecia Astrid, assim como não conhecia Joan.

— Como você conhece a minha prima? — sussurrou Jamie a Joan, de novo. — Ela é uma pessoa importante, uma futura líder de família.

Líder de família? Joan balançou de leve a cabeça, tentando entender isso também. O que estava *acontecendo ali*? Por que uma líder da família Liu teria lutado ao lado de Nick da última vez? Não fazia sentido. Por que ela queria conversar com Joan?

— Está tudo bem, Joan — disse Astrid. — Nada de ruim vai acontecer com nenhum de vocês aqui. Eu te dou minha palavra.

— Defina "ruim" — retrucou Joan.

Os cantos dos olhos de Astrid formaram vincos, embora seus lábios não houvessem se mexido. Joan se lembrou da forma como Ying Liu sorria. Astrid ergueu a voz:

— Esvaziem a sala, por favor.

Os Liu acataram as palavras como uma ordem. Ficaram de pé, e os Hathaway fizeram o mesmo, chamando seus animais. Cachorros e gatos se espreguiçaram; pássaros voaram para ombros. Então as pessoas saíram do cômodo, algumas indo em direção aos barcos, outras tomando a porta ao leste.

Apenas Jamie e Tom hesitaram.

— Nós não deveríamos ficar juntos? — sussurrou Ruth.

Astrid havia dito com muita clareza: *"Nada de ruim vai acontecer com nenhum de vocês aqui."* Monstros levavam promessas assim a sério.

— Está tudo bem — garantiu Joan. Precisava entender o que estava acontecendo ali. — Vá ver aqueles quartos. Encontro vocês depois.

— Estaremos no andar de cima — disse Jamie. — Os quartos Liu ficam à direita.

Joan assentiu. Ela fez um sinal rápido para Ruth: apontou o polegar para Nick, então cruzou o indicador por cima. *Fique de olho nele.* Promessa ou não, não gostava da forma como os Liu haviam olhado para ele. E Nick sequer sabia o suficiente para ter medo deles.

Ruth assentiu de leve para mostrar que havia entendido.

— Mas eu vou mesmo precisar daquela história longa, e logo — murmurou.

◀◆▶

A sala se esvaziou. Joan ficou olhando fixo para Astrid. Agora conseguia ver a semelhança com a família Liu em sua postura ereta, e Ying e Jamie tinham o mesmo ar sutil de formalidade.

Quando todos os outros haviam partido, Joan encontrou a própria voz de novo.

— Você lutou ao lado de Nick. — Ela não conseguia acreditar. — Você... — Então estava com tanta raiva que subitamente mal conseguia falar. — Você o ajudou a matar minha *família*. — Sua voz falhava com a emoção. — Você matou todas aquelas pessoas! *Como pôde* se você é um monstro? Você é uma de nós!

— Nós quem? — perguntou Astrid. — Não sou mais monstro do que você; e nem mais humana. Nós só fizemos escolhas diferentes.

Joan ficou olhando para ela. Ela era metade humana também?

— Mas...

— Venha — disse Astrid. — Vou te fazer um chá, e aí conto o quanto você estragou tudo.

QUATORZE

Astrid foi até a cozinha e abriu um armário, revelando latas e caixas de chá, tão coloridas quanto tintas em uma paleta: vermelhas com caracteres chineses, o azul chique da Fortnum e grandes caixas de *blends* da PG Tips e Yorkshire. Ela escolheu uma lata amarelo-clara.

— Você gosta de gengibre, não é?

Ela colocou uma colher em um bule prateado e encheu-o com água de uma chaleira elétrica. O cheiro de gengibre e capim-cidreira aromatizou o ambiente em lenta difusão.

Astrid havia sido uma espadachim na outra linha do tempo. Na Holland House, ela ensinava turistas a lutar com espadas de espuma. Ainda parecia capaz de lutar; era esbelta e elegante com sua calça e blazer pretos. Ela abriu outro armário e puxou uma jarra decorada de cerâmica, um barco vermelho e branco. A tampa fez um rangido ao ser aberta.

— Só sobrou creme de laranja. — Astrid torceu o nariz. — De que adianta ter isso se ninguém gosta?

A raiva atingiu Joan de novo, voltando em ondas. Por que Astrid estava falando de biscoitos e chá?

— Nós passamos *semanas* juntas na Holland House!

Elas haviam sido voluntárias lá. Identificaram-se uma com a outra por terem pais chineses. Tinham piadas internas. Joan havia lhe contado sobre sua excêntrica família londrina. E, o tempo todo, Astrid estivera tramando com Nick para matar essa mesma família.

— Eu me lembro — respondeu Astrid. Na outra linha do tempo, ela sempre fora vivaz: fosse rindo, franzindo a testa ou revirando os olhos, sua expressão sempre preenchia o rosto todo. Agora, entretanto, parecia inexpressiva.

Joan não fazia ideia do que ela estava sentindo. Deu alguns passos em sua direção, com as próprias emoções em polvorosa.

— Você estava lá naquela noite? — Ela queria gritar, e queria que Astrid gritasse de volta. A família de Joan havia *morrido*. Ela precisava de uma explicação. — *Eu* estava. Eu estava lá quando a minha avó morreu! — Quase conseguia sentir o sangue da avó por todo canto de novo, fazendo pesar seu vestido, sujando suas mãos, o cheiro de açougue pesando no ar. Ela conseguia escutar a própria respiração acelerando. — Meu primo Bertie morreu. Minha tia Ada. Meu tio Gus.

— Sinto muito. — Astrid olhou-a nos olhos, com sinceridade. — Sinto muito pelo que você passou.

— Você *sente muito*? Você *matou* gente! Você ajudou ele a matar a minha família!

— Eu *não* estava lá aquela noite. Lutei com ele algumas vezes, mas não naquela noite.

O ar sibilou para fora dos pulmões de Joan como se ela houvesse tomado um soco.

— Mas você o ajudou. Estava do lado dele da última vez.

— Eu o ajudei. Eu lutei com ele. — Ela antecipou a pergunta seguinte de Joan: — Os Liu não sabem que eu estava do lado dele.

— *Por quê?* — Joan não conseguia entender. — Por céus, Astrid. *Como* você pôde? Ele estava *matando* pessoas!

Para sua frustração, Astrid simplesmente serviu chá em duas xícaras pequenas, segurando a tampa do bule com um dedo. O vapor subiu, embaçando partes da janela. Quando ela se inclinou, seu rosto ficou sombreado, fazendo-a parecer mais nova, mais como a Astrid que Joan havia conhecido no passado.

— Como eu pude lutar contra monstros, minha própria gente? Não sei, Joan, como você pôde lutar contra sua própria gente?

— Eu... — Joan gaguejou com a forma como Astrid dissera aquelas palavras. Ela não havia lutado contra humanos. Só havia lutado com Nick. — Eu não fiz isso.

— Então você ainda não percebeu os humanos desaparecidos?

Foi a vez de Joan hesitar. O cômodo pareceu muito quieto de repente; o único som vinha do zumbido baixo da geladeira.

— Desaparecidos?

— Tem pessoas faltando nesta linha do tempo, pessoas que estavam aqui da última vez.

— Eu não sei do que você está falando.

Mas o rosto gentil e redondo do Sr. Larch já estava pipocando na mente dela. Ele estivera desaparecido da sua escola desde o início do semestre. Margie sequer sabia quem ele era. *"Tem um Jardim de Leitura Sr. Larch atrás da biblioteca"*, dissera ela. *"Um professor que morreu dez anos atrás, bem antes da nossa época. É disso que você está falando?"*

— Fala sério, Joan — retrucou Astrid, com uma pitada de sua antiga impaciência. — O que você acha que aconteceu com elas?

O Sr. Larch devia ter se mudado para outra cidade durante as férias de verão. Ele devia estar ensinando em outra escola. Tinha que estar.

— Eu... — *Eu não sei,* era o que ela queria dizer.

Mas não era só o Sr. Larch. Em seus últimos dias em Londres, Joan havia percebido que outros rostos conhecidos estavam ausentes da vizinhança da avó: uma garota que trabalhava no caixa do supermercado; o pedinte que ficava do lado de fora da estação de metrô; o vizinho que sempre levava o poodle para passear no final da tarde. Ela não havia pensado muito nisso à época, já que as rotinas das pessoas mudavam. Porém, agora, questionou-se... *O que havia acontecido com elas?*

Joan balançou a cabeça, mas do nada seu estômago teve um espasmo dolorido, como se ela estivesse prestes a vomitar. Como se seu corpo estivesse começando a entender uma verdade grande demais para a mente conter.

Astrid lhe estendeu uma xícara. Joan hesitou. Astrid a havia drogado da última vez. Mas ela não tinha a sensação de que agora ela possuía más intenções; parecia ser uma oferta de paz.

A xícara estava tão quente que Joan precisou segurá-la pela borda. Ela piscou para a textura de crisântemos. Era o tipo de xícara barata azul e branca que se comprava em qualquer mercado chinês. Seu pai tinha o mesmo conjunto em casa.

— Onde você acha que eles estão? — A voz de Astrid soava mais gentil.

— Não sei.

— Sabe, sim.

Joan balançou a cabeça em negação de novo.

— Os humanos tinham um protetor — disse Astrid. — Um herói. E você o desfez. Você desfez cada ação que ele já havia feito; que faria no futuro. Achou que isso não teria consequências?

— Eu... — *Eu não estava lutando contra ninguém exceto Nick,* Joan queria dizer. Mas onde estava o Sr. Larch? Onde estavam todas as pessoas desaparecidas? O corpo de Joan teve outro espasmo. Ele já sabia. *Joan* sabia. Lá no fundo, sempre soube a verdade desde que Margie perguntara *"Quem é Sr. Larch?"*.

De súbito, a mão de Joan estava tremendo demais para segurar a xícara. Ela a colocou no balcão, derramando chá na madeira escura.

O Sr. Larch não estava desaparecido. Não estava em outra escola. Ele estava morto nesta linha do tempo. Monstros predavam humanos, encurtavam suas vidas; às vezes, matavam de cara. *"Você desfez cada ação que ele já havia feito."* Joan recapitulou cada monstro que Nick já matara. Quantos humanos *eles* haviam matado?

— É complicado para nós duas, não é? — disse Astrid. — Temos famílias humanas de um lado, monstros do outro. Nós mesmas somos monstros e humanas. Se lutarmos *por* um lado, significa lutar *contra* o outro. Nossas escolhas não são simples, nunca envolvem mãos limpas.

Quando Joan desfizera Nick, pensou que estava fazendo uma escolha entre ele e sua família monstro. Não havia pensado na sua família humana, seus amigos, desconhecidos. Todas as pessoas que ele teria protegido. Ela *devia* ter pensado neles. A culpa lhe percorreu o corpo. Não tinha como justificar o que fizera.

"Você estragou tudo", dissera Astrid.

— Você escolheu os humanos? — sussurrou Joan. — Você pegou o caminho contrário?

Ela sentiu algo no rosto e tocou a própria bochecha. Seus dedos voltaram molhados. Estava chorando? Quantas pessoas estavam mortas nesta linha do tempo? Quantas pessoas Nick havia salvado? Era tudo grande demais, terrível demais para ela conceber.

— Não — respondeu Astrid.

Joan levou um segundo para escutar.

— O quê?

Astrid estava olhando pela janela. Lá fora, o gramado estava alto; margaridas amarelas e cor-de-rosa se erguiam acima da grama por todo o caminho até a água.

— Não, eu não escolhi humanos *ou* monstros — disse ela. A falta de emoções ainda estava lá, mas havia algo debaixo da superfície agora. Astrid *ainda sentia* coisas, percebeu Joan. A inexpressividade era uma máscara fina para cobrir algo revolto e profundo. — Não foi por isso que lutei do lado dele.

"Você estragou tudo."

O medo começou a crescer no peito de Joan, unindo-se à sensação pesada de culpa. Astrid estava olhando para a vista como se fosse algo precioso e efêmero. Como se fosse algo que pudesse ser perdido. Como se pudesse existir um destino pior do que o massacre de monstros de Nick; do que a perda de todos aqueles humanos que ele havia salvado.

Astrid se sentou numa banqueta, com a xícara apertada nas mãos sobre o colo. As banquetas haviam sido pensadas para os gigantes Hathaway, mas ela era alta o suficiente para que suas longas pernas chegassem ao chão.

— Os Liu têm memória perfeita — disse devagar. — E alguns de nós tem um poder mais forte do que isso. Alguns de nós se lembram de fragmentos de linhas do tempo anteriores. Mas há uma versão ainda mais forte. Só uns poucos Liu já a possuíram. — Astrid não parecia orgulhosa disso; parecia tão nauseada quanto Joan se sentia. Ela inspirou fundo, com a respiração falha, e de repente a emoção que estivera contendo estava por todo o seu rosto. Era horror, Joan viu. Horror e medo. — Nós nos lembramos de coisas que ainda não aconteceram. E eu vi... — Sua voz falhou. Ela tentou de novo: — Eu vi o que vai acontecer.

Os cabelos na nuca de Joan se eriçaram.

— Como assim?

Astrid parecia subitamente muito mais velha; resignada e cansada. Seu horror era cansado também, e factual. Joan teve uma visão dela como um soldado que havia lutado duro e perdido.

— Eu vi o fim — respondeu ela, breve e direta. — O fim de tudo que importa. Pessoas vão morrer. Pessoas dos dois lados, monstros e humanos em números inconcebíveis. *Muito* mais do que ele já matou ou salvou. Você quer saber por que lutei do lado dele? Foi porque eu vi como impedir isso. *Ele* teria impedido. Já estava no caminho certo. — As mãos dela se fecharam em punhos. — Mas você impediu *ele*.

— Do que você está falando? — sussurrou Joan. — O que vai acontecer? *O que* você viu no futuro?

O olhar de Astrid em resposta tinha um ar estranhamente derrotado, e Joan sentiu uma onda de frustração.

— *Me conta* — pediu ela. — Está nos registros? *O que* ele teria impedido? *Quando*?

— O que você quer que eu diga? Que você precisa assumir o lugar dele e se tornar o herói? Ou talvez que podemos trabalhar juntas, eu e você. Impedir o apocalipse. Reunir as tropas.

— Se você acredita mesmo que alguma coisa vai acontecer... alguma coisa que *ele* teria impedido...

Um fervilhar de emoções dominou Astrid, e por um segundo ela estava ali, a garota de quem Joan se lembrava, cheia de vida.

— Eu *sei* disso. Eu *vi*! E eu só... — Seu rosto se encheu de autorrecriminação. — Eu sabia que nós tínhamos que eliminar você. Eu falei pra ele que você era perigosa, mesmo naquela sala, sozinha. Falei que nós tínhamos que te matar, mas ele não deixava ninguém encostar em você.

Joan engoliu em seco. Ela não sabia que Nick a havia protegido assim. Então sua frustração se transformou em raiva de novo. O que tudo aquilo *significava*? *O fim de tudo que importa?*

— Você não *me* contou nada disso! — disse, rouca. — Nem me contou que era um monstro! Eu teria...

— Você teria *o quê?* Tomado uma decisão diferente no fim?

Joan hesitou. Lá no fundo, sabia a verdade. Ela teria feito qualquer coisa para salvar sua família da última vez. Era seu único foco. Ser alertada sobre um futuro terrível e nebuloso não a teria impedido. Ser atropelada por um ônibus não a teria impedido. Ela começou a seguir o restante dessa linha de pensamento. Se houvesse sido alertada sobre o Sr. Larch e as outras pessoas desaparecidas... Mas aquela não era uma pergunta que suportava fazer a si mesma. Tinha medo da própria resposta.

— Minha família estava morta.

Seu peito parecia tão apertado.

— Eles estavam mortos — repetiu Astrid. — E agora o herói está morto no lugar deles. — A boca dela se contorceu. — Eu mesma deveria ter matado você. — Ela viu Joan ficar tensa. — Ah, não se preocupe. Não adianta nada fazer isso agora.

Joan deveria ter mais medo dela, imaginou. Mas não tinha. Astrid parecia derrotada. E só isso já era muito diferente da espadachim competitiva que ela havia sido na outra linha do tempo. Na Holland House, ela demonstrara estilos de luta históricos para turistas, e até nas disputas de demonstração, até quando não importava, Astrid sempre lutava para ganhar.

— Por que você fica falando *assim*? — perguntou Joan.

— Assim como?

— Dizendo as coisas como se *não adiantasse nada*. Seja lá do que você tem medo, ainda nem aconteceu!

— Você soa igualzinha à sua avó. — Astrid parecia cansada. — Ela achava que podia impedir isso sem ele também. Mas é inevitável agora.

A avó dela sabia disso? Joan abriu a boca para perguntar, mas Astrid ainda estava falando.

— Você já viu dois mestres enxadristas jogando? Eles nunca terminam o jogo de fato. Na metade do caminho, os dois veem o resultado. Eles param de jogar, se cumprimentam e vão embora. De que adianta seguir adiante se você já sabe como a partida vai acabar?

— Nada é inevitável. Eu mudei a linha do tempo antes. Meu poder...

— Seu *poder?* — Outro fervilhar de emoções de Astrid. — Por céus, Joan, você realmente não sabe de nada, não é?

Ela apalpou o bolso e pegou o que parecia ser um simples cartão de visitas: papel branco grosso com um pássaro azul impresso no canto. Alguém havia escrito à caneta: *5. 4.*

— Você ainda não acredita em mim — disse Astrid. — Não de verdade. Mas logo vai. E, quando isso acontecer, vai querer minha ajuda.

O que *era* aquele cartão? Joan havia visto números riscados daquele jeito antes, mas onde? A memória lhe atingiu. Aaron havia lhe dado um broche com números gravados no verso. Era um passe de viagem, um objeto que continha tempo.

— Espera! — pediu, percebendo a intenção de Astrid: ela ia viajar no tempo. — Você não pode ir embora!

Astrid já estava de costas.

— Quando começar, não venha atrás de mim. Eu já lutei nessa guerra. Não preciso lutar a batalha final.

Ela começou a andar, desaparecendo no meio de um passo, deixando Joan sozinha na cozinha.

QUINZE

Joan fechou os dedos com força na beirada do balcão, olhando para o bule de chá, cujo vapor ainda serpenteava no ar. Seria possível que Astrid estivesse dizendo a verdade? Seria *possível* que algo terrível estivesse para acontecer?

No ambiente mundano da cozinha, o alerta parecia surreal. E, quanto ao resto da conversa... A culpa pesava feito chumbo no peito de Joan. O Sr. Larch ainda deveria estar vivo, ele *estaria* vivo se não fosse por ela. Quantas outras pessoas estavam mortas nesta linha do tempo porque Joan quisera sua família de volta?

Quase sem perceber que estava se mexendo, Joan se pegou andando na direção que os outros haviam tomado. O cômodo seguinte era uma sala de estar vazia, um espaço que lembrava uma galeria, com artes ecléticas: um cartum de um basset hound, uma aquarela de uma marina movimentada, uma pintura a óleo do canal lá fora. A mistura de estilos deveria ser caótica, mas o cômodo era agradavelmente sereno. E isso também era surreal, estar naquele espaço tranquilo com tamanho turbilhão revirando a mente.

"Tem pessoas faltando nesta linha do tempo. O que você acha que aconteceu com elas?"

"É complicado para nós duas, não é? Nossas escolhas não são simples, nunca envolvem mãos limpas."

No final do cômodo, havia uma escada. Joan ficou ao pé dela, apertando o corrimão. Sentia-se tão enjoada. Havia desfeito o massacre de monstros de Nick, e agora humanos estavam mortos. Se pudesse de alguma forma reverter isso, então os monstros estariam mortos de novo no lugar deles, incluindo sua família. Era uma equação em que todas as soluções eram insuportáveis.

As palavras de Astrid voltaram a ressoar em seus pensamentos. *"Eu não escolhi humanos ou monstros."*

Joan engoliu o nó na garganta. Escolher sua família no lugar de Nick havia causado a morte de humanos, mas, se Astrid estivesse certa, as consequências estariam só começando. *"Pessoas vão morrer"*, dissera ela. *"Pessoas dos dois lados. Muito mais do que ele já matou ou salvou."*

Seria *possível* que Astrid estivesse certa? Que algo terrível estivesse para acontecer, algo que Nick teria impedido? Será que Joan seria responsável por alguma coisa pior do que as mortes humanas que já havia causado?

Ela piscou para os próprios dedos apertados no corrimão. *"O que você quer que eu diga? Que você precisa assumir o lugar dele e se tornar o herói? Não adianta nada agora."* Mas, se Nick poderia ter impedido aquilo, então decerto outra pessoa também poderia impedir. E Joan já havia mudado a linha do tempo antes...

Mas a verdade era que ela só usara seu poder intencionalmente uma vez, em Nick. Todas as outras vezes, aconteceu sem que ela quisesse. Quando a avó morreu, Joan transformou um colar de ouro de volta em minério por acidente; quando foi trancada para fora do Palácio de Whitehall, marretou o punho contra a fechadura e ela se reverteu da mesma forma.

Agora, mudou a forma de segurar o corrimão de modo a tocar seu acabamento reluzente apenas com a ponta do dedo. Ela sequer tinha certeza de como funcionava. Tudo o que sabia era ser um poder de desfazer as coisas e que a Corte o considerava proibido.

Joan respirou fundo e se concentrou. Ao seu redor, a linha do tempo parecia apresentar uma leve resistência, como a pressão gentil de uma brisa. Joan se concentrou mais. Surgiu uma faísca dentro dela que não estava lá na noite anterior. Imaginou a madeira sob seu dedo se tornar flexível e verde, coberta por cascas. *"Desfaça-se"*, ordenou.

Nada aconteceu.

"Reverta", comandou à madeira. *"Volte o relógio sobre si mesma."*

— Você vai só ficar parada aí? — disse alguém impaciente.

Joan levou um susto e ergueu a cabeça.

Um garoto de cerca de 18 anos estava acima dela, na escada. Seu cabelo era de um loiro acinzentado e formava uma cortina ao redor de feições angulares e lábios suaves. Joan teria dito que seus olhos eram o aspecto mais marcante; eles a lembravam dos da avó: verde brilhante e duros como esmeraldas. Mas então viu a tatuagem. As linhas pretas se destacavam contra o antebraço pálido: os galhos murchos de uma árvore queimada.

Era um membro da família Argent, como o homem que havia ordenado que Nick ficasse parado, como se ele fosse um cachorro.

O menino acompanhou o olhar dela até a tatuagem.

— Qual é o problema? — indagou, com os olhos arregalados em um gesto dramático de horror. Estava imitando a expressão dela, Joan percebeu. — Não gosta dos Argent? — Ele se inclinou de forma a olhá-la nos olhos. — Você tem medo de mim? — O rosto dele mudou para uma inesperada sinceridade. — Eu acho que tem. Acho que você tem tanto medo de mim que precisa correr para fora desta sala.

— O quê? — Joan piscou para ele, confusa. Não tinha medo dele. Tinha repulsa pelo poder Argent, sim. Mas medo, não.

O garoto abriu um sorriso.

— Sabe... Eu sempre quis saber se o poder Argent funcionaria em um meio-humano. Mas acho que só funciona em humanos completos mesmo.

— Você tentou usar seu poder em mim? — perguntou Joan. Ela não havia sentido nenhuma compulsão, mas a ideia de estar sob controle daquele menino fazia seu estômago se revirar. — Isso é *doentio*. Você não deveria usar esse poder em ninguém!

— Ah, beleza. — Ele tocou a testa em uma continência preguiçosa. Então passou por ela e caminhou tranquilo para a curva seguinte, fora de vista.

Joan ficou olhando fixo para as costas dele, abalada. Por que ele sequer estava ali? Não era um lugar Hathaway e Liu?

E, de súbito, ela não quis ficar parada lá, sozinha, quando o garoto Argent podia voltar para a sala. Precisava encontrar os outros. Voltou-se para as escadas e, ao fazê-lo, uma marca pálida no corrimão chamou sua atenção. Era um reflexo do sol? Joan colocou a ponta do dedo sobre a marca; encaixava perfeitamente. Ela o deslizou para a frente e para trás; verniz liso, então madeira rústica, depois verniz liso de novo.

Ela fizera aquilo? Ficou encarando a marca. Havia arrancado o verniz, deixando apenas a madeira nua, não tratada? Como que em resposta, sentiu o poder dançar dentro de si como uma chama alimentada por um fole. Ainda era suave, mas parecia um pouco mais forte do que antes.

<hr />

O andar de cima tinha a estrutura de um depósito convertido. No térreo, as paredes tinham acabamento de gesso, mas ali tudo estava exposto. Vigas de madeira bruta corriam pelo teto e os tijolinhos nus eram visíveis.

Joan andou pelo longo corredor até chegar a uma porta com um aviso de papel colado com fita adesiva: *Estamos aqui.* Lá dentro, havia um pequeno apartamento com uma confortável área de estar. Os sofás descombinados e as mantas de crochê manual lembravam-lhe a casa principal dos Liu. Ela viu Ruth e Nick em uma sacada que dava para o canal. Daquela distância, seus cabelos pareciam quase pretos: o de Ruth, cacheado; o de Nick, liso.

Alguns meses antes, Joan teria ficado apavorada com a imagem dos dois juntos; presumiria que Nick estava lá para matar Ruth. E talvez a prima tivesse sorte e matasse *Nick*.

— Ei, você chegou! — chamou-a Ruth. Ela se inclinou de onde estava para abrir a porta de correr. — Vem sentar com a gente!

Joan foi. Do lado de fora, o prédio se parecia ainda mais com um depósito. Tinta branca desbotada na parede externa indicava uma sinalização antiga. A sacada em si era um adendo, e seus parapeitos azul-brilhantes formavam um contraste moderno com o tijolinho gasto.

— Tom e Jamie não estão aqui? — perguntou Joan quando Ruth se afastou para lhe dar lugar entre eles.

— Estão buscando comida — disse Nick. — Voltam logo.

— E vocês dois... — falou Joan, preocupada. — Ficaram bem juntos?

Ruth e Aaron odiavam um ao outro. Quanto a Ruth e Nick... Eles nunca haviam de fato se encontrado. Ruth fora esfaqueada por alguém da equipe dele, mas era o mais perto que já haviam chegado um do outro.

Os lábios de Nick se repuxaram para cima.

— Ela sabe tudo sobre a minha vida agora. — Ele não parecia se importar com isso. — E me contou histórias de quando vocês eram pequenas.

— Que histórias? — questionou Joan, em estado de alerta.

— Só as engraçadas — respondeu Ruth, balançando a mão de uma forma que não confortava Joan em nada. Ela se endireitou na cadeira. — Acabei de me lembrar de mais uma! — falou a Nick. — Ela tentou fazer uma lanterna de cenoura!

— Uma o quê? — exclamou ele.

— Peguei ela tentando enfiar uma cenoura num soquete de lâmpada certa noite. Porque nossa avó tinha dito que cenouras te ajudam a ver no escuro!

— Eu tinha *4 anos*! — protestou Joan.

— Isso é praticamente ciência para alguém de 4 anos — garantiu-lhe Nick, mas ele mordeu os lábios para conter o sorriso.

Joan abriu a boca, mas só conseguia olhar de um a outro. Era o tipo de conversa que havia tido milhões de vezes, com amigos e familiares, mas nunca imaginara Nick papeando de maneira ordinária com um dos Hunt. Questionou-se, com um toque de desejo, se a verdadeira linha do tempo havia sido assim. Os dois lados se davam bem?

Joan percebeu que jamais poderia ser feliz sem os Hunt em sua vida. Será que a Joan original havia mentido para Nick sobre a verdade dos monstros também? Não. Seus sentimentos remanescentes eram puros demais; ela confiara plenamente nele. Imaginou que devia ter vivido contente, sem saber de nada. Para ter sido feliz assim, ela nunca devia ter descoberto o que de fato era, e Nick também não.

No cômodo principal, barulhos animados indicavam que Jamie e Tom estavam de volta.

— E aíí! — chamou Tom. Debaixo de um braço, segurava Frankie; do outro, o maior pacote de peixe e fritas que Joan já havia visto na vida.

Jamie deu a volta até um armário no canto da sala. Ele pegou alguns pratos.

— Palitinhos ou garfos? — gritou.

— Dedos! — gritou Ruth de volta, e Jamie lhe lançou um olhar expressivo.

Tom deu uma risadinha ao se juntar a eles na sacada.

— Você vai ser banida das casas Liu de novo — disse a Ruth. — Jamie é exigente com a etiqueta de talheres. — Ele colocou o monte de peixe e fritas na mesa, e Frankie no colo. — Trouxemos bacalhau frito para quem tem bom gosto. E hadoque grelhado para o resto. — Isso foi dirigido sobre o ombro para Jamie, mas sua expressão não era sequer provocadora; era cheia de carinho.

— Alguns de nós querem comer peixe, não massa — retrucou Jamie, mas seu sorriso para Tom era igualmente carinhoso. Ele deu um beijo no topo da cabeça de Tom ao colocar os pratos e talheres na mesa.

— Eu gosto de grelhado — disse Joan no automático, e sabia sem olhar que Ruth estava fazendo uma careta em uma daquelas disputas de família que era mais ritual do que discussão. — Do contrário...

— Do contrário, todas as texturas ficam iguais — recitou Ruth, com a voz aguda. — Crocante e mais crocante. — Em seu tom normal, acrescentou: — Isso nem é verdade. As batatas fritas são macias por dentro.

Nick sorriu e rasgou o papel pardo. O coração de Joan falhou no peito com aquele sorriso, e de novo quando ele lhe passou um dos filés grelhados. Ela quase conseguia acreditar naquela fantasia, nessa sombra da verdadeira linha do tempo. Mas aquela linha não existia mais havia muito; fora substituída por uma em que Nick era um matador de monstros. Então Joan havia criado *esta* linha do tempo, em que, aparentemente, um evento terrível estava por acontecer.

Joan não queria acreditar no que Astrid lhe dissera. Mas não conseguia parar de pensar na expressão dela ao olhar para a vista do canal. Como se fosse algo precioso; algo a ser lembrado.

Havia *mesmo* algo terrível prestes a acontecer? Será que tudo aquilo desapareceria logo? Será que Joan se lembraria desse momento como passageiro e precioso também?

Algo de seus sentimentos devia ter transbordado para sua expressão, pois ela pegou Nick olhando-a com a testa franzida de leve.

— Aquela mulher lá embaixo... — perguntou ele. — Quem é ela? Por que queria falar com você?

— O nome dela é Astrid — respondeu Jamie. — Ela é uma líder da família Liu.

A expressão de Nick não mudou. Realmente *não se lembrava* dela; não sabia que ele e Astrid haviam sido uma equipe certa vez, lutando contra todos os outros que estavam ali na varanda.

— Ela... — Joan hesitou. Nunca fora supersticiosa, mas quase sentia que dizer aquilo em voz alta tornaria as coisas reais. — Ela queria me alertar sobre uma coisa. — Uma brisa deslizou do canal, bagunçando seu cabelo e cheirando levemente a água parada. Ela olhou para Tom e Jamie: — O quanto vocês sabem sobre acontecimentos futuros?

— Acontecimentos futuros? — Jamie parecia confuso, assim como os outros.

— Como assim? — disse Ruth. — Ela acha que você vai ser atacada de novo?

— Não, ela... — Joan hesitou de novo. — Ela me disse que alguma coisa ruim vai acontecer. — A sensação supersticiosa estava aumentando. — Deu a entender que será um apocalipse.

Joan havia tido esperanças de que soasse absurdo em voz alta, mas, no máximo, parecia ainda mais real agora, mais concreto.

— Do que você está falando? — perguntou Ruth.

Nick endireitou as costas, alerta.

— Como assim? *O que* vai acontecer?

— Não sei. — Astrid não havia dado detalhes. Joan se virou de volta para Jamie; todas as famílias monstro mantinham registros dos eventos, passados e futuros, e os dos Liu eram os melhores. — Está nos registros?

— Você quer saber... se tem um acontecimento cataclísmico vindo? — Jamie só parecia confuso. Ele olhou para Tom, que deu de ombros, igualmente perdido. — Não.

"Pessoas vão morrer. Pessoas dos dois lados, monstros e humanos em números inconcebíveis." Talvez simplesmente não fosse verdade, pensou Joan. Talvez Astrid estivesse mexendo com sua mente. Só que ela havia visto o horror de Astrid; havia visto seu medo. E sabia que acontecimentos podiam ser ocultados, mesmo de monstros. Os massacres de Nick haviam sido removidos dos registros de todas as famílias. Ninguém o havia visto chegar.

— Bom... é *mesmo* verdade? — perguntou Nick, franzindo a testa. — Precisamos descobrir.

De perfil, ele lembrava uma estátua clássica, um herói antigo. Havia superado a confusão quase que instantaneamente. *"Você quer saber por que lutei do lado dele? Ele teria impedido."* Nick realmente havia sido um herói; ele lutara contra monstros e salvara humanos. E, se Astrid tivesse razão, teria salvado ainda mais gente que isso.

— Podemos falar com ela? — questionou ele.

— Ela foi embora desta época. Disse que a calamidade era inevitável.

— Por que ela diria isso para você? — perguntou Ruth. Ela estava ficando irritada. — Por que ela falaria uma coisa dessas e iria embora?

Joan engoliu em seco.

— É complicado. É... é parte daquela longa história que eu não contei para você ainda. — Antes que a prima pudesse perguntar, ela fez o sinal de *mais tarde* de novo.

Ruth piscou os olhos uma vez. Só havia um motivo para Joan usar um sinal Hunt. Ela fez um sinal sutil em resposta. Com uma mão ao lado do corpo, gesticulou com agilidade: indicador esticado, *confiança*; polegar apontando para Jamie e então Tom; punho cerrado: *interrogação*.

Joan esticou o próprio indicador. Confiava neles. De repente, Ruth apontou para Nick, e essa era uma resposta muito mais difícil de responder. Joan fez o sinal de *mais tarde* de novo. Os olhos de Ruth se arregalaram, e ela lançou um olhar mais atento para Nick.

Em voz alta, Joan disse:

— Astrid disse que ela tem uma versão mais forte do poder Liu, que ela se lembra do futuro da mesma forma como se lembra do passado.

— Astrid te disse isso? — perguntou Jamie, parecendo desconcertado. — Esse não é o poder registrado dela. — Ele passou uma mão sobre a boca. — Bom, mas ela *é* uma líder de família — refletiu, quase que para si mesmo. — Eles guardam todos os tipos de segredos.

— Mas... *nada* disso está em nenhum dos registros — argumentou Tom. — E as pessoas viajam para o futuro o tempo todo. Nós saberíamos. *Eu* já viajei para séculos no futuro. Nenhum apocalipse, prometo.

"Séculos no futuro." O choque disso atingiu Joan com atraso; a maneira casual com que ele dissera aquilo havia adiado sua compreensão. Quão longe Tom havia ido para o futuro? Quanta vida humana isso lhe custara?

— Mas nós não podemos ignorar isso — disse Nick. — E se Astrid tiver razão? Nós não podemos simplesmente deixar que aconteça.

Mais uma vez, Joan se pegou olhando para ele, bonito, de olhos escuros, e sério. Nick não sabia de nada e já queria agir para impedir isso. Era instintivo para ele.

E as palavras de Tom lhe haviam lembrado a verdade de novo. Aquela era uma varanda cheia de monstros, de pessoas que roubavam vida humana num piscar de olhos. O estômago dela se revirou.

— Astrid mencionou minha avó. Disse que ela estava buscando um jeito de impedir isso.

— *Nossa avó* sabia? — perguntou Ruth.

— Ela nunca falou nada?

— Sobre um acontecimento apocalíptico? *Não.* — Ruth passou um dedo pelos cachos grossos, parecendo preocupada. — Mas faz mais de um ano que eu não vejo ela.

— Um ano? — Joan não havia percebido que a avó estava longe havia tanto tempo.

— Ela nunca disse nada antes disso. Digo, se soubesse, ela teria... — Ruth interrompeu a si mesma. — Se ela soubesse... — repetiu mais devagar.

— O que foi? — insistiu Joan. O olhar da prima se tornara pensativo.

— Não deve ser nada — negou Ruth, mas a forma como falou fez Joan ficar tensa. — Acho que ela estava *mesmo* preocupada com alguma coisa antes de deixar esta época. Digo... — Os olhos de Ruth focaram em Joan. — Ela estava preocupada *com você*. Mas... acho que estava preocupada com outra coisa também.

Uma sensação gélida percorreu a espinha de Joan. Sua avó raramente se preocupava com qualquer coisa, ou, ao menos, raramente demonstrava preocupação.

Tom se inclinou para a frente. Em seu colo, Frankie fez um *"au"* questionador, e ele afagou sua cabeça.

— Preocupada com o quê? — perguntou.

— Não sei — respondeu Ruth. — Ela não quis me contar. Mas tive a sensação de que ela estava fazendo uma investigação. Tentando entender alguma coisa.

Existiria alguma forma de encontrar a avó agora e perguntar? Ela estava trancada para fora daquela época, e Joan estava atolada ali, mas talvez pudessem no mínimo se comunicar.

— Você sabe para quando ela viajou, pelo menos?

Ruth passou a mão pelo cabelo de novo.

— Eu não quero que você se preocupe, está bem? — falou para Joan.

Outra corrente de gelo a atingiu.

— Me preocupar?

— Ela está incomunicável desde que foi embora. Nada de mensagens, nada de dizer para onde foi. — Por um segundo, Ruth pareceu prestes a dizer mais alguma coisa, mas não continuou.

— Você não tem notícia nenhuma dela?

— Ah, você sabe como ela é.

Joan sabia. Todos os Hunt sumiam às vezes, inclusive Ruth. Mas um ano sem nem uma palavra parecia tempo demais. E, acima de tudo, sua avó estivera investigando algo, depois desaparecera.

DEZESSEIS

Assim que começaram a descer as escadas, Joan sabia que havia algo errado. Uma pequena multidão se formara no espaço compacto da galeria; e, se o ambiente era hostil antes de Nick chegar, agora havia a sensação de que a coisa estava prestes a explodir.

— O que está acontecendo? — perguntou Joan ao chegar ao pé da escada. Havia cerca de trinta pessoas amontoadas no lugar, e todas encaravam Nick, algumas com braços cruzados, outras claramente com medo.

Liam Liu surgiu do meio do grupo.

— Só fique calma — disse ele a Joan. — Ninguém vai machucá-lo.

Calma? O coração dela já estava disparado.

— O que vocês estão fazendo? — Um ranger nas escadas a fez se virar. Havia um grande homem no topo dos degraus, bloqueando o caminho. E, ao redor deles, as pessoas se posicionaram nas portas. — *O que é isso?*

— A líder de sua família nos prometeu abrigo e segurança! — disse Ruth a Liam, espantada. — Tínhamos a palavra dela!

— Vocês ainda têm — retrucou Liam.

Joan não conseguia acreditar, não com a forma como todos estavam olhando para Nick. Em seus próprios ouvidos, sua respiração soava alta e falhada.

— Jamie?

— Eu não sabia nada sobre isso. — Ele parecia sério. Para Liam, falou: — Vocês tiveram uma reunião sem Tom e eu? Isso não está certo, Liam.

— Você e Tom são livres para votar também — respondeu Liam. Ele ergueu o queixo, desafiador. — Mas devo dizer que a grande maioria se manifestou. Já tomamos uma decisão.

— Uma decisão? — questionou Joan. Do que ele estava falando? — Vocês não precisam tomar uma decisão sobre nada!

— Vocês têm um abrigo seguro aqui, mas nós não podemos tolerar a presença irrestrita dele. Não o faremos.

O estômago de Joan se revirou.

— Olha — dirigiu-se a Liam e ao restante do lugar. Ela podia melhorar a situação, disse a si mesma. Tinha que melhorar. — Sinto muito. Eu não devia ter trazido ele aqui. Nós vamos embora, está bem? Vocês não precisam se preocupar com a gente. Nunca mais nos verão de novo.

— Ele não pode simplesmente ir embora — falou Liam. — Ele viu este lugar. Ele esteve em uma estalagem.

— Como assim? — Joan o encarava. — Você acabou de dizer que não podia tolerar a presença dele aqui! Como assim ele também não pode ir embora?

— Vocês querem que eu faça uma promessa? — perguntou Nick, ainda soando calmo. Joan teve um estranho vislumbre dele de pé em frente aos Oliver, com uma espada na mão. Ele também soara calmo naquela ocasião. Agora, falou para o lugar todo: — Vocês têm medo que eu conte às pessoas sobre este mundo. — Ele não subiu o tom, mas as palavras ressoaram com força. — Eu juro que não o farei. Vocês não têm o que temer em mim.

— Sinto muito — disse Liam. A voz dele tremia. — Mas isso não é o suficiente. Precisamos garantir a segurança de todos.

— Por que você fica *falando isso*? — retrucou Joan. — Do que está falando?

Será que iam acorrentar Nick em um quarto qualquer?

Liam gesticulou para um garoto que estava perto da lareira.

— Owen — chamou ele. Era o menino de cabelo loiro-acinzentado que havia sido rude com Joan na escada. O menino Argent que tentara usar seu poder nela, só para ver se conseguia.

— Espera, *o quê?* — exclamou Joan. Por um segundo, achou que ia vomitar. — O que está *fazendo*? O que vocês vão fazer?

— Não vamos machucá-lo — declarou Liam. — Só vamos compeli-lo para garantir que ele não *nos* machucará.

Para o desespero de Joan, Nick avançou na direção do garoto Argent. Conforme ele se movia, houve um farfalhar enquanto Liam recuava. Joan captou olhares assustados e hostis na multidão.

— Mas que *diabos*? — murmurou Ruth. Ela parecia confusa.

E Nick também. Ele tentou de novo.

— Não vou machucar nenhum de vocês. *Jamais* faria isso.

— Então você não vai nem perceber a compulsão — retrucou-lhe Liam. Será que Nick escutava o temor vacilante em sua voz? — Não vai nem sentir.

Joan se virou para Jamie e para Tom.

— Nós *não podemos* controlar a mente dele!

— Sinto muito — disse Jamie. — Eu também não concordo com isso.

Aquilo sequer deveria ser uma discussão sobre concordar ou discordar. Eles não deviam nem ter votado.

— É errado! — vociferou Joan. — É simplesmente errado!

— Está tudo bem — murmurou-lhe Nick. — Se eles realmente têm esse medo todo de que eu conte, não me importo de dar uma garantia. Se é disso que precisam.

— *Não* —falou Joan para ele. Tudo no que conseguia pensar era a horrível expressão vazia de Nick quando Corvin Argent o compelira. — Eles *não* precisam disso. — Ela se virou para Ruth: — Não podemos deixar que façam isso!

— Não estamos em território Hunt — respondeu a prima, em tom de desculpas. — Eu não posso fazer nada a respeito disso.

— Por que isso é um problema? — perguntou Liam a Joan, com a voz ainda trêmula. — Esta é uma solução justa para todos. Ele poderá andar entre nós, ileso. E nós ficaremos com a mente tranquila.

— *Por que isso é um problema?* — repetiu Joan, incrédula. — Porque vocês não podem simplesmente *obrigar* as pessoas a fazer coisas! Não podem se enfiar na mente dos outros! É uma violação!

— Joan — chamou Nick —, está tudo bem. — Para Liam, ele disse: — Não tenho intenção nenhuma de machucar vocês. Se precisam de mais do que a minha palavra, vão em frente.

O menino à lareira, Owen, começou a se aproximar. Joan tentou entrar na frente de Nick de novo, mas mãos fortes a puxaram para longe. Um dos Hathaway.

— Me *solta*! — exigiu ela.

— *Ei!* — exclamou Nick. Era o primeiro indício de raiva que mostrava desde que havia descido as escadas. Ele começou a andar na direção do Hathaway.

A voz de Owen soou:

— Parado.

E, exatamente como no pátio, Nick congelou. Ele estava no meio de um passo, o joelho dobrado de maneira desconfortável. Seus olhos se arregalaram, e Owen disse:

— Você não está com medo. Você está calmo.

— Não! — Joan se debateu contra o Hathaway que a segurava conforme Nick soltava o ar de novo, lenta e uniformemente, como quando havia adormecido ao lado dela no barco. — Isso é perigoso! — argumentou Joan, desesperada, para a multidão toda. — O que vocês estão fazendo agora torna as coisas perigosas! Não percebem isso?

Será que não entendiam? Se Nick descobrisse a verdade sobre monstros, iria odiá-los por controlarem sua mente. Odiá-los de verdade. *Isso* poderia colocá-lo de volta no caminho de se tornar o herói de novo. Todas as famílias estariam em perigo.

Owen avançou. Depois de agir feito um babaca no corredor, Joan esperava que ele fosse ter algum prazer sádico naquilo, mas sua expressão era muito séria.

— Olhe para mim — ordenou a Nick.

Nick ergueu a cabeça e o olhou nos olhos. Eles tinham quase a mesma altura. Nick parecia um soldado: impecável, virtuoso, de cabelos escuros. O cabelo do próprio Owen chegava aos ombros.

— Não! — Joan tentou se desvencilhar do Hathaway de novo, mas ele era forte demais.

Owen disse a Nick, em tom casual:

— Você não tem problemas com monstros. Você não quer machucá-los. E não contará a nenhum humano sobre eles.

Nick balançou de leve a cabeça, como se um inseto houvesse voado perto de sua orelha.

— Repita para mim — disse-lhe Owen.

Para o horror de Joan, Nick respondeu, neutro e obediente:

— Não tenho problemas com monstros. Não quero machucá-los. Não contarei a nenhum humano sobre eles. — Então, soando mais como si mesmo: — Por que vocês sequer pensam que eu poderia machucá-los? Vocês têm poderes especiais. O máximo que eu consigo fazer é chutar uma bola de futebol bem longe.

Owen deu de ombros.

— Está feito — declarou aos outros.

— Isso é o melhor para todos —falou Liam a Joan.

O coração dela retumbava no peito.

— Me solta — disse ao Hathaway que a segurava. Ela se jogou para a frente, e o homem finalmente a soltou. — Vai se ferrar.

— O mesmo para você — retrucou o homem, sem rancor.

Joan cambaleou até Nick. Ela tocou seus ombros, seus braços, como se pudessem existir hematomas. Mas não havia nenhum ferimento físico. Estava na mente dele.

— Eu estou bem — disse Nick. Sua voz estava normal. Seus olhos estavam vívidos. Parecia o mesmo de sempre. — Estou mesmo.

JAMAIS UM HERÓI **141**

— Desculpa — disse Joan. — Desculpa por ter deixado isso acontecer.

— Não precisa se desculpar. Eu nem me importo. Se é essa a garantia de que eles precisam, não me importo em dá-la.

Mas não estava tudo bem. Estava longe de estar tudo bem. Por cima do ombro, Joan disse a Ruth:

— Fica de olho nele, por favor!

Ruth teria muitas perguntas a fazer, ela sabia, mas isso teria de esperar. Naquele momento, Joan precisava encontrar Owen.

Ele havia escapulido para fora da galeria, mas Joan o estivera observando. Ela correu para a porta do lado leste. As pessoas na multidão evitavam seus olhos conforme procurava entre elas. Ali, não. Correu para o cômodo seguinte.

Ainda nada de Owen, mas Liam Liu estava à janela, olhando para o canal. A decisão havia sido dele. Então ele bem que poderia des-decidir imediatamente.

Joan agarrou seu braço.

— Onde está Owen? — exigiu saber. — Ele precisa tirar aquela compulsão de Nick!

— Isso não vai acontecer — respondeu Liam.

— Vai sim, senhor! Nós precisamos tirar isso dele!

Não era tarde demais. Se revertessem as coisas logo, seria quase como se não houvesse acontecido.

— Por que faríamos isso?

Joan queria gritar.

— Não podem manipular humanos só porque querem! — Por que ele não entendia isso? Talvez porque ninguém podia manipular monstros; o poder Argent não funcionava neles. — *Não podem* fazer isso com as pessoas!

— Estamos fazendo um favor *para você*. — Liam soava frustrado. Surpreso. — Estamos te dando abrigo, e estamos deixando *ele* ficar aqui. Isso é o mínimo do mínimo que estamos pedindo, a única forma de tolerarmos a presença dele aqui. Não estamos machucando ele de maneira alguma! Não estamos pedindo muito!

— Ele nem é perigoso! Ele nem se lembra!

— Bom, mas alguns de nós, sim! — As palavras escaparam furiosas de Liam, como se antes ele estivesse contendo as emoções com dificuldade e agora estivesse explodindo. — *Eu* me lembro. Eu me lembro dele me matando!

— *O quê?* — Joan arregalou os olhos, chocada.

— Ele foi à galeria Liu. Atacou a casa com o pessoal dele. Ele matou meus primos. Meus tios. Tias. Minha irmã Mabel. — A voz de Liam tremeu. — Eu tentei salvá-la. Tentei escapar com ela pela porta dos fundos, mas ele nos pegou no corredor. — Liam inspirou com força, como se houvesse se esquecido de que precisava respirar. — Ele a matou na minha frente. Quebrou o pescoço dela. Eu tentei lutar, mas ele cravou uma faca no meu peito, bem aqui. — Liam pressionou a palma contra o esterno como se ainda conseguisse sentir a dor e estivesse tentando estancar o sangue. Ele focou de volta em Joan. — Não me diga que você quer que ele fique perambulando entre nós sem restrições. Não quando tantos de nós se lembram de nossa morte pelas mãos dele.

— Eu... eu não sabia.

Joan se lembrou de como os Liu haviam ficado em silêncio quando Nick entrou na sala pela primeira vez. Ela presumira que o medo era teórico, que haviam lido sobre ele nos registros da família. Não havia imaginado que alguém ali pudesse se lembrar dos ataques.

— Eu não sabia — repetiu ela.

— Você se deu ao trabalho de perguntar? Você *se importa*? Talvez devesse estar preocupada com a sua própria gente. — Os olhos de Liam faiscavam. — Ou nem somos *sua* gente? Como você se vê? Monstro ou humana? Onde jaz sua lealdade?

Era uma pergunta estranhamente familiar. Mais cedo, Joan havia dito algo parecido a Astrid. Às vezes, ela até falava de si mesma em *metades*. Metade monstro, metade humana. Metade inglesa, metade chinesa. Como se fosse formada por blocos de montar que podiam ser encaixados e desencaixados de novo. Mas não era assim que ela se sentia por dentro.

A voz de Jamie soou, espantosamente próxima:

— Está tudo bem, já chega.

Quando ele havia entrado na sala? Joan sequer o ouvira.

— Não, *não* está tudo bem. — Liam soava à beira das lágrimas.

— Eu sei — disse Jamie com gentileza. — Eu sei que não.

Liam soltou um som engasgado do fundo da garganta. Joan ficou olhando fixo para ele, abalada, conforme Liam se afastava para a porta.

Como Astrid podia ter lutado ao lado de Nick? Como podia ter feito uma escolha dessas? Joan não conseguia imaginar nada pior do que Liam descrevendo o massacre na casa Liu. Do que o massacre da própria família. Mas... Ela viu de novo o horror resignado no rosto de Astrid. *"Eu vi o fim. Pessoas vão morrer. Pessoas dos dois lados, monstros e humanos em números inconcebíveis. Muito mais do que ele já matou ou salvou."*

Quão ruim era a calamidade que Astrid havia visto? Como era possível que fosse pior do que tudo isso?

— Joan — disse Jamie. Ela levou um momento para processar o próprio nome. — Pode ser que eu tenha encontrado alguma coisa.

Joan se sentia prestes a cair aos prantos.

— O quê? — escutou a própria voz perguntar. As palavras de Liam ainda estavam ecoando em sua mente. *"Quebrou o pescoço dela. Eu tentei lutar. Onde jaz sua lealdade?"*

— Ruth tinha razão. Sua avó estava investigando alguma coisa.

— Investigando o quê? — O tom dela era rouco, como se antes estivesse chorando. *Ele matou tantos de nós.* A cena dela correndo pela Holland House, tentando escapar dos aliados de Nick, lhe voltou à mente. Conseguia sentir o sangue da avó nas mãos de novo, os galhos afiados do labirinto de sebes.

— Não sei — falou Jamie. — Sua avó desapareceu há um ano. Mas, antes disso, ela *estava mesmo* atrás de alguma coisa. Nós temos registros dela visitando um lugar perto de Covent Garden três vezes na semana antes de desaparecer.

— É perto daqui?

— Perto o bastante. Posso levar você. Mas vamos precisar tomar cuidado. Ainda há Guardas da Corte na rua.

— Vou tomar cuidado.

Joan precisava sair dali. Precisava tirar Nick dali. Precisava clarear a mente.

DEZESSETE

Eles atracaram o barco perto da Ponte Hungerford em algum momento antes de escurecer. As Casas do Parlamento se erguiam ao fundo para além da estrutura em teia da ponte.

Joan sentiu uma pontada de incômodo quando desembarcaram. Os acontecimentos da outra linha do tempo pareciam espreitar como um fantasma. A uma quadra dali, o portão para a Corte Monstro havia se aberto. Pouco depois, ficavam o St. James's Park e o Palácio de Buckingham, onde Joan e Aaron haviam chegado em 1993.

— Você tem permissão para atracar aqui? — perguntou Nick, desconfiado. — Isso não é um ponto de ônibus fluvial?

— Permissão? — Tom deu de ombros. — Não faço ideia. Mas aquele símbolo é levado a sério na água. — Ele apontou com o queixo para o cão de duas cabeças. — Nós poderíamos deixar o *Tranquilidade* aqui por um ano e ninguém encostaria nele.

Eles caminharam pelo píer de concreto, contornando uma cabine fechada de cruzeiros pelo rio. A porta de aço tinha uma propaganda com a foto de pessoas aos risos numa lancha, a imagem enrugada pelas linhas da porta.

Joan se viu ao lado de Nick. Ela examinou o rosto dele atrás de sinais do poder Argent, mas ele parecia o mesmo de sempre.

— Como você está se sentindo? — perguntou.

— Estou bem — garantiu-lhe Nick. — Acho que aquele cara nem usou o poder dele em mim, não me sinto nem um pouco diferente.

Um vento frio soprou da água, fazendo Joan tremer. A falta de preocupação dele era desconcertante.

— Nick...

— Ei. — Ele pegou o cotovelo dela com delicadeza. — Eu não queria machucar monstros antes, e ainda não quero. Não acho que tenha me afetado em nada.

Joan engoliu em seco, tentando não pensar no calor da mão dele através da manga de sua blusa.

— Talvez o efeito já tenha passado — sugeriu, esperançosa. — O poder de Corvin Argent não durou muito.

E, de acordo com o selo de Corvin, o pai dele era um líder de família. Seu poder deveria ser forte.

Ruth interveio lá da frente:

— Tem que ter um jeito de testar.

— Você pode tentar socar um de nós — sugeriu Tom por cima do ombro. Ele estava com Frankie nos braços, e ela já estava começando a cochilar. — Tente *me* acertar.

Nick riu.

— Talvez depois.

A resposta vaga fez o estômago de Joan se revirar. Ela tinha certeza de que o poder ainda *estava* funcionando.

Mais à frente, Jamie não disse nada. Ele havia discordado daquela decisão, mas Joan tinha a sensação de que estava aliviado por Nick estar sob controle.

<hr />

Jamie os levou ao Victoria Embankment, para longe de Whitehall. Eles passaram pelo antigo obelisco de pedra da Agulha de Cleópatra. Joan sempre o achara estranho, um objeto fora de seu tempo e lugar. Coberto por hieróglifos desgastados, era um dos poucos resquícios de Heliópolis, uma cidade que não existia havia mil anos. Como teria acabado ali, enfiado ao lado do Tâmisa?

Do outro lado do rio, o novo prédio piramidal daquela época refletia a luz. Era grande: um arranha-céu que reluzia feito diamantes. Juntas, imaginava Joan, a pirâmide e a Agulha meio que faziam sentido: uma construção moderna inspirada no Antigo Egito ao lado de um artefato real, de 3.500 anos de idade.

— Sempre tive um pouco de pena dela — disse Nick. Ele havia acompanhado seu olhar até a Agulha. — Uma órfã, tão longe de casa, com sua cidade original destruída.

Joan se surpreendeu com o quanto seus pensamentos eram parecidos.

— Você acha que eles perceberam o que ia acontecer? O povo de Heliópolis? Acha que imaginaram que um dia os únicos vestígios da cidade seriam objetos assim? — Ela visualizou Astrid de novo, olhando pela janela como se o mundo que conhecia fosse logo desaparecer. — Acho que *eu* não consigo imaginar — admitiu.

— Nós vamos dar um jeito nisso. Não vai acontecer com a gente. — Nick lhe lançou um sorriso torto. — E, pensando bem, Heliópolis não deixou de existir. Não pra você. Não pra qualquer um que possa viajar no tempo. Talvez possamos visitá-la quando tudo isso acabar.

Joan tentou sorrir de volta. *"Quando tudo isso acabar."* Como seria esse final? Será que Nick poderia voltar para casa em algum momento? Será que Joan poderia?

Eles deram as costas para o rio, em direção a Covent Garden. O sol baixava conforme passavam por lojas conhecidas e desconhecidas até o mercado.

— Como vocês dois se conheceram? — perguntou Ruth, curiosa, a Joan e Nick. — Foi no ataque?

— Não, no dia anterior — respondeu Nick. — Joan derrubou o celular no campo atrás da escola, e eu o encontrei.

Lá da frente, Jamie encarou Joan.

"Eu não queria *encontrá-lo de novo"*, ela se imaginou dizendo a ele. Porém, seria uma mentira. Estar perto desse novo Nick era insuportável, mas a outra alternativa doía ainda mais.

— Nick é muito popular na escola —explicou a Ruth. — Andamos com grupos diferentes. Então, é, só nós encontramos recentemente.

O olhar de Nick para Joan era gentil, mas também atento, como se ele houvesse escutado algo na voz dela.

— Mas eu via você por lá — falou. — Eu tinha esperanças de que fôssemos esbarrar um no outro qualquer dia.

O coração de Joan disparou do nada, e suas bochechas ficaram quentes. Com o canto dos olhos, ela viu Ruth olhando de um para o outro, intrigada. Ela estava pensando naquele sinal de mãos na varanda da casa nas docas. Joan havia dado a entender que não confiava totalmente em Nick. Mas Ruth a conhecia melhor do que qualquer um, e com certeza devia tê-la visto corar também.

— E você? — perguntou Nick. — Vocês duas são primas? Você e Ruth?

Joan abriu a boca para falar, então percebeu que não tinha certeza de qual era seu nível de parentesco com Ruth. Quis confirmar com ela:

— Sua mãe e minha mãe são primas, certo? — Joan sabia que sua avó não era realmente a avó de Ruth. — Nós somos primas de segundo grau?

— Monstros diriam só primas — respondeu Ruth.

Era meio que a mesma coisa com sua família por lado de pai. Todo mundo era primo, tia ou tio.

— Eu e Ruth crescemos juntas — explicou Joan a Nick. — Eu passo todos os verões com a família da minha mãe.

Agora estavam no distrito de teatros. Devia ser pouco depois das cinco da tarde. Ao redor deles, executivos caminhavam apressados em direção ao metrô enquanto turistas vagavam sem rumo, focados em seus celulares.

— Nós costumávamos... — Joan começou a dizer. Então sua voz entalou na garganta. Eles haviam virado a esquina de Bow Street, e, à frente, as colunas brancas da ópera estavam tingidas de dourado pelo sol poente. A paisagem era bastante familiar. *"Isso já aconteceu antes"*, pensou ela. *"Eu já vi essa vista exata antes."*

— O que foi? — perguntou Tom, sério. — Está vendo um guarda?

— Não, nada de guardas. — Ela tentou recuperar aquela sensação, mas já estava se dissipando. Nuvens haviam deslizado para a frente do sol, sombreando o pórtico. — É só que eu acabei de ter um *déjà-vu* muito forte.

Ruth espremeu os olhos para a frente.

— Talvez você esteja se lembrando daquela vez que a vó trouxe a gente à Ópera.

— Ela trouxe?

— Você não lembra? Aquele show estranho com um monte de cavalos?

— Você deve estar falando de *Pietro il Grande* — comentou Jamie, distraído. — Cinco shows em 1852.

— Ah, bom, acho que fomos eu e o Bertie então. Joan nunca viajou assim.

Joan deixou a conversa fluir enquanto seguia os outros rua acima. Aquele momento havia parecido mais uma memória do que um *déjà-vu*. Ela olhou para a ópera de novo, imaginando o brilho dourado do sol nas colunas, tentando recapitular o tom exato em sua mente. No entanto, a sensação não voltou, e se dissipou mais quando Jamie os levou por outra rua, e mais outra, passando por lojas com logotipos desconhecidos e propagandas de um seriado policial do qual Joan nunca havia ouvido falar.

Jamie parou, finalmente, do lado de fora de um prédio coberto de andaimes. Era uma estrutura térrea, enfiada em uma rua de pizzarias, cafeterias e boutiques de roupa.

— É *pra cá* que minha avó ficava vindo? — Joan não sabia o que estava esperando, mas não era uma construção na parte mais turística de Covent Garden.

— Talvez ainda não estivesse sendo reformado um ano atrás — sugeriu Nick.

Joan se aproximou e espiou por uma janela com as mãos curvadas ao redor do rosto. O vidro tinha um filtro reflexivo, mas ela identificou a silhueta de mesas e cadeiras.

— Parece uma cafeteria. Talvez minha avó tenha se encontrado com alguém aqui.

Jamie respondeu sem hesitar:

— Não. Nossos registros dizem que ela veio sozinha. Este lugar está em reforma há quase dois anos.

Joan demorou um instante para processar aquilo.

— Bom, é meio... assustador você saber isso.

— Bem-vinda aos registros Liu — disse Tom. — Assustadores e úteis.

— Mas de onde vem a informação, afinal?

Jamie deu de ombros.

— Registros telefônicos, câmeras de segurança, posts nas redes sociais, fotos de drone. Tudo que esteja em qualquer banco de dados acaba chegando até nós. E aí... — Ele batucou um dedo na lateral da própria cabeça. — Fica armazenado aqui.

— Como uma mente coletiva em rede — concluiu Nick, parecendo intrigado.

— Talvez uma memória coletiva em rede — comentou Jamie.

— Hum... — Ruth tirou um tecido preto e macio do bolso. — Lá se vai a fantasia de que podemos evitar câmeras.

— Você vai arrombar a fechadura? — Nick soava levemente escandalizado.

A porta se abriu.

— Errou o tempo verbal — disse Ruth. — Eu *arrombei* a fechadura. — Ela entrou. — Bom, é exatamente o que imaginamos.

Joan a seguiu, desviando de uma barra de metal baixa. Lá dentro, o salão era ensolarado com grandes janelas que corriam pelas paredes paralelas. O espaço havia sido esvaziado, mas o esqueleto de uma cafeteria ainda estava lá: uma fileira de mesas com sofás estilo *booth* ao lado das janelas, e um balcão ao fundo, onde seria o caixa.

Havia um pôster esquecido na parede atrás do balcão: um mapa em estilo cartum de Londres que mostrava o Palácio de Buckingham como um castelinho e o zoológico como um punhado de elefantes e uma girafa. Era fácil imaginar o lugar fervilhando de turistas, o sol se derramando sobre eles através das janelas. Havia sido uma cafeteria em estilo americano, imaginou Joan.

O *déjà-vu* atingiu-a de novo então, mais forte que o da ópera e acompanhado por uma onda de desconforto. *"Eu conheço este lugar"*, pensou. *"Já estive aqui antes."*

— Talvez sua avó tenha mesmo se encontrado com alguém aqui — disse Nick. — Ela pode ter viajado depois de entrar, pra uma época em que não estava em obras.

Aquilo fazia sentido. Talvez, se houvesse um banheiro ali, sua avó pudesse ter viajado sem ser vista. Mas quando Joan olhou ao redor, foi tomada pela sensação de que ela *não* fora ali se encontrar com alguém. De que ela fora por outro motivo.

— Cuidado — alertou Jamie.

Joan acompanhou o dedo dele até duas grandes câmeras de segurança nos cantos do teto. Ela sentiu outra pontada de familiaridade e inquietação, como se aquela cena já houvesse acontecido antes também.

— Não se preocupe — disse Tom em um grunhido de encorajamento. — Essas câmeras são velhas, velhas nível fita magnética. Não acho que é possível estarem funcionando. — Ele olhou ao redor. — Nenhum brasão. Nenhuma tecnologia do futuro. Este não é um lugar monstro. — Frankie se debateu em seus braços, e ele se inclinou para soltá-la. Ela enfiou o focinho em seus sapatos, puxando os cadarços. — Frankie — chamou Tom, de maneira suave, e ela correu rebolando para cheirar as barras da calça de Nick.

Ruth reapareceu de uma porta atrás do balcão.

— Não tem nada na cozinha. Nada no banheiro. O que vocês querem fazer?

— Por que sua avó veio aqui? — questionou-se Nick.

Algum instinto fez Joan se virar em sua direção. Ele estava ao sol. À luz dourada, seu cabelo era mais marrom do que preto. Ao fundo, uma janela mostrava executivos a caminho de casa. E, naquele momento, Joan *soube*.

Ela *já estivera* ali antes, na linha do tempo anterior, quando o lugar era uma cafeteria fervilhante, servindo café da manhã o dia todo para turistas. Ela se visualizou encontrando a mesa mais ensolarada. Então viu Nick deslizando para o sofá à sua frente.

— Joan — perguntou Nick agora. — O que foi?

Ela piscou, mal o vendo ali.

Da última vez, ele agarrara seus pulsos. *"Não posso deixar que me toque."*

E Joan lhe havia feito a pergunta que estivera remoendo internamente desde o massacre. *"Você sabia que eles eram minha família antes de mandar matá-los?"*

"Não."

"Você os teria matado se soubesse?"

Ele não havia hesitado: *"Teria"*.

— Joan? — repetiu Nick. Ele deu um passo em direção a ela, e Joan levou um susto, pulando para trás. Os olhos dele se arregalaram.

Ela levou um longo momento para se recompor.

— Só me dá um segundo. — Conseguia sentir os olhos de todos a encarando. Passou uma mão no rosto. Só precisava pensar por um segundo. Por que sua avó havia ido lá? Por que *ali*?

Joan e Nick haviam se sentado na última mesa à esquerda. Ela se pegou dando alguns passos até lá. Ao fazê-lo, algo no piso chamou sua atenção, riscos brancos na madeira escura. Arranhões de pernas de cadeiras? Não... a disposição era regular demais... Joan olhou para baixo com atenção, e seu coração saltou no peito.

— Ruth! — chamou.
— O quê? — Ruth se aproximou, seguida pelos outros. — O que é para ver? Essas marcas? — Então ela as reconheceu como Joan havia feito. — *Ah*.
— O que é? — perguntou Nick.
— Uma raposa — respondeu Ruth.

Os Hunts tinham um jeito especial de representar o brasão da família, uma raposa desenhada com três traços rápidos: um V para a cabeça; um semicírculo para baixo para o corpo e as pernas; e, por último, uma linha que cortava tudo, estendendo-se para além do semicírculo para formar um rabo.

— Nossa avó *esteve mesmo* aqui — disse Joan.
— É uma mensagem? — indagou Tom.
— Eu nunca tinha visto ao vivo — comentou Joan. A marca dos Hunt normalmente era acompanhada pelas iniciais da pessoa e alguma instrução, um sinal de alerta do tipo *fuja* ou um *é seguro aqui*.
— Talvez ela só estivesse dizendo que esteve aqui — sugeriu Ruth, confusa.

Joan endireitou as costas devagar. A marca ficava mais para o final do salão; sua avó a havia colocado em um trecho nu do piso, onde a fileira de mesas começava. Ela a imaginou de pé ali. O que estaria fazendo? No que estaria pensando? Ruth disse que a avó andava preocupada na semana em que fora ali.

Joan deu outro passo. Ao fazê-lo, seu braço bateu em algo invisível. Ela deixou o queixo cair.

— O que é? — perguntou Ruth. Ela estendeu a própria mão, que parou abruptamente no meio do ar. — Que diabos é isso?

O objeto parecia plano, ou talvez levemente curvado, sem temperatura alguma. Joan o empurrou para testar, e ele empurrou de volta, dando mais a sensação de uma repulsão magnética do que algo físico.

Nick deslizou a palma pelo ar como se estivesse acariciando o flanco de um cavalo.
— Parece uma parede de algum tipo. Uma barreira.

— Uma barreira? — Jamie estendeu o braço e recuou ao encontrar o objeto. Ele esticou a mão de novo, e dessa vez houve uma faísca de surpresa em sua expressão. — Eu acho... eu acho que isso é um selo Ali.

— Um *selo Ali?* — disse Ruth, pensativa. Parecia tão surpresa quanto Jamie, talvez um pouco assustada.

— Por que alguém colocaria um selo aqui? — murmurou Tom. Ele se esticou para apalpar o mais alto que conseguia; a barreira continuava até lá em cima. Joan imaginou que seguia até o teto.

— O que é um selo Ali? — perguntou.

Frankie também havia descoberto a barreira àquela altura. Ela bateu com uma pata, e sua cabeça de focinho amassado se inclinou em confusão canina. Depois latiu para a barreira em alerta.

— A família Ali tem a habilidade de trancar lugares e épocas para que ninguém os consiga acessar — explicou Tom.

— Esses selos são *raros* — completou Jamie.

Os pelos na nuca de Joan se eriçaram. Ela olhou para dentro da área selada; parecia igual ao restante da cafeteria. Será que era só uma coincidência que ela e Nick houvessem estado lá? E por que sua avó havia visitado o lugar três vezes? Por que deixara uma marca onde o selo começava?

— Tem que ter um jeito de entrar lá.

— Você está falando de *romper o selo*? — perguntou Ruth, como se Joan houvesse sugerido que eles voassem até a lua.

— Um Ali não conseguiria? — questionou Nick.

— Isso não... — Ruth balançou a cabeça. — Não são só os selos que são raros. O *poder* Ali é raro; a maioria deles não consegue nem usá-lo. — Para os outros, ela disse: — Acho que eles têm uma concessão especial no teste, não têm? Não precisam demonstrar um poder para serem considerados um Ali?

— Mais ou menos — falou Tom. — Minha irmã mais nova se manifestou como Ali. Ela tem algum tipo de poder. — Ele passou a mão pela boca, ponderando. — O melhor que posso dizer é que Laila tem uma afinidade com a linha do tempo. A linha gosta dela.

— Gosta dela? — repetiu Ruth.

— Sabe como a linha do tempo é — continuou Tom. — Nós a empurramos, ela empurra de volta. Mas não parece se incomodar muito com a família Ali. Eu sempre consigo senti-la fluir diferente quando Laila está por perto. Como se estivesse... mais feliz. Acho que o teste sente isso também.

Joan ficou surpresa com a menção à irmã de Tom, e curiosa também. Já havia se perguntado o que acontecia quando irmãos monstros manifestavam poderes diferentes. Será que Tom e a irmã haviam sido separados para viver em casas diferentes quando crianças? Será que eram próximos ou mal se viam?

— Que interessante — comentou Nick.

Houve uma breve pausa entre os outros, então Tom disse, amigável:

— É, também sempre achei.

Quando entraram ali, os cinco estavam conversando, aparentemente confortáveis, mas agora Joan percebeu que havia um distanciamento sutil entre Nick e os outros o tempo todo. Não importava que ele estivesse compelido pelo poder Argent; ficavam todos cautelosos perto dele, até Ruth, que não sabia *por que* ele havia sido compelido.

Foi ela quem quebrou o silêncio:

— Sua irmã pode ajudar? Ela conhece algum Ali poderoso?

— Não vamos arrastar minha irmã para dentro disso — respondeu Tom, tranquilo, mas havia uma nota clara de alerta ali também.

— Olha... — disse Jamie a todos. — Esse selo só pode ter sido colocado aqui pela Corte. Qualquer Ali poderoso o suficiente para fazer isso teria sido levado pela Corte assim que seu poder se manifestou, de maneira voluntária ou não.

Ele cruzou os braços, e Joan sabia que estava se lembrando de ele mesmo ter sido pego pela Corte para se tornar o Arquivo Real.

Tom também percebeu. Ele colocou uma mão no ombro de Jamie.

— Vamos voltar para o barco. Não vamos descobrir nada aqui.

Eles deveriam voltar, Joan sabia. Sua avó havia ido ali pelo que quer que estivesse além daquela barreira, mas eles não tinham como saber o que estava lá dentro, e nem como romper o selo. Era o fim da linha.

Mas, ao mesmo tempo... Joan estava deixando alguma coisa passar, tinha certeza disso. Ela olhou para a marca riscada da raposa. Então franziu a testa e se abaixou. Havia mais riscos ao lado do brasão, mas pareciam se interromper em um limite específico.

— O que você está fazendo? — perguntou Ruth.

Joan passou um dedo pelo limite. Com a lateral do dedo, pôde sentir a barreira: ar morno comprimido.

— Parte da marca está *ali* — disse. — Está *dentro* do selo.

— Está dizendo que foi selado depois que a vó veio? — indagou Ruth.

Era possível.

— Ou... — disse Joan, devagar. — Ela descobriu um jeito de abri-lo. Bem aqui.

A risada de Ruth foi uma bufada dura.

— Nossa avó consegue fazer muitas coisas, mas é impossível que ela consiga recrutar um Ali com esse poder todo.

Joan se ajoelhou, pressionando uma mão contra a barreira.

— Eu já senti algo assim antes — murmurou. Era *aquilo* o que estava deixando passar. Não era só o espaço que era familiar. Era o selo também.

— Como assim? — disse Ruth.

Uma barreira invisível, levemente curvada... Onde foi que Joan havia encontrado isso? A memória a atingiu de súbito.

— Havia um selo assim na Corte Monstro. — Estava cercando a cela de prisão de Jamie, trancando-o para fora do mundo.

— Na Corte? — Ruth parecia chocada, assim como Tom atrás dela.

"Vocês dois estavam lá comigo", pensou Joan. Eles não se lembravam.

— O que você sabe sobre a Corte Monstro? — perguntou Ruth. — Está me dizendo que esteve *na* Corte? Ninguém pode entrar lá!

— Eu vou te contar — prometeu Joan. Havia tanto que precisava dizer à prima. — Eu só...

Ela se levantou depressa, olhando ao redor. Precisava de algo como o tapete enrolado que haviam usado da última vez, algo que pudesse formar um portal. Ela viu o cartum turístico atrás do balcão e o desenganchou da parede. Era quase tão grande quanto ela. Joan arrastou-o para perto dos outros.

Enquanto eles olhavam fixo para ela, Joan arrancou o vidro, o pôster e o fundo de papelão. Depois empurrou a moldura vazia para as mãos de Ruth.

— O que você está *fazendo*? — questionou a prima.

— Nossa avó quebrou esse selo com o poder Hunt, e você também consegue... Só precisa dessa moldura.

Ruth explodiu em outra risada.

— Do que você está falando?

— O poder Hunt permite que você empurre objetos para um momento no tempo, certo?

— Bom... É, suponho que seja assim que funcione, mas...

— Quando você faz isso, tem um curto período em que está segurando o objeto em duas épocas de uma só vez. Dá pra fazer isso com essa moldura.

— Do que você está *falando*? — repetiu Ruth.

— Só tenta — pediu Joan. — Só empurra a moldura por aquela barreira e segura parte dela *aqui* e parte dela *dentro* do selo. Você vai criar uma ponte. Vai ser um portal que podemos atravessar. É isso o que a nossa avó deve ter feito.

— Joan, é *impossível* o poder Hunt romper um selo Ali. A maioria dos próprios *Ali* não conseguiria romper esse selo. Dentre mil deles, talvez um consiga.

— Vai por mim. Se não funcionar, nós voltamos para o barco.

— Então nós vamos voltar para o barco — retrucou Ruth. Ela inclinou a moldura contra a barreira. Ficou parada ali, aparentemente apoiada no nada. — Viu?

— Você precisa ficar segurando — explicou Joan. Ela foi até lá e agarrou o outro lado para demonstrar. — Imagine que está usando o poder Hunt para esconder a moldura bem onde está a barreira. Coloque parte dela *dentro* da barreira. Só use o poder Hunt como você normalmente faria. Mas, quando estiver na metade do caminho, não solte.

Ruth ficou olhando para Joan, mas segurou direito a moldura.

— Nós vamos ter uma *longa* conversa depois disso.

Mas ela fechou os olhos, concentrando-se. Depois empurrou a moldura contra a barreira. O retângulo balançou na parte de baixo, e Joan o firmou no lugar. Exatamente como na outra linha do tempo, Ruth disse:

— Duvido muito que o poder Hunt faça uma coisa dessas. Que *eu* consi...

Então seus olhos se abriram.

Joan escutou o próprio arquejo de espanto ao mesmo tempo em que o de Tom. Os outros tinham olhares idênticos de choque, exceto por Nick, que se inclinou para a frente com curioso interesse.

Dentro da moldura, o sol brilhava fraco, de um ângulo diferente.

Ruth havia criado um portal, uma abertura no selo.

DEZOITO

Joan espiou pela moldura. A parte selada do salão tinha a mesma aparência que o lado de fora: as mesmas mesas acompanhando as mesmas janelas grandes. A única diferença era a direção do sol. Dentro do selo, uma luz suave entrava pela janela leste. Do lado de fora, o sol iluminava o outro lado.

Agora, o brasão de sua avó estava claramente visível no chão, a raposa ao lado de outro símbolo: três linhas que seguiam em direções diferentes a partir de um único ponto. Pareciam as garras de um pássaro. As iniciais dela, D.H., estavam ao lado.

— O que significa esse símbolo? — perguntou Joan a Ruth.

Ruth torceu o nariz.

— Não é o símbolo de *oportunidade*? Por que ela colocaria isso *aqui*?

Para quem era a mensagem, então, Joan se questionou. Os Hunt eram ladrões, e o símbolo de *oportunidade* era usado para indicar a localização de um possível alvo. Joan ergueu os olhos para a abertura do selo de novo.

— O que você acha que tem lá dentro?

Apesar do símbolo de *oportunidade*, tudo o que ela sentia era uma hesitação temerosa.

— Não, eu tenho outra pergunta — retrucou-lhe Ruth. — Como diabos você sabia que o poder Hunt podia romper um selo Ali? Você nem tem mais o poder Hunt. Não tem desde que éramos crianças.

Às vezes, Joan achava Ruth igualzinha à sua avó: cabelo encaracolado e olhos verde-claros.

— É uma história tão longa — sussurrou Joan.

Ruth a olhou com atenção.

— O que *aconteceu* com você depois daquele ataque?

O peito de Joan estava pesado com todas as coisas que não podia dizer, não com Nick ali.

— Não foi depois do ataque que aconteceu.

Havia mais perguntas nos olhos de Ruth, mas Jamie interveio:

— Se vamos entrar, é melhor entrarmos logo. Com um selo aqui, a Corte deve estar monitorando este lugar. — Para Ruth, ele disse: — Acha que consegue segurar esse portal aberto por alguns minutos?

— Acho que sim. Há... — Ela inclinou a cabeça de forma que Joan só conseguisse ver seu cabelo escuro. Seus ombros subiram e desceram em uma respiração profunda, como se ela estivesse ponderando por quanto tempo conseguiria carregar um grande peso.

— Ei — falou Joan, sentindo-se incerta. *"O poder Hunt não deveria ser usado para abrir portões assim"*, dissera Ruth na outra linha do tempo. Ela havia ficado doente de exaustão depois de abrir os portais. — Você está bem?

Ruth ergueu a cabeça de novo. Joan já conseguia ver o esforço ao redor de seus olhos.

— Eu consigo.

— Ruth...

— Eu estou bem. Eu consigo. — Ela ergueu o queixo na direção da moldura. — Vai. Também quero saber o que tem lá dentro.

— Vamos ser rápidos — prometeu-lhe Joan. — Você não vai precisar segurar por muito tempo.

— Tá. Bom saber. — Agora, o esforço estava também na voz dela.

Joan não sabia por que se sentia tão relutante de repente. Da última vez em que Ruth havia aberto portais, eles precisaram cruzar um inverno paleolítico; precisaram cruzar o próprio vazio. Isso não era nada em comparação. Era só um passo.

Joan encarou a moldura de frente. Então se forçou a dar aquele passo.

Quando seu pé cruzou o portal, uma náusea a dominou, como o enjoo em um barco que está começando a balançar com o tempo ruim. Isso era novidade. Ela não havia se sentido assim da última vez, quando cruzou o fosso paleolítico. Respirou fundo: uma, duas vezes.

Era manhã ali, e mais frio do que do lado de fora do selo. O sol brilhava fraco por entre as nuvens.

Porém, exceto pela luz pálida, o lugar parecia igual ao seu exterior: uma simples cafeteria em estilo americano que passava por uma reforma. As mesas com sofá *booth* estavam enfileiradas à parede, uma para cada janela. A leste, a vista dava para o beco dos fundos: apartamentos modernos com vidros escuros. A oeste, a rua principal estava estranhamente vazia. Um segundo antes, estava abarrotada de executivos apressados e turistas que passeavam para ver vitrines.

Joan se virou e viu a bizarra cena de Ruth segurando uma moldura vazia no meio do salão. Daquele lado, a barreira era invisível, mas o ponto onde o sol mudava de direção era uma linha distinta. Quando Nick passou pelo portal, os outros esticaram os pescoços, tentando ver através da moldura. A barreira Ali tinha uma vista unilateral, Joan percebeu. Ela conseguia ver Ruth, Jamie e Tom do lado de fora do selo, mas parecia que eles só podiam vê-la através da abertura.

— Bom, isso é meio confuso — disse Nick, olhando para a rua principal. — São janelas Portelli ou nós viajamos no tempo?

— Não tenho certeza — respondeu Joan. — Este lugar parece... desconectado do mundo.

"A família Ali tem a habilidade de trancar lugares e épocas para que ninguém os consiga acessar", dissera Tom. Da última vez em que Joan teve aquela sensação, estava na Corte Monstro, um lugar completamente isolado do mundo.

— Parece que estamos no meio do nada — comentou ela.

Houve um resmungo atrás deles. Tom havia seguido Nick até ali. Agora tinha uma mão à frente da boca, como se houvesse sentido um cheiro ruim, e suas sardas ficaram bem marcadas contra o rosto que empalidecia.

— Ei, o que é *isso*? — murmurou.

— O que é o quê? — perguntou Nick.

Joan também ainda se sentia enjoada. Nick, porém, não parecia ter sido afetado.

— Tem alguma coisa aqui — disse Tom. — Alguma coisa *errada*.

— Como assim? — indagou Nick.

A reação de Jamie foi ainda mais forte. Ele perdeu o ar ao passar pela moldura, inclinando-se para tossir. Tom se mexeu depressa. Joan sempre se surpreendia com a agilidade daquele corpo gigante. Em um segundo, ele passou um braço ao redor da cintura esbelta de Jamie. Frankie trotou para perto e latiu para Jamie, o rostinho amassado parecendo tão preocupado quanto Tom. Mas, assim como Nick, a própria Frankie não parecia estar se sentindo mal.

— Todos bem aí? — Ruth soava preocupada.

— Tudo certo! — garantiu-lhe Joan. — E você com esse portal aí?

A longa pausa de Ruth deixou Joan preocupada, mas enfim ela disse:

— Estou bem. Eu dou conta.

Tom ajudou Jamie a se levantar, com uma mão imensa esticada em suas costas.

— Vamos tirar você daqui — murmurou para ele. — Só alguns passos.

Tom começou a guiá-lo de volta para Ruth, mas Jamie o fez parar.

— Não, eu quero ver — conseguiu dizer. Havia uma camada de suor em sua testa. — Quero saber o que tem aqui.

— Eu descubro. Só me deixa tirar você daqui.

— *Tom* — insistiu Jamie.

Era só uma palavra, mas Tom suspirou como se houvesse sido uma bronca completa.

— Estou seguro — sussurrou Jamie. Ele cobriu a mão de Tom onde ainda estava pressionada contra seu peito. — Estou aqui com você. — Isso parecia ser parte de uma conversa que eles já haviam tido antes.

Joan viu algo sensível e vulnerável passar pelo rosto de Tom, um eco de sua aparência da última vez, quando Jamie lhe dissera para parar de procurá-lo; para ir atrás do herói em vez disso. Ela desviou os olhos, sentindo agora, como naquela ocasião, que estava invadindo algo particular.

Tom dissera que havia algo ali dentro... Joan fechou os olhos. Teve a vaga sensação de uma nota destoante bem no limite de sua audição. Não, não era um som. Era um *sentimento*. Algo dissonante.

— *Joan?* — Uma mão quente pousou em seu ombro. — Joan? — Era Nick, soando tão preocupado quanto Tom estivera. — Você não parece bem.

— *Todos nós* deveríamos sair daqui — disse Tom, com tremor na voz. Ele pegou Frankie do chão. — Não era para estarmos aqui. Não era para rompermos aquele selo. Alguém o criou por um motivo.

— Se você diz — falou Nick. — Mas... só me parece uma cafeteria vazia. Só mesas e cadeiras.

Joan tentou descobrir a fonte da dissonância. Ela se virou, deixando a sensação guiá-la. Viu-se olhando direto para a mesa onde havia se sentado com Nick.

Ela andou naquela direção, com a vaga impressão de que os outros a chamavam conforme retraçava seus passos da outra linha do tempo. *Parecia* que não havia nada ali. Tudo fora removido, com exceção de algumas mesas parafusadas no piso e sofás estilo *booth*.

Então Joan deu a volta no último assento e *viu*.

Era uma ferida aberta no mundo, com as beiradas gastas e destruídas. Um buraco. Pairava no ar, metade cravado na mesa. Joan recuou, cambaleando para trás.

A coisa tinha o horror visceral de uma ferida na carne; ia contra as leis da natureza. Joan soube só de olhar que aquilo não deveria existir. E soube também que era *aquilo* o que sua avó estivera investigando. Era aquilo que havia sido selado para fora do mundo.

Passos soaram atrás dela, então uma tosse nauseada. Tom tinha uma mão à frente da boca de novo, e, quando Joan se virou, o peito dele inflou com outro engasgo. Logo atrás, os joelhos de Jamie cederam.

— Jamie — chamou Tom, esticando o braço para ajudá-lo.

Jamie estava respirando de modo curto e forte. Com os dedos trêmulos e sem conseguir focar bem, Tom conseguiu soltar o botão de cima do cardigã verde de Jamie e aliviar sua gola, com os dedos grandes muito gentis.

Uma mão quente tocou no ombro de Joan.

— Joan? — Era Nick. — Você não parece bem. — Ele parecia tão preocupado quanto Tom, mas ainda não demonstrava se sentir mal. Ele olhou para a ferida no mundo. — O que *é* aquela coisa?

— Não sei — foi o que Joan conseguiu responder.

Tom olhou de relance, então desviou os olhos depressa, como se não suportasse ver aquilo.

— Parece *o nada*. A ausência de tudo. Acho que é o vazio além da linha do tempo. Um... um rasgo no tecido do mundo. É como um rasgo na própria linha do tempo.

Joan não conseguiu conter um calafrio ao se lembrar do portão da Corte Monstro. Havia encontrado o vazio lá, um terrível nada que cercava toda a Corte. Agora, respirou fundo e se forçou a *olhar*.

Era *mesmo* um tipo de buraco, com bordas irregulares e um espaço escuro dentro. O vazio.

Jamie murmurou algo. Estava respirando um pouco melhor, mas parecia mortalmente pálido.

— Eu sei — disse Tom. Ele ergueu a cabeça para explicar a Joan e Nick. — Buracos na linha do tempo só existem em histórias sobre o fim dos tempos. Isso não deveria existir. É um *anátema*.

— É como se a linha do tempo estivesse sofrendo — falou Jamie, com esforço.

Joan também conseguia sentir. A linha do tempo às vezes parecia uma grande besta, e, naquele momento, podiam senti-la se contorcer, ferida.

Nick andou para o lado onde Joan havia se sentado, seus movimentos fáceis em contraste com o quanto os outros estavam sendo afetados.

— Frankie, *fica!* — ordenou Tom, sério, quando a cachorrinha tentou segui-lo.

Joan se forçou a se aproximar da coisa. Seu corpo não queria obedecer; a urgência em fugir dali era uma pontada de dor em sua nuca. Mas precisava entender por que a avó estivera investigando aquilo, e por que a coisa estava *ali*, bem onde Joan e Nick estiveram.

— Tudo certo? — perguntou Nick.

Joan assentiu com a cabeça. Agora estava o mais perto da coisa que conseguia, a não ser que de fato se sentasse no sofá. Ela se forçou a olhar direto para dentro, então ficou tensa.

O buraco não estava vazio; havia sombras lá dentro. E, de alguma forma, isso a apavorava mais que o próprio vazio.

Ela cerrou as mãos em punhos, tentando se forçar a olhar mais de perto, tentando não apertar a mão de Nick, tentando não agarrar os outros e correr para fora do selo.

Enquanto olhava, as sombras pareceram se mesclar em algo sólido. Uma mesa. A mesma mesa que estava *fora* do buraco. Joan franziu a testa, confusa. Pareciam iguais. A madeira tinha a mesma textura.

Não, não eram exatamente iguais. A mesa *dentro* do rasgo tinha marcas na superfície; pareciam mãos. Como se alguém houvesse agarrado a beirada.

Joan foi atingida então pela vívida memória de Nick sacando uma faca.

"Eu já disse. Não vou te matar", dissera ele.

E Joan respondera: *"Mas devia. Eu vou atrás de você. Vou* te *matar."*

Quando Nick se levantara para ir embora, ela havia agarrado a mesa para se controlar; sua família só estivera morta havia dois dias. Ela havia colocado as mãos exatamente onde aquelas marcas estavam agora.

Joan inclinou-se para mais perto. O verniz havia sido arrancado, deixando trechos de madeira não tratada. Claro contra escuro. Ela inspirou fundo. Havia visto algo assim antes. Ela *fizera* isso antes. Havia usado seu poder para tirar o verniz do corrimão na casa nas docas.

Será que fizera aquelas marcas também? Será que seu poder havia se manifestado ali quando agarrara a mesa?

Mas... como era possível que estivesse vendo isso? Aquelas marcas teriam sido feitas em uma linha do tempo completamente diferente.

"É como um rasgo na linha do tempo", dissera Tom. Será que estavam olhando para a linha anterior?

Sentindo-se estranhamente compelida, Joan esticou o braço para encaixar os dedos sobre aquelas marcas.

— *Não!* — ouviu Jamie dizer atrás dela.

Mas Joan não conseguia parar. Para seu horror, de repente sua mão pareceu desconectada de sua mente. Os dedos cruzaram a barreira e a dissonância terrível pareceu se intensificar, insuportavelmente alta. Porém, não era um som; era uma desordem no mundo todo.

Havia uma sensação sob sua mão como a de lenços de papel se rasgando. *"Pare!"*, pensou. Houve uma pausa então, no barulho, na sensação, longa o suficiente para Joan inspirar fundo e ter esperanças de que a dissonância houvesse parado *de verdade*. Mas, assim que soltou o ar, houve uma pressão, e em seguida o ferimento rasgado da mesa pareceu explodir.

Foi violento. Joan foi jogada para trás e sua cabeça bateu no chão com um pesado *tum*. Sua vista embaçou. Pessoas estavam falando, mas Joan não conseguia distinguir as vozes. Ela abriu os olhos. Havia algo de diferente no teto? Parecia estar cedendo, com a fiação pendurada. A sensação dissonante havia felizmente parado, mas tudo parecia confuso. Joan balançou a cabeça, tentando clarear a mente. Mas aquilo só fez a náusea pulsar por seu corpo. Ela grunhiu.

— Joan! — Era a voz de Nick.

Ela tentou focar ele. Estava de joelhos ao seu lado.

— Você caiu? — perguntou a ele. Está todo mundo bem?

Ele franziu a testa, e Joan piscou, confusa.

— Foi você que se machucou — respondeu Nick, suave.

Ele tocou gentilmente a nuca dela. Joan não sabia o que ele estava procurando. Ela começou a se apoiar para levantar, mas foi impedida pela mão firme de Nick em seu ombro.

— Não se levante ainda. Você bateu a cabeça.

Joan fechou os olhos com força, depois os abriu. Sentia-se tonta.

— Vocês estão bem? — perguntou Nick aos outros.

— Eu e Jamie, sim — disse Tom.

— O que *aconteceu*? — Ruth esticou a cabeça pela moldura, mas não parecia conseguir vê-los de onde estava. — Escutei um barulho!

Ela parecia não ter sido afetada pela explosão; estivera protegida pelo selo, imaginou Joan, aliviada.

— Não tenho certeza! — gritou Nick de volta. — Mas estamos bem!

O que havia acontecido, *mesmo*? Joan havia sentido uma tentação irresistível de tocar aquelas marcas, então a sensação dissonante se intensificara e...

Jamie soltou um grito contido.

— O rasgo *sumiu*.

— *O quê?* — Joan apoiou-se na beirada da mesa para se levantar.

Nick envolveu sua cintura com um braço firme. Ela engoliu em seco, tentando não se inclinar sobre ele como gostaria. Sua presença ali já fazia a situação toda parecer estranhamente segura. Mas ela sabia que não era. Algo muito esquisito estava acontecendo ali.

— Sumiu — repetiu Jamie. — Eu nem sinto mais o enjoo.

Joan olhou. O buraco rasgado havia mesmo sumido.

Tom soltou um som suave como se estivesse prestes a falar. Joan se virou para ele e o pegou encarando também, com os olhos arregalados. Mas ele não estava focando o espaço onde o rasgo estivera; estava vendo a janela.

Joan acompanhou seu olhar.

Lá fora, a rua principal estava irreconhecível: destruída e gasta. Um segundo antes, havia cafeterias, lojas de roupa, uma perfumaria, vitrines belamente decoradas para atrair turistas. Agora, todas as lojas haviam desaparecido, substituídas por prédios que Joan percebeu não serem exatamente vitorianos. Nem em qualquer estilo que ela conhecesse. Sequer tinha certeza do que havia de diferente neles. Talvez fossem altos demais. Talvez os tijolos fossem muito escuros.

— Não entendo — escutou a si mesma dizer. Mais adiante, uma pesada fumaça saía das chaminés de um dos prédios, escurecendo o céu e dando a impressão de uma tempestade iminente.

— Nós viajamos no tempo? — perguntou Nick.

Viajaram? Um objeto estranho chamou a atenção de Joan. Uma reluzente estátua de bronze do lado oposto: a única coisa brilhante na rua toda. Representava uma mulher com uma coroa de flores. Rosas frescas jaziam como oferendas aos seus pés. Duas palavras estavam gravadas na base: *Semper Regina*.

O desconforto subiu pela espinha de Joan feito um calafrio.

— Não reconheço a arquitetura — disse Jamie, lentamente. — Nem o que as pessoas estão vestindo. Isso não é nenhuma era que eu conheça.

Joan pensara que a rua era uma cidade fantasma, mas então viu o que Jamie vira. Havia pessoas na calçada oposta, caminhando depressa, bem perto da parede, como se estivessem se apressando para fugir da chuva. Suas roupas se misturavam com os tijolos pretos e as sombras cinzentas dos prédios; o estilo era desconhecido: lã combinada com um material leve que Joan não reconhecia.

— O que *é* isso? — questionou ela. — Se não viajamos no tempo...

Houve um movimento no canto da janela. Um homem loiro e magro havia virado a esquina com pressa. Ele olhou por cima do ombro, os olhos disparando de um lado a outro; seu peito subia e descia, ofegante e desesperado. Suas roupas estavam imundas, e seu cabelo grudava no rosto, ensopado de suor. Joan quase conseguia sentir o cheiro de medo nele.

— Por que ele está tão assustado? — perguntou Nick, devagar.

As palavras ainda estavam em sua boca quando uma van entrou na rua. Era preta como um carro fúnebre, e um giroflex pálido piscava no teto. A polícia? Não. Havia um brasão dourado na porta: uma rosa, a cauda aberta de um pavão e um leão alado. O coração de Joan começou a martelar no peito. O símbolo da Corte Monstro. Bem ali, exposto para todos verem. O que estava *acontecendo*?

Um homem de cabelo preto e feições sofisticadas saiu da van; o barulho da porta batendo era inaudível através das janelas da cafeteria. Ele usava o broche preto e dourado da Corte Monstro. Sua perfeição polida fazia um contraste estranho com a rua destruída.

O guarda olhou para a cafeteria. Joan recuou de susto, mas os olhos dele passaram reto; aparentemente, não conseguia vê-los pela janela. Ele ajustou os punhos da camisa e, com ares de poderoso, gesticulou para que o homem loiro se aproximasse.

O homem havia parado de correr, Joan viu então. Sua postura era de derrota total. Agora, hesitante e relutante, andava em direção ao guarda.

— O que *é* isso? — repetiu Joan em um sussurro.

A cena era toda errada. Do outro lado da rua, as pessoas ainda seguiam seus caminhos como se nada estranho estivesse acontecendo, como se a van com o brasão da Corte Monstro fosse uma visão comum.

Não, não era bem verdade. Aqui e ali, as pessoas olhavam rápido com o canto dos olhos; não estavam desinteressadas, Joan percebeu. Estavam *com medo* de demonstrar interesse. E isso também fez o coração dela bater mais depressa.

O guarda disse algo ao homem loiro; estava o advertindo, ela imaginou. Prendendo-o. O homem ficou parado lá, com o peito subindo e descendo, de olhos vazios. Ele sussurrou de volta, e Joan leu as palavras em seus lábios: *"Eu sou leal. Eu sou leal."*

Ela esperou o guarda sacar algemas, mas em vez disso ele se aproximou, colocando a mão, de maneira quase possessiva, ao redor do pescoço do homem. *"Você não é nada"*, falou.

— Não! — Joan se escutou exclamar ao perceber a intenção do guarda. — *Não!*

— Qual é o problema? — perguntou Nick.

Então o homem loiro tombou no chão.

Joan se pegou fazendo um som horrorizado. Conseguia ver claramente o rosto inexpressivo do guarda, como se ele houvesse acabado de esmagar uma mosca. Conseguia escutar a própria respiração sair depressa e com força. Na calçada oposta, mais ninguém estava espiando com os cantos dos olhos. Todos haviam se virado para o outro lado.

— O que... — disse Nick, abalado. — Nós... nós temos que ir lá fora e ajudar aquele cara. Precisamos chamar uma ambulância!

Ele não sabia que o homem loiro estava morto. Não sabia que o guarda havia acabado de roubar toda a vida dele, na frente de dezenas de testemunhas. Um monstro havia matado um humano à plena luz do dia, como se tivesse o direito.

"Nós viajamos no tempo?", perguntara Nick. Joan não conseguia respirar. *Viajaram?*

O guarda ergueu os olhos para a fumaça cinzenta que cobria o céu. Então abriu com força a traseira da van.

E... Joan conteve um grito de espanto. Havia mais cadáveres lá dentro. Ela captou detalhes desconexos: o sapato de uma mulher com a tira estourada, o pé ainda calçado; um menino com algum tipo de uniforme; um homem de meia idade com bigode.

Joan recuou horrorizada, quase caindo em cima de Nick. Então o mundo pareceu tremer. No tempo que ela levou para piscar, os prédios gastos que lembravam a era vitoriana desapareceram. O guarda desapareceu. A van com os cadáveres desapareceu.

Tudo estava como quando eles haviam chegado; até o buraco rasgado e irregular voltara. Não havia nada lá dentro agora além do vazio.

— Você viu aquilo? — perguntou Nick, incrédulo. — O que foi *aquilo*?

Joan não conseguia parar de tremer. Não se sentia assim desde que Ruth lhe dissera que sua família estava morta. Desde que vira os corpos das vítimas de Nick caídos no jardim.

"O que foi aquilo?" Se tivesse de chutar, diria que parecia uma Londres em que monstros viviam abertamente entre humanos; em que um monstro podia matar um humano à plena luz do dia; em que as testemunhas não ousavam protestar.

— Foi esse o futuro que Astrid viu? — sussurrou ela.

— Mas estava errado. — Jamie soava chocado. — Aquilo não é o futuro; nunca existiu uma época assim.

— Mas o que *foi* aquilo? — questionou Nick. — O que ele *fez* com aquele homem? Não entendo! Eu acho que ele o *matou*! Acho que matou todas aquelas pessoas na van!

— Precisamos ir embora daqui— disse Tom, firme. — Podemos descobrir mais no barco. Não deveríamos ter ficado tanto tempo. Este lugar deve ser monitorado.

Joan apertou os olhos com força, tentando se recompor, tentando esquecer o que havia visto dentro daquela van. Ela abriu a boca para chamar Ruth, então parou ao ver o rosto dela. Estava tão abalada e pálida quanto Joan se sentia.

Ruth colocou um dedo na frente da boca. *"Shh"*, fez só com os lábios, em silêncio. *"Guardas."*

Por um longo momento, Joan não conseguiu processar o que ela queria dizer. *Guardas?*

Ainda em silêncio, Ruth ergueu o queixo na direção das janelas de seu lado do selo. Houve um estrondo então. Alguém gritou *"Arranquei aquele andaime!".* Chaves tilintaram.

Joan teve um segundo para pensar, *"Eles vão ver Ruth primeiro."* Então Nick passou correndo por ela, mais rápido do que Joan acreditava ser possível. Quando a fechadura fez um clique e a porta da cafeteria se abriu, Nick estava do outro lado da barreira. Ele empurrou Ruth de volta para a parte selada da cafeteria e chutou a moldura para o lado, que ainda estava caindo quando o primeiro guarda entrou. Ela atingiu o chão com um barulho alto, fazendo o guarda dar um pulo de susto.

— *Não!* — gritou Joan. — *Nick!* — Disparou na direção dele, sem pensar, e seu ombro bateu na barreira invisível. Ela foi jogada para trás, e o ar escapou de seus pulmões. — Nick!

Havia três guardas no salão agora; eles olharam ao redor, e Joan sabia que não estavam vendo nada além de uma cafeteria vazia e Nick. A vista do selo era unilateral.

— Nick! — gritou Joan de novo.

— Eles não conseguem ouvir você. — A voz de Ruth tremia. — Quando eu estava lá fora, *eu* mal conseguia escutar vocês, mesmo com o portal aberto.

Dois dos guardas agarraram os braços de Nick, puxando suas mãos para as costas. A diferença de força era quase risível. Os músculos de Nick se tensionaram nos braços confinados. Os guardas pareciam crianças restringindo um touro.

— Nick! — disse Joan.

Ela socou a barreira com as duas mãos. Talvez Nick pudesse lutar contra eles. Não fora treinado nessa linha do tempo, mas ainda era forte. Havia nocauteado Corvin Argent no pátio.

Mas Nick só continuava parado, passivamente. Joan levou um momento para se lembrar de que ele não podia lutar. *"Você não tem problemas com monstros"*, dissera Owen Argent. *"Você não quer machucá-los."* Nick não tinha como se defender.

Joan ficou subitamente à beira de lágrimas. Será que aqueles guardas matariam Nick na sua frente?

— Ruth, você precisa abrir outro portal! — exclamou. — Ele não pode lutar por causa do poder Argent! Nós precisamos ajudar!

Ela olhou ao redor. Precisava encontrar outra moldura. Um tapete. *Qualquer coisa* que pudesse fechar um espaço grande o suficiente para agir como conduíte.

— Joan... — Ruth balançou a cabeça, e Joan focou direito em seu rosto. Seus olhos estavam fundos e opacos. Joan teve um vislumbre da prima na outra linha do tempo, esgotada por abrir portões na Corte Monstro. — Eu não tenho mais forças... — sussurrou.

A respiração de Joan saiu como um soluço. *"Você não entende o que ele significa para mim"*, queria dizer. *"Eu morreria se algo acontecesse com ele."* Mas Ruth parecia totalmente acabada.

Desesperada, Joan esticou as mãos contra a barreira, desejando que seu poder funcionasse. *"Dissolva-se"*, ordenou ao selo. *"Seja desfeito."* Nada aconteceu. Ela se escutou fazer um som frustrado e usou as duas mãos para empurrar a barreira com força, colocando todo o peso no gesto. Seu poder sempre havia se manifestado quando ela não queria. Por que não podia aparecer *agora*, quando mais precisava dele?

Um dos guardas, um sujeito de cabelo espetado, saiu da cozinha.

— Não tem mais ninguém aqui. Acho que aquelas flutuações estranhas ainda estão acontecendo.

— Aquelas flutuações são só boatos — disse outro guarda.

— *Claro* que são — retrucou o primeiro, arrastando as palavras devagar. — A inteligência está errada então, é?

O guarda analisou o salão. Joan sentiu seu olhar correr por ela, sem vê-la. Seus olhos se demoraram por um segundo na moldura caída, então seguiram adiante. Ele levou um celular fino à orelha.

— Encontramos o menino. Ele está sozinho aqui, bem do lado de fora do selo.

Com quem estava falando? Os três guardas só continuavam parados lá, Joan percebeu. O que estavam esperando?

O guarda de cabelo espetado olhou para a porta de entrada, e Joan corrigiu a pergunta. *Quem* eles estavam esperando? Seu coração tremeu no peito.

Como que em resposta, a maçaneta se abaixou. Nick ergueu a cabeça.

E Aaron Oliver entrou pela porta.

DEZENOVE

A brutalidade do guarda havia arrancado a camisa de Nick de dentro da calça e bagunçado seu cabelo. Aaron fazia um imaculado contraste de terno liso e cabelo dourado perfeito. Com uma mão no bolso, ele se aproximou para inspecionar Nick.

Joan, Aaron e Nick haviam estado juntos em um mesmo cômodo apenas uma vez na linha do tempo anterior. Nick também estivera contido. Parecera inofensivo na ocasião, mas, ao final da noite, havia matado toda a família de Aaron e a de Joan.

Aaron e Nick estavam se encarando agora. Nick era apenas um pouco mais alto, mas seu porte musculoso fazia Aaron parecer magro. Joan achava que eles seriam um par discrepante, mas na verdade destacavam as características um do outro: Aaron, loiro, com sua beleza de outro mundo; Nick, moreno, com seu corpo de estátua clássica.

O olhar de Aaron se demorou no rosto dele.

— Ele é humano — disse, depois de uma pausa.

— Nós já sabíamos disso — retrucou um dos guardas. — Ele foi suscetível ao poder Argent.

— Bom, estou confirmando conforme solicitado — respondeu Aaron, seco. — Mais alguma coisa para a qual eu não preciso estar aqui?

O homem cerrou os dentes, mas Aaron o ignorou; seus olhos continuavam focados em Nick. Joan pensou na forma como as pessoas levantavam a cabeça ao passar por Nick, olhando-o da mesma maneira que uma bússola aponta para o norte. Ela não sabia por que presumira que Aaron seria imune a ele.

Nick também não parecia imune a Aaron. Seu olhar o avaliou de cima a baixo. Aaron tinha sua atenção total; era como se os guardas que o seguravam sequer estivessem lá.

— Onde está a garota? — perguntou Aaron.

Nick ergueu o queixo, desafiador.

— Ela esteve aqui? — pressionou Aaron. — Temos relatos de que você veio aqui com um grupo.

— Por que veio *aqui*? — perguntou o guarda de cabelo espetado. — Sabia que havia um selo neste lugar?

Quando Nick continuou sem responder, Aaron deu de ombros com exagerada indiferença.

— Você pode falar agora, ou pode ser forçado a falar depois. — Ele estendeu uma mão elegante para os guardas. — Deem-me uma algema.

— Não — sussurrou Joan. Para onde Aaron o levaria? Tivera medo de que matassem Nick bem ali, mas aquela outra possibilidade era, de alguma forma, tão apavorante quanto. O que fariam com ele? Iriam interrogá-lo? Machucá-lo? E se viajassem com ele pelo tempo, como o encontraria de novo?

Um familiar cilindro dourado foi colocado na mão de Aaron. Ele torceu o pulso preguiçosamente para abri-lo.

— Não! — Joan esmurrou o selo com seu poder de novo e de novo. Conseguia sentir a chama de poder dentro de si, lutando contra a barreira. *Estava* se manifestando, mas não era forte o suficiente para romper o selo Ali. Ela visualizou a chama saltando e crescendo. Visualizou o selo dissolvendo-se sob suas mãos. Mas, mesmo assim, nada aconteceu.

Aaron invadiu o espaço pessoal de Nick para pegar seu braço. Antes que ele ou Joan pudessem reagir, a mão de Nick voou para cima. Ele apoiou a palma no centro do peito de Aaron, como que para empurrá-lo. Joan conteve um grito, subitamente apavorada por Aaron.

Mas Nick não empurrou; ficou parado ali, com a mão aberta, os olhos escuros cheios de determinação. Por um breve instante, Joan não conseguia entender a cena congelada, mas então se lembrou de novo: Nick não podia lutar.

A expressão de Aaron se transformou de medo em confusão, então em algo que Joan não conseguiu bem decifrar. Ele prendeu a respiração enquanto os guardas agarravam os braços de Nick de novo.

— *Jamie?* — disse Tom, de repente.

Joan percebeu então que Tom estivera dizendo o nome dele repetidas vezes, e que, em resposta, Jamie continuara em absoluto silêncio. Ela se virou, e os cabelos de sua nuca se eriçaram.

Jamie estava ao seu lado, com os olhos arregalados. Ele estava encarando, não Nick ou Aaron, mas o guarda mais próximo. Seu broche de leão alado.

— Jamie? — repetiu Tom. — Qual é o problema?

A palavra *problema* pareceu ecoar no pequeno espaço. E *havia* um problema. Jamie tremia, com mais medo do que quando havia visto o buraco rasgado no ar; mais do que quando vira Nick do lado de fora da Estalagem Wyvern.

Jamie abriu a boca, mas nenhum som saiu. Ele tentou de novo, e dessa vez conseguiu falar:

— Eu conheço aquele brasão. O galho de uma roseira sem a flor.

O galho cheio de espinhos? Joan o havia visto na Estalagem Wyvern, gravado no selo de Corvin Argent; como uma curva nos broches dos guardas. Ela presumira que representava uma classe especial da guarda.

Fora da barreira, a voz de Aaron se elevou:

— Vamos, então. Ela vai querer questioná-lo por conta própria.

Ela?

Do nada, o coração de Joan pulou no peito.

— Onde foi que você viu aquele brasão antes? — perguntou a Jamie, lentamente.

Ele se virou para ela. Seus olhos estavam pretos de medo.

Foi como um balde de água fria para Joan. Ela teve um vislumbre da estátua de bronze naquela estranha rua de Londres. *Semper Regina,* dizia a placa. *Semper Rainha.* O rosto naquela estátua era familiar... Joan já estava balançando a cabeça quando finalmente entendeu.

Da última vez, uma mulher misteriosa havia invadido o mundo comum de Nick e alterado sua história pessoal. Joan havia visto algumas das gravações. A família de Nick fora assassinada para fazê-lo odiar monstros. Não só uma vez, mas de novo e de novo até que a história de sua origem fosse exatamente o que a mulher desejara que fosse.

— *É o brasão dela* — sussurrou Jamie. — A mulher que me prendeu. A mulher que transformou ele no herói.

— Mas nós não vimos nem sinal dela nesta linha do tempo — disse Joan, confusa. A mulher *não podia* estar de volta. Se estivesse... *Não.* Joan se virou e desceu os dois punhos com força na barreira. — Nick! *Nick!*

Mas Nick não conseguia ouvi-la. Não podia lutar. Eles o haviam compelido a não machucar monstros. E ele *não sabia*. Joan não havia lhe contado a verdade quando tivera a chance.

Um guarda arregaçou a manga da jaqueta de Nick, deixando seu pulso exposto. Aaron colocou a algema. Nick sequer estremeceu quando o metal chiou, sibilou e se afundou em sua pele para formar uma tatuagem do leão alado como a de Joan.

— Ele está ancorado a mim — anunciou Aaron. Ele pegou o antebraço de Nick, sua mão esbelta cobrindo a marca.

Os olhos de Nick correram pela cafeteria, aparentemente de maneira casual. Quando passaram pela área selada, ele sorriu, de leve, como que para tranquilizar Joan e os outros.

Aaron deu um passo, puxando Nick consigo.

— Não! — gritou Joan. Empurrou a barreira, desejando que se desfizesse, mas ela continuou teimosamente intacta. — Não!

Então, em um piscar de olhos, Aaron e Nick desapareceram.

VINTE

Joan ficou olhando em choque para o espaço vazio onde Nick e Aaron estiveram. Onde os guardas estiveram.

— Temos que ir atrás deles — conseguiu dizer.

Mas não fazia ideia de para onde haviam ido. Poderiam estar em qualquer ponto do passado; qualquer ponto do futuro. Joan balançou a cabeça.

— Ela *não pode* estar de volta — sussurrou. A mulher da outra linha do tempo *não podia* ter Nick de novo. Aaron *não podia* estar trabalhando com ela desta vez. Joan não queria acreditar.

— De quem você está falando? — perguntou Ruth. Exausta como estava, seus olhos verdes brilhavam feito lâminas. Ela queria respostas, e não esperaria mais. — Quem é "ela"?

— Alguém que eu pensei que jamais veria de novo — respondeu Joan, com esforço. — Alguém que eu pensei que...

Não conseguiu terminar a frase. Só havia visto a mulher uma vez, em uma gravação da criação de Nick, uma beldade fria e cruel com cabelos dourados e um longo pescoço de cisne.

E o poder da mulher sobre a linha do tempo deveria ser algo impossível: ela havia interrompido e reiniciado acontecimentos, apagando e moldando a história pessoal de Nick, de novo e de novo, até condicioná-lo brutalmente a odiar e matar monstros. *"De novo"*, dissera ela. *"De novo. De novo."* Ordenando que a família de Nick fosse morta de novo, e em uma ordem diferente dessa vez. Que Nick fosse torturado de novo. E, ao final, dissera-lhe *"Você é perfeito"*, o tom de aprovação destoando do rosto cruel e frio.

Então Nick havia partido para matar a família de Joan.

"Eu sei o quanto você me odeia", falara a Joan no final. Ela havia balançado a cabeça em negativa. Odiava-o. Amava-o. Queria estar com ele mais do que qualquer coisa.

"Eu te amo", confessara ele. *"Sempre amei."*

Eles haviam se beijado e, por apenas um momento, Joan havia se permitido *sentir*. E, em seguida, descarregou seu poder proibido nele. Desfez a vida dele, e, no fim, sua família estava de volta, e o Nick que amava não existia mais. Os dois eram peças destruídas de um quebra-cabeças agora. Haviam se encaixado perfeitamente antes, porém não mais.

— Ela usava aquele brasão na outra linha do tempo — disse Jamie. — Eu o vejo nos meus pesadelos.

Dava para ver que ele estava enjoado de novo: os braços ao redor da barriga, os dedos apertados com força. A mesma mulher o havia capturado quando ele chegara perto demais de descobrir a verdade por trás da criação de Nick. Jamie nunca disse a Joan o que a mulher havia feito com ele, mas fora transformado por causa disso.

Tom apoiou a mão nos ombros de Jamie. Sua mandíbula forte estava tensa.

— Nós *precisamos* descobrir quem ela é — disse Tom. — Com certeza faz parte do alto escalão da Corte.

— Isso não nos diz muito — comentou Jamie com gentileza. — Muitas pessoas importantes fazem parte do alto escalão da Corte. Seus membros poderosos... alguns líderes de família... pessoas com poderes extraordinariamente fortes...

— Do que vocês estão falando? — perguntou Ruth. — Outra linha do tempo? — As palavras saíram devagar, como se fossem um grande esforço. Joan e os outros se viraram em sua direção e perceberam ao mesmo tempo o quão exausta ela realmente estava. — Só tem uma linha do tempo... a do Rei. *Esta* linha do tempo.

Joan colocou um braço ao redor dela.

— Ei — disse, e guiou Ruth alguns passos para trás, para o assento mais próximo. Ela colocou uma mão na testa da prima; sua pele estava fria feito gelo.

— O que está acontecendo? — perguntou Ruth. — E não me enrole desta vez.

Joan nunca quis que a família soubesse dos horrores da outra linha do tempo. Às vezes parecia que as memórias a estavam perseguindo. Os sons que a avó havia feito antes de morrer. Ruth com uma faca na barriga, gritando para Joan *correr*. Todas as pessoas no jardim, o caos de seus membros, o sangue. E a forma como Joan se sentira, como ainda se sentia, o quanto havia sido tomada pela dor inconsolável de perder a família.

Ela se abaixou em frente ao assento de Ruth e pegou sua mão, tentando encontrar as palavras.

JAMAIS UM HERÓI ❖ 173 ❖

— Você me perguntou como eu sabia tanto sobre monstros. Como eu sabia que você podia abrir aquele portal... — Ela inspirou fundo. — Havia uma outra linha do tempo antes desta, uma em que algo deu muito, muito errado. Em que... — Sua voz falhou. — Em que nossa família foi assassinada. A vó. Tia Ada. Tio Gus. Bertie.

— Do que você está falando? — sussurrou Ruth.

Joan viu o sangue da avó cobrindo suas mãos de novo, cobrindo seu vestido. As roupas de Ruth. Nunca quis que ela soubesse. Nunca quis que nenhum dos Hunt soubesse. Ela prendeu a respiração.

— Ruth... todos eles *morreram*.

— Do que você está *falando*? — repetiu ela. Não soava exatamente brava, estava exausta demais para isso. — Por que você falaria *uma coisa dessas*?

Atrás de Joan, Jamie falou:

— Ela está falando a verdade. Existiu *mesmo* outra linha do tempo. Alguns dos Liu se lembram.

— Uma linha do tempo em que todos nós morremos? — questionou Ruth.

— Não a gente — sussurrou Joan de volta. — Eu e você, não. Mas o resto da nossa família...

— Não. — Ruth estava começando a entender. Sua testa se franziu. Não queria acreditar, era visível que não. Mas conhecia Joan bem demais, sabia que ela nunca inventaria algo assim. — *Como?*

— Um menino humano foi treinado para matar monstros — explicou Joan. Ela engoliu em seco. — Ele caçou todos os monstros de Londres.

A confusão de Ruth se dissipou um pouco.

— Existem *mitos* sobre um herói humano. Nossa avó costumava contar as histórias para a gente. Lembra? Mas são mitos, Joan. O herói é tipo Rei Arthur. Ele não é real. Não sei quem te disse tudo isso, mas não é verdade.

— Eu *estava lá* — disse Joan, de maneira suave. — Ele era real. — Havia um nó em sua garganta de novo. Não conseguia acreditar que Nick estava desaparecido. Ele seria o herói de novo quando Joan o encontrasse? Ele a odiaria? Tentaria matá-la?

— O herói humano dos mitos matou nossa família? — perguntou Ruth. Ela tentou sorrir, um convite para Joan dizer que não era verdade. Quando isso não aconteceu, Ruth cravou os olhos nela. — Ele matou nossa família?

— Não só a nossa. Os Oliver. Os Liu. Todas as famílias monstro de Londres.

Qual teria sido o plano da mulher aquela primeira vez? Joan nunca entendeu por que um monstro criaria um matador de monstros. A imagem da estátua *Semper Regina* naquela terrível Londres lhe voltou à mente. *Aquele* era o objetivo da mulher? Será que ela teria usado Nick para isso?

Mas Astrid dissera que Nick impediria a catástrofe. *"Já estava no caminho certo."* Aquilo não fazia sentido. A não ser que... Joan mordeu o lábio. Será que Nick teria descoberto o que havia sido feito com ele, e quem o fizera? Será que Joan havia tirado o herói da história e deixado só o vilão, totalmente livre?

— Mas eu ainda não entendo — disse Ruth. — O que essa mulher tem a ver com tudo isso?

— Você precisa contar para ela sobre *ele* — Jamie falou para Joan, suave.

Era tão difícil falar sobre o outro Nick. Joan afundou as unhas na palma da mão. Pareciam ásperas. Ela abriu os dedos. As unhas estavam quebradas. O que acontecera? Havia arranhado tão forte assim a barreira?

— Eu conhecia o herói — falou para Ruth. — Nós nos conhecemos antes de eu descobrir quem ele era; e de ele descobrir quem eu era. Eu gostava dele.

Ruth fixou os olhos nela.

— Você gostava do cara que matou nossa família?

Soava ainda pior quando ela falava assim, mas Joan assentiu.

— Descobri depois que eu e ele estávamos juntos na *zhēnshí de lìshǐ*. Na verdadeira linha do tempo.

Emoções percorreram o rosto de Ruth. Joan quase conseguia escutar cada pensamento. *Mas a verdadeira linha do tempo também é só um mito.* Então a compreensão lhe atingiu.

— Algumas pessoas acreditam que aqueles que estavam juntos na *zhēnshí de lìshǐ* são almas gêmeas. Que a linha do tempo sempre vai tentar aproximá-los de novo.

Joan assentiu.

— Quando eu voltei para casa depois do verão, *nesta* linha do tempo, tinha um cara novo na minha escola.

— Você encontrou ele de novo?

— Ele não se lembrava de mim. Não se lembrava da outra linha do tempo. E aí ele foi pego no meio daquele ataque. — A voz de Joan falhou.

Os olhos de Ruth se arregalaram. O olhar dela parou sobre onde Nick estivera, depois voltou à prima.

— Ah, *Joan* — sussurrou.

E Joan nem havia dito o pior.

— Tem mais. Eu... Por céus, Ruth, eu *odiava* Nick depois do que ele fez. Queria matá-lo. Teria matado. Mas... não era como eu tinha imaginado. Sabe como começa a história.... *Era uma vez um menino que nasceu para matar monstros. Um herói.* Mas não é verdade. Esse nunca foi o destino dele. Um monstro *transformou* ele no herói.

— Como assim?

— Eu não sei por que ela fez isso — disse Joan, mas se pegou de novo pensando naquela estátua. *Semper Regina*.

— Você fica dizendo *ela* — insistiu Ruth. — *Quem...*

Então o olhar dela voltou a focar no lado de fora do selo.

— Aquele galho cheio de espinhos é o brasão *dela* — explicou Jamie. — Ela voltou. E está com ele de novo.

Os olhos de Ruth se arregalaram de compreensão.

— Nós *temos* que sair daqui! — exclamou Joan, com a voz trêmula. — Nós temos que tirar Nick de perto dela!

E Aaron... Estava trabalhando com a mulher? Ela o tinha também? Joan precisava tirar *os dois* de perto dela.

— Eu sei que tem mais coisa nessa história — disse Ruth. Diante do olhar interrogativo de Joan, ela arqueou as sobrancelhas. — Por que ele não é o herói *nesta* linha do tempo, para começar. Como nossas famílias estão vivas de novo? — Ela balançou a cabeça quando Joan abriu a boca. — Primeiro, vamos sair daqui. — Ruth olhou para o fundo do salão, onde o rasgo na linha do tempo ainda estava submerso na mesa. — Aquela *coisa* lá atrás me dá vontade de vomitar.

◆◇◆

Tom teve a ideia de amarrar as jaquetas e casacos que usavam para formar um círculo que Ruth pudesse usar como moldura para o portal. Então ele arrastou duas cadeiras do fundo do salão e colocou-as a certa distância uma da outra. A seguir, pendurou as roupas amarradas nos encostos, criando um vão por onde eles pudessem passar.

— Sua vez — disse a Ruth. Ele parecia descrente. Joan também. Ruth estava exausta, com a cabeça caída e assustadoramente pálida.

Tom lançou um olhar preocupado para Jamie, que também estava fraco, embora tentasse não demonstrar. Ele se enfiara no canto mais distante possível do rasgo e estava apoiando a maior parte do peso na parede.

Ruth percebeu o olhar.

— Me ajuda a levantar.

Joan e Tom a ajudaram a ficar de pé, então a levaram até a moldura improvisada. Ruth agarrou o círculo de roupas e fechou os olhos com força.

Jamie também se aproximou, com um esforço visível.

— Como nós vamos saber se você abriu o portal ou não? Quando você abriu pelo outro lado, a vista mudou.

Joan apontou para o chão. Do lado de fora, o salão estava escurecendo, mas, ali dentro da barreira, ainda era cedo pela manhã. A beirada do selo estava demarcada por uma linha perfeitamente reta onde a luz mudava.

— Aquela linha de luz vai sumir quando o selo se romper — disse.

Ela puxou o celular para fazer um teste, por precaução. Acendeu a lanterna e apontou para o centro do círculo, para as tábuas do piso além da barreira. A luz não penetrava. Assim que o chão se iluminasse, entretanto, eles saberiam com certeza.

Percebeu, com certa distração, que as marcas da avó ainda estavam no chão. Quase se esquecera de que estavam ali: o símbolo de *oportunidade*. Por que sua avó teria usado aquele símbolo *ali*? Joan não conseguia imaginar no que ela estivera pensando.

No entanto, afastou isso da mente, focando de volta em Ruth; na linha escura.

Minutos se passaram. Nada aconteceu, exceto pelo fato de Ruth ficar cada vez mais pálida.

— Você abriu em flashes da outra vez — disse Joan, preocupada. — Não tentou manter aberto direto.

— Depois disso, você vai me contar *exatamente* o que aconteceu — respondeu Ruth, rouca.

Joan ficou aliviada por ouvir a voz da prima; era a primeira coisa que ela falava em algum tempo.

— Você tirou a gente da Corte Monstro.

As sobrancelhas de Ruth se arquearam para cima, sem acreditar, mas Joan também se sentiu aliviada por isso. A conversa parecia tê-la revigorado um pouco.

— Tom colocou a gente lá dentro — continuou Joan. — Ele estava procurando por Jamie.

Tom grunhiu, parecendo curioso.

— Você falou para nós fingirmos estar na lista — Joan lhe disse. Ela se lembrou de Aaron encará-la com preocupação; ela havia precisado enrolar a guarda para passar. Seu coração se apertou. Aaron sabia que seria um inimigo para ela nessa linha do tempo, mas Joan ainda não conseguia processar isso. Alguma parte dentro de si não conseguia acreditar.

— *Ali!* — exclamou Tom. Um trecho súbito de luz havia surgido do outro lado do selo.

— Vai! — pediu Ruth. — Não consigo segurar pra sempre!

Tom não perdeu tempo falando. Ele empurrou Jamie pelo círculo e ergueu Frankie para pular também. Do outro lado, inclinou-se e respirou longa e profundamente, como alguém que havia acabado de emergir da água.

— Venham! — gritou de volta. — Vocês vão se sentir melhor também!

Jamie exalou.

— Quase tinha esquecido como era *não* estar com náusea.

— Vai! — disse Ruth à prima.

— Vamos juntas agora — retrucou Joan.

— Não acho que isso vai funcionar.

Tinha que funcionar. De jeito nenhum que Joan a deixaria ali.

— Funcionou da última vez. Pronta?

— Não.

Mas Ruth a deixou pegar sua mão livre.

Joan respirou fundo, concentrando-se na abertura à frente delas. Apertou a mão de Ruth na sua.

— Um — começou a contar. — Dois...

— E se eu não conseguir...

Joan passou depressa pela gambiarra que haviam feito, arrastando a prima consigo.

Ruth passou cambaleando. Quando chegaram ao outro lado, ela exalou com força. Joan também sentiu-se aliviada com a súbita ausência da náusea.

— O poder Hunt *não* foi feito para isso — comentou Ruth, espantada.

— Foi *incrível* — respondeu Joan. Ruth revirou os olhos, mas seus lábios se repuxaram em um sorrisinho.

Joan olhou para trás. Não havia sinal algum da barreira. Sinal algum das jaquetas e dos casacos, nem das cadeiras que haviam usado para sustentá-los. E, embora antes fosse dia do outro lado da cafeteria, agora o salão todo estava escuro, iluminado apenas pelos postes acesos do lado de fora.

Tom acompanhou seu olhar.

— Aquela *coisa* ainda está lá. O selo não parece suficiente.

— O que *era* aquilo? — perguntou Jamie. — O que foi que nós vimos lá?

O silêncio que se seguiu dizia muito; que aquela ferida irregular no mundo, e a visão que haviam tido, fora tão antinatural que ninguém queria mergulhar mais a fundo no assunto. Mas Joan tinha tantas perguntas. Por que aquilo estava *ali*, no lugar em que ela usara seu poder uma vez? Por que sua avó estivera investigando o assunto? Por que ela havia deixado um símbolo de *oportunidade* no chão?

— De onde eu estava, pareceu que o cômodo todo mudou dentro do selo — disse Ruth. — O piso, o teto, a vista da janela...

Joan desejava esquecer aquela vista. Ainda estava lá em sua mente, como a imagem fantasma depois de um clarão de luz: pior agora que o choque imediato havia passado. Os cadáveres na van, seus membros enroscados uns nos outros. O homem loiro caído feito lixo na calçada.

"Eu vi o que vai acontecer", dissera Astrid.

Mesmo agora, com o selo fechado, o horror daquela Londres terrível pairava como o cheiro de fumaça escura.

— Era disso que Astrid estava falando? Contra o que ela estava nos alertando?

— Não sei — respondeu Jamie.

— Aquela van de polícia com o brasão da Corte — murmurou Tom. — Estava a céu aberto. Em plena luz do dia para os humanos verem.

— Mas não existe um futuro como aquele nos registros — disse Jamie. — Monstros *nunca* viveram abertamente entre os humanos. Nunca existiu uma época em que monstros reinassem.

"Em que monstros reinassem..." Joan não havia colocado em palavras assim, mas viu de novo os corpos na van. As testemunhas apavoradas. Ela estremeceu.

— Vocês viram a estátua do outro lado da rua?

Jamie mal piscou ao recuperar a visão de sua memória perfeita.

— A estátua *Semper Regina?* — Então seus olhos se arregalaram. — Era *ela*.

Joan inspirou fundo e tentou soltar o ar devagar. Não sabia o que estava acontecendo ali, mas só uma coisa realmente importava agora.

— Nós temos que salvar Nick dela.

— A gente não sabe onde ela está — falou Ruth. Ela levantou uma mão exausta antes que Joan pudesse argumentar. — Estou dentro. Só falando que não temos por onde começar.

Jamie se inclinou distraído para acalmar Frankie, que estava de novo batendo a pata na beirada do selo.

— Então temos que descobrir — afirmou. — Porque você tem razão, Joan. Ela estava planejando alguma coisa da última vez. Ela o transformou no herói por um motivo. Não podemos deixar que faça isso de novo.

Tom resmungou em protesto, e a expressão de Jamie se transformou em determinação e teimosia.

— Eu não posso fugir disso — falou. — Nós sempre soubemos que ela voltaria um dia.

Joan sabia do que ele estava falando. Alguma parte dela também estivera esperando pelo retorno da mulher; preparando-se para aquele momento desde que acordara nessa nova linha do tempo.

— Jamie... — começou Tom.

— Tem alguma coisa muito errada aqui, Tom — disse-lhe Jamie, com a voz suave. — O que quer que seja aquilo selado ali... não deveria existir.

Tom parecia vulnerável de uma forma que só acontecia quando estava perto de Jamie.

— Eu *estou lá* quando você tem aqueles pesadelos — sussurrou. — Eu estou lá quando você acorda. Não posso deixar que nada daquilo te aconteça nesta linha do tempo. Só... — A voz dele falhou. — Deixa *eu* lidar com isso. Fica em casa com a Frankie.

Jamie pegou a mão dele. Uma conversa não verbal pareceu se passar entre eles. Jamie aparentemente ganhou a discussão, porque Tom abaixou a cabeça. Jamie continuou segurando sua mão, passando o dedo sobre o anel de Tom até que ele o olhasse de novo, com o rosto tão cheio de amor e medo que Joan sofreu por ele.

— Queria poder lembrar mais detalhes dela — murmurou Jamie. — Queria me lembrar de alguma coisa realmente útil. Mas... ela pode tê-lo levado para qualquer lugar. Não consigo pensar em nenhuma pista clara.

Um carro passou na rua, iluminando o salão. Todos se viraram nervosos para a janela. A vista lá fora era mundana agora: cafeterias, lojas de roupa e perfumaria, todas acesas. Nenhum guarda à vista.

Na verdade, *havia* uma pista óbvia. A ideia preencheu Joan de temor e um tipo estranho de desejo.

— Nós sabemos quem pegou Nick — falou.

— Sabemos que ela é aliada da Corte — disse Tom —, mas...

— Não ela — corrigiu Joan. Viu de novo a mão perfeita de Aaron sobre o pulso de Nick. — *Aaron Oliver* levou Nick. Para encontrar Nick, para entender o que está acontecendo aqui, temos que ir atrás de Aaron.

VINTE E UM

Joan estava preparada para encontrar guardas quando eles saíssem da cafeteria. Talvez até dar de cara com Nick voltando com uma faca, transformado outra vez num matador de monstros. Mas a Covent Garden à noite era a mesma de sempre, bem iluminada e abarrotada de gente: turistas e pessoas saindo dos teatros e se encontrando nos bares, trabalhadores voltando para casa.

Jamie consultou os registros em sua mente enquanto eles caminhavam de volta para o barco.

— Haverá um baile de máscaras no sábado na propriedade Oliver. Aaron estará lá.

A propriedade Oliver. Um desejo imprudente dominou Joan. Ela queria ir imediatamente, mesmo sem um plano. Só queria resolver aquilo logo.

Respirou fundo. *"Pense"*, disse a si mesma. Uma casa cheia de Olivers era perigosa. O verdadeiro poder Oliver era raro, mas, em uma reunião de família, parecia provável que ao menos alguns dos convidados o tivessem. *Aaron* o tinha. Ele e alguns parentes conseguiriam identificar o poder proibido de Joan só de olhar para ela. Saberiam que Ruth era de uma família inimiga.

Mas havia uma solução fácil para *isso*, pelo menos. Era um baile de máscaras... Joan e Ruth poderiam esconder os olhos.

— Na casa deles mesmo? — Ruth parecia meio intrigada e meio preocupada. Joan ficou aliviada ao ver o quanto a prima parecia melhor. A cor já lhe havia voltado às bochechas e ela estava andando sozinha de novo.

— Bom, *fora* da casa — disse Jamie. — Será nos famosos jardins.

Eles cruzaram os pórticos do mercado com sua iluminação de Natal. Música soava de algum lugar por perto, com batidas pesadas. Aaron teria odiado tudo acerca daquela cena, pensou Joan com uma pontada de dor, desde a música alta até o ritmo arrastado da multidão.

Mal conseguia acreditar que estava a caminho de encontrá-lo. Havia passado meses convencendo a si mesma de que jamais o veria de novo. E, quando *finalmente* o viu, precisou fugir dele.

— O que sabemos sobre Aaron? — perguntou Tom. Ele se inclinou para carregar Frankie, enfiando-a debaixo do braço.

Jamie passou a mão pelo cabelo escuro, pensativo.

— Ele tem uma reputação ruim... Os Nightingale não o suportam.

— Os Nightingale? — indagou Joan. O que os Nightingale tinham contra ele?

— A própria *família dele* o odeia — falou Ruth. — Era para ele ser o próximo líder, mas o pai o tirou da linha de sucessão. — Ela ergueu as sobrancelhas. — Odiado pelos Nightingale e pelos Oliver...

— Duas famílias formidáveis — murmurou Tom. — O que foi que ele *fez*?

Joan também havia se questionado sobre o que levara Aaron a ser deserdado. Ela queria ter lhe perguntado sobre isso da última vez, mas era claramente um assunto delicado.

— O que quer que tenha acontecido, as duas famílias mantêm fora dos registros públicos — disse Jamie. — Tudo sobre a deserção de Aaron foi apagado.

— Imagina fazer algo tão ruim que até os *Oliver* te condenam — comentou Ruth.

Jamie deu de ombros e, para a surpresa de Joan, continuou andando em silêncio, como se não tivesse mais nada a dizer.

— Isso é tudo o que você sabe sobre ele? — perguntou-lhe Joan. Ele não se lembrava que Aaron estivera do lado deles da última vez?

Jamie pensou um pouco.

— Imagino que todos saibam que é filho do segundo casamento de Edmund. E que a mãe dele foi executada pela Corte. — Ele viu a expressão de Joan e inclinou a cabeça para o lado. — O que mais tem para saber?

Joan sentiu outra pontada de dor. O poder Liu só dava a Jamie fragmentos da linha do tempo anterior. Ele *não* se lembrava.

— Aaron estava *com a gente* da última vez. Ele nos ajudou a deter Nick.

Por um momento, a expressão de todos ficou igual. Neutra, como se Joan houvesse dito algo tão absurdo que não conseguiam processar a informação. Então Ruth apertou os lábios, incrédula.

— Estamos falando de *Aaron Oliver* — disse, como se Joan o estivesse confundindo com outra pessoa.

— Eu escapei do massacre com ele — contou Joan. — Nós fugimos juntos, e você encontrou a gente depois. — O coração dela se apertou no peito quando Ruth continuou a encarando. Nunca se acostumaria a ter memórias que mais ninguém tinha. — Eu salvei a vida dele, e ele salvou a minha. Você salvou a dele. E ele a sua...

— Não. — Havia certeza na voz de Ruth. Aparentemente, conseguia acreditar que havia invadido a Corte Monstro, mas não que ela e Aaron Oliver haviam salvado a vida um do outro.

— *Sim* — insistiu Joan. — Ele ajudou a gente. No fim de tudo, eu confiava nele por completo.

Descrença percorreu o rosto de Ruth, e depois algo mais protetor.

— Quando tempo você passou de fato com ele, Joan?

Ela precisou pensar por um segundo.

— Uns... Alguns dias.

Soava estranho quantificar assim. Parecera muito mais.

— Ai, meu Deus — disse Ruth. Ela ergueu os olhos para o céu escuro. — Então você *não* conheceu ele. — Quando Joan abriu a boca, a prima foi mais rápida. — Não estou falando que você não encontrou com ele. Eu acredito, tá bem? Só estou dizendo que ele tem uma baita reputação. Se você confiava nele, foi porque ele estava escondendo quem realmente era.

Joan balançou a cabeça.

— *Não,* não estava. — Aaron tinha segredos, mas Joan o conhecia. Ele levara todos para o esconderijo de sua mãe. Havia se arriscado para protegê-los.

— Vamos conversar sobre isso depois.

Eles viraram em uma rua mais tranquila. A noite estava esfriando. Joan não queria conversar sobre isso depois, mas imaginava que não deveria estar surpresa com a negativa. Os Oliver e os Hunt eram inimigos. E os três, Aaron, Joan e Ruth, haviam se encontrado sob circunstâncias muito diferentes à época.

— Vamos precisar de um plano — disse ela. Tinham que descobrir para onde Aaron havia levado Nick. Mas como? Ele não daria essa informação de bom grado.

— Não vamos simplesmente sequestrar ele? — sugeriu Ruth. — Forçar ele a falar?

— O quê? — Joan estava espantada com a ideia de usar violência contra Aaron. — *Não.*

— Joan...

— Não podemos — disse Jamie a Ruth antes que Joan pudesse protestar de novo. — Ele não é o mais adorado dos Oliver, mas ainda assim é o filho de Edmund. Não podemos de fato sequestrá-lo no próprio território deles.

JAMAIS UM HERÓI ❖ 183 ❖

Joan suspirou de alívio. Porém, ainda precisavam da informação. Ela se lembrou do segurança Griffith do lado de fora da Estalagem Wyvern. Ele havia extraído informações dela com facilidade.

— Podemos pagar um Griffith para ir com a gente? Para induzir a verdade nele? — Sutilmente, para que Aaron não soubesse como havia acontecido.

— Não existem muitos Griffith dispostos a ir contra Edmund Oliver em sua própria casa — comentou Ruth, mas ela parecia pensativa.

— Pode ser que George Griffith tope —sugeriu Tom.

— George não vai fazer uma jogada dessas contra Edmund Oliver — respondeu Jamie. — Não em território Oliver.

— Pode precisar de uma boa dose de persuasão, mas o pai dele é um Nightingale. E é como você disse, eles *odeiam* Aaron Oliver. Já os ouvi falando dele.

Joan sentiu um desconforto com a frase. Ela mordeu o lábio.

— E pra entrar na festa?

— Entrar e sair é moleza — disse Ruth. — Só precisamos das roupas certas.

— E máscaras — completou Joan. *"Você precisa ficar longe de mim e da minha família"*, Aaron lhe dissera em seu último dia juntos. Ela suprimiu um calafrio. Havia lhe prometido que o faria, e agora lá estava ela, planejando entrar direto em sua casa.

◆◇◆

A tarde de domingo estava fresca e muito clara. Uma lua crescente pairava no céu. Tom havia ancorado o *Tranquilidade* em um atracadouro em Richmond. Densos salgueiros escondiam a plataforma, com os galhos pesados acariciando a água. Não era o atracadouro Oliver, já que Tom tinha medo que alguém percebesse o cão de duas cabeças, mas era perto o suficiente para que Joan pudesse ver alguns barcos milionários de passeio enfileirados mais à frente no rio.

Acima deles, helicópteros roncavam conforme mais pessoas chegavam.

— Coloquem as máscaras — disse Joan. Ela não queria arriscar ser vista pelo convidado errado.

Ruth havia se oferecido para arranjar roupas e máscaras para todos, e fizera um trabalho impressionante. Tudo servia perfeitamente, até o smoking de Tom, que parecia ser de fato ajustado para sua imensa silhueta.

O vestido de Joan tinha uma saia preta semitransparente. O corpete de costas abertas tinha contas e flores bordadas em dourado. A saia cintilava ao luar, o que a surpreendeu; os minúsculos cristais reluzentes não eram visíveis durante o dia. Sua máscara também era dourada: um diadema com delicados entalhes que cobriam a parte de cima de sua cabeça, lembrando uma tiara de fogo. Por baixo, ela usava uma tira de renda escura para esconder os olhos. Longas luvas pretas ocultavam a marca de fugitiva em seu pulso.

Ruth estava com um vestido justo de seda champanhe. Sua máscara era uma imensa peça dourada e azul-real, inspirada em uma borboleta. As asas eram ornadas como renda, erguendo-se acima da cabeça como o adorno de uma valquíria. Vidro espelhado imitava as marcas de uma borboleta, estrategicamente posicionado para esconder os olhos de Ruth.

Tom e Jamie combinavam. Seus smokings eram de um verde muito, muito escuro, quase da cor das folhas da noite ao redor. As máscaras eram de couro: solitárias folhas de bordo no tom ferroso do outono, deixando apenas os lábios à vista.

Tom colocou a cara para dentro da cabine do leme do *Tranquilidade*. Frankie piscou com sua carinha amassada e bocejou.

— Você não vem? — perguntou-lhe, surpreso. — Vai ter comida.

Frankie bocejou de novo, girou em círculos e voltou a dormir.

— Justo — murmurou Ruth. — Eu também não ia querer chegar perto dos Oliver.

Eles subiram a margem suave do rio. Quando chegaram ao topo, Joan sentiu o queixo cair.

— *Aquela* é a casa dos Oliver? — Era *lá* que Aaron havia crescido?

O prédio principal estava iluminado na colina: uma mansão de quatro andares com torres que lembravam um castelo e janelas acesas. Atrás dele, uma construção de vidro brilhava, forte como um diorama em exposição; e atrás *dela,* havia um amplo jardim formal. Joan não conseguia desviar os olhos. Tinha alguma ideia das origens de Aaron, havia o imaginado dormindo em luxuosos dormitórios escolares e passando o tempo em casas de campo. Mas aquilo...

— Um pouco exagerado, não? — comentou Ruth.

— É um palácio — disse Joan, encantada. Os Oliver haviam sido donos da Holland House na outra linha do tempo, mas aquilo era ainda mais grandioso. Não era de se espantar que Aaron parecesse estar tão em casa entre os inestimáveis quadros e esculturas do Palácio de Whitehall, e tão deslocado nos quartos rústicos e simples que haviam encontrado pelo caminho.

Tom se virou para a margem coberta de vegetação.

— Onde está George? — perguntou. Eles haviam combinado de encontrá-lo entre os salgueiros à beira do rio.

— Temos tempo — sussurrou Jamie. — Ainda não são nem dez horas.

Porém, uma hora se passou, e George Griffith ainda não havia aparecido. A lua subiu e a temperatura caiu. Joan chegou mais perto de Ruth para se aquecer. Com alguns minutos de intervalo, lustrosos carros pretos deslizavam pela entrada, e convidados emergiam com roupas cintilantes e smokings, as máscaras brilhando ao luar. Eles seguiam um caminho iluminado ao redor da casa, guiados por serventes uniformizados.

— Vamos perder a chance de entrar — disse Ruth. — As pessoas vão reparar se chegarmos tarde demais. E eu realmente não quero que reparem.

— Vamos dar mais alguns minutos para ele — sugeriu Joan.

Meia hora depois disso, o celular de Tom se acendeu com uma mensagem. Ele a leu com o rosto sério.

O coração de Joan afundou no peito.

— George deu para trás?

— Recebeu uma oferta melhor, aparentemente.

— Sério? — disse Ruth. — É por isso que eu não trabalho com Griffiths.

O estômago de Joan se revirou. Eles realmente precisavam de um Griffith para isso, alguém que pudesse induzir a verdade.

— O que vamos fazer? — perguntou Jamie.

Eles já estavam lá, vestidos para a festa, com os olhos cobertos. Precisavam aproveitar a oportunidade.

— Vamos só entrar, depois pensamos em alguma coisa — disse Joan. Ruth tinha razão. Logo perderiam a chance.

Eles precisavam abordar Aaron quando estivesse sozinho. E então... tinha de haver um jeito de descobrir o paradeiro de Nick *sem* o poder Griffith.

<hr>

O caminho ao redor da casa levava a um jardim cercado por sebes altas e um portão aberto de ferro. Duas estátuas de pedra seguravam as dobradiças. À primeira vista, pareciam anjos, mas, quando se aproximou, Joan percebeu que eram sereias Oliver com caudas escamosas. Do outro lado do portão, um caminho adentrava a propriedade. Mesmo de longe, o cheiro de flores e árvores perenes era intoxicante. Um servente de uniforme vermelho estava à entrada.

— Por favor, acompanhem o caminho iluminado — falou, abaixando a cabeça em um cumprimento.

As luzes serpenteavam por entre as árvores, que por sua vez davam passagem aqui e ali a um gramado abundante. Joan conseguia se imaginar fazendo piqueniques ali, e se perguntou se Aaron já teria feito algum.

— Eu estava com medo de eles pedirem convites na porta — sussurrou a Ruth enquanto andavam.

— Duvido que sequer *existam* convites — murmurou ela de volta. — Nenhum inimigo dos Oliver apareceria em uma festa deles. — Ruth deu uma cotovelada de leve em Joan. — Tirando idiotas como a gente, pelo jeito.

— O que nós temos contra eles? — Joan sabia que os Hunt e os Oliver eram inimigos havia milênios, mas nunca havia escutado um motivo para isso.

— Eles são víboras traiçoeiras e escorregadias que fingem ser leais à Corte, mas na verdade só são leais a si mesmos.

— As origens das alianças e rixas foram todas esquecidas — contou Jamie. — Só restam os mitos agora.

— Quem é aliado de quem? — perguntou Joan.

— Você não conhece a cantiga? — disse Tom, e cantou suave para o ar da noite: — *A fênix e o cão. A sereia e o estorninho. O dragão faz votos ao deserto e ao imortal. A confiança do grifo jaz no cavalo branco, jamais vacilando. O rouxinol está ligado ao ulmeiro, sempre preservando.*

Jamie elaborou:

— Lius são aliados dos Hathaway. Olivers dos Mtawali. Portellis dos Ali e Nowak. Griffiths dos Patel. Nightingales dos Argent.

— Os Hunt não têm aliados? — questionou Joan. Ela se lembrava vagamente de Aaron provocar Ruth com isso da última vez.

— Quem precisa de aliados? — Ruth deu de ombros. — Alianças são só um monte de reuniões chatas e políticas e motivo para ficar se comprometendo com os outros.

— É. Não suporto aquelas reuniões em que a gente fica se comprometendo com os outros. — Tom falou de uma maneira tão neutra que Joan quase deixou passar o sorrisinho que lançou a Jamie. Jamie balançou a cabeça de leve, mas seu pescoço ficou vermelho na escuridão, e ele mordeu os lábios para conter o próprio sorriso.

— As inimizades mudam mais, dependendo da época — explicou a Joan. — As únicas realmente duradouras são entre os Oliver e os Hunt. Os Nowak e os Nightingale. Os Griffith e os Argent.

Tom esticou o pescoço para a frente. Agora conseguiam ouvir a festa à distância: risadas altas e música suave de cordas. Luzes fortes brilhavam por entre as folhas.

— O que aconteceria de fato se um Hunt fosse pego em uma casa Oliver? — ponderou ele.

Ruth fez uma careta.

— Melhor não ser pego. — Ela usava um batom azul, para combinar com a máscara de borboleta, e sua boca formou um evidente arco para baixo.

Joan tivera o poder Hunt quando criança, a habilidade de esconder objetos. Mas havia desaparecido aos poucos, e um novo poder de desfazer as coisas surgira em seu lugar, um poder que a avó lhe havia dito para jamais revelar a ninguém, nem mesmo Ruth. Um poder que ela descobriu ser proibido.

Até Nick ter perguntado sobre isso no barco, Joan só havia contado a Aaron.

"Eu não sou uma Hunt, sou?", perguntara a ele. Estavam no corredor da casa-esconderijo da mãe dele. O sol estava se pondo, lançando uma luz dourada sobre o rosto bonito de Aaron. Porque, para monstros, poder era família e família era poder, e Joan não tinha mais o poder Hunt.

"Do ponto de vista humano, eles são sua família", dissera Aaron. *"Você os ama e eles amam você."*

Mas, do ponto de vista monstro, eles não eram, e Aaron sabia isso desde a noite em que se conheceram, desde o momento em que havia chegado perto o suficiente para ver a cor dos olhos dela.

Raro entre os Oliver, ele tinha o verdadeiro poder da família: conseguia fazer mais do que diferenciar monstros de humanos; conseguia diferenciar uma família da outra. E, no dia em que seu próprio poder se estabelecera, Aaron havia recebido uma ordem especial da Corte. Haviam-lhe mandado matar qualquer um com um poder como o de Joan.

Ele deveria tê-la matado na noite em que se encontraram, como o pai dele tentara fazer. Ao falhar, deveria tê-la entregado à Corte. Em vez disso, Aaron a mantivera em segurança, longe dos outros Oliver e da própria Corte. Ele a protegera.

"O que eu sou?", perguntara-lhe Joan. Por que ela tinha um poder fora das doze famílias?

"Não sei", respondera ele. *"A única coisa que eu sei é que, se você desfizer o massacre, não pode nunca encontrar comigo. Jamais confie em mim. Não vou lembrar o que você significa para mim."*

Agora, Joan tocou sua máscara, conferindo se estava firme no rosto. À frente deles, as árvores finalmente se abriam, revelando o grande prédio de vidro, os jardins... e o baile de máscaras dos Oliver.

— Uau — disse Ruth, com rancor.

— É maravilhoso — comentou Jamie.

A luz brilhante que haviam visto por entre as folhas era a redoma iluminada do prédio de vidro, que era conectado à casa por uma passagem também de vidro. O jardim à frente era formal à moda clássica: caminhos para passear formados por sebes baixas. Pisca-piscas iluminavam o espaço, com trechos brancos de dálias a florescer tardiamente.

Mas era o baile em si que tinha a atenção de Joan. Os Oliver eram tão bonitos, e tão perigosos, quanto ela se lembrava. Seu olhar saltava de um convidado a outro. Ao longe, havia uma mulher de vestido em estilo de noiva com cauda longa; quando ela se virou, revelou uma máscara de caveira no mesmo tom de branco. Também havia um homem com cabelo completamente preto e uma imponente máscara de bronze, elaborada com filetes metálicos intrincados e sem abertura para os olhos. E ali por perto havia uma mulher cuja máscara dourada se erguia acima da cabeça em uma radiante coroa; seu vestido era formado por penas douradas. Serventes com bandejas de champanhe circulavam por entre os convidados.

O grupo caminhou até o gramado. Ruth inspirou fundo quando chegaram à entrada do jardim formal: um arbusto esculpido de maneira elaborada para formar um arco sobre suas cabeças.

— Nós vamos mesmo fazer isso? — sussurrou. — Estamos mesmo entrando na toca do leão?

Ela soava nervosa agora que estavam ali. Nem sua avó ousaria entrar em um evento Oliver sem ser convidada.

Joan também estava com medo. Da última vez em que estivera em um lugar cheio de Olivers, Edmund havia se divertido fazendo-a lutar pela própria vida. Ela tinha uma adaga, e o irmão dele, Lucien, uma espada. Distraída, Joan tocou a lateral da barriga. A luta não havia acontecido nesta linha do tempo, mas quase esperava encontrar uma cicatriz onde fora golpeada. Se Nick não houvesse interrompido a luta, ela teria morrido naquela noite.

<hr />

Quando entraram no jardim, Joan olhou ao redor, procurando pela silhueta familiar de Aaron. O espaço, de maneira desconcertante, lembrava um labirinto, com as paredes de sebe variando da altura da cintura ao pescoço.

— Vamos torcer para ele não estar vestindo uma dessas máscaras imensas — murmurou Tom quando passaram por um homem de capacete em formato de vespa que cobria seus olhos e cabelo.

Joan não estava preocupada com isso. Com ou sem máscara, reconheceria Aaron no momento em que o visse.

— Precisamos abordá-lo quando estiver sozinho e convencê-lo a falar — disse.

— Podemos embebedar ele — sussurrou Ruth de volta. — Aposto que ele é um bêbado tagarela.

Joan quase riu com a ideia. Provavelmente era mesmo. Mas duvidava que Aaron tocasse numa bebida oferecida por um estranho.

JAMAIS UM HERÓI ❧ 189 ❧

E como ela sabia disso? Como dissera a Ruth, só o conhecera por alguns dias. Só que... era como se pudesse decifrá-lo perfeitamente; como se ele permitisse que Joan visse quem ele realmente era. Aaron se abrira feito um livro para ela.

Eles chegaram à clareira circular no centro do jardim. Uma dúzia de pessoas dançava, ao estilo da Regência, em passos ordenados, com os vestidos girando. Um quarteto de cordas tocava de um lado e seus músicos vestiam máscaras brilhantes inspiradas em pássaros. A melodia era um *staccato*, em nota menor, e fazia os antiquados passos de dança parecerem macabros.

Enquanto Joan observava, o homem de cabelo preto de antes se uniu à dança. Ele inclinou a cabeça levemente para cumprimentar sua parceira, como um abutre, e Joan prendeu a respiração. Por trás da máscara sem olhos, ela reconheceu o rosto longo e sombrio de Lucien Oliver.

Conforme a música seguia, Joan viu o início do massacre mais uma vez. A espada de Lucien vindo feito um borrão em sua direção; o tapa ágil de Nick travando o golpe; o último suspiro forçado de Lucien quando Nick cravou a espada em seu coração. Lucien sequer soubera que havia sido morto por uma figura dos mitos.

— Você o conhece? — sussurrou Ruth. Havia visto a prima olhando.

Joan balançou a cabeça e se forçou a continuar andando.

— Vamos subir para o prédio de vidro. — Era mais alto na colina, e eles teriam uma vista melhor do jardim lá de cima.

—◆—

Havia um espelho d'água à frente do prédio, que refletia com ondinhas sua redoma brilhante. De perto, a construção era imensa: uma estrutura de vidro com dois andares e ossos de ferro.

Tom liderou o caminho, seguido por Jamie, depois por Joan e Ruth. O lugar era úmido como um borboletário, e tinha o cheiro doce de terra e plantas. Convidados passeavam pelos caminhos ladeados por folhas de samambaias e, acima, no nível do mezanino, floresciam crisântemos e estrelícias.

Mas era difícil focar naquela beleza. Joan viu Victor Oliver, em uma máscara com formato de touro, a familiar tatuagem de sereia no pulso. Ele havia reprimido Aaron por andar com uma Hunt, e morrera no Jardim Sul da Holland House. E lá estava Marie Oliver, de cabelo escuro e bonita, com a maior parte do rosto visível em uma máscara de penas prateadas que só cobria sua boca. Da última vez em que Joan a vira, ela estava caída morta em uma colunata.

Começou a olhar com atenção para as pessoas à frente, com suas máscaras e roupas elegantes, bebendo, conversando e rindo. Quantos mais ela reconheceria do massacre se descobrissem o rosto?

— O que foi? — sussurrou-lhe Ruth.

Joan engoliu em seco.

— Eu vi algumas dessas pessoas mortas — admitiu.

E agora elas estavam vivas de novo. Joan as trouxera de volta à vida. Ruth apertou a mão enluvada dela com mais força.

— Ruth... — começou a dizer. Então ouviu uma voz familiar e cruel vinda do mezanino acima.

— ... cansado da autoridade dos humanos. O baile de máscaras.

Um ar gelado pareceu percorrer o lugar todo. Joan não conseguiu evitar o calafrio ao olhar para cima e ver Edmund Oliver, o pai de Aaron e líder da família. Ele vestia um terno cinza-escuro, um colete e uma máscara de porcelana branca feito osso que cobria metade do rosto, parecendo destacar suas bochechas altas. Ele estava de pé no mezanino, segurando o corrimão dourado, examinando os convidados com frieza.

Joan conferiu a própria máscara de novo, só para garantir. Edmund tinha um ódio especial por humanos. *"Meio-humana, meio-monstro",* dissera a ela uma vez. *"Se sua mãe fosse uma Oliver, você teria sido exterminada no útero. Mas os Hunt têm certa tolerância para aberrações."* A pele de Joan se arrepiou toda com a lembrança.

A maioria dos monstros roubava vidas humanas em pequenas partes; alguns dias dessa pessoa, alguns daquela. Mas Joan suspeitava que Edmund pegava tudo o que pudesse; que ele matava as pessoas imediatamente. E ela o trouxera de volta à vida também.

"Achou que isso não teria consequências?", perguntara Astrid.

— É por isso que prefiro os primeiros séculos — respondeu o homem ao lado de Edmund. Ele tinha o cabelo grisalho e as costas curvadas, com uma máscara preta simples. — Existe uma agradável liberdade nas sombras não registradas da história.

Edmund resmungou em resposta.

— O que você acha? — perguntou o homem de cabelo grisalho.

Joan levou um segundo para perceber que ele não estava falando com Edmund, mas com alguém do outro lado dele. Ela prendeu a respiração. Era Aaron.

— Ele não acha nada — disse Edmund, com desprezo.

Aaron não reagiu. Seu rosto angelical estava parcialmente coberto por uma máscara dourada que descia pelo nariz e cobria os olhos. Seu cabelo loiro era inconfundível, tão sofisticado quanto a máscara. Ele normalmente vestia cinza, mas estava todo de preto naquela noite: smoking, colete, camisa. Não havia indícios de emoção em sua postura, mas aos olhos de Joan parecia que ele estava em uma bolha, sozinho.

Ela teve um daqueles lampejos de memórias sobrepostas; a primeira vez em que vira Aaron, ele estava sozinho na reentrância de uma janela na Holland House.

Ruth acompanhou o olhar dela.

— Tenho que admitir — murmurou —, ele está sempre bonito. — Sua voz estava tão cheia de rancor quanto quando ela havia admirado os jardins.

— Está mesmo — concordou Tom, distraído, e então, para a surpresa de Joan, ele corou.

Jamie mordeu o lábio e sorriu.

— Acho que todos apreciamos a vista. — Ele se virou para Joan. — Não acha?

Ela se sentiu corar exatamente como Tom. Para seu alívio, Ruth cortou o momento.

— Contei cinco na equipe de segurança — sussurrou.

Equipe de segurança? Joan viu então que algumas pessoas no mezanino não eram convidados comuns. Vestiam ternos mais simples e não usavam máscaras. Formavam um círculo ao redor de Edmund e Aaron, e Joan sentiu uma pontada de desespero. Não havia percebido o quanto Aaron estaria inacessível.

"Ele não acha nada", dissera Edmund. Era evidente que o pai o controlava com rédeas curtas. Mesmo se George Griffith estivesse ali, teria sido quase impossível forçar Aaron a revelar segredos da Corte sem Edmund ou aqueles guarda-costas ficarem sabendo. E sem George...

Ruth falou primeiro, em um murmúrio:

— Não gosto disso. Não gosto de estar em território Oliver. Não gosto de estar perto assim de Edmund.

— Nosso plano com George já foi por água abaixo — disse Tom. — A gente deveria ser prudente e voltar para o barco.

Mas Aaron ainda era a melhor chance que tinham de encontrar Nick.

— Nós precisamos daquela informação — sussurrou Joan. Ela se virou para Jamie. — Tem algo nos registros Liu sobre Aaron sair sozinho?

— Ele é conhecido por ser bom em evitar câmeras. Não aparece casualmente nos registros Liu. E, quando está em eventos assim, anda sempre com guarda-costas.

Joan mordeu o lábio. Aaron não tinha guarda-costas quando ela o conhecera, mas era verdade que haviam passado a maior parte do tempo fugindo. E, todas as vezes em que o vira nos últimos tempos, ele estava com Guardas da Corte.

— Vamos voltar? — perguntou Ruth.

— Espera — pediu Joan. — Espera. — Ela precisava pensar. — É possível que ele tenha contado para alguém aonde levou Nick?

— O pai, talvez.

— Alguém mais fácil de interrogar?

— Ele estava fazendo um trabalho para a Corte, então teria que relatar nos registros Oliver — disse Jamie. — Meu chute é que ele arquivou a informação e não contou para ninguém.

Joan olhou ao redor. Estavam falando em sussurros, e suas vozes eram abafadas pelo barulho da festa. Mas, só por garantia, ela gesticulou para os outros se aproximarem da parede de vidro do prédio, onde havia uma fonte e o barulho de água corrente.

— Você pesquisou sobre a casa, certo? — perguntou a Ruth. — Os Oliver guardam os registros *aqui*?

Ruth pareceu confusa com a pergunta.

— Há, claro. É a casa principal deles.

— Dá pra chegarmos onde eles estão?

O queixo de Tom caiu como se ela houvesse sugerido que eles invadissem uma igreja.

— Você quer invadir a sala de registros dos Oliver?

— Você quer *ver os registros de família deles?* — Ruth estava tão escandalizada quanto Tom. Joan a havia visto invadir casas sem nenhum remorso, mas parecia realmente chocada com essa ideia. — Ler os registros dos outros?

— É possível? — insistiu Joan.

— Bom, é. Mas... — Ruth correu os olhos por todos eles. — Registros de família são *sagrados*.

— Depois que são arquivados, ninguém pode tocá-los exceto o arquivista da família — explicou Tom. Ele olhou de volta para Aaron, que ainda estava com Edmund no pequeno círculo de pessoas. — Mas eles não estariam esperando por uma invasão...

— A arquivista deles está na festa — murmurou Jamie. — Edelie Oliver. — Ele apontou com a cabeça para uma mulher na lateral do salão. Ela usava um vestido longo de seda e uma máscara gótica que lembrava um corvo. Seu longo cabelo vermelho descia em cascata pelas costas, um contraste vibrante contra o preto. — Ela me parece ocupada.

Ruth interpretou errado a expressão de Joan.

— Você estava com ela da última vez também?

— Não — disse Joan. Ela a havia visto morta no Jardim Sul da Holland House, seu belo cabelo vermelho espalhado entre folhas e terra. Joan respirou fundo, e de súbito tudo o que conseguia sentir era o cheiro de hortênsias esmagadas. Tentou se concentrar no abundante cheiro tropical do prédio de vidro.

— Eu só preciso de um minuto na sala — falou Jamie. Ele não parecia tão escandalizado quanto os outros. — Menos, dependendo do formato dos registros deles.

Joan ainda sentia o cheiro de hortênsias. Ela se forçou a falar.

— O que acha? — perguntou a Ruth.

— É na antiga ala dos serventes. Perto da cozinha.

Todos hesitaram com isso, olhando para o fluxo de garçons com bandejas de champanhe e aperitivos.

— A cozinha vai estar lotada — comentou Joan.

— E o caminho principal até ela também — concordou Ruth. — Mas tem como contornar isso. — Ela fez uma pausa, e Joan sabia que estava visualizando a planta da casa. — Partindo das escadas do fundo, conseguimos chegar ao corredor onde ficam os depósitos e a sala de registros.

— Eu e Tom ficamos de vigia então. — disse Joan. — Você arromba a fechadura. Jamie faz o esquema dele...

Ruth soprou o ar pela boca.

— Nós vamos mesmo fazer isso?

— Bom, eles não vão estar esperando — disse Tom.

— E nós não vamos bagunçar os registros deles — falou Joan. — Só *olhar*.

<hr />

Uma passagem de vidro ligava o prédio onde estavam à casa. Joan achava que teriam de se esgueirar para dentro, mas outras pessoas estavam entrando e saindo; os limites da festa se estendiam para além dali.

Joan se pegou prendendo a respiração ao chegar ao final da passagem e entrar na casa em si. A primeira impressão que causava era intimidadora, e ela havia sido projetada exatamente para isso. Eles entraram em uma longa galeria com quadros dos Oliver pelas paredes, em molduras douradas. Joan viu um de Edmund com um rifle de caça e um veado morto; ao lado dele estava uma mulher loira com uma tiara de prata. Será que todos aqueles Oliver eram líderes de família? Cristaleiras pintadas à mão interrompiam a sequência de pinturas, e continham tesouros: ornamentos cheios de joias e minúsculas porcelanas.

— Eu não acharia ruim passar 15 minutos aqui com um saco — murmurou Ruth.

As sobrancelhas de Jamie se uniram em desaprovação.

— Não somos ladrões. Não hoje, pelo menos. Continua andando.

Ruth suspirou, mas juntos eles saíram da galeria. Ela os conduziu por uma série de corredores que se tornavam cada vez menos grandiosos: o piso de mármore deu lugar a taco, depois laminado comum e carpete cinza. Os sons da casa também mudaram: do burburinho distante da festa ao tilintar de utensílios na cozinha.

Joan estivera tensa, com medo de disparar alarmes, de alguém os encontrar ali. Mas, no corredor seguinte, Ruth gesticulou para que ela fechasse a porta atrás de si, então acendeu a luz e todos piscaram.

— É aqui — disse. — O corredor de depósitos no fundo da casa.

Era largo, com rústicas paredes brancas, tão longe do restante da casa que o silêncio era total.

— Tem formato de um L com saídas em cada ponta — sussurrou Ruth. — Dois depósitos em cada ala.

Eles conferiram os cômodos depressa: um estava cheio de lençóis e roupas velhas, perfeitamente dobrados; o segundo tinha coisas antigas de cozinha; o terceiro, curiosamente, não era um armazém, mas sim um pequeno quarto, o aposento de um servente. A última porta estava trancada.

— É *isso*? — perguntou Joan. — Aqui, no meio dos lençóis? Achei que os registros monstros fossem sagrados.

— E são — respondeu Ruth. — Mas até os Oliver sabem ser práticos. E ninguém jamais invadiria um arquivo.

— Exceto nós, aparentemente — retrucou Tom, com um humor seco.

— Certo. — Joan apontou. — Eu vou ficar de vigia aqui.

— Eu vou olhar a outra ponta. — Tom deu a volta no canto do L e desapareceu.

Joan se posicionou e ficou ouvindo à porta. Estava tão quieto que ela se lembrou da Corte Monstro, o palácio parado no tempo. Conseguia ver Ruth e Jamie de onde estava. Ruth tirou dois grampos do cabelo e a porta se abriu em segundos. *"Fechadura vagabunda"*, articulou silenciosa para Joan, apenas com os lábios, enquanto ela e Jamie entravam na sala.

Joan tentou não ficar inquieta enquanto esperava. Esforçou-se para escutar passos ou rangidos comprometedores. Cruzou os braços e trocou a perna de apoio, tentando se aquecer sem fazer barulho. O corredor estava congelante, mesmo em uma noite morna. O pequeno quarto do lado oposto deveria ser um gelo para se dormir.

De *quem* era aquele quarto? Numa casa como aquela, os aposentos dos serventes costumavam ser no sótão. E não teriam só *um* quarto. Joan espiou para dentro dele, tentando entender. Uma cama de colchão fino estava apoiada na parede; a moldura de ferro lembrava-lhe os acampamentos da escola. No canto, havia um pequeno guarda-roupas; uma janela treliçada dava para uma parede suja de tijolos e um trechinho do céu. Joan ficou chocada com o quanto o espaço era cruel e punitivo. Aquela era uma mansão com vista para os jardins mais bonitos do país. E, ainda assim, um funcionário havia sido colocado *ali*.

Quem quer fosse, havia feito seu melhor com o espaço. Havia uma bonita luminária de chão ao lado da cama: o vidro era de um azul-marinho profundo. E o quarto estava impecável: não havia uma poeirinha no chão; nem uma dobra nos lençóis. Os únicos sinais de bagunça eram um livro sobre o travesseiro, *Os Contos da Cantuária*, e uma carta pela metade em caligrafia antiquada. Havia uma caneta ao lado da carta.

Joan ficou olhando fixo para ela. Conhecia aquela letra...

Ela deu um passo para mais perto, o que a colocou na soleira do quarto, mas ainda perto o suficiente do final do corredor para ouvir passos. Havia uma sereia no cabeçalho da carta e um nome em letra cursiva elegante: *Aaron Oliver*.

Joan levou um longo momento para entender.

Aquele era o quarto de Aaron.

Mas por que ele estaria dormindo *ali*, naquele lugar frio, isolado do luxo do restante da casa? Joan o havia imaginado dormindo em uma cama de rei, em meio a seda damasco e veludo. Ela o havia imaginado em uma suíte particular no andar de cima. Mas sua família o escondera ali, no quarto congelante da ala de serviço.

Ela lutou contra a tentação de entrar. Tinha um desejo urgente de ler aquela carta, abrir o guarda-roupas. Lágrimas encheram seus olhos. Sequer tinha certeza do porquê, só sabia que sentia mais falta dele do que jamais imaginara. E Joan sabia que nunca chegaria mais perto dele do que isso. Odiava o fato de ele estar naquela casa, com pessoas que pareciam desprezá-lo.

Forçou-se a recuar. Ao se mexer, o clique de uma maçaneta soou pelo corredor. Ela deu um pulo. *Aaron*, pensou automaticamente. Mas não. Ruth e Jamie estavam saindo da sala dos arquivos.

Ruth acenou para ela, parecendo triunfante, e Jamie correu no sentido contrário para chamar Tom.

— Vocês conseguiram? — sussurrou Joan.

Ruth assentiu com a cabeça.

— Data e endereço!

<hr />

Eles voltaram pelo mesmo caminho, andando rápido. *"Data e endereço."* Joan olhou para os próprios braços enluvados. Ainda estava atolada. Se Nick havia sido levado para outra época, ela não conseguiria ir atrás dele. Seria possível tirar a algema?

Quando olhou para cima, percebeu que havia alguém bem à sua frente; não Ruth, mas alguém mais alto, entrando no prédio de vidro conforme ela saía. Eles trombaram, e Joan cambaleou para trás, evitando por pouco um garçom com uma bandeja de copos de champanhe. Ela teve a vaga impressão de algo cair perto de seus pés.

— Sinto muito por isso — disse uma voz familiar.

Joan prendeu a respiração.

Aaron era bonito de longe, mas perto assim se tornava devastador. A máscara dourada era um molde perfeito ao redor dos olhos, e ele e Joan eram um par que se complementava: ela, de vestido dourado e preto; ele, com a máscara dourada, camisa e smoking pretos. Poderiam ter chegado ali juntos. Os olhos dele eram tão marcantes quanto ela se lembrava: o cinza do céu antes de uma tempestade.

Aqueles olhos estavam fixos nela enquanto Aaron lentamente tirava a máscara do rosto.

A mão de Joan voou para a própria face. Para seu horror, os dedos encontraram pele nua. Sua máscara dourada e o véu preto que escondiam seus olhos estavam caídos no chão. Haviam se soltado com a trombada.

"Se você desfizer o massacre, não pode nunca encontrar comigo. Jamais confie em mim. Nunca me deixe chegar perto o suficiente para ver a cor dos seus olhos."

Por um momento, tudo pareceu suspenso: o rosto de Aaron em choque; Joan congelada no lugar.

— Aaron — ela se escutou implorar.

O som de sua voz quebrou o encanto. A expressão de Aaron se contorceu em um profundo desprezo que Joan nunca havia visto ali.

— Aaron, *por favor* — repetiu. *"Você me conhece",* pensou.

Mas ele não conhecia. Não importava que houvessem salvado a vida um do outro. Não importava que da última vez em que se viram, ele a houvesse levado para o esconderijo da mãe. Havia dito que ela significava algo para ele. Ele *não se lembrava.*

— Segurança! — gritou Aaron. — Aqui!

Então tudo aconteceu de uma vez, um borrão de corpos em ternos pretos. A mão pesada de um homem agarrou o ombro de Joan. Seus braços foram puxados para trás. Ela conseguia escutar a voz de Aaron, carregada de ódio e soando mais como o pai do que com ele mesmo:

— Levem-na! Ela é uma inimiga da Corte.

VINTE E DOIS

Ao gesto de Aaron, Joan foi arrastada para fora do prédio, até a beirada do espelho d'água, onde começavam os caminhos contornados por sebes. Ela teve um vislumbre do rosto horrorizado de Ruth à frente, com Tom e Jamie um de cada lado. *Vão*, sinalizou Joan. Ruth balançou a cabeça, e ela sinalizou de novo. *Vão.*

Tom murmurou algo no ouvido de Ruth e, para o alívio de Joan, ele e Jamie arrastaram sua prima para longe. Joan só esperava que ninguém houvesse visto os três junto dela. Que os outros conseguissem chegar ao barco.

Ela se virou para Aaron. Apenas eles dois, entre todos os convidados, estavam sem máscaras. Como sempre, ele estava imaculado, nem um fio de cabelo dourado fora do lugar. Perto assim, dava para ver os detalhes de seu terno: um delicado brocado de preto no preto. Ainda segurava a máscara na mão.

Joan tinha consciência do contraste com seu próprio estado lamentável. Seu cabelo havia se soltado do estilo em meia trança durante a confusão, e linhas soltas pendiam de seu vestido de onde contas haviam caído.

— O que ela fez? — disse um dos seguranças. Havia três deles, Joan percebeu então. Todos de terno preto.

Aaron ignorou a pergunta. Seus olhos estavam fixos em Joan. E ele podia não a conhecer mais, mas Joan o conhecia. Conseguia ler sua expressão, sua linguagem corporal. Ela sabia exatamente do que ele estava se lembrando. Havia manifestado o verdadeiro poder Oliver com 9 anos de idade. E fora imediatamente levado para ver um homem em uma jaula de barras de ferro. Aaron contara isso a Joan, e o horror da cena ainda o perseguia depois de todos aqueles anos: *"Eles... deram choques nele, com um bastão de gado, até que olhasse nos meus olhos. Me disseram que se eu visse alguém como ele de novo, deveria matar a pessoa. Ou informar a Corte se não conseguisse agir por conta própria. Eu nunca havia visto alguém como ele de novo. Até que te encontrei no labirinto. Até que estivesse perto o suficiente para ver os seus olhos."*

— Só me deixa ir —implorou a Aaron agora. — Eu sei que você não quer fazer isso.

A Corte o havia comandado a matar pessoas como ela, mas Aaron não queria ser responsável pela execução de alguém. E ainda podia soltá-la. Podia simplesmente dizer que havia sido um engano. Ninguém havia reparado na cena ainda.

— Aaron...

A boca dele se contorceu da mesma forma que quando a chamara de *"aquela imunda"* no jardim da frente da casa de Nick.

— Pare de falar meu nome — disse ele, severo, e Joan engoliu em seco, apesar do nó em sua garganta. Será que conseguiria não surtar? — Eu sei qual é o meu dever.

Ele ergueu a mão para tocar o paletó. Debaixo daquele traje impecável, havia a tatuagem de uma sereia; Joan vira a silhueta uma vez, sob a camiseta molhada dele. Será que o lema dos Oliver estava lá também? *Fidelis ad mortem,* fiel até a morte. Ele levantou a cabeça para os guarda-costas atrás de Joan:

— Tragam meu pai.

— Não, *por favor!* — pediu Joan.

Mas um dos homens de terno preto se afastou, trotando caminho abaixo para encontrar Edmund. Joan respirou fundo, tentando controlar as emoções. Edmund havia tentado matá-la da última vez. Nick a salvara, mas ele não estava ali agora. Nem ao menos era mais a mesma pessoa.

— O que ela fez? — repetiu um dos seguranças. — Você a pegou roubando alguma coisa?

— Roubando? — repetiu Aaron com uma leve incredulidade, como se capturar uma ladra fosse algo muito abaixo do nível dele. — Dê-me o pulso direito dela.

Joan resistiu, mas um dos guardas agarrou seu cotovelo. Aaron puxou sua luva pela ponta dos dedos, deslizando-a para fora até que o primeiro indício de dourado aparecesse no braço dela.

Um dos homens de terno preto deixou cair o queixo.

— É uma fugitiva?

E *agora* eles estavam atraindo a multidão. Os Oliver se aproximavam em grupos, encarando-a e sussurrando. *"Fugitiva"*, escutou Joan. *"Uma inimiga da Corte."* As máscaras iam de requintadas a exageradamente grotescas: a cabeça de uma serpente com minúsculos diamantes reluzentes; Lucien, com aqueles filetes metálicos sem olhos.

Joan tentou recuar, mas quem a segurava era forte demais.

— Aaron, *por favor*!

— Pare de dizer *meu nome*! — explodiu ele. — Pare de dizer meu nome como se você me conhecesse!

Joan se assustou, e os olhos de Aaron se arregalaram como se estivesse surpreso com a própria reação. Ele passou uma mão trêmula pelo cabelo dourado.

Havia um grande peso sobre o peito de Joan, tão doloroso quanto se estivesse pressionado contra seu coração. *"Essa não é a primeira vez que nos encontramos"*, ela queria dizer. *"Nós nos conhecíamos em outra vida."* Mas ela sabia que ele não acreditaria. Sua garganta parecia apertada: a dor do desprezo de Aaron combinada com a humilhação de ser encarada pelos Oliver.

— O significa isso?

Joan se assustou de novo com a voz de Edmund. A multidão se abriu para lhe dar passagem, e ele andou até Joan e Aaron.

Havia esquecido o quanto ele era imponentemente alto. O homem tirou a própria máscara, deixando o bonito rosto exposto. Seu cabelo loiro era mais pálido que o de Aaron. Na juventude, devia ter sido tão bonito quanto o filho, mas a idade e seriedade de sua expressão tornavam austeras aquelas características familiares.

— Mandou me chamar? — perguntou a Aaron. A perguntava soava perigosa.

— Encontrei uma fugitiva em nossa propriedade.

Se Edmund ficou surpreso ou impressionado pelo filho ter capturado Joan, não demonstrou.

— Olhe os olhos dela — disse Aaron.

Uma centelha de interesse apareceu. Edmund abaixou os próprios olhos cinza como sílex para ela. Com seu cabelo loiro-branco e smoking preto, ele poderia ter saído de uma fotografia monocromática. O momento se estendeu, e a respiração de Joan acelerou de medo. Algo muito parecido havia acontecido antes. Edmund a havia examinado como fazia agora, e então ordenado que a matassem.

Joan se lembrou de *seu* Aaron de novo, acariciando sua bochecha à luz dourada do pôr do sol. Estava desesperado para que ela ficasse longe dele. Era exatamente esse cenário que temia. Ele sabia que seria assim.

— Fazia tempo que eu não encontrava alguém da sua laia — falou Edmund. Joan estremeceu, e ele sorriu de leve. Havia se divertido com o medo dela da última vez também. Aproximou a boca da orelha dela e murmurou: — Sabe o que eu acho mais prazeroso? Que você nem sabe o que é. Nenhum de vocês sabe. Morrem todos sem nunca saber.

Lentamente, para que Joan pudesse ver, ele abriu o paletó e retirou uma adaga reluzente de sua bainha.

— *Não* — sussurrou Joan, e o sorriso dele se alargou.

Ela mordeu o interior das bochechas. Ele *queria* que ela chorasse e implorasse antes de matá-la. Ele queria ver dor. Era difícil acreditar que *esse* fosse o pai de Aaron. Não eram nem um pouco parecidos.

Edmund ergueu a adaga, deixando a lâmina prateada brilhar sob o luar. O cabo era lindo: tinha o formato de uma sereia com rabo azul e verde esmaltado. E Joan estava tremendo de verdade agora. Estava mesmo acontecendo, uma continuação da noite na Sala Dourada em que Edmund ordenara a Lucien que a matasse. Isso é o que *teria* acontecido se Nick não estivesse lá. E Edmund tinha razão. Joan não sabia o que era.

Para seu horror, a coisa piorou. Edmund girou a adaga e ofereceu o cabo a Aaron.

"Não", pensou Joan. *"Não pelas mãos dele."* Não conseguia parar de tremer. Virou-se o máximo que conseguia para Aaron. Se fosse morrer, queria morrer com ele nas retinas, e não o rosto cruel de Edmund. Aaron já havia se importado com ela antes, mesmo que não soubesse disso nesta linha do tempo.

Aaron olhou para a lâmina em suas mãos. Estava pálido feito um fantasma.

— Eles a querem viva. — As palavras saíram tão baixas que, por um segundo, Joan não soube dizer se havia escutado direito.

— O quê? — Edmund soava impaciente.

Joan não ousava respirar. Aaron estava contrariando o pai? Havia perdido da última vez, mas, quando Edmund o mandara sair da sala, ele obedecera. Havia deixado Joan para morrer.

— A ordem era levá-la aos Guardas da Corte para interrogatório — disse Aaron.

— A *ordem* sempre foi matar aberrações imediatamente. — O olhar de Edmund queimava. — Às vezes me pergunto se você sequer é sangue de meu sangue. Nenhum filho meu seria tão fraco a ponto de pedir para Guardas da Corte fazerem seu trabalho por ele.

Aaron olhou para além dos ombros de Edmund, para a multidão de Olivers que assistia à cena. Ele corou.

— Eu *sou* sangue do seu sangue — falou por entre dentes para Edmund. — Tenho seu nome. E seu poder.

Edmund o encarou do alto de sua estatura ameaçadora, arrastando o momento até que Aaron piscasse e desviasse os olhos.

— E é um desperdício — retrucou com desprezo. Ele balançou a cabeça quando Aaron lhe ofereceu de volta a adaga. — Fique com ela. Talvez encontre força de vontade a caminho dos guardas.

JAMAIS UM HERÓI ❧ 201 ❧

Aaron ficou parado, com as bochechas ainda coradas, enquanto os Oliver se dispersavam de volta para a festa. Joan ainda respirava depressa. Estivera preparada para a agonia da adaga; mal conseguia acreditar que ainda estava viva.

— Por que você... — começou a perguntar.

Aaron a interrompeu. Seu rosto bonito era frio.

— Você será interrogada e, a seguir, executada. Como deve ser. — Ele pegou um pequeno disco dourado do bolso e apontou a coisa para o braço tatuado de Joan. — Está ancorada em mim agora — disse a ela. Aos homens da segurança, ordenou: — Mandem alguém trazer um carro.

◆━━◆◇◆━━◆

Aaron a conduziu ao redor da casa. Assim que estavam fora do campo de visão dos convidados da festa, Joan disparou para a rua.

— Pare! — gritou Aaron.

Para o choque de Joan, seu corpo ficou imóvel. Ela virou a cabeça para Aaron, com o queixo caído. Ele estava a vinte passos de distância e não a tocara. A equipe de segurança havia se afastado conforme caminhavam, e Joan pensara, esperara, ter uma chance de escapar.

— Como você fez *isso*? — perguntou.

— Volte aqui! — disse Aaron.

Suas pernas começaram a andar na direção dele por conta própria. Seu coração martelava no peito.

— Como você está *fazendo isso?*

Não era o poder Argent; ela não *queria* obedecer. Era mais como se Aaron a houvesse prendido com uma corda invisível e a estivesse movimentando como uma marionete.

— Você está ancorada em mim por meio dessa algema — falou ele, como se estivesse surpreso que ela não soubesse. — Achou mesmo que poderia escapar?

— Mas... não funcionou assim antes — comentou Joan. Ela estava horrorizada. Corvin Argent havia usado as palavras *ancorada* e *algemada*, e *ele* não havia conseguido movimentar Joan por aí.

— Bom, não sei por quê. Devia ter funcionado. Mas imagino que tenha dado defeito quando você viajou com Corvin. — Ele inclinou a cabeça para o lado e perguntou, curioso: — Quando você chegou? Nunca conseguimos descobrir.

Joan balançou a cabeça. Por que ele estava perguntando isso? Ela e Nick haviam chegado à mesma época e ao mesmo lugar que Corvin. Ainda não entendia por que a Corte não os estava esperando quando chegaram.

— Então suponho que essa seja uma pergunta a ser feita pelos guardas— disse Aaron.

Um reluzente Jaguar preto aguardava na área de embarque e desembarque, com um motorista de quepe cinza.

— Entre, por favor — pediu Aaron a Joan. O rubor havia desaparecido, e seu rosto estava muito pálido ao luar. Perto do caminho, a casa se erguia imensa e intimidadora; as claras paredes de pedra lembravam uma fortaleza.

Joan hesitou. Se entrasse naquele carro, suas opções se tornariam muito limitadas. Ela pressionou as pontas dos dedos contra a marca dourada de novo, da maneira mais discreta que conseguiu. *"Desfaça-se"*, ordenou. *"Desfaça-se."* Nada aconteceu. A tatuagem continuou parecendo ouro imaculado.

— Ah, entre logo — disse Aaron. — Eu não *gosto* de usar essa algema.

E a segunda parte parecia estranhamente verdadeira. Os Argent pareciam sentir prazer com seu poder, mas Aaron estivera tenso e relutante toda vez que puxara Joan consigo.

— Você não precisa fazer isso — implorou ela. — Ainda não é tarde demais para me deixar ir embora.

Aaron abriu a porta do carro e gesticulou sem falar nada. O corpo de Joan se movimentou. Ela cerrou os dentes enquanto seus membros se posicionavam sozinhos no assento. Como poderia atingi-lo? Será que ele era sequer acessível? Haviam se encontrado em circunstâncias tão diferentes da outra vez, com as duas famílias mortas, os dois encurralados e fugindo, salvando a vida um do outro.

Aaron deslizou para o assento ao lado dela.

— Pegue a A4 e siga para o leste — ordenou ao motorista. — Vou dizer quando for para virar.

O vasto tamanho da propriedade Oliver ficou ainda mais evidente de carro. O terreno ao redor se transformou de gramado em árvores em um campo aberto antes de chegarem à rodovia. Quando o motorista entrou em Richmond de fato, Joan se pegou olhando para Aaron. Assim como com Nick, alguma parte estúpida dela ainda o via como *seu* Aaron.

Ao mesmo tempo, o medo se desenrolava dentro dela conforme a realidade da situação a atingia. Quanto tempo ficariam naquele carro? Se ela não conseguisse soltar a algema, Aaron a forçaria para a custódia dos guardas... e depois?

— Você disse que eles querem me interrogar?

Houve uma pequena pausa antes que Aaron respondesse:

— Para começar, eles vão querer saber quem esteve dando abrigo para você.

A boca de Joan ficou seca.

— Ninguém estava me dando abrigo. — Ela conseguia escutar o quanto não soava convincente. Pelo menos havia deixado o bracelete Hunt no barco...

— Você pode lutar o quanto quiser contra o interrogatório Griffith, mas vai perder para os guardas no final. — Havia um tom estranho nisso, como se ele estivesse falando por experiência.

— Não é possível que você queira me entregar para eles — sussurrou Joan.

Aaron estava nas sombras de novo. Sua voz era severa:

— Não sei por que você fica falando isso.

"Porque eu te conheço", pensou Joan. *"Eu sei o quanto você ficou horrorizado quando te deram essa ordem da Corte."*

Porém, naquele momento, faróis iluminaram o carro, e Joan viu pura repulsa em seu rosto. *"Aquela imunda"*, dissera. E era assim que ele a olhava agora, como se a desprezasse; como se a *quisesse* morta.

— Depois que você responder as perguntas, os guardas irão executá-la — disse Aaron. — E eu vou estar lá para ver.

O coração de Joan parecia tão pesado quanto chumbo.

— Você vai *ver*? — sussurrou, incrédula. Edmund gostava de ver pessoas sofrendo e com medo, mas Aaron não era assim. — Você vai ficar assistindo eles me matarem?

Embora ele mesmo tivesse dito aquilo, a pergunta de Joan pareceu surpreendê-lo a ponto de que tivesse uma reação real; um horror doentio percorreu o rosto dele.

— Você nem sabe por que querem me matar — disse Joan, bem baixinho. — Mandaram você ficar de olho em pessoas como eu, mas você nem sabe o motivo.

Nem *ela* sabia o motivo.

— Eu sei o motivo — respondeu ele. Havia recuperado o equilíbrio. — Estou fazendo isso porque pessoas como você não deveriam existir. Você nunca devia ter nascido.

Eram as palavras de Edmund na boca de Aaron. O peito de Joan parecia tão apertado que ela mal conseguia respirar.

— Talvez você ache tentador pensar que me conhece — continuou ele; seus olhos cinza estavam sérios. — Eu sou bastante popular. Mas você não faz ideia do quanto vou me divertir com a sua execução.

De alguma maneira, ele estava falando sério, Joan conseguia ver isso. Alguma parte dele realmente estava ansiosa para ver a morte dela.

E, simples assim, Joan estava à beira das lágrimas. Sabia que Aaron significava muito para ela — pensava nele todos os dias —, mas não havia percebido quanto até aquele momento. Até ele lhe mostrar que não sentia mais o mesmo. Quando o motorista estacionou em uma vaga, Joan estava usando todas as suas forças para manter os olhos secos.

Ela sentiu um puxão no cotovelo. Aaron havia saído do carro e a estava puxando para que o acompanhasse.

— Não me faça arrastá-la.

Ela deslizou pelo banco até poder sair para a rua e ficar ao lado dele. Deu outro passo e foi puxada com tanta força para trás que quase caiu.

— Encurtei a guia da sua coleira — disse Aaron com frieza. — Para o caso de você ficar tentada a fugir de novo.

"Controle-se", ordenou Joan a si mesma. *"Se não se controlar, você vai morrer."* Ela precisava escapar dali. Precisava *pensar*.

Forçou-se a olhar ao redor. Onde estava a sede da guarda? Eles estavam de frente para um parque cercado. Não dava para ver muito no escuro. O outro lado da rua parecia grande e comercial, com cafeterias, boutiques de roupa e um supermercado, todos fechados àquela hora da noite.

Um *déjà-vu* a atingiu então, tão forte quanto a sensação na cafeteria, e ainda mais desconcertante. As lojas em si não eram familiares, mas a disposição delas e do parque era.

— É a Holland House — falou, devagar. Ou havia sido; a casa em si estava em ruínas havia décadas. Os pelos de sua nuca se eriçaram. — O que estamos fazendo *aqui*?

— É a sede local — respondeu Aaron, parecendo chocado com a reação dela.

— Mas... a casa está em ruínas.

Era coincidência demais, estranho demais, que Aaron a levasse *lá*. As famílias deles haviam sido mortas ali; Joan salvara a vida de Aaron ali; havia conhecido ele e Nick ali.

Às vezes, a linha do tempo manipulava situações, como quando colocou Joan e Nick juntos de novo, na escola. Era possível que a houvesse levado até ali por um motivo também? Ela tentou captar a sensação de engrenagens girando de quando a linha do tempo manipulava eventos. E não conseguia senti-la exatamente, mas, ao redor deles, o ar pareceu se remexer.

Não era uma brisa física, mas uma ondulação na linha do tempo. Joan conseguia senti-la como se fosse um animal alerta. Como se a presença deles ali fosse de alguma forma digna de sua atenção.

Aaron franziu a testa de leve; também havia percebido e não conseguia entender. Porém, respondeu à pergunta de Joan:

— A sede da guarda não fica neste século.

Aquele foi todo o aviso que Joan teve.

A pontada de desejo a atingiu do nada. Antes que pudesse piscar, o céu mudou de preto para branco. Seus olhos marejaram com a claridade súbita. Ela os espremeu, tentando ajustar as pupilas. O ar estava quente como no verão, e havia um cheiro pesado de fumaça e fezes de animais. Os sons também haviam mudado: o rangido de motores de carro havia desaparecido, substituído pela cacofonia de cascos de cavalo e gritos de um mercado.

Quando a visão de Joan se adaptou, ela olhou para Kensington High Street.

Cavalos e carruagens fluíam em caminhos caóticos rua abaixo, até se perderem de vista. À frente dela, um homem corria para tomar um *ômnibus* puxado por cavalos, já abarrotado de gente. Ele vestia um terno cinza e chapéu coco, que segurava com a mão ao correr. Um anúncio pintado à mão no *ômnibus* dizia: *Cacau Cadbury. O mais puro; logo, o melhor.*

Uma mulher passou de bicicleta, com a saia longa amarrotada. Ela ficou encarando Joan ao passar, boquiaberta, e Joan abruptamente tomou ciência de suas roupas fora de época: o vestido dourado e preto do baile. A mulher em si vestia uma blusa larga e terninho de alfaiataria.

Que época era aquela?

Joan observou os cavalos, as pequenas charretes, as bicicletas e lojas com sinalização caseira. Mais anúncios, de máquinas de gelo, chá Lipton, biscoitos Huntley & Palmers.

Ela se virou para o parque. O portão de ferro forjado ainda estava no lugar, mas a propriedade havia sido ampliada, engolindo o Museu do Design a oeste e toda a fileira de prédios além dele.

Um passo soou, fazendo Joan se sobressaltar. Um homem apareceu no portão do Holland Park. Ele vestia o uniforme formal de um Guarda da Corte: sarja azul-marinho com botões dourados, um quepe com detalhe trançado.

Ele examinou Joan e Aaron através das grades de ferro, processando suas roupas do século XXI e o leão dourado no braço dela.

— Ela é uma fugitiva — disse Aaron. — Marcada para execução.

O guarda assentiu com a cabeça, como se receber prisioneiros condenados fosse uma ocorrência diária.

— Traga-a para dentro.

VINTE E TRÊS

Aaron ainda segurava Joan com força quando passaram pelo portão aberto. O caminho à frente era sombrio sob o céu branco. Por entre as árvores, Joan conseguia ver amplos espaços, muito maiores do que o parque de sua época. Mais parecido com o que ela conhecia quando trabalhara ali. Fumaça serpenteava chaminé acima, o primeiro sinal da casa. Joan encarou. Nunca havia visto as chaminés funcionando de fato.

Ela percebeu a cabeça de Aaron se inclinar para o lado conforme espiava por entre as árvores.

— Parece familiar? — perguntou-lhe, hesitante.

Aaron começou a franzir a testa automaticamente, mas depois só pareceu confuso.

— Ora, mas é claro. Eu já estive na sede da guarda antes.

"Não por isso", pensou Joan. *"Porque foi sua casa de infância."* Mas isso não era verdade nesta linha do tempo. Muitas coisas não eram verdade nesta linha do tempo... Joan sentiu um aperto no peito de novo. *"Aquela imunda"*, ele a chamara. De onde havia vindo essa palavra? Aaron nunca havia falado assim dela antes. Nunca havia olhado para ela como se a odiasse.

Joan nunca pensou que poderia doer tanto assim quando ele o fazia.

"Vocês eram mais do que conhecidos, não eram?", Nick lhe perguntara em Queenhithe.

Joan ainda se sentia ligada a Aaron para além do tempo que haviam passado juntos. Haviam escapado de um massacre. Ele a ensinara sobre o mundo monstro.

Pela primeira vez, entretanto, Joan se perguntou se havia existido algo mais entre eles. Era por isso que doía tanto agora? Haviam sido mais do que apenas amigos?

"Não", disse a si mesma.

E em seguida: *"Não sei"*.

Ela piscou. Não esperava responder à própria pergunta assim.

Forçou-se a ser honesta então. Sentira-se atraída por ele da última vez. Ainda se sentia. Provavelmente a maioria das pessoas que encontrava Aaron o desejava, pelo menos um pouco. Mas ela gostava *dele* também, de verdade.

Será que ele havia sentido o mesmo? Não parecia possível; alguém como Aaron poderia ter quem quisesse. E mesmo assim... Houve um momento no final em que ele tocou seu rosto. Em que pareceu estar prestes a beijá-la. E Joan se sentira... Engoliu em seco. Havia sentido algo por ele também.

E agora? Como se sentia agora?

Uma rajada de vento balançou as árvores, forte o suficiente para bagunçar o cabelo de Aaron e fazer os olhos dela arderem.

Ela dispensou o raciocínio. Na verdade, não importava o que sentia por ele, importava? Não mais do que importava o que sentia por Nick. Os dois não existiam mais.

Joan olhou para trás por cima do ombro. Um pequeno trecho da Kensington High Street continuava visível. Um cabriolé puxado a cavalo passou, conduzido por um homem com terno *tweed*.

— Que ano é este? — perguntou a Aaron. Quão longe de casa ela estava agora?

— A sede da guarda é aqui de 1889 até 1904 — respondeu ele, soando tão frio quanto sempre. — Eles queriam que você fosse trazida para 1891.

Joan processou a informação. Mesmo se *pudesse* escapar daquele parque, estaria presa ali, atolada pela algema. E chamaria atenção com aquele vestido. Lembrou-se da mulher de bicicleta que a encarara, com o mesmo olhar arregalado de choque que alguém dispensaria a um animal fugido do zoológico.

Quando Joan estava na companhia de Aaron, a maioria das pessoas olhava para ele, mas as roupas dela eram tão distintas e estranhas que...

Espere... Joan visualizou a cena de novo em sua mente. A mulher não estava olhando só para suas roupas; estava olhando seu rosto também.

Joan quase grunhiu alto. Quantos chineses haviam ali naquela época? Se conseguisse escapar daquele lugar, não conseguiria despistar os guardas só com uma troca de roupas. Ela era uma garota chinesa na Londres vitoriana. Seria memorável aonde quer que fosse.

— Vamos — disse Aaron.

À frente deles, a casa surgiu por partes: o telhado de conto de fadas, as beiradas incrivelmente detalhadas, o reluzir do vidro. Então o caminho se abriu para o gramado, revelando todo o seu escopo.

A Holland House era tão bonita quanto Joan se lembrava, uma grandiosa mansão jacobina de tijolinhos vermelhos e detalhes em branco. Apesar do horror da situação, ela apreciou a vista: as torres, as colunatas. Isso era cinquenta anos antes da Blitz; antes da ala oeste ruir; antes do fogo consumir a elegante biblioteca, a Sala dos Mapas, a Sala Dourada...

E, ao mesmo tempo, não era exatamente como ela se lembrava. Só a conhecera como um museu, uma recriação com cordas que impediam o acesso aos cômodos, com as lareiras desativadas. Essa era a verdadeira casa, viva.

Aaron franziu a testa de leve.

— É estranho. Sinto como se...

Ele havia se lembrado de algo?

— Sente o quê? — perguntou Joan. Que já havia estado ali antes?

O guarda estivera em silêncio, exceto para guiá-los pelo caminho. Então ele falou:

— Holland House. Linda, não é? O Rei Guilherme III já considerou transformar este lugar em seu palácio, mas acabou escolhendo Kensington.

O rosto de Aaron voltou a ficar neutro.

— Sim, é bacana — disse, apressado.

Ele começou a andar de novo. Joan ficou olhando-o até que a algema a puxou para a frente. Será que ele quase tivera uma memória da linha do tempo anterior? Isso era possível?

Ela seguiu Aaron e o guarda pelo gramado, chutando a grama com o sapato enquanto andava. Os curadores haviam consultado pinturas antigas quando transformaram a casa em museu, mas parecia que os artistas haviam tornado o gramado mais vivo do que era de fato. A grama em si era pálida e cheia de falhas, enlameada em alguns pontos por conta da chuva.

Eles chegaram aos degraus de pedra da varanda, e o guarda abriu a porta. Joan olhou automaticamente para aquele primeiro azulejo familiar. *Cave Canem*, dizia. *Cuidado com o Cão.*

O salão de entrada também não era bem como o que Joan conhecia. A decoração do piso era a mesma: coroas de flores-de-lis em azul e dourado. Mas os pilones e seus bustos de mármore haviam sido removidos, assim como as poltronas e o relógio carrilhão de coluna. Mas, mesmo vazio, o salão era lindo, com revestimento de madeira intricadamente esculpida. Aberturas em arco emolduravam o cômodo seguinte, o salão interno, com suas tapeçarias e o teto com afresco de nuvens e cupidos.

— Coloque-a lá. — O guarda apontou com a cabeça para a sala de fumantes ao final do saguão.

Joan entrou e só percebeu que Aaron e o guarda não mais a seguiam quando a porta se fechou atrás dela.

Um farfalhar de seda fez com que se virasse.

Ela congelou.

Joan só havia visto a mulher uma vez, em uma gravação do primeiro assassinato de Nick: uma beldade fria com cabelo dourado. Agora, estava sentada à escrivaninha da sala de fumantes da Holland House como se fosse um trono, seu cabelo caindo em cascata pelos ombros. No vídeo, ela tinha uma autoridade régia. Pessoalmente, era muito mais forte, lembrando uma força da natureza; de uma realeza que não tinha medo de derramar o sangue de seus súditos na guerra.

— Olá, Joan — disse a mulher.

VINTE E QUATRO

Ela era uma princesa de conto de fadas que havia ganhado vida, com cerca de 21 anos de idade, imaginava Joan. Seu vestido azul era medieval, de mangas longas de seda e corte reto. Seus olhos também eram azuis, como o céu da tarde.

Por um longo momento, Joan não conseguia acreditar nos próprios olhos. Não conseguia acreditar que a mulher estivesse *ali*. Então o momento passou e seu coração começou a martelar dolorosamente no peito.

Aquela mulher havia destruído sua vida; forjado Nick de um menino comum ao matador que assassinara a família de Joan. Estava por trás da morte de todas as famílias deles. *Todas*. De Joan, Aaron e Nick. Ela sequestrara Jamie e o colocara em uma cela fria e escura. Ela havia separado Joan e Nick, transformando-os de almas gêmeas em inimigos.

"De novo", dissera nas gravações. *"De novo."* Ela torturara Nick e exterminara a família dele, voltando no tempo para fazê-lo de novo e de novo. A linha do tempo não deveria ter permitido isso, mas havia se curvado à vontade da mulher.

De início, Nick resistira ao seu novo destino. Não queria ser um assassino.

"Com todo o respeito, precisamos mesmo usar este menino?", perguntara o assistente da mulher. *"Quantas vezes matamos os pais dele? Ele sempre fica tão virtuoso depois."*

"Este é o menino", respondera a mulher. *"Não apesar da virtude, mas por causa dela. Quando o quebrarmos, essa qualidade se transformará em uma fúria moral."*

Foram necessárias 2 mil repetições para que Nick matasse um monstro sem remorso. E, no final, a mulher lhe dera um sorriso frio de aprovação. *"Você é perfeito."*

— Por quê? — perguntou Joan agora. Queria respostas para tantas perguntas, mas foi essa que saiu primeiro de sua boca. Por que a mulher havia forjado Nick para ser o herói? Por que ela queria todas aquelas pessoas mortas? Por que havia separado Joan e Nick? — *Quem* é você?

Algo complicado dominou o rosto da mulher — dor, raiva e tristeza combinadas — antes que ela suavizasse a expressão de novo.

— A amnésia de uma nova linha do tempo é algo fascinante, não é? — disse. Sua voz também era como Joan se lembrava das gravações: controlada e profunda. — Sinceramente, estou um pouco decepcionada, Joan. Não esperava que você fosse chegar algemada. Talvez esteja perdendo seu tato.

Joan a encarou. O tom da mulher era íntimo, embora de maneira debochada. *"A amnésia de uma nova linha tempo."* Será que conhecia Joan de alguma forma?

Outra coisa em suas palavras a estava incomodando, mas Joan teve outro vislumbre daquelas gravações: do rosto de Nick quando encontrou a família morta no chão da cozinha.

E, de súbito, não se importava que aquela mulher soubesse seu nome. Não queria saber como ela a conhecia.

— Onde está *Nick*? — indagou. A mulher o tinha como prisioneiro, e nada mais importava. — Ele está *aqui*? O que você fez com ele?

— Nick — repetiu a mulher, com a voz suave. Seu tom era de deboche de novo, mas Joan teve a impressão de algo complexo e fervilhante por baixo. — É sempre sobre Nick com você, não é? E aquele menino loiro.

— O quê? — Ela estava falando de Aaron?

— Por céus, você não se lembra, não é? Não se lembra de mim.

O que deveria responder a isso? Ela *não* se lembrava. Era desconcertante que a mulher parecesse conhecê-la. Joan estava mais acostumada a estar do outro lado da divergência de memórias.

— Bom, então *me conte* — falou, com dentes cerrados. — *Quem* é você? Por que quis matar todas aquelas pessoas? Matar a minha *família*?

Por um segundo, Joan pensou ter visto uma faísca de raiva fria nos olhos azuis da mulher. Mas então a boca dela se curvou para cima.

— Sinceramente? Ele ter matado a sua família foi só um bônus.

Joan sentiu algo explodir dentro de si. Avançou furiosa na direção da mulher, que levantou uma mão quase preguiçosa. O corpo de Joan parou, manipulado de novo por aquela maldita algema.

— Ah, eu *gosto* dessa algema — disse a mulher. — Eu gosto de ver você submissa.

Joan fechou as mãos em punhos. Não estava sendo submissa. O sorriso maldoso da mulher se abriu mais, como se houvesse escutado seus pensamentos.

— E aí, bagunçou a sua cabeça? Quando eu transformei aquele menino virtuoso em um matador? — Ela arrastou a palavra *virtuoso*, como se a decência de Nick fosse algo risível. — Você o odiou por matar sua família? Aposto que ainda o odeia um pouco. Mesmo que agora você o tenha transformado em um fraco e inocente de novo.

Joan queria poder chegar perto o suficiente para lhe dar um soco. Odiava a forma como a mulher estava falando com ela, como se houvesse algo pessoal entre elas. Joan estudou seu rosto, tentando despertar alguma memória. Nada. Nenhum sentimento, nenhum *déjà vu*.

— *Por que* você o transformou em um matador? — exigiu saber.

A mulher sorriu.

— Bagunçou *mesmo* a sua cabeça.

Joan cerrou os dentes. *"Ela estava planejando alguma coisa da última vez"*, dissera Jamie.

— Eu estraguei os *seus* planos quando desfiz ele? — perguntou. — Você precisava dele pra alguma coisa?

Houve uma centelha de irritação.

— Foi um inconveniente, mas eu tenho muitos recursos.

Então, como se houvesse de súbito se cansado da conversa, a mulher se levantou. Ela dobrou o indicador para chamar Joan para perto, com o esmalte pálido reluzindo na unha. Depois, saiu do cômodo a passos largos de realeza, com um elegante balançar de seda.

Para a frustração de Joan, foi forçada a segui-la. Enquanto isso, sua mente estava disparada. *"Bagunçou a sua cabeça?"* A mulher queria machucar Joan, mas ela havia entregado algo também. *"Ele ter matado sua família foi só um bônus."* E *"Foi um inconveniente"*. Jamie tinha razão, ela estava *mesmo* planejando alguma coisa. Queria usar Nick para algo.

A mulher conduziu Joan para o salão interno. Era para onde convergiam as diferentes partes da casa, e guardas entravam e saíam da sala de café da manhã e da sala branca de visitas para chegar às alas leste e oeste da casa. Aaron estava perto da escadaria, com a postura tensa.

Quando a mulher e Joan entraram, os guardas ocupados pararam e ficaram atentos. À escadaria, Aaron colocou uma mão no peito e se curvou em uma reverência perfeita.

— Lady Eleanor da *Curia Monstrorum*! — anunciou um guarda.

Joan deu um passo para trás, chocada. A *Curia Monstrorum,* os membros da Corte Monstro, eram os braços direitos e executores do rei, aqueles que implantavam sua lei. E, se a situação de Joan ali parecia ruim antes, agora se tornara sinistra. A *Curia Monstrorum* tinha um poder maior do que qualquer equivalente no mundo humano.

— Levante-se — disse a mulher a Aaron. Ela sempre se portava com autoridade, e parecia parte da realeza agora, como se aquela cabeça dourada pedisse uma coroa.

Aaron se endireitou; seus olhos cinza estavam fixos nela, cheios de encanto.

Joan também encarava. Devia ter suspeitado da posição de Eleanor, de que outra forma ela poderia comandar os guardas? Quem mais teria trancado Jamie na Corte Monstro? Ou alterado os registros de família para esconder os massacres de Nick? Porém, ao mesmo tempo, parecia ainda mais estranho que Eleanor pudesse ter conhecido Joan, em qualquer linha do tempo. Essa era a mulher que comandava o mundo monstro, respondendo apenas ao próprio Rei.

— Pode se aproximar — falou ela a Aaron, e ele o fez, com a cabeça abaixada de maneira envergonhada, parando a alguns passos dela. — Pelo que entendi, foi você quem encontrou os fugitivos. O menino *e* a menina.

— Sim, minha senhora — sussurrou Aaron.

— Você fez bem. Agradou à Corte. Agradou *a mim.*

Aaron corou até a gola da camisa preta, deliciando-se com a aprovação de Eleanor como uma criança que ganha um doce.

Joan afundou as unhas nas palmas das mãos. O sorriso de Eleanor fazia com que ela parecesse de alguma forma mais fria. Era o mesmo sorriso que lançara a Nick quando dissera que ele era perfeito. Joan não conseguia suportar a ideia de ela machucar Aaron como havia feito com Nick.

Aaron era mais vulnerável do que parecia, leal até os ossos. E Joan não havia percebido até aquele momento o quanto ele estava desesperado pela aprovação de uma figura de autoridade. Será que já a havia recebido de seu pai cruel? *"Às vezes me pergunto se você sequer é sangue de meu sangue"*, dissera-lhe Edmund na frente de toda a família. *"Nenhum filho meu seria tão fraco."*

— Por que está fazendo tudo isso? — perguntou Joan, querendo tirar a atenção de Eleanor de cima dele.

Houve um puxão em sua algema, vindo de Aaron. Joan sentiu o golpe em cada articulação. Não era exatamente doloroso, mas humilhante o suficiente para ser irritante.

— Cuidado com o jeito que fala, ou nem fale! — disse ele em voz baixa. — Você está na presença de um membro da *Curia Monstrorum.* Lady Eleanor em pessoa.

Um divertimento cruel percorreu o rosto de Eleanor, ágil como uma pequena ondulação em um lago, que parecia estranhamente direcionado tanto a Aaron quanto a Joan.

Por que estava fazendo isso com eles? Por que havia transformado amantes em monstro e matador de monstros? Por que havia mencionado Aaron antes, *"aquele menino loiro"*?

Por um segundo, sob o olhar frio de Eleanor, Joan sentiu como se estivesse acima deles, olhando para todos lá embaixo, enroscados em algo grande e complicado: Joan, Nick, Aaron, Eleanor...

Ela abriu a boca para perguntar de novo onde estava Nick, e sua garganta se contorceu em um espasmo mudo. Tentou de novo, mas o único som que saiu foi ar. Virou-se para Aaron. *"Cuidado com o jeito que fala, ou nem fale!"*, dissera. Ele a havia silenciado com aquela algema? Joan abriu a boca de novo. *"Aaron, me deixe falar! Eu preciso falar!"* Mas Aaron sequer estava olhando para ela; sua atenção havia voltado com reverência a Eleanor.

Eleanor abriu um sorriso sarcástico para Joan e chamou Aaron dobrando os dedos:

— Siga-me.

Aaron o fez, e a algema forçou Joan a cambalear atrás dele. *"Aaron"*, tentou dizer. Para sua frustração, não conseguiu fazer som algum.

"Cuidado com o jeito que fala, ou nem fale!" Joan respirou fundo, tentando se recompor. Talvez pudesse falar se tomasse *cuidado com o jeito*.

— Aaron — conseguiu dizer. Funcionou. Ela conseguia falar desde que soasse calma. Respirou fundo de novo, tentando manter a voz livre de medo. — Tem alguma coisa acontecendo aqui. Alguma coisa ruim.

Ela tentou tocá-lo, mas a algema puxou sua mão de volta para baixo. Joan cerrou os dentes. *"Pare de me arrastar pelos lugares"*, tentou dizer. Aaron sequer olhou para trás, sequer sabia que ela estava tentando falar, e isso era, de alguma forma, ainda mais humilhante do que se ele houvesse observado seus lábios silenciosos.

— Você não pode confiar em Eleanor — conseguiu articular de novo.

Eleanor lançou um olhar entretido por cima do ombro, e Aaron corou, como se Joan o estivesse envergonhando.

— *Quieta!* — sibilou ele. — É *você* que não é confiável! *Você* que é a inimiga da Corte.

Quando chegaram ao pavimento intermediário acima, as pernas de Joan fraquejaram. Lá em cima ficava a Sala Dourada onde os Oliver haviam morrido, e...

— Abra. — Eleanor apontou para a porta da biblioteca. Um quadrado havia sido cortado fora da madeira, e alguém havia instalado barras de ferro no vão.

Aaron ergueu um pesado trinco da porta. A primeira impressão de Joan foi uma familiaridade vertiginosa. Os livros haviam sido tirados do cômodo, mas ela conhecia aquele longo espaço em galeria como a palma da mão. Havia conhecido Nick ali. Beijado Nick ali.

— *Joan!*

Ela se virou.

— *Nick!*

Correu para chegar até ele e só percebeu que sua coleira invisível havia sido cortada quando caiu de joelhos na frente de Nick. Ele estava acorrentado pelo pulso a uma grande argola na parede. Ainda vestia a camiseta preta da Estalagem Wyvern, embora a jaqueta houvesse sumido, deixando seu pescoço vulnerável e os braços musculosos nus.

— Você está bem? — perguntou Joan, rouca. — Está tudo bem?

— E aí — murmurou Nick. Ele se ajoelhou da melhor forma que pode, e Joan engoliu em seco, com o alívio percorrendo o corpo todo de uma vez. Ele estava ali. Estava *vivo*.

A porta bateu atrás deles. Joan se virou assim que o trinco pesado desceu, trancando os dois ali dentro. Ela se levantou e correu até a porta.

— *Aaron...* — começou a falar, mas Eleanor estava sozinha do lado de fora agora, observando pelas barras.

— Eu dispensei o menino loiro — disse ela. Seus olhos penetraram os de Joan. — Ele é bonito, não? Talvez eu fique com ele para mim. — Havia um tom desafiador em sua voz, como se quisesse que Joan reagisse.

— Deixa ele *em paz*! — gritou Joan, então desejou que não o houvesse feito. Eleanor já estivera brincando com as emoções de Aaron no salão. Se desconfiasse que Joan se importava com ele, talvez o machucasse também. Ela engoliu em seco. — *Por que* você está fazendo tudo isso?

— Tudo isso?

— Eu sei que você está planejando alguma coisa! Eu *sei*! — Joan se lembrou de novo da estátua de Eleanor como rainha. A terrível visão através da janela tinha que ser parte disso. Ela arriscou um palpite. — Eu vi o mundo que você quer construir.

— Você viu *o quê*? — Os olhos de Eleanor se arregalaram, e os pelos da nuca de Joan se arrepiaram. Não era exatamente uma confirmação, mas a expressão dela havia se transformado: de debochada a séria, como se houvesse subitamente deixado um véu. — Nós capturamos Nick do lado de fora de um selo Ali — disse ela, devagar. — Você rompeu o selo? Viu alguma coisa naquele rasgo na linha do tempo?

Joan inspirou fundo. Tom estava certo quando chutou que aquela ferida dentada no mundo era um rasgo na própria linha do tempo.

— O que foi que você viu? — Eleanor exigiu saber.

Joan teve a vívida memória da dissonância insuportável; de algo se rasgando de forma violenta, feito um lenço de papel sob seus dedos. Então aquele mundo terrível aparecera. O homem apavorado, e o monstro que o matara. As testemunhas que tinham medo demais para protestar.

— Vi uma van da polícia com o símbolo da Corte. Vi um Guarda da Corte sair de dentro dela.

Eleanor agarrou as barras, aproximando-se, com a expressão cheia de desejo, como se Joan houvesse acabado de lhe dar algo precioso. Ela abaixou a voz, o suficiente para apenas Joan ser capaz de escutar; o suficiente para que Nick, ainda acorrentado à parede, não escutasse.

— Você viu um mundo em que monstros reinam. Um mundo melhor.

— Melhor? — Joan teve um vislumbre dos cadáveres na van, e seu estômago se revirou. — Eu vi o inferno! — sussurrou. Conseguia escutar o horror na própria voz.

"Eu vi o fim de tudo que importa", dissera Astrid.

O desejo desapareceu do rosto de Eleanor, substituído pela expressão complicada de antes. O *que* era aquilo? Não era crueldade, mas dor. Uma raiva muito, muito antiga.

— Você viu o mundo como ele *deveria* ser. Como *vai* ser quando eu o reconstruir.

Joan examinou o rosto dela e viu apenas determinação.

— Você não viu o que eu vi. — Se houvesse visto... — Volta lá você mesma e olha através do rasgo! Olha aquele mundo! — Talvez assim Eleanor entendesse. Monstros roubavam vida humana, mas só alguns dias de cada pessoa. A maioria deles não saía por aí matando. — Havia cadáveres humanos empilhados em uma van! Quinze, vinte deles!

Nem monstros iam querer viver em um mundo assim.

— As peças já estão em movimento — disse Eleanor. E agora a dor e a raiva estavam em sua voz também. — Aquela linha do tempo está próxima.

Joan se pegou olhando de volta para Nick. Ele estava acorrentado à parede dos fundos, longe demais para escutar a conversa sussurrada. Mas estava observando, com os olhos firmes. *"Ele teria impedido"*, dissera Astrid. *"Já estava no caminho certo. Mas você impediu ele."*

Joan fechou as mãos em punhos.

— Não. — Virou-se de volta para Eleanor. — Eu vou impedir *você*.

Soou como uma promessa solene. Não sabia como faria aquilo, já que estava trancada em uma cela com uma marca de execução no braço. E Eleanor tinha mais autoridade naquele mundo do que qualquer um, exceto o Rei. Porém, Joan tinha certeza de uma coisa: ela mesma havia removido o herói do mundo. O que significava que *ela* era responsável por consertar as coisas.

Os nós dos dedos de Eleanor ficaram brancos onde agarravam as barras.

— Você nunca entendeu. Ainda não entende. É *você* quem sempre precisou ser impedida, Joan.

Joan piscou para ela, confusa.

— O quê?

Eleanor apenas balançou a cabeça. Depois soltou as barras.

— Voltarei quando estiver pronta para você.

Então ela se virou, e Joan escutou seus passos desaparecendo à distância conforme caminhava pelo pavimento intermediário e de volta para o andar de baixo da casa.

VINTE E CINCO

Nick estava acorrentado por um dos pulsos. Eles o haviam colocado logo abaixo de uma janela que dava para o Jardim Holandês. Joan se ajoelhou no chão de tacos à frente dele.

— Joan. — Ele a envolveu com o braço livre, e ela apoiou a testa em seu ombro. A mão livre dele se ergueu para enxugar um rastro de lágrimas na bochecha dela. Quando foi que havia começado a chorar? — Nós vamos sair daqui. Vamos dar um jeito.

Ela tocou o pulso acorrentado dele. Sob a manilha, a pele estava em carne viva. A corrente era cruelmente curta, terminando em uma argola de metal chumbada até metade da parede de pedras da lareira, como a argola de um atracadouro naval. Sua posição significava que Nick tinha de se sentar de maneira desconfortável, com a mão acima da cabeça. E, caso se levantasse, teria de ficar curvado.

— Há quanto tempo estão fazendo você ficar sentado assim? — perguntou Joan. Havia feridas novas sobre as antigas.

— Não se preocupe com isso. — Nick a puxou para perto, pressionando os lábios no topo da cabeça dela. Sua voz parecia ressoar por todo o corpo de Joan. — Eu estou bem. — Seu tom ficou mais sombrio. — Como eles capturaram você? Eles *te* machucaram?

Joan balançou a cabeça, ainda apoiada no ombro dele.

— Deixa eu tirar essa corrente de você — conseguiu dizer.

Ela olhou ao redor. A biblioteca da Holland House era uma longa galeria que cobria toda a largura da casa. Em seu auge, as prateleiras eram cobertas por livros com capas de couro, as paredes tomadas por quadros a óleo. Mas Eleanor havia deixado o lugar nu, as prateleiras e paredes desconcertantemente vazias. A única decoração restante era um teto azul como o começo da noite, com constelações de estrelas prateadas e um papel de parede vermelho de couro lavrado, ricamente ornado.

Joan não conseguia ver nada que pudesse ajudá-la a abrir a fechadura da manilha. Mas tinha alguns grampos no cabelo. Sempre tinha agora, desde que Nick a acorrentara naquela mesma casa.

Ela afastou a memória da própria perna acorrentada e das mãos algemadas, e pegou o pulso dele para examinar o buraco da chave. Os batimentos de Nick dispararam com o toque dela.

De repente, Joan percebeu que estiveram pressionados um contra o outro, a boca dele contra a cabeça dela como que em um beijo. Ainda estavam próximos o suficiente para deixar o ar quente. A camiseta dele era tão fina que daria na mesma se estivesse sem nada. Joan conseguia ver cada músculo.

— Quanto... quanto tempo faz que você está aqui? — perguntou de novo.

— Algumas semanas — respondeu Nick.

— *Semanas?* — exclamou Joan, horrorizada. Eleanor estava com ele havia semanas? O que lhe havia feito nesse tempo todo?

— Eles me trouxeram aqui com um cavalo e uma carruagem. Estamos no passado, não estamos?

— Em 1891 — disse ela, e Nick soltou um som baixo como de quando havia visto as novas construções de Londres. *Semanas,* pensou Joan mais uma vez. — Ela fez alguma coisa com você? Te machucou?

— Ela? — Nick parecia confuso. — Aquela mulher com quem você acabou de falar? Eu nem vi ela direito.

Joan respirou fundo, tentando se sentir aliviada. Mas tinha tantas perguntas. Por que Eleanor pegara Nick de novo? Por que o havia transformado no herói, para começar? Por que havia colocado os dois juntos ali?

— Onde você aprendeu a abrir uma fechadura? — perguntou Nick.

Joan ergueu os olhos para ele, que sorriu; estava tentando distraí-la do medo. Joan tentou sorrir de volta. Voltou sua atenção de novo para a fechadura. Era um pouco grande demais para grampos de cabelo.

— Minha avó me ensinou — respondeu. — Ela costumava fazer uma competição entre mim, Ruth e nosso outro primo Bertie.

— Uma corrida para ver quem abria fechaduras mais rápido?

Joan se pegou sorrindo de verdade.

— Não. Bertie não gosta de jogos em que alguém pode perder. Nossa avó colocava chocolates em caixas trancadas. Se a gente conseguisse abrir, podia ficar com o prêmio.

— Meu irmão Robbie é um pouco igual Bertie. Ruth me lembra a Alice.

Joan piscou. Era estranho que estivesse conversando com ele sobre sua família, ali, naquela casa onde eles haviam morrido. Onde sua avó sangrara até a morte em seus braços. Mas esse Nick não se lembrava disso.

Joan tocou o braço dele, com cuidado para não chegar perto da vermelhidão em seu pulso.

— Você tem saudades deles — sussurrou, e Nick assentiu.

— De todos. Minha mãe, minha irmã Mary... Eu levava os mais novos a pé para a escola. — Ele franziu a testa. — Céus, eles nem nasceram ainda. Meus avós nem nasceram ainda.

Joan sabia como ele estava se sentindo. Na primeira vez em que viajara, havia se sentido sem rumo. Havia chegado em 1993, uma época antes de seu próprio nascimento, antes de seu pai imigrar para a Inglaterra. Ela não conhecia ninguém além de Aaron.

— Desculpa por não ter conseguido te levar para casa.

Nick ergueu os olhos para ela.

— A mulher loira... A que falou com você. Eu escutei o nome dela, Eleanor.

Joan se sentia perturbada com o fato de ele não se lembrar dela. Eleanor o havia moldado para ser o herói da última vez.

— Ela é uma figura de autoridade no mundo monstro — explicou. — Só responde ao próprio Rei. Eu acho que ela está tentando mudar a linha do tempo... para aquilo que vimos na janela da cafeteria. Nick cerrou os dentes.

— A van com os cadáveres. — *"Você viu o mundo como ele deveria ser"*, dissera Eleanor. *"Como vai ser."* Joan fechou as mãos em punhos apertados. Não, *não* seria assim.

— Eleanor quer transformar aquele mundo em realidade. Ela quer mudar a linha do tempo.

O olhar de Nick era muito sério.

— Não vai acontecer. Nós vamos impedi-la. — Ele falou com tanta certeza que Joan quase acreditou. Uma centelha de náusea perpassou aquele olhar atento, e Joan sabia que ele as estava vendo de novo. As pessoas mortas. — Não entendo por que ela está fazendo isso. Nós vimos um assassinato à plena luz do dia. Todas aquelas pessoas na van. Quem iria querer criar um mundo daqueles?

Joan abaixou a cabeça. Para responder aquela pergunta, teria de contar a Nick a verdade sobre monstros. E, se fizesse isso, iria perdê-lo de novo. Quando a avó lhe contara a verdade, Joan havia fugido da casa da família. Parecia horrível demais para acreditar.

Já havia perdido Aaron nessa linha do tempo, tivera de confrontar essa verdade mais cedo aquela noite. Seu coração já estava parcialmente partido de formas nas quais não queria nem pensar ainda. Se perdesse Nick também, seria o fim. Não conseguiria suportar. Eram perdas demais.

Joan abriu a boca para falar, mas sentiu um nó no fundo da garganta. Levou um instante para descobrir o porquê. Era porque alguma parte dela já havia se decidido. Talvez durante aquela conversa com Astrid.

"Ele *teria impedido. Mas você impediu* ele. *Achou que não teriam consequências?*"

Astrid havia lutado ao lado de Nick porque acreditava que ele salvaria o mundo. Joan também conseguia acreditar nisso. Eleanor podia tê-lo transformado no herói por seus próprios motivos, mas ele era um verdadeiro herói.

"*A mulher que o criou... Ela acha que ninguém pode pará-la*", dissera Jamie certa vez. "*Mas está errada. Ela pensa que construiu o herói perfeito. Mas não construiu. Ela cometeu um erro.*"

O verdadeiro erro de Eleanor havia sido subestimar Nick. Ele tinha um cerne de bondade, e uma pessoa como Eleanor jamais entenderia isso. Nick teria descoberto a própria origem; teria se voltado contra ela e consertado o mundo. Ele já queria paz entre monstros e humanos no final.

E Joan o desfizera.

— Joan? — chamou Nick.

Ela ergueu a cabeça para olhá-lo. Iria perdê-lo, mas isso não era sobre ela. Ele merecia saber a verdade; havia sido errado escondê-la dele. Joan respirou fundo.

— Não foi só um homem matando um homem — disse. — Não foi isso o que nós vimos pela janela.

Nick a olhou nos olhos, firme.

— O que foi que vimos então?

A expressão dele era inteligente como sempre. Se Joan lhe desse tempo, aquele fragmento de informação sozinho já seria o suficiente para ele descobrir, ela sabia. Mas precisava falar.

Suas mãos tremiam no colo. Ela as pressionou entre os joelhos, tentando fazer com que parassem quietas. Sua boca estava seca.

— Tem uma coisa que eu não te contei ainda. Uma coisa que eu *deveria* ter contado. — Ela hesitou, então forçou as palavras para fora: — Monstros roubam vida humana. Esse é o preço de viajar no tempo.

A expressão de Nick não mudou. Ele correu os olhos pelo rosto dela.

— O quê?

O corpo de Joan estava tenso.

— O mundo que nós vimos... O mundo com os humanos mortos... era um mundo em que monstros reinam. É *isso* que Eleanor quer criar.

— Bom, não podemos deixar isso acontecer — disse Nick. Soava um pouco neutro, e a expressão dele ainda não havia mudado. — Não podemos deixar que ela faça isso.

Joan ficou olhando para ele. Quando tentou falar de novo, sua voz falhou. Ele estava em choque, percebeu. Reagiria com força total em um segundo. Nick não era do tipo que erguia a voz, mas ela o havia visto no estado que Eleanor chamara de "*fúria moral*". Essa era a pessoa que havia liderado o massacre de monstros. Uma figura mitológica que gerava terror entre os monstros.

— Qual é o plano dela? — perguntou ele.

— Eu... eu não sei.

Por que Nick não estava dizendo que a odiava? Os músculos de Joan estavam começando a doer com a tensão de estar no limiar entre bater ou correr.

— *Nick...* — sussurrou. — Você escutou o que eu disse? Monstros...

— Monstros roubam vida dos humanos. É o preço de viajar no tempo. — Ele acrescentou, quase que como se houvesse pensado depois: — Isso é muito errado. — O tom dele continuava estranhamente neutro, no entanto. Nick inclinou a cabeça. Havia um leve indício de outra expressão em seu rosto, mas apenas curiosidade na voz. — O homem que nós vimos... o *monstro*... Ele encostou no pescoço do outro. É assim que monstros roubam vida? Os humanos sempre morrem?

Joan olhou para ele de novo.

— Eu... Não, eles.... Monstros normalmente tomam um dia ou dois de tempo de cada pessoa. Eles não tendem a matar gente de cara igual o que vimos, mas... — E subitamente a tensão era demais. Ela sentiu os lábios se apertando. — Por que você está tão calmo? Eu disse que monstros roubam vida de humanos! Eles predam humanos! Estão lá fora vivendo entre humanos, e os humanos nem sabem disso!

Nick fez uma careta suave.

— Eu ouvi o que você falou. — Ele olhou com mais atenção para ela, com o rosto cheio de marcas de preocupação. Preocupação com *ela*? — Você está tremendo. Estava com medo de como eu ia reagir?

Isso estava errado. *Errado.* Por que ele estava falando assim?

— Você está quase agindo como se... — Ela parou. "*Como se não tivesse problemas com monstros*", estivera prestes a dizer.

Owen dissera a Nick lá na casa: *"Você não tem problemas com monstros. Você não quer machucá-los"*.

A terrível compreensão a atingiu.

— Você ainda está sob a compulsão do poder Argent — disse, num sussurro. — Não está sendo você mesmo.

— Como você acha que eu ia reagir? — perguntou Nick. Ele parecia ainda mais preocupado de súbito, o que era, de longe, sua emoção mais intensa desde que ela lhe contara a verdade. — Você estava com medo de me contar? Não precisa se preocupar, não vai acontecer nada de ruim, mesmo se esse poder passar. Eu jamais machucaria você.

Não havia ocorrido a Joan que o poder poderia simplesmente passar, mas agora percebeu que era provável. Aquilo era só um adiamento. Quando *passasse*, Nick reagiria de verdade. Joan fechou os olhos com força por um segundo. Não parecia um adiamento. Parecia prolongar algo terrível.

— Joan... — Nick tocou suas costas, com a mão quente e reconfortante, e Joan engasgou com a culpa da coisa toda.

— Você não deveria — falou, com pesar. *Ele* não deveria estar confortando *ela*. Seu toque se afastou depressa. Nick parecia abalado.

— Desculpa, eu não deveria ter presumido nada.

Joan sentiu um aperto no peito.

— Não... Eu *quero* que você... — Ela interrompeu a si mesma, mas não rápido o suficiente. Os olhos de Nick se arregalaram ao perceber o que não havia sido dito.

O coração de Joan disparou. Não pretendia dizer aquilo. Sequer sabia que tinha sentimentos assim por esse novo Nick.

Tinha *mesmo* sentimentos assim?

"Não", disse a si mesma. *"Não, não, não."* Ele só se parecia com o garoto que ela amava. O garoto que ela matara. E, por céus, aquilo era terrível. *Ela* era terrível.

Ele a observou com atenção. Seus olhos ficaram sombrios, e a respiração de Joan falhou. Havia visto aquele olhar antes, pouco antes de ele a beijar pela primeira vez. Ela nem sempre sabia ler as expressões desse novo Nick, mas sabia ler essa.

— Às vezes... — começou ele, hesitante, como se estivesse medindo as palavras. — Às vezes... sinto que te conheço desde sempre. Sei que acabamos de nos conhecer, mas parece que eu conheço você a vida toda.

De todos os truques que a linha do tempo pregava, esse era o mais cruel, a forma como emoções transbordavam de uma vida a outra. Joan e Nick estiveram juntos na verdadeira linha do tempo, e alguma ressonância disso permanecia dentro deles. *"Se você está sentindo alguma coisa por mim, não é real"*, ela queria dizer. *"É algo que alguém uma vez sentiu."*

— Logo, você vai me odiar tanto — sussurrou ela. *Isso* seria real.

— Eu não te odeio — respondeu-lhe Nick, franzindo a testa. — Jamais conseguiria odiar você. É exatamente o *contrário*. Eu...

— Não. *Não fala.*

Ele não podia terminar aquela frase. Estava dizendo todas as coisas que ela queria que realmente dissesse, e Joan não conseguia suportar a ideia do quanto ele se arrependeria quando o poder Argent passasse.

— Nick, quando esse poder passar, você mais me detestar. Você vai... — A respiração dela estremeceu, e Joan cerrou os dentes, tentando retomar o autocontrole. Mas um soluço escapou, e mais outro. Quando ele entendesse, ela o perderia para sempre. De novo. Sempre, sempre, sempre. O que quer que eles houvessem tido na verdadeira linha do tempo jamais voltaria.

Nick não se aproximou, mas parecia devastado, como se sofresse por vê-la sofrer.

O pulso dele ainda estava acorrentado de maneira desconfortável acima da cabeça. Joan quis tentar abrir a trava de novo, mas, quando foi torcer o grampo de cabelo, percebeu que suas mãos tremiam demais.

— O que quer que você ache que vá acontecer... — disse Nick, com gentileza. — O que está fazendo você chorar... Não precisa se preocupar. Quando esse poder passar, nós vamos *conversar*. Eu vou escutá-la, e você vai me escutar.

Cada palavra que dizia apenas confirmava que ele não era ele mesmo.

— Mesmo com esse poder em você, alguma parte sua odeia o que eu te contei — sussurrou Joan. Ela repetiu: — Sobre monstros roubarem vida humana.

E *lá* estava, aquela pequena careta. Alguma parte dele *conseguia* sentir. Ou alguma parte dele estava resistindo à compulsão.

— Não estou sendo tão influenciado assim. Eu sei que é errado. — Mas ele dissera essa última parte sem emoção alguma, como se estivesse falando de algo abstrato.

— Eu acho que você está sendo mais influenciado do que pensa.

Ela havia instigado aquilo, lembrou a si mesma. Não importava se o Band-Aid fosse sair lenta ou rapidamente, tinha que sair. Ele merecia saber o que monstros eram.

Nick se virou para olhá-la de frente o máximo que conseguia.

— *Por que* monstros viajam no tempo? — perguntou. — Por que fazer algo se o preço a pagar são vidas humanas?

Joan piscou. Não era a primeira pergunta que ela teria feito. Não era uma pergunta na qual ela sequer houvesse pensado. Sempre desejou conhecer outras épocas, mesmo antes de saber o que era.

— É como uma tentação — admitiu. — Eu sinto o tempo todo. Sempre quero viajar.

Nick processou a informação.

— E *viaja*? Você viaja no tempo? *Você* rouba vida humana?

Por algum motivo, Joan também não esperava que ele fizesse mais essa pergunta. Sentiu-se sem chão. Estava espantada de novo com a presença física dele. O tamanho de seus ombros, seus braços. Mesmo sem suas habilidades, mesmo controlado pelo poder Argent, ele parecia perigoso: um predador em uma jaula frágil. Quando escapasse...

— Você *não* viaja — disse ele devagar. — Você me contou isso na Estalagem Wyvern. Disse que não viajava. Não entendi na hora. Eu não sabia o preço.

— Eu não... É que... — Joan conseguia ouvir o quanto soava culpada. O estranho é que ela nunca havia viajado por vontade própria nessa linha do tempo. Na anterior, entretanto, havia roubado tanta vida para tentar trazer sua família de volta que sentia náusea ao se lembrar. — Eu *já* roubei — sussurrou. — Já fiz isso antes.

— Mas não mais. — Nick soava cheio de certeza.

— Já fiz, mas nunca mais. — *Nunca.*

— E sua família? Ruth?

Joan não teve forças para assentir.

— É errado. — Ele estava sério.

— Eu sei.

— Como você aguenta? — sussurrou Nick. — Como consegue suportar o que eles estão fazendo... Sua própria família?

— Não sei — falou ela de uma vez. — Talvez eu não suporte.

Ela piscou com a própria confissão. Não pretendia dizer aquilo. Nunca havia dito em voz alta.

Nick soltou o ar com força, e Joan foi atingida pela memória intensa dos dois sentados contra a parede mais distante daquele mesmo cômodo na noite em que se beijaram. A casa estivera vazia e silenciosa ao redor deles, e Nick havia erguido o rosto dela com a mão grande.

— Isso deve ser difícil — disse ele agora. E Joan se sentiu sem chão de novo. Esperava que ele dissesse algo mais severo. — Seria difícil para mim. Se eles fossem a minha família, e eu os amasse.

— O que você faria? — sussurrou ela.

— Se eu descobrisse que minha própria família estava roubando vida humana?

A boca dele se curvou para baixo. Podia ter achado a situação difícil, mas não conseguia lutar contra o próprio desgosto. Outro indício de como reagiria se sua mente estivesse livre.

— Bom... Se eu descobrisse que um membro da minha família tivesse matado alguém, eu denunciaria a pessoa para a polícia. — Ele abaixou a cabeça, pensativo. — Mas imagino que não tenha como denunciar um monstro. Ninguém acreditaria. Então... Eu tentaria convencê-los primeiro. Fazer eles entenderem por que é tão errado.

Denunciar para a polícia? Conversar? Tentar fazê-los entender? Aquele era o poder Argent falando? Ou era como Nick realmente pensava?

Joan se lembrou daqueles vídeos dele sendo torturado. Nick havia lutado tanto para não se transformar em um matador de monstros. Por tanto tempo, estivera mais inclinado à empatia. Mesmo depois que sua família havia sido morta, ele presumira que o assassino não estava bem, e não que era um monstro de verdade. Foram necessárias quase 2 mil tentativas para Eleanor transformá-lo em alguém que podia matar monstros com facilidade e sem pensar.

Será que ele ainda pensaria assim depois que o poder Argent fosse removido?

Não. Monstros haviam controlado sua mente. Como ele poderia perdoar isso um dia? Como poderia perdoar Joan por permitir que acontecesse?

— Eleanor... — disse Nick, e Joan piscou confusa para ele. — Você disse que ela quer criar o mundo que nós vimos? — Ele franziu a testa, de verdade.

— Ela *não pode*. Aquele mundo *não pode* existir. Eu tenho que impedi-la.

Qual seria *de fato* o plano de Eleanor, Joan se questionou de novo, desesperada. Como ela criaria aquela linha do tempo? Joan havia causado uma pequena mudança por meio de Nick ao desfazê-lo, transformando-o do herói de volta em uma pessoa comum. Havia criado uma linha do tempo sem o herói. Mas o que poderia criar o mundo que eles haviam visto pela janela da cafeteria?

— *Nós* temos que impedi-la — afirmou Nick. Quando Joan olhou para cima, a expressão dele estava firme com determinação. — Nós temos que sair daqui.

Joan engoliu em seco. Ele tinha razão. Precisavam descobrir o que fazer.

— Nós temos que...

Ela parou quando Nick ergueu uma mão, com a cabeça inclinada para o lado. Então Joan ouviu também. Passos do lado de fora da porta. A tranca foi erguida, e a porta se abriu.

Joan se levantou depressa. Nick se ajoelhou ao seu lado, ainda preso pela corrente. Joan xingou a si mesma. Deveria tê-lo soltado quando teve a chance.

Um guarda entrou no cômodo. Era um homem mais velho com cabelo grisalho e uma cicatriz enrugada na bochecha.

— Quase peguei você em Milton Keynes — rosnou ele para Joan. Havia um leve arrastar em suas palavras, como se o ferimento à faca houvesse atingido a língua também.

Milton Keynes? Joan olhou para o homem de novo. Era alto e magro, com olhos de gato. Aos poucos, ela percebeu. Da última vez em que o vira, ele tinha trinta ou quarenta anos a menos.

— *Corvin Argent* — disse ela. O homem que havia matado Margie.

— Faz um bom tempo para mim. — A boca dele se contorceu, repuxando a cicatriz. — Você pegou minha carteira e meu selo.

Ele estava falando sério? Ainda estava bravo que ela havia roubado dele?

— Você *matou* minha *amiga*! — Joan queria que ele se aproximasse. Idoso ou não, ela conseguiria acertar um chute, e mais. — Por que está aqui, afinal? Vai interrogar a gente?

— Eu tenho cara de Griffith por acaso? — retrucou Corvin, com desdém. — Estou aqui por causa do menino.

Joan entrou na frente de Nick.

— Ah, *relaxa*. — disse Corvin. — Você acabou de falar que tem um poder Argent nele. Bom, Eleanor quer que eu o remova.

VINTE E SEIS

— Vocês estavam ouvindo a gente? — Joan perguntou a Corvin.

Havia equipamentos de vigilância ali? Ela olhou para a longa galeria da biblioteca, iluminada pelas claraboias e janelas. Havia câmeras? O que mais Eleanor e sua equipe haviam escutado?

Corvin ainda estava à porta.

— Afaste-se do menino — ordenou a Joan.

Ela balançou a cabeça. Ainda estava à frente de Nick, bloqueando-o parcialmente da visão de Corvin, como se pudesse de alguma forma protegê-lo.

— Joan — murmurou Nick. — Está tudo bem.

Não estava tudo bem.

— Você não quer o poder Argent fora dele? — provocou Corvin. — Pareceu que queria. Não vá me dizer que ficou com medo depois de contar a verdade para ele.

Joan corou. Eles haviam escutado tudo, então.

"Eleanor quer que eu o remova."

Por quê? Por que Eleanor iria querer isso? Estaria tentando transformar Nick no herói de novo? Joan olhou para trás. Nick estava observando Corvin com os olhos estreitados. E Joan odiava que ele estivesse de joelhos, no piso nu da biblioteca. Odiava que estivesse preso por uma corrente e pelo poder Argent.

Joan se forçou a dar um passo para o lado, e Nick lhe lançou um sorriso reconfortante. Ela tentou sorrir de volta, mas não conseguiu.

— Nós vamos ficar bem — sussurrou Nick. — Nós dois. Você vai ver.

Joan sabia que não era verdade. Aquela seria a última vez em que Nick sorriria para ela. O último momento em que confiaria nela. Quando Corvin terminasse, seria o fim *deles* também.

— Francamente — disse Corvin a ela —, duvido que esse poder ainda esteja ativo. O menino está aqui há três semanas.

Ele se aproximou de Nick e olhou-o de cima.

— Hã? — resmungou, soando surpreso. Para Nick, falou: — Bom, ainda está aí. Vejo nos seus olhos. O que mandaram você fazer?

A expressão de Nick ficou levemente neutra.

— Eu não tenho problemas com monstros — respondeu de maneira obediente. — Eu não quero machucar monstros.

— Que rudimentar. Bom, suas antigas compulsões estão desfeitas. Você está livre do poder Argent. — Corvin soava quase entediado.

"Nós vamos ficar bem", dissera Nick. *"Nós dois."* Joan esperou então que o horror subisse por seu rosto ao assimilar a verdade. Esperou seus olhos sombrios se encherem de raiva e traição. Mas a expressão dele não mudou.

— Nick? — sussurrou Joan. Então ela viu que Corvin estava franzindo a testa. — O poder ainda está ativo! — disse a ele.

— Percebi — respondeu-lhe Corvin, irritado. Para Nick, repetiu: — Você está livre do poder Argent! Não há restrições acerca de como você se sente ou age em relação a monstros.

Corvin ficou na expectativa, então sua espera foi se transformando aos poucos em espanto e frustração.

— Quem colocou essa compulsão em você? — exigiu saber.

— Alguém mais forte que você? — sugeriu Nick.

Corvin cerrou os dentes.

— Duvido muito. — Ele lançou um olhar fuzilante a Nick. — Vou precisar tentar uma coisa diferente então.

Ele se virou como se fosse embora, mas pareceu mudar de ideia. Antes que Joan pudesse impedi-lo, antes que Nick pudesse sequer reagir, Corvin percorreu o espaço entre eles e chutou com força o rosto virado para cima de Nick.

A cabeça dele bateu na parede de pedras da lareira, e ele arfou, de dor e susto. Sangue manchou sua boca.

Joan se atirou contra Corvin, furiosa. Ele a empurrou com as duas mãos, e ela caiu para trás. Joan tentou se levantar.

— Fique no chão! — ordenou Corvin, e Joan cerrou os dentes de frustração quando do a algema se ativou com um familiar choque por suas articulações, prendendo-a de joelhos. Ela havia caído bem ao lado de Nick, à frente da lareira, mas não tinha como ajudá-lo. Não conseguia se mexer.

Mas ainda tinha sua voz.

— *Não!* — gritou quando Corvin desceu o pé no peito de Nick, que grunhiu de dor.

— Me ataque de volta! — gritou Corvin. — Reaja!

Joan conseguia praticamente sentir o poder dele, feito o calor de um fogo. Ele parecia estar atacando com força máxima.

— Eu... — Nick recuou. — Não consigo.

Joan tentou se debater, mas mal podia se mexer.

— *Pare!* — implorou a Corvin.

Mas ele só rosnou para Nick e ordenou:

— Bata em mim! Me machuque! Eu acabei de machucar *você*! Ataque de volta! — Quando Nick não se mexeu, Corvin se virou para Joan. — Droga, quem colocou esse poder nele? Não deveria ter durado três semanas! Não deveria estar resistindo a *mim*.

Owen era forte assim? Joan não havia sentido nada igual ao calor do poder de Corvin nele. Corvin deu um soco, acertando a mandíbula de Nick, que fez um som curto, do fundo da garganta, cheio de dor.

— Você só está batendo em alguém que não pode encostar em você! — gritou Joan.

Corvin deu outro soco no rosto de Nick.

— *Bata* em mim! — Outro soco. — *Bata* em mim! Só... — Ele ergueu o punho e Joan percebeu que iria *realmente* machucar Nick naquela hora, mas, em vez disso, ele mudou a mira e desceu o golpe na direção dela.

Joan se encolheu, mas Nick foi mais rápido do que ela conseguia processar, a mão disparando para pegar a de Corvin.

Por um longo momento, a biblioteca ficou estranhamente silenciosa; o último som havia sido o impacto do punho de Corvin contra a palma de Nick. Joan conseguia escutar a própria respiração curta. Presa pela algema, só havia conseguido estremecer. Agora repassava o momento em sua mente: Corvin mudando o alvo, e Nick interceptando o soco.

Ele havia reagido *rápido*, tão rápido quanto o herói teria feito.

— Nick? — sussurrou Joan. Conseguia escutar o quão hesitante soava. Ela o olhou nos olhos, e eram os olhos *dele*. Do seu Nick, sério e perigoso.

— Solte-me! — disse Corvin. Joan estava começando a reconhecer o tom intenso em sua voz como o tom Argent, a forma como eles falavam quando usavam seu poder.

Nick pareceu perceber também. Mas não soltou. Em vez disso, sua expressão se tornou severa e os nós de seus dedos ficaram brancos ao redor do pulso de Corvin.

— Pare! — ordenou Corvin. — *Pare!* — A voz dele mudou do tom Argent para pânico. — Você vai quebrar a minha mão!

Nick soltou o punho dele com um gesto deliberado, quase despreocupado.

— Tente encostar nela de novo, e não vai ser só a sua mão que eu vou quebrar.

Corvin ficou de pé, oscilando, com a mão colada ao peito. Será que sabia quem Nick havia sido um dia? Talvez não. Seu rosto era uma máscara de puro choque ao recuar, cambaleante.

Ele bateu na porta com a mão boa: três batidas rápidas. A porta se abriu, e Corvin correu para fora. Joan escutou o clique da fechadura e o pesado trinco descendo.

Houve um longo silêncio. Ela tentou se mexer. Foi tomada por alívio. Estava livre. Ficou de pé e se afastou de Nick, tentando não o assustar. Estava consciente demais de estar trancada ali dentro com ele. De que não podia fugir com a mesma facilidade que Corvin.

Os olhos de Nick estavam fixos nela, atentos, como se estivesse tentando entender sua expressão. Ele ainda estava acorrentado, mas estendeu a mão livre para ela.

— Você está bem? — perguntou.

Por um momento, Joan não teve certeza de como responder.

— Não foi *em mim* que ele bateu.

Os olhos de Nick não eram mais os do herói, não exatamente. Aquela expressão perigosa já estava se transformando em confusão.

— Você está sangrando — sussurrou Joan. — *Você* está bem?

A mão de Nick subiu para o próprio lábio inferior. Seus dedos voltaram vermelhos. Ele franziu a testa e limpou o sangue com as costas da mão.

— O poder Argent passou. Eu senti ele se quebrar.

— E.... — A boca de Joan estava tão seca. — Como você se sente sobre monstros agora?

A expressão dele se tornou pensativa ao considerar a pergunta.

— Como eu me sinto?

Na janela atrás dele, as nuvens estavam perfeitamente imóveis. Joan se sentia tão imóvel quanto cada uma delas enquanto esperava a reação dele.

E lá estava. O rosto de Nick se encheu de compreensão e horror. Ele ergueu os olhos para ela.

— Monstros roubam vida humana — falou. — Monstros predam humanos.

O coração de Joan parecia um tambor. Ela deu um passo para trás.

Os olhos escuros de Nick estavam quase pretos.

— Se as pessoas descobrissem a verdade... — disse, bem baixinho.

Com "pessoas", ele queria dizer *humanos*. O que *de fato* aconteceria se descobrissem? Haveria uma guerra? Quem venceria? Independentemente da época, com certeza havia mais humanos do que monstros. Mas monstros tinham acesso a tecnologias do futuro. E se todos os monstros da história convergissem durante o período da batalha...

Joan se lembrou então de algo que Aaron lhe dissera: a Corte Monstro colocava representantes no topo dos círculos humanos. Ele estava falando da polícia naquela hora, mas que outras autoridades seriam monstros?

Nick respondeu à própria pergunta:

— Os humanos lutariam.

E Joan não conseguiu conter um calafrio. *Ele* havia lutado da última vez.

Nick tentou se levantar e foi impedido pela corrente. Ele piscou para a manilha, com a cabeça inclinada para o lado. Joan teve a impressão de que estava calculando ângulos. Então ele colocou o pé contra a parede de pedras da lareira e enrolou a corrente em um braço. Ele a forçou, e seus músculos fortes tensionaram. Puxou uma, duas vezes, e a quebrou, com pedra se despedaçando ao redor.

Joan deixou o queixo cair. Sabia que Nick tinha habilidades na outra linha do tempo; ele havia matado Edmund com um arremesso perfeito de espada. Mas ela nunca havia visto a extensão real do que ele podia fazer.

Nick se endireitou, movendo o corpo com facilidade apesar da surra. Ele focou ela de novo.

— Por que você parece tão assustada? — disse, devagar.

Imagens percorreram a mente de Joan: Nick cortando o corpo de Lucien Oliver; Nick jogando uma espada no peito de Edmund Oliver. Nick dizendo: *"Se você roubar tempo de um humano de novo, eu mesmo vou te matar"*.

E agora o poder Argent não estava mais lá. Ele sabia o que monstros realmente eram. O que Joan era.

Deu um passo na direção dela, e Joan não conseguiu se impedir de recuar. Os olhos de Nick se arregalaram. Ele parou no meio do caminho, parecendo nauseado.

— Você está com medo *de mim*? — perguntou. Ainda havia sangue em sua boca, onde havia sido atingido. Joan foi horrivelmente lembrada de sua tortura naquela cadeira. — Acha que eu ia *te* machucar?

— Você... — Joan hesitou. *Você tem alguma nova memória com essas novas habilidades?* — Está se sentindo como você mesmo?

— Nada mudou para mim — respondeu Nick, com a voz suave. — Eu falei que nós íamos conversar, e nós vamos.

Joan havia feito a pergunta com outra intenção: *Você é ele? Você se lembra?* Mas ela tinha sua resposta. Aquele *não era* ele. O outro Nick não existia mais em lugar algum. Sentira isso desde o momento em que acordou nesse novo mundo, sentira na ausência vazia dentro de si. O garoto à sua frente ainda era o novo Nick, destreinado e não torturado.

Exceto pelo fato de que... ele havia pegado o soco de Corvin no ar. E arrancado uma corrente da parede. Ele não havia rompido apenas o poder Argent; havia rompido outra coisa também.

— Nick...

— Sou *eu mesmo*. O poder Argent sumiu. Joan... você disse que eu te odiaria quando isso acontecesse. Eu *não te odeio*. Eu... — Ele pareceu subitamente vulnerável. Inseguro. — Tudo o que eu disse ainda é verdade.

"Jamais conseguiria odiar você. É exatamente o contrário.*"*

Não era possível que ele quisesse dizer isso. Joan balançou a cabeça em negação.

— Eu quero ficar com você.

Ela sentiu o próprio coração ser esmagado no peito. Tudo aquilo era tão errado. Nick *tinha* de odiá-la. Ela havia escondido a verdade dele, que monstros roubavam vida humana.

— Eu sou um monstro — disse-lhe. — Eu sou um *monstro*.

— Eu sei — respondeu ele, com a voz suave. Sua mão subiu na direção dela, então recuou, como se fosse um martírio não a tocar. Mas Joan lhe havia dito para não fazer isso, e ele nunca contrariaria um pedido assim. — Você me contou isso. E também me contou que não rouba vida humana. Você me disse que ama sua família mesmo que não suporte o que eles fazem.

A culpa pesou no fundo do estômago dela.

— Eu não consigo... Eu não entendo.

— Não entende o quê? — perguntou ele, com gentileza.

— Por que você ainda está falando comigo. Por que...

— Eu nunca quero parar de falar com você. Joan... — Ele deu um passo na direção dela, e seus sapatos crepitaram. Ele piscou confuso para baixo. Pedra despedaçada jazia aos seus pés. Nick não havia quebrado a corrente em si; havia arrancado a argola chumbada da lareira, e pedaços da parede haviam caído com ela. — O que...

Ele olhou para as marcas de corrente ao redor do próprio braço, acompanhando-as até a manilha.

— Eu que fiz isso — disse, mas com um tom crescente no fim, como se não tivesse certeza.

Joan viu a dúvida aumentar dentro dele. Nick ficou em silêncio por um longo momento. Então falou, como se estivesse testando o pensamento em voz alta:

— Quando nós encontramos Jamie pela primeira vez... ele estava com medo de mim. Igual a você quando eu peguei aquele soco no ar. Então nós fomos para a casa nas docas, e metade do cômodo estava apavorado. Por causa *de mim*. Eu não entendia. Todas aquelas pessoas com todos aqueles poderes, e elas estavam com medo *de mim*. — Ele olhou para baixo de novo, para o final da corrente que pendia solto no chão. Por um segundo *Nick* pareceu assustado e perdido. — Por que elas estavam com medo de mim?

— Nick...

Ele esperou, escutando. Sua expressão era a mesma que fizera do lado de fora da casa dele, como se Joan fosse um barco salva-vidas no meio do oceano.

— Havia outra linha do tempo antes desta — falou ela.

— Outra linha do tempo? — Nick franziu a testa.

— Os Liu se lembram, e eu também.

— Os *Liu* estavam com medo de mim — disse Nick, dando-se conta. — Só os Liu. Eles sabiam alguma coisa sobre mim... — Joan conseguia ver as engrenagens girando na cabeça dele. — Do que eles se lembram? — O olhar dele focou ela. — O que *eu sou*?

A postura dele era estoica. Parecia preparado para algo terrível.

— Você não é um "o quê".

— Está bem então. *Quem* eu sou? Quem eu *era...*? — Nick tropeçou nas palavras. — Quem eu era naquela outra linha do tempo? Quem eu fui para as pessoas ainda terem medo de mim? Para *você* ter medo de mim?

Joan não tinha como não reagir a isso; o ar ficou preso em sua garganta. Nick percebeu. É claro que percebeu. A forma como ele olhava para ela era dilacerante. Como sempre, Joan se lembrou de antigos heróis de quadrinhos que protegiam os fracos e puniam aqueles que os machucavam. Ela se lembrou do alívio que havia sentido quando ele a resgatara dos Oliver naquela primeira noite.

— Você foi um herói — falou. — Não só um herói. Você era uma lenda. Como o Rei Arthur.

Nick estava prestes a rir, mas a diversão hesitante desapareceu de seu rosto quando viu que Joan não estava rindo junto.

— Você não pode estar falando sério.

— Minha avó costumava contar histórias sobre você na hora de dormir — disse Joan.

— As pessoas não têm medo de heróis.

Não era engraçado, mas Joan sentiu o sopro de uma risada lhe escapar.

Por um momento, Nick pareceu confuso, mas então a compreensão deixou seus olhos sombrios.

— *Monstros* têm.

— Você era um *herói* — repetiu Joan. Precisava que ele entendesse. — Você era mais do que um herói. Era *o* herói. As pessoas contavam histórias sobre você. Faziam arte sobre você.

— Isso não parece comigo.

Joan nunca havia perguntado ao outro Nick como ele se sentia a respeito disso. Talvez achasse a ideia tão estranha e alienante quanto este. Havia tantos mitos sobre ele, aventuras, tragédias, histórias de terror; obviamente não eram todos reais.

— Eu não sou nem um pouco assim — disse Nick.

Joan havia passado aquele tempo todo pensando o quanto ele era diferente do seu Nick, mas agora... com ele a olhando de cima, sério com sua beleza e olhos escuros, ficou espantada com a similaridade entre os dois. E ficou mais uma vez ao perceber que ela o conhecera ali naquela casa, naquele cômodo. Nick havia entrado na biblioteca por aquela porta, com a cabeça inclinada sobre um livro e, quando ele olhou para ela, o coração de Joan virou de cabeça para baixo.

— Quando eu fui pega pelos agressores na confeitaria, você voltou para me salvar — falou ela. — Você podia ter fugido, mas voltou por mim. Seu primeiro instinto é tomar conta das pessoas. Você não sabia por que os Liu estavam assustados, mas queria fazer com que eles se sentissem seguros. Tem alguma coisa simplesmente *boa* dentro de você.

Esse Nick *era* diferente, parecia mais complexo, mais difícil de entender. Mas os dois tinham o mesmo cerne de bondade. Na outra linha do tempo, o torturador de Nick dissera a Eleanor: *"Precisamos mesmo usar este menino? Ele sempre fica tão virtuoso depois."* Eles precisaram de 2 mil tentativas para quebrá-lo. Nunca haviam conseguido de verdade.

O olhar de Nick estava fixo no rosto de Joan.

— É assim que você me vê? — sussurrou ele.

Ela assentiu com a cabeça. Não tinha como explicar de verdade como o via. Ele era uma luz brilhante na escuridão dela. Cada versão dele.

— Mais cedo... — disse Nick, e agora estava soando hesitante. — Você disse que *queria...* — A voz dele parecia uma vibração leve nos ossos dela. — O que você queria?

— Eu... — A voz de Joan falhou. Não conseguia dizer nem para si mesma. Não *deveria*.

— Posso te dizer o que eu quero — falou Nick, com firmeza. — Eu quero estar onde você estiver. De qualquer forma que você me permitir.

Joan não conseguia tirar os olhos dele. Havia esperado perdê-lo; conseguia sentir a dor fantasma naquele instante. Não havia percebido o quanto esse Nick estava se tornando importante para ela até precisar encarar a possibilidade de perdê-lo.

— Eu quero... — Sua respiração saiu falha. *O que você quer?* Ela mal havia se permitido desejar qualquer coisa desde que acordara nessa nova linha do tempo. Querer era algo perigoso e doloroso. Querer outras épocas a levava a um lapso de distanciamento quando seu corpo tentava saltar. Querer significava ficar observando Nick de longe, sabendo que jamais poderia estar com ele.

Só que Nick havia acabado de dizer que ela podia ficar com ele.

E ela se sentia... Joan respirou fundo. Esse não era Nick. Não era *ele.* Mas... ela se permitiu admitir a verdade. Estava se apaixonando seriamente por esse Nick também. Cada versão dele era a mesma em seu cerne.

— Eu quero você — admitiu Joan. Nick pareceu se iluminar de dentro para fora com suas palavras. O coração dela se apertou. — Eu não quero te machucar — sussurrou.

— Também não quero te machucar — sussurrou ele de volta. Seus olhos estavam tão claros quanto um novo dia. — Então não vamos nos machucar.

Era possível que fosse simples assim?

— Posso? — perguntou Nick, e estendeu o braço. — Por favor?

Só levou três passos para chegar a ele. A mão dele subiu para envolver o rosto dela, acariciando sua bochecha com o grande polegar. Joan prendeu a respiração. Outra carícia tocou sua bochecha, e os olhos de Nick ficaram sérios.

— Nossa, como você é bonita — disse ele. — Pensei isso a primeira vez que te vi. Você é *tão* bonita.

Ele era bonito. Uma obra de arte. Uma pintura. O cabelo escuro enrolado nas pontas, emoldurando o rosto perfeito.

— Quero muito beijar você — sussurrou Nick.

Joan já estava chorando quando levantou o rosto. Ela conseguia sentir a confusão dele quando limpou as lágrimas dela. Havia sentido *tanta* falta dele. E esse não era ele. Só que *era.* Era ele como poderia ter sido.

Nick se inclinou e a beijou, e a sensação foi de tudo o que Joan sentia saudades e desejava. Ela o beijou de volta, com desespero.

— Que romântico — disse uma voz fria da entrada. — É tão tocante ver um amor novo florescer.

Joan se afastou de repente do beijo, virando-se depressa.

JAMAIS UM HERÓI ❧ 237 ❧

A porta da biblioteca estava aberta. Eleanor entrou, acompanhada por um punha-do de membros da corte e guardas e *Aaron,* viu Joan, consternada. Ele não olhou para ela ao seguir Eleanor para dentro.

— Que primeiro beijo mais romântico — disse Eleanor a Joan.

Joan corou. O que a mulher *queria*? Por que os estava provocando? Era evidente que ela sabia que *não havia sido* o primeiro beijo deles.

— O que você quer com a gente? — perguntou Joan.

Eleanor se virou para Nick.

— Eu escutei o que ela falou para você. Quase pareceu sincera, não foi? Como se ela não estivesse mentindo esse tempo todo.

— Eu *não estava* mentindo — explodiu Joan, confusa. Os lábios de Eleanor se repuxaram em um sorriso cruel e sádico. — Digo... — Joan virou-se para Nick, com a voz falhando. Ela havia *acabado* de lhe contar a verdade.

Nick soltou a cintura dela e pegou sua mão, dando-lhe uma sensação de segurança e conforto. *Está tudo bem*, dizia seu gesto. *Nós estamos bem.* Ele se virou para Eleanor e disse, com frieza:

— Responda à pergunta dela. O que você quer com a gente? Por que está nos mantendo aqui?

Eleanor olhou para as mãos unidas deles e abriu ainda mais o sorriso.

— A linha do tempo é uma velha tola romântica, não é? Sempre tenta unir vocês dois de novo. — Nick parecia confuso, e Eleanor riu. — Ah, ela não te contou essa parte ainda? Bom, aposto que tem *muita coisa* que não contou.

— Você ficaria surpresa — disse Nick, com a voz suave.

— Ah, é mesmo? — Os olhos de Eleanor desceram até a corrente quebrada. Sua expressão se iluminou. — Olha só isso. Tudo o que precisávamos fazer era ameaçar *ela*.

— Você... — Joan ficou encarando-a.

Será que Eleanor achava que podia transformar Nick no herói de novo? Caso sim, falharia. Joan já contara a verdade sobre monstros. Ele ficara horrorizado, mas não se transformara em um assassino. Ele sugerira conversar com família dela. Queria per-suadir, não lutar.

— Bom, agora que estamos todos aqui — disse Eleanor —, o show pode começar.

— Show? — repetiu Joan, devagar. Uma sensação de premonição a dominou na-quele momento. — Que show?

— O show que está sempre aqui. — Eleanor assentiu para um dos guardas, um homem com uma tatuagem rosa de flor como o vendedor de cerejas que salvara Joan e Nick na Estalagem Wyvern. O homem andou até um espaço ao sul da janela, a alguns metros dos dois. Então ele ergueu os braços no ar em um movimento de puxar para os lados, como se estivesse abrindo uma cortina. Houve um som dissonante. Não, não um som. Uma *sensação*. Joan foi tomada por um choque de náusea. O homem era um Ali, percebeu tarde demais. Ele havia acabado de abrir um selo.

Ao redor do cômodo, os guardas grunhiram, horrorizados. Aaron cambaleou para trás, então se inclinou para a frente, tossindo de enjoo. Nick pegou o braço de Joan e a puxou para que recuasse.

Ela ficou encarando. O selo aberto havia revelado um rasgo na linha do tempo, como aquele da cafeteria. Joan e Nick deveriam estar a poucos passos dele o tempo todo em que estiveram ali. O rasgo estava além da lareira, e suas beiradas irregulares desfiavam o ar. Com horror, aquilo lembrou a Joan uma mortalha despedaçada. Lá dentro havia as sombras do vazio.

Um dos guardas sussurrou algo e fez um gesto ágil, com os dedos subindo e descendo. Joan não reconheceu o sinal, mas imaginou que fosse algum rito tradicional de proteção contra o mal.

— Pobre e velha linha do tempo — falou Eleanor a Joan. — É mais frágil do que se imagina.

— Por que isso está aqui? — sussurrou Joan. Ela esteve naquele cômodo centenas de vezes, limpado cada canto dele quando era voluntária no museu. Nunca houvera um selo Ali antes. Nunca houvera um vão na linha do tempo.

— Olhe mais de perto.

— Perto do quê? — Mas, assim que Joan falou, as sombras dentro do rasgo pareceram mudar e se juntar em formas.

— O *que* é aquilo? — perguntou Nick.

Havia algo de familiar na cena que se formava dentro do rasgo. Era aquela mesma biblioteca no início da noite. E havia silhuetas de pessoas ali. Joan espremeu os olhos, tentando identificá-las.

— Espere um segundo — disse Eleanor.

Então a imagem clareou e ficou nítida, e Joan soltou um grito mudo.

As figuras dentro do rasgo eram ela mesma, da linha do tempo anterior, e Nick. *Seu* Nick. O Nick que ela desfizera e perdera. Joan se escutou fazer um som agonizante de tristeza. Havia sonhado com ele, mas isso não chegava perto de vê-lo de novo. Céus, sentira tantas saudades dele. Como se fosse uma parte dela que havia se perdido.

Ele não era plano como uma imagem na televisão; era tridimensional e real, como se realmente estivesse ali, como se Joan pudesse dar alguns passos e tocá-lo.

— Eles não veem vocês — disse Eleanor. — A linha do tempo ainda consegue se proteger esse pouquinho.

O novo Nick deu um passo na direção da cena, ainda segurando com força a mão de Joan.

— O que é *aquilo*?

— É a linha do tempo anterior — respondeu Joan, com a voz trêmula.

— É ele? — perguntou Nick, na dúvida. — O herói? E... *você*?

Ele se virou para Joan.

Ela não sabia o que dizer. Agora que os dois Nicks estavam no mesmo cômodo, conseguia realmente ver as semelhanças. Eles irradiavam a mesma bondade sincera. Os dois olhavam para Joan do mesmo jeito. Como se não pudessem acreditar que ela estivesse ali com eles. Havia diferenças, no entanto. O novo Nick não tinha as mesmas sombras nos olhos, e o antigo tinha um ar de exaustão do qual Joan não se lembrava.

— A linha do tempo sempre vai colocar vocês dois juntos — disse Eleanor a Joan. — Eu sabia que, se trouxesse um de vocês aqui, o outro viria atrás. Então os dois poderiam ver isso.

— Ver *o quê*? — indagou Joan. — Ver...

Ela olhou para cena dentro do selo aberto. A compreensão do que Eleanor queria que vissem a atingiu aos poucos; o porquê de ela tê-los levado à sede da guarda. Joan olhou para a expressão ainda cheia de confiança do novo Nick, e seu estômago deu uma guinada.

— *Não* — falou a Eleanor. — Feche esse selo de novo! *Por favor!*

— Joan? — chamou Nick, confuso.

— Quietos — ordenou Eleanor. — Essa é a minha parte preferida do show.

Através do rasgo na linha do tempo, Joan viu Nick puxá-la para seus braços, com o rosto cheio de amor, encanto e alívio.

"Eu te amei desde o momento em que te vi", disse a Joan na outra linha do tempo.

"Eu te amo", disse o outro Nick. *"Sempre amei."*

Joan escutou o ar escapar falhado dos pulmões, e ao seu lado Nick se virou para olhá-la. A expressão dele era tão vulnerável que Joan quase se despedaçou ao ver. Ele estava se lembrando do beijo deles, ela sabia. A forma como ela mesma reagira.

Na outra linha do tempo, Joan o beijou. Estivera chorando naquele momento, e estava chorando agora. Ambas, seu eu do passado e do presente, sabiam o que estava por vir.

"Joan?" Era o Nick da outra linha do tempo. Ele se afastou, o rosto se enchendo de choque e agonia. Joan estremeceu agora, como se fosse ela quem estivesse com dor.

— Joan? — perguntou o novo Nick. — O que está acontecendo?

Na visão, Nick teve um espasmo como se houvesse levado um choque elétrico. O teto tremeu, e Nick começou a gritar. Joan conhecia aquele som como se houvesse saído da própria garganta. Ela o escutara de novo e de novo em seus sonhos.

"Joan", pediu ele. *"Por favor."*

Ela conseguia ver a própria boca dizendo, muda, apenas com os lábios: *"Me desculpa. Desculpa. Desculpa."*

— Desculpa — sussurrou agora. Sequer sabia para quem estava dizendo isso, o Nick de antes ou o Nick atual.

O atual a encarava como se nunca a houvesse visto. A sensação de traição já começara a surgir em seu rosto.

— O que você fez? — perguntou. — O que você *fez*?

— Ela desfez o herói — respondeu Eleanor. Mas o olhar dela estava focado em Joan, triunfante e furiosa, como se soubesse exatamente o que Joan estava perdendo, e só desejasse poder machucá-la mais. — Ela retrocedeu a vida do herói, e o substituiu por um menino comum. Acho que você pode dizer que ela o matou.

Nick recuou, arrancando a mão da de Joan e encarando-a, horrorizado.

"Os humanos tinham um protetor", dissera Astrid. *"Um herói. E você o desfez. Achou que não teriam consequências?"*

Eleanor tirou um pingente de debaixo da gola. Joan teve um momento para ver que era uma moeda em uma correntinha. Um passe de viagem. Então Eleanor foi embora. Havia desaparecido. Sequer ficaria para ver o resultado daquilo.

Nick ainda estava olhando para Joan como se nunca a houvesse visto antes.

— Você matou o herói?

— Eu... — Joan viu o Sr. Larch de novo em sua mente, o gentil e barulhento Sr. Larch, seu professor de história do ano anterior. Ele estava morto. Tantas pessoas estavam mortas, exatamente como Astrid dissera. Joan havia desfeito o herói e tudo que o herói fizera. Ela havia recuperado a própria família e condenado cada humano que Nick salvara.

O olhar dele queimava dentro do dela.

— Nick...

Ela foi interrompida pelo som de vidro despedaçando. A janela havia explodido para dentro, e uma nuvem de fumaça branca preenchia o cômodo.

Joan engasgou. No meio da fumaça, um guarda tombou. Houve altas pancadas conforme as barras da janela caíam. E logo Joan não conseguia ver nada através do nevoeiro branco. Alguém pegou sua mão. Ela puxou de volta para se soltar.

— Sou *eu*. — Era a voz de Tom, perto de sua orelha. Algo cobriu o rosto dela. Uma antiga máscara de gás. Joan a arrancou.

— Nick — disse Joan a Tom, e engasgou de novo com a fumaça.

Ao seu lado, Nick caiu. A fumaça tinha um sonífero, percebeu. A visão dela escureceu.

— *Nick...* — tentou dizer de novo. Nick *sabe.*

Tom colocou a máscara de volta no rosto dela.

— Ele está aqui — disse ele, com gentileza. — Vocês dois estão com a gente agora..

VINTE E SETE

Joan acordava e desmaiava. Despertou de súbito quando uma rajada de vento atingiu seu rosto. Estava deitada de costas em algo macio. Um cobertor, talvez? Estava escuro, mas o luar era forte o suficiente para que pudesse distinguir Nick ao seu lado. Ele estava inconsciente, com hematomas sombreados nas bochechas. Pelo som de cascos e os movimentos sacolejantes ao redor, pareciam estar em algum tipo de carroça fechada.

— Nick — balbuciou Joan.

— Está tudo bem. — Era a voz de Ruth. — Não se preocupe. Nick está bem. Vocês dois estão em segurança.

— Não. — Ela começou a deslizar para a escuridão de novo. *Ele sabe*, tentou dizer. *Ele sabe o que nós somos. Ele quebrou uma corrente com as mãos.* Mas Joan não conseguia fazer os lábios se abrirem.

Na vez seguinte em que Joan acordou, Nick estava acordado também. Não mais ao lado dela. Estava sentado em um banco chacoalhante, de frente para ela. Eles estavam em um veículo diferente, percebeu Joan, um mais confortável. Uma carruagem.

As janelas laterais mostravam prédios baixos de tijolinho e um céu escuro. Não dava para ver o condutor de onde estavam.

Joan se esforçou para levantar. Estava toda dolorida de se sentar em posições encolhidas e de ser jogada de um lado para o outro do assento. A expressão de Nick não mudou ao ver os esforços dela; seu olhar era duro. Os hematomas de seu rosto estavam mais escuros. Ele deveria estar com dor também, mas não demonstrava. Nick se apoiou no encosto, como se a viagem fosse totalmente confortável.

Joan quase teve medo de fazer a pergunta.

— Onde estão os outros?

— Por que você está falando assim? — À luz fraca, os hematomas de Nick o faziam parecer perigoso. Alguém que estivera em uma luta e lutaria de novo. — Acha que eu fiz alguma coisa com eles?

Um filete de medo percorreu o sangue dela. Quanto tempo havia ficado desacordada? Seu coração martelava dolorosamente. Ela teve um vislumbre do sangue da avó sob as unhas.

— Você fez? — perguntou de uma vez.

— Eles estão em outra carruagem — respondeu Nick. — *Vivos* — acrescentou, em resposta a qualquer que fosse o olhar no rosto de Joan. — Nós mudamos de veículo e nos separamos para evitar que nos rastreassem.

Havia um aperto no peito dela.

— E quando nos encontramos com eles?

Nick lhe lançou um olhar demorado. Joan sentiu que ele estava vendo até sua alma.

— Deve ter sido algo bem memorável, se você acha que um único humano conseguiria fazer mal para todos aqueles monstros com todos aqueles poderes.

Ele não fazia ideia. Lendas haviam sido criadas sobre ele. Era uma história de terror que contavam para assustar crianças monstros.

— Eu achei... — Nick abriu e fechou a boca por um momento. — Quando você me contou o que monstros eram... Quando eu entendi o que eles eram... Achei que pelo menos entendesse *você*. Mas não entendi nada, não é? Você disse que precisava proteger os humanos. Mas alguém já estava protegendo os humanos. E você o matou.

Você matou minha família, Joan queria dizer. Mas não havia desculpas para o que havia feito. Ele tinha razão. Nick protegia humanos, e ela havia removido essa proteção.

Mentalmente, Joan o viu pegar o pulso de Corvin. Pegar a empunhadura da espada de Lucien.

Nick parecia saber no que ela estava pensando.

— Quando aquele homem tentou bater em você... — Por um instante, houve faíscas nos olhos dele. — Quando ele tentou bater em você, eu sabia como impedi-lo. Eu acho que poderia ter quebrado o braço dele. Eu sabia onde o osso era mais fraco. Sabia quanta pressão seria preciso para rompê-lo.

— Nick...

— Eu sei como sair desta carruagem. Sei que preciso esperar que acelere para ser mais difícil me perseguirem. Sei onde chutar a porta e com quanta força. Sei como pular para fora sem me machucar.

— Você não é um prisioneiro. — Joan escutou a própria voz falhar. — Se quiser ir embora, pode ir.

— Imagino que, se eu não for, você vai pedir para um Argent me fazer esquecer tudo. Esquecer o que eu vi. O que você me contou.

Aquela ideia sequer ocorrera a Joan, e ela ficou horrorizada com o quanto soava tentadora. Por apenas um momento, permitiu-se imaginar o rosto de Nick se suavizar até que a traição desaparecesse. Como se ela pudesse clicar *desfazer, desfazer*, até ele voltar a ser a versão que a beijara na biblioteca.

Então seu estômago pesou como se fosse vomitar.

— *Não.* Eu não faria isso.

— Por que não? Já fez uma vez.

Ele sequer sabia a extensão do quanto havia sido manipulado. Eleanor o desfizera e refizera antes de Joan. Monstros haviam revirado sua vida mais do que ele imaginava.

A carruagem virou. Entre os prédios, a água brilhava, preta como petróleo. Onde estavam? Nick se virou para ver o avanço do veículo.

— A verdade é que eu não sei bem se o poder Argent funcionaria em mim de novo. Consigo sentir como quebrá-lo. Eu sei o que fazer.

Ele se ajeitou no assento, e Joan ficou tensa. Nick se voltou para ela, percebendo o movimento.

— Você tem tanto medo de mim. Eu não entendia antes. Por que *você*, um monstro, teria medo de mim? Mas você sabia o que tinha feito. Sabia desde o momento em que me viu. — Ele franziu a testa, lembrando-se. — Você encostou no meu pescoço da primeira vez. Você roubou tempo de mim?

— *Não* — disse Joan depressa. Não acreditava que ele pensaria isso dela, mas... Ela mesma havia perguntado isso a Ruth quando descobriu a verdade. *"Você já roubou vida do meu pai? De mim?"*

— Você estava me testando — falou Nick, percebendo de repente. — Estava conferindo para ver se eu ainda era *ele*.

— Você não era — sussurrou Joan.

— Não. — A voz dele era seca, direta. — Não sou. Não me lembro de nada que ele tenha feito.

O coração de Joan ardeu de novo com a dor de perdê-lo.

JAMAIS UM HERÓI ❖ 245 ❖

— O que você vai fazer quando a carruagem parar? — Ocorreu-lhe, com horror, que Nick poderia só estar esperando se encontrar com os outros. Será que iria matá-los? Joan teve um vislumbre de todos eles, caídos mortos. Não teria tempo de avisá-los.

Os olhos de Nick se estreitaram, como se houvesse adivinhado no que ela estava pensando.

— Algo terrível está para acontecer — disse. — Nós dois vimos, naquele rasgo na linha do tempo. Aquele mundo não pode existir.

Joan mal ousava ter esperanças.

— Você vai me ajudar a impedir?

Astrid havia dito que ele teria impedido da última vez. Será que Nick *poderia* fazer isso agora que tinha algumas de suas habilidades de volta, mesmo que não as memórias?

— Nós vamos trabalhar juntos — respondeu Nick. — Estamos do mesmo lado até impedi-la. Mas, depois disso... — O luar dançou sobre o rosto dele, escurecendo as sombras ao redor dos olhos. — Depois disso, nossos caminhos se separam.

Joan engoliu em seco. A carruagem fez uma curva, e a suspensão rangeu com a estrada irregular.

— Você disse que o amava — falou Nick. Não estava exatamente olhando para ela, e aquele tom neutro estava em sua voz de novo. — Na linha do tempo anterior, você disse que o amava antes de matá-lo. Era verdade? Alguma parte disso era verdade? Você em algum momento se importou com ele?

Ele não precisava dizer o resto. *Você em algum momento se importou comigo?*

Os olhos de Joan ficaram quentes com as lágrimas contidas. *Eu ainda me importo,* queria dizer. *Acho que nunca vou deixar de me importar.*

— Mudaria alguma coisa se eu dissesse que sim?

As sombras passaram pelo rosto dele de novo.

— Acho que não.

Eles ficaram em silêncio pelo resto da viagem.

Finalmente, a carruagem parou. As janelas mostravam apenas escuridão e névoa, mas Joan teve a impressão de ver uma rua movimentada lá fora, com trabalhadores no início da manhã. O ar cheirava a ervas medicinais, peixe e salmoura. Ela imaginou que estavam perto de algumas docas, embora não soubesse dizer se era ao norte ou ao sul do rio.

Passos contornaram a carruagem, e a porta se abriu, revelando o rosto corado de Tom. Ele havia trocado de roupa; vestia uma camisa amassada de auxiliar de porto com calças pesadas e uma boina com viseira. Atrás dele, havia um prédio comum de tijolos com uma pesada porta preta.

— Chegamos — anunciou.

Joan ficou tensa, esperando Nick fazer alguma coisa. Mas ele só pulou para fora e agradeceu Tom com aparente sinceridade.

— Vá dar uma olhada nesses machucados — disse-lhe Tom. — Tem um médico esperando você.

Nick andou em direção ao prédio, com as mãos nos bolsos, sem olhar para trás. Quando chegou à porta, abriu sem hesitar. Joan sentiu um calafrio desconfortável ao vê-lo entrar.

— Ele vai ficar bem — garantiu-lhe Tom, seguindo seu olhar. — Nós o examinamos mais cedo também. Aqueles hematomas são superficiais.

— Tom... — Joan precisava contar que Nick era perigoso. Que ele havia quebrado o poder Argent.

Mas, se contasse, o que Tom faria? O que aconteceria com Nick? Eles o trancariam em algum lugar? Matariam-no? Nick com certeza lutaria. Joan visualizou mentalmente um massacre como o da outra Holland House.

Não, ainda não, decidiu. Nick havia prometido ficar do lado deles por hora. Ele manteria a palavra. Sempre o fizera antes.

Mas depois... Depois que impedissem Eleanor...

Bom, teriam de evacuar a casa nas docas, para começar. E a Estalagem Wyvern. Joan havia sido tão tola de levá-lo a lugares monstros.

— Joan? — chamou Tom, e ela percebeu que estivera encarando o nada. — Você também deveria ir ver o médico.

— Eu estou bem — respondeu ela. Não estava machucada. — Preciso falar com você.

— Jamie e Ruth estão preparando alguma coisa para comer. Vá procurá-los, e eu encontro vocês. Aí podemos conversar.

— Tom...

— Coma. Você precisa. Eu acho que a sessão com o prisioneiro vai ser longa.

— Prisioneiro?

— Nós capturamos Aaron Oliver quando resgatamos você. — A mandíbula forte de Tom se cerrou. — Ele estava trabalhando com *ela*. Vamos interrogá-lo até ele contar tudo o que sabe.

VINTE E OITO

O céu mostrava traços de rosa, e Joan sentiu uma pontada de desorientação. Era o nascer ou o pôr do sol? *Nascer*, lembrou-se. Haviam passado a noite na carruagem, e agora a manhã estava vindo.

Ela passou a mão sobre o rosto. Não conseguia organizar as emoções. Havia beijado Nick, então Eleanor os separara. De novo. Não... não podia culpá-la dessa vez. *Joan* havia feito algo imperdoável, e Nick descobrira. *Essa* era a verdade. A pergunta era: ele manteria a promessa? Continuaria do lado dela até Eleanor ser impedida?

Mesmo sendo tão cedo, a rua soava como um mercado de peixes. *"Enguias!"*, gritava uma mulher conforme passava, com um pesado balde na cabeça. Ela ajustou o xale pesado. *"Enguias! Enguias! Enguias vivas!"*. O balde balançava com a fúria de seu conteúdo. Mais à frente, outra mulher gritava: *"Peixe! Peixe! Doce feito creme!"*.

A carruagem os havia levado a uma estreita rua de paralelepípedos. Em Kensington, o ar cheirava a fezes de cavalo e fumaça amarga. Ali, perto das docas, aquele fedor característico se unia ao de peixe podre e esgoto, e ao odor suave de algo mais agradável e familiar. Algo que Joan não conseguia bem identificar. Ela olhou ao redor. A loja do outro lado da rua tinha raízes secas e ervas em jarros de vidro. Caracteres chineses estavam pintados na vitrine.

— É uma loja de medicina chinesa — disse, surpresa. Logo reconheceu o odor suave: era incenso em varetas.

Em meio à cacofonia, ouviu algumas palavras familiares: *Hǎo de. Hǎo de.* Tudo bem. Tudo bem. Em meio à penumbra, ela identificou dois homens carregando tábuas de madeira nos ombros. Tinham rostos chineses, com a frente do cabelo raspada e longas tranças atrás. Joan sentiu o próprio queixo cair. Aquele era realmente o século XIX. E alguma parte dela, a parte monstro que amava história, só queria continuar andando e explorando.

— Estes são os limites da Chinatown — disse Tom. — Onde os primeiros marinheiros se estabeleceram. — Ele apontou com a cabeça para o oeste. — A doca de Regent's Canal fica para lá.

— Estamos de volta a Limehouse? — Joan estudou a porta preta à frente deles. — É a casa nas docas — concluiu. A rua era mais estreita nessa época, e a porta de rolar do futuro era ali uma porta de madeira. Mas o prédio em si era do mesmo tijolinho marrom. Ainda da mesma altura.

Joan respirou fundo ao esticar o braço para a maçaneta. Nick havia entrado menos de um minuto à sua frente, mas ela foi tomada por um medo súbito do que encontraria lá dentro.

Para seu alívio, entretanto, não havia sinais de violência quando abriu a porta. E nenhum sinal de Nick. Um gato laranja estava deitado logo após a soleira, esticado. Joan se inclinou para fazer carinho nele ao passar. Do mezanino acima, alguém assobiava uma melodia; a linguagem secreta dos Hathaway.

O interior era muito diferente nesse período. No século XXI, a casa se transformaria em uma série de quartos. Ali, havia um único salão amplo com um mezanino que circundava pelas paredes. Alcovas arqueadas de tijolinho corriam por baixo dele. Algumas tinham pilhas do que poderia ser peixe seco; outras, barris de madeira e sacos rústicos de juta. Joan conseguia identificar vagamente um mosaico nas paredes do segundo andar: fênices e cachorros.

No final do cômodo, várias mesas de madeira tinham peixes inteiros cozidos no vapor, travessas de arroz e pão fresco em tábuas. Joan viu Ruth e Jamie, e Frankie no colo de Jamie, entre as pessoas que comiam em silêncio.

— Joan! — Ruth se levantou quando a prima chegou, e a puxou para um abraço. — Ai, meu Deus! Eu estava tão preocupada! Quando aquele menino Oliver pegou você... — Ela apertou com mais força. — Eu poderia ter matado ele!

Joan a abraçou de volta.

— Não acredito que você invadiu a sede da guarda.

— Você teria feito o mesmo por mim. — Ruth a afastou gentilmente. — Você meio que *fez* na outra linha do tempo. — Ela ainda hesitava nas palavras *outra linha do tempo*, como se ainda não houvesse processado direito a ideia.

— Eu... — Joan interrompeu a si mesma ao ver as roupas dela. — O que você está *vestindo*?

Jamie usava uma camisa leve e calças; se parecia com os homens chineses lá fora. Mas Ruth estava com um *catsuit* preto de vinil.

— Roupa de resgate — disse, com dignidade.

— É sério? — Joan mordeu o lábio para não rir.

— Era uma parte fundamental do plano.

— Você não gosta de roupas do final da era vitoriana?

Ruth torceu o nariz.

— Todo aquele monte de blusas volumosas e botões. Enfim, eu não sou a única. Percebeu que Jamie não raspou a cabeça para se encaixar aqui?

— Eu tenho uma peruca para usar lá fora — falou Jamie, tranquilamente.

Joan puxou Ruth para outro abraço. No fundo de sua mente, entretanto, ela se pegou fazendo as contas: para chegar ali, Jamie, Ruth e Tom deveriam ter roubado juntos centenas de anos de vida humana. Suas emoções eram uma bagunça de gratidão por ter sido resgatada e horror pelo custo daquilo. E amor. Joan amava tanto Ruth. Amava tanto sua família. Não conseguia conciliar as coisas.

Será que Astrid já havia se sentido assim? Como se estivesse sendo partida em dois?

— Aqui, toma. — Jamie colocou um pouco de peixe em uma pequena cumbuca de porcelana. — Pão ou arroz?

— Arroz — respondeu Joan. Mas ela se ajoelhou ao lado da cadeira dele. — Eu tenho que te contar uma coisa.

O sorriso de Jamie desapareceu. O tom de Joan devia ter dado indícios do que ela estava para dizer.

— Você tinha razão — sussurrou. — Ela *voltou*.

Jamie colocou a cumbuca na mesa como se tivesse medo de derrubá-la.

— Você a viu?

— Falei com ela. Se chama Eleanor.

— Eleanor? — Ruth tinha o rosto neutro, mas de repente Jamie estava agarrando as beiradas da mesa, com os nós dos dedos ficando brancos.

— Você *tem certeza* de que o nome dela é Eleanor? — indagou ele, e Joan assentiu. Jamie sussurrou algo que podia ter sido uma prece ou um xingamento.

— Quem é Eleanor? — Ruth passou os olhos de um a outro.

— Ruth — disse Jamie, quase gentil.

A expressão dela permaneceu igual por mais um momento, então seus olhos se arregalaram aos poucos.

— Não. — Ela se virou para Joan, o rosto tomado por choque. Em um murmúrio, ela disse: — Eleanor da *Curia Monstrorum*? A mais temida e cruel dentre os membros da Corte Monstro?

— A mais temida? — perguntou Joan.

Pela reação de Ruth e Jamie, ela estava começando a entender que Eleanor era ainda mais perigosa e formidável do que pensava.

Percebeu então que Ruth e os outros não a haviam encontrado por pouco; Eleanor havia ido embora da biblioteca instantes antes de eles chegarem. Como se soubesse que o resgate estava a caminho. Uma faísca de insegurança percorreu o corpo de Joan. Ela tentou ignorá-la. O importante é que todos haviam escapado.

— Ela me disse que vai criar uma nova linha do tempo — contou. — Aquela que nós vimos, em que os monstros reinam.

Jamie fechou os olhos e respirou fundo.

— Precisamos reunir todo mundo. Tom tem que saber disso. — Quando Joan começou a se levantar, ele a impediu. — Mas coma alguma coisa. Pode ser que não tenhamos outra chance por um tempo.

A última coisa que Joan queria era comer; seu estômago estava embrulhado desde a conversa com Nick, pela forma como ele olhara para ela quando percebera que ela havia escolhido os monstros no lugar do herói.

— Vocês viram Nick entrar? — perguntou.

— Ele está bem — respondeu Jamie, de modo reconfortante. — O médico está dando uma olhada nele, mas parecia estar bem.

— Jamie... — Joan começou a dizer.

Ela foi interrompida pela comoção de vozes altas e botas pesadas à porta. Virou-se depressa, em partes já esperando pelos guardas. Ou, pior, Nick. Será que havia mudado de ideia? Havia começado um ataque?

Mas não era ele. Tom estava marchando com um garoto vendado para dentro do cômodo. As mãos do menino estavam algemadas às costas. Seu cabelo dourado brilhava mesmo à luz fraca.

O coração de Joan se apertou.

Aaron.

Ela ficou de pé, e, ao fazê-lo, um homem com cabelo quase branco de tão loiro se levantou de uma mesa próxima. Estava vestido para os anos 1890, embora não para as docas, com um sobretudo justo e colete bordado de seda. Ele foi até a porta da frente, alisando o paletó com uma fina elegância que lembrava a de Aaron.

Tom puxou Aaron para fora do caminho do homem, liberando a porta para ele. Mas, para o choque de Joan, o sujeito elegante não esticou o braço para a maçaneta. Em vez disso, agarrou o pescoço de Aaron e o jogou contra a parede. A cabeça dele bateu com um *tum* nauseante.

Joan se afastou da mesa e correu até eles.

— Que diabos esse traidor está fazendo aqui? — disse o homem. Ele empurrou Aaron de novo. — Você sabe que eu posso te matar? — disse-lhe. — Seria tão fácil. Só preciso encostar no seu pescoço.

Ele deslizou a mão da garganta para a nuca de Aaron.

— Ei! — Joan chegou ao lugar onde estavam, aproveitando o impulso da corrida para empurrar o homem. Ele cambaleou para trás, soltando as mãos de Aaron. — O que você está *fazendo*?

— Joan — murmurou Tom. — Melhor ficar fora disso.

— O quê? — retrucou ela, incrédula. Quem *era* aquele sujeito? Ele havia acabado de ameaçar matar Aaron. Tinha colocado as mãos no *pescoço* dele.

Os ombros de Aaron subiam e desciam com a respiração acelerada e em pânico. Sua cabeça virava de um lado a outro enquanto tentava entender o que estava acontecendo fora da venda. O cabelo loiro estava bagunçado, e o paletó, amassado. O coração de Joan se revirou. Da última vez em que o vira assustado assim, um dos homens de Nick estava erguendo uma faca em sua direção.

Joan virou de súbito para o homem que o havia atacado. Ele tinha cerca de 30 anos de idade e era mais pálido do que Aaron. Seu sobretudo não era exatamente adequado para a época, ela logo percebeu. No bolso, havia um bordado prateado: a silhueta de um pássaro engaiolado. Joan suprimiu um calafrio. *Nightingales tomam*, dizia a cantiga. Todos os monstros podiam roubar vida humana, mas os Nightingale podiam roubar vidas de monstros também. Era a mais temida das famílias.

"Os Nightingale não suportam Aaron", dissera Tom em Covent Garden.

— Sebastien — disse ele agora ao Nightingale. A pronúncia era francesa. — Nós precisamos dele. Precisamos interrogá-lo.

Sebastien pareceu se acalmar um pouco.

— Precisa de ajuda com isso? Aaron nunca conseguiu aguentar dor. Se precisar de alguém para infligi-la, qualquer Nightingale se voluntaria.

Joan não sabia o que eles tinham contra Aaron, e não se importava.

— Nós *não* vamos fazer assim.

— Não... Suponho que um Griffith vá ser mais eficiente — disse Sebastian, pesaroso.

Aaron ainda respirava apressado. Joan queria falar que tudo ficaria bem. Ela se *certificaria* disso. Jamais deixaria algo de ruim acontecer com ele. Mas, se tentasse confortá-lo, ele a desprezaria; nunca acreditaria que havia alguém do seu lado ali.

Com espanto, Joan viu que eles tinham uma plateia. Pessoas estavam observando: do mezanino, do salão, Ruth e Jamie.

— Venha — disse a Tom. — Vamos tirá-lo daqui. Não precisamos transformá-lo em um espetáculo. — Ela pegou o braço de Aaron. — Ele não fez nada realmente errado, tudo bem? — acrescentou a Sebastien, às pessoas que observavam. Aaron havia ido atrás de Joan, mas fora por ordem de um membro da *Curia Monstrorum*. Não teria como dizer não, mesmo se quisesse.

— Não fez nada de errado? — repetiu Sebastien, com as sobrancelhas erguidas. — É isso o que você acha?

— Saia do caminho! — Quando ele não se mexeu, Joan acrescentou, frustrada: — Fui *eu* quem foi capturada! E sim, é isso o que acho.

— Ele tem um rostinho tão bonitinho. Faz você querer gostar dele, eu sei. Mas nós Nightingale conhecemos a verdade feia por trás desse rosto. Sabemos o que ele é.

Aaron ergueu a cabeça em seu melhor esforço de assumir a postura arrogante de sempre.

— Não precisa fazer suspense, Bastien.

Sob a mão de Joan, o braço dele parecia muito tenso, como se estivesse tentando se conter.

Sebastian olhou com desprezo para seu rosto vendado.

— Nunca achei que chegaria perto assim de você de novo — sussurrou. — Como é a sensação de estar impotente? Que nem *ela* estava na execução?

De quem ele estava falando? Quem quer que fosse, Aaron sabia. Ao redor da venda, sua pele havia se tornado branca feito leite.

— Eu vi você virar o rosto logo antes do machado descer — continuou Sebastien. — Não conseguiu nem encarar o que tinha feito. Bom, mas *eu* vi. Ela estava chorando. Estava apavorada. Ela olhou para *você* nos momentos finais, e você nem olhou de volta!

A resposta atingiu Joan como um balde de água fria.

— Você está falando da *mãe dele* — disse. Marguerite Nightingale havia sido executada, ela sabia. — Isso é... — Joan não encontrou as palavras. — É *cruel*.

O que quer que os Nightingale tivessem contra Aaron, era simplesmente errado esfregar a execução da mãe na cara dele.

— Cruel? — retrucou Sebastien. Ele pronunciou a palavra como se a estivesse examinando. — *Cruel* é denunciar a própria mãe para a Corte. *Cruel* é entregá-la para ser executada. *Cruel* é o carrasco arrastá-la pelos cabelos até o palanque. Humilhá-la nos seus últimos momentos.

— O quê? — sussurrou Joan.

— Eu sei o que você é — disse-lhe Sebastien, com a voz suave. Ele olhou ao redor, então abaixou ainda mais a voz. — Ela estava protegendo alguém como *você*. Por

JAMAIS UM HERÓI ❖ 253 ❖

isso foi executada. Porque ela ajudou alguém com o seu poder. E Aaron a denunciou por isso.

— O quê?

Joan ficou abalada ao descobrir que Sebastien sabia de seu poder. E, mais do que isso, não conseguia processar o que ele havia dito. A mãe de Aaron abrigara alguém com um poder proibido como o dela? Aaron havia entregado a própria mãe à Corte?

— Não — disse, soando tola. Aaron jamais faria isso.

Não é?

Sebastien não pareceu escutá-la. Sua atenção havia voltado a Aaron.

— Sei que você é um Oliver. Sei que não se importa com nenhuma família além da sua. Mas ela *te amava*. E você a traiu. Você chamou os guardas para cima dela! — Os olhos dele brilhavam. Estava à beira das lágrimas, Joan percebeu naquele momento. — Marguerite Nightingale era a melhor de nós, e você a entregou para a Corte!

Joan balançou a cabeça em negativa. Não queria acreditar que fosse verdade. Perguntou-se de repente como Sebastien conhecia Marguerite. Era possível que ele fosse um primo de Aaron? Um tio? Eles tinham a mesma bochecha alta, a mesma pele perfeita de porcelana.

— Você deveria ver como todas essas pessoas estão te olhando agora — sussurrou ele a Aaron. — Deveria ver o desgosto no rosto delas. O quanto desprezam você. Porque é isso o que você é. Desprezível.

Joan olhou ao redor. As pessoas estavam *mesmo* olhando com expressões de repulsa.

Sob a venda, o rosto de Aaron já estava pálido antes, mas agora uma vermelhidão feia surgia. Seu queixo ainda estava erguido de maneira desafiadora. Joan o encarava. *"Cruel é denunciar a própria mãe."* Por todo o salão, as pessoas estavam sussurrando a respeito.

"Aaron Oliver", Joan escutou. *"Entregou a própria mãe." "Deserdado pelos Oliver também."*

— Lembre-se *disso* quando falar com ele — alertou Sebastien a Joan. Ele piscou e uma lágrima escorreu. Ela pareceu trazê-lo de volta a si. Ele secou o rosto. — E não o solte depois — acrescentou; sua voz estava rouca. — Ou ele vai entregar a todos nós.

Ele foi embora com pressa antes que Joan pudesse responder.

A cabeça de Aaron estivera levemente inclinada na direção de Sebastien, escutando seus passos desaparecerem. Então, como se houvesse pressentido que Joan o observava, voltou-se para ela de novo.

— E então? — perguntou, seco. — Tem perguntas para mim? Ou vamos só ficar parados aqui, aparentemente com as pessoas encarando?

Ele não havia negado nada que Sebastien dissera, Joan percebeu aos poucos. Isso significava que era tudo verdade? Que ele *realmente* havia entregado a mãe para ser executada?

— Vamos — disse Tom, baixinho. — Preparamos um cômodo nos fundos da casa. Tem uma porta que podemos trancar.

Quando eles começaram a andar, algo fez Joan olhar para cima. Nick estava se aproximando deles. Ele encontrou os olhos dela, e Joan prendeu a respiração ao ver sua expressão.

— Posso encontrar vocês lá? — perguntou ela, e soltou o braço de Aaron com relutância. — Não comecem a questioná-lo até eu chegar, tudo bem? Só preciso conferir como Nick está.

<hr/>

Nick havia trocado de roupa; estava vestido para uma nova era agora, com uma boina marrom de viseira, camisa de botão e colete. Sempre era bonito, mas havia algo a mais em sua aparência naquele momento: os hematomas em seu rosto o faziam parecer o guerreiro que outrora havia sido.

— O que o médico falou? — perguntou Joan.

As sobrancelhas dele se ergueram em leve ironia. Mas ele respondeu:

— Uns hematomas nas costelas. Nada quebrado.

— Deve estar doendo.

Os olhos de Nick brilharam com mágoa antes da frieza dominar de novo, como se quisesse acreditar que ela se importasse, mas não conseguisse. Joan cruzou os braços com força. Ele estava logo à sua frente, mas nunca parecera tão distante.

— Por que você não me pergunta o que realmente quer saber? — disse ele.

Joan visualizou o carpete de flores da Holland House, tingidas de sangue escuro.

— Nós *temos* uma trégua agora?

— Eu te dei minha palavra — respondeu Nick. Era o rugido baixo e perigoso de um leão. — Mesmo se não tivesse, eu sei o que é certo. Não podemos deixar Eleanor criar um mundo onde monstros reinem. Até a impedirmos, estamos do mesmo lado.

Joan deveria ter se sentido aliviada, mas seu peito estava dolorosamente apertado. *"Depois disso, nossos caminhos se separam"*, dissera ele.

— Eles capturaram Aaron quando nos resgataram? — perguntou Nick.

Joan assentiu.

— Você o conhecia na outra linha do tempo, não é? Por isso ficou tão chateada quando ele veio atrás de você nessa. — Nick soava tão frio. — Você se importa com ele, e ele não lembra mais de você.

Joan levou um momento para forçar a palavra a sair:

— Sim.

A boca dele se contorceu.

— Deve estar doendo.

Joan engoliu em seco. Não suportaria mesmo chorar na frente dele agora. Cerrou as mãos em punhos até as unhas se cravarem na pele.

— Precisamos ir interrogá-lo — disse.

Nick tinha razão. Eleanor precisava ser impedida. Isso deveria estar acima de todo o resto.

VINTE E NOVE

Joan estava muito consciente de Nick às suas costas ao guiá-lo para os fundos do depósito. Tom os esperava do lado de fora de uma das alcovas arqueadas de tijolo. As outras, dos dois lados, estavam abarrotadas de sacos de juta perfeitamente empilhados. Só a alcova atrás dele tinha portas.

— Trouxemos George Griffith para interrogá-lo — disse Tom. — Ele estava por perto, em 1890, e não se importou de dar um pulo aqui.

Joan sentiu Nick se remexer. *"Por perto, em 1890."* Ele sabia agora o que isso significava; um homem havia roubado um ano de vida humana para chegar ali em 1891.

Joan não conseguia olhar Nick nos olhos. *Precisava* contar aos outros que ele sabia. Que estava livre. Mas como? Tinha tanto medo da reação deles. Da reação de Nick se o atacassem ou o tentassem controlar de novo. E se Joan dissesse a coisa errada, na hora errada, e causasse a morte de alguém?

Ela processou, tarde demais, o nome George Griffith.

— Esse não é o cara que deu cano na gente no baile de máscaras?

— Descobrimos que ele só precisava de um pouquinho mais de persuasão. — Tom esfregou o polegar nas pontas dos dedos em um gesto de *dinheiro*. — Vamos.

Ele abriu as pesadas portas de madeira.

Era um quarto de verdade, não apenas uma alcova, com uma cama simples de um lado e uma mesa com uma jarra de água e pão do outro. Por mais estranho que parecesse, a escassez lembrava a Joan o quarto de Aaron, aquele que ela vira na mansão Oliver.

Uma luz fraca entrava por uma minúscula janela com treliça de ferro; o dia ainda amanhecia. As paredes eram de tijolinho nu, e o teto era baixo, formado por vigas intercaladas de madeira rústica. Era a parte de baixo do mezanino, mas Joan não saberia. As grossas paredes de tijolo faziam o lugar parecer um espaço particular, longe de tudo.

Aaron tinha as costas contra a parede, o mais longe que conseguia ficar da porta. Os outros estavam sentados na cama, inclusive um estranho que Joan presumiu ser George Griffith.

— Oh, céus, mais calor humano — disse Aaron quando Tom fechou a porta atrás de si.

O quarto estava *mesmo* abafado; eles haviam chegado em um mês de verão. Alguém tirara a venda e as amarras de Aaron, e ele parecia mais desarrumado do que Joan jamais o vira, com o cabelo dourado se enrolando com a umidade e o rosto bonito todo corado. Seu olhar pairou sobre ela por um momento, depois desviou para Nick.

— E olha só... — disse ele. — Vocês trouxeram um humano para uma casa monstro. Aparentemente, as Leis do Rei não significam nada aqui.

Nick foi até a mesa e colocou água em um pequeno copo de madeira. Aaron tentou recuar quando ele se aproximou, mas não tinha para onde ir.

— Não tenho interesse em ser drogado — falou Aaron.

Nick inclinou a cabeça, talvez pela forma como ele falara.

— Tem droga aqui? — perguntou aos outros.

— Não — respondeu Tom.

— Você precisa que eu beba um gole? —perguntou Nick a Aaron.

Aaron fez uma pausa, como se estivesse considerando, então balançou a cabeça. Quando Nick lhe ofereceu o copo, ele o pegou com desconfiança. Seus olhos continuaram fixos em Nick enquanto ele se afastava; Aaron parecia não saber o que pensar dele. Joan sabia que ele não passava muito tempo com humanos.

— Então... — George Griffith se levantou devagar. Ele tinha cerca de 30 anos de idade e um cabelo avermelhado em corte tigela que fazia Joan pensar nos Beatles dos anos iniciais. Usava um pingente prateado de grifo do tamanho da palma dela. — O que queremos saber?

Eles precisavam descobrir como Eleanor estava planejando mudar a linha do tempo. Precisavam descobrir como impedi-la. E havia coisas que Joan simplesmente *queria* saber: por que Eleanor havia transformado Nick em um matador de monstros? O que ela tinha contra Joan?

— Quem te pediu para ir atrás de mim? — perguntou a Aaron.

Ele lhe lançou um longo olhar, aparentemente ponderando o que dizer.

— Responda-a — disse George. Seu tom era tão casual que Joan sequer tinha certeza se ele havia usado seu poder.

Aaron deu de ombros.

— A Corte informou meu pai de que havia fugitivos à solta. Pediram que ele nomeasse um Oliver para ajudar com as buscas.

— Por que ele escolheu *você*? — questionou Ruth, na cama.

A única resposta de Aaron foi fuzilá-la com os olhos.

Edmund havia nomeado Aaron porque ele tinha o verdadeiro poder Oliver, mas Aaron não falaria disso a não ser que fosse forçado. Era um segredo de família.

— Vocês sabem contra quem estão lutando? — disse Aaron. Ele ainda usava as roupas do baile de máscaras; seu paletó preto estava perfeitamente dobrado sobre o beiral da janela. Joan sabia que ele teria preferido pendurá-lo. — Lady Eleanor em pessoa está atrás desses fugitivos.

Ele apontou para Joan e Nick.

Nenhum dos outros reagiu. Jamie já devia ter falado com eles.

— Estão me pagando um bom tanto — respondeu George.

Aaron pareceu desapontado. Claramente esperava que o nome de Eleanor fosse assustar alguém a ponto de soltá-lo. E costumava ser melhor em esconder as próprias emoções. Estava com medo.

— Ninguém vai machucar você — prometeu Joan. — Só precisamos de informações.

As sobrancelhas dele se arquearam com incredulidade. Ele a chamou para perto com o dedo. Joan piscou, confusa, e os lábios dele se repuxaram de leve.

— Acho que aquela algema não está funcionando mais.

— Nós cortamos sua âncora a ela — rosnou Tom. — Esmagamos aquele aparelhinho.

— E pegaram meus passes de viagem. Sim, eu sei. — Aaron cruzou os braços.

— Você estava trabalhando diretamente com Eleanor? — perguntou Joan.

Aaron lhe lançou um olhar de leve desprezo.

— Não vou trair a Corte falando dela para vocês.

— Responda à pergunta — disse George, e dessa vez Joan sentiu a força de seu poder, como o calor de uma lâmpada.

Aaron balançou a cabeça, mas o movimento foi um pouco descoordenado, como se fosse difícil ignorar a ordem de George.

— É *Eleanor* quem está traindo a Corte — disse Joan, tentando apelar para a lealdade dele. — Ela quer mudar a linha do tempo.

— Pare de falar assim dela — retrucou Aaron com severidade. — A linha do tempo não pode ser mudada. E Eleanor jamais agiria contra o Rei.

JAMAIS UM HERÓI ❧ 259 ❧

— Você acredita mesmo nisso? — perguntou-lhe George. A pergunta tinha a força total de seu poder. Joan quase conseguia senti-lo pressionar Aaron, cujos ombros relaxaram. Ela se lembrou de como foi a sensação do poder Griffith sendo usado nela mesma, como se estivesse na presença de um velho amigo.

— É claro que acredito — respondeu Aaron, quase hipnotizado. — Lady Eleanor não se voltaria contra o Rei. A linha do tempo não pode ser mudada. — Então, quase que de imediato, seus olhos recobraram o foco. Ele franziu a testa.

Aaron realmente acreditava no que estava dizendo. Joan soltou o ar, dividida entre ficar decepcionada e aliviada. Se ele não sabia sobre os planos de Eleanor, não teria como ser muito útil. Mas isso também significava que não era um cúmplice. Joan tivera tanto medo de que ele estivesse trabalhando diretamente com Eleanor para criar aquele mundo; de que quisesse que aquele mundo existisse.

Jamie olhou para ela. *Ele não sabe de nada,* dizia sua expressão.

Joan mordeu o lábio.

— Eleanor deixou a biblioteca pouco antes de sermos resgatados. Você sabe para onde ela foi? Ela falou sobre algum lugar? Alguém? Um plano?

— Onde ela está agora? — perguntou George, em voz baixa.

— Eu... — Aaron fez uma careta. O estômago de Joan se revirou enquanto ele batalhava contra o poder Griffith. — Eu... eu sou leal à Corte.

— Olivers só são leais aos outros Olivers — murmurou Ruth.

— O que você sabe sobre lealdade? — Aaron conseguiu falar. — Hunts não são leais a nada!

— Para onde Eleanor foi? — insistiu George.

— Eu... — Aaron parou. — Eu... — Ele apertou os lábios com força. Inspirou, trêmulo, claramente se esforçando para não responder. Gotinhas de suor apareceram em sua testa. — Há. Hmm. Já usaram o poder Griffith em mim antes — falou, rouco. — Da última vez pareceu mais forte. — Ele cerrou os dentes para George. — Você é o quê? Alguém a dez graus de parentesco do líder da sua família?

Os olhos de George faiscaram de raiva.

— Cuidado com o que fala! Meu pai é um Nightingale, assim como sua mãe era. Você fala de lealdade à Corte, mas nós dois sabemos que não tem um pingo de lealdade dentro de você.

A cabeça de Aaron se ergueu.

— Acho que o problema é que eu *posso* tomar cuidado com o que falo. Seu poder simplesmente não é forte o suficiente para me compelir. — Ele tinha um ar desafiador. — Você tem um irmão? Irmã mais velha? Talvez seja melhor deixar eles tentarem isso.

Os olhos de George queimavam agora.

— Onde está Eleanor? Pense alto!

— *Espera* — pediu Joan quando os olhos de Aaron se suavizaram. Aquilo era invasivo demais de se pedir a qualquer um.

— Eu... eu... — Aaron colocou uma mão estendida contra a parede para se apoiar. Sua respiração estava mais acelerada do que o normal.

— Eu disse para *pensar alto*!

— Acho que vou morrer aqui! — falou ele de uma vez. Soava subitamente verdadeiro e vulnerável; toda a bravata havia desaparecido. — Acho que ninguém vai vir me ajudar! Acho que nem meu pai...

— *Para!* — gritou Joan, e ela teve a impressão de perceber movimento vindo de Nick, como se ele estivesse prestes a interromper a coisa também. O coração dela estava na garganta.

Os olhos de Aaron focaram Joan, e a boca se fechou como se ela houvesse quebrado o feitiço. Então ele pareceu nauseado.

— Eu sei que nós vamos precisar vasculhar o fluxo de consciência dele — disse George a Joan —, mas...

— Não vamos fazer assim! — retrucou ela.

— Joan — chamou Tom —, se você não tem estômago para isso...

— Não podemos forçá-lo a dizer tudo que está pensando! É uma violação! É... — Ela olhou para todos ao redor. Tom e Nick estavam posicionados à porta feito guardas de uma prisão. Ruth e Jamie ainda estavam na cama, com Frankie quieta no colo dele. Ambos tinham olhares sombrios, como se concordassem que George continuasse com o interrogatório. Jamie, porém, parecia perturbado. E Nick... Joan havia pensado por um segundo que ele também estivera prestes a interromper George, mas seu rosto se tornara neutro e inexpressivo.

Joan se virou de volta para Aaron. A expressão dele havia se suavizado de novo, mas ela ainda conseguia ver aquele olhar nauseado em seu rosto. E ele ainda estava o mais longe possível deles, pressionado contra a parede de tijolos, com a janela que parecia a de uma masmorra acima dele. *"Acho que vou morrer aqui!"*

Joan não conseguia suportar aquilo.

— Quero falar sozinha com ele.

— Isso é mesmo uma boa ideia? — perguntou Nick atrás dela. — Falar sozinha com ele?

Joan piscou na direção dele, confusa. Quase soava protetor, mas isso não fazia sentido depois do que acontecera na noite anterior. Talvez estivesse protegendo a aliança deles.

— *Não* é uma boa ideia — respondeu Ruth.

— Não, *isso aqui* não é uma boa ideia — retrucou Joan, e George franziu a testa, como se ela o houvesse insultado diretamente. Imaginou que estivesse *mesmo* insultando seu poder.

— Nós deveríamos amarrá-lo se você quer ficar sozinha com ele — disse Nick, e Joan piscou de novo, confusa.

Ela olhou para Aaron. Ele estava com as mãos cerradas em punhos, os nós dos dedos ficando brancos. Era mais alto do que ela, mas sempre lutara só com palavras. Joan balançou a cabeça.

— Nada de amarras.

Não tinha estômago para isso.

Jamie se levantou da cama e puxou Joan para a porta.

— Joan — murmurou. Ele olhou para Aaron e abaixou a voz em um sussurro só para ela. — Esta é uma nova linha do tempo, e ele é uma nova pessoa. Ele não *te conhece* mais. *Este* Aaron estava trabalhando com a Corte para caçar e *matar* você.

— Ele não me conhece, mas *eu* o conheço — sussurrou ela de volta.

Nessa linha do tempo, Nick estava diferente. Toda a vida dele havia mudado. Ele não havia sido brutalmente forjado para ser o herói desde criança; havia tido uma vida normal. Esse Aaron, entretanto, era quase idêntico ao que Joan conhecera. Vivera exatamente a mesma vida por dezessete anos. O ponto de divergência não chegara até o massacre na Holland House.

Por dentro, tinha de ser o mesmo Aaron, com o mesmo senso enervante de lealdade, o mesmo coração mole secreto. Ele *tinha* de ser.

Joan respondeu à expressão de dúvida de Jamie:

— Só me dá uma hora com ele.

Jamie suspirou.

— Se você precisa fazer isso, que seja. Mas saiba que só está machucando a si mesma. Ele não é a pessoa que você conhecia.

— Se eu não tiver conseguido nada em uma hora, podemos trazer George Griffith de volta. Só me deixa falar com ele. Por favor.

Jamie parecia preocupado, mas concordou.

— Vamos — disse aos outros. — Às vezes a gente precisa ir até o fim para entender que tudo mudou.

Ele falara com tanta exaustão na voz que Joan se perguntou se poderia estar certo.

— Estaremos logo do outro lado da porta — alertou Tom, direcionado a Aaron, que lhe respondeu com um leve dar de ombros.

E, simples assim, Joan e Aaron estavam sozinhos.

Ela se virou para olhá-lo. Aaron havia relaxado um pouco agora que não estava em desvantagem numérica. Estivera pressionado contra a parede, mas agora só parecia estar se apoiando nela.

— Você não está com medo? — perguntou.

— De você?

— Eu consigo ver que você é metade humana. Não tem medo que eu roube sua vida e a use para escapar?

Joan tivera medo toda vez que pisara em um lugar monstro. Tivera medo de Nick às vezes. Mas nunca tivera medo de Aaron.

— Você não faria isso.

Mesmo ali dentro, corado e com o cabelo bagunçado, ele era estupidamente bonito. E ainda era *ele* quem parecia estar com medo. Apesar de toda a postura casual, seus olhos cinza estavam arregalados e distantes. *"Acho que vou morrer aqui"*, dissera.

— Você *não vai* morrer aqui — falou Joan. — Eu juro.

— Não se dê ao trabalho de fazer promessas que não vai cumprir — retrucou Aaron. — Sebastien Nightingale entregou o final do jogo. Eu não vou sair vivo daqui.

— Juro pela minha vida. Depois que a gente conversar, você pode ir para onde quiser.

Aaron enfiou as mãos nos bolsos.

— Sabe, acho que isso funcionaria melhor se o Griffith fizesse o papel de policial bom. Eu acreditaria mais nele do que em uma traidora da Corte. — Ele inclinou a cabeça para o lado. — Seus amigos sequer sabem o que você é? Sobre esse seu poder aí?

Joan se escutou inspirar fundo, e Aaron ouviu também. Ele parecia satisfeito. Havia acertado o alvo. Joan se lembrou de novo das palavras do guarda. *"Algo proibido. Algo* errado."

— *Você* não sabe o que eu sou — afirmou ela. Era o que ele mesmo havia lhe dito da última vez. — O verdadeiro poder Oliver não te conta isso. E... eu também não sei. Não sei o que esse poder é, ou de onde veio.

Os olhos dele se estreitaram. Por um segundo, Joan teve certeza de que perguntaria o que ela sabia sobre o verdadeiro poder Oliver. Mas tudo o que ele disse foi:

— O que você *quer*?

— Nós precisamos da sua ajuda. Eleanor está tramando contra o Rei. Ela está tentando criar uma nova linha do tempo, e eu vi como vai ser. Se ela conseguir, muita gente vai morrer. — *"Em números inconcebíveis"*, dissera Astrid.

— Eu já falei. Isso não é possível.

— O que não é possível? Outra linha do tempo?

— Tudo!

— Você *viu* outra linha do tempo hoje. Você viu aquele rasgo aparecer na biblioteca. Era a linha anterior lá dentro! — A garganta de Joan se apertou quando viu a cena de novo em sua mente, a forma como ela olhara para Nick; como ele olhara para ela. O som que ele fizera quando ela começou a desfazer sua vida.

— Você mente como uma Hunt — falou Aaron, mas com um toque de incerteza.

Ocorreu a Joan que ele podia não ter visto direito a cena na biblioteca. Assim que o selo se abrira, ele havia se inclinado para a frente, tossindo. O rasgo na linha do tempo o deixara enjoado.

— Não sei o que eu vi — falou ele, com ainda mais incerteza na voz.

— Não estou mentindo para você — sussurrou Joan. — Aaron... tinha outra linha do tempo antes desta.

— Se você começar a me pregar sobre a verdadeira linha do tempo...

— Não estou falando da *zhēnshí de lìshǐ*. Estou falando de uma linha em que algo deu errado. Em que o herói humano era real.

Aaron fez uma pausa nesse momento, longa o bastante para Joan saber que ele havia visto ou ouvido algo na sede da guarda sobre Nick ser o herói. Mesmo assim, ele disse:

— O herói humano é um conto de fadas.

Joan balançou a cabeça.

— Havia outra linha do tempo antes da nossa. Ele era *real* naquela. — Mas ela sabia o quanto a ideia soava ridícula para Aaron. Estava lhe dizendo que um conto de fadas era real. — Naquela linha do tempo, ele matou as nossas famílias. A sua e a minha. E então eu e você trabalhamos juntos para impedi-lo. Para trazer nossas famílias de volta à vida. E nós *conseguimos*. Elas estão vivas de novo nesta aqui.

A expressão de Aaron foi ficando cada vez mais cética conforme Joan continuava, e então ele praticamente soltou uma risada.

— Isso é tão absurdo que eu nem entendo qual é o seu joguinho!

— Aaron, é verdade! Nós nos conhecíamos antes disso.

— Eu preferia a interrogação do Griffith. Pelo menos ele parecia mentalmente são.

Joan abriu a boca para ralhar com ele, mas a tentação se revolveu em uma dor nostálgica. Sentia saudades até disso, da forma como ele sempre retrucava tudo que ela dizia.

— Nós éramos amigos *de verdade* — disse Joan. — E o herói não era simplesmente real. Eleanor pegou um garoto e o *transformou* no herói. Ela *fez* ele ser um matador de monstros.

— Cruzes, traga o *Nightingale* de volta. Prefiro ser torturado a escutar você dizendo que éramos *amigos*. Prefiro que Sebastien Nightingale drene toda a minha vida.

Isso deveria ter doído. Mas a voz de Aaron havia falhado ao dizer *Nightingale*, e o coração de Joan vacilou com o medo e o sofrimento que existiam debaixo daquela máscara rígida dele.

— Os Nightingale odeiam mesmo você — afirmou Joan, e se arrependeu quando a expressão de Aaron se fechou de novo.

— Eles não gostam de quem trai Nightingales. E minha mãe era uma Nightingale.

Joan analisou o rosto dele. O maxilar estava tenso. Mal falara da mãe quando ela o conhecia, mas Joan tivera a impressão de grandes emoções nele toda vez que o fizera.

— Sebastien disse que você a entregou para a Corte.

— Não preciso de recapitulação. Foi há menos de 15 minutos — retrucou Aaron com firmeza. — Você sabe por que ela foi executada, não sabe? Porque ela estava ajudando alguém como *você*.

— Sei — sussurrou Joan. — É por isso que você me disse que queria assistir à *minha* execução. Porque sua mãe morreu por alguém como eu. — E doía dizer isso em voz alta, reconhecer que Aaron a odiava nessa linha do tempo. Mas, ao mesmo tempo, ela viu a expressão fria dele se dissipar de novo; parecia nauseado. Joan engoliu em seco.

— Não importa o que Sebastien disse. Eu sei que você não traiu a sua mãe. Você jamais faria isso com alguém que ama.

Outra fissura surgiu na expressão dele.

— Você nem está mais me fazendo perguntas. Só está falando coisas. Qual é o objetivo disso?

Joan não conseguia entender.

— Por que você está deixando os Nightingale odiarem você por uma coisa que não fez?

Aaron cerrou os punhos.

— Pare de fingir que me conhece. Essa distorção mental não está funcionando comigo.

— Eu sei que você teria protegido ela — disse Joan.

— Você não sabe nada sobre mim!

— Você *me* protegeu da última vez. Quando a Corte veio atrás de mim, você me levou para um esconderijo, uma casa segura.

— O quê? — Aaron havia inspirado o ar para gritar com ela, mas agora estava só encarando. — Que esconderijo? — Ele pareceu conseguir se conter. — Não sei do que você está falando.

— Era em Southwark. Uma casa de um quarto com uma cozinha pequena e uma sala de estar. Sua mãe tinha ficado lá.

Aaron pareceu abalado por um momento.

JAMAIS UM HERÓI ❧ 265 ❧

— Eu *jamais* teria... — Ele interrompeu a si mesmo. Seus dedos se fecharam e se abriram, e o choque passou aos poucos. Quando falou de novo, sua voz era fria. — Alguns minutos atrás, você usou a expressão *verdadeiro poder Oliver*. Onde foi que escutou isso?

Joan hesitou, perdida com a mudança de assunto.

— De você. Você me contou.

— *Mentira* — exclamou ele. — Isso é... — A boca dele se abriu e se fechou. — Está bem, continue então — disse, desafiador, cheio de descrença. — Conte-me as circunstâncias. Diga *exatamente* o que foi que eu falei.

Joan se lembrou dos passos suaves dele no corredor quando ela estava saindo da casa. *"Deixa eu ir junto"*, dissera ele.

— Eu descobri onde o herói estava — falou ela. — Sabia que precisava ir atrás dele sozinha. Mas... você veio falar comigo antes que eu pudesse sair. Você queria ir junto.

Aaron tinha uma expressão tanto cética quanto satisfeita, como se a houvesse pego em uma mentira descarada.

— Você me faz parecer tão nobre.

E ele *era*.

— Não acha que você lutaria contra um matador de monstros?

— Você *realmente* não me conhece — sussurrou ele.

— Talvez você seja mais valente do que pensa.

— Eu nunca caí nessa de falsa bajulação. E não posso deixar de notar que você ainda não me contou como conhece a expressão *verdadeiro poder Oliver*.

Ele não acreditava mesmo. Não via a si mesmo daquela forma. Joan se lembrou daquela noite com pesar. Sentia *saudades* dele.

— Nós estávamos tentando encontrar um jeito de mudar a linha do tempo. Trazer nossas famílias de volta dos mortos.

— Não tem como mudar a linha do tempo.

— Era o que você achava da última vez. Mas, no fim, acho que você mudou de ideia, porque disse que, se eu conseguisse desfazer o massacre, nunca poderia encontrar com você. Eu nunca poderia confiar em você. Disse que... — *"Não vou lembrar o que você significa para mim."* Joan escutou a própria voz falhar. — Você... você disse que me odiaria nesta nova linha do tempo.

A expressão dele era séria.

— Bom, seu Aaron fictício estava certo a respeito disso.

O coração de Joan doía como se alguém o estivesse espremendo com as mãos. Ele a havia alertado que a odiaria, mas ela não havia entendido como seria a sensação. Forçou-se a continuar falando:

— Você me contou do teste pelo qual os monstros passam quando são crianças, do poder de família. Você tinha só 9 anos de idade quando passou pelo seu.

— Eu fui precoce — comentou Aaron, mas franziu um pouco a testa. Como se estivesse respondendo a uma pergunta que ele mesmo fizera, acrescentou: — É conhecimento público que eu manifestei meu poder cedo.

— E mais forte. Olivers comuns conseguem diferenciar humanos de monstros. Mas você manifestou o *verdadeiro* poder Oliver: a habilidade rara de diferenciar uma família da outra.

Algo percorreu a expressão dele. Joan sabia que era porque ela havia descrito o poder corretamente. Os Oliver mantinham esse aspecto em segredo.

— Depois que você demonstrou esse poder, foi levado para outro cômodo — continuou ela, e o queixo de Aaron se ergueu. Ela realmente tinha a atenção dele agora. — Eles te mostraram um homem em uma jaula com barras de ferro. Usaram um bastão de gado para dar choques nele até ele olhar para você. E te mandaram prender ou matar qualquer um que tivesse olhos como os dele.

— Você deve ter escutado isso de outra pessoa — sussurrou Aaron. — Eu jamais contaria isso para alguém.

— Você me disse que nunca tinha visto ninguém como ele até me conhecer. — Ela se lembrou de como Aaron afastara uma mecha de cabelo dela do rosto, como se estivesse prestes a beijá-la. — Você me deu um broche pouco antes de eu ir embora. Encontrou em um armário no esconderijo. Um passarinho marrom numa gaiola.

— *O quê?* — Aaron soava realmente chocado agora, e o foco de Joan mudou das imagens em sua mente para ele. Estava encarando-a como se a estivesse vendo pela primeira vez. Como se houvesse esquecido que era um prisioneiro ali.

— Era da sua mãe. Tinha tempo dentro dele, uns cinquenta anos. Você me disse que eu não me sentiria tão mal se viajasse assim.

— Por que você se sentiria mal? — perguntou ele, e era uma dúvida legítima, não um desafio. Aaron respondeu a si mesmo, com a voz suave: — Porque você é metade humana, e mal viajou. Teria sido mais fácil viajar com um passe.

— E *foi* — admitiu Joan. — Era tempo humano do mesmo jeito. Era errado do mesmo jeito, mas... — Moralmente, continuava sendo ruim; mas a sensação não era tanto assim. E o que isso dizia a respeito dela?

— Por que eu te daria o broche da minha mãe? — murmurou Aaron, quase que para si mesmo. Não havia desviado os olhos dela.

— Por causa do tempo que tinha nele.

Aaron não respondeu, ficou só olhando para ela.

JAMAIS UM HERÓI ❧ 267 ❧

— Por que os Nightingale acham que você a denunciou? — sussurrou Joan. — Eu sei que você não denunciou.

— Por que você fica falando isso? — Ele soava cauteloso, mas agora havia algo de vulnerável em sua voz também.

— Você simplesmente não faria isso. Nunca. Se alguém fosse denunciar ela, seria... Ela interrompeu a si mesma quando a verdade finalmente lhe atingiu.

— Seu pai — disse, devagar. Em resposta, Aaron deixou escapar um som abafado. — *Ah* — murmurou Joan conforme o restante se encaixava. A última peça do quebra-cabeças. — Você tem o verdadeiro poder Oliver. Seu poder é tão forte que foi confirmado quando você tinha só 9 anos. Era para ser o novo líder da família, mas seu pai te tirou da linha de sucessão. — *"Se pudesse arrancar-lhe o nome também, já o teria feito"*, dissera Edmund. — Ele te deserdou porque você tentou *proteger* sua mãe da Corte. Porque você *não* a denunciou.

Aaron parecia prestes a dizer alguma coisa, mas nenhuma palavra saiu. A máscara havia caído completamente. Ele parecia sincero e vulnerável.

Joan sentiu o coração se partir por ele.

— Por que você nunca contou para os Nightingale? Por que nunca *falou* que tentou proteger ela? — Mas Joan soube a resposta assim que fez a pergunta: — *Fidelis ad mortem*. — Era o lema Oliver. *Fiel até a morte.* — Você nunca se voltaria contra um Oliver. Nem mesmo ele. *Muito menos* ele.

"Odiado pelos Nightingale e pelos Oliver", dissera Ruth. As pessoas falavam dele pelas costas. Desprezavam-no. Joan sentiu os olhos marejarem com a injustiça.

— Isso não está certo.

Os olhos do próprio Aaron pareceram brilhar por um breve momento, marejados, então ele virou o rosto.

— Não precisa ser assim — disse Joan. — Deixa eu contar a Sebastien Nightingale que...

— *Não* — retrucou Aaron com grosseria. Joan se preparou para o retorno da hostilidade toda, mas, quando ele a olhou nos olhos de novo, havia piscado as lágrimas para longe. Parecia mais calmo. — Seu nome é Joan, certo?

Ela ainda estava em choque com a descoberta.

— Eu... — Então ela de fato escutou o que ele havia dito. A pergunta cortou com a mesma estocada afiada de quando Nick lhe perguntara seu nome.

Os olhos de Aaron correram por seu rosto; ele havia percebido sua dor. A voz dele se suavizou.

— É Joan?

Ela fez que sim com a cabeça.

— Está bem, Joan.

— Está bem o quê?

— Está bem, eu acredito em você.

A garganta dela pareceu subitamente apertada com a vontade de chorar. Não esperava que ele dissesse isso. Não tão rápido. Para ser sincera, nunca esperara que ele fosse dizer algo assim outra vez. Aaron lhe havia parecido tão irrevogavelmente perdido quanto Nick.

— Você acredita que a gente se conhecia?

— Acredito em tudo que você falou.

Foi como um alívio da dor. Joan sentiu os ombros relaxarem. Mal conseguia processar tudo aquilo. Ele lhe havia dito da última vez: *"Você não pode nunca encontrar comigo. Jamais confie em mim."* Ela nunca havia imaginado a possibilidade de ele olhar para ela de novo, com os olhos sinceros e sem ódio.

— Eu... — Joan tentou sorrir, mas não conseguiu forçar os lábios a obedecer. Sentia mais vontade de chorar.

— O que foi? — sussurrou Aaron. — O que você ia falar?

— Senti sua falta — conseguiu dizer. — Nesta linha do tempo. — Saiu com tanta emoção que Aaron pareceu surpreso. — *Desculpa*. Você não se lembra de mim. É só que nós... Nós passamos por coisas juntos que mais ninguém passou. E eu senti sua falta. Senti *muito* sua falta.

Aaron ficou em silêncio por tempo o suficiente para Joan se sentir corar. Era muito a dizer para ele, que sentia sua falta sendo que ele mal a conhecia.

— Você tem razão — disse Aaron, enfim. Joan tentou não sentir a pontada latejante de dor. Ele não se lembrava dela, e essa era simplesmente a verdade. — Mas eu sei — continuou ele, com os olhos cinza muito sérios — que, se te dei aquele broche, é porque eu... — Ele hesitou. — Eu devia confiar muito em você.

Joan piscou. Teve a impressão de que Aaron estivera prestes a dizer outra coisa antes de hesitar.

Havia um poço de emoções dentro dela, no qual não podia pensar agora. Ocorreu-lhe de novo o fato de que o próprio pai de Aaron o havia traído. Que a família de sua mãe o havia exilado por algo que ele não havia feito.

Aaron passou uma mão pelo cabelo.

— Você realmente acha que Eleanor está tramando contra o Rei?

Joan assentiu com a cabeça. Não confiava na própria voz.

— Então precisamos mesmo conversar. Porque você tem razão. Eu acho que posso ajudar.

TRINTA

Joan abriu a porta e encontrou os outros à sua espera logo ali. Atrás deles, o depósito havia se iluminado. O sol nascera e a luz do dia entrava pelas janelas treliçadas, brilhando sobre a arte em mosaico que cobria as paredes do mezanino.

— É para chamar o George de volta? — perguntou Tom.

Joan balançou a cabeça em negativa.

— Convenci Aaron sozinha. — Ela olhou por cima do ombro. Aaron havia se aventurado a dar alguns passos na direção da porta. Depois de um momento de hesitação, ele a seguiu para fora.

— Ah, é? — As sobrancelhas de Tom se ergueram. — Essa foi uma reviravolta rápida.

— É o que ela disse. — Aaron estava de volta com sua arrogância e uma mão no bolso. — Ela me convenceu. — Daquela sua maneira mágica, ele alisou o cabelo e as roupas à perfeição. — Ela sabia coisas sobre mim que... Bom, eu acredito.

Tom parecia profundamente desconfiado, e Ruth ainda mais. Até Jamie parecia ter dúvidas. O coração de Joan afundou no peito. Mas ela não poderia ter tido aquela conversa com Aaron na frente de mais ninguém. Não seria justo com ele tornar públicas as coisas que ele havia compartilhado apenas com ela.

Nick estava apoiado contra a parede, perto da porta aberta. Sua postura era aparentemente casual, mas Joan teve a sensação de que ele havia se posicionado de maneira estratégica. Poderia ter entrado depressa no quarto se fosse necessário. Ela engoliu em seco. *Será* que ele a estivera protegendo? Seus olhos estavam fixos em Aaron e sua expressão ilegível.

George Griffith havia desaparecido; Joan insultara o poder de família do homem, imaginou. Aparentemente, ele não ficou por perto para ouvir mais desaforos.

Agora, Ruth se aproximou para olhar melhor o rosto de Aaron.

— Ela te *convenceu*? — O tom dela estava carregado de ceticismo. — Te convenceu do quê, exatamente?

Aaron levantou o queixo.

— De que eu a conhecia. De que ela me conhecia.

— De que nós éramos próximos — disse Joan à prima. — Que já confiamos um no outro.

Ruth pareceu ainda mais cética com isso.

— *Todos* nós trabalhamos juntos da última vez — acrescentou Joan, olhando para os outros ao redor: Ruth, Tom, Jamie. Ela hesitou quando chegou a Nick, ainda inclinado contra a parede.

Seus olhos escuros encontraram os dela, e seus lábios se repuxaram com sarcasmo. Todos haviam trabalhado juntos contra *ele*, e agora Nick sabia disso. Joan engoliu em seco. Quanto tempo levaria para estarem realmente em lado opostos de novo?

Ela olhou por cima do ombro dele. Havia mais pessoas ao redor agora: Hathaways e Lius vestidos como marinheiros vitorianos. Entravam e saíam do prédio a passos largos, pela porta da frente e por uma segunda saída próxima, do lado oeste. Dava direto no canal. Para além da porta aberta, um cavalo batucava os cascos pesados pela margem, puxando uma barcaça carregada. Era guiado por um homem de chapéu e terno que Joan julgava dignos de um casamento, mas eram provavelmente considerados trajes de trabalho naquele período.

Nick se dirigiu a Aaron:

— Imagino que você tenha informações?

Aaron endireitou as costas, como que em resposta ao tom sério de Nick. Ou talvez porque ele houvesse ido direto ao ponto. Mas não foi apenas Aaron. Joan suprimiu um calafrio ao ver o quanto todos haviam se inclinado inconscientemente na direção de Nick assim que ele falou. Ela se lembrou de novo dos reis de outrora.

E o que aconteceria depois que todos impedissem Eleanor? O que Nick faria quando seus *caminhos se separassem*, como ele mesmo havia dito? Da outra vez, ele tinha seguidores; talvez agora fosse reunir um exército contra os monstros.

Joan afastou a ideia da mente. Primeiro, precisavam de fato impedir Eleanor.

Ela também se virou para Aaron.

— Você disse que sabe de algo que poderia ajudar? — falou Joan de maneira encorajadora.

Aaron confirmou com um aceno da cabeça.

— Eleanor nunca falou de seus planos. Mas os guardas de patente mais alta e os membros da corte conversavam. Eu escutei coisas.

— Que tipo de coisas?

— Havia guardas procurando vocês dois — continuou Aaron, apontando com a cabeça para Joan e Nick. — Mas existiam rumores de um outro grupo. Guardas com ordens diferentes.

A forma como ele disse aquilo fez Joan sentir um calafrio.

— Ordens diferentes? — Ao mesmo tempo, ela se perguntou de novo: *por quê?* Por que Eleanor queria Joan e Nick? Por que havia transformado Nick no herói? Ela mantivera Nick preso na Holland House durante as três semanas anteriores. O que havia feito com ele nesse tempo?

"Eu estraguei os seus planos quando desfiz ele?", Joan lhe perguntara.

"Foi um inconveniente, mas eu tenho muitos recursos", respondera Eleanor.

O que ela quis dizer com isso?

Joan desviou a atenção para Nick. Seu olhar estava focado na sala mais ampla, observando os Hathaway e os Liu, quase que os avaliando. Joan teria apostado qualquer coisa que ele havia contado a quantidade de pessoas ali e identificado a direção de todas as portas e janelas.

— Quais eram as ordens desses outros guardas? — perguntou Jamie. Ele parecia perturbado.

— Não sei — disse Aaron. — Eram apenas rumores.

— Quem *é* Eleanor? — murmurou Joan, em partes para si mesma. — Digo, eu sei que ela é membro da *Curia Monstrorum*, mas quem de fato é ela? Tem cara de quem tem pouco mais de 20 anos. Como foi que ela que conseguiu tanto poder sendo tão jovem?

E como ela conhecia Joan na linha do tempo original?

— Acho que ninguém sabe — respondeu Aaron. — Membros da *Curia Monstrorum* precisam revogar todos os laços com suas famílias quando se juntam à Corte. — Ele hesitou. — Mas ela parecia uma Nightingale. — Isso foi dirigido a Joan, e ela entendeu o que ele quis dizer: que havia chegado perto o suficiente para ver os olhos de Eleanor. Para ver que ela tinha o poder Nightingale.

— Imagino que faça sentido — disse Jamie. — Nós sabemos que Conrad já foi um Nightingale, e as pessoas dizem que ele e Eleanor são irmãos.

— Não posso deixar de notar — interrompeu Ruth — que nada do que Aaron disse é útil. Só um monte de rumores e "eu não sei".

— Ruth — disse Joan.

Ruth tinha o maxilar tenso.

— Joan, o que quer que ele tenha te dito lá naquele quarto, foi só para você deixar ele sair! Não percebe isso? Ele não vai dar nenhuma informação útil para a gente. E, na primeira chance que tiver, vai correr daqui para denunciar todos nós.

— Não vai.

— Ele denunciou a própria mãe!

— Não! Ele jamais trairia alguém assim!

Joan se virou para Aaron e ficou surpresa em encontrar seus olhos focados nela, com uma expressão que só havia visto nele na outra linha do tempo. Como se não conseguisse entendê-la, como se ela fosse um enigma a ser resolvido.

— Nós deveríamos trazer o Griffith de volta — afirmou Ruth. — Olivers sempre mentem.

O olhar de Aaron endureceu ao se virar para ela de novo.

— Traga quem quiser — esbravejou ele. — Olivers não são mentirosos! *Hunts* é que são!

— Não ouse falar da minha família!

— Chega! — exclamou Joan, frustrada. Eles também não se bicavam da outra vez.

— Joan, nós *não podemos* confiar nele — disse Ruth. — Ele é um Oliver! É o pior dos Oliver! A rixa entre as nossas famílias...

— ...tem mais de mil anos! — cantarolou Joan, irritada. — Eu sei! Já tivemos essa conversa antes! — Ela queria que eles simplesmente superassem aquela antiga inimizade. — A próxima coisa que ele vai dizer é que Hunts são ladrões. E *você* vai dizer que Olivers são um bando de golpistas rastejantes. Aí *ele* vai falar que nenhuma família se alia com os Hunt porque somos desprezados a esse ponto. E *você* vai dizer que não entende o que os Mtawali veem na família dele. E assim vai, e vai, e vai. E nós precisamos *parar*! Temos que focar o verdadeiro inimigo aqui!

Ela fez uma pausa para respirar. Ruth e Aaron pareciam incomodados, como se realmente estivessem prestes a reciclar todos os xingamentos da última vez. Mas Ruth também a encarava; Joan só poderia se lembrar dessa discussão se algo muito semelhante a essa conversa já houvesse acontecido antes. Se Ruth e Joan realmente houvessem conhecido Aaron antes.

— Escuta — disse Joan. — Tem alguma coisa muito ruim prestes a acontecer. Aquele buraco no mundo mostrou isso para a gente. Eleanor me disse que tinha um plano em ação para fazer isso acontecer. — Ela perguntou a Aaron: — Você escutou *mais alguma coisa* sobre o outro grupo da guarda? Sobre as ordens deles?

Aaron balançou a cabeça, em partes se desculpando.

— Que conveniente — comentou Ruth, mas seu tom afiado havia desaparecido. Ela inclinou a cabeça, parecendo mais pensativa. — Você nunca escutou nenhum outro boato?

Aaron contorceu os lábios, como se seu instinto fosse retrucar. Mas, em vez de provocações, ele franziu a testa de leve. Estava considerando a pergunta.

— Eu ouvi, *sim*, mais uma coisa — disse, devagar.

— Ouviu? — perguntou Joan, esticando o pescoço.

— Disseram que os Ali foram convocados como os Oliver foram. Que eles foram ordenados a enviar assistentes para os guardas, mas... — A testa dele se franziu mais. — Eu nunca vi um Ali procurando fugitivos.

— Eles estavam com o outro grupo de guardas? — perguntou Tom.

— É possível — respondeu Aaron, ainda com a testa franzida.

— Por que Eleanor ia precisar de membros da família Ali? — questionou Ruth.

— Para selar coisas — disse Joan. Era esse o poder deles.

— Ou abrir selos — sugeriu Nick, com a voz tão baixa que Joan a sentiu reverberar nos ossos. Ela piscou para ele, confusa. Era a primeira coisa que dizia em algum tempo. Ele estava com as costas na parede. Poderia pertencer àquela era, vestido de camiseta branca e calça escura, exceto pelo fato de que havia arregaçado as mangas como se estivesse preparado para lutar.

Joan sentiu uma pontada de desconforto, e não só por causa de Nick. *Para selar coisas ou abrir selos.*

Ela estivera evitando pensar nos selos Ali e no que estava escondido atrás deles. A verdade, no entanto, é que havia dois rasgos na linha do tempo nos lugares exatos em que ela usara seu poder: na cafeteria em Covent Garden e na biblioteca da Holland House.

Por algum motivo, as palavras de Tom lhe voltaram à mente. Ele havia sentido o rasgo assim que cruzara o limite do selo. *"Tem alguma coisa aqui. Alguma coisa errada."*

Aquelas palavras eram familiares demais. *"Algo proibido"*, dissera um guarda sobre o poder de Joan. *"Algo* errado."

O cômodo estava quente, mas Joan se pegou cruzando os braços. Pela primeira vez, forçou-se a encarar a pergunta que estivera no fundo de sua mente desde que vira aqueles rasgos dentados no mundo, escondidos atrás de selos Ali.

Teria sido *ela* quem abrira aqueles buracos na linha do tempo quando usara seu poder?

E, se sim... o que *isso* significava?

— Eleanor quer criar uma nova linha do tempo em que monstros reinam — disse Nick. — Como ela faria isso?

A própria Joan havia mudado a linha do tempo de uma forma relativamente pequena ao desfazer Nick, apagando tudo o que ele havia feito como o herói. Mas o mundo que viram pelo rasgo era uma Londres muito diferente: a estrutura de poder havia mudado, as pessoas estavam arredias e com medo, e até a arquitetura parecia estranha.

— Realmente, *como* ela faria isso? — perguntou-se. Como o Rei havia feito quando apagou a verdadeira linha do tempo? Eles nunca haviam conseguido descobrir.

Jamie passou uma mão pelo cabelo preto e liso, mal tirando um fio do lugar. Então ele inclinou a cabeça, chamando-os.

— Venham comigo.

Ele os guiou por uma porta aberta do lado oeste do prédio. Lá fora, o canal estava cheio de palha, folhas e lascas de madeira, e a água tão estagnada que os detritos mal se moviam.

Jamie os levou a uma plataforma do lado de fora da porta, criada para que os barcos Hathaway atracassem, supôs Joan. Era do tamanho preciso para acomodar eles seis e Frankie, que farejava a água com interesse.

— Ah, que coisa desagradável — comentou Aaron, olhando pelo canal. Havia um caminho pavimentado do outro lado e, além dele, casas decrépitas, quase cabanas, com cercas de madeira sem alguns pedaços e parcialmente tombadas. Para Tom e Jamie, ele disse: — Por que diabos vocês teriam uma casa na favela?

— Temos casas onde ficam nossos territórios — respondeu Tom, indiferente. — Nós gostamos daqui.

— Minha nossa. — As mãos de Aaron estavam no bolso, como se quisesse limitar a quantidade de pele nua exposta ao ar ali.

— Nem *pense* em pular na água — alertou-lhe Ruth.

Os olhos de Aaron se desviaram com horror para a água barrenta.

— Por que eu faria isso?

— Para fugir. Correr de volta para a sua família e denunciar todos nós.

Aaron voltou o olhar horrorizado para ela.

— Por mais que eu adore a ideia de me livrar da sua companhia, o desejo não é forte o suficiente para me fazer pegar hepatite.

Joan se sentiu desconfortável. Será que os outros deixariam Aaron ir embora depois ou ela teria de ajudá-lo a escapar? Ao seu lado, Nick se remexeu, inquieto. Ele olhava para o outro lado do canal, mas Joan sabia que estava escutando. Percebeu de súbito que talvez não recebesse aviso algum antes de Nick ir embora; era provável que ele simplesmente se fosse.

Como se houvesse escutado seus pensamentos, Nick virou os olhos para ela. Por um segundo, Joan sentiu o eco das mãos dele em seu rosto; seus lábios macios contra os dela. O peito de Joan doía tanto que ela não conseguia respirar.

Aaron e Ruth ainda estavam discutindo.

— Mudei de ideia! — disse Aaron. — Prefiro o canal a você!

— Só... — Joan ergueu a mão. Não conseguia suportar a briga deles naquele momento. — Chega. Parem, por favor.

Com o canto dos olhos, ela viu que Aaron a encarava como se houvesse escutado um tom estranho em sua voz. A atenção dele pulou de Joan a Nick e de volta a Joan como se houvesse percebido a tensão entre eles. Mais ninguém parecia ter notado.

Ela respirou fundo. O ar cheirava à água parada do canal, mas estava fresco o suficiente para afiar sua mente. Suspeitava que havia sido por isso que Jamie os levara ali, para lhes dar espaço para pensar.

No máximo, a pequena plataforma os havia aproximado. Joan estava quase encostando em Nick de um lado, Aaron do outro. Ela fechou os olhos com força por um momento, tentando se concentrar.

— *Por que* Eleanor mudaria a linha do tempo? — perguntou de novo. — Como ela criaria aquele mundo que nós vimos?

— Existem várias teorias sobre como mudar a linha do tempo — disse Tom. Ele olhou para Joan, como se desse um exemplo. Ela havia mudado ao desfazer Nick.

— Para criar a linha que nós vimos, Eleanor teria de mudar algo importante — falou Jamie. — Eu chutaria um acontecimento histórico importante.

— Que acontecimento? — questionou Ruth.

Jamie levantou as palmas esticadas para o ar.

— Não sei. Para mudar a linha do tempo na escala que Eleanor quer... — Ele balançou a cabeça. — Só o Rei já fez isso antes.

— Como o Rei fez? — perguntou Joan. Como ele havia mudado a linha do tempo original? — Que coisa importante *ele* mudou?

Ela mordeu o próprio lábio, pensativa. Eles haviam visto uma estátua de Eleanor. *Semper Regina*. Sempre Rainha. Então sabiam uma parte do objetivo final dela, pelo menos.

Aaron mexeu os pés ao lado de Joan.

— Estamos encarando isso do jeito errado — disse ele de súbito.

Joan piscou para ele, confusa. Estava com as mãos no bolso como um lorde, e por um momento Joan quase soube algo importante. Sobre Eleanor. Sobre ela mesma. Sobre por que Eleanor havia transformado Nick em um matador. Por que ela dissera *"É sempre sobre Nick com você, não é? E aquele menino loiro"*.

Então Aaron comentou:

— A linha do tempo não permite mudanças. — E a sensação desapareceu como uma bolha estourada, deixando Joan sem nada nas mãos. — Nada disso deveria ser possível.

O que havia sido aquela sensação? O que Joan quase soubera? Agora que o momento havia passado, ela se perguntou se sua mente estivera lhe pregando peças. Quando fora a última vez em que havia dormido? Ela fechou os olhos por um momento, e uma onda de cansaço a atingiu. Passara algumas horas inconsciente na noite anterior, imaginou, mas não se sentia exatamente descansada. Forçou-se a abrir os olhos.

— Como assim, a linha do tempo não permite? — perguntou Nick. Para Joan, ele disse devagar: — Você me falou que tem uma força no mundo, uma que impede que os acontecimentos sejam mudados.

Eles haviam tido essa conversa no trem de Bedford. Naquele dia, ele confiara tanto nela.

— A linha do tempo resiste a nós — respondeu Joan.

— Ela abomina mudanças — explicou Aaron. Com algum desgosto, ele se inclinou para pegar uma pedra do chão e a jogou no canal. A água formou ondinhas ao redor de onde caiu. — Quando viajamos no tempo, somos como pedrinhas jogadas num rio. Criamos uma cascata de mudanças, como ondas, aonde quer que formos.

— Conheço a metáfora — disse Nick baixinho.

— Fique olhando.

No canal, as ondinhas se alisaram até todos os sinais da pedra desaparecerem.

— A linha do tempo sempre volta ao seu estado original — continuou Aaron. — Ela alisa nossas mudanças.

— É uma lei da natureza — concordou Ruth.

Joan ficou olhando para a água quase imóvel onde a pedra havia caído, e um frio lhe percorreu a espinha. Nenhuma força a havia impedido quando desfizera Nick. Ela havia jogado uma pedra, e as ondinhas continuaram se formando, em um perpétuo movimento antinatural.

E o que acontece quando se desafia a própria natureza?

Joan viu de novo os buracos no mundo, suas beiradas tão irregulares quanto mortalhas despedaçadas, e o vazio preto por dentro. Cacos da linha do tempo destruída nos lugares exatos onde ela havia usado seu poder... Seria possível que fosse mesmo uma coincidência?

"Você nunca deveria ter nascido", dissera-lhe Edmund certa vez, com os olhos pálidos frios. *"Uma aberração."*

JAMAIS UM HERÓI ❧ 277 ❧

Um som a fez se sobressaltar. Do outro lado do rio, um homem de boina passava empurrando uma carriola de madeira cheia de palha. Ele não parava de olhar para o grupo de Joan. Deveria ser uma visão estranha: dois chineses, duas garotas, um gigante, uma minúscula buldogue.

Joan ficou de súbito extremamente consciente de seu vestido do baile de máscaras e sua saia semitransparente. A tatuagem do leão dourado ainda se destacava em seu braço nu.

— Que tal voltarmos lá para dentro? — murmurou aos outros. — Vestir algumas roupas adequadas ao período?

Ruth também continuava de *catsuit*.

Jamie deu de ombros, despreocupado.

— Desde que a gente não esteja na rua, as pessoas não vão se meter.

— Limehouse é um "covil de perversões" nesta época — explicou Tom, fazendo um gesto de aspas no ar. — A maravilha disso é que acaba sendo muito menos nervosinha do que as partes chiques de Londres.

Aaron franziu um pouco a testa, aparentemente se ofendendo com *"partes chiques de Londres"*.

Joan sentiu a nuca formigar. Ela ergueu os olhos e descobriu com espanto que a atenção de Nick não estava no homem do outro lado do rio, como a de todos os outros. Ele estava olhando *para ela*. E havia perguntas por todo o seu rosto, assim como algo mais perigoso. *Se não deveria ser possível mudar a linha do tempo, então como você conseguiu? Como você me matou?*

Eu não sei, Joan queria responder. Ela ainda não sabia quase nada sobre o próprio poder. *"Você nem sabe o que é"*, Edmund lhe dissera. *"Nenhum de vocês sabe. Morrem todos sem nunca saber."* Desta vez, Joan não conseguiu conter o calafrio.

— Olha... — Jamie passou a mão no rosto. — Deixando de lado a resistência da linha do tempo... Não temos informações o suficiente. Tudo o que sabemos é que Eleanor vai tentar mudar *alguma coisa* importante. Se vamos encontrá-la, se vamos impedi-la, precisamos saber mais do que isso.

Nick se remexeu. Seus olhos estavam no canal agora, onde Aaron havia jogado a pedra.

— Um acontecimento? — disse, tão baixo que Joan quase não escutou.

— O quê? — perguntou Ruth.

Nick ainda estava olhando para o canal.

— Jamie acha que Eleanor está focando um acontecimento histórico. Mas e se o alvo dela for outra coisa? E se ela for tentar mudar uma pessoa?

— Uma pessoa? — Ruth soava confusa. — Como mudar uma pessoa mudaria a linha do tempo?

Nick não olhou para Joan, mas de súbito o coração dela estava martelando no peito. Ela viu de novo a cena na biblioteca. *"Eu te amei desde o momento em que te vi"*, dissera a ele. Ela o beijara, então usara seu poder nele enquanto ele lhe implorava que parasse. Joan o desfizera.

"Ela retrocedeu a vida do herói", dissera Eleanor a Nick, *"e o substituiu por um menino comum."*

Talvez Nick também estivesse se lembrando da cena, porque uma dor íntima percorreu seu rosto. Então seus escudos se ergueram de novo e sua expressão ficou neutra.

— Como é que se muda uma pessoa? — perguntou Ruth.

Joan ficou tensa, esperando que Nick a respondesse. Um instante se passou. Outro. Joan levou um momento para entender por que ele estava tão quieto. Ele lhe fizera uma promessa no barco quando ela lhe contara sobre seu poder proibido. *"Eu não vou contar para ninguém"*, dissera ele. *"Ninguém vai ouvir de mim."* Mesmo agora, mesmo sabendo que ela o havia traído, ele não contaria. Não era de sua natureza.

Joan engoliu em seco. Ruth sequer sabia sobre o poder dela. E Aaron só sabia que era proibido. Ele havia visto um pouco do show de Eleanor na Holland House, mas quanto havia compreendido dele?

Sua avó lhe dissera uma vez: *"Você não pode confiar em ninguém. Ninguém pode saber sobre ele"*.

No entanto, ela estivera errada ao dizer isso. Era preciso confiar nas pessoas às vezes, e Joan podia confiar em Ruth. Em Aaron.

Joan respirou fundo.

— Em Covent Garden — disse a Ruth —, você me perguntou como a linha do tempo foi mudada...

— Joan — interrompeu Tom, em tom de alerta. Lançou um olhar cheio de significado na direção de Nick.

Joan não havia considerado de fato falar sobre o papel de Nick naquilo. Supostamente, não era para ele saber que monstros predavam humanos. Não era para saber que havia sido um matador de monstros.

— Eu não ia... — Joan começou a dizer para Tom.

Mas de repente ele estava analisando o rosto dela, e o de Nick. Seus olhos se arregalaram. Havia captado a verdade pela expressão de Nick.

— Você contou para ele? — falou a Joan. Não era exatamente uma pergunta. Havia algo de perigoso escondido em sua voz, e então o coração de Joan estava realmente martelando no peito.

Nick se remexeu ao lado dela. Seus ombros ficaram rígidos.

— Você contou. Contou para ele — disse Tom a Joan. Desta vez, foi direto e certeiro, e o perigo estava escancarado.

Joan sentiu o estômago pesar com a postura de Tom, cujas mãos formaram punhos firmes. Não esperava que ele captasse o novo conhecimento de Nick com tanta facilidade assim. Só de olhar para ele. Mas devia ter imaginado. Tom era *esperto*.

De que lado você está? Tom não fez a pergunta, mas ela pairava entre os dois, tão clara quanto quando Liam Liu a fizera.

Aquela aliança incerta estava fadada a acabar antes de sequer começar? Será que Joan havia criado uma fenda entre ela e os demais?

— Tom...

Mas Nick falou antes:

— Joan não me contou como a linha do tempo foi mudada. *Eleanor* contou.

Joan hesitou. Supunha que, tecnicamente, aquela fosse a verdade. Havia contado a maior parte a ele, mas Eleanor lhe dera a peça final.

— Eleanor me contou que eu costumava ser um matador de monstros — acrescentou Nick.

Aaron inspirou com força. Joan teve a impressão de que a notícia não era completamente nova para ele; devia ter ouvido algo a respeito na sede da guarda. Ou talvez houvesse ligado alguns pontos pelo que vira no show de Eleanor. Isso, porém, era uma confirmação, e agora ele encarava Nick com medo e fascínio.

Nick perguntou a Tom:

— E de que importa eu saber sobre monstros? — Seus olhos castanhos eram sinceros. — Vocês me colocaram em uma coleira, lembra? Colocaram o poder Argent em mim.

E isso também não era uma mentira, não exatamente. Mas era outra distorção da realidade. Nick não estava mais preso àquele poder.

Os olhos de Tom se estreitaram como se ele houvesse percebido algo de errado com a postura de Nick, mas não conseguisse identificar o quê.

— Talvez devêssemos reforçar aquela compulsão, só para ter certeza.

— Se você quiser — disse Nick, e Tom relaxou um pouco.

Joan tentou acalmar a respiração. Agora *todos* estavam olhando com cautela para Nick. Mas ele havia escolhido as palavras com cuidado. Talvez fosse tão importante para ele quanto para Joan que protegessem sua frágil aliança por hora.

Nick não olhou em sua direção, mas ela quase conseguia ver as engrenagens girando na cabeça dele. Será que *ela* contaria aos outros que ele estava livre?

O estômago de Joan ainda se revirava. *Ela* também não queria quebrar o pacto de paz. Precisavam um do outro para impedir Eleanor.

— *Alguém* precisa explicar — disse Ruth.

Nick se inclinou contra a parede. Ele havia escolhido uma camisa com colarinho alto, Joan percebeu pela primeira vez. Uma que protegia o pescoço. Mais alguém havia notado?

Ela umedeceu os lábios. A reação de Tom havia deixado clara a realidade do que ela fizera ao contar a verdade para Nick. *"Eleanor contou",* dissera ele. Mas a verdade era que *Joan* havia contado sobre o que monstros eram. *Joan* havia lhe dito que ele havia sido uma figura lendária, um herói.

Na hora, parecera a coisa certa a se fazer. Ela estivera pensando sobre a dor que monstros haviam causado a Nick. As consequências de ela o ter desfeito, os humanos que havia condenado.

E no que Astrid havia dito: *"Ele teria impedido."*

Mas agora, em meio às pessoas que a haviam protegido, se arriscado por ela, que se importavam com ela, com quem ela se importava... A coisa parecia imensamente mais complicada. *"Onde jaz sua lealdade?"*

— Joan? — chamou Ruth, trazendo-a de volta ao presente.

Joan respirou fundo de novo.

— *Eu* mudei a linha do tempo — falou à prima.

Ruth tinha a expressão vazia.

— Você mudou?

Joan olhou de relance para Tom. Ele havia relaxado apenas um pouco. Nick ainda estava observando com atenção.

— Eu manifestei um poder — contou Joan.

Ruth franziu a testa. Joan entendia a confusão; a prima havia crescido achando que Joan sequer conseguia viajar no tempo.

— *Que* poder? — perguntou.

Mesmo agora, cada instinto gritava para que Joan não falasse sobre isso. *"Você não pode confiar em ninguém",* dissera a avó. *"Você está correndo um grande perigo, maior do que imagina."*

— É como se eu pudesse reverter as coisas para seu estado anterior. Desfazê-las.

— Mas... Não entendo — disse Ruth. — Como você mudou a linha do tempo?

Joan se forçou a falar. A pior coisa que já havia feito.

— Eu usei esse poder em Nick. — Ela conseguia sentir os olhos dele sobre si, mas não suportava encontrá-los.

Ruth fez um som fraco ao processar a informação.

— Tem uma coisa que *eu* não entendo. — falou Nick a Joan, de maneira casual, como se não houvesse percebido a reação de mais ninguém, como se as palavras dela não o houvessem feito sentir nada. — Por que a linha do tempo não impediu você? Não era para ter deixado isso acontecer, era?

Silêncio seguiu-se enquanto todos pensavam no que ele dissera. Durante a pausa, a água do canal estapeava a plataforma com ondinhas leves. Dentro do prédio, conversas distantes e risadas vinham dos Liu e dos Hathaway.

Aaron foi o primeiro a responder, com palavras hesitantes:

— A linha do tempo deveria ter impedido você, Joan. Ela não tentou resistir?

Ela ainda tinha pesadelos com aquele momento. Era difícil voltar deliberadamente àquela memória agora.

Como *de fato* havia desfeito Nick? Ela o beijara, então derramara seu poder sobre ele. Nick implorara para que ela parasse. Depois... ela havia acordado, doente e esgotada, em seu quarto na casa da avó, nessa nova linha do tempo.

E foi isso. Era tudo de se que lembrava.

— Foi como se a linha do tempo tivesse simplesmente deixado — disse a Aaron. — Não sei explicar.

Ao falar, ela sentiu o desconforto se revirar. Por que *não* a havia impedido? Era isso que deveria ter acontecido.

— Você acha que Eleanor conseguiria mudar a linha do tempo assim também? — perguntou Ruth.

— Não sei — respondeu Joan, sentindo o desconforto de novo.

— Bom... — Aaron parecia preocupado. — Eleanor é uma Nightingale. Então, se esse for o plano, ela vai precisar de outra pessoa para executá-lo.

— Um aliado com o mesmo poder que Joan? — sugeriu Ruth.

— Mais provável que seja um prisioneiro. — Aaron apertou os lábios. — Os poucos que manifestam esse poder são marcados para a morte pela Corte. Mas é possível que Eleanor tenha mantido um deles vivo, para uso pessoal.

Joan estremeceu, lembrando-se do relato de Aaron sobre o homem na jaula. Será que Eleanor estava *mesmo* mantendo alguém como Joan preso? Ela sentiu Aaron se virar em sua direção; ele havia percebido seu tremor. Ainda tinha a expressão séria, mas, para sua surpresa, ele suavizou o rosto para algo mais reconfortante quando encontrou seus olhos.

— Marcados para a morte? — sibilou Ruth. Estava pálida, abalada pela preocupação. Joan queria conversar com ela sobre isso, sobre o quanto havia sido assustador, mas aquele não era o momento.

— Bom... independentemente de como Eleanor for fazer — disse Tom —, eu vejo dois problemas que ela precisa resolver antes. Primeiro, ela tem de descobrir *o que* mudar. Depois, tem de descobrir como contornar a resistência da linha do tempo.

— Ela falou como se os planos já estivessem em movimento — falou Joan. *"Você viu o mundo como ele deveria ser. Como vai ser quando eu o reconstruir."* Como membro da *Curia Monstrorum*, Eleanor tinha um poder quase infinito. Ela controlava os Guardas da Corte; podia ordenar que pessoas fossem executadas à vontade. Joan se sentiu enjoada. — Como vamos impedi-la? Não sabemos onde ela está. Não sabemos o que ela vai mudar, que evento ou pessoa. — Ela evitou olhar para Nick. — *Eu* me pergunto... — começou a dizer, testando a ideia ao falar. — ... se não deveríamos simplesmente ir até a Corte.

Houve um silêncio depois do que ela falou.

Aaron o quebrou primeiro.

— Para quê?

— Para denunciar Eleanor.

De repente, pareceu-lhe tão óbvio que Joan não soube por que não havia pensado nisso antes. Mas os outros não pareciam achar o mesmo. Aaron e Ruth estavam finalmente concordando em algo, os dois de testa franzida. Jamie e Tom trocaram olhares preocupados.

— Para quem contaríamos? — perguntou Jamie.

— *Qualquer outro* membro da Corte — afirmou Joan. Era uma ideia tão terrível assim? Fazia sentido para ela. A Corte estava cheia de gente poderosa; elas reinavam sobre o mundo monstro, respondendo apenas ao Rei. Eleanor era só um dos membros. — Ela está conspirando contra o Rei, certo? Está tentando mudar a linha do tempo. Isso não é blasfêmia? Não é traição?

— Joan. — Estava claro que Ruth tentava soar racional, mas parecia genuinamente chocada. — A Corte é cheia de víboras.

— Envolver o resto da Corte é arriscado demais — concordou Tom. — Não sabemos até onde vai a influência de Eleanor. E se for um golpe? E se ela colocou outros membros contra o Rei? Nós não saberíamos em quem confiar.

Joan olhou para a água estagnada do canal. A vista que Astrid considerara preciosa e efêmera.

— Não podemos deixar isso acontecer — disse. — Não podemos deixar ela criar aquele mundo.

— Tem razão. Não podemos. — Era Nick, com a voz firme, e Joan respirou fundo. O outro Nick teria colocado um fim nisso. Ele não estava mais ali, mas *esse* Nick estava.

Jamie, Tom, Aaron e Ruth estavam. — Precisamos descobrir o alvo de Eleanor. Quem ou o que ela quer mudar. Quando soubermos isso, saberemos onde encontrá-la.

— Como vamos descobrir isso? — perguntou Joan.

— A gente deveria falar com os Liu — disse Tom. Ainda havia tensão em sua voz. — Eles são os estudiosos da linha do tempo.

— A maioria das pesquisas não é registrada oficialmente — comentou Jamie, pensativo. — Vamos precisar falar pessoalmente com um dos estudiosos.

— Por que alguém iria querer falar com a gente? — indagou Joan. Ao mesmo tempo, ela pensou: *Astrid*. Queria poder falar com Astrid de novo; ela sabia o que estava por vir. Mas havia sido muito clara: *"Quando começar, não venha atrás de mim. Eu já lutei nessa guerra"*.

— Meu pai falaria — respondeu Jamie, surpreendendo-a. — Ele está morando nesta época.

— Ying? — Joan o havia encontrado da última vez. Ele a ajudara, mas não de graça. Ela ainda devia um favor aos Liu por causa disso.

— Você conhece meu pai? — perguntou Jamie, soando surpreso também.

— Ele me ajudou uma vez — explicou ela, e Jamie inclinou a cabeça de lado, curioso. Será que Ying teria como enviar uma mensagem à Corte, Joan perguntou-se de súbito. Ele era um líder de família. Teria acesso aos canais oficiais. Talvez soubesse quais dos membros seriam confiáveis contra Eleanor.

— A casa principal dos Liu fica em Narrow Street. No coração da Chinatown.

Uma brisa soprou pelo canal, fresca por entre a malha fina da saia de Joan. Ela abaixou a cabeça para olhar o que estava vestindo.

— Então é melhor eu arranjar algumas roupas do século XIX — falou.

TRINTA E UM

Joan saiu para as ruas de 1891 com uma saia azul pálida e uma blusa com mangas tão volumosas que poderia facilmente enfiar Frankie dentro delas. Com relutância, Ruth havia trocado o *catsuit* por um vestido de alfaiataria e uma jaqueta de *tweed*. Aaron estava de terno bege com um colete justo na cintura, destacando sua forma esbelta.

Jamie havia colocado uma peruca com trança e um chapéu preto que o faziam parecer os marinheiros chineses que Joan vira de manhã. Ele coçou debaixo do chapéu.

— A peruca coça — confessou a Joan.

Agora que o sol havia nascido, Joan tinha uma ideia melhor dos arredores. A casa ficava em uma rua lamacenta com prédios dos dois lados. Seu final desaparecia ao redor de uma curva, mas esse trecho tinha uma loja de medicina chinesa; uma que dizia *cafeteria*, mas parecia estar estranhamente servindo tortas de carne e costelas de cordeiro; e uma casa de penhores suja cujas vitrines escurecidas pelas cinzas revelavam camisas e casacos usados. A rua parecia mais rústica do que de manhã. Dois homens estavam brigando do lado de fora da casa de penhores, ignorados pelos marinheiros e trabalhadores das docas que passavam.

Os olhos de Ruth desconfiavam de todo mundo. Antes de saírem, todos os viajantes do tempo experientes haviam tirado anéis, relógios e selos monstros, escondendo-os em bolsos ocultos dentro das roupas. Joan e Nick os imitaram.

— Tem batedores de carteira em todos os cantos nesta época — explicara Ruth a Joan. — Com dedos muito mais ágeis do que os meus.

Joan sabia que também deveria prestar atenção em bandidos, mas estava encantada demais com tudo ao seu redor. Nick também havia abaixado a guarda e olhava fascinado para o ambiente.

Os vendedores de peixes e enguias haviam sido substituídos por ambulantes mais barulhentos e escandalosos do que o grupo da manhã: mulheres com penas de avestruz no chapéu e xales em cores vivas, homens com lenços de seda amarrados no pescoço. Eles ficavam em lados opostos da rua, seus gritos competindo uns com os outros e com os chiados e rugidos de trens a vapor.

— Purê de ervilha quente! Purê de ervilha bem quentinho! — gritou um homem. Uma pequena fila de marinheiros esperava pacientemente que ele servisse uma concha de papa amarela sobre as folhas de repolho que usavam de prato.

— Ostras doces! — gritou uma mulher ao mesmo tempo. — Ostras doces, muito doces!

Por todo o caminho, trilhas de repolho e conchas mostravam o rastro de seus clientes. Frankie estava no paraíso. Farejava a lama cheia de interesse, depois uma ostra podre, um rabo de enguia.

À frente, um movimento chamou a atenção de Joan. Uma menininha corria pela rua, desviando com maestria dos homens que brigavam do lado de fora da casa de penhores. Ela se inclinou para pegar algo do chão, enfiou o objeto no avental manchado e continuou correndo.

— O que ela está fazendo? — perguntou Joan, curiosa, observando a menina se inclinar para pegar mais alguma coisa.

— Você não quer saber, *mesmo* — respondeu Aaron. Ele estava com as mãos nos bolsos, e a boca formava uma careta de nojo. — O que eu não daria por um chá no Savoy — murmurou, quase que para si mesmo.

Aquele não era o habitat dele, já que havia lixo por todo canto. Restos de peixe apodreciam nas sarjetas; moscas se acumulavam em cocô de cavalo. Joan ergueu a saia para não passar em cima de algo podre e preto. E não cheirava bem, mas ela não se importava com isso. Queria provar todas as comidas dos carrinhos, queria passear pelas docas.

Nick a olhou nos olhos e o encanto em sua expressão desapareceu, deixando-o de guarda alta de novo. Joan sentiu o coração pesar feito chumbo no peito. Ao longo dos últimos meses, havia se acostumado com as saudades e a sensação de levar um soco no estômago toda vez que o via de longe, sabendo que o havia perdido para sempre. Mas essa nova separação era muito pior.

— As pessoas estão encarando a gente — sussurrou Ruth.

Joan olhou ao redor. Ela tinha razão. Todos os observavam, desde os ambulantes e marinheiros até as crianças.

— Nós deveríamos ter combinado melhor nossas roupas — sibilou Aaron.

— É *você* que não está se encaixando! Vestido igual a um lorde em Limehouse — retrucou Ruth.

— Eu estou *bem vestido*! Vocês todos deveriam estar combinando *comigo*!

— Vamos — disse Jamie. — Vamos continuar andando.

Joan achava que os prédios ao redor da casa nas docas eram decrépitos, mas, conforme avançavam, as ruas ficavam estreitas e escuras, e havia mais janelas quebradas do que inteiras. Uma fumaça escura subia das chaminés e pairava no ar feito névoa preta. Joan se lembrou, desagradavelmente, dos prédios dilapidados do mundo de Eleanor.

Eles chegaram a um pub nos fundos de um beco quando um grupo de trabalhadores em roupas cinza saía aos tropeços. Joan sentiu a nuca formigar com os olhares ao passar.

Aaron se aproximou para acompanhar o passo dela. Ele torceu o nariz quando um rato passou correndo pelo caminho. Havia cartolas nos closets Liu, mas Aaron escolhera um chapéu cinza de feltro e seda. *"Parece que você está em um filme de gangster"*, dissera Joan quando ele o vestiu. Aaron havia arqueado uma sobrancelha, como se estivesse se divertindo. *"É um Homburg"*, dissera. *"Foram criados neste período. Voltaram a ficar em alta na década de 1970."*

Seu cabelo dourado brilhava sob o chapéu. Aaron parecia ridiculamente deslocado ali, e não era só por causa das roupas elegantes. Sua beleza etérea contrastava com os rostos cansados e marcados dos trabalhadores ao redor.

Joan abriu a boca, então percebeu que não sabia mais como falar com ele. Poderia ter dito qualquer coisa para o outro Aaron, mas esse mal a conhecia.

— Você é nova em viajar no tempo — disse ele, em voz baixa, e Joan ficou surpresa por ter ele ter puxado assunto. Normalmente ficava quieto e esperava.

Ela sentiu uma estranha pontada de nostalgia naquele momento. Aquela havia sido uma das primeiras conversas deles. *"Você é nova nisso"*, dissera ele da última vez. *"Você mal viajou."*

— Consegue saber isso só de olhar para mim? — perguntou Joan. — É parte do poder Oliver?

— Não. Não é *só* isso. É o jeito que você olha para tudo aqui como se fosse novo. Como se não estivesse cansada disso.

Joan não conseguia se imaginar ficando cansada de viajar no tempo, jamais.

— Eu sempre me perguntei — disse, com cautela — o quanto *você* já viajou.

Às vezes Aaron parecia ter modos de outra época.

JAMAIS UM HERÓI ❦ 287 ❦

Os olhos cinza dele piscaram com o *"sempre me perguntei"*, e Joan sentiu outra pontada, mais triste desta vez. *Sempre* dava a ideia de uma relação mais antiga do que ele se lembrava. Mas Aaron respondeu:

— Eu me mudei bastante quando era criança. Passamos dois anos no século XIX. Um ano no XVIII, um no XVII... — Ele antecipou a próxima pergunta dela. — Acho que eu penso no século XXI como meu lar, passei a maior parte do tempo lá. Eu... — Ele hesitou.

— O que foi? — perguntou Joan quando a pausa se alongou.

— É só que... — Aaron lhe lançou o mesmo olhar penetrante de quando a ouviu dizer qual era o verdadeiro poder Oliver. — Normalmente não gosto muito de falar de mim mesmo.

Isso também era verdade da última vez. Ele era como o outro Nick nisso. Joan não entendia por que Nick era tão fechado até ver as gravações dele sendo torturado, de sua família sendo assassinada.

Mas Aaron... Alguma parte dela instintivamente compreendia que a hesitação dele era uma forma de se proteger.

Eles haviam ficado um pouco atrás dos outros. Como se houvesse sentido a atenção dela, Nick a olhou por cima do ombro. Aaron inclinou a cabeça de lado, parecendo perceber a tensão entre Joan e Nick, o único dentre eles que havia se dado conta. E havia agora algo mais em sua expressão também, a ciência de Nick ser uma aterrorizante figura lendária.

Com o canto dos olhos, Joan viu Nick voltar a desviar os olhos.

Ela mordeu o lábio.

— Posso te fazer uma pergunta? — disse a Aaron.

Ele colocou as mãos nos bolsos.

— Claro.

— No baile de máscaras, seu pai me disse uma coisa.

Aaron ficou visivelmente tenso, talvez lembrando que Edmund lhe havia dado uma adaga e mandado que matasse Joan na mesma hora.

Ela não queria pensar nessa parte, então apressou-se a continuar falando:

— Ele me disse: *"Você nem sabe o que é. Nenhum de vocês sabe. Morrem todos sem nunca saber."* O que ele quis dizer com isso?

Aaron pareceu confuso com a pergunta.

— Ele queria intimidar você. Te assustar.

— Eu sei, mas... — Havia um milhão de jeitos que ele podia intimidá-la. Mas havia usado palavras muito específicas. *"Você nem sabe o que é."* Joan olhou para frente de novo; os outros ainda estavam longe demais para escutar. — Depois que seu poder

Oliver foi confirmado, eles te levaram para ver aquele homem na jaula. Mandaram você matar qualquer com um poder igual ao dele. Com o *meu* poder.

— Não me falaram o motivo — disse Aaron, respondendo à pergunta que ela realmente queria fazer. — Mas a Corte faz todo tipo de coisa sem explicação. — Ele olhou para o rosto dela e sua própria expressão se suavizou. — Você não deveria dar ouvidos a nada que meu pai fala. Ele é especialista em sentir as fraquezas dos outros. Em saber como machucá-los.

Talvez Aaron tivesse razão. Talvez Edmund não quisesse dizer nada com aquilo.

Mas o *por que* continuou ecoando conforme eles acompanhavam os outros para a rua seguinte, um pequeno trecho de apartamentos com um restaurante na esquina. Nuvens cinzentas haviam coberto o céu, escurecendo tudo. Joan sentiu o formigamento de estar sendo observada de novo. Olhou ao redor. Rostos a observavam pelas janelas do restaurante, pelas janelas acima.

Um balde de água suja foi jogado na calçada, e barro marrom cobriu o pavimento aos pés de Joan. Ela recuou e viu uma mulher olhando para baixo; sua expressão marcada pela idade era hostil.

Os outros ainda estavam um pouco à frente. Joan apertou o passo para alcançá-los, e Aaron fez o mesmo. Ela franziu a testa, pensando. A hostilidade era direcionada a Aaron e suas roupas elegantes demais? Não, percebeu Joan, devagar. Os pelos de sua nuca se eriçaram. Todos os olhares estavam *nela*.

Relembrou o modo como os trabalhadores de roupa cinza do pub os encararam. Alguns estavam olhando para Jamie, mas a maioria lá também estava olhando para ela. Era por ser mulher? Os primeiros imigrantes chineses eram quase todos homens, Joan sabia. Ou será que as pessoas conseguiam perceber que ela era mestiça? Perguntou-se de súbito se casamentos inter-raciais eram sequer legalizados naquela época. Tinha a vaga lembrança de serem banidos em alguns países naquele período. Mas não na Inglaterra, certo?

Eles dobraram a esquina. Um homem de uniforme azul de marinheiro passou por eles, murmurando algo que Joan não entendeu. Em um piscar de olhos, Aaron estava agarrando os ombros do sujeito, perigosamente perto de seu pescoço. Dois centímetros a mais, e ele poderia tê-lo matado se quisesse.

— Aaron? — chamou Joan.

Eles haviam alcançado os outros e agora todos pararam. Joan nunca havia visto Aaron agir com violência antes. Não que o homem soubesse que a vida dele estava em risco. Ela olhou para Nick, com medo de que ele pudesse machucar Aaron em resposta, já que agora sabia o que uma mão monstro na nuca significava. Mas, para sua surpresa, a expressão de Nick era perigosa também. Ele encarava o marinheiro com a cabeça erguida.

— Você não deveria falar assim com uma dama — disse Aaron ao homem com suavidade. — Não deveria falar assim com ninguém.

Joan sentiu o queixo cair. Ela havia escutado o homem murmurar alguma coisa, mas não fazia ideia do quê. Aaron apertou os dedos com mais força e, mesmo que ele fosse o mais magro dos dois, o sujeito ficou pálido como se algum instinto primitivo lhe dissesse que aquelas eram as mãos de um predador, de algo desumano.

— É melhor que sua próxima palavra seja a certa — avisou Aaron; seu tom frio era ameaçador e desconcertante como o do pai.

O homem murmurou alguma coisa então. Devia ter sido um pedido de desculpas, pois Aaron o soltou com um empurrão e ficou olhando-o se afastar.

Joan se virou para ele de novo. Seu rosto bonito estava frio como gelo.

— O que ele disse? — perguntou ela.

Aaron cerrou os dentes.

— Nada que valha a pena ser repetido. — Para Jamie e Tom, falou: — Quanto mais desse lugar pavoroso vamos ser forçados a atravessar?

— Estamos quase lá — respondeu Jamie.

<hr />

O sol apareceu de novo quando eles chegaram a Narrow Street, uma longa rua de prédios ecléticos. Terraços bem cuidados de tijolinho ficavam ao lado de estruturas decrépitas de madeira com sacadas tortas e tinta descascando.

— Bom, o nome é adequado. "Narrow" significa estreito — comentou Aaron.

De fato, a rua era tão estreita quanto um beco, mas abarrotada de gente: pessoas do sul e leste da Ásia, negros, brancos. Joan escutou uma dúzia de línguas em menos de um minuto. Se todos estivessem vestindo roupas diferentes, aquilo poderia ser a Londres moderna.

— O Tâmisa costumava ter um nível mais alto — comentou Tom. — Essa rua toda já foi um muro medieval para segurar o rio. — Ele apontou para um vão entre os prédios, e Joan viu o Tâmisa, tão cheio de barcos quanto a rua de pessoas. — Todos esses prédios dão para o rio do outro lado.

Enquanto andavam, martelos e serras soavam alto. Joan imaginou oficinas fazendo cordas e reparando velas para os marinheiros. Os prédios pareciam ser uma mistura de moradias, fábricas e lojas. Eles passaram por um fabricante de bolachas de marinheiro, um de mastros e então lojas e mais lojas com caracteres chineses pintados nas vitrines e paredes: um mercadinho, um restaurante, outra venda de medicina chinesa.

Jamie parou, finalmente, no meio da rua, de frente para uma loja de chás, com uma vitrine cheia de caixas de chá e amostras de ervas em pequenos pratinhos. O homem ao balcão era chinês, vestido com um terno de três peças, o colete bordado com tema de fênix. Ele olhou para cima quando Jamie abriu a porta.

Jamie lhe disse alguma coisa em mandarim. Joan captou o *wǒ bàba*, meu pai.

O homem apontou para a porta dos fundos, com o batente quase escondido pelo revestimento de madeira. Se ele não houvesse mostrado, Joan duvidava que teria visto.

— Ele está em casa — disse Jamie.

A porta abriu para um grande pátio que lembrava a Joan o complexo atrás da galeria Liu em 1993. Um corredor coberto circundava as beiradas do espaço. À direita e à esquerda, havia portas que davam para mais prédios do complexo. Algumas das outras lojas da rua deviam ser uma fachada para a casa Liu, Joan percebeu. Logo à frente, uma moldura de madeira entalhada oferecia uma vista pitoresca do Tâmisa. O pátio em si havia sido decorado como um jardim, com vasos de plantas e árvores.

Ying Liu estava de costas para eles no centro do pátio. Ele pintava a cena do rio, os barcos e a água, apenas com nanquim. Joan sentiu uma onda de *déjà-vu*. Na outra linha do tempo, Ying havia conversado com ela e Aaron em um pátio assim, entre cavaletes e quadros.

A atmosfera ali era tão serena que Joan quase desejou que eles não houvessem interrompido. Mas, ao ouvir o som deles entrando, Ying colocou o pincel em um copo com água e limpou as mãos em uma flanela. Ele se virou, aparentemente nada surpreso por vê-los, embora por um momento seu olhar tenha reagido a Nick.

— Oi, pai — falou Jamie. — Precisamos conversar.

Ying estava mais velho do que quando Joan o vira da última vez, na casa dos 40 anos; agora, ela chutava que estivesse perto dos 60. A idade havia deixado seus cabelos grisalhos e aprofundado as marcas de seu rosto feito cortes à faca. Do contrário, ele parecia igual: bonito e sério.

Ying deixou a cabeça tombar então, como se estivesse carregando um grande peso.

— Eu sei por que vocês estão aqui — disse. — Vocês falaram com Astrid. Querem impedir o que está por vir.

TRINTA E DOIS

Ying levou para o pátio uma mesa baixa e algumas cadeiras de madeira que estavam guardadas debaixo da passarela coberta. Jamie correu para a loja de chás e voltou com uma bandeja: um bule de bronze com suporte e xícaras de cerâmica. O bule tinha o charmoso formato de um pássaro, a fênix Liu. Vapor soprava de seu bico, e o rabo enrolava para cima para formar a alça.

Jamie o colocou sobre o pequeno suporte e acendeu a vela dentro dele para manter o chá quente. O metal preto tinha entalhes de criaturas que ganhavam vida com as chamas dançantes. Fênices também, feitas de fogo.

Não havia cadeiras suficientes, então Joan e Aaron se sentaram no banco que dava para o Tâmisa. A queda era grande dali. Aquele lado do prédio ficava sobre o rio, com a água barrenta rodopiando ao redor dos pilares de madeira. Na porta ao lado, uma escada ia da sacada até a água, para sair com os barcos e receber entregas, imaginou Joan.

O rio era uma estrada de balsas cobertas por lona que carregavam bens em caixotes e fardos, barcos a remo com passageiros, pequenas barcaças com velas vermelho-ferrugem e barcos a vapor com chaminés cilíndricas que cuspiam uma fumaça preta. À distância, um imenso navio com velas infladas se afastava até desaparecer de vista.

Aaron acompanhou o olhar de Joan.

— É o final da era da navegação à vela. Haverá cada vez menos navios desse tipo conforme a década avançar, embora as barcaças durem um pouco mais. — Ele apontou com a cabeça para os barcos de vela vermelha.

Do outro lado do rio, as docas estavam lotadas de embarcações, pessoas e vendedores ambulantes. Estranho pensar que dali a 150 anos aquele trecho todo se transformaria em casas com terraço. Joan esticou o pescoço, tentando ver mais a oeste.

— Acredita que a Ponte da Torre ainda está sendo construída nesta época? — murmurou a Aaron enquanto os outros puxavam suas cadeiras e se sentavam. — E o Palácio de Cristal ainda está de pé. — Ela sempre quisera vê-lo.

— Você deveria voltar algumas décadas, se quiser ver o Palácio de Cristal no auge.

Joan automaticamente apertou as mãos nos joelhos para sentir o tecido áspero da saia, firmando-se em detalhes sensoriais. Aaron lhe havia ensinado a prevenir lapsos de distanciamento. Só que ela não precisava mais disso, lembrou-se. Ainda estava atolada pela tatuagem.

Com pesados passos e um *"tum"*, Frankie se juntou a eles no banco para farejar o ar do rio. Joan fez carinho em sua cabecinha macia e suas orelhas dobradas de buldogue; sentiu uma súbita onda de melancolia. Talvez fosse a imagem daquele navio se afastando de uma era no fim. Ou talvez a possibilidade de que tudo aquilo pudesse ser logo engolido por outra linha do tempo. Frankie subiu em Joan para focinhar Aaron. Ele sorriu de leve ao olhar para ela. Então piscou confuso, como se não houvesse previsto a própria reação carinhosa.

E isso era estranho. Frankie não havia demonstrado nenhuma hostilidade com ele, sendo que com todos os outros sim. Era possível que ela se lembrasse de alguma coisa da antiga linha do tempo? Ela se lembrava de Aaron como um amigo?

Do lado oposto a eles, Ying se sentou. Jamie serviu chá, e seu pai abriu uma lata decorada de maneira tão extravagante que poderia guardar joias.

— Biscoitos de ópera — disse Ruth, reverente, esticando o braço para pegar um fino biscoitinho.

Os olhos de Ying se enrugaram em um quase-sorriso.

— Eu também sinto falta deles nos períodos mais novos. — Ele gesticulou para que os outros pegassem chá e biscoitos também. — Por favor.

O estômago de Joan roncou. Quando havia sido a última vez em que comera? Não tinha certeza. Ela pegou um biscoito e mordeu; era leve e tinha um rico recheio de chocolate. O chá também estava bom: de um verde pálido e delicadamente floral.

— Então... — disse Ying. Ele se inclinou para a frente na cadeira, formando um triângulo com as mãos. Suas roupas pareciam levemente anacrônicas, mais perto da década de 1910 do que de 1891. Ele estava de paletó e colete azul-escuro, calça preta e uma camisa impecável abotoada até o pescoço, sem gravata. Sentado ao lado de Jamie, Joan podia ver a semelhança entre eles, mais nos modos do que na aparência. Os dois tinham um ar de polida formalidade.

JAMAIS UM HERÓI ❧ 293 ❧

O olhar de Ying parou sobre Nick de novo. Sabia quem ele era, Joan percebeu. Quem ele havia sido. Ela colocou a xícara na mesa e sentiu outra onda de *déjà-vu*. Em outra linha do tempo, em um pátio muito parecido com aquele, havia perguntado a Ying como poderia desfazer o massacre de Nick. Será que ele se lembrava disso?

— Então — repetiu Ying —, vocês falaram com Astrid. Ela contou da calamidade iminente.

Ele tinha uma voz linda, de cantor, e falava com atenta dicção, fazendo cada palavra parecer bem calculada.

— É verdade, então? — perguntou Joan. A voz ressoante de Ying havia feito tudo parecer muito real de súbito. Ela correu os olhos pelos outros; no fim, haviam se organizado em duplas. Tom e Jamie à esquerda de Ying, Ruth e Nick à direita e Aaron e Joan no banco oposto.

Ying assentiu.

— Alguns de nós têm a habilidade de lembrar de linhas do tempo anteriores. — Ele olhou Joan nos olhos; lembrava-se *mesmo* dela. — Mas Astrid tem um poder mais raro do que esse. Ela se lembra do que ainda está por vir. E... — As marcas de tristeza em seu rosto se tornaram mais profundas. — Ela viu um futuro terrível.

"O fim de tudo que importa. Ele teria impedido. Já estava no caminho certo. Mas você impediu ele."

Como se houvesse escutado os pensamentos de Joan, Nick cerrou os dentes. A expressão dele era tão determinada que o coração dela falhou.

"É inevitável agora", dissera Astrid. Mas como isso podia ser verdade? Com certeza, se Nick teria impedido aquilo da última vez, havia um jeito de impedir desta também. Juntos.

Joan focou Ying.

— Tem que ter *alguma coisa* que nós possamos fazer. — Ele a olhou sem responder, e Joan sentiu uma pontada de desconforto. — Sabemos quem está por trás disso. Eleanor da *Curia Monstrorum* quer criar um mundo em que monstros reinem.

— Um mundo em que monstros reinem? — Ying pareceu confuso com isso, tão confuso que o estômago de Joan se revirou. — As memórias de Astrid do futuro não são tão claras assim.

— Mas... — Joan escutou a palavra morrer no ar. Ela havia *visto* o mundo que Eleanor queria criar. O brasão da Corte em uma van da polícia. Um guarda havia matado um humano à plena luz do dia. Depois Eleanor confirmara que era aquilo o que queria. — O que Astrid viu?

— Muitas mortes — disse Ying apenas. — O fim desta linha do tempo.

O sol estava descendo no céu, agradavelmente quente. Alegre de maneira incongruente. Havia algo errado ali, Joan pensou de repente, algo errado com as próprias suposições. Era uma sensação que ela já havia tido antes, quando havia perambulado pelo Palácio de Whitehall. Mas agora, como naquela época, não fazia ideia do que estava errado.

— Vocês querem impedir isso — continuou Ying, com a voz pesada. Ele se inclinou para lhes servir mais chá e suspirou. — Não é possível ter sucesso.

O coração de Joan se apertou no peito. Tivera esperanças de que o próprio Ying fosse ajudá-los a combater Eleanor. Mas sua postura rígida lembrava-lhe de como Astrid havia se portado: resignada e factual.

— Eu não acredito nisso — afirmou Nick, com os olhos escuros cheios de determinação. — Nós temos que pelo menos *tentar*.

Como Joan, ele não conseguia acreditar que tudo aquilo estivesse predestinado. Mas talvez essa fosse uma característica humana, duvidar do conceito de inevitabilidade, porque, quando olhou para os monstros, Joan pôde ver que todos tinham muito menos certeza.

— O senhor deve saber alguma coisa sobre como isso vai acontecer — disse Joan a Ying. Astrid nunca havia contado aos Liu que estivera do lado de Nick, mas parecia que havia compartilhado suas memórias do futuro com os outros líderes da família. E Tom dissera que os Liu eram os estudiosos da linha do tempo. Eles com certeza haviam descoberto algo. — Deve ter pelo menos uma ideia.

— De como a linha do tempo será mudada? — perguntou Ying, abaixando a cabeça, e Joan teve a impressão de ver sofrimento de novo, resignação. — Sim, nós temos nossas suspeitas.

Joan se sentou mais para a frente no banco.

— Vocês compreendem a teoria da mudança? — continuou ele. — De que algo importante precisa ser mudado para alterar o curso da história?

— Sim — respondeu Joan.

— A linha do tempo resiste a mudanças. Mas os Liu acreditam que há certos lugares onde ela é fraca. Suspeitamos que, quando um evento importante sobrepõe um ponto fraco da linha do tempo, a mudança é possível.

E agora Aaron também estava mais para a frente ao lado dela, com a testa franzida no rosto perfeito.

— Nunca ouvi falar disso.

Joan pensou no que Ying dissera. Será que estivera em um ponto fraco da linha do tempo quando desfez Nick? Havia tomado tempo de si mesma para escapar da prisão dele, mas não sabia em que período havia chegado. E Nick a seguira até lá. Será que haviam ido parar em um ponto fraco?

JAMAIS UM HERÓI ❦ 295 ❦

— São só teorias — respondeu Ying a Aaron.

— Então, teoricamente... — disse Nick, atento. — O senhor sabe onde podemos encontrar esses pontos fracos da linha do tempo?

— Não — declarou Ying, e Nick aos poucos voltou as costas para o encosto, apertando os lábios de decepção. — Desculpem-me. Não posso dizer o que vocês desejam ouvir, que podem impedir isso. A verdade é que já estamos vendo sinais de que esta linha do tempo está chegando ao fim.

Um vento frio soprou pelo rio, fazendo os pelos dos braços de Joan ficarem arrepiados.

— Sinais? — perguntou ela.

— Sinais de perturbações na linha do tempo; ruínas. Sinais que vimos no final da linha anterior.

— *Que* sinais?

Ying abaixou os olhos para o chá, e as sombras aprofundaram os vincos de seu rosto. Ele suspirou.

— O que vocês sabem sobre flutuações?

Joan se sentiu ficar tensa, desconfortável sem saber o motivo. O termo era familiar. Corvin Argent havia mencionado flutuações, e os apostadores na Estalagem Wyvern também.

Ao lado dela, lá farfalhou quando Aaron se remexeu. Ela sentiu os olhos dele sobre si. Ou pensou que sentiu, pois, quando se virou, ele estava com as costas esticadas, alerta, olhando para Ying.

— Não sei o que são flutuações — disse Joan devagar.

— Resumindo, elas são uma parte normal da linha do tempo — explicou Ying. — São criadas por nós. Por monstros. Nós viajamos e isso significa que a linha do tempo precisa compensar isso. Por exemplo... — Ele pensou por um momento. — Se eu parar um cabriolé na rua agora mesmo, provavelmente vou tomar o lugar do humano que *teria* tomado esse cabriolé. Imagine que eu fiz esse humano perder um encontro. E agora imagine que era um encontro importante. Eu teria alterado a linha do tempo só de viver minha rotina.

Era como Aaron havia descrito a viagem no tempo na casa nas docas; ele havia jogado uma pedra da água e apontado para as ondinhas.

— Mas a linha do tempo consertaria as suas mudanças — disse Joan. — Iria garantir que o encontro acontecesse em outro momento, ou que o cabriolé passasse reto por você.

— Sim. Um cabriolé que segue sem parar... Um encontro remarcado... Esses são exemplos de flutuações. As correções diárias feitas pela linha do tempo.

Joan engoliu em seco. Ela *conhecia* aquele mecanismo, bem demais. Era o motivo para a linha do tempo ficar sempre aproximando-a de Nick. Jamie havia explicado uma vez: *"Se o destino de duas pessoas era estar juntas na* zhēnshí de lìshǐ, *a nossa linha do tempo tenta se consertar e faz com que se encontrem. De novo e de novo. Até que a ferida se feche."*

Só que, para Joan e Nick, aquela ferida nunca poderia se fechar. Havia coisas demais entre eles.

— Por que estamos falando de flutuações? — perguntou Aaron. Ele também estava tenso, Joan percebeu. Estivera cauteloso no começo da conversa, mas o rumo que a coisa tomara o havia feito se inclinar para a frente, prestando total atenção.

Ying pôs a xícara de volta na bandeja.

— Os Liu se lembram do que outros esquecem. Nós, e mais nenhuma outra família, nos lembramos tanto dos eventos originais quanto dos corrigidos. O cabriolé que para e o cabriolé que segue adiante. — Ele uniu as mãos e suspirou de novo. — No final da linha do tempo anterior, nós começamos a perceber acontecimentos supostamente pequenos, como festas e reuniões, acontecendo a semanas ou até meses da data original. — Ele ficou em silêncio por um momento, olhando para as fênices de fogo por trás de seus recortes de metal. Então disse: — É um padrão que estamos vendo se repetir agora.

Aaron sussurrou:

— Há rumores entre os Guardas da Corte de flutuações incomuns...

— Sim — confirmou Ying com pesar. — Acho que a linha do tempo está tendo dificuldades para reparar a si mesma.

Joan respirou fundo. *Sinais de perturbações. Ruínas na linha do tempo.*

— Acredito que estejamos nos últimos dias desta linha do tempo — acrescentou ele. — Estamos dentro de um copo cheio de fissuras.

As palavras ecoaram na mente de Joan. Ela viu de novo as feridas vazias na linha do tempo, e encontrou os olhos de Tom. Os lábios dele estavam brancos com a força com que os pressionava. Estava pensando a mesma coisa.

— Nós vimos algo — contou Joan a Ying, que inclinou a cabeça de lado, questionando, e ela hesitou. — Achamos que era um buraco na linha do tempo.

Houve um momento de silêncio enquanto ele processava as palavras dela. Não parecia saber o que falar.

— Não entendo — falou, enfim.

— Vimos um rasgo no tecido da própria linha do tempo — explicou Tom. — Estava oculto atrás de um selo Ali. Achamos que a Corte estava tentando escondê-lo.

Ying abriu a boca, então a fechou de novo. Joan o havia encontrado em duas ocasiões. Essa era a primeira vez em que o via sem palavras.

— Descrevam isso para mim. — O rosto dele parecia firme como mármore, mas Joan teve a impressão de que estava perturbado por dentro.

Eles não haviam de fato conversado sobre aquilo depois de deixar a cafeteria. Joan olhou para os outros ao redor e percebeu que existia um motivo para isso. Ruth havia dobrado os braços ao redor de si, e Jamie estava pálido; a mera lembrança o deixava enjoado. As sardas normalmente invisíveis de Tom apareceram, marrom-avermelhadas contra a pele branca como leite. Todos haviam ficado profundamente abalados com a coisa.

Jamie respondeu:

— Foi como se a linha do tempo houvesse sido rasgada por alguma força. Nós vimos um buraco no meio do ar com as beiradas desfiadas. — Ele engoliu visivelmente em seco. — Vimos o vazio lá dentro, o abismo preto.

Ying levou um momento para reagir.

— Vocês viram o vazio que circunda a linha do tempo?

A pele de Joan se arrepiou. A Corte Monstro era envolta por aquele nada sombrio. *"Não tem nada ali"*, dissera Ruth. *"Parece que sim, mas não tem nada."* À época, Joan tivera a sensação de que, se desse um passo para fora da área da corte, estaria perdida para sempre.

— Nós só vimos por um minuto, mais ou menos, e então foi como se... — Jamie hesitou. Joan entendia, porque também não tinha certeza do que havia acontecido. — Como se víssemos uma linha do tempo diferente lá dentro. Uma em que monstros reinavam.

O rosto de Ying mostrava indícios de perturbação agora.

— Vocês viram outra linha do tempo.

— Eu também não achava que fosse possível — concluiu Jamie.

Joan mordeu o lábio. Jamie só havia mencionado o rasgo em Covent Garden. Será que não vira o outro? Talvez não. A biblioteca estivera cheia de fumaça quando eles a invadiram.

— Tinha outro rasgo na sede da guarda — contou Joan.

Aparentemente, *nenhum* dos outros havia visto o buraco na Holland House. Agora todos pareciam perturbados. Ying estava de fato franzindo a testa, e o estômago de Joan se revirou.

— Isso não aconteceu no fim da outra linha do tempo? — perguntou-lhe ela. — Não tinham buracos na linha do tempo?

— Nunca ouvi falar de buracos assim, a não ser em teoria — disse Ying. — A não ser em histórias.

— O que o senhor acha que significa? —perguntou Jamie ao pai. — Só escutei isso em *uma* história. — Por um momento, a expressão dele pareceu quase infantil. — *Finis saeculorum.*

Joan tentou traduzir aquilo. *Finis:* final? *Saeculorum:* o que significava? No entanto, todos os monstros pareciam familiarizados com o conceito. Aaron fez um barulhinho suave. Ruth torceu o nariz, cética.

Tom pegou a mão de Jamie.

— Você está preocupado com isso? É só uma história.

— O que é só uma história? — questionou Joan, desconfortável. Ela já havia acreditado que o herói fosse só uma história também.

Olhou para Nick naquele momento. Ele havia se virado para escutar, com a cabeça inclinada de forma que ela só conseguisse ver a beirada de seu rosto e o cabelo escuro caindo sobre os olhos.

Foi Aaron quem respondeu:

— É chamada de *o Fim dos Tempos.* É sobre uma criança que rasga a linha do tempo na tentativa de encontrar os pais perdidos. Mas, em vez disso, ela despedaça a própria linha. Cai no vazio, assim como todo o resto do mundo, todo momento da história, cada pessoa que já viveu. Tudo se perde.

Ying ergueu as mãos de uma maneira tranquilizadora.

— É *mesmo* só uma história.

Mas o estômago de Joan deu uma guinada. Como o menino havia despedaçado a linha do tempo na história?

— É, só que nós *vimos* buracos na linha do tempo — retrucou Nick. — Um conto de fadas não causou aquele dano. Então o que causou? — O estômago de Joan deu outra guinada. Nick acrescentou: — Vocês acham que isso confirma a teoria de que *existem* lugares fracos na linha do tempo? Que esses buracos foram rasgados em pontos fracos?

Ying respirou fundo, tentando visivelmente recuperar alguma compostura.

— É possível — admitiu.

— Então nós só precisamos encontrar outros lugares em que a linha é fraca! Podemos diminuir as opções de onde Eleanor está. Podemos encontrá-la!

Por um momento, o olhar de Ying pareceu cheio de dó e *exaustão*, e Joan se lembrou de algo que Aaron lhe contara uma vez: *"Todo mundo tenta brigar com a linha do tempo"*. Era uma lição que cada monstro tinha de aprender por conta própria; cada monstro tentava lutar com o destino em algum ponto, e todos perdiam.

— Você pode tentar impedir Eleanor — disse Ying a Nick. — Mas Astrid está entre os mais fortes dos Liu. Se ela diz que o sucesso de Eleanor é inevitável, então é inevitável.

— Como pode dizer uma coisa dessas? *Inevitável?* — Nick não soava exatamente bravo, mas, ao seu tom de voz elevado, os olhos de Ying se arregalaram bem de leve. E Joan se perguntou de súbito se Ying estivera na casa Liu durante o massacre do herói. Será que se lembrava? Haveria uma parte dele com tanto medo de Nick quanto Liam tivera? — Humanos vão sofrer naquela linha do tempo, e nós ainda podemos impedi-la! Nem aconteceu ainda!

Aquelas mesmas palavras saíram da boca de Joan da última vez. E ela *havia* mudado o inevitável. Sabia que era possível. *Tinha* de ser.

Nick tinha razão. O pai de Joan, seus amigos, sua família humana; eles *não* viveriam em um mundo como aquele que haviam visto. Um mundo de cadáveres emaranhados e testemunhas apavoradas.

— Nós temos que fazer *alguma coisa*! — concordou ela.

— Não é que eu deseje que seja verdade — disse Ying a Joan e Nick. — É que eu sei que é real. — Ele suspirou. — Temos de pensar a longo prazo. Talvez tenhamos mais liberdade para agir na nova linha do tempo. E eu prometo que os Liu se lembrarão do que for feito. Carregaremos o conhecimento conosco.

— *Talvez* tenhamos mais liberdade? — retrucou Nick. — Você não tem como saber! E acabou de dizer que haverá muitas mortes!

Os olhos de Ying se arregalaram mais.

Jamie interveio com a voz pesada:

— Escuta. Todos nós tivemos uma longa noite e não dormimos muito. — Para o pai, falou: — Precisamos descansar.

Ying assentiu de leve e se levantou. Tom e Jamie presumiram ser a deixa para se levantarem também. Ruth fez o mesmo, depois Aaron. Só Nick parecia relutante a ir embora. Seus dentes estavam cerrados. Joan conseguia ler totalmente sua expressão, algo que não fazia havia algum tempo. Ele faria algo acerca de Eleanor, mesmo que precisasse fazê-lo sozinho.

Joan respirou fundo. O que quer que acontecesse, ele não estaria sozinho.

Ela hesitou, no entanto, enquanto todos atravessavam o pátio até a porta.

— O que foi? — perguntou Aaron. Quando Joan ficou para trás, ele fez o mesmo.

Os outros já estavam quase na loja de chá.

— Eu te encontro lá fora — disse Joan. Havia algo que ela ainda precisava perguntar a Ying.

TRINTA E TRÊS

Ying não pareceu surpreso que Joan houvesse ficado para trás.

— Você já deve um favor aos Liu. — Seu tom não era insensível. — Nós não permitimos que nos devam dois.

Joan deveria ter esperado por isso. Na última vez que estivera ali, havia precisado barganhar por informações. E Ying havia acabado de lhes dar conhecimento gratuito, mas Jamie estivera presente para isso. Ele não cobraria do próprio filho.

— Tem uma coisa que eu preciso saber — comentou Joan. — Não tem a ver com Eleanor.

Em vez de responder imediatamente, Ying gesticulou para que ela se sentasse na cadeira de madeira oposta à dele e lhe serviu mais chá. O cheiro de grama fresca subiu da xícara e se misturou com a menos agradável fumaça daquela época.

— Qual é a sua pergunta? — disse Ying. Não era uma promessa de resposta, Joan sabia. Só um convite para que ela perguntasse.

Alguma parte dela não queria falar aquelas palavras.

— Da última vez em que vi o senhor, te ofereci um colar em troca de informações. O senhor recusou.

Ying a olhou com curiosidade, de uma forma que a fez se lembrar da conversa deles naquele outro pátio. Ela não havia conseguido a atenção dele até lhe mostrar aquele colar, e de súbito a teve por completo.

— Eu me lembro — respondeu ele.

Joan tocou as próprias clavículas, onde o colar antes ficava.

— Havia trechos escuros na corrente de ouro. — *Ela* havia feito aquelas marcas. Conforme a avó agonizava, Joan havia agarrado a corrente. Fora a primeira vez em que seu poder se manifestou. Ela havia revertido metal em minério.

— Eu me lembro — repetiu Ying.

Joan engoliu em seco. Não deveria estar dizendo nada daquilo para ele, mas precisava saber.

— Sua expressão mudou quando o senhor viu aquelas marcas. Você as reconheceu. Foram feitas por um poder, e eu acho que o senhor já tinha visto aquilo antes.

— Você ainda não me fez uma pergunta. — Havia gentileza na voz dele?

Se ele fosse denunciá-la, teria feito da última vez.

— Era um poder fora das doze famílias. — Joan viu o rosto de Edmund Oliver de novo, cheio de desprezo. *"Você nem sabe o que é."* Ela respirou fundo. — Minha avó me deu aquele colar. Estava perfeito quando ela me entregou, mas, depois que eu encostei nele...

— Ficou marcado — completou Ying. Então ele *havia* visto o poder dela antes. — Faça-me sua pergunta, Joan.

Ela umedeceu os lábios.

— Nós contamos que havia rasgos na linha do tempo, em uma cafeteria e na Holland House. Mas tem mais uma coisa que não contamos. Uma coisa que *eu* não contei para os outros.

Pela primeira vez, Ying pareceu confuso com o rumo da conversa.

— Continue.

— Aqueles rasgos na linha do tempo são em lugares onde usei meu poder. Eu o usei naquela cafeteria, no exato ponto em que o rasgo estava. E o usei na Holland House, em Nick.

— Você acha que abriu aqueles rasgos na linha do tempo... como o menino no conto de fadas? — A expressão de Ying era difícil de ler.

Joan abaixou a cabeça. Ele queria que ela fizesse uma pergunta direta. Um favor devido por uma pergunta respondida.

— Por que meu poder é proibido? — perguntou. Então se pegou dizendo de uma vez: — Por que a Corte me quer morta? *O que* eu sou?

— Você fala como se fosse uma abominação. Alguma criatura que escapou do próprio vazio.

Edmund a havia chamado de aberração. *"Você deveria ter sido exterminada no útero"*, dissera ele.

— Eu rasguei a linha do tempo como o menino na história. Estraguei a linha do tempo. Eu... acho que o alerta de Astrid pode ter sido sobre *mim*. Talvez eu seja a causa das rachaduras no mundo; talvez eu vá despedaçar a linha e jogar todos nós no vazio.

Ying a olhou nos olhos.

— O alerta de Astrid não foi sobre você. Não acho que você esteja danificando a linha do tempo. — Ele sempre parecia triste, e naquele momento a melancolia pairava sobre Ying como uma nuvem de chuva.

— Como o senhor sabe?

— Você se lembra da cantiga de criança?

— *Olivers veem. Hunts escondem...* — começou Joan. Ying havia recitado para ela da última vez. Era a cantiga que monstros usavam para ensinar seus filhos sobre os poderes de família.

Ying completou o verso com sua voz ressoante:

— *Olivers veem. Hunts escondem. Nowaks vivem. Patels prendem. Portellis abrem. Hathaways domesticam. Nightingales tomam. Mtawalis guardam. Argents movem. Alis selam. Griffiths revelam. Mas apenas os Liu se lembram.*

— As doze famílias de Londres — disse Joan, confusa. Por que Ying estava contando isso de novo?

— Sim, mas há uma versão secreta dessa cantiga. Uma que só os Liu conhecem. E que tem um final diferente.

Joan se sentiu ficar tensa e não tinha certeza do porquê.

— Que final?

— *Mas apenas os Liu se lembram* — falou Ying com sua voz bonita — *que uma vez existiu outra família.*

Os pelos na nuca de Joan se eriçaram.

— O quê? — sussurrou ela.

— Havia uma 13ª família em Londres. A *sua* família. Os Grave.

As palavras dele pareceram ecoar pelo pátio, como se fossem um gongo tocando. Pareceram ecoar dentro de Joan. *"A sua família."*

"Eu não sou uma Hunt, sou?" Ela perguntara a Aaron certa vez. Mas, confrontada com as palavras de Ying, escutou-se dizendo:

— Não. — Suas famílias eram os Chang e os Hunt. Ela tinha o poder Hunt quando criança. Aaron lhe havia dito: *"Conforme crescemos, o único poder que permanece é o da sua verdadeira família."* Mesmo assim, ela balançou a cabeça em negação. — Isso não pode ser verdade.

Se fosse, sua avó teria lhe contado. Só que sua avó *havia* tentado conversar com ela antes do ataque na confeitaria. *"A sua avó queria conversar com você sobre alguma coisa"*, dissera seu pai.

— Você reverteu o colar em minério — explicou Ying. — Esse é o poder da família Grave. Eles podiam desfazer as coisas; reverter o relógio. E... — Os olhos dele se suavizaram. — Você tem a aparência deles, Joan.

JAMAIS UM HERÓI ❖ 303 ❖

Ela nunca havia sequer ouvido falar nos Grave.

— Não entendo — murmurou. *"Uma vez existiu outra família."* O que Ying queria dizer com *"uma vez"*? — Onde eles estão agora?

Os olhos de Ying ainda tinham certa suavidade.

— Os Liu mais fortes se lembram de fragmentos da *zhēnshí de lìshǐ*. A verdadeira linha do tempo. Coletivamente, temos alguma ideia do que foi feito com os Grave.

Joan ficou paralisada. *Foi feito com?*

— Os romanos da antiguidade tinham uma punição — continuou Ying. — *Damnatio memoriae.* Já ouviu falar nisso?

— Não — sussurrou Joan.

— As pessoas submetidas a ela eram condenadas a ser esquecidas pela história. Suas estátuas eram quebradas, seus retratos destruídos, suas cartas queimadas. Falar seus nomes era punível com a morte. — A voz dele era mais gentil do que as palavras. — Mas nosso Rei foi mais implacável do que isso. Acreditamos que ele tenha apagado a sua família da linha do tempo. Ele os assassinou, caçando os membros mais antigos pela história, para que seus filhos e os filhos de seus filhos jamais nascessem.

Joan ficou encarando-o. Ela sabia o que era uma morte violenta. Era sua avó coberta de sangue, a respiração rouca; era Lucien Oliver com uma espada no peito; Margie de olhos arregalados.

— Ele matou todos?

— Não sabemos por que o Rei fez isso. Acreditamos que tenha sido uma punição. Não sabemos qual foi a ofensa.

Joan não conseguia processar a escala da coisa. Que ofensa poderia justificar todas aquelas mortes, o apagamento de toda uma família? Ela respondeu à própria pergunta. *Nada* justificava uma punição assim.

— Você disse que todos eles foram exterminados. Então eu *não posso* ser um membro da família, posso?

As linhas profundas do rosto de Ying fizeram Joan pensar em entalhes de madeira. Estátuas tristes e sofridas.

— Eu não sei como você está aqui. Mas você *é* membro da família Grave.

— *Você* se lembra deles? — perguntou ela, devagar. Os mais fortes da família Liu se lembravam de fragmentos da verdadeira linha do tempo.

— Eu me lembro... — Ying não estava olhando exatamente para Joan naquele momento. Estava dentro das próprias memórias, com o olhar distante. — Fui casado com uma Grave. Não me lembro do nome dela. O poder Liu é memória perfeita, mas não lembro o nome da minha esposa. Eu não lembro o nome dos meus filhos.

Havia uma emoção profunda na voz dele, e Joan sentiu como se o estivesse vendo pela primeira vez. Essa era a origem de sua tristeza constante. Como Jamie, ele havia nascido com memórias dolorosas.

— Sinto muito — disse ela, baixinho.

— O poder Liu tem seus fardos. Acho que você entende. — Ying olhou na direção para onde Nick havia ido.

<hr />

Eles ficaram em silêncio por um tempo depois disso. As chamas sob o bule de chá se apagaram. O tempo estava virando de novo. Nuvens de chuva pairavam sobre o rio, pesadas e opressoras; a água chicoteava com o vento.

Ying se inclinou para servir mais chá para Joan, e depois para si mesmo.

— É muita coisa para absorver.

— Eu não sei *como* absorver — admitiu Joan. De uma maneira estranha, culpada, ela se sentia pior por Ying do que por si mesma. Ele estava de luto pelos Grave, mas Joan sequer se lembrava deles.

Porém, ao pensar nisso, algo se revirou lá no fundo de seu peito, como se uma parte esquecida dela *sentisse a dor*. Como se algo ali dentro *se lembrasse*.

No Tâmisa, a maré estava subindo, assim como o vento. As minúsculas velas vermelhas das barcaças do rio eram infladas com violência. Joan observou um homem girar um molinete com movimentos rápidos, descendo a vela. Ela passou uma mão no rosto, tentando ignorar a turbulência dentro de si, muito mais violenta do que o vento. Estava à beira de um apocalipse. Não tinha o luxo de sentir isso agora. De processar aquilo tudo. E havia mais uma coisa que a perturbava.

— E se os Grave foram apagados porque rasgaram a linha do tempo? — perguntou. — E se eles foram apagados porque eram uma ameaça para o mundo?

"Ele *teria impedido*", dissera Astrid "*Mas você impediu* ele."

O que Nick teria impedido? Talvez houvesse impedido Joan. Talvez fosse assim que ele salvaria a todos.

Ying ficou em silêncio por um bom tempo.

— Eu não acredito nisso. Não havia buracos na linha do tempo quando os Grave estavam aqui. Nenhuma flutuação incomum. — Ele olhou para o rosto dela. — Você fica falando como se fosse uma força destrutiva, uma criatura que merece ser executada pela Corte. Você não é. Você é membro de uma família perdida.

Joan engoliu em seco com a gentileza na voz dele.

— Então o que estragou a linha do tempo se não fui eu?

JAMAIS UM HERÓI ❦ 305 ❦

— Não sei. — Ele inclinou a cabeça, pensativo. — Você me disse que reverteu aquele colar em minério. Onde isso aconteceu?

Joan ficou surpresa com a pergunta.

— Em um dos cômodos na Holland House.

— Não havia rasgo na linha do tempo lá — afirmou Ying.

Ela refletiu sobre isso. Também havia usado seu poder na casa nas docas sem consequências aparentes. E na Estalagem Wyvern.

— Talvez os Ali tenham vindo atrás de mim e selado os rasgos.

Ying balançou a cabeça.

— Só quatro selos Ali foram ordenados pela Corte.

— Quatro?

— A cafeteria Chicago Café foi selada em 1993 — disse Ying. Joan piscou com aquela informação. Usara seu poder lá em 1993. *Com certeza* ela havia aberto aquele buraco na linha do tempo. Ying continuou: — A antiga localização da biblioteca na Holland House foi selada em 2053. — E isso também havia sido Joan. — Há também Rainery Road, número 17, em Sheffield, selada em 2003. E a igreja St. Magnus-the-Martyr em Lower Thames Street, selada em 1923.

Não importava no que Ying acreditasse, Joan *havia* feito aqueles rasgos em Covent Garden e na Holland House. Mas e o de Sheffield? O que era o de Lower Thames Street? Ela nunca havia usado seu poder em nenhum daqueles lugares. Mas talvez só não o houvesse feito isso ainda. Ela mordeu o lábio. Precisava entender aquilo. Mas, antes, precisava de mais uma coisa de Ying. Joan olhou para ele.

— Eu sei que já te devo um favor.

— A informação sobre os Grave não exige pagamento — disse Ying, com gentileza. — Sinto muito que o Rei tenha feito uma coisa dessas.

Joan continuou olhando para ele.

— Você precisa de mais alguma coisa? — As sobrancelhas dele se ergueram um pouco. — Os Liu nunca aceitam que a mesma pessoa lhes deva dois favores — lembrou-a.

— Mas esta é uma nova linha do tempo — disse Joan, esperançosa. — Um favor para cada?

Ying lhe deu um de seus quase-sorrisos em troca.

— Do que você precisa?

— Existe um membro confiável da *Curia Monstrorum*? Alguém que seja leal ao Rei, acima de qualquer coisa? Alguém incorruptível?

— Conrad.

O nome fez gelo percorrer a espinha de Joan. *Conrad.* Ying não havia hesitado em sua resposta, mas Joan imaginou um homem cujo olhar parecia o frio penetrante do inverno. Um homem com olhos tão pálidos quanto o amanhecer. Da última vez, Conrad havia ido atrás dela ao descobrir seu poder, com a intenção de matá-la. Seu nome sozinho havia feito Ruth e Aaron tremerem até os ossos.

Os outros não gostariam dessa ideia, mas a verdade é que, para lutar contra um membro da *Curia Monstrorum*, precisavam de outro membro do lado deles.

— Conrad — repetiu Joan, assentindo. — Preciso mandar uma mensagem para ele.

◆◇◆

Joan andou de volta a Narrow Street. Estava começando a chover com pingos grossos. Os outros esperavam do lado de fora da loja de chás, com água caindo e espirrando ao redor. Tom havia conseguido um guarda-chuva em algum lugar e segurava-o com cuidado sobre Jamie, porém mais ninguém parecia incomodado com a água.

— O que foi isso tudo? — perguntou Ruth a Joan. Ela deu um passo para mais perto. — O que aconteceu? — Sua testa franziu, e Joan se perguntou o que a própria expressão revelava.

É claro que Ruth sabia que havia algo errado; ela e Joan se conheciam desde sempre. *"A sua família"*, dissera Ying. *"Os Grave."*

"Não", pensou Joan. *Essa* era sua família. Ruth era sua família.

Ela balançou a cabeça.

— Nada — respondeu. Mas se viu engolindo ao redor do nó em sua garganta. *"Fique firme"*, disse a si mesma. Aquela não era a hora de pensar na família Grave. — Descobri uma coisa que pode ajudar. Ying me deu localizações de alguns selos Ali: igreja St. Magnus-the-Martyr em Lower Thames Street, e Rainery Road, número 17, em Sheffield. Algum desses lugares soa familiar?

— Rainery Road, 17? — Nick esticou as costas, parecendo perturbado e confuso. — É a casa onde eu cresci. Por que ele te daria esse endereço?

Joan olhou fixo para ele. Havia aberto um buraco na linha do tempo quando desfizera e refizera Nick, na Holland House. Mas ele fora desfeito e refeito antes disso, na casa de sua infância.

Isso significava que três dos selos da lista de Ying estavam identificados. Só um ainda era um mistério.

— O que foi? — perguntou Aaron a Joan.

— O que está acontecendo? — questionou Nick.

— Acho que eu sei onde Eleanor vai mudar a linha do tempo — disse Joan. — Onde e quando.

TRINTA E QUATRO

— Igreja St. Magnus-the-Martyr — comentou Tom enquanto eles caminhavam de volta por Narrow Street. — O que Eleanor poderia estar fazendo lá em 1923?

— St. Magnus costumava ser a entrada da antiga Ponte de Londres, não? — perguntou Joan.

— Mas em 1923 é só uma igreja — disse Jamie. Ele franziu a testa, pensativo; Joan imaginou que estivesse vasculhando seu arquivo mental. — Não sei como Eleanor conseguiria mudar a linha do tempo dali. Seja lá qual for o evento ou pessoa que ela tem em mente, não está claro para mim.

— Ying disse alguma coisa mais específica do que 1923? — indagou Aaron. — Ele tinha uma data?

— 15 de março — respondeu Joan.

Nick levantou a cabeça. Estivera olhando para a longa rua, acompanhando um homem que mendigava por moedas, com o chapéu na mão; uma menininha que pegava algo do chão e o punha em uma cesta. Os trajes de 1890 dele deviam ser discretos, já que metade da rua usava o mesmo estilo: camisa, colete, calças. Mas o físico de Nick fazia sua aparência geral ser despretensiosamente perigosa.

— Por que seu pai e Astrid disseram que isso era inevitável? — disse a Jamie. — Isso não faz sentido para mim.

— Tenho algumas teorias. — Jamie ergueu os olhos para o céu tempestuoso sem sair da proteção do guarda-chuva de Tom.

Tom notou o movimento.

— Vamos tomar uma carruagem — sugeriu.

Eles acabaram pulando para dentro de um *ômnibus* vazio, puxado por dois cavalos desanimados e com um anúncio de fermento da Borwick's Baking Powder: *o melhor que o dinheiro pode comprar*. Era frágil e velho, mas totalmente fechado, e Joan viu Jamie relaxar ao se acomodar em seu assento. Havia espaço para três deles se sentarem em cada banco, e no fim ficaram Tom, Jamie e Aaron de um lado, e Ruth, Nick e Joan do outro.

Joan estava pressionada bem perto de Nick. Quando Aaron usou os sapatos para cutucar a grossa camada de palha do chão, seus joelhos rasparam nos de Joan. Um pequeno choque percorreu o corpo dela com o toque. Ainda estava se acostumando com o fato de ele estar ali.

— O que você está fazendo? — perguntou Ruth.

— Conferindo se não tem pulgas — respondeu Aaron, como se fosse óbvio. — De que adianta ter palha sem espalhar ervas junto?

— Isolamento térmico — explicou Tom. O lugar era pequeno para os seis, e Tom quase não cabia no assento. Frankie estava em um de seus joelhos, com o equilíbrio fácil de um cachorro do mar, acostumado a barcos. Ela observava a rua marcada pela chuva deslizar pela janela, soltando um "au" desejoso toda vez que passava um cavalo.

Aaron estudou um buraco desfiado no veludo azul do banco, horrorizado.

— Se vocês tivessem me dado meia hora, eu poderia ter providenciado um transporte decente.

— Como se a gente fosse deixar você chamar uma carruagem Oliver — retrucou Ruth. — Ia chegar metade da Corte junto.

— Não vou entregar vocês. — Seu tom era impaciente, mas seus olhos cinza se voltaram para Joan ao falar.

— Eu sei — disse ela.

Uma expressão vulnerável apareceu de forma breve no rosto de Aaron, seguida por uma de alerta. Mesmo depois da conversa que haviam tido, ele não acreditava que Joan confiasse nele. Ainda achava que acabaria ferido no final.

Joan mordeu o lábio. Ele *não* estaria seguro se fosse atrás de Eleanor. Nenhum deles estaria. Ela pressionou uma mão contra o próprio peito, tentando aliviar o aperto ali dentro.

Nick se remexeu ao seu lado.

— Então, qual é o plano?

— Antes de mais nada, dormir — disse Ruth. — Vocês dois passaram a maior parte da noite inconscientes. Precisam descansar de verdade.

Quando Ruth falou isso, a dor que estava em segundo plano no corpo de Joan veio
à tona. Estava *mesmo* cansada. Mas não conseguiria descansar. Não com tanta coisa na
cabeça. Havia muito a se planejar.

Nick falou o que ela estava pensando:

— Não acho que eu vá conseguir dormir. Tem muito que ainda não sabemos.
Temos que pensar no nosso plano de ataque. E vamos precisar de roupas para 1923...

— Precisamos entender o que estamos enfrentando — concordou Joan. — A que
poderes Eleanor tem acesso? Que recursos ela tem? E o que vamos fazer quando de
fato a encontrarmos?

— Vamos matá-la — afirmou Tom.

— Tom — disse Jamie.

Tom nunca havia parecido tão sério.

— Se eu tiver a chance, eu mesmo faço.

Jamie pegou a mão dele.

— Ela provavelmente nem se lembra de mim.

— Isso só aumenta minha vontade de matá-la.

Olhando para as mãos entrelaçadas dos dois, Joan teve o vislumbre dos dedos tortos e quebrados de Jamie na linha do tempo anterior. Ao contrário de Nick, Jamie se
lembrava um pouco de sua tortura.

— Nada vai acontecer até 1923 — comentou Aaron em um tom neutro que lembrava Joan de Ying tentando acalmá-los. — Isso é daqui a 32 anos. Tem tempo suficiente para planejarmos *e* descansarmos. — Ele esticou o pescoço ao falar. — Este ônibus
sai de Limehouse? Tem um lugar decente em Mayfair, mantido por... — Ele deixou as
palavras morrerem no ar com a resposta nada entusiástica dos demais. Murmurou para
si mesmo: — Ou imagino que possamos simplesmente continuar aqui com as pulgas.

Joan se pegou encarando-o.

— O que foi? — perguntou Aaron.

"Nada vai acontecer até 1923." Mas não havia sido assim da última vez.

— Quando eu mudei a vida de Nick... — Joan sentiu os olhos dele sobre si e hesitou por um segundo. — Quando eu mudei ele, não foi só o futuro que mudou. O
passado também. Tudo de uma vez.

Havia desfeito toda a vida dele. Apagado todas as suas ações passadas e trazido sua
família de volta. A nova linha do tempo havia engolido a antiga em um instante, da
cabeça aos pés.

— O que você quer dizer com isso? — questionou Aaron, franzindo a testa.

— Ela está dizendo que nós *não* temos até 1923 para impedir isso — explicou Tom. — Esta linha do tempo pode ser substituída a qualquer momento, sem aviso prévio. Nenhum de nós sequer saberia, exceto Jamie, talvez.

Nick se sentou mais para frente.

— Quando Eleanor falou com a gente, eu tive a impressão de que ela já estava prestes a fazer alguma coisa.

— Ela disse que as peças já estavam em movimento — lembrou-se Joan. Imaginou Eleanor em 1923, fazendo uma mudança que ecoava por toda a linha do tempo, suplantando tudo aquilo em um instante com um mundo mais cruel e terrível.

— Acho que ninguém vai dormir então — concluiu Nick.

◆◆◆◆

Conforme o *ômnibus* chacoalhava por Limehouse, eles anotaram uma lista de itens essenciais. Tom correu um dedo pela página.

— Vamos precisar de um mercado bem obscuro para encontrar tudo isso. — Ele leu alguns dos itens em voz alta. — Roupas, armas, equipamentos de segurança... — Tom coçou o pescoço. — E tempo. Se vamos todos para 1923, vamos precisar de tempo humano.

Joan se sentiu subitamente enjoada. Ela já sabia que *cada um deles* teria que viajar 32 anos para chegar a 1923, mas havia empurrado a ideia tão para o fundo da mente que não se deixara pensar sobre onde conseguiriam esse tempo.

Nick também sentiu. A respiração dele falhou, só um leve sopro contra o braço dela. Não era possível que Tom houvesse escutado, mas virou os olhos para ele mesmo assim; estava desconfiado desde a casa nas docas.

— Eu queria perguntar — disse Nick a Aaron. — Você me arrastou para esta época com esta tatuagem dourada. É só assim que um humano pode viajar no tempo?

Ruth franziu a testa.

— Sabe o que é estranho? Eu achava que humanos simplesmente não podiam viajar e ponto. Com ou sem algema.

Joan processou essa informação. Nick havia viajado na linha do tempo anterior, mas ela nunca havia visto uma algema em seu braço. Ele nunca revelou o método, só disse que havia viajado de um jeito diferente dela, sem roubar tempo humano.

— Como essa algema funciona, afinal? — perguntou Joan a Aaron.

— Tem tempo embutido na marca — respondeu ele. — É bem parecido com um passe de viagem.

— Tem vida humana tatuada na minha *pele*? — Joan encarou o próprio pulso com um novo tipo de horror. Estivera pensando na marca como uma simples algema. E já a odiava assim, mas agora queria enfiar uma faca ali. Queria arrancá-la na unha. — Quanta vida?

E de *quem*?

O olhar de Aaron ficou quase penetrante demais por um momento.

— Não tenho como saber quanto resta sem o controlador. Mas, pelo que me lembro, nenhum de vocês tinha muito. Vamos precisar de mais.

Joan virou o pulso para baixo para não precisar olhar a coisa. Sem o controlador, ainda estava atolada pela tatuagem. Mas, mesmo que conseguissem de alguma forma arrumar outro, ela realmente se sentia enjoada. Das últimas duas vezes em que havia viajado, primeiro para o futuro, depois para 1891, onde estava agora, fora arrastada contra sua vontade. Dessa vez, no entanto, seria escolha sua usar vida humana.

Ela conseguia sentir a tensão de Nick. Contra seu braço e sua coxa, os músculos dele pareciam feitos de pedra. No que *ele* estava pensando?

<hr />

Eles saíram do *ómnibus* na Doca de Regent's Canal, uma multidão caótica de barcaças, barcos à vela, uniformes azul-marinho e trabalhadores, todos se acotovelando pelo espaço limitado. Madeira, carvão e pesadas pedras eram transportados dos deques à doca enquanto marinheiros e carregadores gritavam instruções.

Tom foi direto para a bagunça colorida de barcos Hathaway ao final. Em 10 minutos, ele tinha um barco estreito puxado a cavalo chamado *Cornflower*.

O barco era de um azul vivo e decorado com rosas e castelos, ao lado do familiar cão de duas cabeças dos Hathaway. As rosas pareciam ser um tema comum entre os barcos estreitos daquela época, mas Joan se sentiu aflita ao pensar no emblema de Eleanor, o galho cheio de espinhos de uma roseira.

Tom conduziu uma plácida égua branca com imensos cascos à linha de reboque.

— A rota mais fácil é subindo por Regent's Canal.

— Eu estava mesmo me perguntando se os Hathaway têm barcos em todas as épocas — comentou Joan, curiosa. Deveria ter imaginado que havia um estoque de embarcações compartilhadas.

— Os Hunt às vezes nos ajudam a transportar nossos próprios barcos pelo tempo. Mas costuma ser mais fácil só pegar um emprestado, principalmente quando se cruza pelos períodos de tração animal para transporte motorizado.

Ruth estivera olhando para o barco, mas agora prestou mais atenção ainda.

— Espera, *o quê*? Os Hunt fazem o quê? Quem faz isso?

— Só alguns dos Hunt em algumas épocas — respondeu Tom, dando de ombros. — Cobram os olhos da cara. Sua família sabe fazer um bom negócio.

— Eu nem sabia que a gente *podia* usar nosso poder em uma coisa tão grande assim — murmurou Ruth, quase que para si mesma. Soava intrigada.

Joan embarcou. O espaço era confortável, mas minúsculo se comparado com a amplitude luxuosa da barcaça moradia de Tom e Jamie. Era estrategicamente mobiliado com cadeiras dobráveis e uma mesa que podia ser desarmada após o uso. Em um canto, um minúsculo fogão a lenha irradiava calor.

O barco abaixou na água quando Nick desceu as escadas. Ele procurou Joan e a olhou nos olhos, e ela prendeu a respiração. Desde que o conhecera, Nick sempre olhava instintivamente para ela ao entrar em qualquer cômodo. Ainda fazia isso, mesmo agora.

Jamie e Ruth desceram a seguir, depois Aaron, que tirou o chapéu ao entrar. Seu cabelo brilhou com um raio perdido de sol, e as cortinas de renda estilo casa de avó e a tinta branca azulada das paredes reluziram ao redor dele, como se seu glamour refletisse nelas.

Ele correu os olhos de Joan a Nick, erguendo as sobrancelhas. Ainda parecia ser o único do grupo que havia percebido a tensão entre eles.

— Está frio aqui — disse, sarcástico.

Ruth pareceu confusa.

— Está?

— Hm... Talvez seja só eu.

<hr />

Tom guiou a égua pelo caminho do reboque, puxando-os pelo canal, com Frankie trotando à frente. A era vitoriana ia passando: casas deterioradas cobertas por trepadeiras, fábricas cuspindo fumaça, chaminés altas de tijolo, então árvores e mais árvores.

— Nunca estive em barco Hathaway antes — comentou Aaron, olhando a vista. — É uma maneira bem agradável de se viajar — acrescentou, um tanto rancoroso.

Entre a velocidade da égua e o trânsito no canal, eles chegaram no horário do almoço. A esse ponto, Frankie estava dormindo no convés.

Eles subiram as escadas da margem do rio à ponte de Roman Road. Os cheiros de um mercado de rua flutuaram até eles, uma mistura de feira: salsichas, bolinhos tostados e maçãs assadas. À frente, barracas cobertas acompanhavam a rua com mesas

JAMAIS UM HERÓI ❧ 313 ❧

cheias de produtos: maçãs e peras, ovos frescos, manteiga dourada. Mais adiante, outras barracas ofereciam roupas, sapatos e móveis usados.

Joan quase não percebeu a silhueta familiar que estava apoiada contra a parede atrás do vendedor de maçãs.

— Nós deveríamos comprar comida também, além das coisas da lista — disse Jamie, e Joan assentiu, distraída. Mas, conforme os outros seguiam andando, ela segurou o braço de Tom. Não tinha dúvidas de quem havia chamado Owen Argent.

Tom esperou obedientemente até que os sons do mercado fossem o bastante para engolir a conversa deles. Os dois tinham os olhos focados em Nick, que não pareceu notar Owen enquanto andava até um estande de tortas.

— Eu sei que o poder Argent que estava nele já passou — murmurou Tom. — A mente dele está livre, não está? — Ele coçou o maxilar. — Vocês dois fizeram algum tipo de acordo? Impedir Eleanor primeiro e *depois* lutar entre si? Ou você está planejando se aliar a ele no fim?

As perguntas surpreenderam Joan. Ela se aliaria a Nick contra *quem*? Contra ele? Contra *Ruth*?

Tom captou a resposta em seu rosto.

— A primeira opção, então — murmurou. — Ele está com a gente até determos Eleanor, e aí o quê?

"Depois disso, nossos caminhos se separam", dissera Nick. Joan engoliu em seco.

— Eu deveria ter te contado que ele estava livre. Fiquei com medo do que vocês fariam com ele. Ou de como ele iria retaliar. — Ela ainda estava com medo.

— O que nós faríamos com *ele*? O certo seria o que ele faria *com a gente*. — O olhar de Tom era esperto demais, embora houvesse indícios de dúvida também, como se estivesse se perguntando o que faria caso fosse Jamie no lugar de Nick. — E onde você entraria nisso? À frente, bem na vanguarda? Ou ficaria de fora, só assistindo?

Joan não queria lutar de jeito nenhum. Mas isso não parecia ser uma opção. Como, perguntou-se de novo, a Joan e o Nick originais haviam feito seu relacionamento funcionar? Aquela Joan com certeza não tinha como saber o que ela mesma era.

— Ele *está* do nosso lado agora. Não sei o que vai acontecer depois que lutarmos com Eleanor. Mas Nick e eu concordamos que impedir ela é o mais importante agora.

— Ele concorda. Você e Jamie têm a mesma opinião.

Joan estava surpresa.

— E você não? Tom, nós vimos aquele mundo através da janela da cafeteria. Não podemos...

— Não podemos *o quê*? — Ele a interrompeu. — Não podemos viver em um mundo em que monstros reinem? Em que Guardas da Corte executam pessoas à vontade?

Acorda, Joan! A Corte já reina sobre todos nós, humanos e monstros. Eles já fazem tudo o que querem! Você acha que faz diferença se é abertamente ou em segredo? Com ou sem o baile de máscaras?

Joan abriu a boca; não havia pensado por esse lado. E, ao mesmo tempo, quando Tom colocou aquilo em palavras, ela teve a sensação de que ainda estavam deixando alguma coisa passar. *"Pessoas vão morrer. Monstros e humanos em números inconcebíveis"*, dissera Astrid.

— Jamie quer colocar um fim nisso — continuou Tom. — E isso significa que eu também quero. Eu *gostaria* que Eleanor morresse. Gostaria de fazê-lo eu mesmo. Mas tudo o que realmente importa para mim é que no fim de tudo isso Jamie esteja vivo. E isso quer dizer protegê-lo de Eleanor *e* Nick. Então pode apostar que vou fazer ele ser compelido de novo. E isso é só em respeito a você. — O *"eu preferia lidar com isso de outro jeito"* que não havia sido dito pairou no silêncio entre eles.

Joan engoliu em seco com a ameaça implícita a Nick. *O poder Argent é errado,* queria dizer. Era o que ela havia dito a Liam Liu. Mas lembrou-se de novo de lavar o sangue da avó das mãos, das linhas vermelhas manchando a pia, e as palavras morreram em sua garganta. E se Tom tivesse razão? E se Nick se voltasse contra eles no momento em que impedissem Eleanor? E se ele matasse todos? Ou talvez seria o contrário, talvez Tom matasse Nick só para ter certeza de que Jamie estaria a salvo.

— Jamie me contou sobre os massacres dele — falou Tom. — Você realmente quer arriscar sua prima? O restante de nós? Na *esperança* de que não vá acontecer de novo?

Nick havia dito que só estavam trabalhando juntos para cumprir uma tarefa. Tom tinha razão. Joan não podia arriscar todos os outros só porque se importava com Nick. Ele já havia matado as famílias de todos eles antes.

— Se for para fazermos isso, eu quero uma garantia — disse ela. Até falar isso lhe parecia tão errado. Todos os seus argumentos para Liam ainda eram verdade. Compelir Nick só o faria odiar e temer monstros ainda mais. Faria com que ficasse mais perigoso. E era simplesmente *errado*. Controlar a mente de uma pessoa era errado.

Mesmo assim... *"Depois disso, nossos caminhos se separam"*, dissera ele.

Uma batalha espreitava entre Nick e monstros. As linhas já haviam sido definidas. Mas talvez isso a adiasse, pelo menos até que pudessem todos se reagrupar. A curto prazo, essa poderia ser a única forma de mantê-los todos vivos, incluindo Nick.

— Que garantia?

— Se nós colocarmos o poder Argent nele, eu quero a sua palavra de que nada de ruim vai acontecer com ele. De que ninguém vai machucá-lo enquanto ele estiver impotente. — E *impotente* parecia uma palavra tão estranha para se associar com Nick. Antes que Tom pudesse sequer responder, Joan acrescentou: — Você *me deve* isso.

JAMAIS UM HERÓI ❖ 315 ❖

Tom passou a mão pelos cabelos cor de areia. Estava considerando. Joan prendeu a respiração. Não tinha nenhuma carta na manga. Tom não lhe devia nada de verdade. Joan havia salvado Jamie de Eleanor, mas esse não havia sido seu objetivo principal. E, mesmo que Tom lhe devesse algo *de fato*, já havia pagado três vezes a dívida ao resgatá-la da Estalagem Wyvern e depois da sede da guarda, ao protegê-la, e Nick, da Corte.

O que poderia sequer fazer se ele dissesse não? Gritar um aviso para Nick? Começar a batalha imediatamente?

— Está bem — concordou Tom, enfim. — Você tem a minha palavra de que ele não será ferido enquanto estiver sob controle Argent.

Joan sentiu uma onda de náusea e alívio ao mesmo tempo. E trepidação. Será que era a coisa certa a fazer? Iria salvá-los ou condená-los? Evitaria uma guerra com Nick ou causaria uma? Ela não sabia.

— Mais uma coisa — disse Tom antes que Joan pudesse se afastar. Eles haviam parado logo fora da primeira barraca, onde filas aparentemente intermináveis de pessoas estavam comprando ovos e manteiga, além de queijo coalhado fresco que era pescado de uma panela e colocado no recipiente qualquer que o comprador houvesse levado. — Nós precisamos conversar sobre Aaron Oliver.

Joan se sentiu ficar tensa, na defensiva.

— Não tem nada para conversar.

Algumas barracas adiante, Aaron estava examinando uma travessa de tortinhas de maçã, estupidamente elegante em seu terno bege. Como sempre, sua beleza havia chamado a atenção das pessoas ao redor, e, como sempre, ele parecia indiferente aos gestos e sussurros, os olhares que se demoravam.

— Nós o trouxemos como um prisioneiro — falou Tom. — Porque precisávamos de informações dele.

— E aí eu e ele conversamos — retrucou Joan, ainda na defensiva. — E agora ele está do nosso lado de novo.

Tom riu, só um único sopro de ar.

— Não é possível que você realmente confie nele. Ele te prendeu. Te levou para uma sede da guarda para ser executada.

— Eu já falei que expliquei para ele que nós nos conhecíamos. Contei a verdade para ele, sobre a outra linha do tempo.

— *Olha.* — Tom estava sério. — Eu entendo por que todo mundo está indo contra Eleanor. Você, Nick e Jamie acham que podem impedir alguma calamidade. Eu estou aqui por Jamie. Acho que Ruth só está nessa por você. Mas *ele...* — Tom olhou para Aaron. — Ele não está ganhando nada com isso. Nada que eu consiga ver, exceto a possibilidade de uma recompensa se nos trair quando chegarmos lá.

Joan engoliu em seco. Ruth havia alertado que Aaron a estava enganando, que só havia dito o que ela queria escutar para sair daquele quarto trancado. Mas Joan havia visto a sinceridade nos olhos cinza dele quando lhe dera o broche de sua mãe. O choque dele quando ela descrevera a joia na casa nas docas. A forma como ele olhou para ela depois daquilo.

— Joan, ele *não te conhece*. Vocês estavam ligados por um trauma que nunca aconteceu com ele. Você sente coisas por ele que ele não sente por você.

As palavras a atingiram. O peito dela se apertou.

— Eu sei. — Joan sabia que Aaron não sentia a mesma conexão que ela. Meros dias antes, ele a estava chamando de *imunda*; queria assistir sua execução. — Eu sei. — Mas então eles tiveram aquela conversa. — Você sente saudades dele. Sente saudades dele, e isso faz você querer confiar nele como costumava fazer.

Na barraca, a dona havia dado algumas tortinhas de maçã para Aaron e estava sorrindo para ele, um tanto chocada com sua aparência de outro mundo. Joan poderia apostar que ele havia conseguido as tortinhas de graça.

— Só estou dizendo — continuou Tom — que você precisa tomar cuidado com os dois.

<hr>

— Onde vocês dois estavam? — perguntou Ruth quando Joan e Tom se juntaram aos outros. Ela entregou um grande *Banbury cake* a Joan, com a massa ainda quente.

O cheiro era doce, de passas e casca de laranja, mas o estômago de Joan já estava doendo. Com o canto dos olhos, viu Owen Argent se afastar da parede, jogando de lado uma maçã parcialmente comida.

Ele tinha quase a mesma aparência que da última vez em que ela o havia visto. O cabelo tinha o mesmo tom loiro acinzentado, e as feições angulosas formavam um contraste com a boca delicada.

Nick se virou, e *nessa hora* notou Owen. Seus olhos se arregalaram.

Joan havia observado a onda de desejo que seguia Aaron. Agora viu de novo o que havia visto em Queenhithe. Desconhecidos reagiam assim a Nick também. Havia uma sombra de desejo ao olharem para ele, mas era mais do que isso. Eles se viravam para Nick como se estivessem buscando o sol.

Nick ficou encarando Owen. Por uma fração de segundo, Joan teve uma aterrorizante visão de Nick percebendo o próprio efeito sobre as pessoas, chamando: *"Comigo! Venham a mim!"*. Imaginou os humanos das proximidades se alinhando atrás dele, acompanhando-o enquanto reunia um exército, rua a rua.

Mas Owen ergueu a própria voz, tingida pela nota profunda da compulsão Argent:

— Venha aqui! Fique calmo! Não resista!

O olhar de Nick pulou para ela, e Joan pôde ver sua crença total de que ela protestaria. De que tentaria impedir isso como da outra vez. Seu estômago deu uma guinada quando Nick obedeceu a ordem de Owen, aproximando-se dele.

Ela *deveria* protestar.

Mas não conseguia ver outra forma de manter todos a salvo. O poder Argent protegeria todos depois da luta com Eleanor, fosse por juramento ou compulsão.

Nick chegou aonde Owen estava, e Owen lhe disse:

— Pare bem aí.

Nick parou, ainda olhando para Joan. Ele e Owen estavam no meio da rua, com compradores passando dos dois lados. Mas Nick só tinha olhos para Joan.

Ela se aproximou. Teve de forçar as palavras a saírem:

— Certifique-se de que ele vai poder lutar com Eleanor. E faça o mais forte que puder. Ele quebrou sua compulsão da última vez.

Os olhos de Nick se arregalaram com a traição, a dor e o choque. Como se não acreditasse que Joan ainda tivesse a capacidade de feri-lo. Ele ficou encarando-a enquanto Owen lhe dava uma série de comandos. Joan mal escutava as palavras. Forçou-se a continuar olhando Nick nos olhos enquanto Owen o fazia repetir em voz alta os detalhes da nova compulsão.

Não havia entendido até aquele segundo que Nick ainda confiava nela, mesmo que só um pouquinho. Na carruagem, voltando da Holland House, ela prometera que não o iria compelir. E agora havia acabado de quebrar aquela promessa *e* o que restava da confiança dele.

— Está feito — anunciou Owen.

Os olhos de Nick continuaram focados nela, com sua expressão se transformando da dor da traição em algo muito mais sombrio. O coração de Joan martelava no peito. Sua mente reprisou o momento em que Owen disse *"Venha aqui!"*. Houvera um instante de hesitação antes que Nick o obedecesse?

Joan se lembrou de súbito de algo que Nick havia dito na carruagem: *"A verdade é que eu não sei bem se o poder Argent funcionaria em mim de novo. Eu consigo sentir como quebrá-lo. Eu sei o que fazer".*

Ela inspirou com força. Será que ele havia sido capaz de resistir à compulsão de Owen agora?

Frankie latiu para alguma coisa, e Nick finalmente desviou os olhos de Joan. Ao lado dela, Jamie e Ruth pareciam aliviados. Só Tom estava franzindo a testa. Será que ele suspeitava, assim como Joan, que Nick ainda estava livre?

Houve uma tosse estranha de Aaron.

— Então... essas barracas vendem coisas monstro? Assim, a céu aberto?

Tom saiu de seu devaneio.

— Este não é o mercado. — E gesticulou para que o seguissem rua acima.

Joan andou atrás da silhueta de costas eretas de Nick. Ela queria pegar seu braço e explicar: *"Você matou a minha família. Não podia arriscar que matasse mais gente que eu amo."* E: *"Isso é só temporário. Só para dar tempo para a gente seguir nossos caminhos separados depois de lutar com Eleanor."* Porém, em seu coração, ela sabia o que Nick responderia: *"Você deveria ter me dito isso em vez de tentar me controlar à força."*

É o que Joan diria se alguém fizesse aquilo com ela.

Tom entrou em uma lojinha questionável com janelas sujas e um estêncil branco na parede de tijolos: *Compramos e vendemos de tudo.* Lá dentro, não havia atendentes, só pilhas de potes e panelas antigos, uma prateleira de xícaras lascadas, um barril de trapos e outros lixos.

Tom assobiou uma sequência sem melodia. Quando terminou, uma porta abriu sem fazer som algum na parede dos fundos, aparentemente por conta própria, revelando um lance de escadas decrépitas que desciam para um porão.

— *Este* é o verdadeiro mercado de Roman Road — disse.

Joan tentou olhar para Nick de novo, mas ele evitou encontrar seus olhos. Ela engoliu em seco ao redor do nó em sua garganta e seguiu Tom escada abaixo.

TRINTA E CINCO

Se Joan não estivesse se sentindo tão desconfortável, teria se maravilhado ao descer para o porão. O mercado era o sonho de qualquer comprador de antiguidades, um espaço do tamanho de um salão de baile lotado de araras circulares de roupas: ternos, vestidos, camisas, saias, sobretudos.

A luz natural entrava por um trecho de vidro Portelli que descia pelo longo teto. Mostrava um céu tão azul que Joan esperava sentir o calor do sol, mas era apenas a claridade.

Aaron puxou um paletó da arara mais próxima, que parava na cintura à frente e seguia comprido atrás. Estava perfeitamente limpo, mas um pouco gasto nas mangas, e Joan achou que ele fosse torcer o nariz por ser usado.

Em vez disso, ele murmurou em chocada reverência:

— Isso é um Jonathan Meyer original? — Aaron examinou a etiqueta. — *É.* — Ele olhou ao redor da loja, como um homem faminto estudando um buffet. — Eu não sabia que este lugar existia.

— Sempre teve um mercado aqui embaixo — comentou Jamie. — As coisas não se esgotam tão rápido aqui quanto nos de West End.

— Hm — fez Aaron.

A parede da esquerda era toda de sapatos, alguns de veludo, alguns acetinados e engraxados; uma escada de correr chegava às prateleiras mais altas. A parede da direita era um arco-íris de chapéus, luvas e bolsas. E o fundo tinha displays de vidro com joias. Havia tanta coisa ali que Joan mal conseguia ver um caminho para circular. Levaria dias para olhar cada peça.

— Este mercado é principalmente de roupas — disse Tom —, mas tem equipamentos do futuro na sala anexa. Acho que vamos conseguir encontrar algumas armas lá no meio.

— Bom, isso é... ilegal — afirmou Aaron.

Tom deu de ombros.

— E tempo fica lá. — Ele apontou com a cabeça para as joias aos fundos.

Tempo? Joan levou um momento para entender que ele queria dizer tempo *humano*. Ela cruzou os braços ao redor de si mesma. A boca de Nick se curvou para baixo. Conforme os outros se espalhavam por entre as araras, Nick foi direto para a sala de equipamentos. O estômago de Joan se revirou ao observá-lo. Será que havia alguma forma de testar se a compulsão Argent estava ativa?

Ela mordeu o lábio e olhou ao redor. Precisava de roupas para aquele salto no tempo. Puxou um vestido aleatório, longo e estruturado, feito de pesada lã cinza. Um pedaço de pano cortado torto estava alfinetado à gola com uma data: *aprox. 1936*. Ela o colocou de volta.

As araras pareciam estar mais ou menos em ordem cronológica. Mais adiante, Joan encontrou um vestido todo preto de algum tecido plissado, etiquetado com *1919*. Não era 1923, mas chegava perto o suficiente. Do que mais precisava? Um chapéu? Luvas? Meias altas?

— Joan. — Tom apareceu do corredor seguinte. Ele chamou Aaron também.

Aaron havia sido eficiente. Não deveria fazer mais do que alguns minutos desde que haviam se separado, mas ele apareceu com trajes de tweed marrom e cinza pendurados no braço. Havia um chapéu cinza em cima de tudo.

Tom enfiou a mão no bolso e tirou um objeto dourado. Ele o jogou para Joan. No susto, ela quase o derrubou.

— O que é isso? — perguntou. Parecia um relógio de bolso fechado com dobradiça na lateral. Ela o virou e encontrou um leão alado gravado no metal.

Aaron se inclinou para olhar.

— Isso é um controlador de algemas da Corte. — O queixo dele caiu. — É o *meu* controlador! É o que você pegou de mim!

— Você disse que tinha esmagado — disse Joan a Tom, surpresa.

"Ah, fala sério", dizia a expressão dele em resposta. *"Como se eu fosse fazer isso."*

— Vamos tirar esse negócio de você — falou ele.

Por mais que Joan odiasse a algema, a ideia de removê-la a deixou nervosa de súbito. Estava atolada fazia dias, e não havia percebido até aquele momento o quanto estivera aliviada por não poder viajar.

Ela passou os dedos pela lateral do dispositivo e encontrou um botão que soltava o fecho. Abriu a tampa com o polegar. Ainda poderia se passar por um relógio de bolso, ou talvez uma bússola. Pelas bordas, nove símbolos pretos estavam dispostos em intervalos regulares. Pareciam letras estilizadas de um alfabeto não romano. No centro, havia três ponteiros de relógio, dourados, com tamanhos variados. Nenhum deles estava se mexendo.

Joan ergueu a manga volumosa de sua blusa vitoriana e revelou a marca no pulso direito. O leão alado reluziu, brilhante e vívido ao sol da janela Portelli. Agora que sabia que havia vida humana na marca, mal suportava olhar para ela. Cobriu a vista com o controlador e, ao fazê-lo, o ponteiro mais longo girou como a agulha de uma bússola, para trás e para a frente até parar em uma das letras estilizadas, a que ficava na marca das 12 horas.

Aaron olhou e disse:

— Quase vazio. Você vai precisar comprar um passe de viagem para chegar aos anos 1920.

Joan não olhou para a parede dos fundos com seus milhares e milhares de joias, todos com tempo embutido, mas ela parecia pairar ameaçadoramente atrás deles.

— Bom, vocês sabem o que fazer — declarou Tom. Ele chamou Frankie para segui-lo e perambulou para longe.

O lugar era tão grande e tão cheio de mercadorias que, assim que Tom ficou fora de vista, Joan sentiu que ela e Aaron estavam em uma bolha isolada. As araras de roupa ao redor deles eram como paredes sólidas.

Joan tocou a tatuagem. Ainda parecia sua própria pele. Como se não houvesse nada em seu braço.

— Como eu faço para tirar isso? — perguntou a Aaron.

— Só segure o dispositivo sobre a marca. Tem uma componente mental. Deve responder aos seus pensamentos.

— Uma componente mental? — Isso soava como mágica.

— É uma mistura de tecnologia do futuro com poderes da Corte.

— Hã... — Joan colocou o dispositivo sobre a tatuagem. Nada aconteceu. Os ponteiros do relógio sequer giraram. Ela imaginou a tatuagem derretendo. Mas a visualização também não funcionou.

Aaron colocou a pilha de roupas dele em uma mesinha entre as araras.

— Acho que vai ser mais fácil se eu fizer.

Joan hesitou. Tom lhe teria dito para não soltar aquele dispositivo por nada. Aaron havia sido capaz de controlar o corpo dela com aquilo, assim como arrastá-la pelo tempo.

Ele encolheu os ombros.

— Ou você pode tentar... — começou a dizer, mas Joan tomou uma decisão ao mesmo tempo. Ela lhe entregou o controlador. Aaron piscou confuso para baixo, depois para ela, como se não esperasse que Joan simplesmente o entregasse.

"Você precisa tomar cuidado com os dois", dissera Tom. Joan engoliu em seco. Ela havia traído Nick; seria bem feito para si mesma se Aaron a traísse naquele momento. Talvez lá no fundo ela houvesse dado o dispositivo a ele porque sabia que merecia a traição.

Mas Aaron só se aproximou.

— Posso? — Ele fez o gesto de pegar o antebraço exposto dela.

Joan assentiu, e Aaron envolveu seu braço com firmeza. Ocorreu-lhe que não o via encostar nas pessoas com frequência. Quando ele havia tirado a luva dela no baile de máscaras, fizera um guarda segurar seu braço e só tocou no tecido. Enquanto pensava nisso, entretanto, Joan teve uma memória vívida dele colocando um colar de pérolas no pescoço dela. Acariciando sua bochecha com a mão.

Aaron ergueu os olhos cinza para ela.

— Isso vai doer — avisou, com a voz suave.

Mesmo com o alerta, Joan ficou chocada com a dor escaldante, como se a tatuagem houvesse se transformado em metal derretido. Ela soprou um grito mudo. A mão de Aaron apertou com mais força, mantendo-a firme no lugar enquanto seu braço se contorcia. Mas logo ela estava soltando o ar de novo, aliviada, quando a dor passou.

— Feito — anunciou Aaron, e Joan olhou o próprio pulso. Seu braço estava livre pela primeira vez em dias. E Aaron tinha um cilindro de renda entre o polegar e o indicador. Ele o colocou em um compartimento do controlador e o entregou a ela.

— Obrigada. — Joan o enfiou no bolso. Não havia pensado que haveria alguma diferença imediata sem a algema, mas sua percepção da linha do tempo já parecia mais forte: uma brisa regular contra sua pele em vez de um sopro. Ela se sentiu vulnerável e um pouco agitada, como se houvesse acabado de tomar três xícaras de café de uma vez.

— Esse é um vestido de luto, a propósito. — Aaron apontou com a cabeça para o vestido preto pendurado no braço dela. — Para quem está sofrendo por uma perda.

— O quê? *Este* aqui? — Joan desceu os olhos para o tecido plissado. — Ah. — Deveria ter percebido. Gostava dele pelo corte clássico; não havia pensado no contexto histórico da cor preta.

— Tudo bem. Digo... — Aaron hesitou. Então, como se não conseguisse se conter, pegou um vestido ameixa-pálido da arara ao lado e ofereceu para ela. — Só outra opção. Caso você não queira se parecer com uma viúva.

JAMAIS UM HERÓI ❧ 323 ❧

Joan segurou o vestido sob o queixo e olhou para o espelho ao final do corredor. Não parecera grandes coisas na arara; ela não lhe teria dado muita atenção. Mas, quando erguido, ele pareceu se transformar. Eram dois vestidos em um: uma base cor de ameixa com tule de um marfim quase opaco no topo. O roxo dava um pouco de cor, e o tule não era ostensivo, como Joan teria imaginado, mas misterioso.

Ela se virou de volta para Aaron e se surpreendeu ao encontrá-lo olhando para o espelho também, para o reflexo dela, com a expressão curiosa, quase contemplativa. Quando seus olhos se encontraram, entretanto, ele abaixou a cabeça.

— Este lugar tem uma seleção surpreendentemente excelente — disse Aaron. — Se as circunstâncias fossem diferentes... Bom... — Ele endireitou a gravata, apesar de não precisar.

— Gosto deste vestido. Parece que eu acabei de sair dos anos 1920.

Assim que falou, foi tomada por um súbito desejo intenso, como se seu corpo houvesse acabado de perceber que não estava mais atolado. Ela respirou fundo, trêmula.

De maneira vaga, percebeu Aaron percorrer o espaço entre eles, preocupado, mas ela não conseguia ouvir nada além do rugido nos próprios ouvidos. Viu seu reflexo no espelho de novo, o vestido ainda sob o queixo, e foi o que bastou. A luz forte da janela Portelli escureceu, lançando o lugar no escuro. A voz de Aaron foi cortada como um disco interrompido. Joan tentou controlar o pânico. Não tivera um lapso de distanciamento desde que Corvin havia colocado a algema em seu pulso.

"Concentre-se nos seus sentidos", disse a si mesma. Era o que Aaron lhe havia ensinado. Mas não conseguia sentir absolutamente nada, nem a temperatura da própria pele, nem o ar nos pulmões. Será que estava sequer *respirando*?

Na sala escura, Aaron se aproximou. Ele estava falando alguma coisa. Joan tentou ler seus lábios. Com olhos arregalados e preocupados, ele segurou a mão dela, e Joan se concentrou na curva dos dedos elegantes dele ao redor dos seus. Não conseguia sentir o toque dele, mas percebia o calor distante de sua pele, como o sol em uma manhã de inverno. Ela focou nesse calor.

A voz de Aaron começou a deslizar pelo silêncio.

— Você ainda está segurando o vestido — dizia ele. — Consegue senti-lo? — Ele soava calmo, mas firme, como se estivesse suprimindo alguma emoção. — Está frio aqui. Consegue sentir o frio?

Joan piscou para o vestido que ele havia escolhido. Parecia muito macio; o tule deveria ser seda. Ela conseguia sentir de leve a textura. Franziu a testa, concentrando-se.

Aos poucos, o cômodo voltou a se iluminar com a luz vespertina. A mão de Aaron se solidificou sobre a dela. Ele apertou os dedos, e Joan sentiu uma inesperada descarga elétrica quando ele o fez. Um súbito desejo. Ela engoliu em seco. Seu corpo todo parecia agitado e confuso.

— Melhor assim — murmurou Aaron. — Consigo ver que você está voltando.

Ela encontrou a própria voz.

— Estou aqui — conseguiu dizer, e ficou aliviada ao se escutar com o volume normal. Era ali onde queria estar, disse a si mesma. Bem ali, naquela época.

Aaron fechou os olhos por um momento, e seus ombros também abaixaram, como se houvesse se sentido assustado. Quando voltou a abrir as pálpebras, ele estudou o rosto dela.

— Isso já aconteceu antes?

Joan deveria ter contado à avó, pensou de novo. Assim que aqueles lapsos começaram.

— Quase todas as manhãs antes de me colocarem aquela algema — admitiu, e Aaron pareceu chocado. — Ainda estou aprendendo a controlar. Você me ensinou a focar meus sentidos. Tenho feito isso.

Aaron parecia abismado.

— *Eu* ensinei? Você está me dizendo que isso aconteceu na minha frente? E eu ensinei você *enquanto* acontecia?

A mão dele apertou a dela, e os dois perceberam ao mesmo tempo que ainda estavam se tocando. Da última vez em que isso havia acontecido, Aaron arrancara a mão como se ela o queimasse. Agora, soltou-a com gentileza.

— Deveriam ter ensinado você a ter controle quando era criança! — disse ele. — *Antes* que pudesse viajar.

Ele olhou irritado por cima das araras, e Joan percebeu que estava procurando, bravo, por Ruth. Mas ninguém parecia estar por perto. Joan ainda conseguia ver Nick ao longe, na sala de equipamentos, e Tom, trinta centímetros mais alto que todos os outros, nos displays de joias.

Joan havia se esquecido o quanto Aaron ficara bravo da última vez também.

— Os registros Hunt diziam que eu *não conseguia* viajar — explicou. — Ruth não sabia. Eu não contei para a minha avó quando isso começou a acontecer.

Aaron parecia desconcertado. Ele passou uma mão pela boca. Começou a falar alguma coisa, mas pareceu pensar melhor e desistiu.

— Obrigada — acrescentou Joan. — Por isso. E pela última vez.

Ela usara os ensinamentos dele quase todas as manhãs por meses. Tinha a estranha sensação de que essa era uma parte dela que só Aaron havia visto. Nunca havia sido capaz de admitir a Nick o quão forte era seu desejo de viajar. Para Aaron, entretanto, a moralidade de viajar no tempo não era um problema.

— Se está acontecendo todo dia, então o que eu ensinei da última vez não foi o suficiente — disse ele, sério. A seguir, pegou as roupas e o chapéu da mesa. — Depois que isso tudo acabar, precisamos fazer algo a respeito.

Depois que aquilo tudo acabasse? Joan abriu a boca e a fechou de novo. Sequer se permitia ter esperanças. A verdade era que, não importava o que acontecesse *depois daquilo*, Aaron teria de ficar longe dela. A mãe dele havia sido executada por abrigar alguém como Joan. E, se Ying tinha razão, sobre Joan ser membro de uma família apagada, então o próprio rei ainda iria querê-la morta. Depois daquilo tudo, Aaron voltaria aos Oliver, e Joan ainda seria uma foragida.

Um movimento do outro lado do mercado chamou sua atenção: Nick estava saindo da sala de equipamentos.

Aaron acompanhou o olhar dela.

— Sabe... Quando você estava me interrogando, eu disse que não tinha certeza do que vi na biblioteca. Mas eu *vi*, sim. Vi o rasgo na linha do tempo.

Joan se virou para ele.

— Você viu o que eu fiz? — Ela escutou a própria voz falhando. Não havia imaginado que poderia se sentir pior acerca daquele momento, mas saber que Aaron havia visto aquilo era, de alguma forma, *realmente* pior.

— Vi o que aconteceu na linha do tempo anterior — concordou ele, inclinando a cabeça de leve.

Joan desviou os olhos. Aaron a havia visto beijar Nick na outra linha do tempo. Ele a havia visto desfazer Nick. Ela já se sentia envergonhada antes, e agora o sentimento duplicou. Havia traído Nick duas vezes, e Aaron vira as duas. Conseguia imaginar o que ele pensava dela, já que os Oliver valorizavam a lealdade acima de tudo. *Fidelis ad mortem.*

— Joan — chamou Aaron. Ela se forçou a levantar o rosto, olhá-lo nos olhos. Para sua surpresa, o desprezo que esperava encontrar não estava lá. — Você me disse que nós trabalhamos juntos da última vez para salvar nossas famílias. Que nós conseguimos. Eu vi a decisão que você tomou no final. Vi o quanto foi difícil.

Joan engoliu em seco de novo. As coisas eram tão mais fáceis antes de ela entrar no mundo monstro.

— Acho que eu tomei uma decisão ruim com o poder Argent agora. Nós não deveríamos ter feito aquilo com ele. — Quanto mais ela pensava, pior parecia. Havia implorado a Liam para tirar a compulsão dele da primeira vez. *É simplesmente errado*, ela lhe dissera. Ainda era errado. E havia avisado Liam de que compelir Nick só tornaria as coisas mais difíceis para todos eles. Parecia igualmente verdade agora.

— Não sei nada sobre o que *devíamos* ou *não devíamos* ter feito. Mas minha mãe sempre costumava dizer: *Daqui para a frente...*

Havia uma sombra de vulnerabilidade na expressão dele. Mal falara da mãe na linha do tempo anterior. Joan sabia o quanto devia ter sido difícil citá-la. Ela assentiu com a cabeça.

Aaron respirou fundo.

— Melhor eu ir atrás das outras coisas na minha lista.

Joan abaixou os olhos para o vestido que ele lhe havia dado. Ainda precisava de mais algumas coisas também.

———————◆———————

Joan encontrou um casaco que combinava com o vestido, um sobretudo, um par de sapatos e um chapéu clochê. A seguir, armas, pensou. Mas, em vez disso, encontrou-se caminhando até os displays de joias.

Três cristaleiras cobriam a menor parede do salão. De longe, as joias lembravam dioramas de um museu; de perto, as peças não pareciam exatamente baratas, mas eram ecléticas: um chamativo colar de violetas esmaltadas, um anel de escaravelho, um pingente leitoso de jade. Debaixo de cada peça, etiquetazinhas escritas à mão diziam o preço. O colar chamativo tinha um pequeno elemento intrincado na corrente, ao lado do fecho: uma moldura retangular de ouro com três números rotativos; fazia Joan pensar em um cadeado de senha. Os números diziam *100*. Ela levou um segundo inteiro para processar o significado. Havia cem anos de vida humana naquele colar. Conforme o portador viajasse, poderia girar os números para mostrar o tempo restante.

Como as roupas, todas as joias estavam bem organizadas. A prateleira de baixo tinha braceletes simples de berloque. Na de cima, os próprios berloques: bonitos pássaros esmaltados, caveiras esmaltadas, os emblemas de cada família. Até a raposa Hunt estava lá. Cinco anos cada. Joan imaginou, com uma onda de náusea, os monstros descartando os berloques como se estivessem jogando fora embalagens de comida.

Ela deu um passo para trás. A prateleira seguinte tinha correntinhas de pescoço. Acima dela, pingentes vermelhos: dez anos cada. Depois verdes: vinte anos. Pretos: cinquenta anos.

Então os colares mais escandalosos: cem anos, duzentos anos, cinco mil anos.

Joan deu outro passo para trás. Por um segundo, a cristaleira era tão claramente um display de cadáveres que era quase como se ela pudesse ver as pessoas tombadas, mortas.

JAMAIS UM HERÓI ❦ 327 ❦

Ela mais sentiu do que viu alguém ocupar o espaço ao seu lado. Olhou para cima, esperando ver Tom ou Jamie. Seu estômago se revirou. Era Nick.

— Você escolheu uma? — perguntou ele.

Joan não conseguiu suprimir um calafrio com a ideia. Ele não estava olhando para ela, mas para o display. Seus olhos estavam livres de influência e duros como pedra. Ela olhou por cima do ombro. Só Tom estava visível entre os corredores.

— O poder Argent não funcionou em você dessa vez, funcionou?

Ele não reagiu. Poderia ser uma estátua de si mesmo.

— Eu falei que não ia funcionar.

Joan sentiu um aperto no peito.

— Imperdoável? — Saiu como uma pergunta, embora não fosse sua intenção.

Nick a olhou nos olhos, pela primeira vez desde a compulsão fracassada. Dor cruzou seu rosto, quase breve demais para perceber.

— Achei que você fosse matar a gente depois — sussurrou ela.

— Percebi. — Nick se virou para o diorama de cadáveres. — Quanta vida será que tem aqui? Todos esses berloques e pingentes... Trinta berloques vezes cinco. Dá 150 anos. — Os lábios dele se moveram depressa enquanto calculava o resto. — Eu diria que tem quase 10 mil anos de vida humana nessa parede.

Joan não havia feito o cálculo. Seu estômago deu uma guinada.

— Isso dá um total de 125 longas vidas humanas, do nascimento à velhice — continuou ele. — Um massacre. Mas monstros não roubam vida assim, roubam? Você me disse que eles pegam pequenas porções. Então talvez estejamos olhando para 10 mil pessoas morrendo um ano antes do que deveriam. — Joan escutou a própria inspiração repentina. Nick olhou para ela. — A vida importa — sussurrou ele. — Quando meu pai morreu... — Sua voz falhou. — Depois que meu pai morreu, eu sentia mais falta dele do que jamais imaginaria ser possível. E eu tive 14 anos com ele. Meu irmãozinho, Robbie, só teve 2. Nem se lembra dele. E... meu pai era um homem tão bom, sabe? Simplesmente *bom*. Gentil. Sábio. — Nick engoliu em seco. — Eu daria *qualquer coisa* para o Robbie, para minha irmã mais nova, Alice, terem mais um ano com ele. Para se lembrarem dele. — Os olhos de Nick brilharam, úmidos. — Eu daria *qualquer coisa* para ver ele de novo.

Joan engoliu ao redor do nó na própria garganta. Depois que sua família havia morrido, ela pensara exatamente assim. Teria dado qualquer coisa por mais um ano com eles. Por mais uma hora. Mesmo um minuto teria sido o suficiente para dizer mais uma vez que os amava.

— Eu não consigo — disse Nick, suave.

— Não consegue o quê? — perguntou Joan. Mas parte dela já sabia o que ele iria dizer: Nick jamais roubaria tempo de outro humano. Os olhos dela já estavam marejados quando ele respondeu.

— Não consigo roubar vida de outra pessoa.

Joan sentiu uma lágrima escorrer.

— *Nick* — disse. Saiu com tanta emoção que ele pareceu se espantar. — Se fizer isso, você vai perder *32 anos* de vida.

Ele olhou intrigado para o rosto dela, como se estivesse tentando resolver um enigma.

— Eu sei — disse, enfim. — Eu entendo.

O coração dela doía. A verdade, entretanto, é que Nick estava certo. Todos os pequenos números naquela cristaleira não eram abstratos. Eram colares e pingentes que carregavam as vidas de pessoas como o Sr. Larch. Como Margie. Pessoas que amavam e eram amadas.

"Nunca mais", dissera Joan a Nick, quando ele lhe perguntara se ela já havia roubado vida humana. E era verdade quando o dissera. Mas será que continuava sendo?

Ela respirou fundo.

— Eu entendo também — conseguiu dizer. Ele tinha razão. A vida importava.

Joan havia tomado vida de si mesma, para escapar dele. Perto de 30 anos, chutava. Será que seu tempo havia reiniciado quando a linha do tempo mudou? Ou ela já tinha 30 anos a menos? Mais 32 significaria que perderia mais de 60 anos ao final daquilo tudo?

E, quando pensava dessa forma, apesar de seu próprio juramento de *nunca mais*, uma vozinha em sua mente perguntou: *"Você teria roubado de si mesma se ele não desse o exemplo primeiro? Ou teria comprado uma dessas joias?"*

Nick levou um momento para entender o que ela queria dizer. Então ele pareceu enjoado também. Abriu a boca, e Joan quase conseguia ver o que estava pensando: *"Eu não quis dizer que era para você fazer o mesmo."*

A realidade a atingiu de novo. *"Não tome de si mesmo"*, queria dizer. *"Pegue de estranhos que eu não conheço."*

— Eu o amava, sim — ela deixou escapar de uma vez. — Você me perguntou se eu amava ele. — *"Eu amo você. Acho que sempre amarei."*

Outro flash de emoções passou pelo rosto de Nick, suprimido com crueldade. Ele abriu a boca, e Joan prendeu a respiração à espera do que diria.

Mas, quando ele inspirou, Jamie chamou da sala de equipamentos:

— Venham aqui! Olhem só isso!

A sala de equipamentos era surpreendentemente grande; talvez um quarto do tamanho do salão de roupas. Perto da entrada, havia mesas cheias de celulares usados: os tijolões dos anos 90, aparelhos familiares e, de maneira peculiar, nas mesmas bandejas, braceletes e anéis em um arco íris-metálico. Será que eram telefones do futuro? Joan vestiu um, do tom de ouro-rosa com uma ágata preta. Ela levou um susto quando um quadrado branco apareceu na palma de sua mão com a palavra *Olá* em preto, perfeitamente nítida. Ao que parecia, a pedra era algum tipo de projetor.

Ela tirou o bracelete e continuou andando. Mais adiante, encontrou gavetas cheias de facas e armas. Andou mais, abrindo e fechando gavetas de câmeras, microfones, drones e, na mesma seção, pontos adesivos pretos em folhas brancas. Eram câmeras também? Rastreadores?

Ainda mais ao fundo, havia gavetas de óculos escuros, pequenas miniaturas em chaveiros e broches esmaltados que acendiam ao toque. Joan conseguia imaginar a tecnologia que estava embutida nos óculos, mas e as miniaturas e os broches? De que época vinham? Como era aquela época? O que veria se viajasse dois séculos para o futuro? Talvez... Ela cortou o raciocínio assim que se sentiu deslizar na direção do desejo. Não queria *mesmo* ter outro lapso.

— Minha nossa — disse Aaron da porta. — Tem coisa dos próximos três séculos aqui. Se a Corte soubesse...

— Como eles descobririam? Você vai dedurar? — retrucou Ruth.

Aaron revirou os olhos.

— É, no segundo em que eu sair daqui, vou dedurar óculos escuros anacrônicos.

— Aqui! — chamou Jamie do fundo da sala.

Joan o encontrou com Tom, cercado de máquinas quadradas que poderiam ser qualquer coisa, desde impressoras 3D até cafeteiras. Eles as haviam empurrado para o lado, liberando um espaço do piso.

Jamie apontou para baixo. Havia um pedaço de plástico branco na madeira; parecia quase uma palheta de música, só que quadrada.

Ruth se aproximou e olhou para a coisa.

— Onde você conseguiu *isso*?

— Bem aqui — disse Jamie, sério. — No meio dessas coisas.

Aaron chegou naquele momento, com Nick logo atrás, e viu o plasticozinho imediatamente.

— Isso é... — Ele parecia realmente chocado. — Isso é *ilegal*. É tecnologia de um futuro *muito* distante!

O tom de Aaron, mais do que suas palavras, despertou uma memória. Joan havia pegado um dispositivo daquele na Corte Monstro. Jamie o deixara em sua cela de prisão; continha as gravações da criação de Nick.

— Parece só um pedaço de plástico — comentou Nick.

— É um gravador — explicou Jamie. — Pega imagens e sons direto da sua mente. — Ele franziu a testa para o dispositivo, concentrando-se. Um momento depois, uma janela se abriu na parede.

Para o horror de Joan, a vista era a rua sombria que eles haviam visto através da janela da cafeteria. Os prédios escuros, não exatamente vitorianos, as pessoas assustadas com roupas monótonas, a estátua de Eleanor com rosas ao pé.

— O que é *isso*? — perguntou Aaron.

— É a outra Londres, a que nós vimos pelo buraco na linha do tempo — sussurrou Joan. Ela levou um momento para perceber que a vista estava congelada: nenhuma das pessoas se movia. E aquela não era uma janela de fato, era a memória de Jamie do que haviam visto na cafeteria. Ele estava usando o dispositivo para gravar e projetar o que lembrava.

— Parece tão real — murmurou Nick.

Parecia *mesmo*. A janela da cafeteria poderia ter estado bem ali, naquela sala. Joan ficou maravilhada de novo com a memória perfeita de Jamie.

Então a cena descongelou. Joan prendeu a respiração. Ela percebeu mais detalhes dessa vez: a estátua de bronze de Eleanor ficava sobre um pedestal, com o leão alado gravado na base. Mas não era o leão normal da Corte Monstro. Aquele sempre estava posicionado como se estivesse espreitando quem olhasse. Esse estava esticado em um ataque, a boca aberta num rugido.

Movimento chamou a atenção de Joan. Era o homem loiro, que dobrava a esquina correndo. Joan mal conseguia olhar. Era de alguma forma pior agora que sabia o resultado. Aquela van preto-fúnebre estacionou, e o guarda saiu. O rosto do homem loiro se contorceu de medo e resignação. Ele *sabia* que iria morrer; sabia que ninguém iria ajudá-lo.

E ninguém o fez. As testemunhas assustadas espiavam depressa com o canto dos olhos e só continuavam andando.

O guarda matou o homem loiro, depois abriu a parte de trás da van. Joan soltou um grito mudo. Sua mente havia ofuscado a imagem; na hora, mal havia conseguido olhar. Mas a memória de Jamie havia capturado a cena perfeitamente.

Os corpos estavam empilhados em emaranhados indignos, com pescoços, tornozelos e cotovelos em ângulos pouco naturais. Todas as pessoas pareciam tão comuns. Poderiam ser a própria família humana de Joan, seus amigos da escola, seus vizinhos.

Ela viu de novo o sapato preto com a tira estourada. Dessa vez, forçou-se a seguir o pé da pessoa até a perna, o rosto. A mulher morta tinha um corte Chanel reto e rosto redondo com linhas suaves.

— Dezessete — murmurou Nick, com a voz trêmula, e Joan percebeu que ele havia contado o número de corpos.

Ela colocou uma mão na frente da boca. Não era só o horror visceral da coisa. Havia se esquecido o quanto aquele mundo era *errado*, algo evidente até em uma gravação. Algo bem dentro dela dizia que aquilo não deveria existir. Era uma versão corrompida da realidade. Uma linha do tempo incorreta.

Agora uma ondulação percorreu a sala do mercado, estremecendo, e os pelos da nuca de Joan se eriçaram. Era como se a própria linha do tempo estivesse tentando dar o alerta. Como se estivesse tão perturbada quando Joan.

— Foi isso o que você viu? — sussurrou Aaron, e Joan assentiu. Ele estava muito pálido. — Eu senti a linha do tempo reagir — acrescentou, e Joan assentiu de novo. — Como se não suportasse sua existência.

— Esse mundo não existe ainda, e nunca existirá — afirmou Nick. Ele tinha tanta certeza que soava assustadoramente calmo. — Nós vamos impedir isso.

<hr />

Decidiram partir da margem sul, de onde podiam ver a St. Magnus. Perto o suficiente para acessar a igreja, mas não tão perto a ponto de correr o risco de encontrar os guardas de Eleanor por acidente.

— E podemos pegar emprestado um barco Hathaway do ancoradouro quando chegarmos lá — disse Tom.

Eles caminharam juntos pela Ponte de Londres, à luz fraca de lamparinas a gás. A noite estava fresca, e Joan agradecia por isso; todos usavam sobretudos para esconder as roupas da década de 1920. Já haviam planejado o salto inicial. Se tudo desse certo, chegariam em 24 de fevereiro com tempo o suficiente para estudar a St. Magnus. Com sorte, encontrariam Eleanor antes de 5 de março, e, com mais sorte ainda, descobririam quem estava trabalhando com ela. Aaron havia avisado que ela poderia ter aliados com poderes de família inesperadamente fortes, e que, quanto mais soubessem sobre esses aliados, melhor poderiam traçar um plano de ação.

Quando chegaram à margem sul, Owen Argent estava apoiado contra a parede de um galpão, com as mãos nos bolsos; ele se aproximou.

— Ele vem com a gente — disse Tom.

— Tom — retrucou Joan. Aquele não era o combinado. Se Owen viajasse com eles, isso custaria mais trinta anos de vida humana.

Tom correu os olhos de Jamie a Nick, em um gesto cheio de significados.

— Só para garantir — murmurou, sem se desculpar. Ele conferiu a reação de Nick, mas a expressão dele continuou neutra.

— Nick. — Aaron o chamou, curvando elegantemente os dedos. — Está na hora.

Joan umedeceu os lábios. *"Não peça para Aaron fazer isso"*, queria dizer a Nick. A algema dele ainda estava vazia; só um Mtawali conseguiria embutir mais tempo nela. Mas ela tinha uma função reserva; quem estivesse com o controlador podia usar o tempo que havia roubado para arrastar seu prisioneiro junto.

E Aaron ainda era o único deles que sabia usar aquele dispositivo.

"Por favor, não faça isso", pensou Joan de novo. *"Deixe Aaron usar uma joia."*

Mas Nick foi até ele, parando dentro de seu espaço pessoal. Ele era só um pouco mais alto do que Aaron, mas seu corpo musculoso dava a impressão de ser uma muralha ao lado da silhueta mais estreita de Aaron.

— Você tem certeza disso? — perguntou-lhe Aaron, muito sério.

— Tenho — respondeu Nick com firmeza.

— Está bem.

Ele esticou o braço e tocou a nuca de Nick, que inspirou, hesitante, depois soltou o ar.

— Pronto — disse Aaron, suavemente, e Joan ficou dividida entre passar mal ou sentir alívio. Tivera tanto medo de que Nick fosse cair morto como Margie. Então o verdadeiro horror da coisa a atingiu. Nick havia acabado de perder mais de 30 anos de vida. Simples assim. *Puff*, desapareceu. Quanto lhe restava?

— Eu nem senti nada — comentou ele, os olhos um tanto arregalados com a compressão. Monstros roubavam vida humana de maneira tão fácil e secreta que humanos jamais saberiam.

Aaron ainda estava olhando para ele, parecendo desconcertado. Joan apostava que ele nunca havia olhado uma pessoa nos olhos ao roubar seu tempo.

— Vamos viajar daqui? — A voz de Aaron soava um pouco trêmula.

— Não, só um pouco mais adiante — respondeu Tom.

Eles haviam encontrado um ponto entre dois galpões, com vista para o Tâmisa. Tom e Nick foram à frente, e Joan ficou para trás. Estivera protelando tomar tempo de si mesma; estava com muito medo. Só que não podia adiar mais. Estavam quase lá.

Sem se deixar pensar no assunto, ela colocou uma mão na parte de trás do pescoço e arrancou o que esperava serem 32 anos, não mais, não menos.

Assim como da outra vez, foi agoniante, como se estivesse rasgando a própria pele. Humanos pareciam não sentir, mas o corpo de Joan sabia o que ela estava fazendo.

Escutou um som lhe subir a garganta. Da última vez, havia gritado. Dessa, cerrou os dentes com o máximo de força, contendo-se.

— Ei — chamou Aaron, talvez escutando-a. Seus passos pararam na frente dela.

Joan percebeu que estava curvada para a frente, respirando forte demais, tentando controlar a dor.

— Tô nervosa — conseguiu dizer.

Sequer era uma mentira. Ela se forçou a endireitar as costas e levou um susto ao ver Nick logo atrás de Aaron, encarando-a. Ele estivera à frente com Tom um segundo antes. Como havia ido parar lá atrás tão depressa?

Ele havia percebido o que Joan fizera. Deu outro passo, colocando-se à frente dela, e mais outro, quase invadindo seu espaço pessoal. A mão dele se contorceu como se quisesse tocá-la, mas Nick suprimiu o impulso. Olhou-a de cima, com os olhos quase pretos. Sua mandíbula estava tão tensa que ela achou que ia quebrar os dentes.

Joan encontrou a própria voz:

— A gente deveria alcançar os outros.

Depois de um longo momento, Nick assentiu.

Aaron estava claramente intrigado com a troca silenciosa deles. Sabia que algo havia acontecido, mas não o quê.

— Estou nervoso também — ofereceu, e Joan tentou sorrir para ele.

Eles andaram o resto do caminho juntos, com Nick às costas dela. Joan conseguia sentir os olhos dele sobre si até chegarem ao ponto de partida.

Não era exatamente um beco, só um espaço largo entre galpões. O chão era de terra.

Eles tiraram os sobretudos e chapéus do século XIX, descartando-os. Tom colocou Frankie na mochila. Então estavam prontos. Próxima parada, 1923.

Aaron segurou a mão de Joan, de maneira estranhamente reconfortante. Ela não tinha experiência o suficiente para saltar sozinha com precisão, então Aaron navegaria pelos dois. Ele esticou o outro braço para Nick, fechando os dedos em seu pulso tatuado e ativando a algema.

Joan deu uma última olhada em 1891. Era quase meia-noite, mas no rio as pessoas estavam remando barcaças, esfregando conveses. Na margem oposta, trabalhadores do ancoradouro da ponte descarregavam caixotes de uma escuna. Londres nunca dormia. Dali, a St. Magnus era uma torre atrás do ancoradouro. Na época de Joan, seria engolida por uma construção mais nova, mas naquele século se elevava acima de seus vizinhos. Ela imaginou um oásis no meio de Londres. Mais tarde, as pessoas se sentariam naquele pátio em um silêncio pacífico; talvez almoçassem ali; talvez lessem um livro. Não conseguia imaginar nada importante acontecendo na área da igreja. O que Eleanor faria ali para mudar a linha do tempo?

Joan olhou para os outros. Jamie parecia nervoso; Nick, determinado.

— Prontos? — perguntou ela.

— Pronta — confirmou Ruth.

Tom e Aaron assentiram também. Owen deu de ombros.

Tom e Jamie deram um passo, então desapareceram. Alguns segundos depois, Owen sumiu, depois Ruth. Estranho pensar que, se tudo desse certo, chegariam todos no mesmo instante.

— Lembre-se, você precisa saltar quando eu saltar — disse Aaron a Joan. Para Nick, falou: — A linha do tempo nos protege quando viajamos, não vamos aterrissar no meio de uma parede ou enfiados no chão. Mas fique pronto para se abaixar e se esconder. Pode ser que tenha gente por perto. — Ele apertou a mão de Joan. — Ao meu sinal.

Joan fechou os olhos. Para viajar no tempo, para *saltar*, como chamara Aaron, monstros tinham de conjurar em si mesmos um desejo focado em outra época. Ela estivera suprimindo aquela sensação com tamanha ferocidade recentemente que a perspectiva de ceder era aterrorizante e empolgante ao mesmo tempo. E ela também tinha ciência de que estava prestes a gastar 32 anos de vida.

— *Já* — anunciou Aaron.

Joan abriu os olhos e se permitiu *sentir*.

O mundo deu uma guinada.

E eles aterrissaram em meio ao caos.

TRINTA E SEIS

Alguém agarrou o braço de Joan, arrancando-a de Aaron. Ela chutou, e a dor latejou em seu pé ao atingir a canela de alguém. Mas a outra pessoa também se machucou e, grunhindo, soltou a mão de Joan e cambaleou para trás.

Joan tentou entender alguma coisa em meio à bagunça de corpos e gritos, o *"tum"* abafado de punhos contra pele e ossos. Ela golpeou uma mão que tentou segurá-la, e, por perto, Nick fez um som de satisfação quando um corpo tombou pesado no chão.

O que estava acontecendo? Quem os estava atacando? Havia corpos demais espremidos ali, e, à penumbra do amanhecer que se aproximava, Joan não conseguia ver muito dos agressores; eram só braços, torsos e pernas. Sob seus pés, o chão tinha mais atrito do que um minuto antes: parecia ser tijolo em vez da lama escorregadia. E Joan tinha a impressão de que os arredores eram mais abertos; o galpão da direita havia perdido um nível, e dava para ver um trecho maior do céu.

— Já basta! — gritou alguém.

Estranhamente, todos reagiram como se houvessem escutado o sino em um ringue de boxe. Os sons de luta cessaram de imediato. Tom xingou em voz baixa. Joan ergueu os olhos e viu por que todos haviam parado; por que Tom xingara.

Os agressores haviam cercado o caminho, ao menos dez deles, e estavam apontando armas. O coração de Joan disparou. O que estava *acontecendo*? Seus olhos começaram a se ajustar. Os agressores vestiam roupas da década de 1920, uma mistura de ternos e vestidos, esvoaçantes com a brisa que soprava do Tâmisa. Mas as armas não eram da década de 1920. Pareciam as armas daquele preto opaco do futuro, as que Joan havia visto no mercado em Roman Road.

Do outro lado do rio, o ancoradouro havia sido esvaziado e modernizado, a madeira podre substituída por nova. A St. Magnus ainda estava visível, embora cercada por guindastes.

Joan arriscou olhar por cima do ombro. Em 1891, havia uma rota de fuga. Agora, seu coração pesou no peito. Uma parede de tijolos havia aparecido, transformando a passagem em um beco sem saída.

— Calma — disse Tom, com frustração contida.

Joan sentia o mesmo. Todos eles portavam armas, mas não esperavam ser atacados ao chegar. *Como* haviam sido? Chegaram com dez dias de antecedência, e haviam cuidadosamente escolhido um lugar obscuro, longe de casas monstros e estações de trem. Era para passarem os dias seguintes observando e planejando.

— O que está *acontecendo*? — A voz de Aaron tremia.

— É uma emboscada — sussurrou Joan. — Mas como eles sabiam que estaríamos aqui? Estamos *adiantados*.

Uma voz familiar soou naquele momento, baixa e doce.

— Não, Joan. — Eleanor apareceu dobrando a esquina. — O que você é, na verdade, é *previsível*.

Mesmo ali, cercada pelo fedor de decomposição marinha do Tâmisa, Eleanor tinha ares de realeza. Ela caminhava imaculada, com a cabeça dourada para o alto. Vestia pesados brincos de ouro de um padrão intrincado que fazia Joan pensar em joias religiosas do período medieval. Seu vestido era uma lembrança medieval também, de mangas longas com um corte reto, o mesmo estilo que usara na Holland House.

Os agressores haviam formado um semicírculo do lado de fora do beco com Eleanor no centro. Joan conseguia sentir seus poderes coletivos, tão presentes que o próprio ar parecia crepitar com estática.

Quem *eram* eles? Outros membros da Corte? Joan não via nenhum brasão de família.

Com a luta, seu próprio grupo havia sido empurrado para a boca do beco. Era um espaço grande o suficiente para que ficassem em um semicírculo também. Joan calculou a distância até Eleanor. Dez passos, talvez. Alguns segundos para atingi-la. Se fizessem isso, no entanto, levariam um tiro.

— Olha só esse Tom Hathaway, perguntando-se quem foi que traiu vocês — falou Eleanor. Ela ergueu uma sobrancelha para Jamie, que ficou visivelmente pálido com a atenção. — Você se casou com um homem de mente tão desconfiada — disse a ele.

Tom cerrou os dentes.

— Tire os olhos dele.

— Ou o quê? — Eleanor parecia um tanto entretida.

JAMAIS UM HERÓI ❧ 337 ❧

— Ou eu vou arriscar tomar um tiro.

Jamie colocou uma mão no braço de Tom, apertando com tanta força que os nós de seus dedos ficaram brancos. Depois de um longo momento, o queixo de Tom abaixou de leve, atendendo ao pedido mudo de Jamie.

Um sorriso se abriu nos lábios de Eleanor. Ela correu os olhos por eles, um a um, e Joan sentiu profundamente o ódio de Tom quando chegou a vez de Jamie. Depois Aaron, Nick, Ruth. Joan estava furiosa também. Eleanor havia matado suas famílias. Torturado Nick de novo e de novo. Torturado Jamie.

— Então, quem foi? — perguntou Tom, entredentes.

— Não preciso de um informante — respondeu Eleanor. — Não quando Joan é tão previsível.

Por que ela ficava repetindo isso?

— Do que você está falando? — questionou Joan.

— Já falei. Eu te *conheço*, Joan. Te conheço melhor do que você mesma. Eu sei como você pensa. Eu sabia que você estaria *aqui*, na margem oposta, com a St. Magnus à vista. Foi ideia *sua* aterrissar aqui, não foi?

Joan a encarou, sentindo-se subitamente sem chão. Como era possível que ela soubesse disso?

— Gostou da pista que eu deixei? — continuou Eleanor. — Fiz um Ali colocar um selo na igreja. Eu sabia que você acharia que era um sinal de que a linha do tempo mudaria lá.

Joan olhou de relance para os outros. Pareciam todos tão alertas quanto ela se sentia. Estava começando a perceber que aquilo não era uma emboscada. Era uma armadilha. Eleanor os havia atraído para lá.

— Agora você está se perguntando como eu sabia *quando* vocês chegariam — disse Eleanor. — Isso sequer foi um desafio. Você e sua prima foram treinadas por Dorothy Hunt em pessoa. Ela tem uma regra de ouro: mínimo de dez dias do planejamento à missão. Você teria preferido mais, mas tinha medo de que eu mudasse a linha do tempo antes.

Joan engoliu em seco. Ela e Ruth haviam pensado juntas no cronograma, e os outros concordaram.

— Por que você nos trouxe aqui?

— Não se lembra deste lugar? — perguntou Eleanor.

O sol estava nascendo, e o céu clareava. Joan olhou ao redor. Os arcos da Ponte de Londres estavam visíveis a oeste.

— Se eu me lembro? — Ela estava familiarizada com a área, é claro, a Ponte da Torre ficava a leste. Dali a cem anos, o Shard seria construído entre elas.

— Estou falando da Ponte de Londres. Não se lembra?

Joan sentiu a confusão crescer. Conseguia vê-la naquele momento, seus arcos elegantes subindo e descendo como uma serpente na água.

— Não estou falando *dessa* ponte — falou Eleanor, impaciente. — Essa coisa monótona atrás de mim. E com certeza não da monstruosidade de concreto que vão construir mais tarde neste século. Estou falando da *antiga ponte.* A que ficava *aqui.* Dois séculos atrás, a entrada era bem aqui, onde estamos. — Ela virou a cabeça, como se ainda pudesse ver sua extensão, cobrindo toda a distância até a St. Magnus.

Nick se remexeu do outro lado de Aaron, inquieto, tentado pela oportunidade da distração de Eleanor. Joan também ficou tentada. Mas as armas ainda a faziam hesitar, e aparentemente o mesmo valia para Nick. Ele se conteve.

Eleanor havia falado com tanta emoção que Joan se pegou respondendo com sinceridade:

— Nunca viajei tão longe assim para o passado. — Ela havia visto ilustrações da antiga ponte, é claro. Havia sido uma das mais duradouras de Londres: fora construída no século XII e ficara de pé até meados do XIX. Em 1923, entretanto, tudo o que restava era o arco de entrada para pedestres na St. Magnus.

— Era linda — comentou Eleanor, pela primeira vez sem nenhum indício de crueldade. — Uma das maravilhas do mundo. — Ela soava nostálgica ao olhar para o espaço onde antes ficava a ponte. — Dezenove arcos por onde a água corria. Os ousados e os bêbados costumavam disparar pelas comportas em barcos a remo, surfando na maré alta.

Aaron cobriu a mão de Joan com a própria. Ela piscou para ele, confusa, e ele fechou gentilmente os dedos dela em um punho. Apertou uma vez e soltou. Joan levou um segundo para perceber que era uma técnica para ficar ancorada naquele momento e lugar. Aaron a estava ajudando a não se distanciar. Ela assentiu de leve, mantendo a mão no punho cerrado que ele fizera.

Eleanor ainda estava falando.

— Por mais de quinhentos anos, pessoas viveram naquela ponte. Havia casas e comércio... Joalheiros, livreiros, artesãos de luvas, alfaiates. Até uma ponte levadiça para proteger Londres de invasões. E ao centro de tudo ficava uma grandiosa mansão de quatro andares, toda de madeira; não havia um único prego de ferro nela. — A voz dela se suavizou. — Cresci naquela casa. Ainda sonho com ela. A corredeira constante do rio soava feito centenas de cachoeiras.

Joan apertou o punho com mais força. Seus sonhos recentes não haviam sido tão agradáveis. Por meses, sonhara com Nick gritando ao encontrar a própria família morta, com os últimos suspiros da avó.

— Eu *não estou nem aí* para onde você cresceu! — gritou Joan.

Eleanor se virou para ela, com os olhos distantes como se ainda estivesse parcialmente imersa em memórias. Então focou Joan e, por um estranho segundo, pareceu quase em sofrimento. Joan não conseguia acreditar. *Eleanor* estava sofrendo?

— Você *destruiu minha vida*! — exclamou Joan, a raiva borbulhando até a superfície. — Minha família *morreu* por sua causa! A família do Aaron morreu! Do Jamie! Do Tom! Do Nick! — Ela sentiu Nick se remexer com isso, confuso. Ele não sabia o que Eleanor havia lhe feito. O que ela o manipulara a fazer. — Você torturou o Jamie. — E ele tinha pesadelos com *isso*. — Acha que *algum de nós* se importa com a *sua* vida?

— Você realmente não se lembra de nada, não é? Não se lembra da casa?

Do que ela estava falando?

— Por que *eu* me lembraria? Por que me importaria com uma casa que não existe há mais de 200 anos?

— Porque era a *sua* casa — disse Eleanor, e agora não apenas aparentava sofrimento; sua voz também estava carregada de dor. — Era *nossa*! Nós crescemos juntas lá. E tudo isso... — Ela apontou para o trecho de margem norte e sul. — Tudo isso era da nossa família! Era dos Grave!

Joan a encarou.

— O quê? — As palavras saíram como um sopro quase inaudível. *"A sua família"*, dissera Ying. *"Os Grave."* Joan mal havia começado a processar o que ele havia contado. E realmente não conseguia processar o que estava acontecendo ali. Ela balançou a cabeça em negativa. — Você e eu *não somos* uma família!

— Somos sim, Joan. — A dor ainda sombreava sua voz. — Não igual você e *ela*. — Eleanor ergueu o queixo na direção de Ruth, que a fuzilou com os olhos.

— Você está errada. Ruth *é* minha família! — retrucou Joan. Era impossível que ela fosse parente de Eleanor. A pessoa que havia brutalmente convertido Nick em um assassino. Que o havia empurrado para um caminho de massacre de todas as famílias monstro, incluindo a de Joan. Que a provocara com as mortes Hunt.

— Quem são os Grave? — perguntou Tom.

Eleanor cerrou os dentes.

— Há doze famílias monstro em Londres agora, mas já existiu uma 13ª família... os Grave. — Uma rajada de vento soprou do rio, fazendo ondular a base de seu vestido pesado. — Nosso território era *aqui*, os arredores da Ponte de Londres. Nosso quintal era o Borough Market e o Globe original.

Joan ainda estava encarando. Ying havia lhe contado sobre os Grave, mas alguma parte dela não quisera acreditar.

— Uma 13ª família? — disse Ruth. Aaron também parecia confuso. Só Jamie não estava surpreso. *"Mas apenas os Liu se lembram que uma vez existiu outra família."*

— Ruth... — chamou Joan. Famílias monstro não eram divididas por sangue, mas por poder. Joan tinha o poder Grave, e no mundo monstro isso fazia dela uma Grave, não uma Hunt. Mas *Ruth* ainda a consideraria parte da família, certo? Joan pensava *nela* como família, considerava a si mesma uma Hunt.

— Não entendo — murmurou Ruth. Ela se virou para Eleanor. — Você disse que *uma vez existiu*? O que isso significa? Por que nunca ouvi falar deles?

— Algumas pessoas chamam de *Damnatio memoriae* — respondeu Eleanor, e Aaron prendeu a respiração em resposta, chocado. — O Rei puniu os Grave apagando-os da linha do tempo. — Eleanor se virou de novo para aquele lugar vazio no céu onde uma vez havia sido a casa Grave. — Ele arrancou a maioria de nós pela raiz. Matou nossos ancestrais mais longínquos para que seus filhos e os filhos de seus filhos e os filhos *deles* nunca nascessem. E não puniu apenas nós. Ele assassinou pessoas de outras famílias que protestaram, amigos leais, aqueles que nos abrigaram. No final, se alguém se lembrava de nós, não ousava sussurrar nosso nome.

— Como *você* sobreviveu? — perguntou Joan. Como ela mesma havia sobrevivido?

Eleanor só ficou olhando para ela, e Joan sentiu a própria respiração falhar. Ela odiava Eleanor, *odiava*. Mas não conseguia deixar de sentir horror pela situação dela. Sabia como era perder toda a família.

Mas... aquela era a família *de Joan* também. Estaria de luto por eles, caso se lembrasse. Se Eleanor estava dizendo a verdade, a punição do Rei havia funcionado em Joan. E ela não conseguia entender isso. Sentia horror e empatia por aquela família perdida e pelas pessoas que haviam tentado protegê-los, mas não era algo profundo. Não era nada como o que havia sentido quando os Hunt morreram.

Não. Isso não era exatamente verdade. Havia algo que ressoava em seu peito quando pensava nos Grave, como se seu corpo se lembrasse do que a mente havia esquecido. Ela foi lembrada da sensação suprimida de quando pensava na mãe.

E tudo isso significava que sua mãe havia sido...

Joan afastou a ideia. Não podia lidar com isso naquele momento.

— Apagados — murmurou Aaron. Joan conseguia imaginar no que ele estava pensando. Era por isso que a mãe *dele* havia morrido, porque tentara proteger um membro da família Grave. E o próprio Aaron tinha o verdadeiro poder Oliver, a habilidade de diferenciar famílias entre si. Sem saber, ele havia sido designado desde a infância a encontrar os últimos Grave. Terminar o apagamento que o Rei havia começado.

Joan percebeu então que Aaron havia visto Eleanor como uma Nightingale. Ela devia ter conseguido se disfarçar de alguma forma. Eleanor desviou a atenção do céu

JAMAIS UM HERÓI ❧ 341 ❧

vazio. Seus olhos azuis estavam sombreados com agonia, e, por uma fração de segundo, Joan conseguiu ver tudo o que ela escondia lá dentro. Era como um vislumbre do próprio vazio, um poço sem fim de tristeza. E a percepção de Joan subitamente mudou. Havia achado que Eleanor queria tomar o poder do Rei, mas viu então o que ela realmente estava fazendo.

— Você quer criar uma nova linha do tempo — sussurrou — porque quer trazer eles de volta. — Era o que Joan havia feito da última vez pelos Hunt.

As mãos de Eleanor se fecharam em punhos.

— Eu *vou* trazê-los de volta.

A própria Joan havia dito algo muito parecido com isso quando os Hunt morreram. *"Vamos desfazer o que aconteceu"*, dissera a Ruth. *"Vamos trazê-los de volta."* Como havia deixado passar as fissuras daquela máscara de gelo de Eleanor? Como não havia percebido a dor dela sendo que já havia sentido a mesma coisa? Joan sentira um desespero focalizado depois do massacre dos Hunt. *Nada* a teria impedido de trazê-los de volta.

Ou teria?

Ela viu de novo os corpos emaranhados na van. O pavor no rosto das testemunhas.

Precisava existir uma forma de explicar a Eleanor o que ela havia visto. Eleanor não estaria trazendo de volta a verdadeira linha do tempo, mas sim desencadeando algo horrendo.

— Você tem planejado criar um mundo em que monstros reinem. — disse-lhe. — Mas, se só quer trazer os Grave de volta, então...

— O que eu quero — retrucou Eleanor, com dureza —, o que eu vou *conquistar*, é um mundo em que *ninguém* poderá machucar minha família de novo. Nenhum humano e nenhum monstro. Vou criar um mundo em que eles vão sobreviver, aconteça o que acontecer.

— Eleanor... — começou Joan, e o rosto de Eleanor se contorceu um pouco. Joan hesitou, então percebeu que nunca havia dito o nome dela em sua presença.

— Você realmente não me conhece? — Era um sussurro. — Realmente não se lembra de mim?

Joan se sentiu abalar pela falácia lógica e pelo tom momentâneo de não violência. Ela estudou o rosto bonito de Eleanor, o rosto de um conto de fadas, tentando encontrar *algo* que reconhecesse. Mas não sentia nada além de desconfiança. Era assim que Aaron se sentira quando Joan lhe disse que ele *a* havia conhecido uma vez? A ideia partiu seu coração.

Será que Eleanor sempre havia sido assim? Ficava falando com Joan como se já houvessem sido próximas. *"Era a sua casa"*, dissera ela. *"Nós crescemos juntas lá."*

Mas...

Joan e Nick estiveram juntos na verdadeira linha do tempo, e Eleanor os havia separado. Havia torturado Nick e o deixado órfão pelas mãos de um monstro. Ela o transformara em um matador de monstros, e depois ele havia liderado o massacre da família de Joan.

Eleanor *tinha* que saber que a linha do tempo ficaria forçando os dois a se encontrarem depois disso. Ela os havia quebrado tanto que eles ficariam machucando um ao outro até a morte. Era cruel demais e elegante demais para ser um acidente.

Uma onda de raiva percorreu o corpo de Joan de novo.

— Eu sei o bastante — disse. — Eu sei que você tentou destruir as vidas de todos nós! Sei que ainda está tentando!

Raiva percorreu o rosto de Eleanor. O momento de ternura havia passado.

— Você nunca muda — esbravejou ela. — Você sempre fica do lado errado. — Ela cerrou os dentes. — Acha que *eu* destruí a *sua* vida?

— Você *destruiu*. — Por que Eleanor estava sequer questionando isso? — Você *sabe* que destruiu.

Eleanor deu um passo na direção dela, e Nick se remexeu de novo. Ele queria agir. Seus olhos correram por um homem ruivo e uma mulher morena atrás de Eleanor. Os dois tinham armas apontadas para ele.

— Você sabe por que os Grave foram punidos? — perguntou Eleanor a Joan, com a voz suave. — Sabe por que o Rei apagou nossa família da história?

Ying não sabia. Joan balançou a cabeça. Ela havia acabado de descobrir que os Grave existiam. Mas sentiu-se ficar tensa.

— Foi por causa de *você* — rosnou Eleanor. — Você e *ele*. — Ela olhou para Nick. — Tudo o que eu estou fazendo agora é culpa de *vocês*.

— Do que está falando? — perguntou Joan, balançando a cabeça de novo. Como era possível que ela e Nick fossem responsáveis por algo que o Rei havia feito?

Eleanor cerrou os punhos.

— Vocês dois convenceram a nossa família de que poderia existir paz entre humanos e monstros. Vocês os convenceram a buscar essa paz.

Joan sentiu o próprio queixo cair. A testa de Nick se franziu; ele também não esperava escutar isso. Mesmo assim, a verdade das palavras de Eleanor ressoou dentro de Joan como um sino.

Pouco antes do fim, Nick havia oferecido paz a Joan. Ele havia sugerido exatamente aquilo, e ela rejeitara. Ela o desfizera.

Joan engoliu em seco. Havia imaginado que a Joan da verdadeira linha do tempo sequer soubera que era um monstro. De que outra forma poderia fazer seu relacionamento com Nick funcionar? Mas talvez *aquela* fosse a forma. Talvez ela e Nick houvessem tentado unir monstros e humanos.

— *Você* queria impedir os monstros de viajarem — disse-lhe Eleanor, e Joan tentou processar isso também. — Que arrogância a sua! Convencer nossa família a ir contra nosso direito de nascença!

— Eles concordaram? — perguntou Joan, chocada. Pela raiva que transbordou do rosto de Eleanor, *concordaram*. Joan não conseguia imaginar isso. Poderia uma família monstro inteira ter sido convencida de que a paz com os humanos era possível?

Quem *haviam sido* os Grave para dar ouvidos a Joan e Nick? Ela sentiu de novo uma vibração no peito. Um eco da dor que não conseguia sentir conscientemente. A memória do corpo.

— *Você* discordou — falou Aaron a Eleanor. Joan piscou para ele com a interrupção inesperada.

— Monstros *devem* viajar no tempo — retrucou Eleanor, erguendo o queixo.

— Roubar vida não é um direito de nascença de ninguém — afirmou Nick, com tanta severidade quanto ela. Os olhos de Eleanor escureceram ainda mais; Joan sentiu uma pontada de medo. Ainda havia armas viradas para eles.

— Então você os denunciou ao Rei — disse Aaron a Eleanor. E Joan também se surpreendeu com isso. Não teria feito a conexão. Sequer sabia se era verdade até a expressão de Eleanor se tornar desafiadora.

Aaron a encarou com olhos frios. Ele odiava deslealdade.

— Você contou para a Corte? — perguntou Joan para ela. — Você denunciou a gente?

— Passei para o Rei a informação de que havia conversas de paz com humanos. Presumi que ele interviria e colocaria fim à coisa. Mas... — A voz dela falhou. Fez um esforço visível para forçar mais palavras a saírem, sussurradas a Joan: — *Você* colocou essa ideia na cabeça deles. Nossa família *jamais* teria considerado negociar com humanos se não fosse por *você*.

Joan abriu a boca, mas nenhum som saiu. Ela conseguia visualizar tudo com muita clareza.

— O Rei não colocou fim às conversas — afirmou. Sequer se lembrava daquilo, mas sentia uma onda de horror como se se lembrasse.

— O Rei só enxergou traição. Ele puniu nossa família toda por uma coisa que *você* começou! — As emoções dela estavam completamente visíveis em seu rosto agora. Eleanor culpava Joan pelo que havia acontecido; *odiava-a*. — O Rei matou nossa família por causa de *vocês dois*.

Joan teve um vislumbre da tortura de Nick de novo: o nariz quebrado, o braço quebrado. *"De novo"*, dissera Eleanor com gosto. *"De novo."* Nick havia sido torturado de novo e de novo. E era por *isso*. Por isso Eleanor havia escolhido Nick para ser o herói, por que havia sentido tanto prazer com a dor dele.

— Eu queria ter estado lá quando ele matou os Hunt — disse Eleanor suavemente a Joan, e Joan estremeceu. — Queria ter visto seu rosto quando você precisou correr para se salvar dele.

Nick fez um barulho baixo, como se houvesse sido esfaqueado.

— Foi por isso? — perguntou. Joan sabia o que ele queria dizer. Estava perguntando se havia sido por isso que ela desfizera o herói.

Joan não conseguia sequer se forçar a assentir com a cabeça. Sequer conseguia assimilar o que estava ouvindo.

Os olhos de Eleanor faiscavam ao olhar para ela agora.

— Isso começou com vocês dois tentando conseguir paz entre humanos e monstros, então eu voltei um contra o outro. Eu o transformei em um matador. Alguém que machucaria você, que você machucaria de volta, até nenhum dos dois suportar mais. Para que vocês sentissem uma *pitadinha* de como eu me sinto todos os dias da minha vida. — Ela lançou um sorriso leve e cheio de fúria a Joan. — Eu o transformei em um matador porque você o amava e ele te amava. Porque, se ele matasse quem você mais amava, você nunca mais confiaria nele de novo. Porque, quando você lutasse de volta, ele a veria como o monstro que é. Ele nunca confiaria em *você*. E funcionou, não foi? Vocês nunca mais conseguirão buscar a paz. Nunca mais sentirão o mesmo um pelo outro.

Joan foi mergulhada de volta em suas piores memórias: a respiração falha da avó, seu sangue escorrendo para o carpete; o olhar no rosto de Nick ao ver os irmãos e as irmãs, os pais, mortos.

Nick fez outro som. Esse foi do fundo da garganta.

— Eu queria machucar você, mas esse não foi o único motivo para transformá-lo em um matador — continuou Eleanor.

A garganta de Joan estava tão apertada que doía para engolir.

— *Por que*, então?

— Eu te falei. — A voz de Eleanor soava tão apertada quanto. — Vou trazer a nossa família de volta.

Joan balançou a cabeça. Não entendia. Como qualquer parte daquilo traria os Grave de volta?

— Por que um monstro criaria um matador de monstros? — O tom de Eleanor era quase debochado.

Era a pergunta que Joan ficava fazendo a si mesma. Nick não havia matado monstros em assassinatos focados e pontuais. Ele havia massacrado monstros de maneira indiscriminada. Como era possível que isso fosse parte de qualquer plano?

— Depois que o Rei apagou nossa família — disse Eleanor —, eu fui procurar *ele*. — Ela apontou com a cabeça para Nick. — Ele não se lembrava de mim, é claro. — Para Nick, disse: — Eu fiz uma pessoa espancar você. Ela quebrou seu nariz. Foi mais satisfatório do que você conseguiria imaginar.

A expressão de Nick não mudou.

— Corajoso da sua parte.

Eleanor deu de ombros.

— Eu usei meu poder Grave para desfazer o espancamento. No fim, você estava imaculado e seu nariz, inteiro. Isso foi *menos* satisfatório, mas era uma prova.

— Prova de quê? — perguntou Joan.

— De que a linha do tempo permitiria que ela fizesse uma mudança. — Era Tom. Ele havia entendido primeiro.

— Uma pequena mudança, sim — concordou Eleanor. — Insignificante. Tive que ir aos poucos para me certificar de que a linha do tempo não percebesse o que eu realmente planejava. Eu quebrei os ossos de Nick de novo e de novo. Consertei de novo e de novo. Matei a família dele e os trouxe de volta. — Nick ficou tenso com isso. — E aí eu repeti tudo.

Joan teve outro vislumbre dele com o nariz quebrado. Chorando. Gritando. Implorando pelas vidas dos familiares. *"De novo"*, dissera Eleanor. *"De novo. De novo."* E Nick fora torturado de um jeito completamente diferente. *"De novo."* Eleanor o havia machucado, reiniciado e machucado de novo.

— Por quê? — indagou Joan.

— Eu tinha uma teoria... de que, se eu pudesse mudar a história pessoal de alguém de novo e de novo, a linha do tempo acabaria perdendo controle sobre essa pessoa. Eu me lembro da primeira vez que ele matou um monstro sem a linha do tempo tentar consertar. — Eleanor riu. O tom de triunfo fez Joan estremecer. — Foi então que eu soube que havia conseguido. Havia criado um ponto fraco na linha do tempo.

Ying dissera que eventos poderiam ser mudados em pontos fracos. *Nick* era um ponto fraco?

— Eu havia criado alguém que podia mudar a linha do tempo à vontade — continuou Eleanor. — E eu o fiz perfeito. — Ela se virou para Nick de novo. — Você era *perfeito*. Mandei um monstro matar sua família para você nos odiar. Odiar *Joan*. Aí treinei você para ser o matador perfeito. O herói humano perfeito. Minha obra de arte.

— Ela sequer estava debochando; era tudo sincero. Alguma parte dela realmente o via como sua obra-prima.

Nick encarou Eleanor com uma frieza que Joan nunca havia visto nele.

— Você foi atrás de monstros com uma fúria justificada — disse Eleanor assim que notou a expressão. — Toda vez que matava um monstro, você se tornava mais distante da linha do tempo. Ainda mais capaz de causar mudanças.

— Não importava quem ele matasse — concluiu Joan, devagar. — Era a matança que importava. Você só o queria mais e mais livre das amarras da linha do tempo.

Joan pensou em como Aaron havia jogado uma pedra no canal e lhes dito para observar as ondulações sumirem. Ela imaginou Nick como uma onda que não podia ser alisada. As mudanças que ele causava continuavam existindo. Joan estremeceu.

Percebeu então que *ela* havia mudado a linha do tempo ao desfazer Nick. Era por isso que havia conseguido? Porque Nick era especial? Porque ele era um ponto fraco na linha do tempo?

— *Para que* você me criou? — perguntou Nick, despertando Joan de seu devaneio. — Que mudança você queria que eu fizesse? Precisa que eu traga os Grave de volta? *Como? O que espera o que eu faça?*

O sorriso de Eleanor ainda era suave e particular, como se estivesse rindo de uma piada interna.

— Por que você nos trouxe *aqui*? — questionou Joan de súbito. Estivera esperando que Eleanor tentasse mudar algum evento significativo. Que ela mudasse *algo*. Mas só estava parada lá, conversando com eles.

— Sinceramente? Eu poderia ter feito isso em qualquer lugar. Mas achei que seria poético mudar a linha do tempo onde o Rei mudou. Trazer nossa família de volta aqui, no nosso próprio território, no lugar exato onde ele matou os primeiros de nós. E, quando eu criar a nova linha do tempo, ninguém vai encostar na nossa família de novo. Nem o Rei. Nem humanos. Nem ninguém.

A inspiração seguinte de Joan tremeu. Ela via a visão total de Eleanor agora.

A linha do tempo que haviam visto pela janela não era um erro. Os horrores não eram um terrível efeito colateral do plano de Eleanor para trazer os Grave de volta. Aquele mundo seria *exatamente* o que Eleanor queria que fosse.

Ela queria criar um mundo em que os Grave nunca mais questionassem o que ela havia chamado de *direito de nascença*: um mundo em que monstros roubariam vida com impunidade; em que humanos e monstros nunca imaginariam se unir em paz; em que nada como o passado jamais aconteceria de novo.

E talvez os Grave vivessem de novo, mas seria um pesadelo para os humanos. Joan visualizou aquela rua terrível: o terror do homem loiro e sua resignação. Ele sabia que o monstro drenaria sua vida; sabia que seu corpo seria jogado na traseira da van como lixo.

— Não podemos deixar você criar um mundo em que monstros reinem — disse Nick a Eleanor, com a raiva latente na voz.

Ele tinha razão.

— Não podemos deixar — reforçou Joan.

A boca de Eleanor se contorceu.

— Você realmente sempre escolhe o lado errado, Joan.

Antes que Joan pudesse sequer pensar no próximo passo, um borrão se movimentou à sua direita. Nick correu até Eleanor, e Tom apenas um instante depois. Eles haviam se comunicado de maneira silenciosa enquanto ela falava.

Quase tão depressa quanto, os dois foram arremessados violentamente para trás como que por uma força invisível.

— Tom! — gritou Jamie, correndo até ele.

Joan correu para Nick sem pensar. Ele já estava se levantando. Tom havia caído de lado para evitar que Frankie se machucasse. Ela saltou de dentro da mochila e abanou o toquinho de rabo como se estivesse brincando.

Tom olhou para a mulher de cabelo escuro atrás de Eleanor; ela tinha a mão erguida.

— Uma boa mestre do poder Ali — rosnou ele.

— Não quero matar você, Tom Hathaway — disse a mulher. — Eu sei que sua irmã é uma Ali.

— Este é o seu último aviso — retrucou Eleanor, de maneira direta. — Tentem isso de novo e alguém leva um tiro. — Ela olhou para Jamie, séria, depois para Joan, e Tom fez um som no fundo da garganta. Nick olhou para Eleanor como se estivesse prestes a matá-la. — Não adianta lutar comigo, de qualquer forma. A mudança já começou. Começou quando você trouxe ele aqui.

— O quê? — perguntou Joan.

Em resposta, Eleanor deu um passo para trás e ergueu os olhos. O céu havia se iluminado com um branco opaco. Mas não deveria estar mais claro agora? Joan percebeu que não havia escutado nenhum som ambiente por alguns minutos: o rio e as docas haviam silenciado. Perto da St. Magnus, um barco a vapor estivera manobrando no ancoradouro. Agora não se mexia. Fumaça cinza pairava acima de sua chaminé em uma espiral congelada.

Eleanor reparou que Joan estava encarando.

— Você está tão deslocada nesta linha do tempo — falou, quase gentil. — Sequer entendeu o próprio poder? O que você pode fazer? — Ela varreu o ar com a mão, em um gesto quase que de dispensa. Ao fazê-lo, o familiar e insuportável zumbido dissonante começou.

Joan se espantou ao perceber o que Eleanor havia acabado de fazer. Havia um selo Ali sobre eles aquele tempo todo. Eleanor o havia aberto com a mesma facilidade que alguém limpando vapor de uma janela. Ela era *muito* mais forte do que Joan pensava que era. E, ao abrir o selo, revelara um grande rasgo na linha do tempo acima deles.

Aaron grunhiu com náusea. Jamie e Ruth se curvaram a seguir. Até Nick ficou pálido.

Os rasgos na cafeteria e na Holland House haviam sido minúsculos em comparação com aquele. Esse dilacerava o céu, uma cicatriz azul entre as nuvens brancas.

Eleanor tinha os braços erguidos, e Joan quase conseguia ver o poder fluindo dela, abrindo o selo para revelar mais e mais daquele céu rasgado.

— Feche esse selo de volta! — gritou Tom. — Feche *agora*, antes que o rasgo aumente!

Será que Joan podia fazer alguma coisa? Ela focou a chama de poder dentro de si, e focou as mãos de Eleanor, tentando desfazer seu fluxo de poder desde a origem.

— Pare com isso! — esbravejou Eleanor. — *Pare!* — Seu tom, estranhamente, lembrava Joan do de Ruth quando elas brigavam na infância. O tom irritado que se usa com a família.

Estava tão brava que Joan percebeu com um susto que seu próprio golpe devia ter feito *alguma coisa*. Ela se concentrou. O poder de Eleanor era quase visível, como uma distorção de calor no ar.

Joan liberou seu poder contra ela de novo, e dessa vez tentou manter um fluxo constante.

— Pare com isso! — repetiu Eleanor. Talvez estivesse funcionando.

Mas então o poder de Eleanor ganhou vida, uma muralha de fogo contra as chamas de Joan. Joan soltou um grito mudo, quase sentindo um calor real. Seu próprio poder não tinha como competir com aquilo.

— Você realmente lutaria comigo? — disse Eleanor, severa. — Depois de ter sacrificado tudo para salvar os Hunt? Se você se lembrasse da sua *verdadeira* família, estaria fazendo qualquer coisa para trazer *eles* de volta! — A expressão dela se contorceu de novo, só por um momento. — Por céus, olhe o que o Rei fez! *Toda a nossa família está morta*. E você nem se lembra deles! Não sente saudades! Não sente nada!

Não era exatamente verdade. Joan sentia alguma coisa, uma pressão vibrando no fundo de seu peito. Talvez Eleanor tivesse razão. Talvez, se Joan *pudesse* se lembrar dos Grave, estivesse lutando por eles também.

Mas ela só podia agir com base no que sabia.

— *Você* precisa parar! — gritou a Eleanor. — Aquele mundo é *errado*! Eu o *vi*! Você vai fazer as pessoas sofrerem!

— Vai engolir a gente! — disse Tom.

Joan ergueu a cabeça e viu aquele medonho céu azul descendo sobre eles.

Um tremor passou subitamente rugindo por onde estavam, mais um terremoto do que um trovão. Reverberou por todos os ossos de Joan em uma nota grave e longa, muito longa.

O rosto de Eleanor disparou para cima.

— O que foi isso? — sussurrou Ruth.

— O que foi o quê? — perguntou Nick, e Joan percebeu que não havia sido um som de fato. Só os monstros haviam percebido.

— Não — sussurrou Eleanor.

Uma labareda surgiu à frente de Joan. Ela se esquivou para trás, protegendo os olhos, mas então percebeu que o clarão não era algo que pudesse realmente ver. Era uma interpretação de seu sentido monstro.

Um homem estava saindo do meio do ar. Emanava tanto poder que olhar para ele parecia como olhar para a face do sol.

Os olhos de Joan lacrimejaram com o esforço de tentar vê-lo. Ele era bonito, mas ela não conseguia distinguir muito mais além disso. Sua percepção parecia estar oscilando de alguma forma. Ele parecia idoso e jovem ao mesmo tempo; terrível e benigno; alegre e sério.

O homem falou. Joan esperava que a voz combinasse com sua presença, que fosse o ronco de um trovão, mas ele soava surpreendente humano. Dirigiu-se a Eleanor:

— Você achou mesmo que eu permitiria isso? Achou que eu não saberia? Estou ciente de cada momento, cada ondulação na linha do tempo.

Ao lado de Joan, Aaron inspirou com força, chocado, como se houvesse percebido quem era o homem. Ele caiu de joelhos e abaixou a cabeça em uma reverência. Não era o único. Os aliados de Eleanor estavam abaixando as armas e indo ao chão, de barriga para baixo, com os braços estendidos.

— Joan — falou o homem. — Você mandou uma mensagem para a Corte. Chamou Conrad para salvá-los.

Ele ergueu a mão, golpeando preguiçosamente o céu. E a linha do tempo respondeu feito um obediente animal de estimação; o trecho azul desapareceu do ar como se nunca houvesse estado lá, fechando-se de volta em um céu branco. Joan deixou o queixo cair com a imensidão daquele poder.

— Você chamou Conrad — repetiu o homem. — Mas eu acho que precisa mesmo é de um rei.

TRINTA E SETE

O Rei estava fora do beco, de costas para o rio. Ele lembrava um urso, mais alto e mais largo até do que Tom. Ou será que não? A percepção de Joan acerca dele ficava mudando: ele era idoso e jovem, o rosto marcado e liso; vestia peles pré-históricas ou talvez um terno futurista. E Joan achando que Eleanor e seus aliados eram fortes... O poder do Rei transbordava como raios de sol. Era difícil olhar diretamente para ele; os olhos de Joan ficavam desviando.

— O que você *fez*? — sussurrou Eleanor para ela.

Joan não conseguia responder. Havia pedido a Ying para enviar uma mensagem a Conrad, dizendo que Eleanor havia se voltado contra o Rei. Não imaginara que o próprio Rei apareceria. Esse homem não havia só matado os Grave, havia apagado a memória deles. Sua presença ali era mais assustadora do que Eleanor.

— Aqueles que estão de joelhos podem se levantar — disse o Rei em sua voz estranhamente humana. — E depois ficarão todos onde estão. — O tom era de uma conversa casual, mas Joan sentiu a pressão do seu poder, uma ordem impossível de desobedecer.

Ela começou a se remexer, mas percebeu com uma onda de horror que não conseguia levantar os pés do chão. A sensação não era de controle mental; era como se seus sapatos houvessem se fundido com o calçadão de madeira. Ela tentou tirá-los, mas não conseguiu sequer deslizar o pé. Tentando não entrar em pânico, ergueu os braços só para ver se conseguia. Uma onda de alívio a percorreu. Só seus pés estavam presos.

Era assim que humanos sentiam o poder Argent? Assim que Nick havia se sentido? Ela se virou pra olhá-lo, mas ele só parecia sério como se houvesse testado os próprios pés e se descoberto preso também.

Entre eles, Aaron levantou trêmulo. Quando terminou de se endireitar, Joan viu seus pés congelarem também. Ele estremeceu. A pele nua de seu pescoço era uma linha pálida acima do colarinho, que Aaron dobrou para cima.

Joan já estava a meio caminho de subir a própria gola quando reconheceu a necessidade inconsciente de proteger a nuca. Correndo os olhos para o lado, percebeu que os outros faziam o mesmo. Todos haviam sentido? Os arrepios na nuca de um perigo primitivo vindo do Rei? O corpo de Joan achava que estava perto demais de um predador, quase conseguia sentir o cheiro almiscarado. E ela não tinha como fugir.

— Querida Eleanor — chamou o Rei, e Eleanor o encarou com um ar desafiador. Ela parecia muito mais capaz do que Joan de olhá-lo no rosto, mas seus pés estavam grudados no chão como os dos demais.

E isso lançou outra onda de medo pela espinha de Joan. Eleanor era o membro mais temido da *Curia Monstrorum*. Havia levado aliados até ali para congelar o mundo ao redor deles, para brandir o poder Ali como uma arma, e sabe-se lá o que mais. E, ainda assim, apenas algumas palavras do Rei a haviam subjugado.

— Você realmente achou que sua irmã precisava me chamar? — continuou ele. — Eu vejo todos os eventos da linha do tempo, todas as flutuações. Eu sabia desde o momento em que você pensou em me trair.

Irmã?

Por um longo momento, o mundo não pareceu fazer nenhum sentido. *Joan* havia pedido ajuda. Por que o Rei havia mencionado a irmã de Eleanor?

Eleanor viu a expressão confusa de Joan, e seus lábios se apertaram até ficarem brancos.

Então tudo o que Joan conseguia fazer era olhar fixo para o rosto bonito dela, suas ondas de cabelo dourado, seus olhos azuis como safiras. Por que Eleanor não estava negando aquilo? Elas *não tinham* como ser irmãs. Não eram nem um pouco parecidas. E alguma parte de Joan se lembraria dela. Com certeza.

— Eu a recompensei por sua lealdade uma vez — disse o Rei a Eleanor. — Dei-lhe sua vida. Uma posição em minha Corte.

— Chama isso de recompensa? — retrucou ela. — Me manter viva depois de apagar toda a existência da minha família? Me dar este brasão? Os Grave já foram a família mais poderosa de Londres, e agora ninguém sequer lembra o nosso nome. — Ela se virou para Joan, e sua expressão estava tão carregada de emoções que era impossível desviar os olhos. — Minha própria irmã não se lembra de mim — falou, rouca.

— Eu não sou sua irmã! — gritou Joan, e Eleanor inspirou de maneira visivelmente trêmula, como se essas palavras a houvessem ferido de verdade.

Não podiam ser irmãs. Eleanor havia feito coisas que Joan jamais entenderia. Ela havia torturado Nick e Jamie. Ferido as pessoas que Joan mais amava. Treinado Nick e o soltado no mundo. Ele havia massacrado centenas e centenas, talvez milhares, de monstros. A própria família de Joan, inclusive.

Eleanor a provocara com isso. A trancara em uma cela.

— Nós crescemos juntas — disse ela a Joan naquele momento. Sua voz estava falhando? — Você só está aqui porque eu também estou.

Joan estava ciente de que os outros escutavam, até o Rei. Mas só conseguia olhar para Eleanor. Presa no lugar como os demais e diminuída pela proximidade com o porte largo do Rei, ela parecia menor do que antes. O mundo ainda estava congelado ao redor deles e, sem nenhuma brisa, o vestido medieval dela escorria solto.

— Eu não acredito em você — afirmou Joan, com sinceridade, e *mais uma vez* Eleanor a olhou como se estivesse magoada.

— O Rei me recompensou com minha vida. Para garantir isso, ele precisou preservar toda a minha linhagem, todo ancestral até minha mãe. *Nossa* mãe.

— Minha mãe era Maureen Hunt.

— *Nossa* mãe era Maureen *Grave*! Ela foi marcada para execução assim que eu nasci. Mas... — A voz de Eleanor falhou por um instante. — Ela sempre foi esperta. Havia rumores de que tinha escapado, salva por uma Nightingale. De que tinha fugido por uma série de esconderijos.

Joan se pegou virando, trêmula, para Aaron. Os lábios dele estavam parcialmente abertos, os olhos arregalados. A mãe dele era uma Nightingale, e havia sido assassinada por ajudar alguém como Joan. Um membro da família Grave, ela sabia agora.

A mãe dele havia tido um esconderijo em Southwark. Será que ela salvara a mãe de Joan? Joan imaginou as duas encolhidas naquela casa, no escuro, sabendo que o Rei as estava caçando.

— Nossa mãe deve ter conhecido seu pai depois de escapar — continuou Eleanor. — Eles estavam juntos na *zhēnshí de lìshǐ*, então a linha do tempo teria aproximado os dois. E aí... Suponho que ela tenha buscado refúgio com os Hunt. Eu deveria ter imaginado. Ou talvez não, ela e nossa avó nunca se deram bem.

— Nossa avó?

— Dorothy Hunt. Ela é minha avó também. Mas, sinceramente, eu também nunca me dei bem com ela. Nossa mãe costumava dizer que éramos parecidas demais, farinha azeda do mesmo saco.

Ela não soava como se estivesse mentindo, mas Joan não conseguia processar o que ouvia. *Nada* acerca de Eleanor lhe era familiar. Sua forma precisa e jeitosa de falar não era familiar; nem suas feições de boneca; nem sua crueldade casual. Porém, ao mesmo tempo, Joan teve um vislumbre de Nick se apresentando como se eles nunca houvessem se encontrado. Dela de pé naquele quarto abafado com Aaron, implorando-lhe que acreditasse que a havia conhecido um dia.

"Nós crescemos juntas", dissera Eleanor. E ela sabia coisas sobre Joan, sabia como ela pensava. E...

— Você sabia como minha avó planejava uma missão — disse, devagar. — Disse que era um mínimo de dez dias.

Como Eleanor poderia saber isso? A avó de Joan não compartilhava segredos assim com ninguém, exceto seu próprio sangue.

Irmãs. Era possível que fosse verdade? Joan chacoalhou a cabeça, tentando clarear a mente.

Enquanto ela estava parada lá, em choque, o Rei se virou para o norte e balançou a mão de maneira casual. Ao redor deles, Londres despertou para a vida: a água do Tâmisa varreu a margem, o apito de um navio soou à distância. Do outro lado do rio, o navio a vapor se afastou mais do ancoradouro. Os carros que lembravam bugues e os ônibus desajeitados de 1923 cruzaram a ponte.

Com o Rei de costas para Joan, a sensação de estar olhando para o sol não era tão acentuada. Mesmo assim, a percepção que tinha dele ainda mudava de um instante a outro. *Quem* era ele? De que família havia sido originalmente? Que habilidades deveria ter a ponto de Aaron e até os aliados de Eleanor, com todo o seu poder, estarem olhando-o meio com medo, meio com devoção?

Joan vinha sentindo a linha do tempo como uma força ultimamente. Naquele momento, no entanto, parecia mais uma grande besta, controlada pela presença do Rei, mas não domada. Aaron uma vez lhe dissera que o Rei e a linha do tempo eram a mesma coisa. Porém, agora de frente para ele, Joan sentia um cerne de rebelião na linha do tempo. Ela não gostava de ser contida, e de vez em quando havia uma onda discreta no ar, como se estivesse puxando sua coleira.

— Uma escolha interessante de lugar — comentou o Rei. — Devo admitir que eu havia me esquecido completamente de que o apagamento dos Grave começou aqui. — Ele se virou de volta para eles, e os olhos de Joan marejaram com o esforço de continuar olhando para o seu brilho. — Sigam-me. — Seu tom animado parecia sinistro.

A palavra *irmã* ficava ecoando na cabeça de Joan enquanto ela e os outros eram forçados a sair do beco, acompanhando o rio para o leste. Percebeu, vagamente, que o ancoradouro estava mais limpo do que em 1891. Um calçadão de madeira havia substituído a lama da margem. De maneira desconcertante, as dezenas de trabalhadores pelos quais passavam pareciam não notar a estranha procissão.

Nick a olhou nos olhos. Dava para ver o quanto ele queria conversar, longe daquilo tudo. Sua expressão, porém, era alerta, e Joan pensou no que Eleanor havia dito. *"Eu o transformei em um matador porque você o amava e ele te amava. Porque, se ele matasse quem você mais amava, você nunca mais confiaria nele de novo. Porque, quando você lutasse de volta, ele a veria como o monstro que é. Ele nunca confiaria em você. E funcionou, não foi? Vocês nunca mais conseguirão buscar a paz. Nunca mais sentirão o mesmo um pelo outro."*

— Podemos parar aqui. — O Rei falou como se fosse opcional, mas todos pararam de repente onde estavam, seus pés se prendendo de novo.

Haviam chegado perto de onde seria o City Pier um dia. Barcos a remo e barcaças flutuavam na água.

Joan testou os pés de novo, mas não conseguiu mexê-los. O que trazia consigo que pudesse usar? Havia uma faca no bolso interno de seu casaco. Ela soltou um botão, então sentiu uma rajada de atenção quente demais vinda do Rei, e teve a impressão de captar um leve divertimento ali.

— Não — disse ele, simplesmente.

Joan viu então um rastro de armas e facas pelo caminho por onde haviam acabado de passar. Os aliados de Eleanor haviam soltado suas armas ao andar.

"Um deus-rei antigo", Nick o havia chamado. Joan achava que Eleanor e seu grupo eram poderosos, mas o Rei parecia de fato mais deus do que homem.

— Na linha do tempo original, a antiga ponte durou um pouquinho mais, não foi? — perguntou o Rei a Eleanor, em tom de conversa.

— Até o século XXIII — respondeu ela, entredentes. — Foi reconstruída algumas vezes nesse meio tempo.

— O que estamos fazendo aqui? — Joan ousou perguntar. Por que o Rei os havia levado rio acima? Assim como ele ainda estava alternando entre idoso e jovem, parecia tanto inconsequente quanto cauteloso. Joan não conseguia entendê-lo. Iria matar todos eles? Poupá-los? Ela nunca havia se sentido tão desnorteada, tão impotente.

— Tem uma vista melhor daqui — disse o Rei. Ele mal olhou para ela ao falar, mas de novo sua breve atenção pareceu uma rajada de fogo. Joan estremeceu, fechando instintivamente os olhos.

Quando os abriu de novo, o Rei estava de costas para eles. Ele pinçou o ar, e Joan teve a impressão de que ele estava descascando um papel de parede. Sem sequer pausar, o Rei esticou o braço para o ar de novo, e repetiu o gesto.

Eleanor soltou um grito meio de espanto, meio de dor. Joan ficou encarando.

A antiga ponte de Londres subitamente surgiu rio acima, uma esplêndida via de prédios renascentistas, esculpidos e de telhado em V, mais belos ao vivo do que qualquer ilustração que Joan já havia visto. A estrutura abaixo também era magnífica: um longo trecho de pedras com dezenove arcos, cada um sustentado por píeres de madeira no formato de barcos.

— Lá está ela — disse o Rei, como se Eleanor não houvesse acabado de fazer aquele som agonizante. — O território dos Grave, como já foi um dia.

JAMAIS UM HERÓI ❧ 355

— Estamos vendo a verdadeira linha do tempo, não é? — sussurrou Tom. — A *vera historia*.

Naquele momento, Joan entendeu. O Rei havia rasgado um buraco na linha do tempo. Não havia sensação de dissonância, entretanto; nenhuma beirada dentada no ar, nenhuma sombra do vazio. E talvez isso, mais do que qualquer outra coisa, fosse um indício de seu verdadeiro poder.

Os olhos de Eleanor brilharam com lágrimas, e Joan entendeu também por que o Rei os havia levado até *ali*. Aquele lugar oferecia uma vista perfeita. *"Na linha do tempo original, a antiga ponte durou um pouquinho mais, não foi?"*, dissera ele.

A janela não tinha bordas visíveis. A ilusão de que a ponte ainda existia era quase perfeita. As únicas descontinuidades eram os carros que desapareciam ao chegar à margem norte ou sul. Se Joan não soubesse a verdade, entretanto, acharia possível estar sobre a ponte em alguns minutos.

Seu peito se contraiu com a ideia. Dissera a si mesma que não se lembrava de nada da família Grave, mas *havia* algo de familiar na Old London Bridge, na configuração espremida daquelas casas. Ela de alguma forma conhecia seus telhados vermelhos e paredes brancas.

De onde estava, conseguia ver por pouco o arco entalhado que corria pelo nível térreo de todos os prédios para que os veículos e pedestres pudessem atravessar. Não conseguia ver o que havia dentro daquele arco, mas tinha a vívida memória de caminhar por baixo dele, passar por lojas com placas penduradas ilustradas de maneira charmosa com guarda-chuvas, livros e luvas, por carros lentos; ser detida por turistas em passeio; olhar para as sacadas lá em cima, brilhantes com flores pendentes.

Então seu olhar parou na mansão ao centro de tudo. A casa dos Grave. Seu coração parou. Era mais alta do que os prédios que a cercavam. E as outras casas eram tradicionais, mas essa era um pequeno castelo exuberante com torres quadradas, cúpulas em formato de suspiro e imensas janelas em arco. Joan não sabia para onde olhar, para as colunas entalhadas ou as paredes e beirais, pintados de vermelho, verde e amarelo brilhantes.

— Refresque minha memória — falou o Rei. — O que dizem os relógios de sol no terraço?

— O tempo e a maré não esperam por homem algum — respondeu Eleanor, trêmula, e Joan sentiu outra vibração de dissonância com suas palavras. O olhar de Eleanor estava fixo na casa, cheio de desejo e saudades. — Não está realmente aqui, está? — disse, pesarosa. Seus olhos reluziam com as lágrimas não derramadas.

— Isso é só um eco do que já esteve aqui. Uma imagem que se demorou na tela depois de desligar. A linha do tempo original não existe mais. Eu a apaguei. — Ele fingiu refletir. — Como é que vocês blasfemos a chamam? A *zhēnshí de lìshǐ*? A *vera historia*?

A *verdadeira linha do tempo*? — Ele acrescentou, em tom de zombaria: — Mas no que eu estava pensando? Você não vai reconhecer ninguém aqui, esta não é sua época. Você e sua irmã cresceram em outra era.

Ele estalou os dedos, e a vista escureceu dentro da janela. Joan finalmente viu a extensão de suas beiradas; era maior do que havia imaginado. Do tamanho de uma casa. Dentro dela, a lua nasceu e se pôs, seguida pelo sol que nascia e se punha, o ciclo acelerando até a imagem se tornar um borrão. Então o Rei estalou os dedos de novo, e tudo parou. Joan sentiu o queixo cair.

A vista ainda mostrava a verdadeira linha do tempo, com sua elaborada ponte, mas a data parecia ter avançado para algum ponto do século XXI. Carros modernos passavam pela via.

— *Ah* — exclamou Eleanor, com dureza e sem ar, como se houvesse levado um soco.

No calçadão, pessoas haviam aparecido também, caminhando para cima e para baixo: turistas com sacolas de compras que diziam *Livraria da Ponte, Confeitaria da Ponte* e *Loja de Souvenires da Ponte Pênsil.* Entre eles, os moradores caminhavam com seus cachorros e levavam frutas e vegetais em *ecobags.* Eleanor olhava de queixo caído para um homem que ia apressado na direção do metrô. Então seus olhos saltaram para uma menina de cabelo rosa. Depois, para um homem de terno de alfaiataria. Joan entendeu com um choque repentino: aqueles eram membros da família Grave. Pessoas que Eleanor havia conhecido. Pessoas que Joan devia ter conhecido. Todos vestiam o mesmo brasão, fosse como um broche na lapela, uma tatuagem em um ombro nu ou uma estampa em uma camiseta: uma rosa prateada.

"Me dá esse brasão", dissera Eleanor, e Joan entendeu naquele instante o tom forçado dela. O Rei lhe havia dado um novo símbolo: um galho de roseira cheio de espinhos, sem a flor. Um lembrete eterno do que ela havia perdido. Do que havia sido feito com os Grave.

Ao lado de Aaron, Nick se remexeu, e Joan percebeu que, enquanto ela estivera encarando, Nick estivera sutilmente resistindo às amarras do Rei, tentando se soltar.

Assim que ela percebeu isso, porém, Nick congelou. Seu rosto era impassivo, mas os olhos estavam subitamente iluminados, como se ele estivesse tentando conter uma emoção forte e repentina.

Um tremor se revirou dentro de Joan. Ela acompanhou o olhar dele até o calçadão. Até as pessoas perdidas na verdadeira linha do tempo.

E conteve um grito de espanto.

Era Nick. O Nick *original.* Através da janela que o Rei havia criado, ele estava caminhando tranquilamente pelo calçadão, em ritmo e postura relaxados.

JAMAIS UM HERÓI ❖ 357 ❖

Joan foi tomada por um profundo entendimento. O cabelo escuro dele estava comprido o suficiente para formar cachos suaves. Joan nunca o havia visto naquele comprimento, mas de alguma forma sabia como era a sensação de afundar os dedos naquela textura sedosa; como era a sensação de ter as mãos dele envolvendo sua cintura ao mesmo tempo.

Ele estava de mãos dadas com alguém que parecia familiar, e Joan levou um estranho momento para reconhecer a si mesma. A Joan original.

Os dois pareciam *tão* diferentes. O cabelo dela estava mais curto do que jamais havia cortado, flutuando logo acima dos ombros. Mas era mais do que isso. Aquelas versões pareciam mais tranquilas de alguma forma. Confortáveis consigo mesmos. Sem conflitos.

A Joan original disse algo a Nick que o fez rir. Ele se inclinou para beijá-la, em um gesto terno e íntimo. Quando ele se afastou, os dois sorriram um para o outro, abertos e cheios de confiança, e tão apaixonados que o peito de Joan doeu de desejo. Estavam se entreolhando como se nada jamais pudesse dar errado. Como se ninguém jamais pudesse feri-los.

Enquanto Joan observava, as cabeças deles se viraram para longe da ponte. Alguém os havia chamado, ela imaginou. E, pela maneira como eles se animaram, com as posturas descontraídas, era alguém por quem estiveram esperando, alguém que estavam ansiosos para encontrar. Joan olhou por cima do ombro para ver quem era, mas a janela da verdadeira linha do tempo não estava visível atrás dela. A única pessoa em seu campo de visão era Aaron, em seu terno dos anos 1920, imaculado e perfeito, como sempre, em meio a todo aquele caos.

O Rei estalou os dedos. Joan se desvirou depressa, mas ele já havia fechado a janela. Ela se escutou fazer um som trêmulo.

Tudo havia desaparecido. Os Grave. Old London Bridge. A Joan e o Nick originais. Só restava 1923, com seus barcos e guindastes.

Mas Joan ainda conseguia ver mentalmente sua outra versão e o outro Nick. Ainda conseguia ver o quão felizes eram. Ela se virou instintivamente para o Nick de agora. E os olhos dele também continuavam sobre o calçadão. Joan prendeu a respiração. Ele parecia dilacerado e *vulnerável*. Durou só um momento. Quando Nick enfim se virou para olhá-la nos olhos, sua expressão já havia se fechado de novo.

O nome dele começou a se formar na boca dela, mas o Rei a interrompeu.

— Um último presente para você — disse ele a Eleanor. — Agora, venha aqui. — Ele gesticulou para ela.

Eleanor estivera olhando para o trecho de água onde ficava a antiga ponte. Agora havia sido forçada a desviar sua atenção e arrastar-se até o Rei. Ele a fez parar, com uma mão erguida, a alguns passos de si.

O coração de Joan martelava no peito. Eleanor e o Rei haviam acabado no meio de um círculo espaçado com os aliados de Joan e os de Eleanor. O que estava para acontecer ali?

Joan havia ido até ali para impedir Eleanor, mesmo que isso significasse matá-la. Só que... Depois de ver aquela família perdida, a ideia de assistir Eleanor morrer bem ali, naquele momento, parecia demais. Ela havia sido cruel e vingativa. Havia feito coisas que Joan jamais perdoaria. Mas, ao mesmo tempo, Joan sabia o que era perder sua família e querê-la de volta com tanto ardor a ponto de perder a si mesma.

Joan se perdera da última vez. Havia pensado que Eleanor fosse uma estranha, alguém cujas ações e crueldade fossem incompreensíveis. Mas será que ela era tão diferente assim de Joan? Eleanor havia tomado decisões extremas para trazer a família de volta, assim como Joan. Joan roubara décadas de vida humana. Havia levado Ruth e Aaron de um perigo a outro, para dentro da própria Corte Monstro, na esperança de trazer sua família de volta. E, no final, não pensara nisso de forma consciente, mas uma parte dela devia saber que trazer monstros de volta, trazer sua família de volta, custaria vidas humanas.

E talvez essa fosse a verdadeira prova de que Joan e Eleanor eram irmãs. Talvez fosse de família.

— Nunca fui leal a você — disse Eleanor ao Rei, com a voz rígida. — Tenho trabalhado contra vocês desde o instante em que acordei nesta linha do tempo doentia.

O Rei emanava uma indulgência paternal.

— Você nunca teve chance alguma contra mim. Deveria saber disso. Deveria ter tentado esquecê-los.

— Acho que não é da minha natureza esquecer as coisas.

Algo na voz dela fez Joan hesitar. Eleanor estava à beira da morte, e mesmo assim não tinha medo. Seu queixo estava erguido; sua expressão, calma. Ela tinha ares de alguém no fim de uma longa jornada.

E pareceu sentir o olhar de Joan, pois olhou em sua direção e sorriu. Havia um brilho de triunfo em seus olhos azuis, e Joan pensou de repente em como Eleanor a havia emboscado. Em como ela havia sido meticulosa ao forjar Nick para ser um matador.

— Você é tão previsível, Joan — disse, suavemente.

O quê? Joan sentiu o desconforto se revirar em seu estômago.

— Eu sei como você pensa — continuou Eleanor. — Você sempre tem um plano B. Para ganhar de alguém como eu, iria querer outro membro da *Curia Monstrorum*. Então chamou Conrad.

Joan umedeceu os lábios. Não assentiu, mas Eleanor tinha razão. Era desconcertante ser conhecida tão bem por alguém que estava usando esse conhecimento contra ela.

Eleanor se voltou para o rei.

— E eu conheço *você*. Tive um bom tempo para observá-lo. Você nunca confiaria em nenhum membro da Corte para uma missão assim. Joan chamou Conrad. Você deveria ter deixado ele vir no seu lugar.

— Posso saber por quê? — perguntou o Rei.

Eleanor se aproximou. Ela ainda estava fundida no chão como o restante deles, mas não parecia se importar.

— Por que acha que está aqui? — perguntou. Ao fundo, a maré subia. Barcos amarrados balançavam com as ondas.

O Rei ainda emanava ares de estar se divertindo.

— Você sabe por que estou aqui. — Ele olhou para cada um dos aliados dela. — Mariam Ali. Joseph Nightingale. Adriana Portelli. Shalini Patel... — Pronunciou cada nome como se fosse uma sentença de morte. — Vocês deveriam ter sido fiéis ao juramento que me fizeram.

— Você acha que veio aqui para nos executar — retrucou Eleanor.

— Mas é claro.

— Não. — Ela soava tão séria que Joan estremeceu. — Eu vou desfazer o que você fez. Vou trazer minha família para casa. Bem aqui, no nosso próprio território.

Joan olhou fixo para ela. Estava começando a entender. Eleanor havia atraído o Rei para lá, assim como havia atraído a própria Joan. Ela iria desfazê-lo, da mesma forma como Joan havia desfeito Nick.

Eleanor adivinhou no que ela estava pensando.

— Não. Desfazê-lo realmente traria nossa família de volta. Mas eu quero mais do que isso. Eu quero criar uma nova linha do tempo que irá mantê-los seguros *para sempre*. E, para isso, preciso do que ele tem... — Ela encarou o rei diretamente no rosto, sem nenhum indício de dor ou desconforto pelo brilho de sua presença. — Controle total da linha do tempo.

Houve uma sensação de indulgência por parte do Rei. Ele não parecia ter percebido que Eleanor estava falando sério.

— Você teria que me matar para assumir o controle — disse.

— Sim — retrucou ela. — Você está aqui para a *sua* execução.

TRINTA E OITO

— É mesmo? — disse o Rei, alongando as sílabas em zombaria, enquanto Eleanor sacava uma adaga do cinto. Joan teve a impressão de que ele permitiu que ela sacasse. Talvez tivesse tanto poder que achasse válido incentivar aquele breve divertimento. — O que você vai fazer com isso?

A sensação de luz brilhante era tão intensa que Joan estremeceu e viu os outros fazendo caretas também. Até Eleanor desviou os olhos.

— A verdade é que — continuou o Rei — eu não posso ser morto. Não por você, nem pela natureza. Estou tão entrelaçado com a linha do tempo que somos essencialmente a mesma entidade.

Eram mesmo? A impressão de Joan ainda era da linha do tempo como uma criatura separada, presa ao Rei por uma coleira, contra a própria vontade.

— Eu não posso matá-lo com minhas próprias mãos — concordou Eleanor. Ela ergueu a adaga. Era magnífica: tinha uma lâmina prateada e um cabo decorado por rosas douradas. Mais rosas e folhas subiam se enroscando pelo metal liso. — Só alguém que não está preso à linha do tempo pode.

Joan inspirou com força ao ouvir isso. Eleanor jogou a adaga no chão, onde ficou, brilhando, perto de Nick, mas por pouco fora de seu alcance. Nick deu um passo sem pensar naquela direção.

— Nick — disse Joan, hesitante.

Os olhos dele se arregalaram como se houvesse acabado de perceber que havia dado aquele passo. Ele inclinou a cabeça, claramente sem ter certeza de como havia vencido a compulsão do Rei. Então, bem devagar, ele se abaixou para pegar a adaga.

JAMAIS UM HERÓI ❧ 361 ❧

O Rei ficou encarando Nick, desconcertado, como se estivesse olhando para algo estranho e perigoso. Ele ergueu uma mão em um gesto preguiçoso, para desarmar Nick, Joan imaginou. Quando Nick não soltou a adaga, o Rei deu um passo na direção dele e repetiu o gesto. Ainda assim, nada aconteceu.

— Eu não posso matar você com minhas próprias mãos — repetiu Eleanor ao Rei.

— Então criei alguém que pode. Alguém livre da linha do tempo; livre de *você*. Criei um matador de monstros para matar um rei monstro.

O Rei lançou-lhe um olhar alarmado e gesticulou de novo. Dessa vez, Joan sentiu que ele estava puxando poder da linha do tempo. Não foi fácil; a grande besta arrastou a coleira. O Rei reuniu o que podia e lançou na direção de Nick.

— Não! — Joan se esforçou para soltar os pés.

Mas o poder do Rei passou sem efeito nenhum por Nick. O Rei ficou encarando, claramente surpreso. Estava tão perturbado que sua luz de fato diminuiu. Por um momento, Joan quase conseguiu ver seu rosto. Ele era bonito, mais jovem do que ela esperava, e estranhamente familiar. Onde havia visto aquelas feições antes?

— O que foi que você *fez*? — perguntou ele a Eleanor, com a voz trêmula.

— Você consegue sentir agora, não consegue? — retrucou ela. — Como a mera presença de Nick enfraquece a linha do tempo ao redor dele. — Eleanor sorriu de leve.

— E já que você e a linha do tempo são a mesma coisa, ele enfraquece você também.

O Rei começou a andar na direção dela, mas então deixou o queixo cair. Ele puxou o pé, mas não parecia ser capaz de movê-lo do calçadão.

— Eu trouxe algumas pessoas poderosas comigo — disse Eleanor. — Para manter você sob controle enquanto Nick te mata.

— Não! — gritou Joan. Nick *não podia* matar o Rei. Eleanor não podia criar aquela linha do tempo, mesmo que isso significasse trazer os Grave de volta.

— Eu sei — tranquilizou-a Nick, com os olhos firmes. Joan soltou o ar, aliviada. Concordavam com isso, pelo menos. Ele se voltou para Eleanor, sério. — Vimos o mundo que você quer criar. Nenhum de nós vai ajudá-la nisso.

— Bom, eu não esperava que você ajudasse — respondeu Eleanor. — Não sem um incentivo. — Ela se inclinou para pegar uma das armas descartadas. O Rei mostrou os dentes cerrados, mas parecia incapaz de impedi-la.

— Acho que eu sou mais útil vivo do que morto para você.

— Verdade. Mas eu não preciso *dela* viva. — O cano da arma apontou para Joan.

— Eu trouxe você aqui por um motivo também, Joan.

Joan sequer teve uma chance de reagir, de se sentir assustada. Nick arremessou a faca, não no Rei, mas em Eleanor, letal e preciso.

Deveria tê-la atingido no peito, mas parou no meio do ar, o cabo tremendo como a ponta de uma flecha atirada. Havia acertado uma barreira invisível e permanecido ali. Atrás de Eleanor, a mulher Ali tinha as mãos erguidas. Estivera preparada para isso.

Eleanor mal piscara.

— Ah, Nick — disse, suave. — Você também é muito previsível.

Nick encarou a barreira, os olhos escuros focados nela. Parecia tão perigoso quanto qualquer uma das pessoas que Eleanor havia trazido consigo.

Ela só sorriu e colocou a mão na barreira, onde estava a ponta da faca.

— Sabe... — falou, com o tom nostálgico. — Eu fiquei com você por bastante tempo. — Joan sentiu os próprios olhos se estreitarem com isso. — Não só as nossas três semanas juntos na Holland House. Fiquei com você por anos da última vez. Nós chegamos a nos conhecer *muito* bem. Eu sei como age quando é levado ao limite. *Eu* te levei a esses limites. — O tom íntimo dela fez o estômago de Joan se revirar. — Te levei além. Sei de tudo do que você é capaz de fazer. Eu te conheço até a alma.

— E eu nem lembro de você — respondeu Nick com frieza.

Eleanor pareceu reagir de leve ao tom dele. Ela deu de ombros.

— Você não precisa se lembrar. Eu *te* conheço. E sei que você vai pegar essa faca e vai matar o Rei. — Os lábios dela se repuxaram um pouco para cima. — Senão, eu vou matar a minha irmã.

— Você *não pode* matar ele — sussurrou Joan a Nick. Para seu alívio, ele assentiu discretamente em confirmação. Ela soltou o ar que nem havia percebido que estava prendendo.

Joan olhou para o Rei. Preso no lugar como o restante deles, ele parecia mais uma besta do que um homem naquele momento, rosnando e se debatendo como um urso.

— Vou contar até três — disse Eleanor a Nick. — E aí você vai escolher.

Ela colocou a outra mão na arma, firmando a mira.

Ruth disse algo a Eleanor. Soava desesperada, mas Joan não conseguia entender as palavras; na verdade, não conseguia ouvir nada a não ser o próprio coração martelando. Inspirou, trêmula. Queria poder se mexer. Seus pés haviam ficado presos um pouco perto demais um do outro, e sua panturrilha estava começando a ficar com cãibra.

— *Nick* — chamou Aaron. — Não faça isso!

Joan se virou para ele. Os olhos cinza de Aaron estavam exatamente como no mercado, escuros feito uma tempestade. Ele normalmente disfarçava suas emoções visíveis, mas Joan conseguia ver raiva, impotência e mais alguma coisa.

— Está tudo bem — sussurrou para ele. Queria dizer a Aaron o quanto estava grata por eles terem se reconciliado naquela linha do tempo; o quanto estava grata por ter tido a chance de vê-lo mais uma vez. O quanto havia sentido a falta dele. Mas não conseguia encontrar as palavras. — É assim que tem que ser.

Aaron parecia querer discutir, mas em vez disso esticou a mão para pegar a dela. Joan fechou os olhos e apertou com força, agradecida pelo conforto do toque dele.

— Um — começou Eleanor.

Joan agarrou a mão de Aaron. Nick não mataria o Rei. Ele jamais incitaria uma linha do tempo em que monstros reinassem. Nunca permitiria que humanos sofressem. E o conhecimento disso era estranhamente calmante. Joan respirou fundo.

— Dois.

Nick teria impedido Eleanor na linha do tempo anterior, era isso o que Astrid dissera. E ele a impediria agora também. Eleanor havia escolhido a pessoa errada para esse papel. Ela não entendia que Nick *sempre* escolhia o bem maior. Sempre.

— Três.

Joan abriu os olhos.

Com um urro, Nick arrancou a adaga do ar e a atirou. Joan estremeceu, antecipando a dor.

Mas não houve dor.

A adaga passou por ela em direção ao Rei.

Por um longo, longo momento, Joan ficou paralisada. O burburinho da água preencheu o silêncio.

Ela não conseguia entender o que estava vendo. A faca estava cravada no peito do Rei, e sangue manchava sua camisa.

O Rei caiu de joelhos, a testa tombada sobre o chão em uma estranha paródia das reverências que ele havia recebido ao chegar. Podia ter se parecido com um deus em alguns momentos, mas aparentemente era humano o suficiente para sangrar; humano o suficiente para ser derrotado.

Joan se remexeu, e só percebeu que os pés haviam se deslocado quando escutou seu salto riscando o calçadão de madeira. Ela desceu os olhos para o pé, depois voltou-os ao Rei.

Encolhido no chão, ele parecia subitamente menor e mais ordinário. A luz reluzente o havia deixado, e o efeito oscilante também havia passado. Ele vestia um terno preto, talvez em estilo do século XXI. Sangue empoçava ao seu redor, pingando pelas frestas da madeira.

Joan deu um passo para testar. Seu pé se levantou do calçadão. Ela não estava mais presa. E sua liberdade só podia significar uma coisa.

O Rei estava morto. Nick o havia matado.

Joan se voltou para ele, e seus olhos se cravaram nos dela, duros e sombrios. Ela ficou encarando. Nick havia arremessado a faca sem hesitar, como se jamais fosse fazer uma escolha diferente. Joan não conseguia entender. Ia contra tudo o que sabia dele.

Ela abriu a boca, sem saber o que diria. Mas, antes que pudesse falar, uma luz ofuscante brilhou. Joan fez uma careta e levantou uma mão para proteger os olhos.

Uma reluzente fita dourada saiu do corpo do Rei e parou no meio do ar. Joan teve a impressão de que queria voar livre, mas em vez disso correu para Eleanor como um raio a um poste. Como se Eleanor fosse a pessoa mais poderosa ali, e a fita fosse inevitavelmente atraída para ela.

Enrolou-se ao redor de Eleanor, em seus braços, em seu torso. O rosto dela se contorceu de dor por um momento, mas então ela começou a brilhar tão forte quanto o Rei brilhara.

Joan se esforçou para olhá-la. Eleanor havia acabado de tomar o poder do Rei? Porque, se tivesse... A compreensão do que aquilo significava atingiu Joan com uma onda de horror. Com um poder feito aquele, Eleanor poderia moldar a linha do tempo à vontade. Poderia criar a linha infernal que eles haviam visto.

Cada humano que Joan amava estava em perigo. Seu pai, o restante de sua família, seus amigos, vizinhos, todos da escola. *Todos.* Poderiam estar todos mortos na nova linha do tempo. Mesmo que sobrevivessem, estariam todos sob reinado monstro.

— Você não pode fazer isso! — gritou ela a Eleanor. — *Por favor!* Não os traga de volta assim! Não faça os humanos sofrerem!

— *Você* não pode me impedir — retrucou Eleanor, com a voz cheia de alívio e triunfo. — Já era tarde demais no momento em que você chegou a 1923. Você viu o buraco se formando na linha do tempo. Estava emanando *daqui. Disso.* — Ela afastou as mãos como se estivesse abrindo uma cortina.

— *Não!* — A palavra escapou de Joan. Ela olhou para cima e estremeceu. O céu havia se aberto. Como um eco do Tâmisa abaixo, havia um trecho azul. O céu de outra linha do tempo.

A terra tremeu, e os prédios de 1923 racharam e balançaram, os sons caóticos e profundos. No rio, o barco a vapor vacilou de maneira precária de um lado a outro. À distância, pessoas gritavam.

Joan teve dificuldades para continuar de pé. Jogou-se contra a barreira Ali que os separava de Eleanor. Despejou seu poder sobre ela, e estava vagamente ciente de que Nick a socava também, de que Ruth tentava usar o poder Hunt.

Logo atrás de Eleanor, Mariam Ali estava de pé com os braços erguidos. Talvez *ela* escutasse.

JAMAIS UM HERÓI ❧ 365 ❧

— Ela te ofereceu poder no mundo novo? — perguntou-lhe Joan, já sem fôlego de tanto esforço. — É por isso que você está ajudando ela?

— Poder? — Mariam parecia insultada. — *Não.* — Ela tinha o cabelo preto e grosso enrolado em um coque, e agora que Joan estava perto pôde perceber que era mais velha do que pensara, perto dos 40 anos. — Meu pai era um Liu. Eu tinha o poder Liu quando era criança. Eu me lembro dos Grave. — O olhar dela ficou vazio. — O que aconteceu com eles foi uma atrocidade! Estou fazendo isso por eles! Por *você*, porque mesmo você não consegue se lembrar deles! — Ela apontou com a cabeça para o restante dos aliados de Eleanor. — Todos nós temos uma ligação com a sua família!

— Olhem a St. Paul! — gritou Aaron.

Joan procurou por ela; em 1923, a redoma da catedral era o ponto mais alto no céu. Enquanto olhava, aquele pico se estreitou e subiu ainda mais, transformando-se em uma ponta afiada antes de encolher de volta.

— A linha do tempo está mudando! — disse Tom. Ele lutava contra a parede invisível com toda a sua força, tentando chegar a Eleanor.

Joan concentrou seu poder na barreira, tentando rompê-la. Eles tinham que impedir Eleanor antes que fosse tarde demais.

— Pare de resistir! — esbravejou Eleanor. — Quando eu terminar, nossa família estará de volta! Você não se lembra deles agora, mas vai se lembrar depois!

Joan ergueu os olhos para ela, que agora resplandecia com o poder do Rei.

— Mas aí eu vou me esquecer do que você fez para trazê-los de volta! Vou esquecer que um dia existiu um mundo melhor do que o que você está criando!

— Este *não é* um mundo melhor!

— Jamie! — gritou Tom de repente, a voz carregada de terror.

Joan girou para trás. Para seu horror, Jamie desapareceu como uma vela soprada.

— Jamie!

Então ele voltou. Tom agarrou suas mãos, com força o suficiente para Jamie gemer.

— O que acabou de acontecer? — perguntou Tom, desesperado. — Que diabos foi isso?

O coração de Joan disparou. Na verdadeira linha do tempo, Ying havia sido casado com uma pessoa da família Grave. Será que Jamie sequer existiria se Eleanor trouxesse os Grave de volta? Eleanor estava apagando Jamie bem na frente deles?

Como que em resposta, Tom estava subitamente segurando o nada. Jamie havia desaparecido.

— Para! — gritou Joan a Eleanor. — Olha o que você está fazendo com ele!

Jamie ressurgiu, aparentando estar desnorteado.

— O que está acontecendo? — disse, com a voz oscilando.

Tom se virou e jogou o ombro contra a barreira, feito um touro.

— Eu vou te matar com as minhas próprias mãos! — urrou para Eleanor.

Em resposta, Mariam fez um gesto com a mão, e a parede Ali invisível se transformou em uma arma de novo, arremessando-os para trás no calçadão. Joan cambaleou, tentando se manter de pé.

Tom avançou à força e correu na direção de Eleanor de novo, mas não conseguiria quebrar aquela barreira. Ele não tinha o poder necessário.

Lá em cima, o céu de um azul sobrenatural começou a engolir o mundo. Em pânico, Joan fez a única coisa em que conseguiu pensar. Reuniu tudo o que tinha, as últimas gotas de seu poder, e o arremessou, não contra a barreira Ali, mas ao redor de si mesma e de seus amigos. Ela criou um escudo contra as mudanças.

Ao redor deles, o mundo se transformou, e a redoma da St. Paul se esticou em uma torre pontuda de novo. Os prédios vibraram, ergueram-se e caíram. À distância, pessoas desapareceram do calçadão, e outras surgiram.

O poder de Eleanor batia contra o escudo. Uma tempestade. Implacável. Joan se esforçou para resistir e empurrá-la para trás. Suas mãos tremiam. Não conseguia respirar. Não conseguia manter o fluxo de poder. Eleanor era forte demais. Será que Jamie havia desaparecido completamente como o restante das pessoas no calçadão? Joan não tinha forças para olhar para trás.

Eleanor fez um som furioso.

— Solte! — ordenou a Joan.

Acima dela, o céu desconhecido desceu, e o poder de Joan crepitou como fogo abafado. O escudo rachou. Ela caiu de joelhos, e pontos escuros cobriram sua visão. Conforme a escuridão se fechava, só uma coisa se passou por sua mente.

Era o fim.

EPÍLOGO

Joan grunhiu. Estava morta? Não. Com certeza o corpo não dói tanto assim quando se está morto.

— Joan? — Uma mão tocou seu ombro. — *Joan?*

Ela abriu os olhos. Estava caída no chão, a bochecha pressionada contra alguma coisa granulosa e dura. Asfalto? Virou a cabeça e encontrou Aaron debruçado sobre ela, suas bonitas feições tomadas de preocupação. O polegar dele pairou acima da linha da bochecha dela por apenas um instante. Antes que Joan pudesse sequer reagir, ele piscou e pareceu tomar consciência do próprio ato, puxando a mão para trás.

— Você está bem? — perguntou.

— O que aconteceu? — Joan conseguiu perguntar. Ela se virou, e Aaron a ajudou a se levantar. Quando se mexeu, Joan fez uma careta com a nova dor em sua cabeça. Imagens apareceram em flashes dolorosos: a luz brilhante do Rei fluindo para Eleanor, a redoma da St. Paul se afinando em uma torre conforme Londres mudava ao redor deles. Nick havia realmente matado o Rei?

E Jamie...

Joan prendeu a respiração e se virou. Mas estava tudo bem, Jamie estava ali, levantando-se a alguns passos deles, com os olhos desfocados. E os outros estavam logo atrás dele. Joan respirou fundo e fechou os olhos, dominada pelo alívio. Eles haviam sobrevivido.

Houve um farfalhar suave ao seu lado. Joan imaginou Aaron tirando o paletó e o chacoalhando.

— Olha só todos esses amassados — disse ele, soando cheio de desgosto, e mais como si mesmo. — Nunca vou conseguir me livrar deles.

Joan abriu os olhos de novo. Pareciam estar em um beco. Prédios escuros se erguiam ao redor deles, estreitando a vista da margem norte. Do outro lado do rio, havia um arranha-céu liso, neutro. Alto demais para 1923. Joan levou um longo, longo momento para entender o que aquilo significava.

— Estamos de volta ao século XXI? — disse, devagar. — Estamos em casa?

Mas, ao dizer a palavra *casa*, seu estômago se revirou. Estivera se sentindo desconfortável desde que acordara, percebeu. Seu corpo achava que havia algo errado.

— Não. — A voz de Nick era horrivelmente inexpressiva. Ele havia ido até a saída do beco, e agora estava de costas para Joan, olhando para a cidade. O desconforto de Joan começou a queimar por dentro. — Não estamos em casa.

O coração dela disparou. Tremendo, caminhou pelo beco. A vista se abriu ao fazê-lo, e ela abriu a boca em um grito mudo.

Sob um céu tempestuoso, a oeste, estava a Old London Bridge; seus arcos se abriam sobre a água e as corredeiras fluíam pelos vãos. E, ao centro, a mansão Grave, bela, terrível e *errada*. Uma nota desafinada numa música.

Com horror crescente, Joan acompanhou o horizonte. Lá estava a St. Paul, não a redoma familiar, mas uma torre fina e pontuda. Lá estava a arquitetura que ela havia vislumbrado pelo rasgo no mundo: não exatamente vitoriana, de tijolos pretos. Agora, a luz batia na lateral do vidro, revelando cor nas janelas, um desenho que corria por toda a parede. Joan reconheceu a imagem com um susto: uma serpente marinha enrolada em um barco à vela. O brasão monstro.

— *Não* — ela se escutou dizer. Conseguia ver sinais de monstros em todos os lugares agora. Mais brasões estavam gravados em prédios: um grifo, um ulmeiro queimado. E, no calçadão do rio, as pessoas caminhavam vestindo *tweed* e linho escuros, túnicas romanas, vestidos medievais.

Os olhos de Nick encontraram os dela. Estavam escuros, quase pretos.

— Este é o mundo que nós vimos. O mundo de Eleanor.

Um mundo em que monstros reinavam.

Joan engoliu em seco. Aquele mundo existia por causa *dela*, porque Nick a escolhera.

E era difícil ler as expressões desse novo Nick, mas Joan conseguia imaginar no que estava pensando. Devia estar arrependido de salvá-la. Devia estar desejando ter escolhido matá-la em vez disso. Agora que vira esse mundo...

Ele baixou os olhos para o chão e franziu a testa. Inclinou-se para pegar alguma coisa, uma adaga com rosas entalhadas. A adaga que ele havia usado para matar o Rei.

A lâmina reluzia, limpa e nova, como se nunca houvesse sido usada para esfaquear ninguém. Joan percebeu então que o corpo do Rei não estava lá. Owen não estava lá. E... faltava mais alguém. O coração dela martelou no peito.

— Cadê o *Tom*? — perguntou. Quando acordara, havia presumido que Tom estava depois da esquina do beco, mas agora ela mesma estava ali e não conseguia vê-lo em lugar algum. Frankie e Jamie estavam sozinhos.

— Ele não está aqui — respondeu Jamie, com a voz fraca.

— *O quê?* — Joan viu então o que não havia visto quando acordou. Jamie mal estava conseguindo se manter de pé, totalmente inclinado contra a parede do beco, com as pernas trêmulas.

— Tom não está aqui — repetiu. — Ele estava fora daquela redoma protetora que você fez.

Joan abriu a boca, mas nenhuma palavra saiu. *Ai, meu Deus.* Ela reviveu os últimos momentos antes de desmaiar. Havia criado um escudo no desespero, tentando proteger todos eles das mudanças de Eleanor. Agora, entretanto, viu mentalmente Tom investir contra Eleanor, movendo-se para além do escopo do escudo.

— *Não* — sussurrou Joan.

Jamie se empurrou para longe da parede.

— Temos que encontrá-lo. — Ele normalmente emanava uma calma gentil, mas agora seu rosto estava duro como pedra. — Ele está em algum lugar neste mundo. Sei que está.

Joan conseguiu assentir.

— Nós vamos encontrá-lo. — Era uma promessa.

— Owen também sumiu — disse Ruth, olhando ao redor. — Ele estava fora da proteção?

— Não — respondeu Aaron, com uma careta. — Eu o vi quando acordei. Ele fugiu. Todos os Argent são covardes. Eu só... — Ele congelou.

Todos escutaram ao mesmo tempo: um motor no Tâmisa.

Um barco preto-fúnebre descia o rio com o ritmo ameaçador de uma patrulha lenta. Um brasão dourado reluzia contra o escuro: um leão alado. Não o brasão familiar da Corte que Joan conhecia, mas a versão que ela havia visto através da janela da cafeteria: o leão rugindo em posição de ataque.

Joan e os outros instintivamente recuaram para as sombras do beco. E eles não eram os únicos que estavam com medo. Do outro lado do rio, as pessoas observavam o barco passar, alertas e tensas.

A mão de Nick se fechou no cabo da adaga. Será que estava pensando, como Joan estava, na última vez em que eles haviam visto aquele brasão em um veículo? Estava pensando nos corpos emaranhados na van? No humano assassinado à plena luz do dia por um guarda monstro?

Joan correu os olhos pelo horizonte que se fechava sobre eles. Esse mundo era errado. Conseguia sentir isso da mesma forma que sentia as batidas do próprio coração. E as pessoas que amava estavam lá fora. Seu pai, sua família, seus amigos. Eles poderiam até estar... Não. Joan se fechou contra ideia. Eles *não poderiam* estar mortos nesse mundo. Tinham de estar em algum lugar. Como Tom estava.

Como Eleanor estava.

— Ela vai saber que nós escapamos — disse Aaron, suavemente. — Vai estar procurando por nós.

Os nós dos dedos de Nick ficaram brancos ao redor do cabo da adaga.

— Eu também vou estar procurando por ela — murmurou.

Joan observou o barco de patrulha desaparecer atrás da ponte, o coração dessa nova Londres corrompida.

— Precisamos sair daqui — falou. Eles precisavam se reagrupar.

E, quando o fizessem... Ela cerrou os dentes. Eles consertariam esse mundo.

AGRADECIMENTOS

Os últimos anos têm sido uma estranha mistura de caos e inércia. Escrevi o primeiro rascunho deste livro durante uma série de longos confinamentos em que todos os dias pareciam iguais. E, poucos meses depois, foi tão empolgante, um sonho se tornando realidade, ver meu primeiro livro, *Apenas um Monstro,* no mundo lá fora, em prateleiras e vídeos de *unboxing.*

Muito obrigada a todos que leram e apoiaram *Apenas um Monstro*: família, amigos (e amigos e família de amigos!), livreiros, blogueiros, *bookstagramers*, *booktokers*, organizadores de eventos, organizadores de painéis, apresentadores de podcasts. Significa tudo para mim.

Obrigada, sempre, à minha família por todo o seu amor e incentivo, especialmente a meu pai, Jun, Ben, Moses, Lee-Chin, Wennie, Zaliyah e Nina.

Muito obrigada a Cat pela parceria e pelas críticas, por ler cada iteração de cada cena deste livro pelo menos dez vezes e tornar cada versão dez vezes melhor.

Um imenso obrigada por todo o seu incentivo e apoio, Shelley Parker-Chan, Rose Hartley, Lilliam Rivera, Mike Reid, Evan Mallon, Alison Laming, Susan Trompenaars, Jessica Boland, Sharon Brown, Kathryn Lindsay, Kelly Nissen, Noni Morrissey, Amanda Macdonald (e Tamlyn!), Emma Durbridge, Leanne Robertson, Madeleine Daniel, Kate Murray, Anna Cowan, Belinda Grant, Katya Dibb, Liana Skrzypczak, Leanne Yong, LinLi Wan, Naomi Novik, Amie Kaufman, Jay Kristoff, Astrid Scholte, Ellie Marney, Jess Barber, Pip Coen, Bernette Cox, Nathan Hillstrom, Becca Jordan, Travis Lyons, Eugene Ramos, Sara Saab, Melanie West, Tiffany Wilson,

Elaine Cuyegkeng, Kat Clay, Aidan Doyle, Emma Osborne, Sophie Yorkston e Suzanne Willis.

À minha brilhante agente, Tracey Adams, da Adams Literary, e à equipe, Josh Adams e Anna Munger, obrigada por fazer milagres por esta série!

A Christabel McKinley, obrigada por todo o seu trabalho incrível no Reino Unido e na Austrália.

Muito obrigada a Vera Chok por sua sensacional performance no audiolivro.

Na HarperCollins dos Estados Unidos, um imenso obrigada à minha maravilhosa editora, Kristen Pettit, por seu sagaz feedback e suas orientações, e a todo o time genial: editora sênior Alice Jerman, editora associada Clare Vaughn, agentes de marketing Audrey Diestelkamp e Sabrina Abballe, publicistas Lauren Levite e Kate Lopez, designers Jessie Gang e Alison Klapthor, artista de capa Eevien Tan, editores de produção Caitlin Lonning e Alexandra Rakaczki, preparadora de textos Erin DeWitt, revisoras Jessica White e Lana Barnes, e gerentes de produção Allison Brown e Meghan Pettit.

Na Hodder & Stoughton do Reino Unido, sou muito grata à minha incrível editora, Molly Powell, e a Sophie Judge, Callie Robertson, Kate Keehan, Lydia Blagden, preparadora Alyssa Ollivier-Tabukashvili, artista de capa Kelly Chong e a toda a equipe maravilhosa.

Ao fantástico time da Allen & Unwin da Austrália, Kate Whitfield, Jodie Webster, Eva Mills, Sandra Nobes, Liz Kemp, Simon Panagaris, Yvette Gilfillan, Anna McFarlane, e a todos que apoiaram e trabalharam no livro. Muito obrigada, é tudo para mim ter tido tanto apoio local.

Muito obrigada também às incríveis equipes e tradutores da Alta Novel do Brasil (tradutora: Giovanna Chinellato), Cooboo da República Tcheca (tradutora: Petra Badalec), Lumen da França (tradutora: Mathilde Tamae-Bouhon), Anassa Könyvek da Hungria (tradutor: Ádám Sárpátki), Eksmo da Rússia (tradutora: Olga Burdova), Vulkan da Sérvia (tradutora: Elena Milosavljević), Montena da Espanha (tradutora: Elena Macian Masip) e Olimpos da Turquia (tradutora: Yasemin Bayraktar). Enquanto escrevo isto, o livro também está prestes a ser publicado pela Piper Verlag na Alemanha, Mondadori na Itália e Wydawnictwo MAG na Polônia.

Foi um sonho se tornando realidade ver edições especiais de *Apenas um Monstro*, e sou mais do que grata pelos clubes de assinatura que incluíram o livro e o levaram a tantos leitores. Muito obrigada a Anissa e à equipe da FairyLoot, a Korrina e à equipe da OwlCrate, à equipe da Bookish Box, da Librarian Box, da Fabled e da Duality Box, e também à NovelTea Chest e à Lovinbookscandle.

Muito obrigada também aos incríveis autores e autoras que escreveram recomendações para *Apenas um Monstro:* Hafsah Faizal, Stephanie Garber, Chloe Gong, Adalyn Grace, Cindy Lin, Natasha Ngan, Lynette Noni, Naomi Novik, C. S. Pacat e June Tan.

Os grupos de autores estreantes de 2021 e 2022 também foram de grande ajuda. Aprendi muito com vocês sobre cada aspecto da publicação de um livro, sobretudo sobre marketing. Agradecimentos especiais a Deborah Falaye, Jessica Olson, Akshaya Raman, Kylie Lee Baker, Lillie Lainoff, Leslie Vedder, Sue Lynn Tan, June Tan, Judy I. Lin, Emily Thiede e Lyndall Clipstone.

Por fim, gostaria de agradecer aos Traditional Custodians, os nativos das terras em que escrevi a maior parte deste livro, e prestar minha homenagem a seus Ancestrais, do passado, do presente e emergentes: os Wurundjeri Woi-wurrung, Bunurong Boon Wurrung e os povos Dja Dja Wurrung da Nação Kulin.

A AVENTURA CONTINUA NO TERCEIRO LIVRO DA TRILOGIA

Este livro foi impresso nas oficinas gráficas da Editora Vozes Ltda.,
Rua Frei Luís, 100 – Petrópolis, RJ.